O ÚLTIMO GRITO

Da Autora:

Calafrios

Chama Fatal

O Último Grito

LISA JACKSON

O ÚLTIMO GRITO

Tradução
Ana Beatriz Manier

Copyright © 2005 *by* Susan Lisa Jackson
Publicado anteriormente em edição sem revisão sob o título *Intimacies*

Título original: *Final Scream*

Capa: Simone Villas-Boas

Foto de capa: Emmanuelle Brisson/GETTY Images

Editoração: DFL

Texto revisado segundo o novo
Acordo Ortográfico da Língua Portuguesa

2011
Impresso no Brasil
Printed in Brazil

CIP-Brasil. Catalogação na fonte
Sindicato Nacional dos Editores de Livros – RJ

J15U	Jackson, Lisa
	    O último grito/Lisa Jackson; tradução Ana Beatriz
	Manier — Rio de Janeiro: Bertrand Brasil, 2011.
	    602p.
	
	    Tradução de: Final scream
	    ISBN 978-85-286-1534-0
	
	    1. Romance americano. I. Manier, Ana Beatriz.
	II. Título.

11-7503	CDD: 813 CDU: 821.111(73)-3

Todos os direitos reservados pela:
EDITORA BERTRAND BRASIL LTDA.
Rua Argentina, 171 — 2º andar — São Cristóvão
20921-380 — Rio de Janeiro — RJ
Tel.: (0xx21) 2585-2070 — Fax: (0xx21) 2585-2087

Não é permitida a reprodução total ou parcial desta obra, por
quaisquer meios, sem a prévia autorização por escrito da Editora.

Atendimento e venda direta ao leitor:
mdireto@record.com.br ou (21) 2585-2002

AGRADECIMENTOS

Um agradecimento especial a Nancy Bush, Marilyn Katcher, Jack e Betty Pedersen, Sally Peters e Debbie Todd por toda a ajuda e estímulo a este livro.

Prefácio

Prosperity, Oregon
1977

*I*maginei a morte dela.

Não um bater de botas rápido ou fácil, mas uma passagem lenta, dolorosa, deste mundo para o outro, onde, eu tinha certeza, ela encontraria Lúcifer na porta do inferno. O que era perfeito, imaginei, e há muito tempo merecido.

Senti uma leve excitação. Um formigamento antecipado. Quando cheguei duas vezes os cadeados do velho moinho, vi, mais uma vez, o filamento quase invisível que eu havia esticado entre o detonador e a pilha de panos sujos de óleo, perto da única rota de fuga, a porta que dava acesso ao estacionamento, a que ela utilizaria para entrar.

Isso, isso, isso!

Eu a imaginei atravessando aquele portal de onde caíam teias de aranha e entrando no cômodo gigantesco, o coração daquele beemonte de cem anos, um prédio em lamentável estado de decadência, candidato a uma reforma que nunca aconteceria.

Tão compenetrada no propósito de se encontrar com um amante que nunca apareceria, ela não perceberia que, logo ali em cima, o telhado de metal deixava entrar a brisa quente do verão. Tampouco notaria a coruja nas vigas, batendo as asas antes de alçar voo. Ignoraria o cheiro de poeira e o velho e inconfundível odor de suor dos homens que haviam trabalhado duro ali durante um século.

Tão cega para tudo, exceto para si, deixaria passar o fato de que o prédio inteiro fora conectado com fios para ir pelos ares no pior incêndio que aquela pobre cidadezinha já presenciara.

Perfeito.

Lambi os lábios em expectativa; senti o sal do suor que brotava de minha pele. Toquei com os dedos o cadeado que estava dentro do bolso do meu casaco, o qual eu havia retirado da saída dos fundos. *Queime, sua filha da puta infeliz.* Pensei e sorri ao perceber o quanto eu era inteligente e como ninguém jamais suspeitaria de mim. Sempre fui uma pessoa estereotipada por esta comunidade patética e bitolada, alguém sem capacidade ou meios para fazer algo tão complicado quanto um assassinato.

Mal sabiam eles.

Esperem só para ver, pensei e tremi ansiosamente com a expectativa.

Em minha mente, eu a via passando pelo portal com seus sapatos caros — certamente aqueles mules de salto alto que ela gostava de usar, uma vez que deixavam à mostra a curva perfeita de seus calcanhares e lhe davam alguns centímetros extras, com os quais ela poderia olhar do alto de seu nariz aristocrático. Em seguida, ela se encaminharia para os fundos do prédio, um cômodo privativo que uma vez fora um escritório sem janelas.

Quase me enrolei com o detonador ao imaginar o momento em que ela se daria conta do que estava por vir.

Talvez percebesse um cheiro de fumaça no ar viciado, mas acharia ser apenas um fósforo riscado para acender um cigarro; pensaria que seu amante chegara ao ninho de amor alguns minutos antes dela.

Isso a deixaria satisfeita.

Ela *adorava* uma entrada triunfal.

O Último Grito 11

Aquela piranha filha da puta!

Era tão obviamente previsível.

Ela gritaria e aguardaria na esperança de ouvi-lo responder e, quando ele não respondesse, não se preocuparia, ele provavelmente estaria fazendo um joguinho de sedução do tipo cabra-cega, enquanto aguardava em um canto escuro. Esperando por ela. Louco para fazer amor com ela. Com o pau duro de tesão.

Ela sorriria sedutora. Ergueria uma sobrancelha escura e inquisitiva. Naquela noite abafada, desabotoaria a blusa para mostrar o decote e prenderia os cabelos longos num coque que acomodaria no topo da cabeça, projetando os belos seios para a frente. Ah, ela sabia jogar tão bem quanto eu.

Minhas mãos suavam dentro das luvas, enquanto eu fantasiava como, com sua voz baixa e gutural, ela chamaria por ele de novo, dizendo alguma coisa picante, suja. Talvez tirasse um dos sapatos de salto alto e, graciosamente, o deixasse balançando nos dedos.

Mas o cheiro de fumaça já estaria mais forte e ela começaria a pensar, talvez a sentir aquele primeiro vestígio de medo descer pela espinha.

Sorri diante da ideia e contive a raiva que me queimava o corpo ao pensar em seus jogos sedutores. Meu Deus, eu esperava que ela experimentasse um terror verdadeiro naquela noite, um terror de fazer revirar o estômago e de molhar as calças.

Era isso o que eu queria.

Isso e me livrar dela.

Para sempre.

Na minha mente, eu a via com os cabelos escuros propositadamente despenteados. Abalada, até mesmo um pouco assustada, chamaria o nome dele mais alto. Ansiosamente. Começaria a ficar com raiva. Preocupada. Avisaria que não estava com humor para brincadeiras e que aquilo não tinha graça alguma. Ficaria petulante, oferecendo a ele a visão de seu pequeno traseiro arredondado.

Ela sabia que isso era infalível e, ah, muito convidativo.

A essa altura, porém, seria tarde demais.

Ela daria um passo na direção da porta e...

Bum!

A pólvora explodiria.

Ela seria lançada ao chão.

Cairia com os ossos estalando no piso duro de madeira.

A cabeça bateria com força nas tábuas sujas de óleo.

O prédio tremeria.

Uma bola de fogo cuspiria chispas e chamas para o teto.

As paredes secas começariam a queimar, o fogo subiria até as vigas, haveria chuva de faíscas que cairiam sobre seus cabelos, incendiando suas roupas, chiando em contato com sua pele.

E ela gritaria... ah, como gritaria.

Tremi com a excitação de minha fantasia tão perto de se realizar.

O mais puro pânico tomaria conta dela. Ela ficaria fora de si. Perceberia que estava prestes a morrer dentro de um forno assustador do qual não havia como escapar.

Senti outro arrepio de excitação correr pelo meu sangue, e o som da voz de Jim Morrison ecoou na minha cabeça, quando a visão se tornou mais clara. Mais real.

Try to set the night on fi... re, cantarolei enquanto, pelo projetor de minha mente, vi o que estava prestes a acontecer.

As tábuas daquele velho moinho iriam tremer, arder em chamas, vergar de forma assustadora e cair, quebrando-se em centenas de pedaços chamejantes assim que as paredes incendiadas começassem a ruir, e o telhado, a desabar.

Chocada, cega por causa da fumaça, ela sentiria um medo aterrorizante. Tossiria. Engasgaria. Chorando, implorando para que alguém a salvasse, engatinharia sobre os joelhos sangrentos até a porta dos

O Último Grito 13

fundos — sua única esperança de fuga. Mas ela estaria trancada. O cadeado que eu havia aberto mais cedo para minha fuga estaria recolocado firmemente no lugar.

A fumaça preta encheria seus pulmões. Ela tossiria. Engasgaria. Gritaria. Espancaria a porta.

Mas não haveria ninguém para ouvi-la.

Ninguém para salvá-la.

A fumaça e o calor seriam aterrorizantes.

E ela estaria encurralada. Essa era a melhor parte. Esses últimos momentos brutais de vida. Será que gemeria e se lamentaria? Rezaria desesperada para um deus surdo? Veria a vida passar num flash e se arrependeria de todos os seus pecados?

Em questão de segundos, o prédio inteiro estaria tomado por chamas intensas e infernais.

Ela se sentiria como se os pulmões estivessem secando.

As chamas lamberiam sua pele nua.

A dor se espalharia por cada centímetro de seu corpo.

A pele começaria a descolar.

Ela saberia, naqueles últimos momentos desesperadores, que fora condenada ao inferno.

Entretanto, não saberia quem estava fazendo isso com ela.

Tampouco saberia por quê.

Não que isso tivesse importância.

Porque *eu* saberia.

Finalmente, o acerto de contas.

Em estado de pura excitação, quase sem conseguir pensar além do que estava prestes a acontecer, demorei-me no prédio escuro, próximo à parede dos fundos do cômodo amplo que havia servido de recepção. Esperando. O coração acelerado. Sentindo o suor escorrer pelas costas.

Onde estava ela?

Dei uma olhada no relógio, depois nas vidraças sujas através das quais vi os postes da rua emitindo uma luz pálida e azulada. Poucos carros passavam por ali.

Ela já estava atrasada cinco minutos.

— Vamos lá, vamos lá — sussurrei.

Relaxe. Ela nunca chega na hora. Você sabe disso.

Meus nervos estavam à flor da pele. E se algo desse errado? E se ela não aparecesse?

Não se preocupe. Ela virá... nada de pânico... nada de pânico.

Aos poucos fui soltando a respiração. Recostei a cabeça na parede. Fechei os olhos pelo que pareceu uma eternidade. Então chequei novamente o relógio. Quase dez minutos se haviam passado desde a hora do encontro. Merda! E se ela tivesse decidido fazê-lo esperar? E se eles tivessem brigado? E se tivesse ligado para ele para confirmar e percebido que havia sido enganada? E se tivesse chamado a polícia? Não, não, ela não faria isso. Não havia por quê. Ainda assim, meu coração batia descompassadamente.

Cerrei os punhos. Ela tinha que aparecer esta noite.

Tinha que aparecer!

Todo o meu plano não podia ir por água abaixo.

Ela tinha que morrer.

Naquela noite.

Mais cinco minutos de agonia se passaram, e ela já estava quinze minutos atrasada agora.

Filha da puta, filha de uma puta! Bati com a mão enluvada na parede. Eu precisava ir embora logo. Antes que alguém percebesse uma caminhonete estacionada num beco, poucos quarteirões ao norte.

Tudo tinha sido uma grande perda de tempo, um tremendo pé no saco!

Faróis reluziram contra as vidraças; o som do motor de um carro pontuou a noite.

Finalmente.

Todos os meus músculos se enrijeceram. Olhei de relance mais uma vez pela vidraça, mas tive apenas a vaga noção de um carro escuro entrando rapidamente no estacionamento.

Os pneus trituraram o cascalho esparso.

Ela está aqui!

Era agora ou nunca.

Com os dedos trêmulos, as luvas dificultando meus movimentos, programei o *timer*... Eu tinha três minutos para sair do prédio e entrar na caminhonete. Levaria dois minutos para correr até o beco, isso se eu corresse rapidamente e não encontrasse problemas. Eu tinha que sair naquele momento, mas não conseguia. Não ainda. Tão grande era minha fascinação pelo que estava por vir.

Ouvi passos e, em seguida, uma hesitação em frente à porta.

Silêncio... como se ela pressentisse que algo estava errado.

Prendi a respiração. Imaginei que ela estivesse apenas fazendo uma pausa para se arrumar — retocar o batom e pentear os cabelos com os dedos, para se certificar de que estava perfeita.

Meu Deus, que piranha!

Eu estava quase matando aquela mulher.

Entra logo!

Os segundos começaram a passar. Trinta. Trinta e cinco.

Vamos lá, vamos lá, sua piranha. Não me faça arrastar você para dentro.

Prendi a respiração e esperei no escuro. O *timer* era um equipamento simples; eu não poderia pará-lo. Uma vez acionado, ele contaria os segundos restantes e então detonaria. Não havia sistema à prova de falhas.

Eu tinha que sair. Naquele momento.

Mas tinha que ter certeza. Certeza de que ela iria morrer.

Pelo amor de Deus, entra logo!

A porta do estacionamento ainda não havia sido aberta.

Você devia tê-la esperado entrar para ligar o timer. *Para ter certeza de que ela entraria e você teria tempo suficiente para sair. Agora, está aqui sem poder ir embora!*

O suor escorria para os meus olhos. A adrenalina corria com força pelo meu sangue. Eu precisava fazer algo. E rápido.

Meu coração batia aceleradamente, ressoando em meus ouvidos.

Andei lentamente pelo corredor escuro, aproximando-me da porta dos fundos.

Vamos lá, sua piranha! Entre!

Finalmente, voltei a ouvir passos.

Sorri. Nem tudo estava perdido, afinal de contas.

O cadeado chacoalhou na porta.

Atravessei o corredor, para a saída dos fundos. Uma lufada do vento seco do verão me pegou em cheio no rosto.

Os passos atrás de mim soavam mais altos.

Pesados.

Pesados *demais*.

Droga!

O pânico tomou conta de mim.

— Você está aí? — chamou uma voz grossa, masculina, que ecoou pelo prédio vazio.

Um homem?

Filha da puta!

Não era ela.

A decepção percorreu meu corpo.

Todo aquele trabalho por nada.

— Ei! Onde você está? — Uma pausa, um risinho malicioso e o som de um isqueiro sendo acionado ao acender o cigarro. — Então está querendo ficar de joguinhos, hein? Por mim, tudo bem. Apareça, apareça, onde quer que você esteja.

Reconheci a voz. Achei que passaria mal ao perceber que o mataria. Mas era tarde demais. Eu não podia esperar. Já havia perdido

O último Grito

um minuto inteiro. Precisava sair naquele momento ou iriam me pegar. Me deter. Me submeter a um interrogatório policial.

Eu poderia gritar e avisá-lo. Arriscar me expor.

Mas, nesse caso, eu desperdiçaria minha próxima chance de matá-la.

De jeito nenhum.

Tirei o cadeado do bolso, passei-o pelas arandelas e girei o disco. Empurrei a fechadura. Ela não se soltou.

Então saí correndo.

Primeira parte

1977

CAPÍTULO 1

Era assim que o outro lado vivia.

Brig McKenzie atirou a jaqueta jeans no assento de sua Harley-Davidson malconservada. Franzindo os olhos contra o sol ofuscante, ficou olhando para o gramado bem-aparado que se elevava em camadas até o elefante branco que era a casa situada no alto de uma pequena colina. Muros de pedra davam suporte a cada camada de grama cortada, e roseiras carregadas espalhavam cor e perfumavam o ar. Nenhum dente-de-leão, nenhum trevo ou cardo se atreviam a invadir o tapete verde e denso de grama dos Buchanan.

Aquela fazenda — se assim poderia ser considerada — era muito diferente de sua própria casa, um trailer de 5,5 por 27 metros que ele havia dividido com a mãe e o irmão durante a maior parte da vida. Um caixote laranja, escorado em tábuas de 5 por 10 centímetros, servia como escada da frente. Mato seco e capim invadiam a entrada de cascalho. Uma placa de metal enferrujada pelo tempo de exposição balançava perto da janela frontal, coberta com tela, e anunciava leitura de mão e consultas psicológicas feitas pela Irmã Sunny, sua mãe. Parte índia, parte cigana e a melhor mãe que uma criança poderia querer.

Analisando a casa da família Buchanan, não sentiu nem um pouco da inveja que consumia seu irmão mais velho, Chase.

— Meu Deus, Brig, você deveria ver este lugar — dissera Chase mais de uma vez. — É uma mansão. Uma mansão do cacete, com empregados, cozinheiras e até chofer. Dá para acreditar? Em Prosperity, no Oregon, em Hicksville, EUA, um chofer de verdade. Cara, que vida! — Chase se recostara no outro lado da mesa, na cozinha do trailer, e sussurrara: — Quer saber, eu seria capaz de matar para ter um lugar como este!

Brig não estava tão impressionado assim. Sabia que o velho Buchanan tinha os próprios demônios com que lidar.

Agora, olhava para aquela estrutura de pedra cinza maciça e cedro, que constituía a casa de Rex Buchanan. Três andares desconexos com telhados de duas águas, janelas em arco, venezianas decoradas e mais chaminés do que se daria ao trabalho de contar. Um monumento erigido a um rei da madeira.

Buchanan era dono de quase tudo e de quase todos na cidade, e, de acordo com o que falava sua mãe, o velho Rex era praticamente um deus na face da Terra. Mas a mãe falava muitas coisas... coisas estranhas e sobrenaturais que aborreciam Brig. Apesar de Sunny McKenzie ter acertado em cheio mais de uma vez em suas previsões, ele não acreditava naquela baboseira astrológica. Era assustadora... provocava arrepios.

Não queria pensar em sua bela mãe, cujo marido a abandonara logo depois de seu nascimento. Em vez disso, concentrou-se nos vastos acres de terra que pertenciam à família Buchanan. Cercas pintadas de branco reluzente dividiam a zona rural em campos menores, onde cavalos caros — pela aparência, a maioria Quarto de Milha — pastavam na grama ressequida do verão. Pelagens sedosas reluziam sob a luz do fim de tarde — marrom, preta, canela, castanha — enquanto os animais espantavam moscas com o rabo. Cavalos de patas desengonçadas tentavam imitar suas mães e mastigar a grama desbotada pelo sol.

A fazenda parecia estender-se por quilômetros, acres e mais acres de campos secos que iam até o pé das colinas, onde agrupamentos densos de pinheiro e cedro, a espinha dorsal dos negócios de Buchanan, aguardavam o corte do machado do lenhador. A madeira naquela porção de terra valia uma fortuna.

O Último Grito 23

Isso, Rex Buchanan era o filho da puta de um homem abastado.

— Você é o McKenzie?

Brig relanceou por cima do ombro e viu um homem alto, com a pele castigada, nariz acentuado e olhos acinzentados e fundos. Vestido como se estivesse prestes a montar em um rodeio, um polegar engatado numa das presilhas das calças jeans empoeiradas, o homem saiu da porta da estrebaria e atravessou o pátio.

— Sou Mac. — Voltou com o chapéu na cabeça. O suor escorria de sua testa. — O chefe disse que você viria. — A expressão de Mac, de desconfiança subentendida, não se alterou. Cumprimentou Brig com uma mão calejada e manteve-a firme. — Sou o capataz da fazenda e vou ficar de olho em você. — Seu aperto intensificou-se mais um pouco, espremendo a mão do outro até lhe causar dor. — Não quero problemas por aqui, rapaz. — Por fim, soltou seus dedos. — Você não tem uma reputação muito boa na cidade, e não venha fingir que não sabe. O chefe, bem, ele é metido nessas causas de caridade e de gente ferrada, mas eu não. Ou você pega no pesado aqui e faz o que eu mandar, ou dá o fora. Está entendendo?

— Estou — respondeu Brig, com os pelos eriçados por baixo da camisa. Poderia achar divertida a forma como todos julgavam que ele não prestava, mas não achou. Não naquele dia. Não gostava da ideia de trabalhar para o velho Buchanan, mas, numa cidade do tamanho de Prosperity, além de ter poucas opções, já havia perdido mais do que sua parcela de empregos decentes. Aos dezenove anos, estava praticamente sem alternativa. Rangeu os dentes e disse a si mesmo que tinha sorte de estar ali. No entanto, uma parte sua, uma revolta interior que ele mal podia conter, dizia-lhe que trabalhar para Rex Buchanan seria o pior erro de sua vida.

— Ótimo. — Mac lhe deu batidinhas no ombro. — Então estamos entendidos. Agora, venha. Vou lhe mostrar por onde começar. — Seguiu na direção das cocheiras, Brig em seu encalço. — Espero você aqui às cinco e meia, todas as manhãs, e haverá dias em que vamos trabalhar até escurecer, até umas nove... dez horas. Você vai ganhar hora extra. O chefe não deixa de pagar o justo ao funcionário, mas vai querer que você fique até terminar qualquer trabalho que a gente estiver fazendo. Entendeu?

— Sem problemas. — Brig não conseguia esconder o sarcasmo na voz, e Mac parou subitamente.

— E não estou falando só de vez em quando. No verão, trabalhamos quase vinte e quatro horas por dia, e você não vai ter muito tempo para beber ou para sair com a mulherada. — Abriu a porta que dava para a estrebaria. A poeira circulava naquele ar viciado de odor de cavalos, esterco e urina. Moscas se debatiam contra vidraças empoeiradas e a temperatura da estrebaria parecia uns cinco graus mais quente do que do lado de fora. — Vamos deixar de conversa fiada, está bem? — Encarando Brig mais uma vez, apontou o dedo longo e ossudo para o seu peito. — Sei sobre você, McKenzie. Já ouvi tudo o que é história. Se não é sobre roubo, é sobre bebedeira, e, se não é sobre bebedeira, é sobre mulher.

Os músculos dos ombros de Brig se retesaram e seus dedos se fecharam, formando punhos cerrados, mas ele não disse uma palavra sequer, apenas encarou o cretino.

— A mulherada daqui é de família. Elas não precisam de nenhum mané da periferia babando no pé delas. Se tem uma coisa que, com certeza, deixa o velho puto é um garotão tarado tentando pegar uma das filhas dele. Sem falar no que o irmão mais velho delas é capaz de fazer. O Derek é um desses caras com quem você não vai querer se meter, ele tem uma maldade danada bem dentro dele. É do tipo possessivo e não vai deixar barato para ninguém que tente abusar das irmãs. A srta. Angela e a srta. Cassidy estão fora da mira, entendeu?

— Com toda a clareza — respondeu Brig, com um olhar de desprezo. Como se ele fosse querer uma das filhas esnobes de Buchanan. Havia visto a mais velha na cidade, uma mulher que sabia que era estonteante e implicava com os moleques atrevidos que ficavam à toa no Burger Shed. A mais nova não chegava nem perto da meia-irmã, mas sabia olhar diretamente para um homem. Corriam boatos de que ela era meio moleque, gostava de cavalos mais do que de rapazes e não conseguia controlar a língua afiada. No entanto, ainda era muito nova, mal havia completado dezesseis anos. Brig não estava interessado. Não tivera tido muito contato com as filhas de Buchanan. A gostosona de cabelos negros fora mandada para uma escola católica em Portland — Santa alguma coisa —, onde dormia de segunda a sexta, voltando para casa somente nos fins de semana, para se exibir para os rapazes, enquanto Cassidy era muito nova e cabeça-dura. Nenhuma das duas fazia o tipo de Brig. Gostava de mulheres atraentes, mas honestas; fáceis, mas inteligentes, sem planos futuros com ele. Não se interessava por mulheres ricas; elas geralmente significavam problemas. Deixaria para o irmão as garotas ricas que buscavam diversão com os caras errados.

Chase tinha tesão por dinheiro, por automóveis caros e mulheres ricas. Brig, simplesmente, não dava a mínima para nada disso.

Mac lhe explicava quais eram as suas responsabilidades:

— ...assim como puxar o feno e ajudar na mistura. Vamos colocar uma cerca até o riacho de Lost Dog, onde faz limite com a residência dos Caldwell, e então você vai poder trabalhar com os cavalos. Pelo que ouvi, já deve saber como controlar até o mais bravo do bando. — Eles passaram pelas portas dos fundos e ficaram parados, sob a sombra do barracão.

No cercado ao lado, um cavalo agitado, de dois anos de idade, se exibia. Tinha a cabeça alta, narinas se arreganhando no vento seco que soprava pelo vale, orelhas espichadas para o leste, onde um grupo de éguas jovens pastava. O cavalo roçou a pata no chão seco, jogou a cabeça para trás, soltou um relincho alto e saiu a galope de um lado para o outro do cercado, o rabo balançando como uma bandeira vermelha.

— Aqui está Remmington... bem, Sir George Remmington Terceiro ou qualquer outra merda dessas. Vai ser o cavalo da srta. Cassidy, só que é um teimoso filho da puta. Derrubou-a há duas semanas, quase destroncou os ombros dela, mas, ainda assim, ela insiste em domá-lo.

Mac bateu no bolso da camisa e pegou um maço de Marlboro amassado.

— Não sei quem é mais cabeça-dura. O cavalo ou a garota. Enfim, Remmington será sua primeira tarefa. — Com o Marlboro firme entre os dentes, deu uma olhada em Brig e acendeu o cigarro. A fumaça saiu pelas narinas de Mac. — Você dê um jeito de colocá-lo sob controle antes que a srta. Cassidy tente montá-lo de novo.

— Devo impedi-la de montar, se ela tentar?

Sorrindo, Mac tragou fundo o cigarro.

— Não conheço ninguém que consiga impedi-la se ela tentar, mas ela levou um tombo feio. Não é tola. Vai esperar.

O cavalo, como se pressentisse audiência, galopou até o lado mais distante do cercado, onde levantou uma nuvem de poeira e empinou-se, as patas da frente debatendo-se no ar.

Mac franziu os olhos.

— Ele é um danado de um demônio.

— Posso dar conta dele.

— Ótimo. — Mac parecia cético, mas Brig lhe mostraria que estava errado. Crescera entre cavalos e passara um bom tempo na fazenda de seu tio Luke, que o deixara aprender o ofício, mas precisou vender a fazenda. Desde então, Brig trabalhou em outros lugares, mas acabou sendo demitido de todos eles, não porque não tivesse um bom desempenho, mas porque não conseguia conter seu temperamento e deixava os punhos falarem por ele. O último emprego, apenas duas semanas antes, na casa de Jefferson, foi o pior. Acabou com o nariz quebrado e o pulso destroncado. Outro camarada, um que cometera o erro de chamá-lo de filho de uma "puta indígena", antes de ameaçá-lo com um soco do qual Brig conseguiu desviar-se, sentiu a dor de sua fúria todas as vezes que respirava, consequência de duas costelas quebradas. Não houve queixas. Muitos trabalhadores da fazenda presenciaram a briga e sabiam que Brig não tivera culpa.

— Está bem, então é isso. — Mac amassou o cigarro com a ponta de uma bota gasta de caubói, entrou pela porta da estrebaria e pegou uma pá. — Pode começar hoje limpando as baias. — Um vestígio de maldade brilhou em seus olhos quando jogou a pá para Brig, que a pegou rapidamente no ar. — Desde que faça como eu mandar, tudo vai ficar bem, mas, se eu descobrir que tentou me enrolar, você está fora.

Virou as costas para entrar na estrebaria, quando um homem recém-saído da adolescência, mais ou menos da mesma idade de Brig, bloqueou sua passagem. Alto e musculoso, com olhos azuis suspeitos, o rapaz limitou-se a encará-lo.

— Ah, este aqui é Willie. Ele pode te ajudar com a limpeza.

Brig sabia tudo sobre Willie Ventura. O débil mental da cidade. Um rapaz retardado que Rex Buchanan decidira abrigar, oferecendo-lhe emprego. Willie não era feio, mas os cabelos estavam sempre despenteados, a camisa suja, a boca mole a maior parte do tempo. Quando ficava pela cidade, tomava refrigerante no Burger Shed ou jogava algo parecido com sinuca na Burley's — uma casa de strip-tease.

— Willie — abordou-o Mac —, de agora em diante você vai trabalhar com o Brig.

Willie fez um movimento tímido com a boca e uniu as sobrancelhas numa carranca preocupada.

— Encrenca — disse ele gesticulando brevemente na direção de Brig e evitando seus olhos.

— Não, ele agora está trabalhando aqui. Ordens do chefe.

Willie não ficou satisfeito. Os lábios carnudos franziram-se numa careta.

— Encrenca das boas.

Mac esfregou o queixo e olhou novamente para Brig.

— É, bem — disse ele —, não há nada que eu possa fazer quanto a isso.

* * *

O ombro de Cassidy latejava, mas ela não deixaria nenhuma mula teimosa abatê-la. Engoliu duas aspirinas com um gole de água e saiu apressada do banheiro, as botas produzindo um barulho alto nos degraus rústicos da escada dos fundos. Já havia passado pela porta de tela, antes que a mãe pudesse alcançá-la. Descendo apressada a colina em direção à cocheira, ignorou o fato de que entardecia e de que logo escureceria. Noite ou dia, estava na hora de dar uma lição naquele cavalo desgraçado.

O suor se acumulava em sua testa — o calor da tarde ainda se fazia presente como uma praga. Até a leve brisa surtia pouco efeito na temperatura, que ficara em torno dos 38 graus a maior parte da tarde. As rosas haviam começado a murchar no calor, apesar do sistema de irrigação que lançava água do poço nos canteiros secos. Vespas sedentas e cruéis sobrevoavam a cabeça dos gotejadores.

Na estrebaria, não se preocupou em acender as luzes; ainda podia enxergar bem e não havia motivo para deixar a mãe a par do que estava prestes a fazer. Dena Buchanan daria um chilique se soubesse que a filha a estava desobedecendo propositalmente. De novo. Embora nunca tivesse dito, Cassidy tinha certeza de que a mãe gostaria que ela fosse mais como Angie, sua meia-irmã: bonita, louca por rapazes, Angela fazia dieta para manter a cintura fina e escovava os longos cabelos negros até ficarem brilhantes. Suas roupas vinham das lojas mais requintadas de Portland, Seattle e São Francisco, onde às vezes a convidavam para desfilar. Com uma pele impecável, maçãs do rosto acentuadas, lábios carnudos e olhos tão azuis quanto o céu de verão, Angie Buchanan era, sem dúvida, a garota mais bonita em toda a cidade de Prosperity.

Os rapazes eram loucos por ela, que os seduzia sem piedade, sentindo prazer com a adoração, o desejo e a frustração sexual deles. Até Derrick parecia encantado quando ficava perto da irmã.

O que bastava para deixar Cassidy enojada.

Ela arrancou a cabeçada de couro de um gancho na sala de arreamento e encontrou Remmington em sua baia. Sob a luz fraca, seus olhos suaves continham uma centelha de fogo. Sim, aquele ali gostava de um desafio. Bem, ela também.

— Está bem, seu turrão desgraçado — disse, em seu tom mais persuasivo. — Está na hora de você aprender umas coisinhas.

Passou pela portinhola, entrou na baia e sentiu certa tensão no ar. O cavalo raspou a pata no feno e bufou, o branco de seus olhos visíveis no escuro.

— Você vai se comportar direitinho — disse ela, passando o freio pela cabeça de Remmington e sentindo seus músculos tensos tremerem quando se atrapalhou com as tiras. — Nós só vamos dar um belo passeio...

Uma mão bateu em seu braço.

Cassidy gritou. O coração quase parando. Virando-se, ia continuar a gritar até que reconheceu Brig McKenzie. A última aquisição de seu pai. Esse pensamento a aborreceu. Havia escutado histórias sobre Brig e admirava seu traço irreverente, nem uma só vez acreditando que, como tantos outros na cidade, ele um dia acabaria se tornaria uma possessão de Buchanan.

Alto, de ombros largos, pele bronzeada e nariz que havia sido quebrado mais de uma vez, Brig encarou-a como se *ela* tivesse feito algo errado.

— Que diabo você acha que está fazendo? — quis saber ela, tentando afastar o braço, mas não conseguindo.

— Quer saber? Isso era exatamente o que eu ia lhe perguntar. — Olhos azuis furiosos a avaliaram. Lábios finos, quase cruéis, esticaram-se por sobre seus dentes. E ela soube, numa fração de segundos, por que tantas garotas na cidade o achavam perigosamente sexy.

— Vim aqui pegar o meu cavalo e dar uma volta...

— De jeito nenhum.

— Está achando que vai me impedir? — escarneceu ela, abalada com a forma como ele a segurava, furiosa por ele tentar lhe dizer o que fazer. Verdade fosse dita, Cassidy estava mais do que um pouco encabulada por ele ter entrado sem ela ouvir, mas não iria deixar aquele constrangimento transparecer.

— É minha obrigação.

— Remmington é obrigação *sua*? Desde quando?

— Desde ontem. — Sua voz saiu grossa e próxima, sua respiração muito quente quando sussurrou em seu ouvido.

— Seu pai me contratou para treinar o seu cavalo.

— Meu pai contratou você para trabalhar no campo.

— E com este cavalo.

— Não preciso de ajuda.

— Não foi isso que eu ouvi.

— Então ouviu errado. — Afastou o braço e fez uma careta quando a dor irradiou pelo ombro. — Este cavalo é meu e faço o que quiser com ele.

Uma bufada irônica.

— Segundo ouvi dizer, ele é que faz o que quer com você.

— Suma da minha frente... — avisou e, para seu desgosto, Brig riu baixinho, galante, sem muita emoção. Não se moveu, simplesmente ficou entre ela e o animal, olhando para o mundo como um caubói valentão determinado a ter as coisas a seu modo. Tinha o queixo firme e proeminente, os olhos franzidos de forma obstinada. Cheirava a suor, a cavalos e a couro, junto com leve odor de fumaça de cigarro.

Seu coração acelerou, viu o olhar dele descer até o seu pescoço, onde sentiu a pulsação latejar furiosamente. Por alguma razão, era como se a estrebaria estivesse se desfazendo, como se, de repente, eles fossem as únicas duas pessoas no universo. Ciente de que seu peito inflava e murchava com muita rapidez, desejou que não estivesse fazendo tanto calor. Calor suficiente para o suor encharcar as costas de sua camisa.

— Por que você ainda está aqui, tão tarde assim? — Hora de colocá-lo na defensiva.

— Só estou pondo algumas coisas no lugar. — Brig soltou a cabeçada com facilidade, como se já tivesse feito isso milhares de vezes. O bocado de freio ressoou quando deslizou as tiras de couro pelo cavalo, que balançou a cabeça graúda.

— Então você já está indo embora.

Mais uma vez, a risada desprovida de humor.

— Não conte com isso. — Ele passou pela portinhola e a abriu para Cassidy. Ela não teve escolha a não ser acompanhá-lo. — Devo passar a noite por aqui — disse Brig, voltando com o trinco para o lugar.

— Você não faria isso.

— Quer ver? — A voz dele saiu desafiadora. Firme. Nada deixaria Cassidy mais satisfeita do que levar a melhor em cima de Brig, aqui e agora, mas ela não sabia como. Se, como ele falara, fora contratado por seu pai, tinha todo o direito de estar na estrebaria. Se estivesse mentindo... bem, não estava. Ninguém poderia ser tão burro assim. Ouvira muitas histórias sobre Brig McKenzie. Algumas brutais, outras extremamente desagradáveis, mas ninguém jamais o acusara de tolo. Ah, havia cometido sua parcela de estupidez, mas só quando estava bêbado ou envolvido com mulher.

A ideia de vê-lo deitado com uma mulher, fazendo amor com ela, com seu corpo robusto e vigoroso, provocou reações estranhas no corpo de Cassidy, fez seu estômago revirar e um fluxo de sangue quente lhe invadir a face. Ela bloqueou aqueles pensamentos.

Ultimamente, desde que Rusty Calhoun a beijara atrás do estádio de futebol, pressionando suas costas contra a parede áspera de cimento, Cassidy vinha pensando muito em homens e mulheres e no tipo de coisas que eles faziam a portas fechadas. Rusty chegara até mesmo a lhe abrir a blusa, passando desajeitadamente a mão em seu sutiã e tentando acariciá-la antes que ela se afastasse. Beijá-lo não fora tão desagradável assim, mesmo os dois sendo adolescentes atrapalhados, mas fazer qualquer coisa além disso era um pouco assustador. Tentador, mas assustador. Rusty lhe telefonou todas as noites desde então, mas eles não saíram juntos de novo. Não estava pronta para o tipo de diversão que ele esperava. Além disso, suspeitava que ele apenas a estava usando para se aproximar de Angie.

Todos os rapazes queriam Angie.

Sendo assim, por que estava tendo aqueles pensamentos proibidos com Brig McKenzie?

Ele era mão de obra contratada. Não poderia lhe dizer o que fazer, embora estivesse bem ciente dos olhos dele a seguindo quando voltou para a casa com passos largos e rijos.

Uma vez de volta à varanda dos fundos, tirou as botas e subiu as escadas até o quarto. Ouviu a música tocando no rádio da cozinha e a voz macia de um repórter saindo alta da televisão na saleta. De um jeito ou de outro, encontraria uma forma de driblar Brig McKenzie. Ele não poderia ficar dia e noite montando guarda sobre Remmington. Ou poderia?

Com o coração batendo mais forte do que deveria, Cassidy trancou a porta e foi calmamente para o quarto, sem se importar em acender a luz. Diante da janela aberta, fez uma pausa e olhou para além do pátio da estrebaria. O anoitecer havia encoberto os campos com suas sombras púrpuras, e apenas algumas poucas silhuetas escuras — os cavalos que podiam ficar do lado de fora dia e noite — pontuavam os campos amarelados, ressequidos pelo sol. Mas Brig estava ali. Debruçado sobre a cerca, olhando para a janela dela. Ele acendeu um fósforo e, por um segundo, seu rosto foi iluminado no anoitecer. Com traços cinzelados, fortes, angulosos e retos, sobrancelhas negras espessas, seus olhos de um tom místico de azul não hesitaram encará-la enquanto acendia o cigarro e, depois, de forma estudada, apagava o fósforo.

Com a garganta seca, Cassidy agarrou-se à moldura da janela com dedos rígidos. Mordendo o lábio, ficou olhando para fora, para onde aquela figura solitária se debruçava sobre ripas brancas de madeira. A ponta de seu cigarro ficou em brasa, e o leve odor acre da fumaça subiu pelo ar, deixando para trás os aromas de grama recém-cortada, rosas secas e poeira. Insetos zumbiam na noite quente, e Brig fumava em silêncio, uma sentinela sombria determinada a fazer as coisas do seu jeito. Tão teimoso quanto o cavalo que Cassidy queria dominar.

Bem, ele não poderia ficar ali para sempre. Ela teria apenas que superá-lo em paciência e esperteza. Ao sair da janela, ouviu novamente sua risada baixa e debochada parecendo ricochetear nas colinas distantes.

CAPÍTULO 2

Jed Baker batia com os dedos no volante ultramoderno de seu novo Corvette. Estacionado em frente ao Burger Shed, deixou as chaves na ignição e o rádio ligado enquanto tomava sua Coca, com o olhar fixado na área de piquenique, logo atrás do pequeno restaurante, onde algumas poucas mesas estavam reunidas sob a sombra de três árvores gigantes. Angie Buchanan e Felicity Caldwell, sua melhor amiga, estavam sentadas ali, lambendo distraidamente o ketchup das batatas fritas e tomando refrigerante, como se não percebessem que ele e Bobby estavam dentro do conversível, olhando para elas. "Hotel California", dos Eagles, tocava no rádio, as notas familiares saindo das caixas de som, embora Jed mal estivesse ouvindo. Franzindo os olhos contra o sol, disse:

— Ela ainda não sabe, mas eu vou tirar o cabaço dela. — Seus olhos se acenderam em deliciosa consideração enquanto balançava o gelo triturado da Coca-Cola.

— Sei, e eu vou ser o papa — respondeu Bobby Alonso, com um sorriso debochado. Terminou o milk-shake de chocolate num só gole e ficou observando pelo para-brisa, o olhar nunca se desviando de Angie.

Angie e Felicity. Que dupla! A filha mais velha do homem mais rico da cidade e a filha única de um dos juízes mais proeminentes do condado. As garotas riam e conversavam, sussurrando segredos,

O Último Grito   35

dando risadinhas maldosas e acomodando seus adoráveis lábios rosados em torno do canudo de seus refrigerantes.

Jed ficava de pau duro só de olhar para Angie e quase conseguia sentir seu sabor. Bobby podia não acreditar, mas Jed não estava brincando. Antes do fim do verão, ele planejava transar com Angie.

— Se quer saber a minha opinião, ela já transou — disse Bobby, jogando o copo descartável pela janela, acertando a lata de lixo. Havia calda escorrendo pelas laterais da lata e abelhas e moscas voando sobre restos de comida.

Os dedos de Jed se fecharam no volante.

— Com quem?

— Sei lá, mas ela é... tão gostosa. — Bobby lambeu o resto de milk-shake dos lábios. — Não pode mais ser virgem.

— Como se você entendesse muito do assunto. — Jed não conseguia esconder sua irritação. A ideia de mais alguém a tocando o deixava vermelho de raiva. Ela era tudo o que ele queria numa mulher. Boa aparência, sorriso atraente, seios fartos e rios de dinheiro. A preferida das filhas de Rex Buchanan, Angie, com certeza, herdaria uma fortuna quando o velho morresse e, mesmo que não herdasse, era uma mulher e tanto.

Um guardanapo ganhou impulso com a brisa, voando da mesa. Angie inclinou-se para pegá-lo. Sua saia curta cor-de-rosa subiu-lhe pelas coxas capazes de apertar as costelas de um homem até o ponto de se quebrarem. O tecido rosado esticou-se de forma sedutora por seus quadris, e Jed teve a visão de apenas um vestígio de renda — fosse de sua anágua ou de sua calcinha, e aquele pedaço de paraíso o fez gemer.

— Ela é minha — murmurou bem baixinho. Com a garganta subitamente seca, bebeu o último gole do refrigerante. Estava tão excitado que achou que iria explodir; não queria mais ninguém, a não ser Angie. Havia outras garotas — várias delas — que transariam com ele, mas não estavam à altura de Angie. Garotas fáceis. Corpos à disposição.

Quando girou a chave na ignição e o motor de seu carro ganhou vida, imaginou como seria pressionar seu corpo contra o de Angie na cama, seus cabelos despenteados como uma nuvem de seda negra, os olhos sonolentos e azuis, os lábios rosados sussurrando seu nome em ansioso abandono. Fantasiou como ela se debateria sob seu corpo, implorando por mais, oferecendo-se para fazer coisas com as quais ele só poderia sonhar.

Os pneus cantaram quando o carro saiu da vaga do estacionamento. Em seguida, ao ajustar o retrovisor, percebeu que Angie olhava para ele. Sim, ela estava interessada. E ele não podia esperar para lhe dar o que ela queria.

— Você está sonhando — disse Bobby quando Jed passou a marcha e saiu acelerando pela cidade.

— Quer apostar?

Lojas antigas com falsas fachadas do século XIX foram ficando para trás. O sinal ficou amarelo e Jed pisou no acelerador. O carro avançou, passando pela interseção assim que o amarelo virou vermelho. O velho moinho, uma relíquia da família Buchanan, passou como um borrão.

Bobby riu.

— Você é doido, mas vou aceitar a aposta. — Sorriu exibindo dentes brancos e alinhados. — Está valendo. Quanto?

— Vinte pratas.

— Cinquenta.

Jed não corria de uma aposta.

— Fechado.

— Mas eu preciso de provas.

— Como o quê?

— Uma foto dela nua.

— Ah, espera aí...

— Ou ela mesma poderia me contar. — Bobby sorriu com malícia, e Jed teve a sensação esmagadora de que seu melhor amigo a desejava também.

Baixando os olhos para a marcha, desviou o olhar até a virilha de Bobby. Com certeza, estava com o pau duro fazendo pressão contra

O *Último Grito* 37

as calças jeans. Diabo. Passaram pela placa que dava boas-vindas aos turistas.

— Talvez a gente pudesse fazer disso um lance mais interessante — sugeriu Bobby, com um olhar malicioso que já havia levado o coração de colegiais às alturas. — Que tal quem transar com ela primeiro ganhar a aposta?

Jed pisou no freio. O carro rateou. Pneus caros cantaram quando o Corvette deslizou para o acostamento de cascalho da estrada do condado.

Uma caminhonete que estava logo atrás desviou rapidamente, passando para a pista de mão contrária. A buzina soou com força. O motorista, furioso, praguejou de sua janela aberta assim que retornou à pista correta, escapando dos carros que vinham em sua direção, mas Jed mal ouviu as imprecações. A cabeça ainda estava confusa com a sugestão lasciva de Bobby.

— Não brinque comigo neste lance — advertiu-o, o queixo tão tenso que chegou a doer quando encarou o amigo, cheio de fúria. Sentiu as narinas se arreganharem e tremerem de raiva. — Ela é minha, e eu não estou brincando. — Agarrou Bobby pela camisa. O algodão macio amassado entre seus dedos gordos. — Entendeu? Ninguém mais bota as mãos nela. Ninguém! Eu não só vou transar com ela, como farei dela minha esposa.

Bobby teve a audácia de rir.

— Ah, porra, cara, você *tá* maluco.

Jed o sacudiu com força, mas Bobby não se sentiu intimidado. Muito embora Jed fosse maior, ele era atleta, a estrela do time de futebol do ano anterior e o melhor lutador de luta greco-romana de sua categoria no distrito. Os quinze quilos a mais do amigo não lhe seriam de grande valia, porque ele era muito ágil — conseguira uma bolsa para lutar no Estado de Washington. Se acabassem no soco, levaria vantagem, mas Jed não estava dando a mínima. Trataria o amigo da mesma forma como era tratado. — Ela é minha — afirmou novamente. — Só não sabe ainda.

— Quando você está planejando lhe dar a notícia? Antes ou depois de tirar o cabaço dela? — Os olhos escuros de Bobby se elevaram nos cantos. Ele estava rindo, mas aquilo não era piada.

Pela primeira vez, Jed ficou totalmente sério. Havia passado os últimos dois meses pensando no que queria de Angela Marie Buchanan. A resposta era *tudo*. Ele a amava.

— Em breve. Vou contar em breve. — Jed largou a camisa de Bobby, e sua raiva se dissipou no calor escaldante que parecia exercer uma pressão vinda do sol.

Bobby bufou.

— Já passou pela sua cabeça que ela poderia rir na sua cara? Que ela pode vir a mudar de cidade? Ouvi dizer que está indo para uma escola bacana no leste. Qual é o nome da escola naquele filme que passou uns anos atrás, *Uma História de Amor*, não era Radcliffe ou uma porra dessas? Ela talvez tenha outros planos.

O sorriso de Jed saiu lento e maldoso.

— Então ela vai ter que mudar de planos, não vai?

— O Jed está a fim de você — disse Felicity assim que Angie estacionou seu Datsun esportivo perto da garagem.

— Agora conte uma novidade.

Levantando a juba pesada e ruiva da nuca, Felicity balançou a cabeça e olhou de relance para a amiga.

— Está com tanto tesão que nem se aguenta.

Angie não estava interessada. Jed Baker era um imbecil. Um rapaz grandalhão e obeso que mais parecia um boi.

Saíram do interior refrigerado do carro prateado, e Angie sentiu o calor do fim de tarde lhe grudar na pele. Deus do céu, estava quente. A blusa colava, o couro cabeludo suava e ela não dava a mínima para Jed Baker. Ele era só um garoto. Dezenove anos. A mesma idade que ela.

O *Último Grito* 39

— Acho que ele está apaixonado por você — continuou Felicity ao bater a porta do carona e examinar a área de estacionamento perto da garagem.

Estava claramente procurando o carro de Derrick, mas sua caminhonete preta não estava à vista, o que fez seus lábios se curvarem. Por um segundo, sentiu-se desesperada. Um sentimento que Angie entendia muito bem. Reconhecia-o cada vez que se olhava no espelho. Mas não queria pensar nisso... não agora.

— Jed Baker é apaixonado por pôquer. Adora beber. Mas não me ama — disse Angie, tentando se manter concentrada na conversa. — Além do mais, não quero um garoto. — Relanceou para o pátio da estrebaria, os olhos atentos, até se fixarem nas costas nuas de Brig McKenzie. Ele estava trabalhando com um dos cavalos, e o animal o desafiava. Seus olhos estavam em brasa, a cabeçorra puxando com força a rédea, tentando se desvencilhar do homem insistente. O salto das botas de Brig estava coberto de poeira e, quanto mais o cavalo resistia, mais ele puxava a corda, os ombros brilhavam de suor, o rosto demonstrava determinação. Era como se ele não percebesse nada nem ninguém além do animal, e Angie sentiu uma reviravolta no estômago. Imaginou como seria se Brig olhasse para ela daquela forma, com o mesmo brilho de obstinada perseverança que ele impunha ao animal selvagem. Embora não fosse muito mais velho do que ela, Brig McKenzie parecia ter anos de experiência a mais do que os outros rapazes da cidade. Poderia dar a ela o que ela queria. O que precisava.

Afastando os cabelos do rosto, atravessou o asfalto quente e debruçou-se sobre a cerca, satisfeita em observar o movimento de tendões e músculos nos ombros e braços daquele homem.

O cavalo tentou resistir e Brig conversou com ele, com a voz baixa e macia, um murmúrio rouco que fez Angie ficar com a nuca arrepiada.

— O que ele está fazendo aqui? — perguntou Felicity, alcançando-a.

— O papai o contratou na semana passada.

— Por quê?

— Para trabalhar na fazenda — Angie ficou irritada com as perguntas de Felicity e com o tom esnobe de sua voz. Muitas coisas a incomodavam com relação à amiga ultimamente, mas, também, não era para menos. Angie não andava no seu costumeiro bom humor nas últimas semanas. — Ele é considerado o melhor adestrador de cavalos do condado.

— É, quando não está preso — murmurou Felicity. — Ou dormindo com a mulher de alguém.

— Ele não tem ficha na polícia — sussurrou Angie com veemência, surpresa com o quanto sabia sobre Brig McKenzie e abalada com o fato de se sentir compelida a defendê-lo. — Quanto ao lance de ser mulherengo... certamente é exagero. — Deixou os olhos descerem pela linha da espinha dorsal de Brig, abaixo da curva da cintura. Seu cinto era uma tira grossa de couro cru que descansava baixo nos quadris. O brim estava ralo e desbotado na altura das nádegas, e um furo exibia um centímetro de coxa musculosa. Sentiu o estômago revirar e apertar-se e, de repente, ficou difícil respirar. — Como você pode ver — disse baixinho, de forma que só Felicity pudesse ouvir —, ele não é nada mal.

— Se está a fim de descer até esse nível...

Como se a tivesse ouvido, Brig virou-se e seus olhos, de um tom indolente de azul, pareceram arder diretamente para ela.

— Alguma coisa que eu possa fazer por vocês? — perguntou ele. Sua voz, antes tão firme com o cavalo, saía impaciente agora.

— Só estamos observando você — disse Angie, com um sorriso que normalmente derretia o coração dos rapazes.

— Está gostando do que vê?

Ela não conseguiu evitar o ímpeto de molhar os lábios.

— Está bom. Mas já vi melhores.

Com uma sobrancelha negra arqueada, ele lhe lançou um sorriso malicioso e audaz que, mesmo sem palavras, a chamou de mentirosa.

O *Último Grito* 41

— Então não precisa mais ficar olhando, precisa? — Com isso, voltou-se novamente para o cavalo e Angie sentiu um calor crescente lhe subindo a nuca.

Felicity não conseguiu conter o riso a tempo, Angie girou nos calcanhares, saindo a passos pesados, a pulsação acelerada nas faces ruborizadas.

— Babaca insolente — disse, furiosa, ao subir o caminho de pedras que fazia a curva na direção da vasta varanda da frente. Mortificada, escancarou a porta e entrou apressada no vestíbulo. Como *ousava* insultá-la? Ele era um joão-ninguém. Corriam boatos de que era filho bastardo também. Ah, meu Deus, estava começando a soar tão esnobe quanto Felicity.

Parou no banheiro, jogou água no rosto e uniu-se a Felicity na cozinha. Os olhos verdes da melhor amiga cintilavam de humor à sua custa, mas ela teve o bom-senso de não implicar com Angie naquele exato momento.

— Quer algo para beber? — perguntou Mary. Mulher corpulenta que gostava das coisas que fazia, Mary cozinhava havia anos para a família Buchanan e fora contratada muito antes de a mãe de Angie morrer e seu pai casar-se com Dena. Angie fez uma careta ao pensar na madrasta — tão pálida e sem vida em comparação à primeira sra. Buchanan. — Temos chá gelado. Ou limonada. — Mary já estava abrindo a geladeira e pegando duas jarras geladas.

— Chá — respondeu Felicity.

— Boa ideia — concordou Angie ao olhar para a lateral da casa pela janela projetada. Teve uma visão da estrebaria e do cercado, onde Brig ainda trabalhava com o cavalo teimoso. Seus cabelos negros brilhavam sob a luz do sol, e sua pele ainda reluzia de suor. De um ponto de vista puramente sensual e animalesco, ele era perfeito. Forte, musculoso, com nádegas firmes, queixo quadrado e olhos que pareciam olhar diretamente para dentro ela. Um desafio. Com má reputação já firmemente estabelecida. Uma escolha natural. Um homem com quem poderia blefar. Alguém que seu pai, apesar de toda a filantropia ridícula, poderia odiar.

Mary, planejando bater cada centímetro de carne dura de um pedaço enorme de bife de fraldinha, deixou dois copos gelados na bancada e retornou ao trabalho. Seu batedor de carne dentado começou a martelar a carne crua quando Angie pegou o copo e saiu.

— Quando o Derrick vai voltar? — perguntou Felicity, casualmente, embora houvesse um tom de preocupação em sua voz. Elas seguiram por um caminho de tijolos e pedras que ficava depois dos canteiros de flores de Dena, passando pelas roseiras até a piscina.

Angie encolheu os ombros e sentiu uma pontada de tristeza pela amiga. Derrick perdera interesse por ela meses atrás. Saía com ela apenas para mantê-la na fila, esperando. Afinal, ela era filha do juiz e estava disposta a dormir com ele independentemente da forma como a tratava.

— Quem tem como saber? — Deslizando os óculos de sol pelo nariz, acomodou-se numa espreguiçadeira perto de uma jardineira de terracota repleta de fúcsias. Botões roxos e cor-de-rosa caíam de hastes cheias de folhas. Pensativa, tomou um gole do chá e observou os cubos de gelo derreterem em volta de uma única fatia de limão. — Se eu fosse você e estivesse a fim do Derrick — disse, sentindo a amiga fica perturbada —, eu daria uma de difícil.

— Tarde demais para isso.

— Nunca é tarde demais. — Angie analisou a luz do sol refletida na superfície clara da água da piscina. Rangeu os dentes. Pelo canto dos olhos, espiou Willie andando no meio dos rododendros, no lado oposto da piscina. O retardado estava sempre às voltas, espiando, com aparência de que começaria a salivar a qualquer momento. — Detesto o jeito como ele fica andando por aí — reclamou ela, inclinando a cabeça para a sombra, onde Willie se fingia ocupado, espalhando adubo feito de cascas de tronco. — Me dá arrepios, mesmo sabendo que ele é inofensivo.

Felicity recostou-se na cadeira.

— Inofensivo? Talvez a gente devesse dar a ele um pouco com o que se distrair.

— O que você está insinuando? — perguntou Angie, sentindo uma pontinha de excitação. Felicity tinha um lado meio grotesco... um que faria os cabelos grisalhos do pai ficarem brancos.

Com um risinho maldoso, puxou a camiseta por cima da cabeça. O sutiã surgiu decotado e rendado sobre seus seios alvos. A linha de seu bronzeado tornou-se visível, e a renda transparente e apertada mal escondia os discos rosados de seus mamilos.

— Isso. — Levantou os braços por cima da cabeça, apertando os seios para conseguir volume onde antes não havia nenhum. — Vamos nadar sem roupa? — Levou a mão ao zíper das bermudas.

— Pare com isso! E se Dena aparecer? Ela está sempre rondando a casa! — Mordendo os lábios, Angie olhou de relance para a janela da suíte principal e ficou aliviada ao descobrir que a madrasta não estava espiando pelas persianas.

Felicity suspirou, soprando a franja para afastá-la do rosto, antes de voltar com a camiseta pela cabeça.

— Eu só queria ver o que o otário faria se visse uma mulher de verdade.

— O que você achou que ele faria? — Angie voltou o olhar para a sombra em que Willie estivera fazendo sua vigília, mas ele já havia ido embora. Apenas as folhas dos rododendros se moveram na esteira quando ele fez sua retirada apressada. — Pare de joguinhos com ele.

Felicity riu e puxou os cabelos pelo decote da camiseta.

— E o que você estava fazendo com Jed e Bobby?

— É diferente.

— Por quê? Por que o QI deles é superior a vinte?

— Quem disse isso? — perguntou Angie, sorrindo, ao se lembrar do Burger Shed e do olhar penetrante de Jed.

— Qualquer um dos dois faria o que você quisesse, sabe disso. — As palavras de Felicity estavam carregadas de um toque de inveja.

— Você acha? — A ideia trazia possibilidades.

Pressionando os lábios no copo, Felicity concordou:

— *Qualquer* coisa.

— Pena que eu não queira nada com eles — disse Angie, empurrando a sandália com o dedo do outro pé ao se recostar na almofada alaranjada da piscina.

— Por que não?

— Estou de olho em outra pessoa. — Podia muito bem plantar as sementes da dúvida agora. Seus lábios se curvaram num sorriso pensativo.

— Quem? — perguntou Felicity.

Angie fez uma pausa, vendo a amiga franzir as sobrancelhas.

— Brig McKenzie.

— Não!

— Por que não?

— Por um milhão de motivos! — sussurrou Felicity, embora seus lábios tenham se curvado num sorriso. — Para começar, ele é sinônimo de encrenca e... bem, acho que pode ser perigoso.

— Talvez eu goste de encrenca e de perigo.

— Pelo amor de Deus, ele mora num trailer, e a mãe dele é um tipo de bruxa ou coisa parecida.

— Vidente.

O nariz bem-delineado de Felicity se contorceu em desgosto.

— Ela é parte índia e parte cigana. Isso faz dele...

— Interessante — disse Angie, gostando da ideia que se formava em sua mente. — Aposto que ele daria um amante e tanto. Você disse que ele já andou com um monte de mulheres.

— E você disse que devia ser boato.

— Talvez eu deva descobrir — ironizou Angie.

— Ai, meu Deus... — Felicity tomou fôlego e engoliu em seco. — Você não está pensando em...

— Por que não? — Angie afastou os cabelos das faces e sentiu o calor do sol acariciar-lhe o rosto. — Acho que Brig McKenzie é, simplesmente, o homem certo para me fazer mulher.

CAPÍTULO 3

— Está certo — disse Angie num sussurro que flutuou no ar quente do verão. — Vou ver se todos esses boatos sobre Brig McKenzie são verdadeiros.

As palavras ecoaram baixo pelo jardim, e Cassidy, escondida pelo arco enfeitado de roseiras enquanto carregava a toalha e o rádio, quase tropeçou no caminho. Controlando-se, fez uma pausa antes que a irmã e a amiga pudessem vê-la. *Que boatos?* Parecia que todos os dias havia um boato novo com relação aos irmãos McKenzie.

A risada de Felicity foi cruel.

— É melhor que sejam, porque se o seu pai descobrir que você está a fim de seduzir um dos empregados dele...

— Ei, espere um momento. Você entendeu tudo errado — interrompeu Angie. — *Ele* é que vai me seduzir. Só não percebeu ainda.

— Bem, o que mais se pode esperar? Certamente ele é todo músculos e nenhum cérebro.

Cassidy não podia acreditar no que ouvia. O que Angie estava pensando? Estava mesmo planejando *fazer isso? Com Brig?* A ideia a deixou enojada, não porque Brig fosse um empregado, mas porque a vida dele estava sendo planejada — manipulada — e ele nem desconfiava. Talvez isso não tivesse importância. Era antipático mesmo, mas a ideia de Brig e Angie se beijando, se tocando e ficando suados fez seu estômago embrulhar.

— Quando? — perguntou Felicity, aproximando-se.

— Breve.

O sorriso de Felicity alargou-se, felino. Ela quase ronronou.

— Ele nunca vai saber o que se abateu sobre ele.

Cassidy já havia ouvido o suficiente. Tossindo alto, passou pelo arco, os pés descalços, de repente parecendo esmagar as pedras do caminho.

A conversa parou. Angie e Felicity trocaram sorrisos maliciosos.

— O que você está fazendo andando escondida por aqui? — perguntou Angie ao pegar o chá gelado e fazer careta para os cubos de gelo que estavam derretendo.

— É o que está parecendo? Só pensei em nadar um pouco.

— Você não acha que deveria tomar uma chuveirada antes? — Angie torceu levemente o nariz ao perceber a poeira acumulada na pele da irmã mais nova.

— Estou bem assim. — Cassidy não iria se meter numa discussão com a irmã. Pelo menos não agora, quando seus ouvidos estavam ressoando com o que acabara de ouvir.

Felicity correu os olhos pelo corpo de Cassidy — as bermudas jeans com a bainha desfiada, as marcas em suas pernas, a blusa vermelha aberta, revelando o sutiã de seu biquíni. Cassidy quase ruborizou. Sabia que não era tão bem-dotada quanto as duas; na verdade, esperara que seus seios tivessem crescido nos últimos anos. Parecia que eles mal haviam começado a se desenvolver e então pararam completamente.

— Cuidado — aconselhou Felicity. — O bom e velho Willie está escondido por aí tentando dar uma espiadinha de graça.

— Eu falei que ele é inofensivo. — Angie balançou o chá.

Revirando os olhos, Felicity disse:

— Ele é um homem adulto com o cérebro de um menino de dez anos. Praticamente inofensivo.

Cassidy não estava preocupada com Willie. Tirou a blusa e as bermudas, puxou os cabelos para trás, prendeu-os num rabo de cavalo

O Último Grito 47

e entrou rapidamente na água. Nunca gostara de Felicity Caldwell e não sabia o que Angie via naquela ruiva. Felicity não era tão bonita quanto Angie, mas era a filha do juiz Caldwell, um bom amigo de seu pai. Rex e o juiz — seu nome verdadeiro era Ira, mas todos o chamavam de O Juiz — jogavam golfe, caçavam e bebiam juntos. Conheciam-se desde sempre, e Felicity e Angie haviam crescido juntas. Além disso, desde que Cassidy podia se lembrar, Felicity tivera os olhos e o coração voltados para Derrick.

Cassidy subiu à superfície, sacudiu a água dos cabelos e começou a nadar de uma borda a outra da piscina. Felicity e Angie foram embora. Bem, melhor assim, Cassidy não queria mais pensar em Brig e em Angie, e no que eles fariam juntos caso ela levasse as coisas do seu jeito. E o que os deteria? Nada. As histórias sobre Brig McKenzie eram lendas; até mesmo ela ouvira algumas. Se toda a fofoca da cidade pudesse ser levada em consideração, ele havia aquecido mais camas do que todos os cobertores elétricos de Prosperity. Cassidy não sabia se acreditava nos boatos, mas não podia negar que ela mesma, por sua vez, havia percebido que ele era sexy de forma bem barulhenta, do tipo não dou a mínima para nada. Algumas pessoas chegavam a considerá-lo perigoso, e seu passado era negro o bastante para isso provar ser verdade. Algumas mulheres pareciam gostar de flertar com o perigo — como mergulhar o dedo do pé num lago profundo e fantasmagórico sem, de fato, saltar para dentro dele. Enquanto algumas mulheres entediadas pareciam excitadas com o dinheiro, outras gostavam de desafios — pessoas que a fizessem se sentir meio perversas. Cassidy suspeitava que Brig McKenzie era um homem que faria qualquer mulher se sentir totalmente indecente.

Sentiu um arrepio na pele que nada tinha a ver com a temperatura e, furiosa consigo mesma, nadou com todo o vigor, cortando a água, nadando cada extensão da piscina como se fosse a última numa competição de natação até que, engasgando à procura de ar, tocou a borda da piscina no lado mais fundo, dando impulso para cima, ficando com metade do corpo dentro e metade fora da água.

Foi quando o viu.

Sentado na borda de uma jardineira de tijolos entre uma profusão de petúnias vermelhas e brancas que pareciam fora de lugar e que faziam contraste com sua pele empoeirada, bronzeada e com seus músculos masculinos e bem-trabalhados. Brig a observava com atenção. Tinha as roupas manchadas por causa das horas de trabalho — jeans empoeirados e camisa lisa, com as mangas arregaçadas e os botões abertos.

Ela sentiu vontade de morrer. De se esconder. De evitar aqueles olhos azuis debochados.

— Acho que você está querendo saber como as coisas estão indo com o seu cavalo — disse ele, com a voz arrastada.

A boca de Cassidy secou. Com o coração batendo de forma tola, ela saiu da piscina com toda a dignidade que lhe foi possível e ficou pingando na frente dele.

— Deixe eu me secar antes.

Com um encolher de ombros demonstrando indiferença, Brig a observou enquanto se dirigia para o lado oposto da piscina, onde ela se enxugou, passou os braços pelas mangas da blusa, amarrou as pontas da camisa sob os seios pequenos e vestiu rapidamente as bermudas empoeiradas. Ele não pôde deixar de sorrir do ângulo formado pelo queixo dela, todo orgulhoso e combativo, como se ele fosse o inimigo. Imaginou o que ela teria ouvido falar dele, concluiu que não dava a mínima importância e esperou até que se virasse. Que pernas ela tinha, ao contrário da irmã, que era mais baixa, mais arredondada e parecia tão vaidosa quanto um pavão por causa das curvas que não tinham fim.

— O cavalo está treinado, certo? — perguntou ela, aproximando-se novamente, a face enrubescida em virtude do esforço físico do nado. As sardas que normalmente cobriam seu nariz pareciam ter diminuído um pouco, e seus olhos grandes, da cor dourada do uísque, piscaram em reação às gotas de água ainda acumuladas em seus cílios.

— Não exatamente. Você tem um bicho selvagem aqui.

— Já faz uma semana...

— Cinco dias — corrigiu Brig. — Vai demorar mais alguns pelo menos.

— Por quê? Não sabe como domá-lo?

Ela observou um sorriso lento e insultuoso passar de um lado a outro de seu maxilar com barba por fazer.

— Algumas coisas tomam tempo — disse ele, com o olhar penetrante. — Não podem ser corridas se quiser que saiam bem-feitas.

Seu estômago se contorceu e, em sua imaginação, ela o viu fazendo amor com Angie tão lentamente que a irmã se contorcia desesperada de desejo por ele. Cassidy engoliu em seco e pigarreou.

— Para mim, se você souber o que está fazendo...

— Eu sei.

— Então poderia agilizar as coisas.

— Por que a pressa? — perguntou ele, recostando-se um pouco e olhando-a com os olhos apertados.

Ela não sabia o que dizer.

— O verão está... o verão está quase acabando. Quero passar o tempo que puder... — Estava parecendo uma tola, uma garota rica e mimada ansiosa para ter as coisas do seu jeito. — Eu estava planejando cavalgar bastante, só isso.

— Seu pai tem outros cavalos. Um monte deles.

— Este é especial — afirmou ela.

— Por quê?

Mais uma vez ela se sentiu estúpida e jovem, mas não adiantava mentir para ele. Suspeitava que Brig conseguiria descobrir caso se afastasse muito da verdade.

— O papai sabe que sou louca por cavalos e quis me dar um... um cavalo especial; então me deixou escolher a égua e o garanhão... foi um presente de aniversário.

Brig bufou e balançou a cabeça, como se não conseguisse, por causa de sua história de vida, entender os ricos.

— Peguei a égua mais esperta e o garanhão mais selvagem.

— Bem, caramba, isso explica, então. — Lançando-lhe um olhar debochado, Brig levou a mão ao bolso à procura do maço de cigarros.

— E não venha me dizer que o seu velho deixou você assistir enquanto os cavalos mandavam ver.

— Não foi nada de mais — mentiu, lembrando-se daquela cópula feroz, da forma como o garanhão, ansioso e explosivo por estar com a égua no cio, ficou violento na estrebaria ao sentir seu odor e, em seguida, morder seu pescoço, assim que a montou. Sexo primitivo, rude, selvagem. Cassidy pigarreou. — Criamos cavalos aqui. Isso acontece o tempo todo.

— E você assiste? — Ele acendeu o cigarro, e a fumaça subiu em espiral da ponta em brasa.

— Às vezes.

— Jesus! — Dando uma longa tragada, ele se pôs de pé e tomou o caminho de cascalho que passava pelas árvores e fazia a volta na casa. Por cima do ombro, disse: — Fique longe do Remmington por mais uma ou duas semanas; depois disso, ele deverá estar pronto.

— Não quero que o espírito dele seja domado.

— O quê? — Brig virou-se e soprou uma nuvem de fumaça pelo canto da boca.

— Não o transforme num pônei de carrossel, está bem? Escolhi a mãe e o pai dele com um propósito e consegui o que queria. Portanto, não ferre com tudo. Quero mais do que um cavalo bonitinho.

Ela o ouviu praguejar baixinho, antes de desaparecer, virando a esquina da casa.

Fechando os olhos e acompanhando as rugas da mão larga da mulher com a ponta do dedo, Sunny McKenzie tremeu um pouco. As palmas carnudas de Belva Cunningham não deixavam transparecer nenhuma sensação; ainda assim, a mulher estava extremamente preocupada.

— Só me diga se vamos conseguir — dizia Belva, arruinando a concentração de Sunny. — Preciso saber se o rebanho deste ano vai...

— Shh! — As sobrancelhas de Sunny se uniram, e ela sentiu certa tristeza, mas não pelo rebanho com o qual Belva estava tão preocupada, não... o sentimento era um grito distante em seu cérebro. — Você receberá visitas... de longe. Um deles fala com sotaque.

— É a Rosie e seu novo marido, Juan. Ele é mexicano. Ela sempre foi rebelde, você sabe; eu nunca consegui segurá-la. Enfim, ela conheceu Juan em Juarez, engravidou e o trouxe para os Estados Unidos com ela. Eles moram em Los Angeles agora e estão planejando vir para cá.

— Mas trazem problemas junto — revelou Sunny, sentindo aquele toque frio na espinha.

— Problemas? — A palavra tremulou no ar. — Que tipo de problema? Ah, Senhor, não é o bebê...

— Não, é outra coisa. — Sunny concentrou-se. — É um problema com a lei.

— Ah, não. Juan é de família muito boa. São mexicanos ricos, e isso é bom também, porque o pai da Rose não está muito feliz por ela ter se casado com ele. Mas o Juan é um bom rapaz.

O velho e antiquado preconceito. Sunny sabia muito bem como ele se dava e espalhava numa cidade do tamanho de Prosperity. Várias vezes se perguntara por que não havia deixado aquele lugar, com suas cabeças bitoladas, mas, no fundo, sabia por quê. Não era uma mulher que mentia para si mesma, ficara por causa de um homem — um homem bom e gentil com ela.

Concentrou-se nas poucas sensações que recebia da mão aquecida de Belva.

— Eles estão sendo perseguidos — disse ela, certa da visão que se formava atrás de suas pálpebras fechadas — por homens com uniformes e armas... pelo governo.

— Ai, Senhor — sussurrou Belva, assim que Sunny abriu os olhos. A mulher robusta engoliu em seco, e algumas linhas finas apareceram nas laterais de seu rosto. — Você não está achando que eles estão se escondendo, que teremos algum federal batendo à nossa porta, está?

— Eu gostaria de poder lhe dizer, mas não posso. Quando Rosie telefonar, atenda.

— Claro que sim. Essa menina sempre foi especial. Se está metida em encrenca, o pai vai tirar o couro dela. Agora, você não tem nenhum tipo de visão com relação ao gado?

— Nenhum.

— Nem com relação à próstata do Carl?

— Nada, mas eu poderia saber se o tocasse ou conversasse com ele.

— Ah, meu Deus, não. Se o Carl soubesse que estou gastando parte do dinheiro do mercado nisso, ele me mataria. Detesto dizer isso, Sunny, porque você sabe que eu acho você o máximo, mas há muitas pessoas na cidade que acham você uma farsante. O Carl é uma delas. Portanto, eu ficaria muito grata se ninguém soubesse que eu venho aqui.

Sunny sorriu; já tinha ouvido esse mesmo discurso antes, da maioria de seus clientes. Inclusive de Carl Cunningham. Fora Sunny a primeira a sugerir que ele procurasse um médico, que lhe dissera que havia uma sombra em seus órgãos que poderia se espalhar. Mas Belva jamais entenderia por que seu marido de mais de trinta anos decidira fazer a primeira visita ao médico na última primavera.

Belva remexeu na bolsa e deixou uma nota de vinte dólares em cima da mesa.

— Vou telefonar para você — prometeu, ao sair gingando, mal passando os quadris largos pela porta do velho trailer. Embora fosse uma mulher obesa, tinha resistência física suficiente para administrar a fazenda, enquanto o marido trabalhava na derrubada de árvores na fazenda de Rex Buchanan.

O *último Grito*   53

O Ford barulhento de duas cores de Belva deixou uma fumaça azul de exaustão e poeira, quando saiu engasgando pela estrada e desapareceu pelos aglomerados de carvalho e de pinheiro que protegiam aquela porção miserável de terra da estrada do condado. Sunny morara lá a maior parte de sua vida adulta e, embora o velho trailer fosse pequeno, pequeno demais para o tamanho de sua família, nunca se mudara.

No início, tivera grandes sonhos. Crescera numa fazenda empoeirada fora da cidade. Seu pai, Isaac Roshak, mal conseguia se manter, e sua mãe, Lily, uma bela mulher com descendência cherokee americana, sofrera os preconceitos da pequena comunidade. Isaac se casara com Lily por sua beleza natural e exótica, mas nunca a respeitara e, quando bêbado, muitas vezes a chamara de mestiça antes de arrastá-la para o quarto e fechar a porta. Os sons que ultrapassavam o compensado fino de madeira — gritos, gemidos e grunhidos de prazer ou de dor — assustavam Sunny, a única filha deles.

Desde os três anos, Sunny tinha visões; sonhos que quase sempre se tornavam realidade. Somente a mãe sabia de seu dom; Isaac nunca ficara sabendo. "Você deve manter em segredo o que vê", Lily confidenciara à sua garotinha.

— Mas o papai...

— Irá apenas usar você, querida. Ele faria uma exibição sua e obrigaria você a falar com estranhos por dinheiro. — Lily sorrira, então, um sorriso triste que nunca se transformaria em felicidade. — Algumas coisas devem ser mantidas perto do coração.

— Você tem segredos? — perguntara Sunny.

— Poucos, pequenos, mas nenhum com que se preocupar.

Anos mais tarde, Sunny descobrira os segredos, e eles eram simples. Isaac sempre quisera um filho homem, e Lily, com seu jeito discreto, lhe negara. Sem mais filhos. Apenas Sunny.

Isaac concluiu que a esposa ficara estéril, e Lily o deixou acreditar que não podia mais conceber. As discussões ficaram acaloradas, e ele sempre a acusava de não ser mulher, chamando-a de bruxa velha e seca. Nada bom para ele. Ele precisava de filhos, muitos deles, para ajudar na fazenda. Se não fosse um católico temente a Deus, teria se divorciado logo dela e encontrado uma mulher de verdade, uma que pudesse lhe dar filhos e parasse de olhar para ele com olhos que pareciam assombrados.

Mas a verdade é que Lily não traria um filho de Isaac ao mundo.

Num armário que continha maquiagem, esmalte e outros "apetrechos femininos", Lily guardava vários potes e frascos de ervas, pós e poções que às vezes usava, misturando-os a um preparado de odor desagradável que ingeria quando se aproximava o dia em que ficava enjoada e menstruava. Sunny nunca ficou sabendo, mas presumiu, muito tempo depois, que, fosse o que fosse que sua mãe bebia, isso a impedia de ter filhos.

Isaac passava cada vez mais tempo na cidade, bebendo e saindo com prostitutas, chegando em casa bêbado e se gabando de suas conquistas, que gostavam de levá-lo para a cama e não se deitavam frígidas como a porra de uma estátua, debaixo dos lençóis. Reclamava alto e esbravejava e, no final, ou acabava arrastando a mulher para o quarto ou desmaiava no sofá.

A pequena fazenda ficava tensa sempre que ele estava em casa; contudo, ele cometeu o erro de bater na filha apenas uma vez, quando tinha cinco anos, e, por acidente, derrubara um balde de leite que teria a nata separada mais tarde. O balde estava em cima da mesa quando Sunny, correndo atrás do gato, tropeçou e caiu sobre a mesa velha e arranhada. Em vão, a menina tentou segurá-lo, mas já era tarde demais. O balde caiu no chão, e o leite, como a água do oceano, formou uma onda imensa que se espalhou pelo linóleo rachado, escorrendo por todos os lados.

Seu pai estava fumando um cigarro na sala e lendo uma revista sobre caça. Ouviu o barulho e o susto da filha. Já com o humor abalado porque uma de suas cabeças de gado havia morrido, deu uma olhada no leite derramado e praguejou diante da sujeira no chão.

O *último Grito* 55

— Sua retardada! Que diabo estava fazendo?

— Desculpe, papai.

— Pedir desculpa não adianta nada! Isso aí era o dinheiro da manteiga e da nata e, ah, pelo amor de Deus, limpe isso! — esbravejou, pegando uma garrafa de uísque que guardava no armário em cima da pia. Tinha o rosto avermelhado quando jogou o cigarro no ralo e entornou um pouco de bebida num copo de geleia.

Sunny pegou um pano, mas era pequena, e tudo o que conseguiu fazer foi espalhar o leite em círculos maiores.

— Mas que porcaria, menina, você é simplesmente tão ruim quanto sua mãe! — Foi até a varanda e pegou um esfregão. — Agora, comece de novo — ordenou ele, atirando o esfregão para a filha. Ela mal conseguia segurar o cabo comprido de madeira com seus dedinhos. — E faça isso direito. Você já me deu o maior prejuízo hoje, eu que o diga!

O estômago de Sunny revirou-se. Ela empurrou o esfregão, mas as cerdas estavam secas, e o leite se espalhou para todos os lados, escorrendo para baixo da mesa, pelas tábuas arranhadas.

— Você não sabe fazer nada? — gritou Isaac, chamando a filha de idiota.

— Papai, estou tentando. — Lágrimas escorreram por suas faces.

— Pois tente mais! — Ele bebeu do copo, consumindo o líquido âmbar, a expressão em seu rosto era de puro ódio. — Eu nunca devia ter me casado com ela, sabia? Mas ela estava grávida, e eu achei que era um menino. — Seus lábios se curvaram num riso de escárnio. — Em vez disso, você veio menina e uma menina imprestável, pelo visto. Não consegue nem limpar o chão direito. Bem, é melhor ir se acostumando, Sunny, pois é só para isso que vai servir. Trabalho de mulher. Trabalho de índio. Meu Jesus, como fui tolo em me casar com ela! — Largou a bebida e Sunny mordeu o lábio para evitar as lágrimas que lhe escorriam dos olhos. O pai nunca falara tão bruscamente com ela antes. Muitas vezes havia rogado praga contra a esposa, por ser tão bonita, por tê-lo convencido a se casar com ela, por não demonstrar interesse quando o assunto era ter mais filhos. Sunny ouvira as brigas, ouvira como ele reclamava do fato de ela querê-los antes de eles terem se casado, e como gritava por ele tê-la violentado e somente ter se casado com ela para impedir que o pai lhe enfiasse uma faca no coração.

As brigas eram feias e violentas. Sunny tremia em sua cama pequena, apertando as mãos contra os ouvidos, sentindo-se como se fosse a causa de todo o sofrimento na casa. O pai não a quisera, e a mãe, embora a amasse, era forçada a viver com um homem que odiava.

Engolindo em seco por causa do nó terrível que sentia na garganta, Sunny empurrou o esfregão de novo, e o pai riu diante de seus esforços inúteis, aquele riso mau e tenebroso que ele dava sempre que a mãe tentava desafiá-lo.

— Você não presta para nada — disse ele, sacudindo a cabeça assim que o gato pulou do peitoril da janela e começou a lamber as bordas do rio de leite. Isaac murmurou uma praga e o chutou com força.

— Não! — gritou Sunny.

Com um miado estridente, o gato malhado pareceu voar, deslizando por cima da mesa e batendo na parede. Sibilando alto e resmungando, o bichano foi buscar abrigo atrás do refrigerador barulhento.

Isaac voltou-se para a filha, que havia largado o esfregão para correr atrás do gato.

— Aonde você acha que está indo?

— Gatinho...

Ele a segurou pelo decote do vestido.

— Ele vai ficar bem — resmungou, o hálito pesado de uísque e fumaça. — Agora, faça exatamente como eu lhe disse e limpe esta bagunça, ou eu terei que pegar o cinto, está ouvindo?

— Não! — gritou ela, e o sorriso do pai se contorceu ainda mais.

O último Grito   57

Sunny tentou escapar, mas seus pés descalços escorregaram no linóleo molhado. O pai não deixou passar. Ainda a segurando pelo decote do vestido, começou a abrir o cinto.

— Não, papai, não! — gritou Sunny.

— Está na hora de você aprender qual é o seu lugar aqui. Vire!

Ela tremeu e seus olhos se encheram de lágrimas.

— Por favor, não...

— Acredite em mim, garota, isso vai doer mais em mim do que em você. — Puxou o cinto das calças e Sunny reparou nos olhos dele, escuros, ardendo com um brilho maldoso, saliva acumulada sob o bigode despenteado e então... de repente, uma visão dele caindo no chão e segurando o peito, os olhos se revirando, a pele ficando azul, e a mãe de pé por cima dele, sem se preocupar em pegar o telefone, embora ele estivesse com dificuldades de respirar, xingando-a e lhe dizendo para chamar uma ambulância. A visão estava tão clara em sua mente que ela se esqueceu de onde estava até sentir o primeiro golpe do cinto bater com força em suas costas. Sunny gritou alto assim que a visão cedeu, transformando-se numa onda de dor. Seus joelhos fraquejaram, mas ele a puxou para que ficasse de pé.

— Não me bata!

O cinto a pegou no short mais uma vez. A dor irradiou por suas nádegas.

— Papai, não! — gritou, soluçou e implorou, mas ele continuou a segurá-la.

— Agora parece que você está entendendo!

Ele levantou a mão mais uma vez, mas a deixou suspensa no ar quando a porta de tela se abriu e bateu com força contra a parede. Lily, um balde cheio de feijões colhidos do jardim numa das mãos, uma faca de açougueiro na outra, fuzilou-o com o olhar. A raiva cintilava em seus olhos escuros.

— Solte-a! — ordenou Lily, mal movendo os lábios, as narinas tremendo com uma violência reprimida.

Ele bufou.

— Você não me assusta!

— Solte-a. — Lily apertou os lábios e o encarou com um ódio tão intenso que Sunny se arrepiou por dentro, embora o pai ainda a segurasse com tanta força que ela mal podia respirar.

— Ela me desafiou. Estou só a ensinando a obedecer.

— E eu vou ensinar você a nunca mais machucá-la.

Ele riu, e sua mão afrouxou um pouco. Sunny se contorceu, seus pés se firmando no chão. Desvencilhou-se do pai, mas escorregou, caindo de cara na sujeira grudenta.

A raiva de Isaac se concentrou na esposa.

— Você vai pagar por isso!

— O que você faz comigo não tem nada a ver com ela. — O balde que Lily segurava caiu de suas mãos, espalhando feijão no chão já sujo, mas os dedos morenos que seguravam o cabo da faca não afrouxaram seu aperto mortal.

— Eu vou matar você — disse ele, os lábios se curvando num sorriso maligno. — E aí, o que ela vai fazer, hein? — Fez sinal com o polegar para a filha. — Ela vai ter que substituir você, não vai? Fazer o trabalho subalterno por aqui. Eu vou me casar com uma bela mulher branca, uma jovem que vai fazer o que eu mandar e me dar filhos, e a sua filhinha aqui será nossa pequena escrava.

Lily pôs a outra mão em torno da faca, fechando os dedos longos sobre o cabo de osso, um olhar sem emoção tomando conta de seu rosto. Começou a dizer coisas — repetidas vezes —, a entoar palavras que Sunny não entendia, e o sorriso debochado no rosto de Isaac cedeu.

A mão de Sunny serpenteou para a frente, e ela pegou a tira terrível de couro gasto.

— Não rogue suas pragas em cima de mim! — explodiu ele, afastando-se da esposa e tropeçando numa cadeira.

O cântico continuou, baixo e suave, rolando como trovão por cima das colinas distantes.

O último Grito   59

— Pelo coração de Maria, mulher! O que está fazendo comigo? — Como se atingido por uma força que não podia ver, Isaac foi chegando para trás. As pernas bambas. Com a respiração ofegante, levou a mão ao peito. — Ai, meu Deus — sussurrou. — Meu bom Jesus, ela é maluca. Me salve! — Seus joelhos faltaram, e ele caiu no chão sujo de leite, o rosto ficando azulado, a mão sobre o coração. — Chame uma ambulância! — gritou, mas o cântico continuava, e Lily avançava pelo leite derramado, esmigalhando os grãos com os pés descalços, a faca ainda no alto, a entonação rítmica e ininterrupta.

— Sunny... me ajude! — gritou o pai. — Sua desgraçada, me ajude!

Ela não conseguiu ficar ali, vendo o pai morrer. Correu para o telefone e pediu socorro.

— Meu pai está morrendo! — gritou ao telefone. — Por favor! Ajude-nos! — Estava soluçando, as palavras confusas. — Meu pai está morrendo!

Lily não se moveu para fazê-la parar, tampouco para ajudá-la, apenas observava o marido lutar pela vida.

— Foi você que fez isso! — gritou ele. — Você me amaldiçoou!

Quando os voluntários do corpo de bombeiros chegaram na ambulância vermelha, com sua sirene estridente e suas luzes intermitentes, Isaac já estava morto. Ninguém podia trazê-lo de volta à vida.

— Ele sabia que sofria do coração — Lily disse calmamente, nem sequer fingindo sofrer enquanto segurava Sunny com firmeza, rente ao corpo —, mas estava muito aborrecido hoje, perdeu uma vaca e um bezerro. Quando chegou em casa, ficou zangado com Sunny, por ter derramado um balde de leite... eu estava no jardim na hora, colhendo feijões, e ele teve um ataque. Nós telefonamos imediatamente, mas não teve jeito de reanimá-lo.

— Foi isso mesmo o que aconteceu? — um homem alto e magro, fumando um cigarro, perguntou a Sunny. Ainda chorando, a menina concordou, sabendo que estava mentindo, sabendo que, decerto,

Deus a mataria ou faria com que não conseguisse voltar a falar, mas mentia, porque, caso contrário, o homem mandaria sua mãe para a cadeia e ela ficaria só.

A versão de Lily não se alterou, e, três dias depois, Isaac Roshak foi enterrado, posto para descansar no túmulo da família. No entanto, Sunny jamais se esquecera de como a mãe fora poderosa e, daquele dia em diante, passou a ter mais respeito por suas visões, pelos frascos com pós em seu armário e por sua própria herança cherokee e cigana. Sabia, sem sombra de dúvida, que a mãe havia matado o pai — com tanta eficácia quanto se, tomada de maldade, tivesse enfiado uma faca em seu coração frágil.

Agora, quarenta e poucos anos depois, ao se encontrar no trailer abafado com apenas um pequeno ventilador para movimentar o ar, olhava pelas janelas, para o calor que pairava entre as árvores.

Seu coração batia um pouco mais rápido, o sangue circulava, latejando perto de suas pálpebras. Apoiou-se no encosto de uma cadeira para se equilibrar, e a visão que não fora capaz de ter para Belva veio claramente.

Mas não era a visão da filha daquela mulher ou da colheita decadente; era algo muito mais pessoal. E aterrorizante.

A imagem diante dos olhos de Sunny era de seus filhos, nus como no dia em que haviam nascido. A pele deles apresentava um brilho fraco em meio ao calor, enquanto, à beira de um rochedo íngreme, o caminho sob seus pés descalços mostrava-se estreito demais para se caminhar sobre ele.

Ainda assim, eles se moviam. Lentamente. Rochas e pedras caindo no escuro, um precipício sem fundo logo abaixo. Toda hora tentavam encontrar um lugar mais alto, tentavam subir as paredes do rochedo, os dedos se agarrando, as mãos e os pés ensanguentados, os corpos cobertos de poeira e suor à medida que se esforçavam, auxiliando um ao outro, para subir cada centímetro rumo a uma escuridão que não podiam enxergar, um perigo que espreitava... aguardando.

O Último Grito   61

O coração de Sunny congelou.

— Não! — Ela tentou gritar, mas sua voz não saía, seu aviso, um sussurro que eles não podiam ouvir. Sempre subindo, tentando escalar o rochedo ameaçador, as nuvens acima deles estavam escuras e carregadas, girando com malevolência. O rochedo transformou-se em meros centímetros, e, ainda assim, eles continuavam se esforçando, estendendo os braços, as mãos quase alcançando o cume.

A terra tremeu. Violentamente.

A escuridão se moveu com raiva acima deles. E deles se aproximava uma sombra sem rosto, já morta.

O coração de Sunny parou de bater.

Viu-se no outro lado da ranhura da rocha, tentando gritar, avisar, mas sua voz não produzia som. Estava impotente.

O medo gritou dentro dela; seu coração bateu, apavorado. *Cuidado! Desçam!* Mas estava sem voz e pôde apenas observar, com terror crescente, os rapazes arrastarem os dedos pela parede da rocha, os dedos ensanguentados de seus pés buscarem apoio, escorregarem, espalharem terra e areia, enquanto tentavam desesperadamente — e em vão — encontrar terra firme.

Não, oh, meu Deus, não!

Seus músculos se retesaram. Eles gritaram um para o outro. Ignoraram a mãe e a escuridão que bloqueava o sol.

Ajude-os. Por favor, que eles fiquem seguros, rezou silenciosamente para qualquer entidade que pudesse ouvi-la.

A terra se moveu, o rochedo estilhaçou-se, a escuridão da noite tornou-se um redemoinho de fumaça. Tossindo, assistiu, horrorizada, a seus meninos caírem, rolarem e gritarem, braços e pernas se debatendo, assim que a escuridão se desfazia em chamas ardentes.

Gritos reverberaram por sua mente, e seus filhos, silhuetas escuras em contraste com o fundo ardente de um fogo furioso, desapareceram diante dela.

— Não! — A própria voz ecoou em torno de si. Ela piscou e a visão desapareceu, dispersando-se no trailer quente, embora o calor e o suor permanecessem. Seu interior pareceu derreter, e ela caiu respirando com dificuldade sobre uma cadeira da cozinha. Não conseguia afastar a imagem dos filhos — seus filhos preciosos —, que logo encontrariam a ruína.

Não era a primeira vez que via a mesma imagem aterrorizante; a premonição começara a aparecer havia duas semanas, invadindo seus sonhos, saindo de seu subconsciente.

Checou o calendário antigo — a folhinha que recebera de graça da Oficina do Al — que ficava pendurado na parede perto da geladeira. Correndo o dedo pelos compromissos e cancelamentos, finalmente parou no dia quatro, dia de sua primeira visão — o dia exato em que Brig arrumara emprego com Rex Buchanan.

CAPÍTULO 4

— O que você está fazendo aqui?

Ao ouvir a voz de Brig, Cassidy quase deixou cair a escova que estava passando pela crina embolada de Remmington. O cavalo bufou, revirando os olhos enquanto balançava a cabeça.

— O que parece? — perguntou ela, sentindo o calor lhe ruborizar as faces. Olhou por cima do ombro para olhos que pareciam fuzilá-la sob a luz rarefeita da estrebaria.

— Chateando o cavalo.

— Ele precisa de cuidados — respondeu com acidez na voz e franziu o cenho quando reconheceu o tom de uma garotinha rica e mimada. Sua própria voz. — Achei, é... achei que seria uma boa ideia.

— Pensei que você não queria um cavalo para exibição.

— Não quero.

— Mas acha que ele se importa se está com a crina ou o rabo lisinhos? — Brig bufou e balançou a cabeça. — Cacete, tudo o que ele quer é te jogar para fora da sela, dar uma mordida no meu braço e montar naquelas éguas lá no cercado. Você devia ver ele se exibindo para as damas. — Seu sorriso saiu torto e cínico, sua voz, baixa e sexual. — Me faz lembrar de Jed Baker e Bobby Alonzo sempre que sua irmã aparece. — Com um sorriso malicioso, Brig subiu os degraus metálicos da escadaria até o depósito de feno. Em questão de segundos, fardos de feno caíram sobre o chão de concreto.

Cassidy não queria que ninguém a fizesse pensar na meia-irmã. Por quase duas semanas, havia se lembrado da conversa que Angie e Felicity tiveram na piscina e observara como sua irmã havia posto o plano em ação. Incomodava-a a forma como ela começara a andar pelas proximidades da cocheira, puxando conversa e sorrindo para Brig enquanto ele trabalhava, rindo para ele, jogando charme. Cassidy queria acreditar que ele estava apenas sendo educado com a filha do patrão, mas estava acontecendo mais do que isso. Ele, como todos os outros homens em Prosperity, reagia a Angie. De macho para fêmea. Não demoraria muito até que os dois estivessem se agarrando e... a imagem dos corpos deles, banhados de suor, ofegantes e excitados, passou rapidamente por sua mente.

Um gosto acre subiu do fundo de sua garganta.

Brig ignorou a escada, simplesmente pulou do depósito de feno e aterrissou com leveza, com as botas.

— E quanto a você? — perguntou ela, quando Brig pegou um canivete, se inclinou e cortou a tira que amarrava o fardo.

— Eu o quê?

— O jeito como age perto da Angie?

Ele bufou ao pisar em outro fardo e cortar a tira. O feno se partiu, lançando uma pequena nuvem de poeira.

— Eu não "ajo" de nenhum jeito especial perto de ninguém, Cass. Você já devia saber disso.

Incomodou-a a forma como ele abreviou seu nome. Como se ela fosse uma das empregadas da fazenda. Ou uma criança.

— Com certeza, age. Todos os caras agem.

— Bem, eu não sou como todos os caras, sou? — Estalou a língua e, montando o fardo partido, encarou-a. Seu olhar se encontrou com o dela e ali se manteve, fazendo com que Cassidy ficasse com a garganta seca. Seu sorriso lento foi tremendamente malicioso. — Você acha que sinto tesão pela sua irmã?

— Eu não disse...

O último grito   65

— Mas foi o que quis dizer. — Emitindo um som de descontentamento com a garganta, fechou o canivete produzindo um clique. — Mulheres... — murmurou, ao pegar um forcado que estava pendurado na parede e começar a distribuir o feno pelos comedouros.

Largando a escova de crina num balde, Cassidy passou por cima da portinhola da baia, assim que Remmington começou a comer o feno que Brig colocara em seu comedouro. Brig não parou de trabalhar, simplesmente continuou a colocar feno e mais feno nos cochos. Cassidy observou seu andar relaxado, ao longo da fileira de recipientes. Percebeu a forma como suas coxas e nádegas se retesavam por baixo das calças Levi's, queimadas de sol, quando ele parava e se abaixava, cortava as tiras e jogava mais feno nas baias. Homem irrequieto, estava sempre se movendo. Seu coração se agitava tolamente todas as vezes que ele olhava em sua direção. Não da forma como normalmente fazia.

Ela aguardou, ficando por ali, até ele acabar e retornar à porta.

— Acabou com ele? — perguntou Brig, acenando com a cabeça na direção da baia de Remmington, ao colocar o forcado de volta à parede. — Nenhuma fita nem laçarote?

A raiva se fez presente, mas ela deu um jeito de controlar seu gênio.

— Hoje não. Talvez no domingo.

Brig riu quando eles saíram da cocheira para onde o sol do verão repousava indolente sobre o topo das montanhas a oeste, e vespas sobrevoavam a água espalhada perto das valas. O dia estava desprovido de qualquer brisa, e as roupas de Cassidy estavam pegajosas e úmidas por causa do calor.

— Em breve você vai poder montar o seu cavalo — disse ele, ao levar a mão ao bolso e pegar o maço de cigarros. — Acho que já te disse isso antes, gosto de ir devagar.

— Devagar?

— De forma a não bloquear seu instinto. — Retirando um Camel do maço, olhou para o sol poente e enfiou o cigarro no canto da boca.

— Quero montá-lo agora.

Riscando o fósforo na sola da bota, Brig disse:

— Tenha paciência.

— Ele é meu.

— Você nunca ouviu dizer que a paciência é uma virtude? — Com um sorrisinho irônico, acendeu o cigarro e a observou por entre o tênue véu de fumaça. — Ou é o caso de você... não estar querendo ser virtuosa?

Mais uma vez ele sustentou o olhar, e ela sentiu o estômago queimar.

— Eu só quero montar o meu cavalo.

— Isso vai acontecer. No devido tempo.

— Não posso esperar para sempre.

— Duas semanas não é para sempre. — Ele suspirou profundamente e tirou um pedaço de fumo da língua. — Sabe, Cass, as melhores coisas da vida compensam a espera. Pelo menos é isso o que o meu velho pai costumava dizer antes de bater as botas. Eu não o conheci, mas Chase o conheceu e vive cuspindo essas palavras sábias de um homem que decidiu que não queria ficar e cuidar dos filhos nem da esposa. — Fez uma careta ao dar uma tragada forte no cigarro, formando linhas profundas entre as sobrancelhas escuras. Ficou olhando para um pinheiro solitário num canto do cercado, e Cassidy suspeitou que ele estivesse a quilômetros de distância, relembrando a infância cheia de pobreza e sofrimento. — De minha parte, acho que qualquer coisa que Frank McKenzie tenha dito é um monte de merda, mas o Chase parece achar que o nosso pai era Deus. — Riu sem qualquer traço de humor. — Chase é o otimista. Acha que um dia será rico como o seu velho. Que vai ter uma casa maior que a sua. Você consegue imaginar?

— Por que não? — perguntou Cassidy.

Ele se virou para encará-la de novo e, dessa vez, não havia brilho em seus olhos. Jogou fora o cigarro e o apagou com o salto da bota.

O Último Grito 67

— Porque existe um sistema. O dos que têm e o dos que não têm. O Chase simplesmente não percebeu onde se encontra. É um sonhador.

— E você não?

— É perda de tempo, Cass. — Seus lábios estavam chatos e duros.

— Bem, fim do recreio — disse ele, como se, de repente, tivesse percebido que estava conversando com a filha do patrão.

— Todo mundo sonha.

— Só os tolos.

Ela não se conteve. Segurou-o pelo braço como se para impedir que se afastasse. Ele olhou para sua mão e levantou lentamente a cabeça até seus olhares se cruzarem.

— Você... você deve ter sonhos — disse ela, incapaz de abandonar o assunto, a intimidade, o desejo ilícito que começara a se desenvolver em seu íntimo.

Os lábios de Brig se curvaram num sorriso cínico.

— Você não vai querer saber o tipo de sonho que eu tenho, pode acreditar. — Sua voz foi quase um suspiro inaudível.

Cassidy lambeu os lábios.

— Quero. Quero saber.

— Ah, Cass, sai dessa. — Lentamente, ele foi tirando os dedos dela de seu braço, mas seu olhar ainda continuou preso ao dela, e, pela primeira vez, Cassidy viu um brilho significativo, uma emoção profunda que ele escondia, um lampejo de desejo em seus olhos azuis e opacos. — Acredite em mim, quanto menos souber a meu respeito, melhor.

Todos os músculos de Brig doíam por causa das cinco horas que passara distribuindo feno e das duas horas que passara retirando esterco da baia da égua reprodutora. Estava cheirando mal, sentia-se pior ainda e mal podia esperar para ir para casa, embora estivesse ansioso para domar o cavalo temperamental de Cassidy. Remmington era revoltado e mau, mas estava cedendo aos poucos. Dentro de mais uma semana, estaria suficientemente domado para a cabeça-dura da filha de Rex Buchanan montá-lo. Então, talvez assim, ela parasse de importuná-lo. Não que se importasse muito, mas ela era apenas uma menina, mal havia completado dezesseis anos, uma menina levada que não sabia que estava se tornando mulher. Rangendo os dentes, lembrou-se do calor que sentira vindo de seus dedos quando ela o tocara outro dia, quando ele havia testemunhado um vislumbre de paixão em seus olhos dourados. Engraçado, nunca havia olhado de fato em seus olhos, nunca percebera que salpicos de sardas sobre o nariz de uma menina poderiam ser atraentes. Pelo amor de Deus, o que estava pensando? Ela era a filha do patrão. E tinha só dezesseis anos! O problema é que ele também estava ficando excitado. Precisava se deitar com uma mulher. Aí pararia de pensar nela.

Está bem. Desde quando você para de pensar em mulher? Desde os catorze anos fora amaldiçoado, pensando em sexo o tempo todo.

Parou e acendeu um cigarro, tragando forte e apoiando os ombros no tronco áspero de um pinheiro solitário, próximo à estrebaria. Relanceou para a casa da família Buchanan e bufou. Uma família de cinco membros, vivendo como a porra da realeza numa mansão do tamanho suficiente para cinquenta.

— Bem, legal encontrar você aqui fora — uma voz feminina e macia soou clara em seus ouvidos. Brig não precisou olhar por cima do ombro para saber que Angie o havia encontrado de novo. Terceira vez nesta semana. Ela era estonteante, tinha de admitir, mais bonita do que sua irmã caçula, porém encrenca das boas.

Ainda recostado na árvore, virou-se e a viu olhando para ele com aqueles olhos azuis incríveis. Os shorts brancos paravam no alto das coxas, mal lhe cobrindo a virilha, e os seios estavam espremidos dentro do sutiã de um biquíni preto, aparentemente dois números menor.

— Algo que eu possa fazer por você? — perguntou, com a fala arrastada, tragando fundo o Camel.

A ponta da língua de Angie tremeu entre os lábios.

O Último Grito   69

— Eu poderia pensar em várias coisas. — Os olhos dela brilharam com malícia, com um olhar do tipo "você não sabe o que está perdendo". Ela inclinou a cabeça para um lado, e seu rabo de cavalo negro caiu para a frente, a ponta se enrolando sobre um seio. — Mas, nesse exato momento, Dena precisa de alguém para levar uma escada lá para casa. Há umas lâmpadas queimadas no lustre.

— Você quer que eu leve a escada? — Ele quase caiu na risada, pois aquela parecia uma desculpa esfarrapada para puxar conversa com ele.

— Eu não. Minha madrasta. E não faz diferença se for você ou qualquer outra pessoa. É que você foi o primeiro que eu encontrei. — Jogou os cabelos para cima do ombro e olhou para as botas dele, cobertas de poeira e de esterco da estrebaria. — É melhor tirar as botas antes de entrar. Dena é exigente com a limpeza. — Com uma piscada, virou-se e foi embora, toda empinada, os quadris em ritmo perfeito com o balanço do rabo de cavalo e com o movimento dos braços.

Ele encontrou uma escada portátil na garagem e tirou as botas antes de subir os degraus da varanda dos fundos. Com cuidado, deu um jeito de passar com a escada pela cozinha, rumo ao corredor, onde um lustre de cristal e bronze estava pendurado a uns quatro metros do chão de mármore.

Dena estava estressada. As visitas chegariam e havia algumas lâmpadas fracas ou piscando em conjunto.

— Não sei como isso foi acontecer — disse ela, marcas de irritação se formando em torno da boca. — As faxineiras deviam ter me falado. — Ela relanceou para Brig, soltava ar pelas narinas, e um vestígio de desprezo se fez visível em seus olhos ao desviá-los para o corpo dele, aterrissando em suas meias de algodão branco esburacadas e encardidas.

Brig não deixou que o esnobismo dela o afetasse enquanto montava a escada. Dena Miller era de origem pobre, apesar de não ter traços ciganos nem indígenas em seu sangue, até onde sabia. Era filha de um fazendeiro e de uma costureira e ingressara na escola de administração. Após se formar, arrumara emprego na Serraria Buchanan e, durante anos, fora secretária particular de Rex. Quando a esposa amada de Rex morreu, Dena já estava ao seu lado para recolher os pedaços de sua vida estilhaçada. O velho estava em frangalhos. Dena viu a oportunidade e correu atrás. Eles se casaram menos de um ano depois que Lucretia Buchanan havia sido enterrada, e, oito meses incompletos mais tarde, nascia Cassidy. Dena Miller já vira centenas de meias puídas durante a vida.

Ele trocou as lâmpadas e estava consciente das mulheres o observando. Dena, com um desprezo pouco contido, Angie com interesse e Cassidy, que se achava escondida no platô do segundo andar, com curiosidade. Ela o vinha evitando havia uns dois dias, desde a conversa perto da cocheira e, agora, depois de acabar de atarraxar a última lâmpada, Brig virou a cabeça para trás, percebeu o olhar surpreso e piscou.

Ela engoliu em seco e, embora parecesse tão assustada quanto um coelho pego pelo foco de uma lanterna durante a noite, manteve o olhar, recusando-se a recuar na sombra.

Ela era determinada, tinha de admitir.

Brig desceu e fechou a escada. Angie, certamente só para aborrecer a madrasta, repousou a mão em seu braço.

— Obrigada — disse com um sorriso suave. — Talvez a gente possa recompensá-lo com um refrigerante gelado. Coca? Ou, se você preferir, alguma coisa mais forte, meu pai tem umas latinhas de Coors escondidas na geladeira.

— O sr. McKenzie ainda está trabalhando.

Ele mais sentiu do que viu Dena enrijecer, mas suas palavras tiveram a intenção de fazê-lo entender o seu lugar. Brig ofereceu um sorriso a Angie.

— Acho que não. Tenho que trabalhar — respondeu, com a voz arrastada, e voltou o olhar para Dena. — Fica para outra vez.

Angie ergueu uma sobrancelha elegantemente.

O Último Grito   71

— Vou cobrar — disse, tocando o dedo na frente da camisa dele. Por baixo do algodão, sua pele pareceu se acender com a pressão gentil da pele dela, tão perto da sua. Brig imaginou se Cassidy teria visto, chegou à conclusão de que não dava a mínima e saiu com a escada pela porta dos fundos. Não pôde deixar de ver o Corvette elegante estacionado perto da garagem. O exterior vermelho do carro reluzia na luz da tarde, e dois rapazes, Bobby Alonzo e Jed Baker, estavam recostados no para-lama, tornozelos cruzados, nádegas apoiadas sobre a pintura brilhante, os braços cruzados sobre o peito.

Brig não lhes deu atenção. Apenas calçou as botas e carregou a escada de volta para a garagem. Ouviu passadas ligeiras, quando Angie o alcançou e passou o braço pelo dele, enquanto balançava a escada no outro ombro.

— Obrigada, mais uma vez.

— Sem problemas.

— Oh, foi um problemão. Na verdade, uma catástrofe. Quase tão sério quanto talheres que não combinam ou dirigir um carro com lama espalhada perto dos pneus. — Ela revirou os olhos. — Com Dena, é sempre um desastre atrás do outro.

— Parece que você tem visitas.

Ela desviou o olhar para o carro reluzente e para os dois rapazes que a observavam.

— Que maravilha — disse ela, a voz carregada de sarcasmo.

— Achei que fossem seus amigos.

Angie suspirou.

— Moleques mimados e imaturos — disse, assim que Jed desencostou do carro e acenou. — Sabe de uma coisa? Eles fizeram uma aposta. — Seus belos lábios se apertaram num biquinho debochado, e ela não fez questão de retribuir o aceno.

— Apostaram o quê?

— Bem, esta é a parte interessante. — Inclinou a cabeça e manteve o olhar no dele. — Qual dos dois vai ser o primeiro a dormir comigo.

— Eles *contaram para você*?

— O Bobby contou. — Ela exibiu uma covinha. — Acho que ele me contou para que eu não fosse babaca de me deitar com o Jed. Dá para imaginar?

Brig bufou, como se não se importasse.

— Então, com qual dos dois vai ser?

— Nenhum — respondeu ela, balançando o rabo de cavalo brilhante. — Eles parecem não perceber que, quando chegar a hora, *eu é* que vou escolher. E não vai ser com dois moleques esnobes que só pensam em sexo, futebol e carros. Sabia que eles são tão idiotas a ponto de chamar os seios das mulheres de faróis? *Faróis!* — Ela bufou com repulsa. — Moleques. — Com alguma relutância, retirou o braço, a ponta dos dedos roçando na parte interior do braço dele. — Até mais tarde — disse, com um aceno galante.

Brig observou-a se afastar e teve a clara percepção de que deveria sentir-se aliviado de vê-la partir; no entanto, era homem o bastante para apreciar o balanço de seus quadris, a curva de seus tornozelos, a amostra de sua cintura, assim como a parte superior de seus seios, que balançaram quando ela virou e lhe sorriu uma última vez. Faróis, é? Bem, ela certamente mantinha os dela altos o tempo todo. Não entendia o jogo que ela estava fazendo, nem por que estava determinada a fazer dele parte desse jogo, porém achava que queria provocá-lo, uma garota riquinha acostumada a seduzir os homens. *Veja o que eu tenho e você não pode ter, porque está do lado errado dos trilhos.*

Quem precisava disso?

Seu irmão, Chase, talvez. Chase gostava de dinheiro. E de mulheres. Mulheres ricas.

Chase era realmente um idiota. Um idiota de bom coração, que suava para subir na vida e cuidar da família. Brig fez uma careta. Não fosse pelo irmão, ele seria o único a se preocupar com a mãe e não era muito bom nisso. Nunca fora homem de expressar suas emoções.

Angie aproximou-se de Jed e Bobby. Brig não podia ouvir o diálogo deles, mas também não queria. Angie, apesar de toda a conversa sobre não estar interessada naqueles "moleques", estava se exibindo.

O Último Grito   73

Ria e cochichava com Jed, deixando-o tocá-la na cintura enquanto se virava para ver se Brig ainda estava olhando.

Ele não estava a fim. Um lado seu estava interessado em Angie — qualquer um estaria. Mas seu outro lado sabia que ela era o pior tipo de problema que um homem poderia encontrar e que, se fosse esperto, ficaria longe dela. Ela era para lá de manipuladora e jogava com Jed e Bobby como se fossem dois brinquedos. Aqueles rapazes estavam tão caídos por ela que quase chegavam a babar, e Angie, em contrapartida, esbaldava-se como uma criança de dois anos com uma bola de sorvete proibida.

Brig pendurou a escada nos ganchos. Ouviu o ronco de um motor potente e o som estridente da risada de Angie. Pela janela empoeirada, viu-os sair, Jed ao volante, Angie no meio dos dois. Estava rindo alegremente, um braço em torno do pescoço de Bobby, o outro nos ombros de Jed.

Brig saiu da garagem e quase tropeçou em Willie Ventura, que espiava por entre os galhos de uma fileira de tuias plantadas para servir como cerca, entre a casa e a garagem.

— Angie... — disse Willie, os lábios se movendo, ao olhar para o carro que partia.

— O que tem ela?

Willie sobressaltou-se visivelmente ao olhar para Brig, como se esperasse apanhar. Engolindo em seco, desviando os olhos do olhar intenso do outro, tremeu.

— Ela... ela se foi.

— É, com aqueles dois babacas. Eu sei.

Os olhos de Willie pararam de se mover com tanta avidez.

— Você não gosta do Bobby?

— Não o conheço bem. Nem quero.

— Ele é mau.

— É? — Brig não estava mesmo interessado, mas deu andamento à conversa simplesmente porque achava que Willie queria conversar, e aquele papo, por si só, era um avanço. Willie não falava muito e normalmente, o evitava.

Willie ficou olhando para o carro.

— Encrenca.

— Isso foi o que você disse a meu respeito assim que eu cheguei.

Concordando, Willie ficou observando o carro sumir de vista. Não se moveu até a poeira levantada pelos pneus largos do Corvette se acomodar na estrada.

— Você é encrenca também — disse e fungou. — Mas diferente. — Olhou de relance para Brig, pareceu repentinamente constrangido e pegou o cortador de grama. — Preciso trabalhar.

— É, nós dois.

Cassidy estava entediada. Sua melhor amiga, Elizabeth Tucker, ainda estava fora, acampando, e ela já havia passado mais tempo do que desejava na cidade com a mãe. Dena, decidindo que Cassidy precisava se afastar de casa e da estrebaria, a levara para Portland, onde haviam corrido toda a cidade de carro, visitando antiquários em Sell Wood, olhando as lojas no centro e parando numa butique atrás da outra. Almoçaram no restaurante do Hotel Danvers e depois pegaram o trânsito na hora do rush, de volta para casa.

Agora, horas mais tarde, Cassidy estava começando a ficar com dor de cabeça. Sentia o corpo colando, estava cansada e desejava poder subir no lombo largo de Remmington, sair pelos campos e cavalgar pelas trilhas, nas encostas até Bottleneck Canyon, onde havia um poço formado pelo rio Clackamas em que poderia tirar a roupa e mergulhar em águas cristalinas e frias.

Sabia que poderia cavalgar outro cavalo, mas não seria a mesma coisa. O sol estava se pondo nas colinas a oeste, sombras compridas se estendiam pelo chão do vale. Perto da estrebaria, novilhos crescidos corriam em passadas pequenas, em manadas de éguas que se ocupavam espantando moscas com os rabos.

Quase todos já haviam ido embora; era sexta-feira, e os pais já estavam de volta a Portland, para jantar e jogar. Derrick estava com Felicity, e a maioria dos empregados já fora para casa. Exceto Brig.

O Último Grito   75

Ele ainda estava no cercado, montado em Remmington, tentando fazer com que o cavalo teimoso obedecesse. Willie provavelmente devia estar se escondendo em algum canto, embora ela não o tivesse visto durante toda a tarde.

Cassidy foi até a cerca e pulou a grade mais alta. Brig relanceou ao vê-la, cumprimentou-a com um rápido aceno de cabeça e ignorou o fato de ela o estar observando.

Estalou a língua e o cavalo respondeu, trotando para a frente, por um segundo, antes de parar de repente com as patas rijas.

— Anda, cavalo desgraçado.

Os músculos tremeram por baixo da penugem empoeirada e marrom-avermelhada do animal. Suas orelhas se empinaram, e ele revirou os olhos.

— Nem sequer pense nisso — avisou Brig.

Tarde demais. Remmington apertou o bocado do freio com os dentes, balançou o longo pescoço e deu um coice. Poeira para todo lado. Pássaros saíram voando. O estômago de Cassidy travou. O cavalo bufou furioso ao sair dando pinotes pelo chão seco. Brig, esbravejando, músculos tensos, manteve o pulso.

Cassidy observava, fascinada.

Remmington girava e corria de um canto a outro do cercado. Brig segurava as rédeas com força. Perto da cerca, sob um cedro solitário, o cavalo parou, jogando a cabeça gigantesca para trás, Brig apertou as coxas com firmeza. O cavalo deu outro pinote. Brig abaixou-se.

Os dedos de Cassidy se fecharam por cima da grade, enquanto homem e animal mediam forças.

Com um guincho de protesto, Remmington avançou, parou e disparou. Brig se segurava parecendo uma continuação do cavalo. Mais uma vez, o animal correu pela extensão da cerca, uma agitação percorria seu pelo maravilhoso, o suor manchava as costas da camisa de Brig e escorria por seu rosto.

— Vá em frente e tente me derrubar, seu filho da puta desgraçado.

— Brig resmungava, e o cavalo jogava a cabeça para trás, ficando imóvel.

Cassidy prendeu a respiração. A poeira assentou. Moscas se juntaram novamente. Ela não sabia se ria ou chorava. Brig parecia ter ganhado a briga, e isso era bom — ela poderia montar o cavalo em breve. Mas seria Remmington o mesmo cavalo impetuoso que ela adorava, ou simplesmente mais um cavalinho bobão com espírito domado? Esse pensamento pesou como chumbo na boca de seu estômago.

— Assim está melhor — disse Brig, relaxando e dando umas palmadinhas no pescoço do animal.

— Só isso?

— Ei, não diga nada, está bem? Estamos trabalhando aqui.

Com a raiva lhe correndo pelas veias, Cassidy pulou para dentro do cercado.

— Não quero que ele se transforme num cavalinho manso...

— Dê o fora daqui — disse Brig, num tom brando de voz, para manter o cavalo calmo. — O que você está querendo? Quer que eu perca o emprego?

— Pelo que ouço dizer, você faz isso muito bem sozinho.

— Pelo amor de Deus, Cassidy. Tenho trabalho pela frente, e não é muito seguro ficar aqui, enquanto trabalho com ele. Quem sabe o que ele é capaz de fazer!?

Ela continuou se aproximando do cavalo.

— Você não pode ficar por aí me dando ordens! — Percebendo a expressão apática nos olhos de Remmington, que normalmente brilhavam, ela experimentou uma sensação terrível de decepção. — Desça dele!

— Ainda não, Cass... — Ele se virou na sela para vê-la com mais clareza. A boca com os cantos caídos.

— Ele é o meu cavalo, e eu disse...

Um lampejo de couro avermelhado girou na frente dela. Remmington, percebendo que seu inimigo estava distraído, empinou as patas dianteiras, o corpo inteiro tremendo, e Brig, ainda torcido sobre a sela, tentou manter o equilíbrio, mas já era tarde. O cavalo

O *Último Grito* 77

aterrissou com as patas dianteiras, chutou com as traseiras, e Brig voou, aterrissando com um baque surdo sobre a terra rachada, perto de uma pilha de esterco.

— Filho da puta!

Então não estava ferido.

— Você está bem? Eu não queria...

— Dê o fora daqui! — Brig esbravejou com Cassidy, mas ela estava prendendo o riso.

— Acho que você ainda não terminou com ele, terminou?

Pondo-se de pé, Brig espanou as calças jeans e fulminou o cavalo com o olhar.

— Isso é assunto meu e dele, Cass.

— Desista, McKenzie.

— Nunca. — O fogo em seus olhos azuis estava tão ardente quanto as chamas nos olhos de Remmington.

Com um guincho de vitória, o cavalo girou e pôs-se a correr ao longo da cerca, dirigindo-se a Cassidy.

— Cassidy! Sai da frente! — Brig avançou. — Ah, merda...

Ela saltou por cima da cerca assim que o cavalo passou numa corrida desabalada, o corpo dele esbarrando com tanta força no dela que ela perdeu o apoio e caiu no chão. A dor irradiou por seu ombro.

— Pelo amor de Jesus Cristo!

Cassidy começava a se levantar, mas Brig estava ao seu lado e, antes que ela pudesse dizer algo, ele a abraçou e a conduziu ao portão, que foi aberto com o joelho. A raiva permeava seu rosto fechado, o suor lhe umedecia os cabelos, a fuligem e a poeira lhe riscavam os braços, e os tendões de seu pescoço latejavam furiosamente.

Empurrando o portão, ele a pôs no chão.

— Você nunca mais...

— Você não pode falar comigo assim! — disse ela, interrompendo-o e fazendo uma careta enquanto movia o braço. — Está na minha propriedade, e este cavalo é meu.

— E você podia ter morrido, ter sido esmagada, ficado inconsciente ou todas as três coisas juntas.

— De jeito nenhum, eu...

— Deixa de besteira! — Suas narinas estavam arreganhadas, e ele bufou ruidosamente. — Pior ainda, você podia ter feito o mesmo comigo. — Apontando o dedo rijo para o peito dela, acrescentou: — Fique longe de mim enquanto eu estiver trabalhando com a porra deste cavalo.

— Você nunca mais me diga o que fazer.

Com os olhos fixos nos dele, Cassidy mal podia respirar. Ele se aproximou, agarrou a corrente que ela trazia ao pescoço, com a imagem de São Cristóvão escondida dentro da camisa. Puxando-a rápida e levemente, deslizou os dedos pelos elos da corrente, de forma que a medalha parou em sua mão. Em seguida, segurou Cassidy com força, deixando o rosto dela a centímetros do seu, para que pudesse sentir seu bafo enraivecido e enfumaçado e ver os poros de sua pele. Pela primeira vez, ela viu que seus olhos, de um azul intenso, tinham pintinhas cinza.

— Tenho um trabalho a fazer, princesa — resmungou ele —, e você pode dar uma de superior o quanto quiser, mas, caso se meta de novo no meu caminho, poderá se machucar.

O coração dela batia com muita força, e ela estava certa de que ele e todo o resto do condado podiam ouvi-lo.

— Vou arriscar.

— Não seria muito inteligente. — Os lábios dele mal se moveram. Ela levantou o queixo alguns centímetros.

— Sou bem grandinha para tomar minhas próprias decisões.

— Você está brincando com fogo, Cass.

— Que quer dizer...?

— Apenas que fique longe de mim.

— Por quê?

— Preciso me concentrar. Não consigo fazer isso quando tenho que me preocupar com uma garotinha mimada se metendo no meu caminho

— Não sou...

— Dê o fora. — Brig largou a corrente repentinamente, e ela quase caiu quando ele saiu na direção do cavalo. Estava com os músculos retesados e parecia ser capaz de estrangular o animal. — Está bem, seu cretino genioso — resmungou ele. — Vamos tentar de novo.

CAPÍTULO 5

Cassidy decidiu ficar longe de Brig nos dias que se seguiram, mas não podia deixar de vê-lo dirigindo o trator, escorando a cerca, separando o gado ou trabalhando com Remmington. Pelo canto dos olhos, observava quando ele conversava, ria ou fumava com vários dos outros empregados da fazenda e percebia que ele não se importava de pedir a Angie que fosse embora sempre que ela surgia atrás dele. Repetidas vezes eles estavam juntos, ela sorrindo para ele, e ele sendo paciente com ela.

Cassidy não podia imaginar o que eles tinham para conversar. Mas, com Angie, não precisava haver muita conversa. Homens e rapazes competiam entre si só pela honra de ficar perto dela.

Quase uma semana havia se passado até Cassidy ficar novamente sem ter o que fazer. Sentia-se inquieta e entediada e tentava imaginar por que aquele verão estava diferente de qualquer outro. No ano anterior, ainda se encantara um pouco com as coisas que sempre fazia, mas, naquele verão, com o tempo tão causticante... Olhou para o cercado onde Brig treinava Remmington. O cavalo parecia menos irritado. Talvez Brig estivesse progredindo. Alguns homens domavam cavalos com rapidez, em questão de dias, mas Brig tinha seu ritmo para trabalhar com os animais, e, por isso, assim achou ela, devia ficar agradecida. No entanto, ainda se sentia como se toda a família a tratasse como uma garotinha que não podia fazer nada por si mesma — nem mesmo montar o próprio cavalo.

O Último Grito 81

Ela saltou a cerca e andou até o córrego onde, quando menina, pescava caranguejos e moluscos e observava os insetos aquáticos pousarem nas ondas. Ela, Angie e Derrick haviam brincado ali anos antes, jogando água um no outro, atirando lama, andando pela parte rasa. Derrick fora agradável então, rindo e puxando seus cabelos ou tentando sujar as irmãs mais novas com a lama que pegava do fundo do riacho. Uma vez, ela e Angie o pegaram fumando seu primeiro cigarro ali, tossindo horrores; outra vez, ela o espiara com uma morena, beijando-a e rolando nas sombras, suado e ofegante. Cassidy saíra rapidamente, enfiando-se debaixo da cortina de folhas dos galhos do carvalho, antes que reconhecesse a garota, que, muito prontamente, o deixara tirar seu sutiã minúsculo de adolescente.

Foi mais ou menos nessa época que as coisas começaram a mudar, quando Derrick começou a se interessar por garotas. Começou a olhar de forma diferente para ela e não mais brincou com as irmãs. Sempre teve um jeito encapetado, mas pareceu piorar na época em que a barba começou a crescer e sua voz passou a hesitar entre o grave e o agudo. Andava frustrado e irritado. Certa vez, chibatou um cavalo até sangrar e atirou no gato do vizinho por esporte. Em ambos os incidentes, Rex repreendeu o filho e o levou à força para o celeiro, onde o fez se inclinar sobre um cavalete de madeira e usou o chicote do próprio menino em seu traseiro. Derrick gritou e chorou, praguejando enquanto apanhava, depois voltou para casa com o rosto vermelho e suado, os olhos cheios de lágrimas de humilhação, os lábios torcidos numa provocação cheia de ódio.

Depois, o pai o levou à cidade, fazendo-o conversar com o padre, mas, a despeito de quantas ave-marias e pai-nossos Derrick tenha sido obrigado a rezar, ele apenas piorou. Cassidy tinha certeza de que ele poderia ter rezado inúmeros rosários, gastado as contas até ficarem lisinhas, mas, ainda assim, não se submeteria à vontade do pai.

Não, alguma coisa dentro dele havia mudado, mas ela não sabia o quê.

Agora, Cassidy retirava as botas e mergulhava os dedos na lama perto da margem do rio. O riacho era raso, não muito mais do que um fluxo pequeno de água, que corria e espirrava por cima de pedras moldadas pelo tempo.

Abraçando os joelhos, sentiu-se inquieta de novo — a mesma energia desalentadora que a mantinha acordada durante a noite.

Retirando um naco de grama da beira do riacho, assustou-se quando uma sombra passou por cima de seus ombros e alongou-se no chão à sua frente.

— O que você está fazendo aqui?

Brig. Reconheceria a voz dele em qualquer lugar. Seu coração foi parar na boca.

— Nada. — Virando-se, procurou não deixá-lo perceber que notara a camisa dele desabotoada, as mangas arregaçadas, seus jeans quase puídos tão baixos nos quadris e seu umbigo e os pelos escuros em volta dele. Um calor intenso lhe percorreu o sangue quando ela jogou os cabelos para cima dos ombros e desejou que os pés não estivessem negros de lama. — Estava apenas pensando em quando eu montaria meu cavalo de novo.

— Você parece um disco arranhado.

— E então?

— Assim que ele estiver tão dócil quanto um filhotinho.

— Se eu quisesse um cachorrinho — disse, com uma tirada de esperteza —, eu teria ido a um abrigo de cães. — Levantando-se, secou os pés na grama e tentou esconder o fato de estar encabulada. — Acho que você deveria parar de trabalhar com o Remmington. Gosto dele do jeito que é.

— Rebelde.

— É, rebelde.

Ele emitiu um som de desgosto.

— Eu já disse que gosto de cavalos com certo toque de selvageria, que tenham seu próprio jeito.

— Um que a atire no chão e a chute sem motivo? — perguntou ele, brincando com o canivete. Brig parecia mais alto em pé, com suas botas de caubói, do que descalço. A luz do sol mudava de posição com o movimento das folhas que se agitavam ao sabor do vento, fazendo as sombras se moverem sobre seus traços esculpidos. Ele fechou o canivete, produzindo um estalo.

— Para mim, ele jogou *você* no chão.

Um sorriso retorcido afagou os lábios de Brig. Ele pôs o canivete no bolso.

— Não posso negar, mas espero que você não saia por aí espalhando a notícia. Não gostaria que o resto dos empregados ficasse sabendo.

— Será o nosso segredo — disse ela, com um sorriso.

— Será?

— Juro pela minha vida... — Ela fez o gesto infantil em cima do peito e parou quando sentiu o olhar dele seguir seu movimento. — Bem, você sabe o que quero dizer.

Fazendo beiço, ele concordou, o gesto mais agradável que havia partido dele até então.

— Mas ainda acho que deveria ter a chance de montá-lo.

— Você terá — prometeu Brig. — Em breve.

— Posso controlá-lo.

— Então como você explica isso aqui? — Ele tocou seu ombro contundido, e ela quase saltou.

Em algum lugar de sua mente, Cassidy percebeu que ficar a sós com ele era flertar com um perigo que ela não compreendia. Havia sempre algo de diferente no ar quando estava em sua companhia... como uma descarga elétrica antes de um trovão.

Cassidy levantou o ombro num gesto interrogativo.

— Cometi um erro na última vez que o montei.

— Um que o seu pai não quer que se repita.

— Talvez ele não saiba o que é melhor para mim.

— E você sabe? — Uma sobrancelha escura subiu alto, e ela percebeu que ele estava rindo da tentativa dela de ser corajosa.

— Por que você me trata como criança?

— Porque você é uma criança.

— Você não é tão mais velho assim.

— Não é uma questão de idade, minha cara.

— Então é questão de quê? — perguntou ela, levantando o queixo num gesto de desafio. — Da sua *experiência*?

Um meio sorriso perpassou pelos lábios dele.

— Ela é parte.

Brig se aproximou, e, por um breve instante, ela achou que a beijaria, mas ele tocou a corrente em torno de seu pescoço da forma como fizera antes. A medalha pendurada entre seus seios parecia queimar-lhe a pele.

— Você sempre usa essa medalha.

Ela concordou.

— Por quê?

— Eu... eu não sei.

— Algum tipo de compromisso com sua igreja? Ou foi algum rapaz que deu para você?

— Não foi nenhum rapaz que me deu.

Ele largou a corrente, desviou o olhar por um segundo e suspirou.

— Eu segui você até aqui para pedir desculpas — admitiu ele. — Peguei meio pesado outro dia.

— Está tudo bem...

— Não. Deixe-me pedir desculpas. Você, eh, me pegou com as calças arriadas, mais ou menos isso. Perdi a concentração, o cavalo percebeu e me derrubou.

— Mas eu distraí você. — O clima parecia pesado, e ela recuou uns dois passos, as nádegas tocando o tronco áspero do salgueiro.

— Eu não deveria ter permitido.

— Ah.

Brig olhou para o pescoço dela, para onde seu sangue pulsava furiosamente. Por alguns segundos, apenas o borbulhar suave do riacho quebrou o silêncio. Cassidy percebeu que ele queria beijá-la, que a razão pela qual as mãos dele estavam fechadas era porque lutava uma batalha perdida consigo mesmo. — É melhor eu ir andando...

— Não! — respondeu rapidamente e sentiu as faces arderem. — Eu... eh...

Um músculo tremeu no maxilar dele, marcando os batimentos cardíacos. Seu olhar foi ao encontro do dela e, embora nenhuma palavra tenha sido dita, Cassidy sabia que ele sentia aquilo também, aquele calor, aquela ansiedade que parecia pulsar no ar entre eles. Ela lambeu os lábios. Ele emitiu um gemido suave, e, quando falou, a voz saiu seca e rude.

— Seria melhor para nós dois se você ficasse longe de mim e do cavalo.

— Gosto de ficar perto de você — admitiu, e ele fechou os olhos, como se pudesse guardar sua imagem.

— Bem, não diga isso, Cassidy. Não goste de mim. — Quando abriu os olhos, parecia estar sob controle, e as veias não mais saltavam de seus braços e pescoço. — Acredite em mim, garota, nós dois ficaremos melhores se você mantiver uma boa distância de mim.

— Então, como é trabalhar para o cara mais rico do condado? — Chase tirou uma garrafa de cerveja da geladeira e a ofereceu para Brig. A serragem manchava seus cabelos e os ombros de sua camisa de trabalho.

— Você é que vai me dizer — retrucou Brig, frustrado, no trailer abafado. O ventilador pequeno da mãe girava ruidosamente na vã tentativa de manter a temperatura escaldante abaixo dos 32 graus. Ele passou a mão na testa suada e tirou a camisa, mas o calor simplesmente continuava ali, assim como a lembrança das meninas Buchanan, pensamentos que brincavam perigosamente em sua mente. — Você trabalha com ele também.

— Assim como metade da cidade. — Chase colocou as duas garrafas na mesa entulhada, abriu-as e sorveu metade da dele. — Mas você tem o privilégio de ver como eles vivem, o que fazem...

— Estou cagando para isso. — Brig deu um longo gole da garrafa. — Não é nada de glamoroso.

— Não? Deve ser melhor do que ficar de pé no depósito de madeira da serraria, pegando tábuas até as luvas gastarem e as mãos começarem a sangrar. — Chase tirou uma mecha de cabelos negros da testa, e seus olhos azuis, tão parecidos com os do irmão, viraram-se entediados para ele. Ninguém jamais deixaria de considerá-los irmãos de tanto que se pareciam: a mesma altura e formação óssea, cabelos escuros e olhos azul-escuros. A única diferença é que os traços de Chase eram um pouco mais refinados do que os dele. Brig sempre dissera que o irmão mais velho era mais bonito, e isso quase sempre deixava Chase com raiva, dando início a uma briga corpo a corpo que, até quatro anos antes, ele sempre ganhava com facilidade. Ultimamente, a situação invertera e, por isso, eles não descontavam mais suas frustrações um no outro, pelo menos não fisicamente.

— Tudo bem — disse Chase, montando em uma cadeira. — Fale-me da casa, dos carros e das filhas. — Seus lábios se curvaram num sorriso irônico. — Você gosta de mulheres, não gosta, Brig?

— As garotas são dondocas mimadas.

— Não está interessado nelas? — perguntou, apoiando os dois cotovelos na mesa.

— Não.

— Conversa! — Deu outro gole demorado, o olhar fixo no do irmão mais novo. — Estive lá, na casa, quando o velho me pediu para assinar os papéis para aquele empréstimo. Dei uma boa olhada para o que ele tem e podia jurar na mesma hora que estava no paraíso. Eu faria tudo para ter aquilo um dia, a mansão com vista para as colinas, outra casa em Portland, talvez até um chalé na praia. Eu compraria um avião e investiria em madeira, na pedreira e na serraria. Tudo o que eu tenho que fazer é pagar minhas contas, estudar e aprender a bajular as garotas certas. No fim, chegarei aonde o velho Rex está, serei eu a pedir empréstimos sem juros e a me tornar o babaca mais rico do condado. Nada de continuar rastejando.

O último grito 87

Este era um assunto delicado. Chase não queria pegar dinheiro emprestado para terminar os estudos, mas não teve opção. Rex Buchanan, em outro gesto de benevolência para com o clã McKenzie, ofereceu o empréstimo.

— É, o velho sabe viver, e aquelas filhas dele não são nada difíceis de se olhar, são?

Brig sentiu vontade de dizer que não havia percebido, mas Chase o chamara de mentiroso.

— Sabe? Até que não seria nada mal casar com uma delas e herdar uma fatia da propriedade do velho.

— Achei que você tinha me dito para ficar longe delas. Daquela ninfeta gostosa que é a Cassidy.

— É ninfeta agora, mas não será para sempre. E a Angie? Meu Deus, qualquer homem fica de pau duro só de pensar nela. Acho que já é bem grandinha para saber o que quer.

Brig não estava gostando do rumo que os pensamentos do irmão estavam tomando.

— E quanto ao Derrick? — perguntou ele, sem se importar de verdade. Nunca dera a mínima para o filho de Rex. — Ele é um filho da puta desgraçado, e eu não acho que ele aceitaria você enfiando o bedelho nos negócios da família.

— O que tem ele? Só porque nasceu numa família de grana não quer dizer que o velho vai deixar tudo para ele. Além do mais, sou mais esperto.

— Mas o sobrenome dele é Buchanan.

Chase não concordava com o jeito de pensar do irmão.

— As garotas vão ter a parte delas. O velho Rex, ele sempre tenta jogar limpo. Mesmo que seja só pela aparência. Portanto, vai cuidar bem das filhas e de seus genros.

— Você já está com tudo esquematizado. — Brig não se importou em esconder a irritação.

— Exatamente. — Com um sorriso largo, Chase tomou um longo gole da garrafa e apontou o dedo para o irmão.

— O lance é tratar aquelas garotas com respeito. Porra, essa é a única forma de conseguir alguma coisa neste mundo.

— Bajulando, como você disse.

O maxilar de Chase ficou tenso.

— Sou realista, Brig. Farei o que for preciso. Você devia aprender. Mas tenha cuidado.

— Não estou interessado — repetiu ele, embora sua mente tenha divagado para Cassidy. Sim, um homem conseguiria respeitá-la. Angie era outro papo. — Não vou pular para esse trem da alegria imaginário. É tudo seu, se você quiser. Derrick Buchanan não vai deixar você pegar nem um centavo do que ele acha que é dele. — Brig ficou olhando para a janela estreita, em cima da pia. — Enfim, isso é loucura. Estamos os dois trabalhando para o homem.

— E gostaríamos de manter as coisas do jeito como estão, por enquanto. Portanto, estou avisando, irmãozinho. Você agora está no paraíso, trabalhando para o velho, mas é melhor ver onde pisa. Você está mesmo ferrado nesta cidade; quase morto no que diz respeito a trabalho, e aquele pequeno episódio com Tamara Nichols foi uma mancha na sua reputação. Você teve sorte de o Rex Buchanan ter lhe dado o emprego, levando em consideração como se sente com relação às filhas.

Brig tomou um demorado gole da cerveja e sentiu o líquido gelado descer pela garganta. Por que Rex Buchanan lhe dera o emprego era um mistério, mas o velho era metido em causas filantrópicas, principalmente no que dizia respeito aos McKenzie. Várias vezes fora ao socorro deles quando a mãe tivera sérios problemas financeiros. A preocupação de Rex gerara mais do que uma fofoca. Talvez o velho Rex o considerasse mesmo um caso de caridade. O pensamento lhe deu nos nervos, e ele sentiu uma repentina vontade de fumar.

— Afinal, por que o Buchanan deu o emprego para você? — perguntou Chase, como se estivesse lendo as perguntas que passavam pela cabeça do irmão.

Brig apoiou o salto da bota no assento da cadeira ao seu lado.

O último Grito   89

— Sei lá — sorriu, retribuindo o sorriso sabe-tudo do irmão. — Deve ter sido por causa do meu charme.

— É, sei. — Chase não se preocupou em esconder o sarcasmo.

— Só não ferre com isso. Estou trabalhando como um cão para pagá-lo, e não quero que você faça nada que o leve a pensar mal de mim... ou da mamãe.

— Não se preocupe — disse Brig.

— Ótimo. — Chase inclinou a cabeça para trás e olhou para o teto escuro. — É triste admitir, mas eu faria qualquer coisa para chegar mais perto da grana do velho.

— Faria?

— Qualquer coisa — disse Chase, suspirando e abrindo um sorriso, como se estivesse saboreando a familiaridade de um pensamento agradável. Brig imaginou que estivesse sonhando de novo. — Isso não é jeito de viver. — Chase fez um gesto que abarcou o velho trailer que mal comportava uma pessoa e no qual moravam Sunny e seus dois filhos adultos.

Brig percebia que já havia passado da hora de se mudar, mas Chase não tinha tempo nem dinheiro para isso. Com um emprego de expediente inteiro, mais os estudos, ele mal tinha tempo para dormir. Morar ali era uma questão de economia. Assim que se formasse na Escola Estadual de Portland, daria adeus ao emprego na serraria e iria embora para a cidade — a não ser que encontrasse um atalho para fazer dinheiro ali mesmo em Prosperity.

Prosperity. Que nome para uma cidade! Uma boa piada, isso é o que era, a não ser que seu sobrenome fosse Buchanan, Alonzo, Baker ou Caldwell. Caso contrário, a cidade poderia se chamar Pobreza, Puxa-Saco de Buchanan, ou outro disparate desses.

Brig dizia a si mesmo que vivia num trailer enferrujado porque, com Chase fora o tempo todo, alguém precisava ficar por ali e tomar conta do lugar. A mãe, conhecida por seus poderes paranormais, não era a mulher mais popular da redondeza. Vários grupos religiosos estavam ganhando voz contra ela, alegando que ela estava mancomunada com o diabo, ou qualquer outra merda dessas, e o reverendo Spears havia passado ali mais de uma vez para sugerir que Sunny abandonasse suas crenças pagãs e começasse a frequentar os cultos cristãos com regularidade, nas manhãs de domingo.

O homem era escorregadio como uma poça de óleo e, assim suspeitava Brig, um hipócrita a ser evitado. Havia vários pastores em Prosperity, e Spears era o mais idiota e oportunista da área.

Chase empurrou a cadeira para trás e estendeu o braço até a geladeira para pegar outra cerveja.

— Então me fale das garotas, e não só que elas são ricas e mimadas. Isso, eu já sei. Comece pela Angie.

Brig levantou um ombro. Não era tolo. Era claro que Angie estava jogando com ele, flertando, mostrando-lhe apenas um pouco do que tinha a oferecer, só para obter uma reação dele; bem, ele não morderia a isca.

— Vamos lá — insistiu —, passei o dia inteiro olhando para as caras feias de Floyd Jones, John Anderson e Howard Springer. Em vez disso, eu adoraria ter dado uma olhadinha em Angie Buchanan. Com certeza, eu teria medo de ficar de pau duro só de olhar para ela.

— Por quê? — perguntou Brig, como se seu pênis não tivesse se alterado ao vê-la deitada, trajando quase nada e lambuzada de bronzeador. — Porque ela é gostosa ou porque é rica?

Chase recostou-se na cadeira.

— Pelos dois motivos. Ambos são excitantes. *Muito*, não, *extremamente* excitantes.

— Bem, você vai ter que entrar na fila. Ela já tem dois caras que não desgrudam dela, ficam com a língua tão espichada que quase lambem o chão, e com os paus tão duros que mal conseguem respirar.

— E um desses caras é você?

— De jeito nenhum.

Chase semicerrou os olhos. Sempre fora capaz de perceber quando Brig estava mentindo.

— Você está dizendo que não sente vontade de tirar uma casquinha de Angie Buchanan?

— Estou dizendo que ela é encrenca da braba.

Chase refletiu durante um segundo; em seguida, tomou outro grande gole e rolou a garrafa escura entre as mãos.

— Só uma vez eu queria saber o que é estar com ela... bem, se não com ela, então com a irmãzinha dela. Quando ela crescer, vai ser...

Brig baixou as botas até o chão e sentiu o sangue correr pelas têmporas. Num segundo, atravessou para o outro lado da mesa, com seu rosto a menos de um centímetro do rosto do irmão.

— Nem sequer pense nisso — alertou-o. — Ela é só uma criança.

O sorriso de Chase se alargou, e seus olhos brilharam.

— Não venha me dizer que você está sentindo alguma coisa pela trombadinha. — Ele riu. — Bem, estou surpreso. É melhor você ter cuidado. Como eu disse antes, ela é uma ninfeta perigosa.

Brig segurou o irmão pelo cangote, que bateu com o cotovelo na garrafa e ela caiu no chão, espalhando cerveja. Brig ignorou.

— É por isso que ela está fora de cogitação. Dê o fora.

— Mas você bem que gostaria, não? Meu Deus, nem posso acreditar. Ela é uma graça, mas mal tem peito.

— Deixe ela em paz!

— Eu já disse. Gosto da mais velha.

— Fique longe dela também. — Brig soltou as mãos e endireitou a postura. Achou um pedaço de pano, enxugou a garrafa de cerveja e a jogou numa caixa ocupada até a metade, com copos e garrafas vazios. — Não estou a fim de problemas com o velho Buchanan nem com nenhuma de suas filhas.

CAPÍTULO 6

Angie, deitada na espreguiçadeira, mal percebia o calor. Alheia, espalhava bronzeador por braços, peito e pernas, mas seus pensamentos estavam longe. Em Brig. Estava ficando sem tempo. A família Caldwell sempre oferecia um churrasco grandioso em sua casa no fim do verão. Não apenas os sócios dos negócios do juiz no condado de Clackamas eram convidados, mas também os dignitários de Portland, líderes civis e quaisquer outras pessoas respeitáveis em Prosperity constavam da lista de convidados. Depois da festa de Natal de Rex Buchanan, esse era o evento do ano.

Angie andara recusando a companhia de vários rapazes, incluindo Bobby e Jed, porque planejava ir com Brig. Sorrindo, pensou no falatório que se seguiria, nas sobrancelhas que se ergueriam e nas bocas abertas que seriam tapadas com a mão quando ela aparecesse de braços dados com Brig McKenzie.

Muitas mulheres, quer admitissem ou não, ficariam com inveja; outras ficariam chocadas. Com certeza, ela seria o centro das atenções, e todos iriam achar que já estava saindo com Brig havia semanas... tempo suficiente. Mas ela não podia perder nem um pouquinho mais de tempo.

Limpou o excesso de bronzeador com uma toalha e vestiu os shorts. Enfiando os braços numa camisa branca e fininha, não se preocupou com os botões, deixando a frente aberta, e enrolou as mangas.

O último Grito 93

Enquanto calçava os chinelos, tirou a fita que afastava os cabelos da testa e deu uma boa sacudida na cabeça, de forma que cachos negros emolduraram suas faces e caíram desalinhados, em cascata, até o meio das costas.

Não tinha desculpas para ficar em volta das cocheiras, e, se não pedisse para Brig lhe dar aulas de montaria, não teria motivos para se demorar por ali sem se tornar óbvia demais. Não podia parecer desesperada, apenas ligeiramente interessada.

Podia pedir-lhe para levá-la à cidade, para checar um barulho em seu carro, ou ir de carro com ela...

Nunca em sua vida tivera tanto trabalho para fazer um homem lhe dar atenção; normalmente era o contrário, mas Brig era diferente de qualquer homem que havia conhecido em Prosperity. Ou em Portland. Embora tenha passado os quatro anos do ensino médio como interna no Colégio Santa Teresa, escola católica somente para moças, tivera boas oportunidades de encontrar rapazes do Centro Católico de Jesuítas, que ficava a poucos quarteirões das paredes de tijolos da escola de moças.

Conteve-se à porta das cocheiras, passou batom e entrou. Franziu o nariz diante do odor forte de urina e esterco. Algo mais havia naquele interior abafado e escuro. Alguma coisa fora do lugar que fez os cabelos de sua nuca se eriçarem, um a um.

— Brig? — gritou, no local sombrio. — Brig? Você está aqui? Sentiu um frio na espinha e ficou subitamente nervosa. Preocupada.

Esforçou-se para ouvir algo, mas tudo o que percebeu foram relinchos rápidos, bufadas e cascos se arrastando na palha. Pelo canto dos olhos, viu um movimento. Seu coração pulou. Deu um salto para trás, quase caindo, quando se virou e viu Willie de pé, próximo a um barril de aveia aberto. Estava segurando um cabresto e olhando para ela com seus olhos azuis indecifráveis.

— Meu Deus, Willie, você me assustou!

Ele lambeu os lábios, num movimento nervoso.

— Desculpe.

— Você sabe onde está o Brig? — Irritada, ela espanou as mãos.

Willie uniu as sobrancelhas, pensativo, e Angie sentiu vontade de sacudi-lo. Metade do tempo ele era inexpressivo como uma pedra, gaguejando, evitando responder às perguntas e parecendo totalmente constrangido. Na outra metade, parecia extremamente inteligente, mais esperto do que muitos dos empregados da fazenda. Angie se perguntava o quanto, de fato, seria estúpido. Era quase como se usasse a deficiência em proveito próprio. Mas não podia fazer isso, podia?

— O Mac está lá fora com as vacas.

— Não estou interessada no Mac. Perguntei pelo Brig.

Willie apertou os lábios com ansiedade e desviou o olhar. Seus cabelos eram de um castanho-escuro, porém opacos e desalinhados, desordenadamente enrolados. Seus olhos estavam com uma cor indefinida, algo entre o cinza e o azul.

— O Brig está trabalhando.

— Eu sei.

— Ele não gosta de ser interrompido.

— Está bem, Willie. — Angie suspirou e deu uma olhada de perto no bobalhão. — Preciso vê-lo — disse ela, num tom persuasivo e suave.

— Por quê?

Que saco! O bobalhão era irritante, mas não havia por que não se divertir um pouco com ele. Colocou as mãos nos quadris, delineando a cintura e empinando o peito. Viu um lampejo de interesse nos olhos dele, a forma como olhou para seu decote, e ergueu os olhos para as vigas no teto, para evitar encará-lo. Aproximou-se lentamente.

— Vamos lá, Willie — disse, com a voz melosa. — Não tenho o dia inteiro. Agora, diga-me — tocou a manga de sua camisa suja —, onde está o Brig?

O pomo de adão de Willie saltou, e, de repente, a cocheira pareceu mais fechada e abafada. Olhou-a nos olhos, e ela sentiu um tremor de medo em antecipação, pois ele não se importou mais em esconder seu desejo, fazendo com que ela tivesse dúvidas se, dessa vez, havia exagerado. Afinal, ele era homem, jovem, forte fisicamente e saudável. A julgar pela barba por fazer, pela largura de seus ombros e pelos cabelos encaracolados que saltavam de baixo de sua camisa de trabalho, havia poucas dúvidas de que ele era um homem adulto.

— O que você quer? — perguntou ele, num sussurro rouco tão baixo que o coração de Angie começou a acelerar. De repente, seus olhos ficaram sérios e vivos com o desafio. Ela pigarreou e afastou-se com medo de seu próprio poder sexual e da resposta que despertava nele — uma resposta que seria basicamente selvagem e animal. Seus pensamentos se adiantaram e ela percebeu que Willie, o pobre e tolo Willie, seria capaz de ajudá-la.

Pensamentos desse tipo eram perigosos.

— Só preciso falar com o Brig.

— Então é só encontrá-lo. — Willie, com a respiração alterada, afastou-se dela, os dedos se fechando sobre o bocado de freio do cabresto que ele estava tentando consertar. Afastou-se rapidamente, quase tropeçando num ancinho, de repente parecendo tão assustado quanto ela.

— Droga — murmurou, quando ele foi embora. O suor se acumulava em sua testa, e suas mãos tremiam. Precisaria ter mais cuidado no futuro. Willie não era o tolo inocente que parecia. Ela se lembrou do dia na piscina, quando Felicity tirou a camiseta e lhe mostrou os seios. O bobalhão conseguiu uma boa visão. Decerto, escondeu-se na mata, fechou os olhos, puxou pela memória a imagem da pele branca e dos seios enormes de Felicity e se masturbou. Ou será que pensou nela?

Incapaz de se livrar do sentimento de que, inadvertidamente, ultrapassava a soleira de uma porta perigosa que talvez nunca mais se fechasse, ela passou quinze minutos vasculhando as cocheiras, com renovada determinação. Estava prestes a desistir; Brig podia estar em qualquer lugar na fazenda, checando as cercas ou juntando o gado a quilômetros dali, limpando os arbustos no lado norte, ou na cidade, comprando suprimentos com um dos outros empregados.

Frustrada, afastou os cabelos dos ombros, na esperança de que, com a brisa batendo no pescoço, pudesse se refrescar. Quando passou pelo depósito de máquinas, viu Brig do lado de fora, girando um pneu numa tina com água, obviamente procurando um furo na borracha grossa e escura. Na verdade, a tina era um velho barril de óleo cortado pela metade e apoiado sobre pés de ferro, as bordas suavizadas por maçarico, um tubo passando pelo fundo até a vala de drenagem, uma mangueira enroscada na torneira do lado de fora. As mangas de sua camisa estavam enroladas até os cotovelos, os botões abertos, as sobrancelhas unidas em concentração.

Se a ouviu se aproximar, não demonstrou, apenas levantou a cabeça quando a sombra dela recaiu sobre a tina. O ar escapou do pneu, e ele marcou a borracha negra com giz.

— Achei que era para você estar trabalhando com os cavalos — disse ela, recostando-se contra a parede de tijolos do depósito. O calor do sol se acumulara nos tijolos vermelhos e irradiava agora para lhe aquecer a pele.

— Não sabia que você ficava controlando o meu trabalho.

Levantando o ombro de forma indiferente, Angie respondeu:

— Não fico.

— Ótimo. — Ele retornou ao trabalho e puxou um retalho sujo do bolso traseiro. — Então não estava procurando por mim.

— Na verdade, não.

Ele se empertigou, e seu sorriso confiante a chamou de mentirosa.

— Engraçado. Achei que estava procurando por alguém, da forma como andava pelas cocheiras e pelos depósitos. Achei que poderia ser eu.

— Não seja convencido.

Ele deu uma risada que a deixou irritada.

— Não sou. — Pendurando o pneu no ombro, foi ao interior do depósito de máquinas, e Angie, embora tivesse desejado empinar a cabeça e sair confiante, seguiu-o até lá.

— Por que você me odeia? — perguntou ela, assim que ficaram a sós dentro do depósito. Lançou-lhe um olhar petulante quando o sol

O Último Grito   97

entrou pela porta e por algumas janelas pequenas, embora o interior abafado estivesse na sombra e em um lugar reservado. Odores de óleo e graxa impregnavam o ar.

Brig empurrou o pneu até um banco de trabalho e pegou um tipo de remendo.

— Odiar você? — repetiu ele, olhando por cima do ombro. — O que faz você pensar assim?

— Você me evita.

— Tenho trabalho a fazer.

— Você conversa com a Cassidy.

— Ela se interessa por cavalos — respondeu prontamente, mas seu maxilar pareceu ficar tenso.

— Talvez esteja interessada em você.

— Ela é só uma menina.

— Dezesseis anos.

— Como eu disse, uma menina.

— É isso o que pensa de mim?

Brig deixou escapar um risinho, e seu olhar deslizou por todo o corpo dela, parando em seus quadris largos, na curva feminina de sua cintura e no volume dos seios apertados sob a camisa aberta, em contato com o sutiã preto do biquíni. O suor parecia se acumular naquela fenda pálida na qual o olhar cínico de Brig se demorou por um instante.

— Ninguém confundiria você com uma criança, Angie. — Brig jogou o quadril para a frente e levou a mão ao bolso da camisa, em busca de seu maço de Camel. — Diga exatamente o que quer de mim — quis saber ele, clicando o isqueiro e dando uma tragada lenta.

Angie tirou o cigarro dos dedos dele e ela mesma deu uma longa tragada, deixando uma marca de batom no filtro branco e fazendo a fumaça sair pelas narinas, da forma como vira Bette Davis fazer em algum filme antigo.

— Por que está achando que quero alguma coisa? — Jogou os cabelos para trás e devolveu o cigarro.

— Faz parte da sua natureza.

— Você não sabe nada sobre mim. — Projetou levemente o lábio inferior.

— Sei o suficiente.

Ai, meu Deus, ele a estava rejeitando! Nenhum cara jamais a rejeitara. A maioria ficava babando atrás dela, e ela, sedutora e paquedora por natureza, adorava o tipo de desejo que se instalava em seus olhos. Mas Brig era diferente, e, além da necessidade de que ele a quisesse, a raiva se espalhou por seu sangue. Ele, filho de um empregado da serraria que fora embora e de uma mulher louca, tinha a cara de pau de agir como se não sentisse o desejo lhe correndo no sangue. Bem, ela já devia saber.

— Você não gostaria de me conhecer um pouquinho melhor? — perguntou ela, aproximando-se o suficiente para que, quando ele baixasse os olhos, visse seu decote.

Com o cigarro queimando no canto da boca, Brig parecia praticamente inacessível, como um caubói grosseiro. Apertou os olhos através da fumaça, mas não recuou.

— Preciso trabalhar. Se você me der licença.

Não estava dando certo. Ele não cairia num jogo ostensivo de sedução, portanto ela recuou rapidamente e deu as costas.

— Olha... sinto muito. Eu não queria... bem, dar a entender que estou dando em cima de você.

— Não está?

Quando se virou novamente, a expressão havia mudado em seu rosto.

— Eu... eu quero ser sua amiga. Os caras da minha idade me enchem a paciência, sinceramente, eles são um pé no saco. — Angie ergueu o olhar, e seus olhos não estavam mais baixos. — Acho que pensei que, se agisse... bem, assim, seria uma forma de conseguir a sua atenção. Eu, eh, preciso de alguém como você.

Ele bufou e se voltou para o pneu.

— Jed e Bobby estão pegando pesado em cima de mim.

O Último Grito 99

— Estão?

— Eu falei com você sobre a aposta.

Um olhar de desdém cruzou os belos traços de Brig.

— Achei que estivesse brincando.

— Não. — Ela suspirou e passou os dedos pelos cabelos. — Sei que às vezes as pessoas acham que eu sou... bem, sedutora, e acho que sou mesmo, mas não durmo com os rapazes, e, por ser quem eu sou, você sabe, a filha de Rex Buchanan, acho que me tornei um tipo de alvo. Já ouvi dizer que o papo dos vestiários é sobre quem vai ser o primeiro homem de Angie Buchanan. Foi por isso que o meu pai me mandou para o Colégio Santa Tereza, em Portland. Pelo menos, essa foi uma das razões. Mas agora que terminei o ensino médio e vou para a faculdade, o papo na cidade é a mesma velha e odiosa ladainha.

O rosto de Brig permaneceu inalterado, quase como se suspeitasse de que ela estava mentindo.

— Enfim, achei que talvez pudesse me tornar sua amiga, e, por você ser... bem, um pouco mais... rude, acho que é essa a palavra... os outros rapazes dariam o fora.

Brig jogou o cigarro no chão e o esmagou com a bota.

— Sabe, Angie, muitas mulheres não gostariam de me ter como amigo. Homens e mulheres... como amigos... de alguma forma, isso não dá certo.

— Não podemos ficar acima disso? — perguntou e, por impulso, ficou na ponta dos dedos e roçou os lábios no rosto dele. Sem ao menos ver sua reação, saiu correndo pela porta aberta do depósito e percebeu uma sombra mover-se rapidamente pela lateral da velha construção de tijolos. Angie sentiu um frio correr pelo sangue. Decerto era Willie de novo. Deus, aquele idiota lhe dava calafrios. Ela tremeu. Não podia imaginar por que o pai simplesmente não se livrava dele.

Mas o pai sempre gostou de se envolver com histórias de vida difíceis, e Brig McKenzie era um dos casos em questão.

* * *

Fiquei observando da sombra.

Atrás da casa da família Buchanan, sob a cobertura densa das folhas das árvores, que me serviam de esconderiio, enquanto o entardecer se assentava sobre a casa enorme, fiquei olhando para as janelas, quadrados brilhantes em contraste com uma noite quente e densa.

Ela estava na casa, ou assim parecia, uma vez que a luz de seu quarto estava acesa... sim, eu sabia onde ficavam todos os quartos e olhei desde a suíte principal, com suas janelas, até os dormitórios menores que acomodavam os membros daquela família pequena e misturada.

O quarto de Derrick era o mais afastado no corredor e, pelas persianas abertas, percebi pôsteres de jogadores de futebol, modelos e estrelas pornôs de seios fartos e pernas compridas, inclinadas para a frente, com seus olhos de vem-cá e os lábios molhados. Senti um grande desgosto assim que meu olhar se voltou para o quarto de Cassidy, que agora estava escuro, provavelmente vazio. Olhei rapidamente ao redor, porque era sabido que Cassidy deixava a casa para andar em volta das cocheiras. Meus olhos vasculharam a escuridão, mas eu nada vi. Nenhum movimento. Nenhum som de sua respiração sibilante. Nenhum sinal dela.

Ótimo.

Meus músculos tensos relaxaram um pouco, até eu levantar os olhos novamente e centrar minha atenção no quarto de Angie. E lá estava ela, de repente, sentada à janela e olhando para o céu, talvez observando a lua que subia.

Ela estava delineada pela luz de sua escrivaninha, uma sombra negra arqueada em contraste com uma luminária dourada. Seu olhar baixou e ela examinou a escuridão. Como se pressentisse que eu estava perto.

Meus músculos se retesaram de novo e, por um segundo, achei que nossos olhos haviam se encontrado, os meus, desesperados e determinados, eram meu esconderijo na folhagem densa, os dela

O Último Grito 101

arregalados e pensativos, um tanto desconfiados quando olhou para as sombras. Parei de respirar.

Siga em frente e olhe, sua piranha. Tente me ver. Tente descobrir o que vai acontecer.

Por fim, ela desviou o olhar. Fechou a janela. Puxou a persiana como se para impedir o meu olhar de entrar onde não devia.

O que era estupidez.

Arrisquei.

Enfiei a mão no bolso e encontrei meu isqueiro. Então eu o segurei na frente do nariz e o acendi, espiando através da chama pequena, focando-o em sua janela e na silhueta apagada atrás das sombras.

Está sentindo, Angie?

Imagine a chama tocando a sua pele, pegando em seus cabelos.

Sorri no escuro, a chama tremulante mudando de forma diante de meus olhos quando pensei nela e no que aconteceria com aquele belo corpo todo durinho.

Em breve, ele seria reduzido a cinzas.

Angie tremeu e esfregou os braços apesar do calor da noite. Olhou para a janela, puxou a persiana e disse a si mesma que estava sendo uma tola. Uma imbecil.

Ninguém a estava observando entre as árvores. A pior coisa que poderia acontecer era o retardado do Willie estar se escondendo por ali novamente.

Sentiu uma pontada de pesar por seus pensamentos indelicados com relação a ele. Willie não tinha culpa de ter um parafuso a menos. Por acaso não vira a forma como ele olhara para ela outro dia, quando tocara a manga de sua camisa? Tivera um vislumbre de que ele não era tão estúpido quanto deixava transparecer, de que ele sabia muito mais sobre o que estava acontecendo na propriedade da família Buchanan do que qualquer outra pessoa e que seu jeito pobre e idiota podia muito bem ser teatro.

Afinal de contas, ele era homem.

Portanto, devia tomar cuidado perto dele.

Da mesma forma que Cassidy, Felicity e até Dena. Quem poderia saber quais pensamentos vagavam por aquele cérebro doente? Riu ao imaginar Willie com Dena e expulsou a imagem ridícula da mente.

Tinha mais com que se preocupar do que criar a própria imagem de bicho-papão na mata. Muito mais. Precisava se concentrar.

Deitada na cama, segurou uma almofada em forma de coração e a apertou contra o peito. Lágrimas ameaçaram correr de seus olhos, mas ela mordeu o lábio inferior. Não era *hora* de se descontrolar. Suspirou, começou a dar os retoques finais em seu plano e conteve o sentimento de medo que se avolumava, o pânico que ultimamente a vinha consumindo. Dando uma olhada no calendário em cima de sua mesa de trabalho, fez uma careta.

Estava correndo contra o tempo.

CAPÍTULO 7

— Acho que não está certo, Rex, isso é tudo o que eu tenho para dizer. — Dena olhou seu reflexo no espelho, em cima da pia, na suíte principal, e fez careta para as raízes grisalhas que estavam começando a aparecer em contraste com os cabelos ruivos. Sempre sentira orgulho de seus cabelos, mas, agora, até eles estavam começando a incomodá-la, junto com o rosto e o pescoço, ambos mostrando mais rugas do que deviam e bolsas debaixo dos olhos — bem, não era de admirar que parecesse tão estressada, preocupada do jeito que estava com as duas filhas. Como conseguiria parecer radiante no churrasco da semana seguinte, na casa da família Caldwell, era algo que já a preocupava. Precisava de um vestido novo, de sapatos novos e de mais do que uma pequena cirurgia plástica. Acabou de pentear os cabelos e pegou o maço de cigarros.

— Por que você deu emprego àquele inútil é uma coisa que eu não entendo.

Rex estava de pé, atrás da porta parcialmente fechada do closet.

— Brig precisava de emprego. Ele é danado de bom com cavalos, e o cavalo da Cassidy já a derrubou uma vez. Eu não queria arriscar de novo.

— Mas não se importa de correr riscos com aquele tal de McKenzie. E com as nossas meninas. — Pelo canto dos olhos, viu-o amarrando o roupão. De pé, de cuecas, ainda era um homem imponente.

Ah, andava um pouco curvado, mas seus músculos ainda apareciam por baixo da pele, e suas pernas não tinham gordura alguma, graças às horas gastas no campo de golfe. Seus cabelos eram branco-neve, em franco contraste com as sobrancelhas escuras, e seu rosto, bronzeado por causa dos dias no campo de golfe, era belo, praticamente esculpido, não fosse pela linha do maxilar, onde o início de uma papada já se fazia evidente. Envelhecer era uma merda. Acendeu o cigarro e, ao dar uma tragada, percebeu as linhas finas que circundavam seus lábios.

— Não estou pondo as meninas em risco. Do que está falando? — Vestiu rapidamente um conjunto de moletom, roupa que usava para se exercitar, em vez do conjunto aveludado bordô que ela havia comprado para ele em seu último aniversário. Mas Dena não tinha tempo para discutir esse assunto; além do mais, ninguém o veria, e ela estava com outros problemas na cabeça — problemões que diziam respeito a Brig McKenzie. O filho rebelde de Sunny.

Dena também não estaria satisfeita se Rex tivesse contratado Chase, o outro filho de Sunny McKenzie, mas poderia ter entendido; este, segundo diziam, era responsável, preocupava-se com o futuro, mantinha a cara limpa e sabia o seu lugar. Pelo menos, *tentava* fazer a coisa certa. Parecia um pouco mais refinado do que seu irmão mais novo. Brig, por sua vez — bem, o que se dizia era que ele fazia o que lhe dava na telha e não tinha respeito por nada nem ninguém. Usava jaqueta de couro e dirigia uma motocicleta, pelo amor de Deus, como se fosse um tipo de gângster ou anjo do mal. Ela tremeu por baixo das dobras do roupão de seda.

Apesar de tudo isso, Rex não estava preocupado.

Aquela não era hora para sutilezas. Às vezes, a única forma de passar pelo teimoso do seu marido era dando-lhe uma pancada na cabeça com um bastão de beisebol.

— Já foi muito ruim você dar emprego ao débil mental. A forma como ele fica babando perto das meninas...

— Olha aqui, Dena, sou uma pessoa respeitada na comunidade, um dos homens mais ricos de Prosperity e, como tal, tenho a obrigação de fazer algumas coisas que podem não parecer muito viáveis economicamente... gestos de benevolência. Além disso, tem a igreja. Padre James parece achar que... ah, deixa, você não iria entender mesmo. Em suma, ninguém lhe daria emprego, e o Willie é um bom trabalhador. Não me dá trabalho algum. — Seu maxilar se retesou, expressando teimosia.

Rex tinha orgulho de sua filantropia, e, quando o assunto era Willie, a questão de demiti-lo era e sempre seria tabu. Dena já havia percebido isso anos atrás, quando Rex dera emprego ao bobalhão. Ela fizera um escândalo, mas então o marido fora taxativo. Várias vezes desde então, sempre que ferramentas ou peças eram perdidas ou roubadas, ela sugeria que Rex demitisse Willie, mas o assunto estava sempre fora de questão. Rex não estava disposto a ceder.

Ela tragou o cigarro, não gostou da própria aparência no espelho e amassou a droga do Viceroy no cinzeiro de prata, próximo à pia. Tinha de parar de fumar. As linhas em torno dos olhos estavam ficando muito aparentes de tanto piscar atrás da fumaça.

— Brig McKenzie tem péssima reputação, você e eu sabemos disso. Bebe demais, mesmo sendo menor de idade, e depois se mete em brigas. Já foi demitido sabe Deus de quantos empregos e dorme com qualquer mulher em que põe as mãos.

— Você não sabe se é verdade. É tudo fofoca de cidade pequena.

— Onde há fumaça, há fogo, Rex. Lembre-se das raízes deles. Ele vem do nada.

— Sunny McKenzie...

— É nada, e seu marido, ou ex-marido, não era muito melhor. Um bêbado com um mau temperamento. — Virou de costas para a pia e encarou o marido. — Quanto mais você faz por essa família, maiores são as fofocas sobre você... — A voz dela falhou, e ela encolheu os ombros.

— Mais uma vez, é tudo fofoca.

— Que eu ouço o tempo todo. No clube, enquanto estou jogando bridge, quando vou fazer o cabelo, até depois da missa.

Estou lhe falando, Rex, você tem que parar de ficar se curvando para a Sunny e seus filhos!

— Também ajudo outras famílias. Quando os maridos estão desempregados ou os filhos pequenos estão doentes...

— ...ou quase se afogando.

Rex olhou duramente para ela.

— Isso foi há muito tempo — advertiu-a. — A Sunny precisava de ajuda. O marido a havia deixado.

— Eu sei, e você sabe também, mas as pessoas ainda falam — disse ela, os boatos desagradáveis sempre permeando sua consciência.

— Como se já não bastasse você visitar o túmulo de Lucretia todas as semanas, mas...

— Não a envolva nessa situação — disse-lhe, categórico, no tom de voz que lhe reservava quando estava particularmente irritado, um tom reducionista.

Dena não pegaria pesado com ele em relação a Lucretia, mas não podia desistir do assunto em questão.

— Veja, Rex, tanto eu quanto você sabemos que as únicas coisas que Brig McKenzie tem a seu favor é a boa aparência e o fato de ser inteligente como o capeta: ele sabe como jogar com as pessoas para conseguir o que quer. Veja como jogou com você.

— Ele não jogou comigo — resmungou Rex, enquanto voltava para o quarto.

Ela lhe lançou um olhar que, silenciosamente, o chamava de tolo.

— Esse rapaz sabe exatamente o que está fazendo, e você pode escrever o que estou dizendo: ele é encrenca, e do tipo que nunca vimos antes. — Dena calçou os chinelos cor-de-rosa e foi atrás do marido. Rex já estava montado em sua bicicleta ergométrica, pedalando furiosamente, com o suor lhe escorrendo pela testa. O armário estava aberto, exibindo a televisão na qual belas mulheres em uniforme policial cumpriam tarefas corriqueiras. *As panteras*, um dos programas favoritos de Rex, estava para começar. — Não quero a Cassidy andando com esse rapaz. Acho que ela está interessada nele.

O Último Grito   107

— Cassidy? Ela é só uma menina.

— Já deu uma olhada nela ultimamente, Rex? — perguntou Dena, ligeiramente magoada. Para o marido, Cassidy jamais seria algo mais do que sua segunda filha, segunda em linha sucessória e em importância. Ele nunca dissera, mas isso ficava óbvio em suas pequenas atitudes, que Dena julgava irritantes e dolorosas.

— Ela não está interessada em rapazes.

— Não por rapazes, só por Brig. Não consegue ficar longe dele.

— É por causa do cavalo. Nada tem a ver com o McKenzie.

— Abra os olhos, Rex. Ela tem dezesseis anos e... bem, eu me lembro de como era nessa idade.

— Você não pode impedi-la de ir às cocheiras.

Dena suspirou.

— Não, mas posso ficar de olho nela e me certificar de que fique longe daquele joão-ninguém. E, quanto a Angie, Deus sabe que não posso controlá-la, ela é *sua* filha, mas, se fosse você, eu a proibiria de ir a qualquer lugar onde ele estivesse.

— Ela não vai.

Dena balançou a cabeça.

— Nunca vi você como um tolo, Rex, mas talvez tenha me enganado. — Dena acomodou-se na cama *king-size* e afofou os travesseiros contra a cabeceira.

Normalmente, não criticava Angie, pois Rex adorava a menina e a tratava como membro da realeza. Era visivelmente mais dedicado a Angie do que a Cassidy; isso era óbvio para qualquer um na casa. Dena sabia por quê. Angie era filha de Lucretia, e, embora sua primeira esposa tivesse morrido havia anos, Rex ainda a reverenciava — acendia velas na missa, falava e agia como se ela fosse uma santa.

A mulher dera cabo da própria vida, pelo amor de Deus, e todos sabiam que suicídio era pecado. Ainda assim, Rex era fiel à memória da primeira esposa, e Dena tinha plena consciência de que, se ela morresse, ele não acenderia velas, tampouco faria orações, venerando-a por quase duas décadas.

— Angie ficou no Colégio Santa Tereza por quase quatro anos, e as freiras lhe deram uma educação moral forte e boa. Não se preocupe com ela. Ela é uma boa menina. — Estava começando a suar de verdade agora, e a bicicleta fazia um barulho alto demais, impedindo que ouvisse o diálogo na televisão. Antes que Dena pudesse dizer mais uma palavra, ele apertou o controle remoto, e o volume ecoou mais alto pelo quarto.

— O Derrick já chegou? — Angie, usando uma saída de praia, com as sandálias balançando nos dedos, entrou na ponta dos pés no quarto de Cassidy e estatelou-se na borda da cama.

Cassidy estava folheando uma revista.

— Não sei.

— Ele saiu com a Felicity, não saiu?

Cassidy ergueu um ombro. Desde que Angie começara a campanha para ganhar o coração de Brig, Cassidy vinha achando difícil ser simpática com a irmã mais velha. Não que Brig não tivesse idade suficiente para se defender, e que não corressem boatos de que ele já havia saído com um bocado de mulheres. Mas nenhuma tão bonita e de nível social tão alto quanto o de Angie, concluíra Cassidy. Era difícil — quase impossível — um homem resistir a ela.

— Bem, se ele aparecer, você me fala?

— Por quê? — Cassidy ficou curiosa na mesma hora.

— Ele não gosta que eu saia com o Brig.

— Sair com Brig... como num encontro? — perguntou Cassidy, surpresa. É claro que já havia visto Angie dando em cima dele, já vira até a irmã mais velha lhe dar um beijo no rosto, mas não podia chamar isso de *sair* com Brig.

— Bem, não exatamente *um encontro*, pelo menos não ainda. Mas em breve. Vou chamá-lo para me acompanhar ao churrasco da família Caldwell, no clube. Isso vai incomodar um bocado de gente, não vai? — Angie riu, e seus olhos reluziram com a ideia. — Enfim, vou me encontrar com ele, hoje à noite, na piscina. A mamãe e o papai irão dormir assim que o jornal das onze terminar, de forma que não preciso me preocupar com eles. Os empregados terão se recolhido, e você sabe como é... só falta o Derrick.

— Você já convidou Brig para o churrasco? — Cassidy sentiu um nó no estômago.

— Não, ainda não.

— Mas acha que ele vai aceitar.

— É claro que vai. É um dos maiores eventos de fim de ano, e os rapazes pobres da cidade estão loucos para ser convidados.

— Difícil imaginar Brig se importando com isso.

As sobrancelhas de Angie se levantaram.

— O que foi, Cassidy? Está com ciúmes?

— Claro que não.

— Humm. — Os lábios volumosos de Angie se projetaram num sorriso malicioso. — Bem, ele tem um irmão. Talvez até mais bonito do que ele. Eu soube, por acaso, que Chase McKenzie seria capaz de cortar o braço direito para ser convidado para a festa.

— Então por que você não o convida?

— Porque ele é muito ansioso. Ansioso e ávido demais. Tipo Bobby e Jed. Mas o Brig... — Ela ficou olhando pela janela aberta e suspirou alto. — Acho que estou atraída por ele porque ele é sexy e seguro. Tão forte... faz o que quer, quando quer, e não dá a mínima para as circunstâncias. — Seu rosto se fechou, e ela mordeu o lábio inferior. — Em alguns aspectos, somos muito parecidos.

— Você e Brig? — Cassidy bufou. — Dá um tempo.

O toque de melancolia de Angie durou apenas um segundo, sendo logo substituído por um sorriso maldoso que fez o estômago da irmã embrulhar.

Fervendo por dentro, Cassidy mirou o controle remoto para a pequena televisão em cima da cômoda. Precisava de barulho — de distração —, qualquer coisa para evitar que sua mente ficasse rodando nos círculos familiares sofridos que vinham à tona quando ela pensava em Brig e Angie juntos.

— Sendo assim, me dê uma mãozinha, ok? Se o Derrick... bem, ele ou qualquer outra pessoa começar a fazer perguntas, simplesmente vire a sua luminária para a janela que eu vou entender sua mensagem. Está bem?

— Não sei de que isso adiantará.

— É só um aviso. Vai me dar tempo de voltar para a casa e aparecer com uma desculpa que faça sentido... entendeu, né? Algo sobre não estar conseguindo dormir e ter que dar um mergulho à meia-noite.

— Está bem — disse Cassidy, sem inflexão de voz, embora estivesse morrendo por dentro.

Pegando os chinelos, Angie desceu da cama e foi andando até a porta.

— Apenas se lembre do sinal. É tudo o que você precisa fazer. — Lançou um sorriso reluzente para a irmã. — Fico devendo uma, Cass — disse e abriu a porta, de forma que mal rangesse. Após checar o corredor, desapareceu, e Cassidy ficou sozinha, com um indescritível sentimento de desespero.

Trocava os canais, mas nem sequer via as imagens na tela. Em vez disso, imaginava cenas vivas de Brig e Angie. Seus corpos molhados, por terem nadado nus na piscina, passavam por sua mente.

Sentiu-se enojada. Angie não estava brincando sobre Brig. Iria seduzi-lo. E ele estava mordendo a isca!

Batendo com o pulso no travesseiro, Cassidy ficou olhando para o céu escuro, pela janela aberta do quarto, onde estrelas cintilavam no negro infinito. Apesar de ser o momento mais frio do dia, a brisa soprava quente e silvava por baixo de sua camisola, pressionando o algodão macio contra a pele.

Cassidy disse a si mesma que não fazia mal, que o que Brig fazia e com quem fazia não era da sua conta, mas não conseguia deixar de observar, com uma fascinação tenebrosa, a irmã colocar o plano em ação.

Pela primeira vez na vida, Angie desenvolvera interesse por cavalos, e, cada vez que Brig estava trabalhando no depósito, ela arrumava

O Último Grito   111

uma desculpa para ficar perto das cocheiras e dos cercados. Aprendera a cruzar os braços por cima da cerca para conversar com ele, sorrir sempre que ele se virava, assim como ficar o mais próximo possível dele sem tocá-lo, quando não havia uma cerca os separando. Convidava-o para nadar e cavalgar, mas ele sempre negava, dizendo que tinha de trabalhar, o que, no íntimo, fazia Cassidy sentir-se triunfante. Talvez ele não se deixasse enfeitiçar como os outros rapazes, que pareciam ficar como moscas em torno da fazenda.

Quanto mais perto do fim do verão, mais os rapazes apareciam, como se soubessem que Angie ficaria fora de alcance no fim de setembro, quando iria para a faculdade.

Cassidy duvidava de que Brig McKenzie fosse diferente. Já não tinha fama de mulherengo? Angie não conseguia sempre o que queria? Ela gostava de levar os homens à loucura — Jed Baker e Bobby Alonzo eram a prova de sua habilidade inata.

Olhando de relance para a cama, Cassidy franziu a testa. Não conseguiria dormir. Estava quente demais em seu quarto, os lençóis incomodavam, sua mente girava com imagens de Brig e Angie. Precisava fazer alguma coisa, sair, afastar-se daquela casa.

Então soube o que fazer. Mais de três semanas haviam se passado desde que fora atirada do lombo de Remmington, e seu ombro já estava quase normal. Brig não tinha intenção de deixá-la cavalgar seu cavalo de novo, então ela teria de fazer isso pelas suas costas. O que seria bem feito para ele. A forma como olhava para Angie!

E por que tinha de ficar observando a irmã? Ela que fosse pega de uma vez. Já estava na hora de o pai, que idolatrava o chão no qual ela pisava, saber da verdade. Se Rex a pegasse com Brig, talvez Angie não fosse mais a deusa que era até então. Não que isso a incomodasse. Cassidy jamais desejara o tipo de atenção que o pai dedicava à irmã. Estava feliz por ser quem era, fazer o que fazia. Jamais sentira ciúmes da posição de princesa de Angie — com o título, vinha muita pressão. Não, Cassidy sentia-se confortável com sua relação com o pai, embora desejasse que a mãe, que sempre fazia pressão para que fosse mais parecida com a irmã mais velha, desse um descanso.

Vestiu uma calça jeans surrada e moletom, prendeu o cabelo despenteado com um elástico e, segurando os chinelos, saiu sorrateiramente do quarto, rumo às escadas dos fundos. Como Angie havia previsto, ninguém estava acordado.

Saindo lentamente pela porta dos fundos, Cassidy fez uma careta quando as dobradiças da porta de tela rangeram alto, e Bone, o collie velho do pai, levantou a cabeça, soltando um grunhido zangado.

— Shh. Sou só eu.

O cachorro abanou o rabo, batendo nas tábuas do chão da varanda dos fundos. Ela pensou em ir diretamente às cocheiras, mas se conteve nas sombras de um rododendro.

Imaginou se Angie estaria blefando. Cruzando os dedos, contornou o canto da casa e cruzou silenciosamente um caminho de pedras que serpenteava pelo jardim de rosas ainda perfumado com seus botões pesados. Depois de se enfiar debaixo da árvore e descer alguns degraus, chegou perto da piscina.

O barulho suave de uma risada ecoou pela água, e, assim que os olhos de Cassidy se ajustaram ao escuro, viu Angie nadando graciosa e completamente nua. Seu corpo bronzeado estava branco onde o biquíni normalmente o cobria, e suas roupas haviam sido deixadas displicentemente à beira da piscina.

O coração de Cassidy pareceu cair no chão quando Angie passou nadando pela água da piscina, suave e feminina, os mamilos, dois discos escuros em contraste com a pele branca dos seios, um volume de pelos negros visíveis no meio das pernas. Tão feminina, tão sedutora.

Bile subiu pela garganta de Cassidy.

O aroma acre de fósforo riscado flutuou pela brisa suave, e ela soube, com uma certeza doentia, que Brig não fora capaz de ignorar as tentativas de sedução de Angie. Ele chegara e estava lá, observando sua exibição.

O *Último Grito*   113

Cassidy correu os olhos pelo pátio em torno da piscina e o encontrou perto da prancha do trampolim, as pontas de sua bota de caubói tocando a água. Os ângulos de seu rosto estavam iluminados como ouro quando ele se inclinou, protegeu a ponta do cigarro e o acendeu. Tragando profundamente, balançou o fósforo, e a pequenina chama se apagou.

Angie subiu à superfície bem debaixo dos pés dele. Ela tentou se cobrir enquanto balançava braços e pernas na água, mas foi impossível. Vislumbres atraentes de seus seios e nádegas escaparam.

— Eu... eu não esperava você tão cedo — disse ela, a voz como um sussurro.

Ele checou o relógio, mas não disse palavra alguma. Apenas fumava.

— Dê-me somente uns minutos para eu me vestir. — Ela nadou para o lado da piscina, tomou impulso para sair da água, balançou os cabelos, e logo vestiu o biquíni e a saída de praia, como se estivesse mesmo constrangida.

Com o coração acelerado, Cassidy observou Angie voltar para perto de Brig e projetar o quadril para a frente.

— O que você quer? — perguntou ele.

Angie abriu um sorriso.

— Muitas coisas. — Suficientemente corajosa para lhe tocar o braço, ela suspirou.

Ele a agarrou rapidamente, mantendo-a à distância de um braço, enquanto a encarava.

— Talvez fosse bom você parar com esse joguinho. Disse que queria me encontrar, que era importante.

— Preciso de companhia! — explodiu ela.

Ele bufou.

— De companhia? Você? Você tem mais companhia do que o seu velho tem empregados.

— Eu sei, mas é um evento especial, e eu não quero ir com qualquer um. — Afastando os cabelos do rosto molhado, ela o encarou, a face quase reluzindo à luz da lua. — Quero que você me leve ao churrasco da família Caldwell. — Passou os braços pelo pescoço dele e suspirou. — Vai ser um evento e tanto e eu não consigo suportar a ideia de ir com um dos *rapazes*. — Ficou na ponta dos pés, pegou o cigarro de seus lábios e o atirou no cimento fresco, em volta da piscina. As cinzas chiaram antes de se apagarem. Roçando levemente os lábios nos dele, Angie disse: — Vamos lá, Brig. Você não adoraria? Seria mais ou menos como entrar de penetra numa festa, e não é qualquer festa. É um evento social de primeira linha.

— Só que eu estaria com você — disse ele, com cautela.

Seu sorriso cintilou na noite.

— Isso seria tão ruim assim? Você seria alvo de inveja de todos os rapazes da cidade.

— Talvez eu não dê a mínima para isso.

— E talvez dê — sussurrou ela, antes de beijá-lo de novo. Dessa vez, ele não resistiu. Os braços que a haviam mantido afastada, cercaram-na, puxando seu corpo disposto para perto do dele. Brig deixou escapar um gemido baixo e profundo, o que fez o sangue de Cassidy tremer, quando beijou Angie com uma ferocidade que era puro instinto animal.

Cassidy teve de conter um grito de protesto que subiu até sua garganta quando Angie enroscou o calcanhar em torno da perna dele. Incapaz de observar por mais um segundo, virou-se rápido demais. Seu pé se enroscou numa raiz, e ela tropeçou, o ombro machucado batendo na árvore. A dor irradiou por seu braço, mas ela se levantou e continuou correndo, tentando ignorar a umidade em suas faces. Como uma tola, começou a chorar.

Por causa de Brig McKenzie.

Que a considerava uma garotinha mimada.

Raiva e impotência tomaram conta de seu corpo, e ela soube o que teria de fazer. Deixaria Brig e Angie se entenderem e fazerem o que bem quisessem; não importava. Pararia de esperar e espiar a irmã mais velha. Apressou-se às cocheiras. Embora seu ombro ainda doesse um pouco, estava certa de que poderia controlar Remmington e de que cavalgaria com tanta rapidez que imagens de Brig e Angie seriam forçadas a sair de sua mente.

Desse minuto em diante, não se importaria com o que eles fizessem. Ainda assim, ao abrir a porta que dava para a cocheira, desejou ser a mulher nos braços de Brig. A mulher que o estava beijando, que estava sentindo o peso de seu corpo jogando-a no chão. Porque, diferentemente de Angie, Cassidy, aos dezesseis anos, tinha certeza de que estava apaixonada por Brig McKenzie, e se odiava por isso.

CAPÍTULO 8

Felicity começou a vestir o sutiã. De nada adiantava tentar seduzir Derrick quando ele estava nos seus dias de mau humor. Ele parecia não notá-la mais. Ah, claro, costumava levá-la a Portland sob o pretexto de irem ao cinema, depois pagava um quarto de motel barato como aquele e fazia amor com ela, mas não ficava mais realmente com ela; não da forma como costumava ficar. E nem sequer percebia mais que agia assim.

Com os cabelos negros despenteados, ele estava deitado na cama, fumando um cigarro. Um repórter falava da onda de calor, do tempo que ainda duraria, de como era ruim para as plantações, e que as pessoas deveriam evitar molhar a grama.

Quem se importava?

Rolando para fora da cama, Felicity foi até a janela e espiou pelas persianas. Do outro lado da rua, um restaurante que dizia servir comida autêntica do norte da China estava agitado. Sob a luz da rua, homens e mulheres amontoavam-se à porta da frente, rindo e conversando. De mãos dadas. Apaixonados.

Quanto tempo fazia que Derrick não pegava sua mão? Ou a levava para sair? Ela conteve o nó que se formava em sua garganta. Com ele, não adiantava chorar; isso servia apenas para deixá-lo com raiva, e o temperamento de Derrick era pior que o seu. Afastando as tiras da persiana, ela tentou imaginar como seria a vida sem Derrick Buchanan.

O último Grito   117

A ideia era aterrorizante e, por isso, sentia um aperto por dentro, medo de que o estivesse perdendo.

O coração de Felicity se partiu um pouco. Ela e Derrick já haviam sido apaixonados. Ele teria sido capaz de ir ao céu e ao inferno para ficar com ela, mas agora... ela olhou de relance para a cama onde ele estava, os olhos entreabertos, um cigarro abandonado, acumulando cinzas entre os dedos. Alto e atraente, musculoso e bronzeado, era o primogênito de Rex e Lucretia Buchanan, tão forte quanto o pai, tão bonito quanto a mãe.

Era arrogante e sabia que, como filho do homem mais rico de Prosperity, um número enorme de garotas pularia de boa vontade para a sua cama. Como ela havia pulado. A filha de um juiz, nada menos do que isso. Mas não havia dormido com ele pelo dinheiro; fizera amor com ele pela primeira vez no assento traseiro de seu Jaguar porque o amava com uma paixão que não tinha fim.

Ele nem precisou levá-la para sair.

Felicity se sentiu mais do que um pouco envergonhada, pois, antes de Derrick, não deixara nenhum homem tocá-la. Vários haviam tentado passar as mãos suadas em seu sutiã, mas ela fora seletiva por causa de Derrick. Quando tinha apenas onze anos, soube que estava apaixonada por ele e confidenciara a Angie que um dia eles se casariam.

Angie rira. Quem iria querer o seu irmão, que aos dezesseis anos tinha braços e pernas desajeitados e um corpo feio?

Mas Felicity sabia que sim. Mesmo naquela época. E guardara a virgindade para ele. Planejava se casar com ele, e o assunto viera à tona mais de uma vez, normalmente por sugestão sua, mas, ultimamente, Derrick não tinha muito tempo para ela.

Nessa noite, enquanto o ar-condicionado zunia e a televisão estava sem volume, eles haviam feito amor. Uma vez. E fora um custo. Quase uma obrigação.

De início, Derrick não estava muito interessado — tinha os pensamentos voltados para outras coisas —, mas, no fim, ela o forçara a deixar os problemas de lado, em Prosperity, e ele reagira ao seu novo sutiã e à sua cinta-liga pretos. Agora, no entanto, enquanto olhava para a televisão que refletia sombras azuis por seu rosto, Felicity poderia estar nua em pelo, e ele não teria dado a mínima. Alguma coisa o estava incomodando, e não era a primeira vez que ele a deixava de lado.

Ela tentou novamente. Movendo-se com uma sensualidade felina até a cama, subiu nas cobertas amarrotadas, por entre as pernas dele, trazendo os seios que ele costumava adorar apoiados nas taças apertadas de seu sutiã. Lambeu os lábios.

— Talvez a gente devesse sair — sugeriu com a voz macia, baixa e sexy, seu hálito sussurrando pelo abdômen dele.

Derrick lançou-lhe um olhar.

— Mais tarde.

— Por que não agora? — Beijou-lhe o umbigo, mas, por baixo de seus shorts, não viu nenhum sinal de ereção.

— Só estou querendo ouvir as notícias, está bem? — Ele não se deu ao trabalho de esconder a irritação ao apagar o cigarro.

— Pode ouvi-las amanhã. Agora, podíamos nos divertir um pouco... — Felicity passou a língua por seu tórax e excitou um mamilo aninhado em meio aos cabelos encaracolados de seu peito.

— Está mesmo com tanto tesão assim?

— Por você? — Ela ergueu uma sobrancelha e jogou para trás a bela cabeleira ruiva. — Sempre.

Os lábios de Derrick se moveram ligeiramente.

— Então prove.

— O quê?

Seus olhos se semicerraram maldosamente.

— Prove, Felicity — disse ele, levantando-a de forma que ela montou em seu peito. — Faça o seu melhor espetáculo.

— Não... não entendi.

— Claro que entendeu. *Faça* com que eu queira você. De forma que eu nunca pense em outra mulher. Mostre-me o que você tem que faz você ser tão especial. — Estalou o elástico da cinta-liga contra sua coxa, e ela pulou. Em seguida, engatou os dedos por baixo do fecho frontal do sutiã e a puxou para si, de forma que sua respiração excitou seus mamilos sob a renda preta.

— Me mostre como eu faço você se sentir; rebaixe-se, seja suja.

— Eu... eu te amo — disse ela, a voz tremendo um pouco. Ele a assustava quando ficava daquele jeito, quando parecia desesperado por algo... algo além do que ela poderia lhe dar. E, por baixo do medo, ela sentiu raiva. Apenas uma centelha de raiva, mas raiva mesmo assim.

Alheio às suas emoções conflituosas, Derrick se recostou nos travesseiros, apoiando a cabeça sobre os braços e encarando-a.

— Ótimo. Então prove — disse ele, com um olhar cruel. — Vamos lá, amor. Faça isso por mim.

Tendo a lua como guia, Cassidy inclinou-se em cima de Remmington e bateu com os calcanhares em suas costelas. Não se deu ao trabalho de selá-lo e montou-o no pelo, apertando firmemente as pernas em torno de seus flancos lustrosos. O cavalo atrevido tomou a embocadura entre os dentes e saiu correndo pela grama seca, os cascos ecoando à medida que ia levantando poeira. O vento soprava contra o rosto de Cassidy, embaraçando seus cabelos e fazendo seus olhos lacrimejarem.

Ela sabia que sair a galope com o cavalo pelos campos era perigoso, mas não se importou. Tudo o que queria fazer era apagar a imagem de Angie e Brig se beijando e fazendo amor, uma imagem que parecia queimar em seu cérebro.

Cavalgou pelos campos próximos até sentir o cavalo ofegante, então parou e o deixou caminhar na sombra de um aglomerado de carvalhos e bordos. Longe das luzes da fazenda, olhou para o céu escuro, para os milhões de estrelas que cintilavam em contraste àquele mar negro.

Remmington puxou a embocadura, balançou a cabeça e sacudiu as rédeas, tentando lhe comunicar que ainda era o chefe ali, mas

Cassidy não lhe deu atenção. O cavalo ficara mais dócil desde que Brig começara a trabalhar com ele, mas ainda era teimoso, e Cassidy não queria deixá-lo chegar perto demais dos galhos pendentes das árvores, com medo de que ele tentasse derrubá-la. Seu ombro ainda estava um pouco inchado, e ela não queria arriscar outra queda.

— Vamos lá — disse ela, estalando a língua e cavalgando ao longo de um atalho cheio de mato, onde o aroma das madressilvas e dos bredos se misturava com a terra, no ar seco. Cassidy cuspiu para limpar a garganta e guiou o cavalo até uma pequena elevação, onde o que sobrava de um aglomerado de barracões abandonados de uma serraria ainda se mantinha de pé. Os prédios estavam gastos e apodrecidos, as janelas, quebradas há muito tempo, os telhados, caindo nos velhos barracões onde os homens uma vez haviam cortado madeira, transformando-a em toras e tábuas de cinco por dez. Isso acontecera muito tempo atrás, antes de os lenhadores irem até as montanhas em busca das árvores antigas e antes de o lago artificial ter secado. O lago seco, achatado como uma panqueca e que se estendia por meio quilômetro, era o seu destino. Um cavalo andaria sobre sua superfície lisa sem medo de cair em um buraco ou tropeçar num tronco escondido pela grama alta.

— Vamos — disse Cassidy, mais uma vez batendo com os calcanhares nos flancos de Remmington. O cavalo respondeu, cavalgando com velocidade suficiente para deixá-la sem ar. O vento passou assobiando por seus ouvidos, quando as patas compridas do cavalo se esticaram e recolheram, avançando, os cascos batendo em exato contraponto com o batimento acelerado de seu coração. — É isso aí — disse ela assim que o cavalo saiu correndo pelo velho lago. Do lado oposto, um dique coberto de grama impedia a água veloz do rio de vazar para o leito do lago seco. Ela puxou as rédeas e prendeu a respiração, quando Remmington fez a volta. Gritando a plenos pulmões, incitou-o para a frente. O cavalo disparou, arremessando-se mais uma vez pela superfície plana.

Uma excitação lhe percorreu o sangue assim que deu uma olhada nos campos inundados pela luz do luar. Lágrimas embaçaram sua

O *Último Grito* 121

visão, e ela se esqueceu de tudo, exceto do animal poderoso sob seu corpo, de seus músculos se retesando conforme corria cada vez mais rápido contra o vento.

— Corra, corra, seu demônio! — gritou, à medida que o chão ia ficando para trás. Com o coração acelerado, Cassidy sentiu o lombo suado do cavalo em contato com as pernas e ouviu sua respiração penosa. Por fim, fez uma pausa na borda do lago e, ofegante, deixou-o andar por cima das dunas cobertas de mato até parar perto dos velhos galpões dilapidados da serraria.

— Bom menino — disse ela, acariciando seu couro molhado. — Você é o melhor. — Cassidy deslizou até o chão. O restolho de cardo e grama lhe espetou as pernas, mas ela mal percebeu. Assim que desmontou, Remmington bufou e deu meia-volta, balançou a cabeça e arrancou as rédeas de seus dedos, provocando ardor em seu ombro machucado. — Ei, espera! Ôa! — gritou em voz de comando, ignorando a dor que descia pelo braço ao se virar bruscamente para pegar as tiras de couro.

Remmington soltou um relincho triunfante e se contorceu quando ela tentou pegar as desgraçadas das rédeas.

— Ei, Remmington! — Ele disparou, os cascos deixando uma tatuagem no solo duro, ao desaparecer, saltando por cima do dique gramado. — Ah, para o diabo! — Cassidy gritou, frustrada, chutando o chão com a ponta dos Adidas surrados. Agora estava ferrada. Que ótimo! Não havia possibilidade de ir atrás daquele cavalo cabeça-dura no meio da noite. A fazenda se estendia por milhares de acres, e, embora toda ela fosse compartimentada por cercas, Remmington poderia vagar pelos campos anexos ou pelo sopé das colinas, algumas delas repletas de carvalhos e arbustos. Já teria trabalho suficiente para tentar encontrá-lo em plena luz do dia, que dirá à noite!

Ao amanhecer, quando Mac fizesse sua ronda, perceberia que Remmington havia sumido, e haveria contas a acertar. Cassidy fez uma careta só de imaginar a cena. Do jeito como as coisas estavam no momento, se ela voltasse para casa sem ser percebida e mantivesse a boca fechada, Brig certamente seria responsabilizado pelo sumiço do animal. Ele atraía encrenca com a mesma facilidade que um ímã atraía estilhaços de ferro. O que seria merecido, por ele ter deixado Angie fazer... bem, fazer o que quisesse com ele.

Praguejou já sabendo que não o deixaria levar a culpa. Com certeza, ele perderia o emprego, e não seria justo. Embora isso acendesse uma parte fria e vingativa de seu coração — imaginar que Brig e Angie estariam impedidos de fazer o que queriam e não poderiam se ver com tanta facilidade como enquanto ele trabalhava para Rex Buchanan —, Cassidy não poderia responsabilizá-lo por seu erro idiota.

— Filho da... — Cassidy ouviu, então, um sopro improvável de ar... quase um bufo. Os cabelos atrás de sua nuca se levantaram um a um, e ela franziu os olhos para a escuridão, imaginando o que poderia usar como arma. Às vezes, vagabundos andavam pelas colinas e passavam uma ou duas noites em qualquer galpão que pudessem encontrar na velha serraria. Sua garganta ficou seca.

— Perdeu alguma coisa?

A voz de Brig soou como um sussurro lúgubre que fez seu coração já acelerado bater duas vezes mais rápido. Virando-se bruscamente, viu-o recostado contra uma viga que segurava a varanda caída do velho barracão, onde ficava a antiga cozinha.

— O que você está fazendo aqui?

— Acho que eu é que deveria perguntar.

Afastando o cabelo do rosto, Cassidy tentou se agarrar a algum vestígio de dignidade.

— Pensei em sair para dar uma volta.

— Era isso o que estava fazendo?

— Era! Já que ninguém me deixa cavalgar o *meu* cavalo...

— Porque você não consegue dar conta dele.

— Consigo, sim!

— Não é o que parece — disse ele, com a fala arrastada, seu sorriso reluzente a enfurecendo.

O Último Grito 123

— Você deve tê-lo assustado — argumentou ela, embora, no fundo do coração, soubesse que ele estava certo. Ela havia perdido o controle do cavalo endiabrado.

— É, está bem. — Brig soltou uma risada, e Cassidy ouviu o ruído áspero de uma rédea. Por um momento, foi tola ao achar que Remmington havia voltado até perceber o capão amarronzado, amarrado a um poste próximo da casa de bombas.

— Como você ficou sabendo onde eu estava?

— Eu segui você.

— Você o quê? — perguntou ela, o coração batendo a ponto de doer, quando ele se afastou do poste e foi se aproximando devagar.

— Foi bem feito para você. Você estava espiando, Cass — disse ele, a voz soando familiar, ao pronunciar o seu nome. Parou na frente dela, e Cassidy, de repente, sentiu-se criança e pequenina.

Balançando a cabeça, disse:

— Eu não estava espiando...

— É claro que estava. Você me viu com a Angie na piscina e tirou todo o tipo de conclusão.

Meu Deus, será que ele não conseguia ouvir como o coração dela batia sem controle? Queria negar, queria dizer que ele estava enganado, mas as palavras pareceram congelar em sua língua.

— Eu... não...

— Não minta, Cass. Isso não faz o seu estilo.

Uma brisa que soprava quente das colinas agitou a grama, e, em algum lugar no arvoredo, uma coruja piou baixinho, apenas para receber em troca o relincho de um cavalo. Remmington! Deveria sair e tentar pegá-lo, mas, naquele momento, estava encantada com os campos iluminados pela lua, com as sombras escuras da noite e com Brig McKenzie.

Cassidy deixou escapar um suspiro trêmulo.

— Está bem, eu vi você.

— E ficou furiosa.

— Não fiquei...

— Shh. — Brig pressionou um dedo calejado nos lábios dela e balançou a cabeça. — Está mentindo de novo — avisou, com uma voz tão baixa que ela mal pôde ouvir suas palavras.

— Mas como você...?

Ele ficou olhando, fixa e demoradamente.

— É estranho. Senti que havia alguém olhando. Já senti isso antes. Achei que poderia ser o Willie... você sabe como ele fica andando por aí... ou talvez o seu pai querendo ver por onde andava a filha, mas tinha alguma coisa diferente no ar. Ah, droga, como posso saber? Mas eu ouvi você correr, tropeçar e xingar baixinho.

— Eu não disse nenhuma palavra.

— Não? — perguntou ele, e seu dedo moveu-se lentamente, delineando a borda dos lábios dela, num movimento lento que fez com que Cassidy sentisse algo girar na boca do estômago.

Involuntariamente, ela lambeu os lábios e tocou a ponta do dedo de Brig, sentindo um gosto salgado e de tabaco. Por um momento, ele não se moveu, ficou apenas olhando para ela, seus olhos se semicerrando sob a luz da lua.

— O que importa se eu estiver com a sua irmã?

As palavras ficaram entaladas em sua garganta.

— Eu não... — Brig jogou a cabeça para trás, e ela soube que estava caindo na armadilha da mentira novamente, para proteger tanto sua dignidade quanto seu orgulho. — Acho que eu, humm, não gosto de vê-la manipulando você.

— Não precisa se preocupar com isso.

— Você não a conhece.

— Talvez ainda não, mas vou conhecê-la.

Parecia que o coração de Cassidy se partiria.

— Ela vai magoar e usar você...

— Acho que não. — Brig soltou a mão e seu olhar pareceu se suavizar um pouco.

— Vou perguntar de novo. O que importa?

— Só não gosto quando ela tenta ter os homens na mão dela.

— Ela não tentou.

— Ainda.

— Ela me chamou para ir àquela festa grande oferecida pelo juiz Caldwell.

— Eu ouvi. Você disse que iria.

Seu sorriso ficou irritado.

— Eu e o juiz. Velhos amigos.

Cassidy já ouvira histórias, é claro, boatos a respeito da juventude rebelde de Brig. Como ele quase matou o irmão com uma arma que nenhum dos dois achou que estivesse carregada. Chase ainda tinha a cicatriz do buraco de uma bala no ombro. A arma, uma pistola pequena que um dos amigos homens de Sunny inadvertidamente deixara em seu trailer, fora devolvida ao dono. Também havia outras histórias, mas, por alguma razão, nenhuma acusação fora feita contra Brig.

— Não acho que seja uma boa ideia você ir com a Angie — disse, sem pensar.

— Não? — Os dedos de Brig se fecharam num punho cerrado, que ele utilizou para levantar o rosto de Cassidy, para que seu olhar se encontrasse com o dele. — Por que não? Não vou me encaixar?

— Não é essa a razão — disse ela, mal conseguindo respirar. A noite parecia se fechar em torno deles.

— Então qual é? — Ele abaixou a cabeça para perto da dela, encarando-a com tamanha intensidade que ela se sentiu como se estivesse pegando fogo por dentro. — Talvez você esteja com ciúmes.

— Não — sussurrou ela, e ele sorriu.

— Lá vem você mentindo de novo, Cass. Eu já não disse que isso não fica bem em você?

Cassidy sabia que ele iria beijá-la, ainda assim, quando seus lábios roçaram os dela, ela não estava preparada para o tremor que percorreu todo o seu corpo nem para a sensação dele tão perto... o cheiro dele tão mundano, tão masculino.

Com um gemido, ele a abraçou com força, puxando-a rapidamente para junto dos ângulos sólidos de seu corpo. Lábios que haviam se mostrado tão gentis ficaram brutos de repente. O sangue de Cassidy começou a latejar nas têmporas. A ponta da língua dele deslizou como uma faca maleável em contato com a abertura de seus lábios, e ela os abriu. Gemendo, ele a segurou bem perto, puxando seu corpo desejoso para o dele, apertando seus seios contra seu peito.

Seu coração estava acelerado, seu sangue, latejando com selvageria. Pareceu-lhe a coisa mais natural do mundo quando seus joelhos se dobraram e ele a empurrou para o chão. Seus beijos se tornaram ansiosos, a língua batendo de leve contra o céu de sua boca, enviando arrepios de prazer por seus braços e pernas.

— Cass — murmurou ele, diante de seus lábios partidos.

Suas mãos se moveram com facilidade, por cima de seu moletom e por baixo da bainha. Brig tocou um mamilo pequeno com o polegar e ela ofegou, o abdômen dele fazendo pressão contra suas costas.

— Era isso o que você queria, não era? — perguntou ele, ao unir os dedos e acariciar uma pequena porção de seu seio. Ela não conseguiu responder, não ousou respirar e, quando ele levantou seu moletom, puxando-o por cima de sua cabeça, expondo seus seios à luz da lua pálida, Cassidy fechou os olhos.

Sentindo a corrente de onde pendia a medalha de São Cristóvão, ele fez uma pausa.

— Ainda usando essa medalha?

— Sempre.

Ele pegou o disco de prata, que reluziu sob a luz da lua.

Manteve a medalha entre os seios dela, empurrando a face lavrada contra sua pele. Fechando os olhos, Brig balançou a cabeça como se para recuperar a compostura, como se estivesse prestes a parar, e ela, com o coração acelerado, puxou-o para si e beijou-o novamente, sua língua inexperiente invadindo-lhe avidamente a boca. Ele gemeu em protesto:

O Último Grito   127

— Cassidy...

Os dedos dela se espalharam pelo algodão macio de sua camisa, procurando instintivamente seus mamilos.

— Não faça isso... — sussurrou ele.

— Por favor...

— Você não sabe o que está pedindo.

— Sei que estou com você. — Beijou-o com força e ele retribuiu o beijo, cedendo aos desejos de seu corpo. Mãos ásperas moveram-se com habilidade pelo corpo de Cassidy, enviando arrepios por sua espinha e aumentando o fogo em suas partes íntimas, fogo adorável que ela alimentava tão bem.

— Diga não, Cassidy... — pediu ele, ainda a tocando e emitindo sensações adoráveis por seu sangue. — Pelo amor de Deus. — Seus braços a envolveram, e ele a puxou para cima, fazendo com que as costas dela se curvassem, se afastassem do chão quando ele lhe tocou um mamilo com a ponta da língua. Um tremor percorreu o corpo dela, e ele gemeu, seu hálito quente em contato com sua pele molhada. Ela levantou o tronco e seus lábios lhe tomaram os seios, puxando-os, provando-os, sugando-os com avidez.

Cassidy esfregou o corpo no dele, os dedos se fechando nas mechas densas de seus cabelos. Uma necessidade profunda e úmida começou a despertar e se espreguiçar entre suas pernas.

O mundo pareceu fora de foco assim que a mão em sua cintura puxou-a para perto, até que ela sentiu um volume rijo por baixo do zíper da calça dele. O brim macio e gasto não conseguia esconder a ereção, e ele esfregou o membro nas bermudas dela.

Brig passou a mão pela costura interna de suas calcinhas. Mexeu-se de forma que pudesse passar o dedo pela barreira fina do tecido.

Cassidy ficou com a boca seca e gritou quando os dedos dele lhe abriram as pernas, explorando-a e tocando-a. Segurou a cabeça dele, e ele lhe mordeu os mamilos ao mesmo tempo que lhe tocava em uma parte que ela não sabia existir. O mundo começou a girar quando ele a acariciou e ela se moveu no ritmo dele, respirando forte e rapidamente, segurando-o firme, quando uma pressão doce e pesada desenvolveu-se dentro dela, uma pressão tão paralisante que ela não pensou em mais nada, a não ser em se mover com ele. Cassidy achou que iria explodir e, ainda assim, ele continuou, o dedo entrando e saindo, a língua passando por sua pele.

— Garota... — sussurrou ele, com os lábios em seu mamilo, quando ela começou a ofegar, a respiração curta. — Vamos lá.

— Brig...

— Tudo bem, querida. Está tudo bem. Estou aqui.

O corpo dela convulsionou. O chão moveu-se por baixo dela, e seus ossos pareceram derreter quando as estrelas colidiram atrás de seus olhos.

— Ai, meu Deus — sussurrou ela, sentindo que ele recolhia a mão, deixando o frio no que há pouco estivera em brasa. — Ai, meu Deus, ai, meu Deus. — E, de repente, tudo havia acabado. Cassidy deixou escapar uma respiração trêmula. Brig afastou-se dela com uma imprecação e deixou-a sem fôlego, coberta por uma camada de seu próprio suor.

—Brig? — sussurrou ela, quando seu coração desacelerou. Ouviu-o riscar um fósforo e observou quando a chama iluminou seu rosto.

— Você é virgem. — Ele tragou com força o cigarro, que brilhou no escuro.

— Por que isso soa como um insulto? Tenho só dezesseis anos.

— Droga. — Ele passou a mão pela testa e soltou uma nuvem de fumaça.

— Você sabia a minha idade.

Ele fumou em silêncio, e Cassidy ficou subitamente envergonhada, como se, de alguma forma, o tivesse decepcionado.

— Cubra-se, está bem?

Ela baixou os olhos até os seios, pequenos e brancos, com mamilos maiores do que o usual, e sentiu-se envergonhada. Em comparação a Angie, seus seios eram muito pequenos e... Irritada, passou o moletom pela cabeça.

O *último grito* 129

— O que você quer de mim?

— Nada!

— *Nada?* Depois do que acabou de acontecer?

— Não aconteceu nada.

— Como você pode dizer isso depois... — A voz dela falhou.

— Você gozou. Grande coisa.

Ela ficou chocada. Fora isso o que acontecera? Havia gozado? Tivera um orgasmo?

— Mas você... você não. — Sabia o suficiente sobre touros e cavalos e sobre o que faziam os homens para perceber que, de alguma forma, ele havia se negado o prazer. Ou não quisera fazer tudo com ela.

— Olha, Cassidy, se está com tesão, pode se virar sozinha. Não precisa de mim.

— Você quer dizer...? — Ela se afastou, enojada.

— Isso acontece o tempo todo. — Pondo-se de pé, ele limpou as mãos nas calças jeans.

— Não quero...

— Então não faça. Não é da minha conta. — Encarou-a, e o fastio fez com que os cantos de sua boca se curvassem para baixo. — Está pronta para sair? — perguntou ele, jogando o cigarro numa pedra e esmagando-o com o bico da bota. — Talvez a gente devesse tentar encontrar o seu cavalo.

— E simplesmente esquecer que nós quase...?

Ele estendeu a mão e a puxou para que ficasse de pé.

— Como eu disse, *nada* aconteceu. Não foi nada de mais. Eu fiquei excitado e achei que você, pelo menos, podia ver como é fazer amor, só isso.

— Mentira! Você sentiu também! — disse ela, irritada.

— Eu *senti* isso com um monte de garotas.

— Não acredito em você.

— Inclusive com a sua irmã! — disse ele, e Cassidy sentiu-se como se uma chibatada lhe tivesse cortado o coração.

Esquivou-se.

— Você não se atreveria! — gritou ela. — Não agora. Agora que acabou...

— Você nos viu na margem da piscina.

— Mas...

— Você devia ter ficado para assistir ao espetáculo de verdade. — Os lábios dele se torceram, formando uma linha desagradável e amarga. — Talvez assim você pudesse ter aprendido algo. Sua irmã é mesmo gostosa!

Quase sem fôlego, Cassidy virou-se e deu-lhe um tapa tão forte que o som ecoou pelas colinas próximas.

Ele lhe tomou os braços e os segurou no alto, acima da cabeça dela.

— Não bata em mim — advertiu ele, seu rosto ficando selvagem no escuro. — E tome a noite de hoje como lição. Não saia por aí se dando de graça para qualquer um.

— Eu não faria isso.

— Quase fez.

Virando o rosto, Cassidy disse:

— Achei que não tinha acontecido *nada*.

Ele bufou.

— Só porque eu sou um *gentleman*.

— Eu amo você!

Ele ficou imóvel, e o silêncio prevaleceu sobre a terra banhada pela noite. Ela o encarou, olho no olho.

— Cassidy — disse ele, e sua voz se suavizou. — Você não precisa misturar sexo com amor. Você... queria experimentar e ver como era se deitar com alguém, e isso não é errado, a não ser quando se torna uma obsessão, como no caso da sua irmã, mas, droga, você não precisa dizer para um cara que o ama só porque ele passou a mão dentro da sua calça.

— Eu não deixaria ninguém que eu não amasse passar a mão dentro da minha calça.

O *Último Grito*   131

— Ah, cacete...

— Eu amo você, Brig McKenzie, e quem dera não amasse! — Ela empinou o queixo e ele balançou a cabeça. Um pouco da crueza abandonou os traços de Brig, mas um vestígio de tristeza tocou-lhe os olhos.

— Você não me ama, e eu não amo você. E nós nunca, *nunca mais* vamos ter essa conversa de novo. — Aos poucos, ele foi abaixando os braços dela e a soltando. — O que aconteceu entre nós, há poucos minutos, acabou. Cometi um erro. Achei que estava lhe fazendo um favor...

— Para o diabo, você me desejou!

— Só porque um cara fica de pau duro...

Ela jogou os braços em torno do pescoço dele e o beijou com renovada paixão, fruto de desespero. Ele já estava tentando se desvencilhar dela antes de isso começar.

— Eu amo você, Brig — disse ela, o corpo dele ficando tenso, mas sem empurrá-la. Em vez disso, seus lábios se uniram ao dela. Seus braços a cercaram, puxando-a para perto de si, músculos tensos contra músculos tensos, coração batendo perto de coração. Seu gemido foi de uma entrega torturante, e ela o sentiu puxando-a novamente para o chão, apenas para firmar seus joelhos bambos.

— Não! — protestou ele, atirando-a para longe, fazendo-a tropeçar para trás e quase cair. — Não está entendendo, Cassidy? Isso não está certo. Você é menor de idade, e eu estou em contrato de experiência com o seu pai! — Foi até onde estava o cavalo, pegou as rédeas e lançou um olhar por cima do ombro. — Você vem?

Cassidy tinha as faces rubras de constrangimento, as lágrimas lhe ameaçavam garganta e olhos, mas, mesmo assim, encontrou um pouco de dignidade e aceitou.

— Ótimo. — Ele bateu com as rédeas na mão dela. — Vá para casa e para a cama. Eu tomo conta do Remmington.

— Não, eu...

— Não seja tola, Cass. Essa é a única forma de isso dar certo.

Os dedos dela se curvaram por cima das tiras macias de couro, e, mais humilhada do que podia acreditar, ela subiu na sela. Puxando as rédeas, olhou de relance para ele de cima do cavalo.

— Você entendeu, Brig, que pode dizer o que quiser e acreditar no que o fizer se sentir melhor, mas eu amo você e provavelmente amarei sempre.

Ele ergueu o olhar, mas não se moveu.

O cavalo virou e recuou quando ela acrescentou:

— E no futuro, pelo amor de Deus, não me preste mais nenhum favor!

CAPÍTULO 9

O sol ainda não havia nascido, mas o primeiro galo da manhã cantava de uma fazenda distante, e as colinas ao leste começavam a se delinear em contraste com o amanhecer. O cavalo estava exausto, cabisbaixo, orelhas empinadas, parado num canto da campina.

— Seu filho da puta miserável — resmungou Brig. O pelo normalmente reluzente de Remmington estava empoeirado, seus olhos enfurecidos. — Sorte a sua eu não ter uma arma, senão eu mesmo lhe daria um tiro e o venderia como comida para cachorro!

Remmington bufou, desafiando-o.

— Corra, e eu juro que irei atrás de você e o matarei. — Mas o cavalo estava exausto, e foi necessária pouca persuasão para Brig tomar posse das rédeas caídas e pular em seu lombo. — Talvez da próxima vez você pense duas vezes antes de sair correndo. Você é mais encrenca do que vale em dinheiro. — Estalando a língua, Brig enterrou os calcanhares nos flancos do cavalo e chegou à conclusão de que eles dois tinham muita coisa em comum. Eram ambos rebeldes, prontos para resistir à autoridade em cada curva. Deixou o cavalo andar e correr devagar pelos campos próximos, mas queria voltar antes que Mac e o resto dos empregados aparecessem para trabalhar.

O dia já havia raiado quando Brig chegou cavalgando às arenas que circundavam a cocheira. As primeiras luzes já estavam acesas na casa. Sem dúvida, os cozinheiros e os criados já estavam correndo de um lado para outro, tentando deixar tudo pronto para a realeza Buchanan. Logo, Mac apareceria no pátio e, apesar de Brig ter trabalhado o dia inteiro e ter passado a noite em pé, seria de esperar que ele trabalhasse mais umas oito ou doze horas.

Mas esta não era a parte difícil. Encarar Cassidy seria o verdadeiro teste. Fora um tolo na noite passada, deixando as próprias emoções com as rédeas soltas. Não havia planejado beijá-la, nem sequer tocá-la, menos ainda lhe tirar a virgindade, pelo amor de Deus, mas não conseguira apertar o freio. Esteve muito perto de pular para cima de seu corpo desejoso e possuí-la, a despeito de ela ter apenas dezesseis anos e ser filha do patrão.

Era irritante a forma como se sentia atraído por ela — uma garotinha que nada sabia sobre homens ou sexo.

Ao contrário de Angie. Brig rangeu os dentes, culpando-se por suas fraquezas no que dizia respeito às mulheres Buchanan — melhor dizendo, às *meninas* Buchanan. Embora a sexualidade ostensiva de Angie o incomodasse, não conseguia deixar de se sentir excitado quando ela estava por perto.

Deus do céu, se Chase o visse agora!

Jamais imaginou que teria esse tipo de problema com mulheres: a mulher mais desejada de Prosperity estava dando em cima dele, e ele estava atraído por sua irmãzinha geniosa. O que havia de errado com ele?

Sem se incomodar com as luzes, conduziu o cavalo à cocheira e sentiu, mais do que viu, outra pessoa. Willie, sem dúvida. Ele tinha um quarto ali.

— O que você está fazendo de pé tão cedo? — perguntou ele, ao pegar um balde de água para dar ao cavalo.

— Seu veado, filho da puta! — Um punho o acerto no rosto.

A cabeça de Brig caiu para trás. A dor explodiu em seu queixo. Ele saiu girando na direção da parede e mal conseguiu respirar.

Seus punhos se fecharam por instinto.

— Que diabo...? — Girando nos calcanhares, ainda não havia se recuperado quando foi atacado com outro soco. Os nós dos dedos do homem saltaram. O queixo de Brig estalou novamente. Caiu no chão produzindo um baque e rolou instintivamente na direção da porta.

— Fique longe dela!

Assim que os olhos de Brig se ajustaram ao escuro, ele reconheceu Derrick, seu rosto banhado e deformado de raiva, os olhos brilhando de ódio. O cheiro de uísque impregnava o ar.

— Está me ouvindo, McKenzie? Fique longe da minha irmã!

A imagem de Cassidy lhe passou queimando pela cabeça.

— Eu não...

— Eu vi você, seu babaca. Estava se babando todo. — Acertou um chute em Brig, mas, dessa vez, ele estava pronto. Passou as mãos pela bota reluzente de Derrick e a torceu com força. — O que... — Derrick perdeu o equilíbrio e caiu de costas. — Vou cortar o seu saco fora!

Os cavalos relincharam, e Brig recuou quando Derrick se pôs desajeitadamente de pé e levou a mão ao bolso. Com um rápido clique, seu canivete automático surgiu com um brilho mortal.

Brig congelou por dentro.

— Pense bem, Buchanan — advertiu Brig, enxugando o sangue que escorria por sua narina, mantendo os olhos no canivete, vendo Derrick tentando ficar de pé. — Caso contrário, eu serei obrigado a machucar você.

— Você bem que gostaria, não é? — O sorriso de Derrick era de pura maldade. — Pois, experimente, McKenzie. Apenas experimente.

— Deixe isso para lá, Derrick.

— Você esteve com ela, não esteve? Transou com ela...

— Cala a boca. — A culpa lhe queimava o cérebro.

— Eu sei que sim. Vi vocês e não fui o único; o retardado viu também. Ficou falando sobre isso. — Derrick ficou revirando o canivete no escuro. — Você é um babaca, filho da puta, McKenzie. Um branquelo que está precisando aprender uma lição. — Ele avançou de novo, mas Brig se moveu, girando com rapidez nos calcanhares e enfiando a mão no bolso, à procura de sua faca. Agachado e pronto, nada lhe daria mais prazer do que derrubar Derrick e lhe mostrar que não era tão bom assim.

O canivete de Derrick cortou o ar, formando um arco largo. Brig abaixou-se, mas não sem antes a lâmina lhe cortar a camisa, rasgando o tecido, a ponta do canivete lhe queimando a pele.

Brig investiu, pulando nas costas de Derrick, segurando a faca contra o pescoço dele.

— Que porra é essa? — Com um chute rápido, o tornozelo de Brig amassou o joelho de Derrick. — Jesus Cristo!

Mudando o ponto de apoio e fazendo o bêbado cair, em um instante Brig estava em cima dele, derrubando-o, a faca em seu pescoço, as narinas trêmulas.

— Seu riquinho babaca, nunca mais insinue...

— Que porra é essa que está acontecendo por aqui? — A porta se abriu, e o interruptor foi ligado. A cocheira foi repentinamente inundada por uma luz trêmula e fluorescente. Alto e furioso, Mac surgiu ameaçador à soleira da porta, o rosto marcado, uma máscara de ódio. — Eu não lhe disse que não queria encrenca, McKenzie?

— O filho da puta está tentando me matar! — gritou Derrick.

— Sai de cima dele! — ordenou Mac.

Brig hesitou.

— Agora, McKenzie! Anda!

Fechando a lâmina com um estalo, Brig afastou-se de Derrick e enfiou a faca no bolso. Com o dorso da mão, limpou o sangue que brotava no canto da boca e manchava a frente de sua camisa.

Derrick, cheirando a bebida e cigarros, pôs-se de pé.

— Ele pulou para cima de mim quando vim checar os cavalos.

— Assim? — Mac semicerrou os olhos, como se estivesse analisando a veracidade das palavras de Derrick. — Desde quando você se interessa pelos animais da fazenda?

— Ei, eu me importo com este lugar. Ele vai ser meu um dia.

— Você está fedendo a bebida.

— Tomei alguns drinques. E daí? Enfim, esse filho da puta estava esperando por mim. Pulou nas minhas costas.

— É verdade, McKenzie? — Mac olhou para a camisa de Brig, puxou o pedaço cortado para baixo e franziu a testa diante do semi-círculo de sangue, no lugar onde a lâmina de Derrick lhe havia arranhado o peito.

Brig já havia passado vezes demais por aquela mesma estrada para se preocupar.

— Aconteceu exatamente como ele disse, não fosse por ter trocado os nomes. Ele é que avançou para cima de mim.

— Seu mentiroso filho da puta. Você sabe o que aconteceu.

— Cala a boca, Derrick. Deixa ele contar a versão dele da história. — Mac não iria se deixar convencer por nenhum dos dois. Seu olhar se demorou em Brig. — O que você dois estão fazendo aqui a essa hora da manhã?

Ele poderia mentir e dizer que viera trabalhar cedo, mas Derrick sabia que não, pois o vira com o cavalo. Sua motocicleta não estava estacionada no lugar de sempre, e ele estava usando as mesmas roupas com que havia trabalhado no dia anterior. No entanto, se contasse a verdade, colocaria Angie e Cassidy em encrenca.

— O cavalo de Cassidy se perdeu ontem à noite. Demorei um pouco para encontrá-lo.

As marcas no rosto de Mac pareceram se aprofundar.

— E onde ele se perdeu?

— Lá na campina norte, perto da antiga serraria. Cassidy ficou insistindo em cavalgar, e achei melhor dar uma corrida com ele antes, para ter certeza de que ela conseguiria controlá-lo. O problema foi que ele se assustou com uma cobra e me derrubou. Passei as últimas nove horas tentando encontrá-lo.

— Você perdeu um cavalo de cinquenta mil dólares? — quis saber Mac.

— Eu o encontrei. São e salvo.

— Jesus Cristo! — Mac tirou o chapéu e gesticulou com os dedos duros no ar.

— É isso o que acontece quando se dá emprego para uns merdas assim — disse Derrick, irritado. — Não consegue nem ficar montado no cavalo. Que tipo de empregado de fazenda você acha que é, McKenzie?

— Chega! — A voz de Rex Buchanan ecoou pela estrebaria, e os lábios de Derrick se curvaram num sorriso irônico. — Que diabo está acontecendo aqui? O barulho que vocês estão fazendo é suficiente para levantar os mortos. Santa Maria, olhem só para vocês — disse ele, ao ver o filho. Os cabelos de Derrick estavam desgrenhados, imundos, por terem rolado no chão; havia teias de aranha, poeira e palha grudadas neles. A pancada começava a inchar seu olho. — O que aconteceu...? — Então seu olhar pousou em Brig, e sua espinha pareceu retesar, vértebra por vértebra. — Derrick?

— Ele me atacou quando eu entrei na estrebaria.

As sobrancelhas de Rex se ergueram.

— Foi isso o que aconteceu, McKenzie?

— O inverso.

Mac olhou furioso para os dois jovens.

— O McKenzie disse que foi jogado do lombo do cavalo de Cassidy e passou a noite tentando encontrá-lo. Quando voltou, Derrick estava aqui esperando por ele.

— Acredita nele? — Rex perguntou a Mac.

O capataz olhou de Brig para Derrick e de Derrick para Brig.

— Um deles está mentindo. — Coçou a barbicha. — O McKenzie não é nenhum tolo, e não acho que arriscaria o traseiro atacando o seu filho aqui. O Derrick andou bebendo e...

— Tudo bem, aí eu bati nele — admitiu Derrick, com raiva —, mas ele mereceu, eu o vi com a Angie, pai. Beijando-a, passando a mão nela e... ora, droga, de tudo que eu sei que ele já...

— Nem pense nisso — resmungou Rex, mas seus olhos haviam ficado tão escuros quanto a meia-noite, seus lábios, brancos de raiva.

— O que você tem a dizer a seu favor, rapaz? — perguntou a Brig.

— Eu lhe dei um emprego, confiei-lhe os cavalos mais valiosos da fazenda, e o que você fez... quase perdeu um cavalo premiado, para início de conversa.

— Isso é verdade.

— E quanto à minha filha? — quis saber.

Brig pensou em Cassidy, como ele tinha sido incapaz de lutar contra a tentação e quase a possuíra... o quanto chegara perto de ceder à própria luxúria e o quanto lhe custara não fazer amor com ela, repetidas vezes. Então ela era virgem... isso nunca o fizera parar antes. Pela primeira vez na vida, sentiu um remorso genuíno pelo seu relacionamento com uma mulher.

— Você andou dormindo com a Angie? — A voz de Rex saiu fria, um sussurro rouco.

— Não. — Brig o olhou dentro dos olhos.

— Por que eu deveria acreditar em você?

— Acho que o senhor não deveria — respondeu Brig —, mas talvez devesse ter mais confiança na sua filha.

— Isso não responde à questão — disse Derrick, o rosto lívido de tanta raiva. — Eu deveria arrancar essa sua língua mentirosa e fazer picadinho dela!

— Chega! — Rex empurrou o filho contra a parede com tanta força que o balde que estava pendurado num prego perto da porta caiu, fazendo um estardalhaço no chão. — Vá limpar essa sua boca e dormir para passar o porre — advertiu Rex, empurrando o filho pela porta aberta. — E você, Mac, nos deixe a sós. O assunto agora é particular.

Com um gesto de cabeça, Mac saiu da estrebaria, e Brig ficou sozinho com o homem que o contratara, o homem que fora gentil com sua família, quando outros na cidade teriam preferido vê-lo de outra forma, como o homem que adorava suas filhas.

A raiva dilatou os olhos de Rex, e suas narinas tremeram. Ele apontou o dedo em riste para o queixo de Brig e cortou o ar.

— Nunca, nunca mais se aproxime dela de novo, entendeu? Eu lhe dei esse emprego porque achei que você precisava de uma chance, porque é bom com o gado, mas, se tocar mais uma vez na Angie, eu juro que Derrick chegará tarde. Eu mesmo vou cortar os seus colhões!

O ar estava em ebulição na estrebaria, apesar de a noite ter acabado de se transformar em dia e de os primeiros raios do amanhecer estarem entrando pela porta aberta, iluminando a silhueta do homem mais poderoso do condado e parecendo tingir de dourado seus cabelos brancos.

— Agora, você tem trabalho a fazer — enfatizou Rex. — Sugiro que pegue logo no serviço. E lembre-se de que estarei de olho em você. Mesmo quando virar as costas. E pode acreditar: não sou o tipo de homem que gosta de ser passado para trás. — Com o maxilar tenso, saiu a passos largos da estrebaria, deixando Brig com um gosto ruim na boca. A partir de agora, a despeito do que acontecesse na fazenda, ele tinha certeza de que seria considerado culpado de tudo.

Cassidy não conseguia dormir. Pensava em Brig e no que ele havia feito, como ele a fizera se sentir. Era quase a mesma excitação de cavalgar Remmington a toda brida, apenas um pouco diferente. Ficara sem fôlego, como se tivesse cavalgado quilômetros e mais quilômetros, seu sangue parecendo faiscar enquanto corria por suas veias, tilintando nas partes mais profundas de seu ser.

Ficou de pé, nua, de frente para o espelho, o corpo esbelto e atlético, os quadris atraentes, os seios pequenos e empinados. Inclinando a cabeça, olhou-se criticamente e imaginou o que ele vira nela — uma menina desajeitada, sem curvas femininas visíveis. Achava que tinha a cintura bem-marcada, a barriga definida, mas, ainda assim... se enfiasse os cabelos para dentro de um boné de beisebol, usasse calças jeans masculinas e uma camisa larga de flanela, ninguém acharia que era uma garota.

Mas Brig não parecia se importar com isso. Ou será que sim? Seria ela apenas uma substituta fácil de Angie? De repente, a imagem

O Último Grito   141

no espelho pareceu zombar dela, e ela se sentiu uma tola. Pegou as roupas e tentou não pensar na forma como seus mamilos saltavam quando pensava nos beijos de Brig ou em como, no fundo, sentia um novo calor úmido em seu corpo.

— Cassidy? — A voz de Angie ecoou pelo corredor, e Cassidy pôs as calcinhas. Vestiu um sutiã, que piada, e colocou as calças jeans.

— Ei, você poderia vir aqui um minuto?

— Só um segundo — gritou, ao enfiar os braços pelas mangas de sua camiseta preferida e passá-la pela cabeça.

— Preciso de ajuda.

— Que ótimo!

— Ah, vamos lá.

Descalça, ela correu para o quarto de Angie, onde a irmã se encontrava na beira da janela, as mãos estendidas, os dedos separados por bolas de algodão, enquanto uma camada brilhante de esmalte, na cor damasco, secava nas unhas.

Ela também estava despida, usando apenas um sutiã rendado e uma tanguinha. Sua pele estava bronzeada, os seios praticamente saltando de dentro do bojo vermelho de seda. Embora sua barriga não fosse tão definida quanto a de sua irmã mais nova, Angie tinha curvas que compensavam.

— Bom. Eu não queria abusar, Cassidy, mas tenho que sair e... bem, Felicity não está aqui, e a sua mãe não gosta de mim o suficiente para pentear meus cabelos.

— Claro que gosta... — Mas o olhar afiado e malicioso de Angie interrompeu a mentira.

— Nós duas sabemos que ela se ressente de mim, o que não é nada de mais. Mas não vou pedir a ela para pentear meus cabelos. — Tomando cuidado com as unhas, pôs-se de pé e atravessou o quarto até a penteadeira, onde viu o olhar de Cassidy pelo espelho. — Sei que não é o seu forte, mas você se importaria de fazer uma trança? Trança francesa. Tenho que ir à cidade com Felicity e pintei as unhas primeiro. Que estúpida, hein?

— Não sou muito boa nisso. — Cassidy tentou sair pela tangente.

— Por favor, você sabe que eu normalmente não pediria, mas... preciso de você.

Angie tinha os olhos grandes e, com um suspiro, Cassidy atravessou o quarto decorado em tons de rosa e branco. Cortinas rendadas combinavam com o dossel da cama antiga, e havia almofadas bordadas espalhadas sobre um edredom de seda pura, num tom de rosa-claro, que combinava com as persianas. Numa das paredes ficava um retrato de Angie e da mãe, Lucretia. Angie, com um ano de idade, no colo dela, as duas com vestidos iguais. Sua irmã, com cabelos negros encaracolados e olhos azuis, fora uma criança bonita. Lucretia, nos seus vinte e poucos anos, fora uma bela mulher com a mesma cor de olhos e cabelos da filha. O quadro ficara anos no escritório do pai, mas, por fim, Dena o redecorara e dispensara o quadro. Angie o pedira para si e, sob protestos da madrasta, o pendurara num lugar de destaque em seu quarto.

Angie tinha razão; Dena jamais se preocupara muito com a enteada, que era a imagem perfeita da primeira esposa de Rex.

Na estante de vidro, sua coleção de bonecas estava orgulhosamente disposta, tudo desde Chatty Cathy e Betsy Wetsy até uma coleção de Barbies — todas as Barbies que já haviam sido fabricadas. Bonecas de porcelana com sorrisos pintados à mão, bonecas de pano com rostos de plástico e olhos reluzentes, até mesmo as que choravam e faziam xixi, dependendo do humor da dona. Mas as Barbies eram as favoritas de Angie, e ficavam em evidência, na frente da estante, com seus vestidos de baile, roupas de banho, conjuntinhos de shorts, vestidos sociais e os sempre presentes saltos altos. Muitas das bonecas voluptuosas estavam acompanhadas de seus namorados. Kens de smoking, de terno e calça esportiva, todos sorrindo e combinando perfeitamente com a mulher de seus sonhos.

Cassidy deu uma olhada nas bonecas com seus bustos volumosos, cinturas finas e pernas compridas. Sempre odiara a Barbie. Não tinha sentimentos mais fortes pelo Ken.

O último Grito 143

— Rápido. Não temos muito tempo — disse Angie, jogando os cabelos para cima dos ombros.

— Não gosto de fazer isso.

— Eu sei, mas já passou da hora de você começar a prestar atenção às coisas femininas.

— Como essas? — perguntou Cassidy, olhando para as bonecas.

— Você poderia aprender um pouco com o guarda-roupa delas.

— Acho que vou deixar passar. — Entrelaçou os dedos por uma mecha dos cabelos espessos de Angie. — Não sei se consigo fazer do jeito que você quer...

— É só fingir que sou um cavalo e que você está trançando a minha cauda ou qualquer outra coisa. — Os olhos de Angie cintilaram, cheios de surpresa. — Você sabe, não é, Cassidy, que há muito mais coisas na vida do que ficar em volta de uma estrebaria. Você ficaria muito bonita se fizesse alguma coisa diferente. Se quiser, eu ajudo: com batom, esmalte e cabelos.

— Obrigada, mas...

— Não quer que os rapazes olhem para você?

Só o Brig.

— Não me importo.

— Claro que se importa.

— Quer que eu trance seus cabelos ou não?

— Claro que sim — respondeu Angie, com petulância. — Foi por isso que eu chamei você aqui.

— Então larga do meu pé, está bem? Gosto da minha aparência. — Isso era mais ou menos mentira, mas Cassidy não estava interessada em imitar a irmã ou qualquer outra criação plástica da Mattel, pelo amor de Deus!

— Está bem — bufou Angie. Ela mordeu o lábio e parecia prestes a dizer alguma coisa, quando uma sombra passou por seus olhos, aquela sombra desesperadora que Cassidy não queria perceber. — Eu só estava tentando ajudar, mas, se você não quer, vamos adiante com a trança.

144   LISA JACKSON

Rangendo os dentes, Cassidy pegou a escova. Seus dedos trabalhavam com rapidez e habilidade, e logo uma trança negra e brilhante caía elegantemente entre as espáduas de Angie. Ela colocou um elástico na ponta.

— Pronto. Você fica me devendo uma.

— Duas — disse Angie, alheia, ao virar a cabeça para o lado e retocar o blush com o pincel. — Eu lhe devo duas, se é que estamos contando. Você me ajudou ontem à noite, lembra?

Cassidy teve que morder a língua.

— É, tem razão — respondeu, sentindo uma pontada de culpa.

— Não estou brincando. Se o papai me pegasse com o Brig, ele teria arrancado a nossa pele.

— Acredito que sim — disse ela, lembrando-se da mágica das mãos de Brig em seu corpo. O modo como a boca dele parecia se moldar, possessiva, sobre a dela. Um nó de desejo começou a se desenrolar fundo em seu abdômen, e, pela primeira vez, ela entendeu por que as garotas ficavam com má reputação, por que arriscavam tudo para ficar com um cara. Era assim que se sentia com relação a Brig, era tolice, mas era assim. Estava prestes a se virar, quando viu uma marca preta e azulada no corpo de Angie. Parcialmente encoberta pelo sutiã de renda vermelha, a marca estava visível, e Cassidy não pôde deixar de olhar. Seu estômago pareceu despencar quando reconheceu a marca pelo que era. Um homem havia colocado os lábios na pele macia dos seios de Angie e os sugado com força suficiente para marcá-la.

Cassidy sentiu o sangue lhe fugir da face.

Angie pareceu não perceber ao se inclinar para a frente e assoprar as unhas, mas outra marca apareceu no interior de sua coxa, talvez apenas um hematoma, mas a forma perfeitamente redonda poderia ter sido feita por lábios — lábios de Brig, enquanto ele sugava a pele de sua irmã, no auge da paixão.

Vômito ameaçou subir pela garganta de Cassidy.

— Ei, muito obrigada — disse Angie, assim que Cassidy, sem dizer uma palavra sequer, virou-se e saiu do quarto. Pressionava o estômago e desejou jamais ter visto as marcas comprometedoras. Então Angie estava cheia de hematomas... grande coisa. Não namorava milhares de rapazes?

É, mas na noite anterior estivera com Brig, e, caso já estivesse coberta por manchas roxas, mais cedo, ela não as teria visto enquanto a irmã nadava nua na piscina? Decerto estivera escuro, mas... Ah, meu Deus, ela não queria imaginar Brig fazendo amor com Angie e depois desviando sua atenção para ela. Era algo perverso e nojento e... Ela correu para o banheiro e vomitou.

Tola! Isso é o que era — uma tola estúpida e ingênua. Brig devia estar rindo dela agora, de sua inexperiência, da forma como quase se derretera quando ele a tocara, como arqueara o corpo, implorando silenciosamente que ele fizesse com ela o que os cavalos faziam com as éguas. Como um animal no cio... isso é o que parecera.

Deu descarga, lavou a boca na pia e escovou os dentes com tanta força que deve ter arrancado um pouco do esmalte.

Quando chegou à estrebaria, Brig não estava lá. Remmington estava pastando no campo, a noite anterior mais parecia um sonho — a fantasia boba de uma estudante —, e era assim que pensaria no assunto, como se a noite anterior com Brig nunca tivesse acontecido de fato.

CAPÍTULO 10

— Bem, você está acabado. Olhando bem, duas vezes acabado. — Chase, vestindo apenas calças jeans surradas e luvas de couro batidas, espalhava cascalho na entrada de carros, preenchendo os buracos. Tinha um palito no canto da boca e a pele molhada de suor.

Brig saltou da motocicleta, e suas costas estalaram.

— É mais ou menos como eu me sinto. — Cada músculo e junta de seu corpo doíam, tudo o que ele queria era uma garrafa gelada de cerveja e depois cair na cama. Dormiria 24 horas seguidas se pudesse. Talvez assim deixaria de se sentir tão culpado com relação a Cassidy e parasse de pensar em como seria deitar-se nu ao lado dela e fazer amor com ela, horas a fio, a noite inteira. Merda, estava ficando excitado só de pensar na garota. Uma gota de suor escorreu sedutoramente por sua espinha.

E quanto a Angie? Que diabos vai fazer com ela?

— Pegou mais de uma ontem à noite? — perguntou Chase.

Brig forçou um sorriso.

— Correndo atrás de cavalo fujão. Aquele jumento da Cassidy me passou para trás. — Fazendo careta, exercitou o ombro.

— Sei. — Chase pegou os braços do carrinho de mão e despejou uma carga de cascalho, depois pegou um ancinho e começou a espalhar as pedras empoeiradas.

O Último Grito   147

— Precisa de ajuda?

— Estou quase acabando.

— Acho que minha noção de tempo está boa.

Chase recostou-se no cabo do ancinho e coçou o queixo.

— Eu vi a Angie hoje na cidade.

— Viu?

— Vi. — Chase parecia pensativo, e toda a sua arrogância havia desaparecido. — Detesto admitir, mas acho que ela é a mulher mais bonita que eu já vi.

— Você gosta dela porque ela tem dinheiro — lembrou-lhe Brig.

— Isso ajuda — admitiu Chase —, mas, mesmo que ela não tivesse onde cair morta, ainda seria um avião. — Sorriu constrangido, como se com vergonha de admitir que poderia enxergar além do poderoso dólar.

— Jesus Cristo, não sei o que estou dizendo. Só acho que ela é maravilhosa.

— Se você gosta de encrenca.

Embora seus olhos não brilhassem com a luz costumeira, o sorriso de Chase foi largo, exibindo os dentes.

— Desde quando você não gosta?

— É encrenca... atrás de encrenca. Você sabe de que tipo de encrenca estou falando, daquela que segue você até o túmulo. Esse é o tipo de encrenca de Angie Buchanan.

— É, mas o que eu não faria por um pouquinho dela. — Empurrou o carrinho de mão de volta à pilha de cascalho e voltou a usar a pá. Começou a chover brita na base enferrujada do carrinho de ferro.

Enfiando as mãos nos bolsos traseiros rasgados de sua calça Levi's, Brig disse:

— Ela quer que eu a leve ao churrasco da família Caldwell.

— Meu Deus! — Os músculos das costas de Chase se retesaram por um minuto, antes de ele voltar à tarefa. — Você vai?

— Não sei.

— Deixaria passar uma oportunidade dessas? — Chase jogou a pá no chão. — Não pode, Brig. Você tem que ir.

— Por quê?

— Por causa das pessoas que encontraria. Deve haver alguém lá para lhe dar uma ajuda e tirá-lo desse inferno.

— Isso é jeito de falar da nossa cidade?

— Isso não é hora para brincadeiras. Você vai à festa, Brig. Porra, eu estou tentando encontrar um jeito de arrumar um convite para mim. Se eu pudesse, iria com Velma Henderson, e olha que ela deve ter uns oitenta e cinco anos.

— Acho que noventa.

— Não faz mal. Eu seria capaz de matar para ir. E você tem a chance de ir com Angie Buchanan? Porra, Brig, o que você tem na cabeça?

— É aí que a gente é diferente. Está vendo? Para você, subir na vida, ir embora, fazer dinheiro, tudo isso importa.

— E para você não? — perguntou Chase.

Brig levou a mão ao bolso da camisa e encontrou seu maço de Camel. Retirou um cigarro e mirou o horizonte.

— Acho que é a mesma coisa aqui ou em qualquer outro lugar. Ah, talvez haja mais gente, ou menos. Algumas pessoas boas, outras más. Mas as ricas sempre serão as donas da cidade, e os pobres desgraçados sempre vão tentar tirar uma lasquinha para viver. — Ele riscou um fósforo e o acendeu, formando uma nuvem de fumaça no ar.

— É, bem, mas eu gostaria de tentar ficar do outro lado. — Chase segurou seu ancinho e voltou a revolver o cascalho. — Com certeza, é melhor do que ficar dando duro pelos outros. — Fez uma careta e cuspiu o palito. — Além do mais, você não está cansado de ser conhecido como filho da cartomante mestiça?

— Não me incomoda.

— Bem, pois deveria, Brig, porque ela está ficando cada vez pior. Hoje, antes de ir à cidade, ela teve um dos seus "ataques". A dor de cabeça não demorou muito, mas ela teve uma daquelas visões, ou seja lá o que for que você queira chamar. Disse que foi tão real que teve certeza de que era verdade. Disse que você e eu estamos correndo algum tipo de perigo.

— Ela sempre diz isso.

— Eu sei. — Chase ficou com o rosto sério, e, quando olhou para Brig, viu que os olhos do irmão estavam duros. — Mas está pior agora. Ela estava quase histérica. Como se sob efeito de LSD, de peiote, ou de qualquer merda dessas. Estou lhe falando, Brig, às vezes, ela é realmente assustadora. Foi de carro até a cidade para comprar algo... droga, se eu soubesse o quê... mas ela saiu batida como um morcego, e eu não a vi depois disso.

— Deixe-a em paz.

— Acho que ela precisa ser internada.

— Você o quê? — perguntou Brig, tragando fundo o cigarro. A antiga placa de ferro, com um desenho do olho apagado, rangia em suas argolas ao sabor do vento. QUIROMANCIA, TARÔ, LEITURA DE CARTAS.

— Ela tem mais que um parafuso solto, nós dois sabemos disso. Sempre foi assim, mas desde que perdeu o Buddy...

— Isso foi há anos...

— É, mas eu me lembro como se fosse ontem... ele caindo no riacho e gritando, e eu sem conseguir pegá-lo. — O rosto de Chase ficou lívido, e seus olhos ficaram perdidos, como sempre ficavam quando ele pensava no irmão que Brig jamais conhecera, o menino que era apenas dois anos mais novo que ele próprio.

— Você ainda se culpa.

— Não tem jeito — disse Chase, ao pegar a droga da pá e enterrá-la na pilha cada vez menor de cascalho. Durante anos, Chase havia tentado apagar essa lembrança, mas ela ainda o assombrava... incomodava-o em seus sonhos, pegava-o, às vezes, desprevenido no meio do dia.

— Você só tinha cinco anos, não sabia nadar.

— Não vamos falar sobre isso — rebateu Chase, e Brig, balançando o cigarro no cascalho recém-espalhado, pareceu concordar.

— Vou tomar uma cerveja. Quer uma?

— Mais tarde. — Chase empurrou o carrinho de mão para fora do caminho e ouviu Brig subir os degraus e entrar em casa. *Não se culpe.* Quantas vezes ouvira a mesma frase? De sua mãe, até de seu pai, quando ele era vivo. Um psicólogo na escola, em algum momento, dissera-lhe as mesmas palavras vazias, mas Chase conhecia a verdade. Embora isso tivesse acontecido havia quase vinte anos, ainda podia se lembrar daquele dia frio de primavera, como se fosse ontem.

A mãe estava no trailer se recuperando do parto de Brig. Tivera um trabalho de parto difícil, uma cesariana de emergência, um procedimento dispendioso e o último de sua vida. Quase morrera, embora Chase não tenha ficado sabendo na época. Sabia apenas que ele e Buddy haviam ficado com o pai e que, enquanto Frank McKenzie trabalhava na serraria do sr. Buchanan, umas mulheres todas pomposas da igreja ficaram tomando conta dele e do irmão menor. Elas eram só sorrisos quando Chase estava por perto, mas estalavam a língua e fofocavam ao telefone quando achavam que ele não estava ouvindo. Falavam de como Jesus era bom e de como Deus era raivoso. Chase tinha apenas cinco anos na época, mas a lembrança daqueles dias estava para sempre gravada em sua memória.

Quando Sunny retornara do hospital, ainda estava fraca, e Chase veio a saber, anos depois, que ela fora liberada com antecedência por causa de problemas no pagamento das contas. Em casa, ela não aceitava ajuda das mulheres. "Muito obrigada, mas ficaremos bem", dissera a Earlene Spears, mulher alta e magra, com semblante sério, esposa do pastor. Não era tão velha quanto sua mãe, mas as rugas de tensão em seu rosto e seu corpo excessivamente magro envelheciam-na além da idade.

— Os meninos serão demais para você. — Earlene dizia, sorrindo, embora seu sorriso, de alguma forma, parecesse forçado e infeliz, como se estivesse sentindo dor.

O Último Grito   151

— São meus filhos. Vamos dar um jeito — insistia Sunny, que não contava com o fato de que começaria a ter hemorragia, nem de que, enquanto estivesse amamentando o recém-nascido, cairia no sono e tanto Chase quanto Buddy escapariam pela porta da frente do trailer.

Era início da primavera, o tempo nas colinas próximas estava mais quente do que o normal, e a água que escorria do topo das colinas enchera riachos e rios até a borda. Chase estava com Andy Wilkes, na curva lá embaixo, no riacho Lost Dog, um pouco mais do que um pequeno córrego que cortava o lado sul da propriedade. Andy era um ano mais velho, e eles haviam decidido montar uma barragem em um ponto estreito do riacho para pegar lagostim e salamandras.

Chase não somente esquecera o casaco em casa, como também não percebera que a porta do trailer não estava trancada, que deixara o portão da cerca aberto e que Buddy o seguira, passando pelos troncos e arbustos das vinhas de cereja no campo.

— Por que você o trouxe? — perguntou Andy. A água do riacho lhe batia nos joelhos, e ele catava pedrinhas em uma das margens. Suas mãos estavam vermelhas e seu nariz escorria.

Chase virou-se e, pela primeira vez, viu que o irmão estava ali.

— Vá para casa — disse irritado, porque Buddy o havia seguido como um cachorrinho. Desde que a mãe chegara com o bebê, esperava-se que ele tomasse conta de Buddy.

— Não — respondera Buddy, que engatinhara atrás dele, mesmo quando o irmão entrou no riacho de tênis. A mãe iria matá-lo quando chegasse em casa, por não ter se dado o trabalho de calçar as botas, mas ele não estava nem aí. Andy era seu melhor amigo, e a sra. Spears, da igreja, não o deixara brincar do lado de fora enquanto ficara tomando conta dele.

— Dê o fora daí. Não queremos brincar com você. É só um bebezinho. — O rostinho de Buddy se enrugou, e lágrimas ameaçaram rolar. Se corresse para casa naquele momento e se queixasse do irmão, ele ficaria em maus lençóis. — Está bem, pode ficar. Mas não chegue perto da água. — Chase virou-se para Andy. — Não dê atenção a ele; é só uma criancinha.

Andy riu, secou o nariz com a manga do casaco e voltou ao trabalho. Chase entrou na água, na parte que não estava muito revolta, e começou a montar a barragem na margem mais distante, esquecendo-se de Buddy, à medida que a água começava a se afunilar rapidamente pelo canal estreito. Encorajados pelo progresso que faziam, ele e Andy empilharam as pedras o mais rápido que puderam.

Andy começou a contar piadas picantes — do tipo que Chase não entendia, mas ria mesmo assim, tentando impressionar o amigo mais velho. Pelo canto dos olhos, viu Buddy entrar na água revolta, bem no fluxo da corrente da barragem.

— Ei... não...

Mas já era tarde demais. Buddy deu outro passo desengonçado e já estava lá dentro, com água pelos joelhos.

— Buddy, vá para casa! — Mas a criança tola começou a entrar na água. — A mamãe vai comer o seu couro, e, se ela não comer, eu vou! — gritou Chase, usando a ameaça predileta do pai.

— Quer ajudar também! — disse Buddy, ao pisar numa pedra escorregadia e perder o equilíbrio. Com um grito, ele caiu.

Chase sentiu um terror imediato. Passou de qualquer jeito por cima da barragem, derrubando a parte de cima de pedras, e se atirou na corrente de água gelada.

Buddy subiu à superfície, gritou de novo, e sua cabeça afundou quando foi levado pela correnteza.

— Não! — Chase saiu correndo pela água, passando com dificuldade pelas ondas, acompanhado por Andy, que também pulou, tentando pegar o menino que se debatia. — Buddy! Aguente firme! Buddy!

— Chase! — Ele ouviu seu nome por cima do vento e, pelo canto dos olhos, viu a mãe com o bebê no colo de pé, ao portão. — O Buddy está com...?

— Mãe! Socorro!

— Ai, meu Deus! — Seu berro saiu carregado de angústia. Ela correu carregando o filho, os cabelos negros balançando às costas. — Pegue-o, ah, por favor, pegue! — O garotinho começou a chorar.

Buddy estava com o rosto virado para baixo. Chase escorregou, caiu e engoliu água, mas continuou avançando. Andy subiu para a margem e correu, tentando chegar na frente do garotinho que se afogava.

Mas eles estavam atrasados demais. Buddy não parou, até bater numa cerca na qual havia um mata-burros que ia de um lado a outro da margem. O corpinho dele ficou preso na grade de ferro, e Andy, chorando, puxou-o do emaranhado de mato, folhas e galhos que se haviam acumulado ali, em vez de descer com a corrente.

— Buddy, Buddy, ai, meu bebê! — gritou a mãe. Com o roupão se agitando ao vento, ela entrou na água. Com Brig ainda bebê, no colo, conseguiu passar o braço por Buddy. — Vá para casa! — gritou para Andy. — Diga à sua mãe para chamar uma ambulância! Consiga ajuda! Agora!

Lívido e em pânico, Andy passou desajeitado por cima da cerca de arame e saiu como uma bala.

Chase estava chorando, soluçando, infeliz, enquanto a mãe subia a margem.

— Vá para casa e se seque. Leve o bebê e o coloque no berço — disse em voz de comando, colocando Brig, todo enrolado, nos braços encharcados de Chase.

— Mamãe, eu sinto muito, sinto muito mesmo!

— Vá!

— Buddy...

— Eu vou tomar conta do Buddy! — disse ela, com o olhar feroz. Pela primeira vez, Chase percebeu um líquido vermelho escorrendo por suas pernas, a forma como sua camisola estava colada ao corpo, como seus lábios estavam esquisitos, com um tom arroxeado e assustador.

— Você está sangrando — disse ele, o queixo tremendo, lágrimas escorrendo pelos olhos.

— Vá! — gritou com rispidez, ao deitar Buddy no chão, o rostinho para cima. Sua pele estava azulada, os olhos, abertos e sem se moverem. Seu peito não se elevava nem descia. *Eu o matei, eu matei o meu irmão!* Chase estava mais apavorado do que estivera durante toda a vida. A mãe se inclinou como se para beijar Buddy nos lábios, em seguida bufou na boquinha dele por alguns segundos, antes de pressionar seu peito com as duas mãos. Ela ergueu os olhos para os de Chase, e eles demonstraram uma tranquilidade pouco usual. — Vá, Chase, ajude a sua mãe. Tome conta do bebê e ligue para a serraria... diga à secretária para mandar o seu pai vir para casa. É uma emergência. E... diga à secretária para falar com Rex Buchanan que estamos com problemas na residência dos McKenzie.

— Q-quem?

— O patrão do seu pai. Agora vá!

Mais uma vez, ela se debruçou sobre Buddy para assoprar em sua boquinha, e Chase saiu correndo, quase saltando, segurando o bebê firme contra o peito encharcado.

Havia assassinado Buddy. Sabia disso, com a mesma certeza de que saberia se tivesse atirado nele com o rifle do pai. Chase ergueu os olhos para o céu cinzento e percebeu que Deus o estava punindo por ter sido negligente. A sra. Spears não lhe dissera todos os dias, durante uma semana, que Deus punia os meninos maus que não obedeciam? E naquele dia, como Chase fora contra as ordens da mãe, Deus havia ficado furioso. Furioso de verdade.

Chase não voltara a ver Buddy depois que a ambulância o levara embora. Sua mãe explicara que o irmãozinho estava no hospital, que um dia voltaria para casa, mas ele nunca voltou. Também não morrera, pelo menos não que Chase tivesse ficado sabendo. Ele não fora ao enterro; a mãe nunca o levara a um cemitério. Quando perguntara sobre o irmãozinho, Sunny parecera distante, respondera apenas que ele estava bem... que estavam tomando conta dele.

O Último Grito   155

Quando ficou mais velho, Chase soube que Buddy provavelmente estava vivo, mas paralítico, severamente retardado ou incapaz de tomar conta de si, dependente do serviço público, em alguma instituição para doentes mentais.

A culpa jamais o abandonara. Talvez fosse por isso que, aos vinte e quatro anos, ele não fora embora. Sentia como se devesse alguma coisa à mãe. O acidente do irmãozinho mudara o clima da pequena família, e Frank McKenzie, sem conseguir lidar com a perda do filho e com a depressão da mulher, após outra internação no hospital por causa de uma histerectomia, saíra um dia para trabalhar e nunca mais voltara.

Deixara para a família a pequena faixa de terra que herdara do pai, um Chevrolet e uma pilha de contas de hospital, que Sunny não tinha como pagar. Durante anos, houvera um burburinho na cidade sobre tirar Brig e Chase da guarda da mãe, que não podia dar conta deles. O pessoal do juizado de menores e os assistentes sociais faziam-lhe visitas mensais.

Chase e Brig haviam crescido cientes de que, a qualquer momento, poderiam ser tirados da guarda da mãe. Ouviram essa conversa no centro da cidade. Não somente Sunny se provara incapaz de tomar conta deles, como já havia perdido um filho saudável por pura negligência, além de ter sido abandonada pelo marido por causa de boatos de infidelidade. Para piorar, ela não tinha como sustentar a si nem aos meninos de forma apropriada. Aos sete anos, Chase conseguira um emprego de entregador de jornal, e sua mãe começara a ler mãos.

Ele e Brig foram para a escola com roupas de segunda mão, casacos surrados, sapatos furados e cabeças desprotegidas.

— Não é vergonha alguma ser pobre — a mãe sempre lhes dissera. — Mas não há desculpa para ser sujo. — Assim, suas jaquetas surradas estavam sempre limpas e passadas, as calças jeans, remendadas, os sapatos, apertados, engraxados.

Sunny fizera o melhor que pudera, e Chase, certamente por causa da culpa que sentia com relação a Buddy, ficara sempre por perto

Mais para proteger a mãe das agulhadas das línguas ferinas do que por qualquer outro motivo.

Entretanto, ele não podia protegê-la de si mesma e de sua loucura, que parecia aumentar a cada dia.

Agora, ao arrancar as luvas, Chase limpou o suor da testa e afastou um inseto que sobrevoava ali perto. Odiava pensar no passado, que o deprimia.

Ouviu o chacoalhar do motor do Cadillac velho da mãe e pôs o carrinho de mão de lado, para permitir que ela passasse pela entrada recém-arrumada. Quando acenou, Sunny sorriu e freou embaixo da cobertura que ele e Brig haviam construído para o carro. O Cadillac era comprido e prateado, tinha um gato de pelúcia deitado rente ao vidro traseiro. Os olhos do bicho brilhavam de acordo com o movimento das setas, o que Sunny adorava. Chase ficava com vergonha quando via o gato. Sua mãe... a maluca da cidade.

Por sua vez, Brig imaginava por que ele invejava a família Buchanan.

CAPÍTULO 11

*R*ex Buchanan acreditava em Deus. Acreditava no paraíso e no inferno e que o homem seria punido, caso não tentasse fazer o bem durante sua estada na Terra. Fora educado como católico e, muito embora em sua comunidade os católicos fossem minoria entre metodistas, luteranos, batistas e todas as outras denominações da religião protestante, ele continuava firme na fé que o acompanhava desde garoto, como interno numa escola jesuíta de elite, no Leste do país.

Durante a maior parte de sua vida, havia tentado fazer o certo. Embora se sentisse tão culpado pelas tentações quanto qualquer outra pessoa, redimia-se sempre que possível, confessando seus pecados aos padres, dando quilos de dinheiro à Igreja e, ainda assim, sentindo-se mais culpado do que a maioria dos homens.

Jamais questionara a palavra de Deus. Nunca hesitara em sua fé. Nunca pensara por que estava sendo testado. Simplesmente, as coisas eram do jeito que eram. Rex Buchanan procurava fazer de tudo que fosse humanamente possível na Terra para passar por São Pedro e pelos portões gloriosos do paraíso quando sua hora chegasse.

No fim das contas, era apenas um homem e, às vezes, um homem não muito forte. Esse era o seu fardo.

Serviu-se de uma dose forte de conhaque e virou o copo. Sua filantropia era importante, não apenas aos olhos de Deus, mas também aos de toda a comunidade. Embora fosse bom que os habitantes da cidade que trabalhavam para ele vissem que se importava com os menos afortunados, algumas vezes, seu interesse pelos pobres era um pé no saco.

Como no caso de Brig McKenzie. O rapaz não era grande coisa, mas, na opinião de Rex, jamais tivera muitas chances na vida. Na semana em que nascera, seu irmão morrera afogado nas águas revoltas do riacho Lost Dog e, em seguida, seu pai, Frank, o covarde, dera o fora. Sunny McKenzie quase tivera um colapso. A linda e ateia Sunny. Rex se perguntava como ela havia conseguido sobreviver. Parecia não ter fé alguma em Deus, nenhum medo da ira divina nem preocupação com o diabo, quando colocava as cartas do tarô sobre a mesa e, com seus dedos sensuais, lia as linhas das mãos dos homens.

Durante anos, as pessoas na cidade haviam tentado fazer com que ela deixasse Prosperity. Tiros haviam sido disparados contra o velho trailer, e a placa que divulgava leitura de mãos, pendurada à porta da frente, mais de uma vez fora crivada de balas. Um dia, chegaram até a deixar um gato morto pendurado em cima de sua caixa de correio. Os meninos eram ridicularizados na escola, mas Sunny era uma mulher orgulhosa e não deixaria seu trabalho. Nem mesmo quando o reverendo Spears fora pessoalmente à sua casa e tentara lhe mostrar a presença do diabo no trabalho que ela fazia. Mais uma vez, Spears sabia tudo sobre o diabo. Ele também era apenas um homem, embora a forma como sua congregação se reunia à sua volta fizesse Rex pensar que o pastor se considerava algum tipo de divindade. Spears chegava ao ponto de dizer que conversava com Deus.

E as pessoas acreditavam.

Rex bufou. Servindo-se de outra dose de conhaque, pensou nas razões pelas quais Sunny permanecia em Prosperity. Ele, sozinho, sabia a respostas. Elas pesavam em sua mente como uma carga de tijolos, mas ele estava acostumado ao fardo; carregava-o havia anos

O último Grito 159

Engolindo a bebida forte, Rex sentiu a queimação familiar do conhaque na garganta. Logo, ela partiria para sua corrente sanguínea. Ele gostava da sensação, da leve excitação que fazia com que sua pele ficasse rosada. Negava-se a pensar em bebida alcoólica como mais uma tentação do diabo. Não, assim que tomou o segundo gole — vagarosamente, para não apressar as coisas — não sentiu vontade de ficar embriagado, pois, quando bebia demais, perdia a capacidade de pensar racionalmente — de refletir sobre todas as consequências — e então seu demônio, aquele que estava constantemente em seu ombro, assumia o controle. Coisas ruins aconteciam quando exagerava na bebida, portanto era cauteloso, regulava a quantidade de álcool, dançando cuidadosamente com Satã, convidando-o para se aproximar, simplesmente para bater a porta em sua cara odiosa, assim que tampava a garrafa.

Dena fora de carro à cidade, os empregados da fazenda estavam ocupados, e Rex achou que estava sozinho. Enchendo o copo, foi ao corredor principal e subiu as escadas para o quarto de Angie, um de seus favoritos naquela monstruosidade de casa — casa que ele havia construído para Lucretia. Seu velho coração doeu quando parou à porta e a abriu.

Sentindo-se culpado — como se fosse um espião —, ficou parado no corredor e olhou para dentro do quarto. Uma nuvem espessa de perfume o fez se aproximar. O amontoado de frascos na penteadeira da filha o fez lembrar-se de sua falecida esposa. Quase tudo o que Angie fazia lembrava-lhe de Lucretia — bela, mimada e frágil Lucretia. Ele entrou no quarto e viu o retrato — retrato que era dele — de Lucretia e Angie. Sentiu a garganta se fechar ao analisar os traços deslumbrantes do rosto da esposa. Ficara apaixonado por ela desde a primeira vez que a vira, uma debutante tímida numa festa de Natal, no Waverley Country Club. Ela contava dezesseis anos, e ele já beirava os trinta. Ficou atrás dela com uma paixão tão arrebatadora que chegava aos limites do profano, e casou-se com ela dois dias depois de ela completar dezoito anos. Os pais de Lucretia ficaram extasiados — ele oferecera uma proposta satisfatória de casamento, embora não se chame mais assim hoje em dia — e Lucretia, virgem, deitara-se em sua cama.

Fechando os olhos, com os lábios tremendo levemente, lembrou-se da lua de mel no Hotel Danvers, em Portland, onde haviam planejado passar a noite, antes de voarem para o Havaí na manhã seguinte. Rex não quis que ela vestisse a camisola que havia comprado para sua noite de núpcias, insistiu que usasse o vestido de noiva. Eles tomaram quase uma garrafa inteira de champanhe no casamento e outra no hotel, e, quando ele não podia mais aguentar, tirou vagarosamente as presilhas dos cabelos da esposa, deixando que seus cachos negros caíssem livremente e repousassem no vestido branco como neve. Sabia que estava mais perto do paraíso do que jamais estivera em toda a vida.

Mais alcoolizado do que deveria, levou-a para a cama. As pérolas de seu vestido captaram a luz do fogo que estalava na lareira de mármore. Os olhos dela, arregalados de tanta fascinação e inocência, observaram-no quando ele puxou seu vestido até a altura da cintura, e, ainda de smoking, brincou com seus seios maravilhosos, beijando-os, mordiscando os mamilos escuros e grandes que lhe acenavam, sentindo-se como se fosse explodir a qualquer momento. Ela tentou retribuir, mas estava sem graça — ele jamais a tocara assim antes. O desejo fluiu pelo sangue de Rex, deixando-o enlouquecido e alheio ao medo que ela estava sentindo. Após praticamente dois anos de celibato e masturbação durante a noite, fantasiando com a doçura de penetrá-la, não podia esperar nem um segundo a mais.

— Rex! — gritou ela, quando ele se tornou um pouco mais bruto do que esperava. — Rex, não. Espe... o que você está fazendo...?

Tonto com o champanhe, Rex arrancou as saias fartas e rendadas de seu vestido de noiva e rapidamente abriu o zíper da própria calça. Seu pênis, ereto e ansioso, estava duro como pedra.

— Fazendo de você minha mulher.

Ela deu uma olhada em seu pênis ereto e recuou, chocada.

O último Grito 161

— Ah, não, Rex. Por favor, espere...

— Já esperei tempo demais, Lucretia. — Era o champanhe que falava. Com um gemido de puro prazer, forçou a entrada no corpo dela. Ela estava rígida e seca, mas era virgem, e ele não conseguia parar. Segurara-se por tempo demais, e seu sangue estava pegando fogo, latejando em seu cérebro.

— Rex, ah, por Deus, não... — Lucretia estava em pânico agora, tentando se desvencilhar, mas ele a mantinha presa com o peso do próprio corpo. Deu-lhe um beijo voraz nos lábios e forçou a língua por seus dentes, por seu pescoço.

Puxou-a com mais força, sentiu-a ceder, ouviu seu grito em algum lugar de sua consciência abalada pelo álcool e rompeu seu hímen. Pronto. Virgens eram sempre secas e rígidas no início.

— Nããão... — gritou ela, mas ele estava fora de controle quando começou a se mover, penetrando-a, puxando para si o corpo dela, que se debatia. Já se havia deitado com virgens antes e sabia que ela logo se soltaria, que sua mucosa desceria e ela ficaria ofegante, implorando por isso, arqueando o corpo ao encontro do dele, suas unhas rosadas afundando em suas nádegas. Ela se atiraria para ele, beijando-o, sentindo seu gosto, até o colocando em sua boca, deixando-o gozar. Ah, aquilo era o paraíso! Uma centena de cavalos selvagens galopava pelo cérebro dele e, embora tentasse parar sua ejaculação gloriosa, investiu fundo, segurou-a firme e gozou.

Suando, respirando com dificuldade, caiu por cima da esposa, quase inconsciente por causa do êxtase, amassando os seios dela com o próprio peso, acreditando que faria isso repetidas vezes, como um garanhão tentando impregnar uma égua de calor. Ele a possuiria de frentc, de costas, no chuveiro, no chão, de todas as formas e em todos os lugares que pudesse imaginar. Ela tiraria todas as mulheres da mente dele — sexy, excitada, querendo fazer amor com ele durante todas as horas do dia.

Quando sua respiração finalmente se abrandou e seu coração quase parou de bater por amor a ela, sentiu o smoking colar na pele no lugar onde seu suor havia secado. Quando levantou a cabeça para beijá-la, Lucretia desviou o rosto, e lágrimas brotaram de seus olhos.

— Seu idiota — sussurrou, com raiva. — Seu estúpido, imbecil! — Empurrou-o para longe e rolou para fora da cama. Seus seios belos e fartos inchavam e esmaeciam em sua fúria, e ela tentou segurar o corpete do vestido por cima deles, cobrindo-os, envergonhada da própria nudez. Sangue manchava o vestido de noiva, e um olhar de puro ódio marcava seus traços jovens. — Você nunca mais toque em mim de novo — disse ela, empinando o queixo. Com os olhos brilhando de desaprovação, lutou contra as lágrimas. — Não se *atreva* a agir comigo como um animal imundo e repugnante!

Sem poder acreditar no que ouvia, Rex aproximou-se.

— Lucretia, não. Eu amo você.

Recuando na direção do fogo que crepitava na lareira, Lucretia tremeu, sentindo repugnância.

— Deixe-me em paz, Rex. Não serei sua prostituta.

Ele estava confuso e mais do que ligeiramente embriagado.

— Não, claro que não, sou seu marido. Você é minha esposa...

— Pois então me trate com um pouco de respeito. O que acabou de acontecer foi... — seus belos lábios se curvaram com repulsa — foi vulgar e barato. Nojento! Como dois animais gemendo no cio. Minha mãe disse que isso aconteceria, disse que eu teria que aguentar você se mexendo, ofegante, em cima de mim, que isso era meu dever, mas achei que você... que você me respeitasse, que não fosse me tratar como uma prostituta imunda!

— Não, ah, Lucretia, não. Meu Deus, sinto muito... — O que estava acontecendo? Por que ela estava agindo dessa forma? Não sentira alegria em fazer amor com ele?

— Você me *usou*! Usou meu corpo como um tipo de vaso imundo! — Soluços fortes lhe abalavam o corpo, e ela o encarou com um ódio tão profundo que lhe cortou a alma.

— Você sabia que isso iria acontecer — disse ele, confuso. O que estava acontecendo? Ela era frígida? Se ela lhe desse uma chance, ele seria mais gentil... se certificaria de que gozasse também.

O Último Grito   163

— Achei que nós dois faríamos amor... como duas pessoas que se gostam... não apenas... sexo — pronunciou essa palavra como se ela lhe parecesse tão desprezível quanto soava. Os olhos dela estavam arregalados, a voz alterada com algo próximo à raiva. — Existe uma diferença entre as duas coisas.

— Ah, meu amor... — Ele desceu da cama, o smoking retorcido, a braguilha aberta, a mente anuviada de tanto champanhe. Fechando o zíper, quase tropeçou. — Desculpe, eu devia ter tomado mais cuidado. Volte para a cama, prometo que farei você se sentir melhor.

— Nunca mais toque em mim, Rex Buchanan! — Ela estava em estado de completa histeria, e esticou o braço para trás em busca do atiçador de fogo, os dedos da mão desesperados até encontrar a arma e impedi-lo de se aproximar. — Tente me violentar de novo, e eu juro por Deus que vou matar você.

— Meu Deus, Lucretia, eu não...

Ela balançou o atiçador de fogo na frente do nariz dele.

— E não use o nome de Deus em vão, nem sequer o mencione neste lugar horrível! Serei sua esposa, Rex, acabei de jurar que sim. Fiz meus votos e irei honrá-los. Mas não me lembro de nada nos votos matrimoniais sobre ser uma prostituta barata para as suas perversões doentias.

— Doentias? Não. Lucretia, você não entendeu...

— Ah, entendi sim. Você se casou comigo só para me atirar na cama, abrir minhas pernas e rosnar em cima de mim, como... como um dos seus cavalos caros, que montam uma égua que está ali para eles. Bem, isso não vai acontecer de novo!

Isso era loucura. Ele precisava colocar um pouco de sensatez na cabeça dela e dizer-lhe que havia errado; que não seria mais aquele homem bruto e selvagem; que lhe daria prazer. Mas, quando a distância entre eles diminuiu, ela pareceu se encolher, recuando até que seus ombros esbarraram na cornija da lareira e a bainha de seu vestido de noiva roçou nos carvões em brasa. Com um silvo desagradável, o fogo pegou e foi subindo pelas costas do vestido, como um ladrão veloz, as chamas tomando conta do tecido.

Num instante, como se ela fosse um anjo de verdade, iluminada por uma auréola, seu corpo foi tomado pelas chamas. Lucretia parecia uma visão do paraíso em seu vestido branco incendiado, apesar de ter se encolhido como se estivesse no inferno.

Rex jogou-se sobre ela, empurrando-a para o chão, rolando repetidas vezes com ela, enquanto batia nas chamas, e logo apagou o fogo. Aterrorizada, Lucretia agarrou-se a ele, gritando em pânico. Ele agiu com rapidez, carregando-a para o banheiro, despindo-a do vestido queimado e colocando-a dentro da banheira, que ele encheu de água fria. As queimaduras nas pernas dela e em suas mãos foram mínimas, mas, quando ela tremeu nua na banheira em forma de coração e o encarou com seus olhos escuros, repletos de ódio, ele percebeu que aquela impressão de anjo do paraíso havia sido breve e chegara ao fim. Para sempre. Seu olhar, ainda tomado de pânico, desceu pelo vestido queimado e manchado de sangue.

— Vou chamar o médico — disse ele.

— Não. — Ela cobriu os seios e o sexo com as mãos. Deus do céu, como era linda. Perfeita. Ele a desejou mais uma vez. Apesar de tudo o que haviam acabado de passar.

— Mas você se queimou... — Não apenas estava queimada, mas, certamente, psicologicamente abalada também.

— Ninguém jamais ficará sabendo disso, Rex. Prometa, pelo tempo que eu viver, que vamos fingir ser o casal mais feliz do mundo.

Seguiu-se uma batida à porta da suíte.

— Ei... vocês estão bem aí dentro? — gritou uma voz grossa e masculina.

Ele engoliu em seco.

— Não sei...

— Prometa! — repetiu ela, os olhos tão duros quanto diamantes.

Rex Buchanan não chorava desde que era criança, mas, de repente, as lágrimas embaçaram a visão que teve da esposa se afastando, temerosa, dentro da banheira rosada.

O Último Grito   165

— Está bem, Lucretia. Prometo — dissera, mas as palavras soaram vazias. Embora Derrick tenha sido concebido na noite de núpcias, e Rex tenha se mantido afastado da esposa durante toda a sua gravidez, mais tarde insistira em seus direitos matrimoniais e ela cedera, deitando-se tão fria quanto uma pedra por baixo dele, sem tocá-lo e jamais beijá-lo, cumprindo seu dever, como a mãe lhe dissera que ela teria de fazer. Ele se sentira um idiota em cima dela, tentando excitá-la, observando sua expressão, que mudava de fria indiferença para nojo, quando ele beijava seus seios, contornava seu umbigo com a língua e até uma vez, bêbado como um porco, quando tentara fazê-la segurar seu pênis endurecido, para, quem sabe, levá-lo à boca.

— Vamos lá — dissera certa vez, entrelaçando os dedos nos fios perfumados de seus cabelos, tentando fazer com que ela lhe desse prazer. — Não é tão ruim assim.

— É a coisa mais nojenta que eu já fiz na vida.

— Sou seu marido!

— Mas eu não sou sua prostituta. Encontre outra pessoa.

— Você não está falando sério.

— Não? — Olhara para ele com seus olhos azuis sedutores, descera rapidamente da cama, parecendo pronta para chupá-lo. Em vez disso, cuspiu-lhe, sujando-o com seu desprezo. — Estou grávida, seu nojento.

Totalmente atônito, de um jeito ou de outro, teve uma sensação de alegria. Mais um filho poderia mudar as coisas. Rex esquecera a própria raiva. Lágrimas brotaram em seus olhos.

— Que bom!

— Quero fazer um aborto.

— O quê? Não, você não está falando sério...

— Estou sim, Rex. Não quero outro bebê. Você já tem o seu filho. Não precisa de outro.

— Mas é pecado...

Essa simples frase a fez parar. Seus olhos reluziram, misteriosos, e ela rolou para fora da cama. Lucretia também havia sido educada dentro dos dogmas da Igreja, acreditava em seus ensinamentos, sabia que tirar uma vida, mesmo tão frágil a ponto de não poder sobreviver sozinha, era um pecado tão hediondo que ela jamais seria absolvida.

— Está bem — disse, pegando o roupão da cabeceira da cama e se cobrindo rapidamente. — Mas é o último.

— Meu amor, escute...

— Não — disse ela, as costas rijas e eretas enquanto passava o cinto pela cintura perfeita e delgada. — Terei este, mas não haverá outros.

— Não posso prometer...

Ela se virou, encarando-o com toda a sua fúria.

— Com certeza pode. Pode se mudar para outro quarto e me deixar em paz. Para sempre.

Ele se sentiu como se tivesse levado um chute no estômago.

— Isso não é normal.

— Para mim, é.

— Lucretia...

— Já conversei com o dr. William, portanto a decisão é sua. Se quiser o bebê, prometa me deixar em paz. Caso contrário, mantenho minha promessa.

— Como você pode fazer isso? — Foi a vez dele de sentir repulsa.

— Esse filho é para você, Rex. Se você o quiser.

— Mas você quer tirá-lo.

Ela ergueu um ombro.

A fé de Rex travou combate com sua lascívia e, no fim, venceu. Mudou-se para outra suíte no lado oposto do corredor. Lucretia contratou um chaveiro para colocar uma fechadura de segurança na porta de seu quarto e, mantendo sua palavra, dera à luz Angie, quase sete meses depois. Desde o dia em que o bebê viera ao mundo, Rex nunca se arrependera de sua decisão, tampouco batera à porta da esposa ou tentara ouvir o que se passava lá dentro.

Procurara outras mulheres, como havia feito antes de conhecer Lucretia, odiava a si mesmo por sua fraqueza e fizera doações generosas

O último Grito   167

para a Igreja, com a esperança de que, por meio do dízimo e de causas filantrópicas, pudesse se livrar um pouco de sua culpa.

Não adiantou. Quanto mais dinheiro doava, mais se sentia compelido a doar. Quanto mais fundações administrava, mais obras de caridade fundava, e mais precisava delas.

Durante todo o período de seu casamento, fora infiel. Não quisera ser assim, mas era homem americano com H maiúsculo e precisava de sexo — puro, selvagem, animal. Do tipo que sua esposa não lhe daria. Do tipo que suas amantes dariam... principalmente a amante que estava com ele há mais de vinte anos.

A amante que ainda visitava.

Agora, ao olhar para o retrato de Lucretia, piscou os olhos com força. Deus do céu, sentia saudades dela. Ela fora a única mulher que não se curvara diante dele, a única mulher que fora seu maior desafio, a única mulher que não o quisera. Angie se parecia muito com ela. Essa era uma maldição que ele carregaria pelo resto da vida.

— O Brig não perdeu o Remmington — disse Cassidy, encarando o pai no corredor, logo abaixo das escadas. Rex segurava a pasta em uma das mãos, o paletó pendurado no outro braço.

— Se não foi ele que perdeu o cavalo, quem foi? Você? — Ergueu uma sobrancelha com ceticismo.

— Foi — disse ela, dando um suspiro. Mexendo nervosamente as mãos, acrescentou: — Humm, eu estava aborrecida, porque ninguém estava me deixando montar o meu cavalo e por isso, naquela noite, eu o tirei da cocheira, cavalguei em torno do lago do antigo moinho, caí de novo e perdi o Remmington. O Brig me achou, me mandou para casa em outro cavalo, aquele amarelado no qual foi montando, e começou a procurar o Remmington. — Falara com rapidez, tentando contar logo a história com medo de que o pai, enraivecido, demitisse Brig, algo que ela não poderia deixar acontecer. Ele não poderia levar a culpa pelo erro dela. — Sei que foi estupidez fazer isso nas suas costas — disse ela, sinceramente arrependida —, mas, caramba, pai, eu estava cansada de ficar esperando.

— Você, por acaso, não está querendo protegê-lo, está? — perguntou ele, franzindo ligeiramente o cenho, e Cassidy desejou que pudesse secar as palmas suadas nos bolsos de trás das calças.

— Por que eu faria isso? — Seu coração estava batendo, acelerado, por causa da verdade de que amava Brig McKenzie e, embora dessa vez não estivesse mentindo, mentiria por ele. Sem saber como, deu um jeito de manter o rosto indiferente.

— Não sei. Parece que a sua mãe acha que você sente algum tipo de fascinação pelo rapaz.

— Ele é só um empregado, não é? — respondeu Cassidy, sabendo que tinha de manter o segredo seguro, porém detestando o tom de superioridade em sua voz. Brig era mais que um empregado. Muito, muito mais.

— Um empregado com o qual você não se importa de andar. — Angie, que parecia ter ouvido a conversa de passagem, desceu calmamente as escadas com uma saia branca, curta, cinto largo e camiseta decotada. Inclinando a cabeça para um lado, apertou a segunda argola na orelha.

— Ele cuida do meu cavalo — respondeu Cassidy, sentindo-se nervosa.

— Humm, está bem. — Angie lançou um sorriso malicioso para a irmã. Levou a mão ao bolso para pegar os óculos de sol, e Cassidy tentou não perceber o quanto o pai se iluminava quando a irmã estava por perto, como seu rosto ficava relaxado, da mesma forma que ficava quando se ajoelhava diante das estátuas da Virgem, na igreja.

Ficando na ponta dos pés, Angie roçou os lábios no rosto do pai.

— Aonde você está indo? — perguntou ele.

— Felicity e eu vamos de carro para Portland, comprar alguma coisa para usar no churrasco — respondeu Angie, abrindo um sorriso. — Viajar com cartão de crédito não tem preço.

Rex riu, uma risada espontânea.

O Último Grito   169

— Quer ir com a gente, Cass? Você poderia vestir algo novo.

— Não, obrigada.

Os olhos de Angie desceram pelas bermudas e camiseta da irmã.

— Você não pode ir ao churrasco parecendo uma roceira.

— Por que não?

— Porque é um churrasco formal. Sei que é estranho, mas o juiz Caldwell é meio esquisito. Gosta de fazer as coisas do jeito dele, e todos nós sabemos que a festa dele não é lugar para ir de jeans e moletom.

— O que é uma estupidez.

— Talvez, mas é assim que as coisas são.

— Escuta, não estou interessada — disse Cassidy, sem vontade de ir.

Angie uniu os lábios numa expressão de desprezo.

— Está bem. Como quiser. Depois não venha dizer que eu não tentei. — Então foi embora, as sandálias brancas batendo no chão frio, um rastro de Channel n. 5 em sua esteira.

Cassidy não queria pensar no churrasco da família Caldwell, pois seria pura tortura ver Angie de braços dados com Brig.

CAPÍTULO 12

As chamas vinham direto do inferno.

Estalavam.

O fogo ardia, queimando, soprando, um ser vivo alimentado por um vento escuro e malevolente.

O mal estava ali, logo atrás do anel de fogo, uma força imperceptível que observava com olhos cruéis e famintos.

O coração de Sunny batia dolorosamente. Sentia a onda de calor causarem bolhas em sua pele, ao observar as chamas subindo, consumindo o que quer que entrasse em contato com ela e separando-a de seus filhos.

— Chase! — gritou, com a voz abafada pela fúria da tempestade de fogo.

— Brig! — tentou gritar novamente, mas sem sucesso. Suas cordas vocais estavam inertes, grudadas a tal ponto que nenhuma palavra passaria por entre seus lábios.

Em pânico, sabia que seus filhos estavam encurralados, cercados pelas paredes de fogo das quais não conseguiriam escapar.

Tudo isso por causa daquela presença maléfica que sempre estivera de olho neles. Ela viu a muralha de fogo subir ainda mais, uma montanha imensa e flamejante que rugia e se alimentava de ar, e sabia, no fundo de seu coração, que seus filhos estavam condenados.

Aquela era a pira funeral deles.

Fogo e água.

Da mesma forma como havia visto a água correr por cima de Buddy, no dia em que ele fora levado pelo riacho, via agora o inferno terrível que destruiria Brig e Chase.

Com o olho da mente, viu dor e morte. Viu a fumaça negra que exalava um odor forte de pele queimada subindo até o céu e começou a tossir.

— Não, não, não... por favor, não — sussurrou alto.

Fogo e água.

— Mãe, o que foi?

De repente, Chase apareceu ao lado dela, sacudindo-a para acordá-la, os olhos azuis com um brilho de preocupação. Ela quase adormecera no sofá quando a visão invadiu seu cérebro. Assustada, piscou até despertar, mas não conseguiu apagar a imagem da morte que ainda perdurava, como o bafo odioso de um demônio.

— Você não pode ir a essa festa — disse ela, impressionada.

A preocupação de Chase deu lugar à raiva. Todos os músculos de seu rosto se contraíram.

— Nós já falamos sobre isso. Eu vou...

— Estou falando sério. Você e o Brig não devem ir. — Balançou a cabeça energicamente. — De jeito nenhum. É muito perigoso. Não quero mais ouvir falar disso. — No entanto, seu tom de voz proibitivo não pareceu fazer diferença, e o queixo de Chase apenas se retesou num desafio teimoso. Da mesma forma que era com seu pai. A semelhança era assustadora.

— Não comece com essa bosta, mãe. Há anos quero ir a essa festa e, finalmente, alguém me convidou. Portanto, não vou deixar Mary Beth Spears na mão. — Ofereceu à mãe o esboço de um sorriso, o sorriso que sempre amoleceu seu coração. — Além disso, mãe, já estou bem grandinho para você ficar me dando ordens.

— Você vai com a filha do *pastor*? — O íntimo de Sunny dissolveu-se.

— Só porque ela é parente do velho Bartholomew...

— Ah, meu Deus, Chase! Até Angie Buchanan é escolha melhor do que a moça da família Spears.

— Mas eu não tive escolha, tive? — rebateu ele, impacientemente.

— E não venha falar mal de Angie. Sei como se sente com relação a ela. Não quer que Brig tenha nada com ela.

— É claro que não quero. Mas Mary Beth é a filha do pastor, e, a despeito do quanto ele tente parecer um homem de Deus, Chase, ele é mau, está me ouvindo? Mau.

— Eu vou à festa, mãe. É importante para mim. Eu precisava de convite e Mary Beth foi generosa em me oferecer um. — Sua voz saiu sarcástica, ácida. — Além do mais, lá posso encontrar algumas pessoas que talvez venham a me ajudar na minha carreira, sócios de escritórios de advocacia que podem estar procurando um estudante de direito ou um estagiário para trabalhar. Acredite se quiser, mas eu não vou passar a vida trabalhando para o velho Buchanan e puxando o saco dele, como todos os outros na cidade.

Sunny desistiu de apertar as mãos, mas balançou a cabeça. Encrenca. Das grandes. Mary Beth Spears e Angie Buchanan. Mais uma vez, a imagem da montanha de fumaça passou por sua mente.

— Não acredito que Earlene deixaria a filha ir com você.

— Essa mulher é uma pamonha. Faz o que o marido mandar.

— Está bem. Então por que ele está deixando a filha dele sair com você?

— Pelo amor de Deus, mãe! Sou tão ruim assim? — Chase riu.

— Claro que não — respondeu ela, com orgulho. — Você é o melhor.

— Então isso não deveria ser problema.

— Assim espero. — Mas as palavras traíam sua confiança.

— Ei, não seja profeta da desgraça. Certamente, esta será a melhor noite da minha vida. Olha só... — Ele foi ao quarto que dividia com Brig e trouxe um smoking protegido por plástico. — Será o grande dia, mãe. Portanto, pare de fazer bico e me deseje boa sorte.

O último Grito   173

— Eu desejo, filho. Mas a visão...

Os olhos dele ficaram embaçados, mas Sunny não dava importância ao desdém que o filho nutria por seus pressentimentos. Dobrando os dedos sobre o braço dele, segurou-o o mais forte que pôde, as unhas se enterrando em sua pele como as presas de uma cobra, o smoking balançando por baixo da capa quando ele levantou o cabide.

— Ouça bem, Chase, não brinque comigo. Por acaso eu não via água, pouco antes do Buddy...?

— Não quero ouvir essas coisas sem sentido, mãe. — Afastou-se dela, empertigando-se, com um olhar cruel. — Você está começando a parecer louca de novo.

— Falo apenas a verdade.

— Ah, pelo amor de Deus. Você faz previsões, mãe. E, metade das vezes, está errada. A maioria das pessoas acha que você é maluca.

— Você acha?

— Não sei — disse ele, a honestidade evidente em seus traços. — Não quero achar.

— Então confie em mim, Chase. Essa tragédia irá acontecer.

— A não ser que eu abandone a oportunidade de uma vida.

— Isso.

— Deus nos ajude! — Ele pendurou o smoking no varal da cortina e passou os dedos pelos cabelos, em sinal de frustração. Sunny entendia seus sentimentos. Passara anos sendo insultado, sendo chamado de filho de uma louca que não foi capaz de segurar o marido, ou acusado de ser filhinho da mamãe de uma mulher considerada, pelo menos, de mentalmente incapacitada, na pior das hipóteses, a porta-voz do demônio. Chase encontrara o gato morto, jogado em cima da caixa de correio, e o enterrara sozinho, escondendo as lágrimas enquanto enfiava a pá na terra. Sem dúvida, perguntava-se como podia ser tão azarado por ter nascido de uma mulher tão estranha.

Suspirando alto, Sunny se levantou. Entendia por que ele sentia inveja das pessoas ricas, aquelas que não tinham de lutar anos a fio como ele, ajudando a pôr comida na mesa. Tivera um emprego como entregador de jornal quando tinha apenas sete anos, tornara-se ajudante de garçom quando ainda não tinha idade suficiente para trabalhar, mas disposição para mentir a idade só para ganhar mais um pouco de dinheiro. No fim, começara a trabalhar na mesma serraria que o pai, mas isso não era suficiente para ele. Chase conseguira sobreviver com apenas três horas de sono por dia, enquanto gastava tempo e energia em turnos de oito a dez horas. Conseguia tirar A com frequência e ganhar bolsas de estudo e, agora, estava quase concluindo o ensino médio. Planejava entrar na faculdade de direito no inverno.

Sunny tinha orgulho dele, seu primogênito, e sabia que ele havia sacrificado tudo — seu orgulho, sua vida social e sua dignidade — com o simples intuito de crescer na vida. Levara mais anos para se formar por causa de sua devoção para com ela, o que a fazia sentir uma leve pontada de culpa.

Estava na hora de ele se estabelecer com uma boa mulher, começar a própria família, viver a própria vida.

O filho sentou-se aborrecido à cabeceira da mesa, e até ela, com seu conhecimento de futuro, não podia lhe negar um pouquinho de felicidade.

— Apenas tome cuidado amanhã à noite — recomendou-lhe, ao parar em frente à pia, abrir a torneira e deixar o filete de água encher o copo.

— O bicho-papão vai me pegar? — brincou ele.

— Espero que não. — Sunny olhou pela janelinha acima da pia e mordeu o lábio. — Queira Deus que eu esteja errada!

— E quanto ao Brig? Ele também? — Não se importou em esconder o sarcasmo da voz.

— Um de vocês dois ou os dois. Não sei dizer qual.

Chase esconjurou baixinho.

— Mãe...

Conhecendo os argumentos do filho, antes que ele mencionasse palavras desagradáveis, Sunny ergueu a mão para silenciá-lo.

O Último Grito   175

— Não vou a nenhum psiquiatra. Eles são caríssimos e costumam ter mais problemas do que seus pacientes.

— São profissionais treinados.

Ela recostou o quadril na pia e tomou um gole da água no copo.

— Eles é que deviam estar me procurando em busca de conselho.

— Já lhe disseram que você é teimosa?

— Só um filho mal-educado, que acha que sabe de tudo e que vai ser algum advogado da pesada.

Um lado da boca de Chase se levantou. Deus do céu, ele ficava lindo quando sorria.

— Eu não acho, mãe. Eu sei.

— Eu também, filho — respondeu ela, o orgulho se acentuando em seu íntimo. — Eu também.

Brig pôs a Harley a todo vapor, ouvindo o motor roncar alto e demoradamente antes de trocar as marchas. O vento batia em seus cabelos, zunia por seus ouvidos e ele se abaixava, inclinando-se nas curvas, observando a paisagem rural passar como um borrão.

Dera um jeito de evitar Derrick desde a briga que tiveram, mas isso não demoraria muito. Sem dúvida, daria de cara com ele na droga do churrasco e, ainda por cima, estaria com Angie. Isso abalaria tanto o irmão mais velho dela quanto seu pai. Bobby e Jed também ficariam furiosos. Era provável que, na segunda-feira, não tivesse mais emprego, além da grande chance de exibir um nariz quebrado. No entanto, a ideia de Jed Baker e Bobby Alonzo tentando bater nele o fez sorrir. Que tentassem!

E quanto a Cassidy?

Brig rangeu os dentes. Ela era um problema. Uma garota. Menor de idade. Nem sequer tinha peito ainda. Mas o atraía. Da pior forma possível. Não só era elegante e atlética, tinha as nádegas arredondadas, a cintura fina, mas também era esperta e tinha um jeito irreverente que o encantava. Franzindo os olhos contra o vento, desejou que nunca a tivesse tocado, nunca a tivesse beijado, porque agora a desejava. Isso era mau. E ele a respeitava o suficiente para manter as mãos no lugar. Ela merecia mais do que ele tinha a dar.

Quanto a Angie, bem, ela era uma história diferente... estava implorando por isso. O motivo ele não sabia. Não confiava nela, ela era uma daquelas mulheres manipuladoras que podiam virar a cabeça de um homem, e ele não cairia nessa. Mas era duro demais não aceitar o que ela estava oferecendo com tanta vontade. Era linda também. Linda de morrer e com um corpo que não ficava atrás. O problema era que ela sabia disso.

Bem, ele não era do tipo que planejava o futuro... deixava a preo-cupação com essas coisas para o irmão. Simplesmente ficaria um pouco na droga da festa e depois iria embora.

Mas não sem antes ter a oportunidade de falar com Cassidy Buchanan. Dane-se o fato de que ela era apenas uma criança. Iria segurá-la nos braços e o diabo que assumisse o controle da noite.

No corredor perto do quarto de Angie, Cassidy ouviu soluços fracos e abafados por uma colcha e pela porta fechada. Bateu leve-mente.

— Dê o fora! — gritou Angie, fungando alto.

— O que houve? — Cassidy não podia imaginar por que sua irmã mais velha, a garota que tinha de tudo, choraria.

— Só quero ficar sozinha.

Cassidy hesitou, inspirou para se acalmar e girou a maçaneta da porta de Angie. Ela não se moveu.

— Vamos, lá, Angie, deixe-me entrar — pediu Cassidy.

— Dá para você ir embora?! Ai, meu Deus, por que eu? Espere um minutinho, está bem? — Um minuto depois, a porta se abriu e Angie apareceu descalça, com seu roupão, um lado do quadril para a frente, o rosto marcado de irritação. — O que você quer? — Os olhos estavam vermelhos, o rosto também.

— O que houve?

O Último Grito   177

— Nada.

— Mas você andou chorando...

— Ah, pelo amor de Deus! — Abriu um pouco a porta, puxou Cassidy pelo braço e fechou-a com força quando ela entrou. — Não andei chorando.

— Eu ouvi.

— É só uma alergia... — Angie pegou uma caixa de lenços de papel da penteadeira e enxugou os olhos.

— Não é mesmo.

Suspirando, foi para a janela, os braços cruzados na altura da cintura.

— Não foi nada.

— Sei.

— Só estou menstruada. Você sabe como é. E amanhã é churrasco e coisa e tal. Só estou nervosa.

— Por quê?

— Porque a merda bateu no ventilador, está bem? — Fungou de forma desafiadora. — A Dena e o papai descobriram que eu chamei o Brig para me levar ao churrasco dos Caldwell, e os dois ficaram putos... e me disseram que eu não poderia ir com ele. Tanto esforço do papai em defender os pobres... Até onde sei, a filantropia dele é só aparência. Grande coisa; ação que é bom nada! Uma merda.

— Ah. — Apesar do sofrimento da irmã, Cassidy sentiu o coração saltar de alegria porque Brig não iria acompanhá-la. — É... é uma pena.

— É? — Angie virou os olhos, mais uma vez cheios de lágrimas. — Eu vi você andando com ele, Cass. Você está meio apaixonada.

Cassidy engasgou.

— Não, eu não...

— Guarde essa conversa para alguém que acredite. — Fungando alto, ela piscou para espantar as lágrimas e empinou o queixo com petulância. — Não tem importância — disse ela, jogando os ombros para trás. — Não importa como você se sinta ou o que a Dena e o papai pensem, porque eu vou ao churrasco com o Brig.

— Eles vão matar você.

— Não acredito. — Uma sombra passou pelos olhos da irmã, e Cassidy sentiu uma premonição sombria. Angie engoliu em seco, e lágrimas brotaram em seus olhos. — Você está vendo, Cassidy, eu realmente não tenho muita escolha. — Ela soou amargurada, muito amargurada. — Brig e eu vamos nos casar.

CAPÍTULO 13

Os pés de Cassidy doíam, sua cabeça latejava e, desde o anúncio de Angie, no dia anterior, sobre o casamento com Brig, ela começara a sentir seu estômago revirar.

Brig e Angie casados? Não! Não! Não! Não podia acreditar. Era só uma fantasia que Angie enfiara na cabeça.

Então, por que estava chorando?

— Você vai se divertir muito — disse Dena, do banco do carona do Lincoln. Virou a cabeça e lançou um sorriso encorajador para Cassidy. — Vai ter um monte de rapazes e moças da sua idade... agora, vamos lá, não fique mais emburrada.

— Eu não estou...

As sobrancelhas caprichosamente pintadas de Dena se uniram em frustração.

— Sim, está. Agora, ouça, Cassidy, vá, divirta-se hoje à noite e dê um jeito de O Juiz e de Geraldine ficarem sabendo que se divertiu!

Rex estacionou em frente à mansão e entregou as chaves a um manobrista. Com o coração dolorido, Cassidy desceu do Lincoln do pai e desejou estar em qualquer outro lugar na face da Terra, e não na mansão da família Caldwell. Toda branca e reluzente, com dois andares, a casa parecia ter servido de cenário para *...E o vento levou*, pois era uma réplica tão próxima de Tara quanto qualquer outra que Cassidy já tivesse visto. Persianas verdes e compridas davam graça às janelas, e uma varanda frontal, larga e coberta corria por toda a extensão da casa. Trepadeiras caíam das várias chaminés de tijolos vermelhos, e jardins de rododendros, azáleas e rosas circundavam a larga extensão de grama. A música preenchia a noite, canções antigas e novas melodias flutuavam na brisa perfumada.

— Venha, venha — disse Dena, apressando a filha. Angie deveria estar com Felicity, mas Cassidy suspeitava de que sua meia-irmã estivesse andando de moto com Brig, os braços em torno de sua cintura, o rosto pressionado nas costas dele, enquanto o vento soprava.

Eles não vão se casar. Essa foi só mais uma das mentiras da Angie! Tenha fé.

Colocando os ombros para trás, Cassidy seguiu os pais até o saguão, onde um homem negro com um terno preto e colarinho branco engomado, dentes reluzentes e olhos que quase não sorriam conduziu-os aos fundos da casa onde portas de vidro haviam sido abertas para dar acesso aos fundos.

— Rex! — O juiz cumprimentou seu velho companheiro. Ira Caldwell era um homem grande, cuja pança larga, quando não estava escondida pela toga, esticava o cinto até o último buraco. Com cabelos ralos e olhos fundos enterrados nas dobras de seu rosto, ele abriu um sorriso.

— Eu estava me perguntando quando você apareceria. E Dena — ele segurou a mão da mãe de Cassidy e a apertou com vigor entre as suas —, você está maravilhosa, como sempre.

— E você está exagerando, como sempre — brincou ela, ao pegar a bolsa e colocar um cigarro entre os dedos. O juiz foi rápido em lhe oferecer seu isqueiro.

Ele riu e abaixou a tampa do isqueiro dourado.

— Ei, quem é essa moça aqui? Ora, ora, Cassidy, eu jamais lhe reconheceria de vestido! Olhe só você. Minha nossa, está tão bela quanto sua irmã.

— Mais bela — disse Dena, soltando a fumaça discretamente para cima.

O *Último Grito*   181

Cassidy queria morrer. Detestava as comparações com Angie, que ocorriam sempre que estava perto dos amigos dos pais. Se pelo menos pudesse cavar um buraco naquele chão de mármore... Talvez pudesse inventar uma dor de estômago, ou simplesmente sair andando pelos campos e procurar os pais quando voltasse para casa. O que eles fariam? Iriam para casa e a arrastariam de volta à festa? Duvidava de que os pais tivessem coragem de fazer um escândalo. Ninguém, nem mesmo Jesus Cristo em pessoa, caso tivesse sido convidado, teria coragem de fazer um escândalo no evento social do ano, oferecido pelo juiz Caldwell. Estragar a festa do juiz seria o mesmo que a ruína social.

Cassidy ficou mexendo nervosamente as mãos enquanto os pais conversavam amenidades. A mãe estava estreando um novo tom de vermelho nos cabelos, um terninho de renda creme e um novo anel de rubi, que o pai lhe dera de presente. Não temia exibir o anel sob os holofotes enquanto fumava, ria e flertava de forma afrontosa.

— Onde estão as meninas? — perguntou Dena, e Geraldine ergueu o ombro em resposta.

As rugas de estresse no rosto da anfitriã estavam acentuadas.

— Felicity falou alguma coisa sobre vir mais tarde com Derrick.

— Ele saiu horas atrás — disse Rex, o sorriso lhe abandonando o rosto. — Angie também.

— Bem, ainda não vi nem um fio de cabelo dela. — Geraldine estava nitidamente perplexa, mas Cassidy sentiu certo ar de triunfo quando a mãe de Felicity balançou a cabeça. As duas moças, embora melhores amigas, sempre foram rivais. Geraldine ficaria satisfeita se Angie estivesse metida em algum tipo de encrenca.

— Deixa eu te pegar uma bebida! — O juiz deu um tapinha nas costas de Rex. — Cassidy, tem um bando de adolescentes na piscina... todas as meninas de olho nos rapazes. — Deu-lhe uma piscada exagerada.

Cassidy havia implorado à mãe que a deixasse ficar em casa, mas Dena fora irredutível, insistindo que ela começasse a socializar com jovens da sua idade; e deveria começar naquela noite, naquela droga de festa. Dena chegara ao cúmulo de lhe comprar um vestido branco horroroso, que lhe pesava nos ombros.

Agora, com aquele vestido brega, Cassidy sentia-se como se imitasse uma das Barbies tolas de Angie. Era ridículo. Deu um jeito de se livrar dos pais e foi para fora, onde o ar do campo estava cheio de fumaça de churrasco. Costelas e frango, bifes e lagosta chiavam por cima do carvão, sob a supervisão de churrasqueiros contratados. As bebidas estavam disponíveis no bar portátil, montado perto das escadas.

Havia grupos de mulheres sentadas às mesas com guarda-sol, fumando e fofocando, enquanto seus maridos ficavam perto do bar repleto de bebidas caras. Uma tenda adornada com luzes em miniatura fazia sombra nas mesas repletas de saladas, sobremesas e *hors d'oeuvres*.

Pelo canto dos olhos, ela avistou Bobby e Jed, parcialmente escondidos na sombra, perto dos fundos de uma das tendas, olhando por cima do ombro, enfiando as mãos nos bolsos e bebericando de garrafinhas escondidas. Com as gravatas já tortas e os olhos apertados, estavam em busca de briga.

— Esta noite — disse Jed, a voz quase inaudível. — Espere só para ver. McKenzie vai ter o que merece.

O coração de Cassidy ficou apertado.

— O babaca não perde por esperar — concordou Bobby, calando-se em seguida, como se subitamente percebendo que poderiam ser ouvidos. Cassidy aproximou-se.

— Cassidy? — A voz masculina era praticamente familiar, e ela se virou, em parte esperando que fosse Brig. Em vez disso, deu de cara com Chase McKenzie, de smoking, um sorriso firme no rosto. — Você é Cassidy Buchanan, não é? Sou...

— Irmão do Brig.

Seus lábios se contraíram levemente.

O Último Grito 183

— Chase.

— Eu... eu sei — disse ela, um pouco nervosa ao perceber que ele não gostava de ser reconhecido como irmão de Brig, da mesma forma que ela não gostava de ser sempre comparada à irmã.

— Está se divertindo? — perguntou, a concentração toda nela, os olhos do mesmo azul surpreendente dos de Brig, o porte físico e a altura, os mesmos também. Porém, era mais refinado do que o irmão casca-grossa, ou, pelo menos, assim diziam — sua mãe inclusive.

— Não estão todos?

Um lado de sua boca se ergueu.

— Você não respondeu à minha pergunta.

— Bem, *este* é o evento de fim de ano. — Não estava interessada em bater papo à toa. Estava esperando. Por Brig.

— Ainda não respondeu sim ou não. — Inclinou-se e sussurrou.

— É bom você saber que, dentro de alguns anos, eu serei o melhor advogado que este estado já viu e não vou permitir que ninguém deixe de responder a uma pergunta minha. Nem mesmo uma linda garota.

— Mas não estou na tribuna, estou?

— E eu ainda não sou advogado. — Seus olhos cintilaram. — Que tal dançarmos?

Ela ficou subitamente nervosa. Dançar? Com Chase McKenzie? Na frente de Deus e de todos os outros? Ela já estava suando, e sua mente estava em outro lugar.

— Não sei... Quer dizer, acho que não sei...

— Vamos lá — insistiu ele. — Vai ser divertido.

— Mas você não veio acompanhado...? — perguntou ela, mordendo a língua em seguida, por ter insinuado que ele próprio não havia recebido um convite. Um vestígio de raiva passou pelos olhos de Chase, e, de repente, ele se pareceu com Brig. A garganta de Cassidy ficou seca. Não conseguia imaginar os braços do irmão de Brig em torno de sua cintura. Chase era muito mais velho, certamente estava na casa dos vinte e cinco anos.

Coçando o queixo, pensativo, ele a encarou como se ela fosse um quebra-cabeças complicado que ele estivesse determinado a desvendar.

— Minha companheira não dança.

— Por que não?

— Eu vim com a filha do reverendo Spears, e ele acha que dançar é algum tipo de ritual sexual bizarro ou algo parecido. Enfim, para ele, uma valsa é, pelo menos, um pecado classe C. Quanto aos que dançam música de discoteca... Posso jurar que ele gostaria de trancar todos num quarto e jogar a chave fora. — Chase lhe lançou um olhar oblíquo que a fez rir.

— Então por que ele está aqui? — perguntou Cassidy, procurando por entre o mar de rostos, até que viu o pastor, seu colarinho clerical no lugar, sentado em torno de uma das mesas, comendo costelas de boi e espigas de milho. Gotas de suor desciam de suas costeletas à medida que ele mastigava com avidez, como se não comesse há dias. Sua esposa, Earlene, estava sentada ao seu lado e observava a multidão. Tinha os lábios pressionados numa expressão de desgosto, o rosto sem maquiagem, os cabelos puxados para trás, num coque apertado na altura da nuca. Seu terno e sua blusa marrom, com gola branca armada, pareciam estalar a língua para todas as ostentações e vestidos reluzentes das outras mulheres.

Chase seguiu seu olhar.

— Sabe de uma coisa? Tenho pensado bastante no assunto e acho que o bom reverendo vem, simplesmente, para observar todos de sua congregação. Ele fica de olho em todo mundo... no quanto bebem, quem dança com quem além da própria esposa, quem bate no traseiro de quem e quem sai de fininho para passar a mão em quem. Aposto que ele vai para casa e fica fazendo anotações. Depois, acorda na manhã do dia seguinte, come sua torrada divina, seu café puro com aveia abençoada, vai andando para a igreja, colhe um botão de rosa para pôr na lapela, sobe ao púlpito e faz um sermão, aos berros, sobre o fogo do inferno, a condenação e o preço do pecado.

O Último Grito 185

— Isso não faz muito sentido — respondeu, mas sorriu. — Por que se importar com os outros?

— Para garantir que encherá os cofres da igreja. Todas essas consciências culpadas. E talvez, apenas talvez, dará um jeito de encher o próprio bolso nesse meio-tempo.

— Você parece o Brig falando.

— Pareço? — Um lado de sua boca se ergueu. — Terei que dar um jeito nisso. E, você, Cassidy Buchanan, por que está aqui?

Para achar o Brig! Para falar com ele!

— Minha mãe me fez vir.

— Isso não faz muito mais sentido do que as razões do velho Bartholomew Spears. Por outro lado, eu vim porque este é o lugar onde se deve estar em Prosperity. Estar aqui significa a mudança social correta.

— E isso importa? — Cassidy não pôde esconder um vestígio de ironia na voz.

— Sim — disse ele, parecendo desconfortável de repente. — Especialmente quando você quer uma coisa desesperadamente e pode prová-la. Mas você não tem esse problema, tem? Não quer nada desesperadamente.

Só o seu irmão, pensou ela, mordendo o lábio. Seu desodorante já estava perdendo a validade, e a noite estava ficando quente. Nuvens espessas e ameaçadoras passavam na frente da face pálida da lua.

— Talvez, para você, seja apenas mais uma festa chata, mas, para mim, é uma oportunidade de ouro. Uma festa que eu espero aproveitar. Portanto, vamos lá, Cassidy. Vamos nos divertir um pouco. Dance comigo. — Seu sorriso foi gentil, e ela se deixou conduzir pelos degraus até a área plana ao lado da piscina, onde uma pista de dança de madeira polida havia sido montada. Lanternas japonesas suspensas por fios pendiam das árvores ao redor, flutuavam na brisa e refletiam o vermelho, o amarelo e o verde na superfície da piscina. Tochas haviam sido acesas para manter os insetos afastados, e um piano de cauda estava colocado sobre um elevado acima da pista de dança.

Música fluía da colina, e o pianista, vestindo um terno comprido e uma gravata-borboleta, tocava mediante pedidos. Poucos casais dançavam, enquanto outros se reuniam em grupos, bebericando, conversando e rindo.

— Não sei dançar — sussurrou Cassidy, assim que eles se uniram às outras bravas almas que se moviam com facilidade pela pista.

— Eu sei. — Tomando-a nos braços, ele a puxou para si, e ela não ofereceu resistência. Chase se parecia muito com Brig, mas, ainda assim, era tão diferente. Mais velho. Firme. Recendia a loção pós-barba e a sabonete, e seus cabelos estavam bem-penteados. Seu hálito era quente e lhe acariciou os cabelos quando eles começaram a dançar. Mas ele era o irmão de Brig. Não o cara que ela amava.

Trovejava em algum lugar pelas montanhas.

Cassidy sentiu-se desajeitada, mas Chase não deixaria seu constrangimento forçá-la a sair da pista de dança.

— Você está indo bem — insistiu ele, quando ela sussurrou sua sexta desculpa por quase ter pisado nos próprios pés.

— Está bem, com certeza. Afinal, onde está Arthur Murray quando se precisa dele?

Chase riu, um rumor abafado e prolongado no fundo da garganta, e Cassidy relaxou um pouco. Ele não era Brig, mas era seguro. Pela forma como a segurava, com cuidado, como se ciente de que ela poderia cair no chão a qualquer minuto, Cassidy soube que poderia confiar nele.

Ainda assim, procurava por Brig, e as palavras de Jed, proferidas com tanto ódio, correram por sua mente. *McKenzie vai ter o que merece.* Ah, meu Deus, tinha de avisá-lo. Sentindo uma confiança considerável em Chase, mordeu o lábio e percebeu o olhar de Mary Beth Spears. Na mesma hora, enrijeceu de novo, pois a filha do pastor estava olhando para ela com uma malícia indisfarçável.

Ótimo, mais um inimigo, pensou com sarcasmo. Parecia haver ódio de sobra naquela noite.

— Parece que uma parte da família chegou — sussurrou Chase, e o coração de Cassidy saltou diante da possibilidade de ver Brig.

O *último Grito*   187

Olhou ansiosa por cima do ombro de seu par e viu Felicity, de braço dado com Derrick, passar pelas portas de vidro. Seu vestido era de seda verde, e diamantes brilhavam em seu pescoço.

— Felicity! — A voz de Geraldine saiu num sussurro. — E Derrick.

— Já passou da hora de vocês aparecerem — disse o juiz, com a voz retumbante.

Felicity não largou o braço de Derrick para abraçar os pais. Suas faces estavam rubras, os olhos reluzentes, e exibia a mesma aparência que o pai de Cassidy, cada vez que fazia um bom negócio com um cavalo novo e caro. Derrick, por outro lado, parecia ligeiramente bêbado, embora estivesse tentando parecer sóbrio. Seu olhar varreu a multidão antes de pousar diretamente em Cassidy. Soltando o braço de Felicity, foi para a pista de dança.

— Onde ela está? — perguntou, ignorando Chase.

— Quem?

— Angie... onde ela está?

— Ainda não chegou.

— Acho que está com o meu irmão — disse Chase, os braços firmes em Cassidy.

Os olhos de Derrick escureceram.

— Aquele idiota! Vou torcer o pescoço dele e...

Chase reagiu rapidamente, segurando Derrick pela lapela.

— Deixe o Brig em paz — avisou-lhe, a voz baixa enquanto abria os dedos e segurava Cassidy de novo. — Ele tem todo o direito de estar aqui. Foi convidado. Pela sua irmã. Portanto, pode parar de se preocupar com ele e de nos incomodar. Parece que a sua companheira está esperando. Se eu fosse você, não a deixaria constrangida essa noite.

O olhar de Derrick deslizou pelo pátio. Apenas uns poucos casais que dançavam por perto haviam notado a discussão tensa.

— Vocês são uns pobretões abusados, McKenzie... pobretões com sangue indígena na veia.

O sorriso de Chase foi de arrepiar.

— Não force a barra, Buchanan — advertiu ele. Chase, a despeito de tudo o que se dizia sobre ser o irmão boa-praça de Brig, tinha seus limites.

— Só quero saber onde está a minha irmã.

— Deixe isso para lá, Buchanan. Angie já é bem crescidinha. Pode tomar conta de si mesma.

— Pode o caralho!

Felicity aproximou-se, quase sem fôlego. Seu rosto ficou tão vermelho quanto seus cabelos. Mas Derrick não percebeu sua chegada. Encarou Chase e falou alto e bom som:

— Ela está fora do juízo normal. É isso o que ela está. Quando ele aparecer aqui, juro que irei expulsá-lo aos chutes.

— Talvez seja ele a chutar — observou Chase.

— E você é o próximo, cara. — Mais uma vez, olhou Chase de alto a baixo, quase o desafiando a dar o primeiro soco. Os músculos de Chase se retesaram, ele rangeu os dentes e um leve tique nervoso surgiu sob um de seus olhos, mas ele se conteve quando Felicity praticamente arrastou Derrick para fora da pista de dança. Derrick livrou-se do braço da namorada.

— Ele deve estar com algum problema — comentou Chase, quando Derrick pediu outra dose de bebida.

— Não apenas um — respondeu Cassidy.

O olhar de Chase acompanhou cada movimento de Derrick.

— Ele está procurando briga.

— Sempre — admitiu Cassidy, constrangida.

— Por que ele odeia o Brig?

— Não faço ideia. Ele só... está furioso o tempo todo. — Não conseguia mesmo entender o irmão ou por que ele havia mudado nos últimos anos.

— Cara legal — brincou Chase.

— Era — disse Cassidy, *mas isso foi há muito tempo, quando éramos todos pequenos.*

Nuvens ameaçadoras bloquearam a lua e as estrelas. Um vestígio de vento atiçou o ar abafado, e o tempo pareceu mudar. O ronco de uma motocicleta irrompeu pela noite, abafando a música, até cessar repentinamente.

Cassidy ficou tensa.

Brig havia chegado.

Em questão de minutos, Cassidy o viu passando pelas portas de vidro com Angie a tiracolo. Os cabelos dela estavam despenteados pelo vento, as faces rosadas, os olhos reluzentes. Seu vestido, de tecido telado rosa-choque, fazia o estilo tomara que caia e se ajustava ao corpo até se soltar numa saia rodada em torno dos joelhos. Diamantes e pérolas adornavam seu pescoço e seu pulso. Ela estava, como sempre, de tirar o fôlego.

Todos no pátio se viraram em sua direção, percebendo a presença da filha adorada de Rex Buchanan e do garoto rebelde em seus jeans negros, paletó e camisa aberta no colarinho.

Os pés faltaram para Cassidy.

O sorriso de Chase esmaeceu.

— Como já era de se esperar — murmurou. — Ele não se deu ao trabalho de comprar um terno. Nem pensou em usar gravata.

O olhar de Brig passou pela multidão e parou em Cassidy. Por um segundo, ela mal pôde respirar, foi como se uma prensa tivesse cercado seus pulmões e os estivesse apertando, a cada minuto do relógio. Por um momento demorado e de aperto no coração, os olhares deles se encontraram e o mundo pareceu parar. A festa ficou para trás. Uma veia latejou na têmpora de Brig. A pulsação de Cassidy foi a mil, e ela ficou vagamente atenta ao fato de que estava dançando.

Angie cochichou alguma coisa no ouvido de Brig, e um sorriso lento e traiçoeiro passou por seu maxilar. Entrelaçando os dedos nos dela, ele a levou à pista de dança. A risada da irmã deixou um rastro no trajeto, e Cassidy sentiu-se subitamente ruborizada, jovem e estúpida... uma garotinha ingênua. Tudo voltou bruscamente ao foco.

— Preciso falar com o seu irmão.

— Por quê?

Cassidy ergueu o olhar e viu que Chase a encarava, as sobrancelhas unidas em sinal de concentração, os olhos se movendo com raiva, e perguntou-se se ele teria percebido sua fascinação por Brig.

— Porque ouvi dois caras planejando dar uma surra nele.

Chase sorriu sem qualquer traço de humor.

— Está parecendo uma noite típica de sábado.

— Acho que eles estavam falando sério.

— Só dois? — Insistiu Chase, voltando o olhar para Angie e Brig quando ele a fez girar perto do piano. — Ele consegue dar conta.

Por que ele não entendia?

— Mas eles não jogam limpo.

— Nem o Brig. Não se preocupe com isso. — Então olhou novamente para Cassidy, e sua raiva deu lugar a uma séria preocupação.

Linhas de apreensão marcaram sua testa.

— Não venha me dizer que você sente alguma coisa por ele.

Alguma coisa? Como se o que ela sentisse fosse apenas a fantasia de uma colegial.

— Eu... eu só não quero vê-lo ferido.

— Ele consegue cuidar de si mesmo.

— Bobby Alonzo e Jed Baker são...

— Um bando de idiotas. — Chase suspirou contra seus cabelos, e seus braços a envolveram como se para protegê-la do mundo. — Não se preocupe com eles. — Depois, parecendo ler sua mente, acrescentou: — E não se envolva com o Brig. Não é nada saudável.

Ela ergueu a cabeça e ia começar a protestar quando a censura no olhar de Chase a impediu de dizer qualquer palavra.

Chase hesitou, como se pesando as palavras, e então cochichou:

— Você é jovem demais para ele, Cassidy. E jovem demais para mim. A diferença é que ele quebrará seu coração, e eu não. Eu respeito você, respeito a sua idade e quem você é. Sou honrado; Brig não sabe o significado dessa palavra. Ou talvez tenha a própria explicação sobre o que honra queira mesmo dizer por causa do peso que carrega nos ombros. — Encarou-a, deu um beijo casto em sua têmpora e, assim que a música acabou, acrescentou: — Acho melhor eu dar atenção à minha acompanhante. — Com isso, deixou-a, e ela sentiu um misto de alívio e decepção. Sabia, por instinto, que Chase Buchanan era sólido como uma rocha, enquanto Brig era como um castelo de areia... sempre movediço, nunca dependendo de ninguém, sempre correndo perigo. Mas não podia simplesmente desligar as emoções como quem fecha uma torneira, podia?

No entanto, talvez tivesse de fazê-lo caso Brig e Angie se casassem.

CAPÍTULO 14

Chase foi ao bar e tentou sufocar o ciúme que lhe queimava as veias. Não só Angie Buchanan estava interessada em seu irmão delinquente, como parecia que sua irmã mais nova também.

— Quero um Bourbon com água. Duplo. E uma Shirley Temple. — Ele aguardou as bebidas e ficou observando Brig e Angie. Ela parecia estar implorando para dançar novamente, mas Brig voltou ao pátio, recostou-se na murada, retirou um cigarro do maço que estava no bolso de seu paletó e o acendeu. Já sentia raiva de alguma coisa, o que queria dizer encrenca.

Chase não podia acreditar na forma como Angie estava aninhada a Brig, passando o braço por sua cintura, esfregando os seios contra o paletó dele, enquanto o irmão fumava. Foi quando lhe ocorreu, com o efeito de um furacão, que Angie e Brig eram amantes. Um misto de inveja, espanto e puro ciúme jorrou por suas veias. Então sentiu medo — um medo de congelar o sangue, de deixá-lo abobado. Se Brig estivesse dormindo com Angie Buchanan, seus dias estavam contados. O velho Buchanan o mataria.

Mas Chase entendia o irmão.

Pombas, a ideia de fazer amor com Angie era sedutora, e ele sabia que era impossível não desejá-la. O risco valia a pena.

Chase desviou os olhos e ignorou o calor que sentiu na virilha. O simples fato de olhar para Angie, para a fenda entre os seios apertados dentro do tomara que caia, que saltavam levemente por cima do decote daquele vestido rosa-choque, já o deixava excitado. Deus do céu, o que ele não daria para experimentar Angie Buchanan. Era tão depravado quanto o seu irmão era atrevido. A diferença era que Chase era responsável e teria dado parte de sua vida para fazer amor com ela.

— Suas bebidas, senhor. — A voz do atendente do bar o trouxe de volta de suas fantasias, e ele tomou o Bourbon e a água numa golada só; em seguida, pediu outro, na esperança de saciar a sede que, de repente, ressecou sua garganta.

Levou as bebidas para a mesa à qual Mary Beth estava sentada com os pais.

— Nossa, obrigada. — Os olhos castanhos da moça se encheram de gratidão por ele ter se dado o trabalho de voltar, embora ele tenha pressentido uma emoção mais profunda, que ela logo escondeu. Chase sentiu-se um canalha por tê-la dispensado antes.

— Dança... — disse a mãe de Mary Beth, os lábios tão apertados que pareciam ter sido fechados por um cadarço. — Coisa do diabo.

Chase sorriu.

— Eu não diria isso tão alto se fosse você, sra. Spears. Parece que um monte de gente aqui gosta de dançar. Talvez não aceitem muito bem ouvir dizer que o que estão fazendo é algum tipo de culto ao diabo.

— Detesto admitir, mas você tem razão — concordou o reverendo. Ele deu batidinhas no braço da mulher, como se ela fosse um cachorrinho que precisasse ter a confiança restabelecida. — Não é hora nem é lugar para esse tipo de crítica. Aceitamos a hospitalidade do juiz Caldwell, e não iremos condenar alguns aspectos nela contidos.

Earlene Spears, sentindo-se veementemente censurada, baixou os olhos para as mãos entrelaçadas. Ficou resmungando baixinho, como se rezasse, e Chase lembrou-se da aula de educação física, quando dissera que o técnico era um idiota e fora ouvido por todos. Forçado a fazer cinquenta abdominais, deitou-se no chão na frente da classe. Se errava um dos movimentos, era forçado a fazer outros cinquenta. Acabou fazendo quase trezentos e se sentiu como se fosse morrer — sua penitência por ter reclamado. Imaginou se a oração de Earlene, que ficara tão rapidamente muda depois da reprimenda do marido, era sua expiação por ter falado o que não devia. De repente, ele sentiu pena da mulher.

— A senhora gostaria de uma bebida? — perguntou, interrompendo o movimento de seus lábios. Ela levantou os olhos rapidamente. Engoliu em seco e lançou um olhar para o marido, como se pedindo permissão.

O sorriso de Bartholomew se desfez. Chase não deu a menor importância.

— Que tal uma taça de vinho... ou um refrigerante?

— Seria... seria ótimo. O refrigerante — respondeu ela, nervosa.

— É pra já. — Lançando-lhe um sorriso largo, Chase segurou o braço de Mary Beth e disse: — Vamos, você pode me ajudar.

O rosto da moça ficou rosado, e o rubor ajudou a dar profundidade aos seus traços. Era uma garota de aparência simples, com um nariz pequeno e olhos miúdos que piscavam continuamente, decerto por causa das lentes de contato que haviam substituído seus óculos fundo de garrafa. Tinha as faces proeminentes, e Chase suspeitava de que, com um pouco de maquiagem, ela ficaria bonita. Tinha vinte e dois anos e acabara de se formar em uma universidade religiosa; mesmo assim, ainda agia como se fosse uma menina tímida de dezessete anos.

Chase ficou surpreso quando se encontrou com ela na farmácia da cidade, onde foi pegar para a mãe alguns potes de aspirina e um tubo de pomada para dor muscular. Cumprimentou-a por questão de cortesia, e ela começou a puxar conversa; em seguida, surpreendeu-o, convidando-o para o churrasco, com aquele seu jeito nervoso e virginal desesperado. Ele aceitou por motivos puramente egoístas:

O último Grito 195

encontrar-se com os poderosos de Prosperity, de Portland e do Oregon que estariam lá. Agora, sentia-se um perfeito idiota. Já a havia deixado duas vezes, uma para falar com Jake Berticelli, um advogado com um escritório importante, e depois para dançar com Cassidy.

Agora, dizia a si mesmo, seria bom se ele se plantasse do lado dela, sorrisse e lhe desse a atenção que ela merecia... pelo menos por um tempo. Seus olhos se desviaram mais uma vez para Angie. Deus do céu, ela era linda... uma princesa.

No bar, pediu um refrigerante, assim como mais um Bourbon e água para si, então tentou não notar Cassidy, sozinha, parecendo deslocada quando deveria estar se divertido como nunca. Ela era interessante, mas de outra forma. Bonita também, porém apagada em comparação à meia-irmã. Cassidy parecia ágil, bem mais inteligente do que Angie, embora ainda fosse uma adolescente magrela, andando desajeitada com seu primeiro par de sapatos de salto alto. Decerto iria amadurecer bem, tornar-se mais interessante e bela com o passar do tempo. O problema, agora, era que ela parecia apaixonada por Brig. Da mesma forma que Angie. Chase contraiu o maxilar com tanta força que chegou a doer.

— ...por aqui, digamos, perto de Portland? — perguntou Mary Beth, piscando para ele, que percebeu que a ignorava novamente. A moça seguiu seu olhar e ficou tensa quando reconheceu Cassidy.

— Como?

— Perguntei se você planeja exercer a advocacia em algum lugar por aqui.

— Depende. — Chase ergueu o ombro e pegou as bebidas.

— Do quê?

— Acho que da proposta que eu receber.

— Achei que você ficaria por aqui, sei lá, por causa da sua mãe.

Seu tom de voz lhe chamou a atenção — a mesma inflexão hipócrita que ele ouvira da mulher na igreja, que tentara ajudar, quando seu irmão Buddy se afogara um tempo atrás. De repente, o tempo se desfez e ele se lembrou de que alguns anos antes, quando ia para casa de bicicleta, viu o gato morto, caído por cima da caixa de correio, os olhos petrificados olhando sem ver para a estrada, moscas já se juntando por causa do mau cheiro. Ele sentiu a bile subir pela garganta e imaginou, da mesma forma como havia feito tantas vezes ao longo dos anos, se o bem-intencionado reverendo, ou algum zelote de sua congregação, fora responsável por tal carnificina.

— Mamãe pode tomar conta de si mesma — disse, a voz entrecortada. Não havia razão para ficar na defensiva. Não ali. Não naquela hora.

— Ótimo. — O sorriso de Mary Beth pareceu genuíno, mas ele ainda sentia aquela comichão atrás da cabeça, uma que o avisava quando as coisas não eram exatamente da forma que pareciam. — Meu pai se preocupa com todos em sua comunidade, você sabe como é, cristãos ou não.

— E minha mãe não é?

— Não sei. — Ela tomou o refrigerante. — É?

Ele pensou na mãe maluca e nos próprios planos de forçá-la a ver um psiquiatra.

— Mamãe só é pouco convencional — disse ele, percebendo a frieza da própria voz e sentindo um arrepio na base da espinha. Apesar de ter crescido envergonhado e constrangido pelas excentricidades da mãe, não deixaria mais ninguém fazer pouco dela. — Mas é a pessoa mais honesta e decente que eu já conheci.

Os olhos de Mary Beth se ergueram com uma expressão de surpresa.

— Então por que o seu pai... — Parou bruscamente, ruborizou mais uma vez e balançou a cabeça. — Deixa para lá.

— Não. O que você ia perguntar? — quis saber, percebendo vagamente que a música havia mudado e que as notas de uma canção de Elton John fluíam pela multidão.

— Nada.

— Continue. Pergunte.

— Nada sério, Chase, foi só um pensamento tolo.

O *Último Grito*   197

Ele sentiu um tique nervoso no maxilar.

— O que tem o meu pai?

Lambendo nervosamente os lábios, a moça baixou os olhos para o chão, por um segundo, antes de empinar o queixo e olhar nos olhos de Chase. Curiosidade e algo mais, algo obscuro e mortal, demoraram-se naqueles olhos castanhos inocentes. Ela engoliu em seco.

— Por que o seu pai foi embora?

Uma pergunta que assombrara Chase durante toda a vida. *Por quê? Por quê? Por quê?* A culpa pesou sobre seus ombros. Teria sido por algo que ele havia feito? Teria sido porque ele não conseguira salvar o próprio irmão?

— Não sei — admitiu, sentindo-se como aquele garoto impotente de cinco anos, que fora tempos atrás. — Mas acho que teve muito a ver com o Buddy, meu irmãozinho mais novo.

— Sim, eu sei.

— Quando o Buddy se afogou, o papai não aguentou a pressão. Simplesmente saiu para trabalhar um dia e não se deu ao trabalho de voltar.

— Você nunca mais teve notícias dele? Ele é seu pai, afinal de contas.

Chase sentiu uma dor conhecida e lidou com ela da única forma que sabia. Virando a bebida, recusou-se a responder, a pensar em todas as razões que Frank McKenzie tivera para abandonar a família. Com frequência, pensara sobre o assunto, da mesma forma como pensara sobre o que acontecera com Buddy, mas jamais fizera perguntas; esses assuntos eram tabus em sua casa e, cada vez que um deles tentava tocar no nome de Frank ou de Buddy, Sunny se calava na mesma hora, perdendo-se em algum lugar escuro e distante.

— Vamos lá, o refrigerante da sua mãe está ficando quente. — Com um sorriso que havia praticado durante anos, Chase apressou Mary Beth para a tenda em que o casal Spears ainda estava sentado e entregou a bebida a Earlene.

— Obrigada — disse ela, grata pelo pequeno gesto de carinho que lhe era oferecido.

— Não foi nada — respondeu ele, dizendo a si mesmo para não exagerar, para manter a pose, para ignorar a alteração de humor à qual seu irmão sempre cedia. Aquele seria o pior lugar do mundo para isso, mas o interesse repentino nos olhos de Mary Beth, quando falou sobre sua família, a lembrança do gato morto e da forma como as beatas da igreja do reverendo Spears haviam tentado forçar sua mãe a abrir mão de sua pequena família, cochichando que ela não se encaixava no papel de mãe, gritavam em sua mente. Imaginou, como fizera inúmeras vezes ao longo dos anos, se a família Spears estivera por trás dos tiros na placa que anunciava leitura de mão, ou por trás do gato destroçado... Todo seu autocontrole foi para o espaço quando lançou um sorriso para a sra. Spears.

— Agora, se a senhora não se importar, eu gostaria de dançar com a Mary Beth.

— Fora de questão! — respondeu o reverendo, limpando o molho barbecue dos lábios com a ponta do guardanapo.

— Ela é maior de dezoito anos, crescidinha o bastante para decidir sozinha, o senhor não acha? — Mais uma vez, lançou seu sorriso costumeiro.

— Ela não vai tomar parte em nenhum desses rituais hedonistas — respondeu o reverendo, os lábios começando a ficar brancos. — Isso é trabalho do demônio, rapaz.

— Mary Beth, sente-se — Earlene ordenou com a voz mansa.

Mary Beth tentou soltar os dedos da mão de Chase, mas ele os apertou com firmeza, mantendo a mão dela presa.

— O que você tem a dizer, Mary Beth? Não deveríamos estar falando de você pelas costas. Vai dançar comigo?

Ela se contorceu.

— Por favor, Chase, não...

— Você quer ou não quer dançar comigo?

— Não é isso, mas...

O Último Grito   199

— Chega! — sibilou o pastor. Com as mãos espalhadas sobre a mesa, ele se levantou num impulso, mostrando todos os seus um metro e oitenta e oito de altura. Com traços de militar, mãos enormes e uma voz que poderia soltar brados e murmurar ao mesmo tempo, era um homem que se impunha. Encarou Chase. Havia ódio no ar.

— Você a ouviu, rapaz. Ela não quer dançar com você.

— Acho que ela pode falar por si mesma.

Um momento de silêncio se fez entre os presentes, a conversa chegou ao fim, cubos de gelo pararam de bater dentro dos copos. Os dançarinos pararam e até os acordes de uma antiga canção dos Beatles foram cessando, quando o pianista também deixou os dedos abandonarem o teclado.

Chase sentiu todos os olhos sobre ele, e os olhares em suas costas quase o queimaram através do tecido de seu smoking alugado. Rex Buchanan, seu chefe, o homem mais rico de Prosperity, o juiz Caldwell, seu anfitrião, e quem mais ele pudesse encontrar, caso passasse no exame da Ordem dos Advogados, Jake Berticelli e Elliot Barnes, ambos advogados proeminentes... estavam todos ali, observando-o. O governador e um senador de primeiro mandato também pareciam estar assistindo. *Cuidado*, sua mente avisou. *Não aborreça ninguém só porque esse filho da puta mentiroso se acha melhor do que você e sua mãe.*

— Mary Beth, pegue as suas coisas — disse o reverendo Spears, em voz de comando. Olhou para os convidados, obviamente percebendo que tinha a atenção de todos. — Earlene, acho melhor nós irmos embora.

— Não até eu dançar. — Os dedos de Chase apertaram a mão da moça.

— De jeito nenhum, filho. Se você acha que a minha filha vai dançar com o filho de uma mulher que pratica bruxaria e satanismo... — Controlou-se e pigarreou. Sua raiva foi logo disfarçada, sob uma máscara de contemplação benigna. — Veja só, rapaz, acho que não deveríamos fazer um escândalo. Afinal, esta é uma homenagem ao juiz e à adorável esposa dele.

— O senhor insultou a minha família — lembrou-lhe Chase.

— Um erro, com certeza, apenas isso. Rezo pela sua mãe e por aquelas almas perdidas que a procuram em busca de conselhos, em vez de buscarem a palavra do nosso Senhor Jesus Cristo. Todas as noites, eu me ajoelho diante do altar de nosso Santo Pai e rezo para que ela desista de lidar com o demônio, para que ela não pague mais tributos a Lúcifer.

— O senhor não sabe nada do que está falando.

— Ela é uma mulher perturbada, filho.

— Vá para o inferno!

Brig já ouvira o suficiente. Vira Chase com Mary Beth e percebera o fogo nos olhos do irmão. Seu irmão, desgraçado, estava perdendo a cabeça. Aquelas pessoas adorariam ter um motivo para banir Chase McKenzie para sempre e, se ele desse um escândalo na festa do juiz, poderia dar um beijo de despedida em sua carreira de advogado em Prosperity e, decerto, em Portland também. Idiota. Brig pulou rapidamente por cima de uma cadeira e ficou do lado do irmão.

— Vá com calma — advertiu ele.

— Essa briga não é sua.

O sorriso de Brig se arreganhou.

— Claro que é. Todas são.

— Ei, pessoal, vamos deixar disso. — O juiz interferiu, espalhando as mãos num pedido gentil, enquanto seus olhos pequenos faiscavam de raiva. Sua esposa, Geraldine, apressou-se para falar com o pianista, deu uma orientação incisiva, e logo as notas de "In the Mood" se espalharam pelo ar úmido da noite.

— Vocês irão pagar por isso, os dois — previu o reverendo Spears, ao conduzir sua pequena família pelos convidados. — O dia do julgamento final não está tão longe assim.

Brig bufou.

O último Grito   201

— A gente se vê por lá. — Arrancou uma uva de uma mesa próxima e a enfiou na boca; em seguida, desviou o olhar para o irmão. — Cara, você sabe causar boa impressão.

— Nem me fale. — Impaciente, Chase passou os dedos pelos cabelos. — Na certa, cortei a minha própria cabeça. — Olhou de relance para um grupo de advogados, todos que trabalhavam para Jake Berticelli, mas eles desviaram os olhares. Bem, fodam-se eles.

— Talvez não — concordou Brig. — Alguns caras gostam de advogados com colhões para enfrentar esses bundões metidos a besta.

— Alguns caras não gostam. — Chase, agora que as pessoas estavam retornando às suas conversas e bebidas, relaxou um pouco. — Parece que perdi meu par. — Mary Beth olhou nervosa por cima do ombro, mas, diante de uma palavra ríspida da mãe, apressou-se para sair.

— Azar o dela.

— E quanto a você... onde está a Anja?

Brig entortou a boca num sorriso malicioso.

— Angie? Ela está no banheiro.

— Acho que, talvez, eu devesse dançar.

— Você terá que ficar na fila. — Brig levou a mão ao bolso em busca dos cigarros. Como suspeitara, não deveria ter vindo.

— Isso aborrece você?

Brig sacudiu o maço para tirar dele um Camel.

— Tudo me aborrece. — Ao proteger a chama na ponta do cigarro, percebeu um movimento, alguém de branco, perto do canteiro de rosas, e seu estômago pareceu pressionar o diafragma quando viu que era Cassidy, com outro rapaz... Rusty alguma coisa. Rusty parecia com vontade de conversar, embora Cassidy, pelo que aparentava, não quisesse ser importunada.

— Interessado na mais nova? — perguntou Chase, assim que Brig soprou uma onda de fumaça numa demonstração de desgosto.

— A mais nova o quê?

— Não me ofenda, me tachando de otário. Você sabe muito bem de quem estou falando. Cassidy Buchanan. Estava procurando por ela desde o minuto em que passou pela porta. Mesmo com a irmã dela pendurada no seu braço. Quando a viu dançando comigo, achei que iria começar a distribuir socos.

— Você é velho demais para ela — observou Brig.

— Você também.

— Não estou interessado.

— Para o diabo que não está! — Chase coçou o queixo. — É melhor você tomar cuidado, Brig. Irmãs não gostam muito quando o cara não consegue se decidir entre elas. Mas, a propósito, ela está preocupada com você, disse que Jed e Bobby estão querendo ver o seu sangue.

— Sim, e qual é a novidade? — Brig não estava preocupado.

— Cassidy Buchanan se preocupa com você.

— Eu já disse que não estou interessado em nenhuma das meninas Buchanan.

— Sim — respondeu Chase, com mais do que um vestígio de sarcasmo. — E eu sou o próximo na lista do reverendo Spears a ser batizado.

Angie queria morrer.

Estava enjoada do estômago, da mesma forma que estivera quando os irmãos McKenzie quase saíram no soco com o reverendo Spears, justamente ele entre todos os outros.

Saiu correndo escadaria acima, passando por um corredor escuro, para vomitar no banheiro da suíte de Felicity, onde, após passar mal, lavou a boca, escovou os dentes com a escova da amiga, retocou o batom, deu uma olhada nos cabelos despenteados por causa do passeio de motocicleta, e resmungou. Seus cachos embaraçados eram um caso perdido. Em vez de tentar desembaraçá-los, balançou a cabeça e decidiu sair com o visual indomado. Teria que se acostumar a isso. A Brig.

Sentiu-se melhor, e um pouco de rubor lhe voltou às faces. Em seguida, teria de encarar os ilustres convidados do juiz, lidar com os

O Último Grito   203

homens mais velhos já meio embriagados, que tentavam flertar com ela, enfrentar o pai e sabia Deus mais o quê.

Dê-me forças, Senhor.

É claro que esperava que Brig fizesse uma cena. Era inevitável, disse a si mesma, mas que diabo havia de errado com Chase McKenzie para comprar briga com o reverendo Spears? A festa quase parara. Isso não daria em boa coisa, não mesmo.

E ainda tinha o lance de Derrick e Felicity. Que piada! Por que ela não dava um fora nele? Estavam sempre brigando. Sempre. Será que ela não percebia que ele não estava nem aí para ela? Que só a usava?

Ultimamente, Felicity parecia muito desesperada, muito determinada a ter Derrick todo para ela.

Como se isso fosse acontecer um dia!

Satisfeita por ter feito tudo o que podia para parecer melhor, Angie saiu para o corredor escuro e sentiu, como sentira na outra noite, que alguém a observava.

Pare com isso!

Não havia ninguém espionando nos quartos escuros nem nas alcovas da mansão sulista do juiz. Pelo amor de Deus, estava muito assustada.

Desde algum tempo andava uma pilha de nervos... bem, tinha lá suas razões.

Tomp!

Seu coração quase saiu pela boca. Havia *alguém* ali. Olhou por cima do ombro, e sua respiração ficou ofegante ao sentir, em vez de ver, a porta de um quarto — um dos quartos de hóspedes — sendo cuidadosamente fechada.

Sentiu o coração pesar e a pele arrepiar-se.

Você está imaginando coisas! Está numa festa com centenas de pessoas. É seguro aqui. Nada fora do comum. Mesmo que tenha alguém aqui em cima, nada de mais. Só alguém procurando o banheiro, ou dando uma espiada na casa.

Ainda assim, havia algo que simplesmente parecia errado. Foi vencida pela curiosidade e soube que precisaria encarar quem quer que fosse naquele quarto. Atravessou rapidamente o corredor e, sem bater, abriu a porta. Apertou o interruptor, e dois abajures de mesa idênticos ganharam vida de cada lado da cama queen-size coberta por uma colcha floral.

Fora a cama, a escrivaninha, a cômoda e algumas plantas perto das portas envidraçadas, o quarto estava vazio. Angie foi até as portas, mas elas estavam fechadas.

Percebeu um arranhão numa das extremidades da mesinha de cabeceira, um risco verde, e passou o dedo por ele. Cera. Como se uma vela tivesse caído... mas não havia nada no chão. Mais uma vez, ficou arrepiada, porém ignorou o medo. O quarto parecia e tinha cheiro de quarto vazio. Pensou em olhar embaixo da cama, no armário ao lado do banheiro, mas disse a si mesma que estava sendo ridícula. Além do mais, não podia deixar Brig sozinho por muito tempo. Ou ele se envolveria em outra briga, ou encontraria outra mulher. E o que ela diria se o juiz Caldwell ou sua esposa, ou mesmo Felicity, a vissem xeretando a casa?

Controle-se, pensou ao se dirigir à porta. *Você não é Nancy Drew, portanto deixe isso para lá.* Irritada consigo mesma, apagou a luz e apressou-se pelo corredor na direção dos sons da festa — da música, das risadas e do burburinho das conversas que irradiavam pela escadaria larga que se dividia para os lados. Tinha que encontrar Brig.

Não tinha tempo para paranoias.

Segurando a droga da vela, observei-a sair.

Piranha bonita e estúpida.

Meus dentes de trás rangeram, e eu soltei o ar. Tive sorte. Ela não fora para a pequena varanda na qual, caso tivesse me confrontado, eu teria que inventar uma desculpa para estar lá, uma desculpa que ela engolisse.

Felizmente, não chegamos a isso.

E tudo ainda estava saindo conforme o planejado. Eu não devia tê-la seguido até o banheiro, mas vi como estava chateada, perguntei-me por que havia subido correndo para o segundo piso e imaginei vê-la se encontrando com o amante, num quarto escuro.

Em vez disso, ela fora ao banheiro e, pelo que ouvi, colocara as tripas para fora. Os sons de seu ato de vomitar e o odor de seu vômito passaram pelas frestas da porta.

Bem feito!

Pouco importava o quanto estivesse enjoada, não era o suficiente.

Voltei silenciosamente para o quarto de hóspedes, pus a vela onde a deixara cair inadvertidamente na minha pressa e corri para a porta. Abri-a, em parte esperando vê-la no corredor escuro, mas o corredor estava vazio, e eu pude escapar com facilidade.

O que foi perfeito.

Eu tinha muito a fazer e pouquíssimo tempo.

Lambi os lábios com ansiedade.

O palco estava montado... faltava só chegar a hora do ato final.

Sorri, imaginando o que estava por vir.

Tsk, tsk. Pobre Angie. Bonita, esperta e, em breve, ah, mortinha da Silva.

Cassidy sentiu a mão quente de alguém em seu braço e fechou os olhos.

— Que tal dançarmos? — perguntou Brig, os dedos deixando marcas quentes em sua pele.

— Não — respondeu rapidamente. — É melhor você ir embora. Jed e Bobby estão procurando encrenca.

— Já fiquei sabendo.

Cassidy virou olhos suplicantes para ele.

— Eles são perigosos.

— Falam mais do que fazem. Garotos de nariz em pé.

— Não diga isso a eles — pediu ela.

— E quanto à dança?

O coração de Cassidy saltou até se lembrar de que Angie planejava se casar com ele. Seus sonhos se desfizeram.

— Acho que não.

— Você dançou com o Chase.

— Ele torceu o meu braço.

Brig sorriu.

— Preciso fazer isso? — Brig intensificou a pressão da mão.

O coração dela estava batendo acelerado. Brig queria ficar com ela.

— E... e quanto a Angie? — perguntou, virando-se para ele. Havia algo de diferente em seu olhar, um fantasma torturado que parecia passar por trás de seus olhos.

— O cartão de dança dela já foi todo usado.

— Acho que ela quer ficar com você. — *Pelo resto da vida.*

— Ela vai esperar — disse ele e, em seguida, em vez de puxá-la para a pista de dança, conduziu-a para trás de um aglomerado de pinheiros, para um pequeno jardim, onde a segurou nos braços. Levantando-lhe o queixo com o dedo, amaldiçoou-se, quando seus lábios selaram os dela. Ele cheirava a cigarro e bebida e manteve-a perto o suficiente para que ela sentisse os ângulos de seu corpo retesado e cheio de desejo. Fechando os olhos, Cassidy derreteu-se na frente dele, beijando-o até seu coração bater com tanta força que ela não conseguiu mais respirar, não conseguiu mais ouvir, pensar, e o monstro do desejo começou a despertar fundo dentro dela, espreguiçando-se e bocejando.

A música parou, e as sombras que os envolviam pareceram se aprofundar quando ele a segurou com força. Beijando-a avidamente, as mãos se movendo por suas costas, deslizando por sua pele nua.

Arrancou os lábios dos dela, e aquele mesmo anjo negro que Cassidy já tinha visto antes surgiu nos olhos dele. Descansando a testa na dela, Brig deixou sair o ar num suspiro agoniado.

— Não, não, não.

— O quê...? — Cassidy sentiu-se confusa e excitada por ele tê-la encontrado, tê-la levado para aquele pequeno jardim privativo e tê-la segurado como se jamais quisesse deixá-la ir embora. Agora, brigava consigo mesmo.

— Quero só que você saiba que acabou.

O Último Grito   207

— Acabou... o quê?

Com um suspiro trêmulo, Brig olhou nos olhos dela, e ela tremeu, desesperada.

— Tudo. Isso, você e eu, não pode dar certo. Nós dois sabemos que não. Você quer coisas que não posso prometer e me faz querer prometê-las. Droga, Cass, sou todo errado para você, e nós não deveríamos nem estar tendo essa conversa. — Ela tentou protestar, mas ele balançou a cabeça, antes que nem uma palavra sequer pudesse ser proferida. — Estou poupando trabalho para o seu pai.

Não! — Mas por quê...?

— Há coisas... — A voz dele falhou, e Brig olhou enraivecido para o céu, onde as nuvens rolavam mansamente, bloqueando as estrelas. — Coisas que você não sabe sobre mim. Coisas que não vai querer saber. Coisas que...

— Não me importo.

— Você se importaria — disse ele, a voz baixa como o vento correndo pelos galhos acima. No escuro, ele parecia mais velho do que seus dezenove anos, cansado do mundo.

— Por que você não me conta e deixa que eu seja o juiz? — Mas ela não queria saber, não mesmo, não queria ouvir sua confissão repugnante do que andara fazendo com Angie, que eles eram amantes havia semanas, que brincar com ela havia sido um grande erro, pois ele iria se casar com sua meia-irmã. Com um aperto angustiante no coração, Cassidy percebeu que ele estava apaixonado por Angie, não apenas seduzido por ela, mas apaixonado de verdade. Só isso, como todos os outros.

— Você é muito jovem, Cass.

— E você está com medo. — Afastou-se dele, completamente humilhada e mortificada, as lágrimas quentes nos olhos antes de escorrerem pelas faces.

— Medo de quê?

— De mim! — Apontou com o polegar para o próprio peito lamentoso.

Brig segurou o pulso dela com as mãos grandes. Seu sorriso se torceu com sarcasmo, mas ele não discutiu.

— Achei apenas que deveria dizer adeus.

Sem esperanças, seus sonhos tolos de menina desapareceram, ela arrancou o braço do dele.

— Vá para o inferno — sussurrou, surpresa com a veemência contida em suas palavras, ao dar as costas e sair pelo escuro.

— Acredite em mim, já estou lá. — As palavras dele a seguiram, mas ela não conseguiu parar, não ouviu, apenas tentou correr pelos jardins com a droga daqueles saltos altos e desejou, em nome de tudo o que podia, nunca mais encontrar Brig McKenzie de novo, nunca mais o beijar, nunca mais ser estúpida o suficiente para lhe dar seu coração.

CAPÍTULO 15

*C*rack! A dor explodiu na nuca de Brig. Sua cabeça estalou. Ele caiu da moto. O rosto bateu no cascalho pontiagudo. A Harley, com o motor ainda ligado, escorregou pelo caminho de carros, parando na cerca. Ele sentiu gosto de sangue e não conseguia enxergar.

— Onde ela está? — A voz de Jed Baker foi registrada em algum lugar além da dor latejante em sua cabeça.

Brig lutou contra a sensação de desmaio. Tonto, ergueu o olhar. Jed estava acima dele, sua silhueta aparente pela luz rarefeita que saía da janela do trailer. Ofegante, o rosto, uma máscara de ódio, foi ríspido com Brig. Seus dentes cintilavam sob a luz fraca, tinha um bastão de beisebol numa das mãos carnudas.

— Angie. Onde ela está?

— O que você tem a ver com isso?

— Você vai me falar, seu mestiço idiota. Onde ela está?

Brig tentou levantar-se, mas ainda estava tonto.

— Não é da sua conta.

— Você está querendo dizer que não é da *sua* conta. Deixe-a em paz. Está me ouvindo, camarada? — Jed desceu o bastão com força. Brig rolou para o lado. A arma arranhou seu ombro e caiu no chão. — Você não está entendendo, não é? Ela é minha!

— Talvez fosse melhor você contar para ela. — Brig rolou até ficar de quatro, mas o bastão o atingiu em cheio nas costas, batendo em sua espinha. A dor irradiou por sua coluna, estourando no cérebro. Ele caiu de joelhos. O cascalho lhe cortou o jeans.

Jed riu e respirou pela boca, o ar passando por entre os dentes.

— Você fique longe dela, seu babaca.

Pondo-se de pé num piscar de olhos, Brig ficou furioso. Virou-se rapidamente, envolveu com firmeza os dedos no cabo do bastão e deu um chute que acertou Jed na virilha.

Com um grito, Jed caiu no chão. Brig arrancou o bastão de suas mãos e começou a balançá-lo.

— Ei, cuidado aí!

Pow! O bastão tremeu nas mãos de Brig quando o acertou com força no ombro de Jed. Jed gritou como um gato atingido por um tiro e cambaleou para trás. Crack! O bastão atingiu suas costelas, quebrando algumas. Outro grito medonho.

— Porra, McKenzie, eu vou denunciar você! — Brig não deu importância. Crack! Amassou o nariz do rapaz. Com um grito animalesco, Jed caiu com força no chão, as mãos sobre a boca e o nariz, chorando como um bebê, implorando que Brig parasse, com o sangue jorrando por seus dedos carnudos, que tentavam manter o nariz no lugar.

— Você merece, seu arrogante filho da puta! — Ofegante, com o suor escorrendo pelo rosto, Brig ia acertar mais uma vez o bastão na cabeça de Jed, com a intenção de fazê-lo calar-se para sempre.

— Pare! — A voz de Sunny ecoou na escuridão. — Brig! — gritou com voz de comando. — Pare com isso agora!

As primeiras gotas de chuva caíram do céu.

Os dedos de Brig estavam apertados no cabo de madeira molhada.

Jed encolheu-se e balbuciou:

— Você não pode fazer isso! Não pode! — Estava gritando, soluçando histericamente. Havia urinado nas calças, o sangue lhe escorria pelo nariz e pela boca. — Seu idiota. Seu idiota filho da puta.

Brig soltou o bastão.

— Dê o fora daqui!

O último grito   211

Sunny desceu correndo os degraus e encarou os dois rapazes. Seus cabelos longos, negros, com alguns fios grisalhos, ultrapassavam os ombros, e seu roupão comprido balançava ao sabor do vento.

— Vou chamar uma ambulância.

— Não! — Jed se levantou cambaleante, quase caiu, mas, de um jeito ou de outro, conseguiu ficar de pé.

— Você está ferido. Os dois estão.

— Não preciso do seu tipo de ajuda... de nada dessa bruxa de merda. É tudo uma farsa — escarneceu, as lágrimas escorrendo de olhos que já estavam ficando negros. — Vou falar com o xerife e vou denunciar você, McKenzie. Você não pode sair por aí atacando as pessoas.

— Experimenta — sugeriu Brig.

— Isso, experimenta — disse Sunny e, antes que Jed pudesse reagir, ela lhe segurou a mão com força.

— Me deixa ir embora... — O rapaz tentou se desvencilhar.

Uma luz estranha assaltou seus olhos.

— Isso, vá e conte para as autoridades, que eles vão saber a verdade. Sobre Brig. Sobre você. Sobre Angie Buchanan... Este sangue — Sunny limpou uma gota de sangue do queixo do rapaz — irá provar que você é um mentiroso. — Sua voz falhou e depois adquiriu um tom agudo, quando começou a entoar um cântico em um idioma que Brig suspeitou ser o cherokee, mas que não conseguiu distinguir, quando ela fechou os olhos e começou a balançar para os lados, no ritmo da ladainha repetitiva.

Jed tremeu e seus olhos se fecharam, cheios de medo.

O cântico continuou, e ele pareceu prestar atenção.

— Me deixe em paz, sua bruxa! — gritou, os olhos quase saltando da órbita. — O que ela está fazendo comigo?

— Não sei, mas parece uma praga — respondeu Brig, gostando do jogo. A mãe estava zombando de Jed, e o garoto merecia.

— Me deixe em paz!

O cântico continuou, mantendo-se alto acima do vento que se adensava, que soprava as primeiras folhas secas em volta de seus pés e silvava acima do ronco do motor da motocicleta, do jeito como estava, caída, a roda girando no cascalho.

Jed desvencilhou-se e caiu num buraco que Chase deixara de preencher enquanto ajeitava o caminho de carros. Levantou-se com dificuldade.

— Vão para o inferno! — gritou, com a voz estrangulada pelo terror. — Todos vocês, para o inferno!

Um gato miou esganiçado no escuro, e Jed saiu correndo. Segundos mais tarde, o som de um motor possante — o do Corvette de Jed — liberou um ronco poderoso e pneus deslizaram no cascalho solto. O barulho do motor diminuiu, e as marchas engataram, arranhando e desaparecendo na noite.

— Já vai tarde — disse Sunny.

— O que você estava cantando? — Brig perguntou à mãe. Ela estendeu o braço, tocou-lhe a testa e franziu o cenho.

— Você precisa aprender a vencer seus inimigos com a mente, Brig, não com os punhos.

— Você é uma farsa, mãe.

— Só quando preciso ser. — Seus olhos estavam calmos e escuros. — Mas estou mesmo vendo você em perigo, Brig. Mais perigo do que esse garoto sem importância.

— Cuidado, mãe. Está começando a acreditar no que dizem de você.

— Acredito mesmo.

— Asneira — disse ele, a chuva batendo no chão.

— Só porque fiz uma encenação para o rapaz, não quer dizer que não acredito. Jed precisava se urinar de medo. Mas o que eu vejo para você e Chase é real.

— Acho que você fez mais do que ele se mijar.

— Era minha intenção. — Sunny olhou de relance para a estrada, e sua testa lisa se encheu de rugas. — Ele não vai intimidar mais ninguém.

— Olha, não estou preocupado com o Chase nem comigo — mentiu Brig, ao enxugar o suor da testa e sentir uma dúzia de pingos de chuva em sua cabeça.

— Deveria estar.

O Último Grito · 213

— Preciso ir...

— Ainda não. — Sunny olhou para o céu e franziu a testa para as nuvens que se moviam ininterruptamente na frente da lua.

— Você precisa me contar sobre a festa da família Caldwell. Voltou cedo.

— Foi um saco.

— E houve confusão.

— Está chutando ou foi uma de suas previsões?

Ela cruzou os braços bem abaixo dos seios e franziu a testa.

— Da próxima vez, vou jogar uma praga em você — brincou com ele, mas sem tom de riso na voz, depois passou o lábio inferior pelos dentes quando olhou para o bastão ensanguentado.

— Tudo bem, houve um pequeno contratempo, mas nada sério — mentiu. — Ninguém nem se deu ao trabalho de chamar a polícia.

— Brig limpou a poeira do paletó e foi pegar a Harley. Houve um contratempo, tudo bem, dos grandes, e que foi bem além de alguns insultos sussurrados sobre Sunny ou algumas pauladas com um bastão de beisebol. Pensou em Cassidy e sentiu uma pontada arrebatadora de culpa. Droga, aquela garota dera um jeito de mexer com ele. Mas havia também a irmã dela. Angie. Ela agira de forma estranha naquela noite. Em vez de sedutora, a maior parte do tempo parecera quase mal-humorada, ora se aproximando tristonha dele, ora flertando e dançando com rapazes que pareciam segui-la em bando. Depois, quando Brig se dera por satisfeito daquela festa luxuosa e de seus convidados egocêntricos, tentou convencê-la a ir embora. Ela concordou, e eles saíram andando por um caminho arborizado na lateral da casa. De repente, ela começou a chorar e a conduzi-lo para um local mais afastado atrás da estufa, longe da festa.

— Algo errado? — perguntou ele, cauteloso, desconfiado.

— Tudo.

Não acreditava nela. Angie Buchanan tinha o mundo a seus pés. Mas lágrimas desciam por seu belo rosto e, no escuro, ele percebeu que ela estava metida em algum tipo de encrenca. Encrenca das quais ele não estava precisando.

— Me ajude, Brig.

— Como?

— Me abrace, só isso.

— Angie... Acho que está na hora de você ir para casa.

— Ainda não. — Parecendo à beira do desespero, Angie abaixou a frente de seu vestido rosa-choque todo enfeitado, desnudando um de seus belos seios e oferecendo-se para ele.

— Pelo amor de Deus, ponha isso de volta...

— Por favor, Brig — disse, pegando a mão dele e colocando-a sobre a pele firme de seu corpo, deixando-o ver seu mamilo inchar-se em antecipação, permitindo que ele tocasse o calor e o fogo que se concentravam sob sua pele. Ele tinha dezenove anos, aquilo seria só um momento, e ela era tentadora demais. — Deixa eu fazer você se sentir bem — sussurrou ela. — Já fiz isso antes... lembra?

O desejo latejava em suas têmporas. A pele dela parecia seda macia sob seus dedos brutos, e foi preciso reunir toda a sua força de vontade para afastar a mão daquele corpo. Mas Angie foi insistente, puxou os dedos dele para o outro lado do vestido, ajudando-o a abaixá-lo, de forma que aqueles globos gloriosos balançassem livremente à luz da lua.

— Você gosta de mim. Sei que gosta. Eu me lembro...

O constrangimento queimava o cérebro de Brig. Ainda assim, seu coração se acelerava numa expectativa ansiosa. Sua masculinidade o traiu e entrou em estado de alerta quando ela se aproximou e lhe beijou os lábios, os seios nus roçando contra sua camisa, implicantes, encantadores. O calor incendiou seu sangue e o deixou cego a qualquer outra coisa a não ser perder-se nela. Já havia sido corajoso e nobre, dizendo a Cassidy que nunca mais a veria de novo, então por que não aceitar o que Angie queria lhe dar com tanta vontade? Não que não tivesse se sentido tentado antes... que não a tivesse tocado intimamente na primeira vez que ela fora tola o bastante para deixá-lo vê-la nua.

O último grito   215

Ai, meu Deus, agira como um garanhão naquela vez. Mas isso fora antes de saber que Cassidy estava apaixonada por ele. Desde então, pensava nela e suas fantasias libidinosas eram com ela, uma garota que mal completara dezesseis anos. Cassidy era jovem demais para ele, ingênua demais, merecia algo melhor, a despeito de como ele se sentisse... e Angie... ah, droga, ela era tão gostosa! Rangendo os dentes, empurrou Angie para trás... para longe dele.

— Não acho que seja uma boa ideia.

— Claro que é.

— Vista-se. Vou levar você para casa. — Brig fechou os olhos, tentando raciocinar, esforçando-se para afastar da mente o desejo que lhe fazia ferver o sangue. Ouviu o ruído adorável de um zíper descendo o trilho. — Não... — Pouco depois, quando abriu os olhos, viu que o vestido dela estava caído sobre a grama, formando uma poça de *chiffon* cor-de-rosa, e que ela estava de pé à sua frente, usando apenas calcinhas de seda, baixas na cintura e que deixavam à mostra a linha de seu bronzeado. Uma única renda rosada mal cobria os pelos encaracolados no alto de suas pernas. — Vista-se — repetiu ele, mas sua voz estava rouca e carente de determinação.

Angie aproximou-se dele então, a boca molhada, sensual, aberta. Na ponta dos pés, passou os braços pelo pescoço dele e, esticando-se, deixando os seios roçarem em seu peito, beijou-o.

— Case comigo, Brig — sussurrou em seus lábios partidos, ao roçar os seios contra sua camisa e aninhar-se a ele, a frente de suas calcinhas deslizando suavemente sobre o volume de seu jeans. Passou uma perna pelo quadril dele e moveu-a devagar, para cima e para baixo, deixando um rastro úmido e quente no brim; um rastro que ele podia sentir. — Case comigo e serei sua para sempre.

Agora, à medida que se afastava da casa da mãe e endireitava a motocicleta que ainda trabalhava, sabia o que teria de fazer.

— Brig! Não...

— Mais tarde, mãe. — Ignorando as gotas de chuva que caíam no chão, montou na Harley e voltou para a estrada, tomando a direção da cidade. Tinha algumas contas a acertar.

* * *

— Juro que vou matar o Brig com as minhas próprias mãos!
— Derrick, mais bêbado do que Cassidy já havia visto, cambaleava entre a sala de TV e uma sala privativa, onde expositores de vidro com armas ocupavam as paredes.

— Quem? — perguntou ela, o coração batendo nervosamente, enquanto o seguia pela casa. Poucos minutos antes, Derrick entrara a toda pelo caminho de carros, fazendo tanto barulho que ela desceu correndo as escadas, encontrando-o no hall praguejando e esbravejando, numa fúria cega.

— McKenzie. — Tentou abrir um dos expositores, mas estava trancado. — Filho da puta! — Esbravejou e voltou à sala de televisão, onde escancarou uma gaveta e dela tirou canetas e papéis até encontrar um chaveiro. Voltou a passos largos para a sala onde ficavam as armas.

Cassidy parecia assustada. Não havia mais ninguém em casa. Inventara uma dor de cabeça e pegara carona com o senhor e a senhora Taylor. Tinha acabado de mudar de roupa quando ouvira Derrick chegar furioso, tropeçando, esbravejando e jurando vingança.

Contra Brig ou Chase.

Enfiou uma chave no cadeado. Ele não queria abrir.

— Porra!

— Vou chamar o papai — avisou-o.

— Vá em frente. Quando ele souber que Brig McKenzie andou trepando com a Angie, vai querer um pedaço dele também.

Cassidy ficou com o estômago embrulhado e quase vomitou. Controlou-se, ficando à soleira da porta.

— Você não sabe se...

— Não sei? — Enfiou outra chave no cadeado e nada aconteceu. — Droga! — A terceira e quarta chave nem sequer entravam no buraco. — Quer saber? A Angie me contou. Ela e Brig estão trepando desde que ele botou os pés aqui na fazenda, talvez até antes, sei lá.

O *Último Grito*   217

Vai ver foi por isso que ele se candidatou ao emprego, para ficar perto dela.

— Não...

— Pelo amor de Deus, Cassidy! Cresça! Você faz ideia de como ele se sentiria importante comendo uma das filhas de Rex Buchanan? McKenzie adoraria conseguir isso. Após anos se arrastando aos pés do velho, tiraria uma onda com a cara dele. Bem, o tiro saiu pela culatra, pois a Angie está achando que vai se casar com ele. — Com os dentes à mostra, uma veia latejando furiosamente perto da linha dos cabelos, Derrick chutou a porta. O vidro quebrou. Passando pelos estilhaços perigosos de vidro, arrancou a espingarda.

O terror tomou conta da garganta de Cassidy.

— Não faça...

— Ele não vai se casar com ela. Nunca mais vai tocá-la de novo, e eu vou garantir isso. — Seus olhos cintilaram de ódio. — Dessa vez, ele comeu a mulher errada!

Cassidy agarrou-o pelo braço, atirando-se em cima dele. Com o peso de seu corpo, puxou sua mão para baixo e conseguiu afrouxar-lhe os dedos. A arma caiu no chão fazendo barulho.

Rápida como uma cobra pronta para o bote, Cassidy pegou a arma enorme e apontou os dois canos para o peito do irmão. Seus joelhos estavam bambos, mas ela deu um jeito de manter os canos no alto, firmes, na altura do ombro.

— Vá lá para cima, Derrick. Você está bêbado, violento, alucinado, e não está dizendo coisa com coisa. Vá dormir.

— O quê? Agora *você* vai atirar em mim, quando tudo o que estou querendo fazer é tentar salvar a honra da nossa irmã? Dá um tempo!

— Deixe que a Angie se salve.

— Pelo amor de Deus, Cassidy, você chora quando atiro em um esquilo, guaxinim ou até na droga de um passarinho. Não vai me enfiar uma bala agora.

— Vou sim! Juro que vou, Derrick! — Seu coração palpitava. O suor lhe umedecia a palma das mãos. Os dedos faziam pressão sobre o gatilho. — Se você acha que vai sair atrás do Brig com essa arma e... aai!

Derrick segurou o cano da arma e a arrancou de seus dedos relutantes.

— Você é tão baixa quanto ela — vociferou. — Sempre defendendo aquele mestiço idiota e de baixo nível. Agora, me deixe em paz.

— Você não pode...

— Pois veja! — Derrick saiu a passos largos da sala, passando pelo corredor, mas Cassidy permaneceu colada em seus calcanhares. — Pelo que estou percebendo, me livrar do McKenzie vai me transformar num tipo de herói por aqui. Farei um favor para você, para mim, para a Angie e para toda a cidade.

— Vou ligar para a mamãe e para o papai.

— Vá em frente.

— E para a polícia. Se alguma coisa acontecer com o Brig, juro que vou entregar você e...

Derrick virou e a encarou com seus olhos vermelhos e furiosos. Sua respiração era uma mistura azeda de bebida e cigarro.

— Parece que você não está entendendo, não é? Brig Buchanan violentou a Angie.

— Violentou?

— Com certeza. Está achando que ela iria querer transar com ele? — O rosto de Derrick se contorceu em desgosto.

— Mas ela...

— Ela flerta com ele. Flerta com todo mundo. Mas não queria transar com ele. Ele forçou a barra.

— Acho... acho que foi o contrário — disse Cassidy. — Ouvi Angie e Felicity conversando, e a Angie disse que planejava seduzir o Brig.

— Você está mentindo — bufou ele, elevando o corpo em toda a sua fúria.

— Não, não estou. Se não acredita em mim, pergunte a Felicity.

Os olhos de Derrick se cerraram, formando ranhuras furiosas.

— Ela é a última pessoa a quem eu perguntaria.

— Então fale com a Angie! Ela irá lhe contar.

As narinas dele tremiam de tanta raiva.

— Ela também mentiria para protegê-lo. Mas é tarde demais. Está na hora de Brig McKenzie pagar pelo que faz! — Derrick levantou a arma e destrancou a porta.

Deixando Cassidy escorada na parede, saiu a passos largos pela noite. As pernas dela estavam bambas. Suas ameaças haviam sido em vão, nem os pais nem a polícia a levariam a sério. Brig tinha um histórico de problemas com a justiça, e Derrick era considerado apenas um rapaz que ainda não havia crescido. Por isso, bebia um pouco demais. Por isso, destruía alguns carros. Por isso, metia-se em algumas brigas. Por isso, dormia com todas as mulheres que podia — nenhuma delas jamais saíra magoada, a não ser Felicity Caldwell, que cometera o erro de amá-lo para sempre. E nunca houvera nenhum estrago de fato, porque Rex Buchanan sempre pagara de boa vontade a quem quer que fizesse queixas de seu filho.

Mas Brig McKenzie atraía problemas como um para-raios atraía raios. As autoridades ouviriam a versão de Brig e a mudariam a seu bel-prazer.

Cassidy ouviu o ronco do motor do carro de Derrick.

— Ai, meu Deus — sussurrou ela, rezando silenciosamente para que seu irmão não encontrasse Brig e Angie juntos.

Seu estômago começou a doer. Com muita frequência, havia presenciado traços cruéis no irmão, e parecia que, nos últimos anos, eles vinham se fortalecendo. Açoitava os cavalos até sangrarem, atirava em esquilos e em gatos de rua, com o intuito de praticar tiro ao alvo e queimava Willie com cigarros, num tipo de jogo doentio. Willie nunca dissera uma palavra sequer, mas Cassidy suspeitava da verdade e confrontara o irmão, dizendo que, se ele fizesse isso de novo, contaria para o pai.

Derrick rira.

— Você está brincando? — rebatera, quando ela o ameaçou. — Vai ser a sua palavra contra a minha. Nem mesmo o panacão vai ficar do seu lado.

— É claro que vai. Ele sabe o que você faz com ele.

O sorriso lento de Derrick fora, definitivamente, malévolo.

— Ele sabe, mas não vai falar.

— Por que não?

— Porque é um pervertido, por isso. E, se me dedurar, vou dedurá-lo também, e ele não vai querer que o nosso doce e amado pai acabe sabendo o quanto é doentio. Caso isso aconteça, poderá acabar numa instituição para deficientes mentais tecendo cestas, que é o lugar onde deveria estar.

— Você é nojento.

— Uma das minhas melhores qualidades.

— Willie não é um pervertido!

— Não? — perguntara Derrick, elevando as sobrancelhas. — Bem, se eu fosse você, irmãzinha, manteria as persianas puxadas e as janelas fechadas. Nunca se sabe quando Willie vai parar de olhar e começar a agir. Ele fica olhando, você sabe. Vê tudo o que se passa por aqui. Já viu você usando nada, a não ser a sua medalhinha de São Cristóvão, e já espiou a Angie também. Acho que ele gosta daquele sutiã vermelho com o qual ela fica desfilando por aí. Já o peguei espiando.

Cassidy se encolhera. A ideia de qualquer pessoa, inclusive Derrick, a observando fazia sua pele formigar.

— Portanto, Willie não sairá por aí contando nenhum segredo, a não ser que queira terminar num manicômio.

— Você o chantageou, não foi? — quis saber ela, pela primeira vez vendo até onde chegava a maldade do irmão.

— Apenas deixei alguns pontos claros para ele. Mas ele não é tão bobo quanto parece. Entendeu rapidinho que tem que ficar de boca fechada para continuar morando aqui e, pode acreditar em mim, ele quer continuar, parece achar que um hospital psiquiátrico é algum tipo de sala de tortura do século XX. Acredita que pode acabar sendo

O Último Grito   221

submetido a lobotomia ou a tratamento por choque elétrico. Isso pode ser doloroso. Doloroso mesmo. E o apavora.

— Foi o que você disse para ele — adivinhou.

— Apenas mostrei as opções para o garoto.

— Mas isso é tudo mentira! Não se faz mais lobotomia nem esses outros tratamentos! Portanto, me desculpe, Derrick, mas, se você algum dia voltar a fazer alguma coisa com o Willie... se implicar com ele de novo, escarnecer dele ou magoá-lo de alguma forma, vou contar ao papai, e ele vai acreditar em mim.

— O papai nem sequer sabe da sua existência, Cassidy. Detesto magoar seus sentimentos, mas o papai só se preocupa mesmo com a Angie, porque ela o faz se lembrar da mamãe. Por falar em doentio, sabe que às vezes o jeito como ele olha para ela me preocupa? Não dá para imaginar que ele gostaria de transar com a própria filha, dá?

— Não! — gritou Cassidy, tapando os ouvidos.

— Espero que não, porque a ideia é asquerosa. — Por trás da necessidade arrogante de Derrick de chocar, havia outra emoção, alguma coisa obscura, perigosa, má. — Mas, se ele tocar nela, eu juro por Deus que o mato.

Ele agora estava atrás de McKenzie. Pelo amor de Deus, não poderia deixá-lo prosseguir com essa ideia. Cassidy correu para o telefone da sala de TV e discou o número de Brig. O telefone tocou repetidas vezes. Dez vezes. Doze. Quinze. Vinte. Desesperada, ela bateu com o fone no gancho e começou a vascular as gavetas em busca de um molho de chaves. Havia caminhões estacionados perto da cocheira, e se ela achasse as chaves certas... Ainda não tinha carteira de motorista, mas sabia dirigir... *Vamos lá, vamos lá.* Seus dedos passaram por lápis e canetas, grampeadores e elásticos. Nenhuma chave. Então lembrou-se: Derrick estava com o chaveiro.

Desesperada, saiu correndo, sentiu o vento que ia ficando mais forte, procurou em cada caminhonete, mas não encontrou nenhuma chave extra, nenhuma forma de dar a partida. Não poderia deixar Brig na mão; precisava avisá-lo. Onde ele havia se metido?

Com Angie.

Seu coração pesou como chumbo, mas não podia deixar os próprios sentimentos fazerem-na desistir de tentar alertá-lo. Mas como? Não poderia chegar muito longe a pé. Mordendo os lábios, analisou o estacionamento e as garagens, antes de parar na cocheira e ver a resposta às suas orações. *Remmington.* Poderia ir a qualquer lugar no cavalo. Mas como conseguiria encontrar Brig?

Sem respostas, começou a correr, as pernas se movendo rapidamente, o coração palpitando de medo. Não fazia ideia de para onde estava indo, sabia apenas que teria de chegar rapidamente.

Não se preocupou em acender as luzes, apenas arrancou as rédeas de um gancho perto da baia de Remmington. Ninguém, nem mesmo Willie, poderia saber que ela havia saído. Vários cavalos bufavam e remexiam a palha em suas baias.

— Está tudo bem — sussurrou.

Uma mão que veio do escuro lhe tapou a boca.

Um grito ficou entalado em sua garganta, e, naquele instante, ela soube que estava perdida.

CAPÍTULO 16

— Shh. Cass. Sou eu. — A voz de Brig simplesmente fez o coração já acelerado dela bater com mais força, em contraponto com a chuva que batia no telhado da cocheira.

— Brig? — sussurrou, quando ele abaixou a mão e repousou-a sobre seu ombro. Cassidy tentou ignorar o toque de seus dedos, almofadas quentes que a queimavam através da camisa. — O que, o que você está fazendo aqui?

— Era para eu me encontrar com a Angie.

O coração de Cassidy pesou como uma pedra.

— Mas ela estava com você... na festa.

— Eu me separei dela há algumas horas. Deixei-a no centro, onde estacionou o carro. Nós nos encontramos mais cedo... Acho que ela não queria que eu viesse aqui de Harley para pegá-la ou trazê-la para casa.

— Por que não?

— Disse que teve uma briga com Derrick. Parece que o seu irmão tem algumas contas a acertar comigo. Ameaçou-a e parece que até o seu pai concordou que ela não deveria me ver.

— Mas ela se encontrou com você mesmo assim.

— É. Saiu com alguma desculpa esfarrapada sobre ir à casa da família Caldwell mais cedo, então me encontrou no centro da cidade.

— E você concordou.

— Sua irmã... ela sabe ser convincente.

— Então você não é tão imune a ela, afinal de contas.

— Apenas gosto de ganhar do garoto riquinho.

Cassidy sentiu-se como se uma bola de chumbo tivesse se formado em seu estômago. Tentou desvencilhar-se de Brig, mas seus dedos, ainda firmes em seu ombro, apenas afundaram mais.

Ela tentou disfarçar o sofrimento contido na voz.

— Angie ainda não chegou em casa, e o Derrick está à procura de briga.

— Comigo?

Ela sentiu o sorriso em sua voz.

— Isso não é brincadeira, Brig. Ele está armado e convencido de que estará prestando um grande favor a todos, inclusive a Angie e ao resto da cidade, se... se...

— Se o quê?

— Se matar você.

— Encenação de garoto mimado — previu Brig. — Não se preocupe com ele.

— Ele estava falando sério — respondeu ela, o coração acelerado de tanto medo. — Acredite em mim, ele vai matar você.

— Deixe-o tentar. — Brig suspirou. — Onde está Angie?

— Precisa dela para alguma coisa?

— Não, droga — disse ele, em seguida, retratando-se. — Ela é que me pediu para encontrá-la aqui.

— Na estrebaria?

— Foi o que disse. O problema é que estou um pouco atrasado, porque Jed Baker quis arrancar um pedaço do meu couro. Estou me sentindo um cara popular esta noite.

— Derrick está determinado.

— Jed também estava.

Ele parecia não estar entendendo. Pelo pouco que Cassidy pôde ver dele, dos contornos de seu rosto iluminado pela luz pálida que era filtrada pelas janelas, ele não estava muito preocupado com o irmão dela, embora ainda houvesse traços de sangue em sua testa por causa da briga com Jed.

— Olha só, Brig — disse ela, ainda ciente de que ele a tocava —, o Derrick andou bebendo e pode ficar muito violento quando está embriagado. É melhor você ficar longe dele.

— Talvez alguém precise lhe dar uma lição.

— Não. Não vai dar certo. Outras pessoas já tentaram. — Cassidy balançou violentamente a cabeça e desejou que houvesse formas de convencê-lo de que estava em perigo. — Derrick fica mais do que violento. Às vezes... às vezes acho que ele *gosta* de machucar as pessoas. Fica excitado com isso.

— Hora de mudar.

— Não. Não é você quem vai fazer isso. Não esta noite. — Desesperada, ela o segurou com os dois braços. — Vá para casa... não, vá para qualquer outro lugar seguro, algum lugar distante. Espere o Derrick ficar sóbrio.

— Para que ele possa me pegar numa próxima vez em que esteja com mais gente?

— Até ele encontrar outra pessoa para Cristo.

— Como quem? Você? — perguntou ele, e Cassidy empinou o queixo.

— Posso cuidar de mim.

— E eu não? — O escárnio pontuou suas palavras, e ela se sentiu tola e criança, uma menina envolvida em emoções adultas.

— Derrick... ele se preocupa comigo. Não me machucaria. Mesmo se não gostasse de mim, tem medo do papai, do que ele faria se descobrisse que está me importunando.

— Ou a Angie? — perguntou Brig, a voz baixa.

— Ou a Angie. O papai... ele nos protegeria. — Magoava-a o modo como ele falava de Angie. — Por que você concordou em encontrá-la aqui?

— Não devia ter concordado — disse, dando um suspiro. — Mas ela estava... — Sua voz falhou. — ...assustada.

— Com o quê?

— Não sei.

— Talvez estivesse fingindo — comentou Cassidy. Conhecia muito bem a irmã, e, embora não conseguisse compreender claramente o que andava deixando Angie aborrecida nos últimos dias, tinha certeza de que Angela Maria Buchanan nunca ficara assustada de verdade com nada na vida.

— Talvez. — Brig não parecia convencido, e o silêncio se prolongou entre eles com a chuva batendo no telhado e o cheiro abafado dos cavalos impregnando o ar. — O que você está fazendo aqui?

— Pensei... pensei em sair para cavalgar.

— No meio da noite? Na chuva? — Ele não se deu ao trabalho de esconder seu ceticismo. — Isso é loucura, até mesmo para você.

— Eu...

— Você o quê? — perguntou ele, o rosto tão perto do dela que seu hálito quente cheirando a cigarro acariciou-lhe o rosto.

— Eu ia procurar você — admitiu, percebendo que ainda o tocava, que suas mãos ainda estavam em seus braços e que ele havia se aproximado, cobrindo a pequena distância entre eles.

— Procurar por mim?

— Para avisá-lo sobre o Derrick.

— Posso dar conta dele.

— Eu lhe disse... ele está... ele está armado. — A mão de Brig aproximou-se de seu pescoço, e a pele dela arrepiou-se por onde passaram as pontas de seus dedos.

— Então você estava tentando me proteger. — A voz dele estava baixa agora, sensual.

— Ele é perigoso. — Brig estava tão perto que ela mal podia respirar. Seu coração ressoava em seus ouvidos.

— Eu também. — Levantando-lhe o queixo com um dedo longo, ele a beijou, e, dessa segunda vez, ela pareceu derreter por dentro. A língua de Brig invadiu-lhe a boca, que se abriu prontamente, como uma flor para o sol. Seus braços a cercaram, e os joelhos de Cassidy

O *Último Grito*   227

tremeram; seus ossos relaxaram. Brig tinha a boca firme, faminta, ávida.

Cassidy ficou excitada, muito excitada, e as mãos dele apenas alimentaram o fogo que ardia sob sua pele. *Me ame*, gritou, em silêncio, *por favor, Brig, me ame.* Pressionou o corpo contra o dele, querendo mais, sabendo que somente o toque dele aliviaria o desejo que a fazia suar desde a espinha. Ansioso, ele lhe tirou a camiseta, e ela se atrapalhou com os botões de sua camisa. Seus mamilos saltaram por cima do sutiã e roçaram nos cabelos macios de seu peito.

— Cassidy — sussurrou ele, a voz estrangulada, como se quisesse parar, mas não conseguisse encontrar forças para isso. Abriu o sutiã dela, e seus seios saltaram para suas mãos calejadas. — Cassidy, minha doce, doce, Cassidy.

Com os polegares, acariciou-lhe os mamilos, que responderam ao seu toque, contraindo-se quando um calor líquido começou a correr por seu sangue. Ajoelhando-se, deu beijos molhados em sua pele e enterrou o rosto entre seus seios, apertando sua pele maleável contra as faces.

Em seu interior, Cassidy começou a gemer.

Um gemido lhe escapou dos lábios, e ela entrelaçou as mãos pelos cabelos de Brig, mantendo-o perto de seu corpo. O hálito dele soprou seu mamilo antes de Brig tomá-lo em sua boca, deixando-a com as pernas bambas. Brig a beijou, tocou, e segurou suas nádegas com as mãos em concha.

O desejo transformou-se numa necessidade sombria que latejava entre as pernas de Cassidy.

Ela sentiu o botão da bermuda se abrir e ouviu o barulho sequencial do zíper descendo aos poucos pelo trilho, quando então sua braguilha se abriu, convidativa, para as mãos de Brig. As bermudas surradas caíram no chão, e Brig afundou o rosto em sua barriga, seu hálito lhe queimando a pele, as mãos se fechando em torno da parte traseira de suas coxas, acariciando e excitando.

— Deus do céu, como eu te quero — disse ele, a voz rouca, os lábios umedecidos e cheios de promessas ao roçarem tão intimamente a pele dela, por sua seda. Seu hálito quente invadiu a barreira frágil das calcinhas de Cassidy, e ela tremeu por dentro.

Seu coração se elevou.

— Eu... eu te quero, Brig.

— Não! — disse ele, com veemência. — Você nem sabe direito o que quer; tem... tem... Deus do céu, tem apenas dezesseis anos!

— Me ame, só isso.

— Eu não... não... não posso. — Brig deixou as mãos caírem e jogou a cabeça para trás, apertando os olhos. Tremendo, inspirou forte, como se, ao agir assim, pudesse conter o desejo que corria por seu sangue.

— Por causa da Angie.

— O quê? Angie? — Seus olhos se abriram. — Não... — Em seguida, controlou-se.

— Não? — perguntou ela, mal conseguindo acreditar que ele pudesse rejeitá-la. Cassidy estava se oferecendo para ele, oferecendo sua virgindade, seu amor, e Angie se colocava no caminho. Lágrimas de vergonha ameaçaram seus olhos.

— Ela não tem nada a ver com isso.

— Mas você disse que você e ela...

— Menti — admitiu ele, afastando impacientemente os cabelos do rosto. — Menti para que você me deixasse em paz.

— Mas eu vi vocês dois juntos, ao lado da piscina...

— Você viu o que quis ver.

Cassidy queria desesperadamente acreditar nele. Com todo o seu coração, precisava acreditar naquelas palavras. Ficou de joelhos e, colocando o rosto dele entre as mãos, beijou-o, forte e demoradamente.

— Não faça isso, Cass — avisou-lhe.

Mas ela não parou. Seus dedos correram pelos músculos fortes de seus braços, afastando-lhe a camisa antes de explorar a massa robusta formada por suas costelas. Ele gemeu, praguejou baixinho, tomou-a em seus braços e a beijou como se sua vida dependesse disso. Os dois deixaram-se cair no chão coberto de palha. Sem mais prevenções, sem mais tremores de negação. Brig aceitou o que ela oferecia com tanta vontade. Tinha as mãos em seus seios, tocando-os, apertando-os, fazendo promessas silenciosas à medida que, com a boca, acariciava sua pele. Contornou seu umbigo com a língua, empurrando-a para que se deitasse. Cassidy tremeu, um líquido quente corria em redemoinho dentro dela. Sua pele estava em brasa, e ela não podia pensar em mais nada a não ser na urgência de ter o corpo dele junto ao seu.

Brig lhe arrancou as calcinhas e as atirou para o canto. Em seguida, tirou as botas e os jeans. Beijou-lhe as coxas, as nádegas e então subiu, o hálito quente, a língua molhada, os lábios persistentes. Fechando os olhos, Cassidy sentiu a terra começar a mover quando ele a beijou no mais proibido dos lugares. Uma necessidade quente e úmida surgiu entre suas pernas. Seu sangue corria rápido, à medida que ele se movia e ela se contorcia, ansiosa por mais, desejando algo que não sabia nomear, sussurrando seu nome em ofegos curtos e velozes.

De repente, Brig estava sobre ela, nu, excitado, teso e suado.

Cassidy olhou diretamente para seus olhos escuros como a noite.

— Diga não — implorou ele, a respiração irregular, os lábios esticados sobre os dentes, em sinal de frustração.

— Não consigo.

— Pelo amor de Deus, Cassidy...

— Brig, eu amo você.

— Não...

— Sempre irei amá-lo.

O rosto dele se torceu, atormentado.

— Cass..., não posso lhe fazer promessas. Ah, inferno. Eu mereço levar um tiro por causa disso. — Em seguida, abrindo as pernas dela com os joelhos, cedeu ao desejo que ela viu estampado na saliência das veias em seu pescoço. — Não... — disse, tomado de emoção, quando seu corpo reagiu e afundou dentro dela, passando pelas barreiras de sua infância, fazendo dela uma mulher. — Não! Não! Não!

Cassidy ficou sem respirar durante uma fração de segundo de dor e percebeu um rasgo, não da pele, mas da adolescência da qual tão avidamente queria abrir mão. Agarrou-se a Brig enquanto ele se movia lentamente no início, deixando-a zonza, fazendo com que prendesse a respiração no fundo da garganta, criando um caleidoscópio de cores em sua mente. Ela sentiu os quadris deixarem o chão ao acompanhar seu ritmo. A transpiração umedeceu seus corpos, gemidos de prazer escaparam de seus lábios. O mundo pareceu girar cada vez mais rápido, e, de repente, a lua, o sol e as estrelas acima do teto da cocheira se estilhaçaram num flash de luz que clareou a noite.

Cassidy teve convulsões, e ele a segurou.

— Brig! Ai, Brig! — gritou, agarrando-se a ele, sussurrando com uma voz que não reconhecia como sua, antes de tombar suada e exausta no chão.

— Cass... — gritou Brig, tremendo e caindo por cima dela. Ali ficou, a respiração pesada, o suor se misturando ao dela, os braços protetores em torno de seu corpo. O coração ainda batia com ímpeto, a respiração ainda não havia abrandado o ritmo quando se apoiou sobre os cotovelos e a encarou com olhos torturados. Engolindo em seco, afastou uma mecha de cabelos de seu rosto.

Por alguns segundos, tudo o que ela ouviu foi o sussurro do vento, a batida acelerada de seu coração e a chuva batendo no telhado e nas paredes. Aconchegou-se a ele, repousando a cabeça em seu ombro.

Os músculos dele se retesaram.

— Ai, meu Deus, o que foi que eu fiz? — Sua voz saiu carregada de ódio, e ele suspirou com amargura.

Como se a estivesse vendo pela primeira vez, apertou os olhos.

— Droga, droga, droga! — Esmurrou o chão com o punho livre.

— Brig...? — Ele agia como se houvesse algo de errado, como se estivesse aborrecido consigo mesmo. Com ela.

O Último Grito 231

Rolando até ficar de pé, Brig pegou a calça jeans e a encarou de forma tão ríspida que Cassidy desejou sumir dali.

— Não foi nada — respondeu, o ódio permeando suas palavras enquanto vestia as roupas. — Errei. Levar um tiro seria pouco para mim. Eu devia ser pendurado pelo saco. — Chutou furiosamente um montinho de palha. — Merda, onde eu estava com a cabeça?

— Brig...?

— Você era virgem — acusou-a, como se isso fosse pecado.

— Eu... claro... Eu nunca. Você sabia...

— Sabia, mas não me importei. Meu bom Jesus! Uma virgem de dezesseis anos! — Jogando a cabeça para trás, ficou olhando para as vigas do telhado. — Sou apenas um idiota, Cass. Um perfeito idiota. — Chutou novamente, dessa vez um balde vazio que saiu rolando, batendo ruidosamente nas paredes. Os cavalos relincharam nervosos. — Inferno, que erro!

— Erro? — rebateu ela, chocada, o brilho diminuindo e a humilhação lhe queimando o cérebro. Encontrou a camiseta e se cobriu com ela. Não precisava ter se incomodado com isso, pois ele não estava lhe dando a menor atenção. Ao contrário, fazia caretas, virado para a janela, franzindo veementemente a testa para a tempestade do lado de fora. — Você sabia, Cass, eu não queria fazer isso.

— Você podia ter desistido.

— Quer dizer... Eu queria e não queria.

— Agora está claro — rebateu ela, magoada.

— Foi um erro.

— Você fica repetindo isso — disse ela, com raiva e pesar correndo por suas veias.

— É porque eu sei.

— Sabe o quê?

Seu sorriso parecia frio quando ele puxou a camisa que estava sobre o feno e enfiou os braços pelas mangas.

— Que tipo de confusão o sexo pode causar.

— Foi mais do que sexo.

— É exatamente sobre isso que estou falando. Não foi...

Cassidy largou as roupas e aproximou-se dele, completamente nua. Colocando o dedo sobre seus lábios, disse:

— Não minta para mim, Brig. Não me importo com qualquer outra coisa que faça, mas não minta para mim.

— Não estou...

— Deixe de besteira! — Apontou o polegar na direção do próprio peito. — Eu estava ali, droga. *Sei* o que senti, o que *você* sentiu.

— Mortificada, sua voz falhou.

— Não faz ideia alguma do que sentiu. Foi a sua primeira vez, mas não a minha.

— Que quer dizer? — Ela mal ousava respirar, tendo dúvidas se gostaria de ouvir sua resposta.

A voz dele foi rude. Enfática.

— Você terá outros orgasmos, mas não serei eu a lhe dar. Isso foi só sexo, Cass, nada mais. Acontecerá com mais uma dúzia de caras...

A reação dela foi instantânea. Recuou e deu-lhe um tapa. O estalo ricocheteou pela cocheira.

— Nunca!

— Para o diabo que não! — Brig passou a mão pelo rosto, e Cassidy viu a dor estampada em seus olhos, acreditando, com seu coração ingênuo, que ele estava tentando ser nobre.

— Brig, sinto muito. Eu não queria...

— É claro que queria. Exatamente como quis antes. Cresça, Cass — disse ele, dirigindo-se a passos largos para a porta. — Mas não conte comigo para ajudar você.

— É porque você ama a Angie, não é? — Ela se sentiu tão estúpida e jovem... tão ingênua.

Cada músculo no corpo de Brig se retesou, e sua coluna ficou repentinamente rígida. Quando se virou para encará-la, as linhas em seu rosto fizeram-no parecer dez anos mais velho.

— Não amo a Angie — afirmou, entre dentes apertados. — Não amo você. Não amo ninguém, é assim que eu gosto.

O Último Grito   233

Cassidy sentiu-se como se tivesse sido ela a levar um tapa. Sentiu um nó na garganta e uma ardência nos olhos.

— Você vai superar — disse ele, embora suas palavras carecessem de convicção.

— Não vou.

— Claro que vai. E, um dia, quando for mais velha, irá se casar com alguém que tenha os mesmos sonhos que você... alguém que seus pais irão aprovar, alguém que irá merecer você.

— Brig...

— Eu não te amo, Cassidy. Portanto, não me inclua nas suas fantasias bobas. Não vai dar certo.

Ela o observou passar pela porta e para fora de sua vida. Uma parte sua, aquela que era a de uma menina tola, parecia murchar e morrer, à medida que a chuva se espalhava e fluía pelas calhas empoeiradas, e os cavalos batiam nervosamente com os cascos em suas baias. Cassidy sentiu as lágrimas arderem em seus olhos e juntou as roupas. O que esperara? Juras de amor eterno? De Brig McKenzie? Era uma sonhadora. Lembrou-se de que ele estava lá esperando Angie.

Ouviu o ronco do motor da Harley. Cascalhos voaram e as engrenagens zuniram, produzindo um ruído ensurdecedor, até ele passar a marcha e o barulho desaparecer na chuva.

— Já vai tarde — disse ela, embora não sentisse uma palavra do que dissera. Se Brig retornasse naquele exato minuto, Cassidy acabaria o beijando e fazendo amor com ele, mais uma vez.

Fazendo amor. Fora o que fizera. Ao contrário da irmã, seduzira Brig McKenzie. Tal pensamento fez seu estômago se encher de náuseas. Vestiu a calcinha e pensou em Angie. Onde estaria ela? Por que quisera se encontrar com Brig? Ao vestir as bermudas, encontrou a resposta. Angie planejara seduzi-lo de novo. Em vez disso, sua irmãzinha fizera as honras da casa.

Piscou com força, abotoou a blusa e chegou à conclusão de que não podia mais pensar naquele assunto. Amava Brig de todo o coração, mas ele nunca a amaria.

Mesmo assim, Derrick ainda estava por aí. Com uma arma na mão. Ela se sentiu congelar por dentro.

Calçou os sapatos, agarrou as rédeas de Remmington e, com o cavalo em seu rastro, saiu da cocheira. Seguiu-se um movimento na sombra próxima à porta, e ela quase gritou assim que o som do motor de um carro aproximou-se e as luzes dos faróis a alcançaram, vindo da direção da entrada de carros. Como uma corça flagrada sob o clarão de uma caminhonete, ela congelou. Um carro que não reconhecia parou abruptamente, e sua mãe, parcialmente tonta, desceu.

— Obrigada pela carona. — Dena abriu o guarda-chuva quando o carro partiu, deixando-a em pé, cara a cara com a filha, na chuva.

— O que você acha que está fazendo?

Cassidy precisou mentir.

— Só vendo se está tudo bem com o Remmington.

— Humm, só isso? — Dena estava ligeiramente bêbada. — Ele me parece bem e não é para você montá-lo. Principalmente à noite, na chuva.

— Eu sei, mas... — Estava preocupada. Precisava salvar Brig. Salvá-lo de Jed. De Derrick. De Angie. De si mesmo.

— Não discuta comigo. — Dena balançou o dedo na frente do nariz da filha. — Guarde esse animal e saia da chuva. — Tirou um pedaço de feno do cabelo de Cassidy e apertou os lábios, com alguma suspeita.

Cassidy não teve escolha a não ser fazer o que a mãe mandava. No entanto, seu coração parecia uma metralhadora quando elas se dirigiram à casa.

— Seu pai está em casa?

— Não... só o Derrick, mas ele já saiu. — *Para atirar no Brig. Por favor, Deus, que ele esteja seguro.*

— O Rex ainda não apareceu?

— Não. — Quem se importaria com seu pai numa hora dessas? Brig estava em perigo!

— Mentiroso filho da mãe! Sabe o que ele fez, não sabe? Fiquei plantada na festa dos Caldwell, disse que iria sair para fumar e saiu de carro. Nunca me senti tão ofendida em toda a minha vida. — Dena balançou o guarda-chuva na varanda, entrou no hall e quase tropeçou no primeiro degrau. — Bem, sei onde ele está e, pode acreditar, ele vai ver só, amanhã de manhã. Quanto a você — Dena virou-se para olhar por cima do ombro —, suba agora e vá para a cama. É muito tarde.

Certo. E, nesse exato momento, Derrick poderia estar caçando Brig, apontando a mira e...

Os olhos de Dena se semicerraram.

— Alguma coisa errada? — Abriu a bolsa e procurou as chaves.

Tudo! As palmas de Cassidy estavam úmidas de suor.

— Não...

— Então vá para a cama. — Dena deixou as chaves caírem e as pegou novamente. — Volto já.

— Mãe, você não pode sair agora, bebeu demais e...

— E você não discuta comigo. — Dena se empertigou e tentou parecer sóbria.

— Aonde você vai?

— Encontrar o seu pai.

— Por que simplesmente não espera por ele? — Se Dena subisse e caísse em profundo sono alcoólico, Cassidy poderia sair de fininho de casa e ir atrás de Brig.

De repente, o rosto da mãe ficou pálido.

— Porque estou cansada de esperar — disse, com um sorriso triste. — Há tempos espero que o seu pai aja corretamente comigo. Acho que está na hora de ele saber disso. — Jogando os ombros para trás, estendeu a mão para a maçaneta da porta. As chaves dançaram em seus dedos. — Não espere por mim, querida. Não sei a que horas vou voltar.

— Mãe, não vá! Você não pode dirigir assim...

— Saia da minha frente, Cassidy. Vá correndo lá para cima e já para a cama. — Passou de lado pela filha quando ela tentou pegar as chaves. Em poucos segundos, já havia partido.

Cassidy não perdeu tempo. Sabia o que tinha de fazer. Não importavam as consequências.

Angie atravessou a porta aberta que dava para o antigo moinho e sorriu. Havia visto o carro dele, sabia que ele estava esperando. Então, talvez a noite não estivesse completamente perdida. Já que as coisas não haviam dado certo com Brig... havia sempre o plano B, embora, com certeza, não fosse tão consistente.

— Oláaá... — chamou, passando pela porta, a voz ecoando de volta. Por Deus, aquele lugar era aterrorizante, com seu telhado quebrado e rangendo, teias de aranha e... e... aquela bagunça no chão, que parecia um monte de penas e excrementos de passarinhos que haviam feito seus ninhos nas vigas.

Devia ter levado uma lanterna. Ou algo parecido.

Sentiu a pele arrepiar-se mesmo enquanto suava; a temperatura naquele velho moinho devia estar bem acima dos 26 graus centígrados.

— Ei... sou eu. Você está aí? — perguntou e então o viu, encostado na parede dos fundos, uma figura escura numa sala empoeirada e com ares de caverna. Sentiu certo alívio antes de ele se aproximar.

BAM!!!

Uma explosão ecoou pelas tábuas antigas de madeira.

Gritando, Angie recuou rapidamente e caiu de cara no chão.

Crack! Sua nuca colidiu com as tábuas antiquíssimas do chão. Por um segundo, o mundo girou e ficou negro. Ela piscou com força, despertou. Não podia desmaiar. Não no meio daquele... daquele... Ah, meu Deus, o que era aquilo? Esforçou-se para se pôr de pé, quando sentiu cheiro de fumaça e virou-se, vendo chamas ferozes e famintas subindo pelas paredes, já bloqueando a porta principal e enegrecendo as vigas antigas e ressequidas.

— Não! — gritou, recuando com dificuldade, afastando-se da fumaça negra intoxicante e da parede de fogo. Perdera um sapato.

O *Último Grito* 237

Não importava. Tinha de ir embora. *Agora!* Havia portas nos fundos da construção; tinha certeza disso.

Então se lembrou de que não estava sozinha. Ele poderia ajudar. Salvaria os dois. Choramingando, lágrimas de terror descendo por sua face, ela correu até o local onde o tinha visto e o encontrou caído, curvado, no chão.

— Vamos lá, temos que dar o fora daqui! — gritou, a voz trêmula, o pânico tomando conta dela com sua mão estranguladora. — Corra!

Ele continuou da forma que estava, sem levantar os olhos.

— Por favor... aaaaaaai... — choramingou novamente, mordendo os lábios. — Você tem que estar bem. Temos que dar o fora daqui. Não temos muito tempo. — Angie olhou por cima do ombro e viu o espetáculo terrível. Chamas cruéis e trepidantes devorando tudo à sua volta.

Apoiando-se sobre um joelho, com a fumaça girando à sua volta, esticou o braço até ele.

— Ei! — gritou, mas, ainda assim, ele não se moveu. Tocou-lhe o ombro, virou-o e deu para trás, gritando ao ver seu rosto, uma massa destroçada de sangue, como se ele tivesse apanhado repetidas vezes. Havia sangue empoçado no chão, e ela viu gotas na parede, onde a pancada o havia jogado. Olhos abertos e inertes pareciam encará-la.

Engasgando, tossindo, soube que teria de deixá-lo. Não tinha outra escolha a não ser se salvar. Salvar o bebê.

Seus pulmões ardiam quando correu para os cômodos dos fundos, onde a fumaça, sem saída, se acumulava. Arrancou um pedaço do vestido e manteve-o sobre o nariz e a boca, lembrou-se de orações que julgava ter esquecido havia tempos, enquanto se movia no escuro, tropeçando nos postes, os olhos ardendo, cega pela fumaça.

Tinha de haver outra saída. Tinha! Ai, Deus, por que havia concordado em se encontrar com ele ali? Por quê? Que tolice!

Pense, Angie, pense... você não tem tempo.

Apavorada, correu até o quarto dos fundos, tentando ignorar o calor que irradiava, como se proveniente de um forno.

Tossindo, engasgando, tropeçando, ela foi adentrando o prédio, passando pelos cômodos menores que uma vez haviam servido de escritórios... Onde estavam as janelas?

Não via janela alguma e estava ofegante, aterrorizada além do imaginável. Com certeza iria escapar. *Precisava* escapar. Por ela mesma. Pelo bebê.

Percebeu um novo odor... de pele queimada... e vomitou ao ver de relance o corpo encurvado do homem no chão. Meu Jesus, as chamas o haviam atingido. Ele estava sendo cremado naquele inferno vivo.

Onde estava a droga da porta?!

Então a viu. Por entre a fumaça... algo diferente na parede. Graças a Deus! Atirou-se sobre os painéis antigos, encontrou a maçaneta. Seus dedos queimaram quando virou a maçaneta de metal e a puxou com toda a força.

Nada aconteceu.

Tentou novamente, usou todo o seu peso para puxar a droga da porta.

Ela não cedeu.

Ah, não!

— Socorro! — gritou, tossindo, batendo à porta, ouvindo os primeiros sons do alarme de incêndio. — Socorro! Aqui! — Sua voz era um nada em contraste com o trepidar das chamas, uma lamúria fraca e rouca.

Estava tossindo agora, uma tosse seca e repetitiva, e lutando por ar. Não podia estar morrendo. Não agora. Era tão jovem! Chorando, gritando, batendo à porta, rezou para que alguém pudesse ouvi-la... para que alguém pudesse salvá-la.

Seus joelhos fraquejaram.

Não tinha mais ar.

O Último Grito   239

O calor era tão intenso que era preciso lutar para não desmaiar... levantou o punho. Bateu de novo e viu chamas lambendo o chão, rodeando-a aos poucos, cercando o pequeno local onde se encontrava.

— Não! — gritou, apertando o ventre, ao tentar puxar o ar seco uma última vez e perceber, com uma certeza aterrorizante, que iria morrer.

CAPÍTULO 17

Tirei minhas luvas com os dentes, passei a marcha da caminhonete e pisei no acelerador. Os pneus cantaram, e dei o fora.

Não corra. Faça o que fizer, você não pode se arriscar, ninguém pode ver você em nenhum lugar próximo ao moinho.

Dei uma olhada no relógio e engoli em seco. Qualquer minuto a partir de agora, pensei, a adrenalina correndo pelas veias. Senti vontade de dirigir em torno do moinho, ver se Angie havia chegado, ou se somente seu amante morreria esta noite.

Não faça isso. Você vai pôr tudo a perder!

Vi meu reflexo no espelho retrovisor e percebi as marcas de excitação em meu rosto. Que correria!

Minhas mãos suavam por cima do volante, e meu batimento cardíaco se acelerava no peito. Meti-me no meio do tráfego, saindo da cidade, e olhei pelos espelhos à procura de quaisquer sinais de polícia ou de pessoas que conhecesse... nada até então. Tudo o que eu tinha a fazer era dirigir para um lugar perto do rio, trocar de roupa e...

Bum!

Uma explosão fez tremer o chão.

Olhei mais uma vez pelo espelho, nada vi por um segundo até surgir um clarão que acendeu o céu noturno como uma tocha.

Isso!

O Último Grito   241

Uma excitação me percorreu o corpo... o homem que havia aparecido no moinho merecia morrer. Que babaca! Quanto a Angie, se não levasse o que merecia essa noite... seria apenas uma questão de tempo.

Ouvi o som de uma sirene... e depois outra... todas na direção oposta à minha.

Exatamente como eu havia planejado.

Piscando por causa da chuva, Rex deixou uma única rosa branca sobre o túmulo de Lucretia. Seus olhos se encheram de lágrimas, e ele percebeu, tardiamente, que havia bebido demais. Teria de ser cauteloso. Sempre havia problemas quando exagerava na bebida

Ao olhar para a lápide, mordeu o lábio trêmulo. *Eu amo você*, pensou, embora não tenha dito as palavras. *Sempre te amei*. No entanto, não fora fiel a ela, nem mesmo quando ainda era viva. E sabia, desde as profundezas escuras de seu coração, que ela ficava para morrer por causa de suas infidelidades. Lucretia tinha seu código de honra e, embora não o quisesse na cama, odiou quando ele se voltou para outras mulheres, a maioria delas sem significado para ele.

A não ser uma.

Agora mais isso... esse tormento de ver Angie todos os dias, de vê-la desabrochar, tornar-se uma mulher tão fisicamente parecida com a mãe que chegava a ser assustador. Às vezes, quando ela entrava no quarto, Rex sentia um nó na garganta e tinha certeza de estar vendo a esposa, ou o fantasma da falecida esposa na pessoa da filha deles. Eram momentos sofridos, quando voltava nos anos e se esquecia de que ela era sangue do seu sangue, quando verdade e fantasia se misturavam, e ele queria — droga, queria mesmo — que ela fosse sua esposa amada.

— Perdoe-me — sussurrou ele, como sempre fazia quando deixava uma rosa em seu túmulo. — Eu lhe faltei muito com o respeito e juro que isso nunca acontecerá novamente.

Pigarreando, voltou ao carro. Havia deixado Dena na festa, embora ela achasse que ele havia saído apenas para caminhar e fumar um de seus charutos. Sem dúvida, a esposa perderia a noção do tempo. Deu uma olhada no relógio, entrou no Lincoln e passou pelos portões abertos do cemitério.

Bang!

Uma explosão sacudiu a terra. Sunny a sentiu sob os pés descalços, e o medo a fez congelar por dentro. A chuva se empoçava no caminho de carros, agitando a poeira quando ela viu as primeiras labaredas. No céu escuro e encoberto por nuvens de Prosperity, cinzas jorraram como mísseis na noite, dedos brilhantes de luz rasgando na subida, rumo ao céu.

Chuva e chamas. Fogo e água. Ela se deixou cair na parede lateral do trailer. Brig. Chase. Buddy. Todos eles morreriam... ela sabia. Seu coração batia acelerado, e ela começou a tremer. Ai, meu Deus, não! Trêmula, sabia, sem sombra de dúvidas, que as visões tenebrosas que haviam perturbado seu sono durante os últimos meses estavam chegando. O fim de seu mundo estava à sua frente.

Não se preocupou com os chinelos nem com o casaco, simplesmente saiu correndo pela chuva e entrou apressadamente no carro. Talvez não fosse tarde demais. Talvez pudesse salvar pelo menos um de seus filhos.

— Me ajude — rezou ela, engatando a ré no velho Cadillac. — Deus, me ajude.

Mas ela sabia que ele não ouviria. Durante toda a sua vida, Ele sempre se fizera de surdo às suas preces. Quando saiu com o carro de baixo da cobertura, as luzes do farol cortaram uma cortina de fumaça e banharam o velho trailer com uma luminosidade ofuscante. Viu a placa acima da porta balançando ao vento, fazendo troça dela com suas letras apagadas: QUIROMANCIA, TARÔ, LEITURA DE CARTAS. No fundo, ouvia risadas e gritos, e desejou que pudesse abrir mão de sua vida para salvar a de seus filhos.

— Leve a mim — fez uma prece desesperada, ao virar o velho Cadillac. — Leve a mim ou a qualquer outra pessoa, mas poupe meus filhos!

* * *

O Último Grito   243

Bum!

Cassidy estava a caminho da cocheira quando ouviu a explosão distante, alta o suficiente para fazer seu coração pular; no entanto, não podia se preocupar com isso; não quando precisava encontrar Brig. Dera vinte minutos de vantagem a Dena e já estava quase chegando à cocheira quando ouviu o som distante das primeiras sirenes dos carros de bombeiros. Lá longe, as sirenes gritavam lamentosas, os alarmes berravam e soltavam lamúrias pela noite.

O coração de Cassidy quase parou.

Brig!

Derrick o havia pegado!

Agora mesmo, Brig poderia estar caído, sangrando, *morrendo* por causa de seu irmão. Porque ela não o obrigara a ouvi-la, porque não o salvara.

— Por favor, meu Deus, não — sussurrou, puxando as rédeas de Remmington e o conduzindo para fora da baia. As sirenes ainda estavam berrando quando Cassidy entrou no padoque e o cavalo, já puxando as rédeas, trotou de lado.

— Não tenho tempo para isso — advertiu, correndo até a cerca de onde poderia pular para cima de seu lombo nu. A chuva lhe escorria pela face quando ela puxou apressadamente as rédeas e se pôs a galope em seu lombo. Ele deu um pinote, jogando-a no chão com muita facilidade, como se ela fosse um trapo molenga. A terra batida a atingiu. Ela estendeu os braços para amenizar a queda. Poft! A dor explodiu por seu braço. Cabeça e ombro bateram no chão duro.

Com um gemido, tentou se mexer, limpar a mente, mas a ardência em seu pulso deixou-a imóvel por um segundo. Respirando pela boca, esforçou-se para ficar sentada.

Remmington galopou até o lado mais distante do padoque, bufando, dando coices e relinchando nervosamente. Foi quando ela sentiu o cheiro, de início, só uma sugestão, mas um cheiro tão forte e mortal que a levou ao pânico. O odor acre da fumaça impregnou o frescor da chuva. Cassidy fechou os olhos por um segundo. Não havia ninguém fumando, estavam no meio da noite e...

Fogo!

Com o coração saindo pela boca, ela virou bruscamente o pescoço para olhar a casa. Ninguém teria começado um incêndio, acendendo a lareira nesses últimos dias quentes do verão. Mas a fumaça permaneceu no ar, como uma risada melancólica. Cambaleando, Cassidy examinou cada uma das construções, à procura de um vestígio de fagulhas ou chamas. Nada.

A dor despontou no dorso da mão quando ela se apoiou na cerca. A respiração saiu por entre os dentes, e o cheiro de madeira carbonizada se estabeleceu em sua língua.

Em algum lugar — em algum lugar próximo dali —, alguma coisa pegava fogo. O medo começou a espiralar em suas entranhas. Não poderia montar Remmington sem antes enfaixar o pulso. Assim sendo, saiu do padoque e, segurando cuidadosamente o braço dolorido, começou a subir a colina. A casa nunca parecera tão distante da cocheira. Mas não podia desistir. Brig estaria em algum lugar por ali e teria de ser avisado...

Parou na frente da varanda, virando-se para observar os acres de terra pertencentes ao pai. Do ponto avantajado em que se encontrava no alto da colina, olhou por cima do topo dos pinheiros, para o brilho alaranjado da cidade. Seu coração acelerou quando viu as chamas, uma parede imensa de chamas cuspindo fagulhas alto no ar.

Brig! Não. Ah, por favor, meu Deus, não!

Embora sua mente gritasse em negação, sabia que ele estava em perigo — mais perigo do que imaginara de início. Ferido talvez. Poderia ter havido um acidente perto de uma estação de gás, ou um tiro da arma de Derrick poderia ter atingido algum local inflamável — como a motocicleta de Brig, ou um carro estacionado, ou... *Ai, meu Deus, ai, meu Deus!*

Sem perceber o que fazia, voltou correndo ao padoque. A dor em sua mão começou a desaparecer assim que o medo — terrível, um

O Último Grito   245

medo cada vez mais claro — anestesiou seu corpo e sua mente. Saindo apressada para a cocheira, tentou apagar todas as imagens de Brig. Não pensaria nele caído, machucado, inconsciente, as chamas trepidando perto de seu rosto... ai, Senhor. Elevou mais e mais preces aos céus quando saiu tropeçando, cambaleando, chorando, sempre na direção da cocheira.

Corra! Corra! Corra!

Lá dentro, os cavalos bufavam e batiam nervosamente os cascos. Pegou uma porção de farinha de aveia com a mão sadia e saiu correndo sob a chuva, abrindo o portão com força e o fechando com o quadril.

— Não tenho tempo para nenhuma das suas brincadeiras — disse ela, cercando o cavalo, que parecia determinado a fugir. — Agora não — advertiu-o. — Pelo amor de Deus, Remmington, agora não! — Levantou o agrado que tinha na mão, a farinha escapando por entre os dedos molhados de chuva. — Vamos lá, Remmington. Pelo amor de Deus, fique calmo. Não vou te machucar. Preciso de você! — O cavalo selvagem, após um movimento rápido das orelhas, deu uns passos tímidos à frente. Cassidy estava pronta. O cavalo aproximou-se do farelo, seus lábios macios roçando na palma de sua mão. Ela não esperou. Rápida como um raio, segurou as rédeas, abriu o portão com um chute, pulou para o lombo escorregadio de Remmington e entrelaçou os dedos em sua crina.

— Vamos! — gritou, soltando-lhe a cabeça. Ele saiu em disparada pela trilha, espirrando lama e água das poças e correndo como se o diabo em pessoa estivesse em sua cola.

— Para trás! Jesus Cristo, o que vocês acham que estão fazendo aqui? Pessoal! Para trás, por favor!

O comandante de operação do corpo de bombeiros estava muito irritado. Gritava alto, acima dos estalos das chamas odiosas, acima do jorro dos galões de água, que eram bombeados pelas mangueiras enormes, formando um arco por cima do barracão enegrecido do antigo moinho. Fumaça negra subia em nuvens imensas e espiraladas, e o calor queimava a multidão ali presente.

Cassidy ficou olhando incrédula para aquele incêndio terrível. Rezou para que não houvesse ninguém ali dentro, porque ninguém sobreviveria.

As pessoas tossiam, os homens gritavam, os jornalistas se empurravam para mais perto, e o fogo continuava, cruel, apesar dos esforços dos bombeiros voluntários. Uma fumaça sufocava o ar, e as chamas subiam, infernais, das vigas incendiadas e do telhado de zinco caído. Como a boca do inferno, o fogo aumentava até o vento, finalmente, mudar de rumo. Somente então a cortina de água jorrada das mangueiras compridas subjugou o demônio que rugia e trepidava em chamas.

Em pé, ao lado de gente que ela não conhecia, Cassidy observou com um terror impotente quando os bombeiros, sem cessar, mandaram as chamas para seu fim sibilante.

Brig! Por favor, que o Brig não esteja preso aí dentro!

Amarrara Remmington em uma coluna que dava suporte à sacada superior de um prédio de apartamentos que pertencia a seu pai e saíra correndo pelo meio da multidão que se empurrava, na direção daquele inferno aterrorizante. Seu coração batia acelerado, o medo apertando seu peito. No entanto, era só o antigo moinho — não era a moto de Brig, nem o carro da mãe, nem a arma de Derrick ou qualquer outra pessoa que conhecesse. Apenas um barracão vazio de um antigo moinho. Sim, seu pai era o dono daquele prédio histórico para o qual havia planos de reforma, mas, ainda assim, Cassidy estava aliviada por ter sido um lugar vazio a pegar fogo. Estava no meio de uma multidão de curiosos — pessoas da cidade, que, de calças jeans e roupões vestidos às pressas, haviam saído de suas casas para ajudar ou simplesmente observar aquele inferno inacreditável.

Repórteres e equipes de televisão abriam caminho aos empurrões até a frente da barricada, lidando bravamente com a tempestade de luzes azuis, vermelhas e brancas dos carros de emergência, que brilhavam intermitentes, na noite.

— Comandante Lents, o que o senhor acha que causou o incêndio? — gritou um repórter acima do barulho produzido pelos bombeiros e pela multidão.

— Cedo demais para dizer. — Seu rosto estava manchado e sujo, seu casaco de borracha amarela, escorregadio por causa da chuva.

— Incêndio criminoso? — perguntou outro repórter.

— Acabei de dizer que é cedo demais para afirmar. Agora, para trás, por favor. — Virou-se, gritando para um de seus homens. — Garrison, tire aquela caminhonete do caminho. Ponha a viatura quatro mais perto...

— Alguém dentro do prédio? — perguntou uma repórter.

— Não que saibamos. Não conseguimos entrar até agora. Minha nossa, esse velho prédio inflamável pegou fogo como se fosse uma caixa de fósforos. Mas vamos verificar agora.

— O que causou a explosão?

A atenção do comandante de operações não estava no repórter.

— Eu disse tire a droga dessa caminhonete daí! — vociferou. — Deus do céu, isso aqui não é um piquenique!

Outro bombeiro conversou com o dono da caminhonete que bloqueava o caminho, e a caminhonete saiu lentamente de ré por entre a multidão.

— Rex Buchanan sabe que este prédio está em chamas?

— Já avisamos a ele.

Alguém perto de Cassidy soltou uma risada carregada de inveja.

— Aposto que o encontraram completamente bêbado na casa do juiz Caldwell.

Cassidy deu um passo para trás, de forma que os dois homens não pudessem ver o seu rosto.

— Um prédio não vai fazer diferença para ele — disse o mais baixo dos dois.

— De que importa? Ele já é dono de metade da cidade mesmo, e o seguro deste prédio deve valer mais do que o próprio imóvel.

Alguém perto do primeiro homem, uma mulher com um roupão de chenille e rolinhos na cabeça, concordou sabiamente.

— Se houver um jeito de tirar vantagem, Rex Buchanan tirará.

Cassidy foi se afastando vagarosamente das fofocas, abrindo caminho por entre as pessoas, mas continuando a olhar o prédio, agora reduzido a entulhos queimados que fervilhavam a todo vapor na chuva.

Três mangueiras imensas ainda limpavam os resíduos de cinzas e fuligem.

Uma repórter abriu caminho, quase passando por cima de Cassidy.

— Diga-nos, comandante, o senhor se importa se nos aproximarmos mais um pouco...?

— Escute, se vocês puderem nos dar a licença e chegar para trás, terei uma declaração completa para apresentar dentro de algumas horas. Mas, agora, apenas nos deixem fazer o nosso trabalho, ok?

Dois bombeiros chutaram a porta carbonizada e tropeçaram no que fora deixado em seu interior escurecido.

— Meu Deus, que bagunça! — exclamou o comandante, jogando a guimba de cigarro numa poça. — Demos sorte de ter começado a chover, e o vento ter mudado de direção.

Uma repórter fez algumas anotações e registrou uma mensagem no gravador. Os curiosos mudaram de posição, mas não foram embora, ficando ainda a conversar com os vizinhos, fascinados pelo inferno agora abrandado.

— Ei! — Um dos bombeiros gritou de dentro do prédio enegrecido. Sua voz estava ríspida. Tomada por incredulidade. — Ei! Vamos precisar de ajuda aqui!

— Ai, meu Deus... — O comandante aproximou-se da porta. — Blackman e Peter, vocês dois vão lá ver o que está acontecendo...

— Jesus Cristo, não pedi ajuda? Rápido! Chamem a emergência e uma ambulância!

— Não!

O Último Grito   249

Todos os olhos se voltaram para ele, e Cassidy quase gritou quando o bombeiro surgiu carregando um corpo enegrecido. Seu estômago revirou, e ela teve de controlar a bile que subia por sua garganta.

— Santo Deus — suspirou alguém. — Chamem os paramédicos. Agora!

Cassidy tremeu por inteiro. Nem uma ambulância nem todos os paramédicos do mundo ajudariam.

— Não! — gritou, uma cacofonia de ruídos soando em seus ouvidos. — Meu Deus, não! — A mulher estava morta, irreconhecível, a pele queimada até a cor de carvão e, ainda assim, Cassidy soube, sem um pingo de dúvida, que estava olhando para os olhos inertes e mortos de sua meia-irmã. *Angie! Ai, não!*

— Ei, pegamos outro!

Os joelhos de Cassidy tremeram, e ela virou as costas, recusando-se a olhar.

— É um homem!

Com um nó na garganta e lágrimas lhe queimando os olhos, correu cada vez mais rápido, os pés escorregando no chão molhado, a visão indistinta. Soluços engasgados lhe queimavam a garganta, e as pessoas pararam para observá-la, mas ela não se importou, não conseguia pensar, não podia acreditar que não havia perdido apenas a irmã, mas Brig também.

— Por favor, meu Deus, não! Que ele não esteja morto também. E Angie... Ah, Angie! — Sentiu vontade de se jogar na rua molhada, bater com os punhos no chão e praguejar contra Deus por todo aquele horror. Queria se encolher até formar uma bola e chorar até não ter mais lágrimas para derramar. Queria gritar e praguejar, bater em qualquer coisa, em tudo, mas, ainda assim, saiu correndo, virando a esquina para ver Remmington, ainda amarrado à coluna, os olhos arregalados de medo enquanto balançava a cabeça e bufava, batendo com os cascos na rua e puxando a embocadura. — Shh... tudo bem — disse ela, então ouviu as próprias mentiras. — Ah, não... não... não — sussurrou, desatando as rédeas, os dedos trêmulos, a mente girando em círculos doloridos, trazendo lembranças de se ver crescendo com Angie, a forma como respeitava a irmã e sentia ciúmes dela.

E Brig... ainda podia sentir a pele dele em contato com a sua, o gosto de sua boca em seus lábios, a forma como se sentira quando ele se aproximara dela.

Então ele estava com Angie. Soluçava agora, jogando-se sobre o lombo robusto de Remmington, deixando a chuva levar as lágrimas de seus olhos. Tinha de sair dali. Da cidade. Do incêndio. Da realidade.

Sofrendo cruelmente, lágrimas escorrendo dos olhos, apertou os calcanhares nos flancos suados do cavalo, segurou-se o melhor que pôde e pôs Remmington num galope cego pela noite.

CAPÍTULO 18

— *P*or onde você andou? — A voz de Dena soava acusatória quando Cassidy entrou em casa, imunda e encharcada.

— Lá fora, a cavalo — disse ela, logo percebendo a palidez do rosto da mãe. Em vez do sermão que estava esperando, Dena abraçou a filha e começou a soluçar. Alheia ao fato de que arruinava seu vestido de seda, abraçou o corpo encardido da filha.

— Graças a Deus você está a salvo. Houve um incêndio...

— Eu sei.

Dena apertou-a.

— Encontraram dois corpos.

Cassidy fechou os olhos, recusando-se a pensar nos restos carbonizados que os bombeiros haviam levado para fora do moinho. *Angie e Brig. Que não seja verdade.*

— Ainda não os identificaram: um homem e uma mulher, mas Angie e Derrick estão desaparecidos e, ai, meu Deus, Cassidy, se eles estiverem mortos, não sei o que iremos fazer, o que Rex irá fazer.

— Angie? — repetiu ela, o coração apavorado, embora soubesse da verdade. A forma como havia voltado para casa era algo de que não se lembrava. Soltara as rédeas do cavalo, e ele virara na direção de casa, mas a cavalgada se dera sem ela saber onde estava, o que estava fazendo. De repente, viu-se na estrada... Não se lembrava de ter desmontado... Ai, meu Deus, por favor, por favor, não...

— O carro de Angie estava estacionado a dois quarteirões dali — disse Dena, com o coração partido.

— Não. — Cassidy balançou a cabeça e começou a recuar, tentando espantar a imagem terrível de sua mente, negando o que seus próprios olhos haviam visto. — Não é a Angie. Não é. — Estava tremendo. Batendo os dentes, o medo se apoderando de seu coração com suas garras aterrorizantes. Se ficasse repetindo aquilo várias vezes, se pudesse se convencer de que Angie estava viva, então, talvez, acordasse daquele pesadelo terrível e...

— Espero que você tenha razão. — Dena passou os dedos trêmulos pelos cabelos. — Seu pai, neste exato momento, está com a polícia e... Derrick. — A voz de Dena falhou e ela piscou entre lágrimas. A maquiagem lhe escorria pela face, deixando linhas pretas nas maçãs do rosto.

Cassidy lembrou-se do rosto do irmão, franzido de raiva, o ódio reluzindo em seus olhos, uma arma mortal nas mãos. Pronto para arrancar sangue de alguém.

— Não consigo... — A voz de Cassidy mal era ouvida. — Não consigo acreditar. Derrick e Angie. Eles vão chegar em casa. Têm que chegar. — *E Brig. Ele tem que estar vivo. Todos eles têm que estar vivos.*

Dena soltou um gemido de lamento.

— Ah, querida, como eu gostaria de acreditar!

— Eles estão bem! — Cassidy quase gritava, negando-se a acreditar no horror que havia testemunhado com os próprios olhos. As palavras de Brig a assombravam. Ele estava procurando por Angie naquela noite; ela queria se encontrar com ele, embora eles tivessem estado juntos no churrasco da família Caldwell.

— Reze apenas para que não seja verdade. — Dena fungou, sua tranquilidade abalada desaparecendo aos poucos. — Já me sinto grata por você estar viva. Tão grata. Agora, entre e... tome um banho. Vou preparar chá e café com leite, ou talvez fosse melhor você ir para a cama... Ai, meu Deus, onde está o Rex? Ele já saiu há mais de uma hora e não devia demorar esse tempo todo na polícia. — Começou a

O Último Grito 253

chorar novamente, murmurando alguma coisa sobre tudo ser culpa sua. Cassidy, o medo a congelando por dentro, conduziu a mãe até as escadas. — Preciso de um cigarro. — Dena examinou o corredor à procura da bolsa.

Naquele momento, luzes de faróis invadiram as janelas, e Cassidy viu três carros descendo a estrada — no que se assemelhava a uma procissão fúnebre. E era. Sua garganta pegou fogo, o cheiro de fumaça ainda impregnado em sua boca. Começou a tremer vertiginosamente. Uma viatura policial chegava em primeiro lugar, seguida pelo Lincoln de Rex Buchanan e pelo Mercedes do juiz Caldwell.

Com o estômago revirado, Cassidy abriu a porta e foi andando com as pernas bambas até a varanda frontal. Dena a segurou pelo braço.

— Ai, meu Deus, não. Por favor, não — sussurrou Dena.

Cassidy observou, desesperada, quando o pai saiu aos tropeços do assento do passageiro. Seu rosto estava sujo de fuligem, os cabelos colados por causa da chuva, e seus ombros largos e caídos anunciavam a dor em seu coração.

Dena deixou escapar um grito fraco de protesto.

A bile subiu pela garganta de Cassidy, e ela mal sentiu quando a mãe segurou com força seu pulso ferido.

Com o juiz e o xerife Dodds como companhia, Rex foi caminhando devagar para a porta frontal. Antes que pudesse dizer quaisquer palavras, a caminhonete de Derrick cantou pneus na estrada, parando violentamente no pátio. Derrick saiu apressadamente do carro. Com as narinas se alargando de tanta raiva, os cabelos colados na testa, dirigiu-se a passos largos para a casa.

— Vou quebrar a porra do pescoço dele! — Ainda estava carregando a arma, e sua camisa estava rasgada, mãos e braços enegrecidos de pólvora, os olhos mergulhados em puro ódio. — Juro por Deus que vou matar esse camarada!

— O que houve...? — Dena perguntou ao marido. — A Angie não...

Rex apertou os olhos com tanta força que chegou a cambalear, e Cassidy teve certeza de que ele iria desfalecer.

— Não, papai, não pode ser — disse ela, sem querer ouvir, recusando-se a acreditar na morte que via nos olhos dele, incapaz de aceitar o que ela mesma havia presenciado. — Não...

— Suba, Cassidy.

— Mas Angie...

Lágrimas acumularam-se nos olhos do pai.

— Ela está com a mãe dela agora.

Derrick deixou escapar um berro agoniado de incredulidade. Sofrendo, mirou a arma para a lua encoberta pelas nuvens. *Bum!* A arma disparou. Uma rajada de balas no pátio.

— Largue isso, meu filho — insistiu o juiz, atravessando rapidamente o gramado, a mão estendida para a arma.

— Me deixe em paz!

— Derrick — censurou o pai, sua voz quase inaudível por causa do vento. — Entre.

— Pro diabo! Ela está morta, pai, *morta*, e aquele canalha do McKenzie a matou!

— Pare com isso, filho. Faça como o seu pai está pedindo — insistiu o juiz.

A arma disparou mais uma vez, atirando uma rajada de tiros para as nuvens. Derrick caiu de joelhos e começou a chorar copiosamente.

Cassidy não conseguia se mover, não conseguia falar.

Dena passou os braços pelo marido, puxando-o para si, como se estivesse com medo de que ele fosse se desintegrar.

— Está tudo bem — murmurou, sem saber para quem. — De uma forma ou de outra, ficará tudo bem, e nós conseguiremos passar por isso.

Rex Buchanan perdeu o equilíbrio, e a esposa o ajudou a se levantar. O juiz conseguiu convencer Derrick a entrar, e o xerife, homem alto de cabelos ruivos e nariz arredondado, parecia sisudo.

— O senhor não poderia voltar mais tarde? — perguntou o juiz, quando todos se acomodaram na sala de TV.

— Sinto muito, mas esse é um assunto sobre o qual temos que discutir.

— Mas o dr. Williams está chegando, é provável que dê um sedativo ao Rex e...

— Então é melhor irmos direto ao assunto. Olhe, sr. Juiz, sei que o senhor está apenas tentando ser gentil, mas preciso fazer o meu trabalho. Três pessoas morreram, se o senhor considerar o bebê e...

— Bebê? — Dena virou bruscamente a cabeça.

— Exatamente, sra. Buchanan. O legista deu só um relatório preliminar, é claro, mas parece que sua enteada estava grávida de alguns meses.

— Não...

Rex tombou em sua poltrona reclinável favorita e enterrou o rosto nas mãos.

— Angie, Angie. Minha filha.

Cassidy recostou-se com o corpo pesado na moldura da porta. Seus joelhos pareciam gelatina, e ela sentiu o ímpeto de vomitar ao pensar em Angie morta, sem jamais voltar a rir, sem flertar escancaradamente, sem jamais tecer comentários sobre o seu gosto duvidoso para roupas, sem jamais voltar a pedir que trançasse seus cabelos... Lágrimas escorreram silenciosamente por suas faces. Angie estava grávida; não era de se admirar que às vezes parecesse tão deprimida. A náusea tomou conta do estômago de Cassidy. Ninguém precisava dizer quem era o pai do bebê. Só podia ser Brig, assim como só podia ser ele quem estava com ela na hora do incêndio.

Não!, gritou sua mente, e ela mordeu o lábio para conter o grito.

— Não temos certeza de quem era o homem que estava com ela, mas temos algumas pistas. Bobby Alonzo e Jed Baker estão desaparecidos, assim como Brig McKenzie.

O coração de Cassidy saltou.

— McKenzie? — repetiu Dena.

— Sim, a bicicleta dele estava parada ali, perto do carro de Angie.

— Não! — gritou Cassidy, e todos os olhos na sala se viraram para ela.

— Por que não? — perguntou o xerife.

— Porque... porque... ele estava aqui mais cedo e não poderia ter tido tempo de chegar ao moinho e...

— Que porra ele estava fazendo aqui? — gritou Derrick. Ele cruzou a sala com fúria e se elevou sobre Cassidy. — Hein?

— Ele... ele estava procurando a Angie.

— Aquele insolente filho da puta!

— Pare com isso! — ordenou o xerife. — Então ele não poderia ter chegado a tempo no moinho.

— Acredito que não — disse ela, ousando respirar, nutrindo a esperança de que estivesse certa, de que ele não estivesse morto, de que ele e Angie não estivessem presentes naquele inferno tenebroso.

— Isso tudo é um monte de merda... um monte de merda fedorenta e nojenta! — vociferou Derrick, avançando para o bar e secando os olhos com o dorso da mão. Sujeira e fuligem o cobriam da cabeça aos pés. — Eu deveria tê-lo matado quando tive oportunidade.

— Derrick! — A voz alta de Rex chamou a atenção de todos. — Não quero ouvir mais nenhum absurdo!

— Há chances de que já esteja morto — disse o xerife Dodds. — A mãe dele estava lá, entoando um cântico, chorando e dizendo que havia previsto aquele incêndio com algum tipo de visão. Sabe como são as coisas com ela... Na maioria das vezes, acho que ela deveria ser internada. Enfim, pedi que a levassem para ver o dr. Ramsby. Ele abriu a clínica e é quase certo que lhe dê um tranquilizante ou algo parecido. O outro filho, Chase, está com ela. As famílias Alonzo e Baker estão preocupadíssimas.

Derrick vociferou contra o xerife.

— Escuta aqui, seu idiota! Você não está entendendo. Ele matou Angie! Só pode ter sido ele. Vi o Jed mais cedo, e ele estava sedento por sangue. McKenzie bateu nele sem piedade com um bastão de beisebol. Ele é o homem que procura, xerife, e, se o deixar escapar por entre seus dedos, todos na cidade ficarão sabendo.

O Último Grito   257

— O filho de Sunny não machucaria Angie... — A voz de Rex estava debilitada e carecia de convicção.

— Ele não irá escapar — disse o xerife, embora não tenha ficado satisfeito, assim que as palavras de Derrick tomaram forma em sua mente. — Já mandei uma viatura à casa de McKenzie e tenho homens a postos em todas as estradas que levam para fora da cidade.

— Suspeita dele?

— Não sei o que pensar, e isso é **tudo**. Até o incidente ser esclarecido, todos são suspeitos. Inclusive você. — Seus olhos se fixaram em Derrick.

— Ótimo. Porque a verdade irá aparecer e, quando isso acontecer, espero que McKenzie seja pendurado pelas bolas.

Dena sentiu-se constrangida com a linguagem de baixo calão do enteado.

Cassidy não podia aguentar mais. A casa parecia se fechar ao seu redor. Afastou-se do corredor, onde ninguém estava prestando atenção nela, e saiu cambaleante pela porta dos fundos. Na base da escada, não conseguiu se controlar. Inclinou-se, vomitou várias vezes consecutivas, a dor latejando nas têmporas, a negação gritando em sua mente.

Secou a boca com o braço e correu para a cocheira, onde sempre buscava refúgio. Montou no lombo de Remmington e cavalgou, cavalgou, cavalgou até não poder ir mais longe, até que a dor em seu coração, de alguma forma, se esgotasse.

Dentro da cocheira, deixou-se cair, as lágrimas ofuscando sua visão, as pernas fracas demais para sustentarem o peso do corpo. Seu braço começou a doer, mas ela não deu importância, pois a dor em seu coração era muito maior do que a no pulso. Puxando a rédea com força, alcançou o portão.

— Cassidy?

— Brig? — Imaginara ouvir a voz dele, fizera-a surgir como um encanto de seu inconsciente incrédulo. Estaria ficando maluca? — Brig?

— Shh. Estou aqui. — De repente, Brig estava ao lado dela, seus braços fortes a puxando para si; seu rosto, recendendo a cinzas e fumaça, pressionou-se contra o dela.

— Você está vivo — disse ela, as palavras quase inaudíveis. Lágrimas escorreram de seus olhos. Ele estava a salvo. A *salvo!* — Mas como...? — Não tinha importância. Agarrou-se a ele, os dedos afundando em sua pele, os lábios se movendo com urgência sobre seu rosto encharcado pela chuva. — Achei que... Ai, meu Deus, achei que... — Então estava soluçando. Soluços vindos do fundo da alma tomaram conta dela.

Tomando-a nos braços, ele enterrou o rosto em seu pescoço. Seus músculos fortes a cercaram e, por um segundo, ela achou que tudo ficaria bem. Em seguida, o peso, o peso terrível da verdade, recaiu novamente sobre ela.

— Você... você precisa ir embora. Angie está morta.

Ele se retesou.

— Eu sei.

— E mais alguém morreu com ela.

— Baker.

— Como...? — Cassidy engoliu em seco e afastou-se dele. A fuligem manchava seu rosto, a fumaça lhe impregnava o corpo. — Como sabe?

— Eu estava lá, vi o carro deles. Mas cheguei tarde demais para salvá-los.

Ela emitiu um som contido de protesto.

— Foi o mesmo que estar no inferno — disse ele, a voz distante.

— Vão tentar dizer que foi você quem provocou o incêndio. — Tocou o arranhão acima de seu olho e tentou ignorar as dúvidas que giravam em sua mente.

— Não fui eu.

O medo disparou um alarme em seu cérebro. Tão logo descobrissem que Jed era o rapaz que estava com Angie, tão logo o xerife checasse a veracidade da história de Derrick, que Jed e Brig já haviam brigado... sua mente logo chegou a uma conclusão inevitável.

— Alguém te viu lá?

Ele a encarou no escuro, e suas mãos se curvaram nas dobras de sua blusa. Seu corpo reagiu, e ela sabia que acreditaria em qualquer coisa que ele lhe dissesse.

— Não vi ninguém.

— Você tem que partir. — Esforçou-se para dizer aquelas palavras, e sentiu-se como se morresse por dentro, pois sabia que, se ele fosse embora, nunca mais retornaria. Jamais o veria de novo, o amor que sentia por ele morreria aos poucos.

— Não vou sair correndo de algo...

— Você tem que ir! — gritou ela, desesperada por salvá-lo. — Mas não pegue a sua bicicleta... eles já a pegaram. — Sua mente já estava a quilômetros de distância, no único plano plausível. — Leve Remmington, eu direi que estava cavalgando, que ele me derrubou de novo e fugiu. Quando descobrirem que ele desapareceu, você já terá ido embora...

Um músculo se retesou em seu queixo.

— Não minta por mim.

Cassidy sentiu um nó na garganta. Isso era mesmo um adeus.

— Eu... eu terei que mentir. Caso contrário, você será preso...

— Você não tem como saber. — Mas a derrota em seus olhos lhe dizia que ela já havia adivinhado a verdade. A não ser... a não ser que... — Eu não provoquei o incêndio, Cassidy. Não importa o que toda a droga da cidade pense, mas preciso saber que você acredita em mim.

— Eu... acredito — jurou, olhando para ele com olhos ingênuos e crédulos. — Você já não sabe disso? Sempre vou acreditar em você.

Um gemido subiu pela garganta de Brig, e ele a puxou com força para ainda mais perto.

— Eu não te mereço. — Seus lábios clamaram pelos dela num beijo tão desesperado quanto brutal. — Não posso fazer isso —

admitiu ele, a voz rouca. — O xerife está aqui. Irei falar com ele. Contar a verdade...

— Não, Brig. Você não está entendendo. Eles já pregaram você na cruz. Eu estava lá; eu os ouvi. Derrick contou sobre sua briga com o Jed, e eles sabem que você estava lá. O xerife precisa pôr a culpa em alguém... — Lágrimas escorreram por seu rosto, lágrimas dela ou dele, não saberia dizer, em seguida, sentiu os dedos longos e sujos de Brig se entrelaçarem em seus cabelos. — Por favor, faça isso. Salve-se. De que adiantaria ficar na prisão pelo resto da vida?

— Você não acredita em justiça?

— Em Prosperity? Com a filha de Rex Buchanan e o filho da família Baker assassinados? O que você acha?

— Nunca acreditei no sistema.

— Então vá. — Cassidy se desvencilhou dele. Seu coração batia de dor, e não conseguia levantar a sela acima do lombo de Remmington. Mas Brig a ajudou e, em questão de segundos, ela lhe entregou as rédeas molhadas. Os dedos dele se entrelaçaram aos dela por uma fração de segundo, e ela lutou uma batalha já vencida contra as lágrimas.

— Me leve com você — sussurrou e o sentiu enrijecer. — Vá para o sul de Prosperity, depois para o leste, por entre as montanhas. Eu... eu farei parecer que caí por ali.

— Esqueça isso.

— Brig, por favor... faça isso. Por mim.

Seu queixo ficou tenso, mas ele a ajudou a montar no cavalo, montando em seguida. Em silêncio, sob a chuva pesada, eles cavalgaram pelos campos, onde o ar ainda estava pesado com o cheiro denso de fumaça e o amanhecer apareceria em uma hora. A cada passada comprida do cavalo, Cassidy sabia que estava perto de nunca mais voltar a ver Brig. Sentiu os braços dele em torno de sua cintura e desejou que ele jamais a soltasse. Por fim, alcançaram o lado mais distante do campo.

— Pare aqui — disse ela. Brig puxou as rédeas para fazer Remmington parar. — É aqui... Aqui — disse ela, contorcendo-se na

O último Grito 261

sela e deslizando sua corrente por cima da cabeça, antes de colocá-la no pescoço de Brig. — Para dar sorte.

Ele hesitou. Em seguida, tomou-a nos braços uma última vez. Abaixou a cabeça até o pescoço dela, seu corpo rijo tremia todo.

— Isso está errado.

— É tudo o que podemos fazer. — Ela o beijou, ignorando a pontada de dor no coração. Deslizou para o chão para vê-lo montado no cavalo que tentara domar. Em seguida, abaixou-se, pegou uma pedra e a atirou na anca de Remmington.

O cavalo relinchou e saiu em disparada, rumo às montanhas cobertas pela névoa.

— Eu amo você — sussurrou ela, percebendo que jamais o veria de novo, nunca mais ouviria sua risada, nunca mais olharia em seus olhos, mas suas palavras foram vencidas pela queda constante da chuva e pelo eco da batida dos cascos do cavalo, que foram desaparecendo aos poucos.

CAPÍTULO 19

Sentada à beira da janela do escritório do pai, Cassidy sentiu vontade de gritar que a teoria do xerife Dodds era uma farsa — uma farsa completa, inventada por pessoas que queriam ver alguém, *qualquer pessoa*, ser responsabilizado pelos crimes. Principalmente se o nome fosse McKenzie. Poucos dias haviam se passado desde o incêndio, mas com Brig, o desordeiro desaparecido da cidade, tudo acontecera exceto ser julgado e condenado.

Dodds ocupava uma poltrona estofada, analisando alternadamente o silêncio da filha de Rex e olhando através da porta que dava para o quarto de armas e para o armário de rifles, com o vidro da frente quebrado. Ele roçava as mãos graúdas por cima dos joelhos da calça já surrada.

O pai de Cassidy encontrava-se alheio, sentado à sua escrivaninha, um charuto aceso esquecido no cinzeiro.

— Da forma como entendi, Brig McKenzie não teria fugido, a não ser que fosse culpado. Parece que aconteceu exatamente como o seu filho, Derrick, disse. Jed Baker e ele estavam flertando com Angie; eles já haviam tido uma briga, uma briga séria no trailer do McKenzie, na frente de Sunny. Minha opinião é que o Baker deve ter acertado a cara do rapaz com seu bastão de beisebol; aquele garoto nunca jogou limpo. Enfim, feriu McKenzie e, quando apareceu de novo na frente dele, saiu correndo.

O Último Grito   263

— Cassidy disse que Brig estava aqui, procurando por Angie — disse o pai, sem demonstrar muito interesse. Nada lhe interessava muito nos últimos dias, e ele ficava andando a esmo, como se estivesse no meio de um nevoeiro formado pelos medicamentos que o mantinham são.

— Talvez estivesse, talvez não.

— Cassidy não mente. — O pai olhou-a de relance quando ela se sentou à janela, olhando para fora, para as colinas esbranquiçadas pela luz do sol, que reluziam com o calor da tarde.

— Eu sei, mas as meninas jovens, às vezes, tendem a fantasiar, a melhorar as coisas um pouco além do que realmente são. Pelo que ouvi, Cassidy também teve uma queda por McKenzie.

— Isso é ridículo. — Mas a voz do pai não apresentava nenhum vestígio da antiga autoridade de antes.

Cassidy sentiu o olhar suspeito do xerife em suas costas.

— Eles dançaram no churrasco do juiz Caldwell.

Cassidy nada disse, com medo de que, se começasse a falar, suas mentiras logo fossem descobertas. Se a verdade algum dia viesse à tona, a justiça poderia encontrar Brig e acusá-lo. A fofoca que se espalhava como fogo dizia que Brig era o culpado pelo incêndio criminoso e por duplo homicídio. Quanto a quem era o pai do bebê, todos na cidade tinham suas suspeitas de que Brig McKenzie estivesse no topo da lista.

Rex suspirou.

— Dancei com Geraldine Caldwell. Isso não faz com que eu... como foi mesmo que disse? Sinta uma *queda* por ela.

Cassidy lançou um olhar por cima do ombro.

O xerife teve a decência de corar.

— Você não é uma adolescente cheia de ideias românticas, é? — Ele gesticulou com as mãos, como se, descaradamente, desprezasse todos os argumentos de Rex. — Mas isso não importa. Se McKenzie parou aqui ou não, ele acabou na cidade procurando Angie ou Jed, ou os dois. Certamente encontrou o Corvette de Jed e o seguiu até o moinho, onde o rapaz havia marcado de se encontrar com Angie.

Nós sabemos como ele era louco por ela. McKenzie deve ter saltado para cima de Baker, quebrado algumas de suas costelas e depois o derrubado, antes de atear fogo no prédio.

— Ele não mataria Angie — afirmou Rex, apático. — E Sunny disse que a briga aconteceu na casa dela, que Jed estava com um bastão de beisebol e o usou.

Dodds concordou.

— Bem, talvez. Mas, pelo que ouvi, acho que McKenzie talvez não soubesse que ela estava lá. Ou — os olhos do xerife ficaram cortantes — talvez sim. Talvez tenha ouvido alguma discussão com relação ao bebê. Foi visto com Angie, e o pensamento de que ela pudesse estar dormindo com outras pessoas...

Rex bateu com o punho no braço da poltrona:

— Ela não dormia com outras pessoas! — Sua voz saíra marcada pela mesma autoridade comedida que poucos ousavam enfrentar. — Quem quer que fosse o pai da criança que ela carregava no ventre, ela o amava muito.

— Essa criança podia ser filho de McKenzie.

Pelo canto dos olhos, Cassidy viu o rosto do pai se contorcer de ódio. Ódio cego e feroz.

— Veja onde pisa — advertiu-o. — Estamos falando da minha filha.

— Que, por acaso, estava grávida.

O estômago de Cassidy se torceu dolorosamente. O bebê. Bebê de Brig. Suas mãos começaram a tremer, e ela entrelaçou os dedos. Sentiu vontade de sair correndo da sala, retirar-se daquela discussão, mas não podia... precisava descobrir o que pudesse sobre Brig.

Dodds cedeu um pouco.

— Está bem, está bem, digamos que McKenzie nem sequer pretendesse fazer isso. Ele fuma e pode, por negligência, ter deixado cair um fósforo aceso no antigo moinho. Minha nossa! O lugar devia ter uma centena de anos.

— Cento e vinte.

O último Grito   265

— Sim, bem, foi a droga de uma caixa de fósforo, e o lugar pegou fogo com tanta rapidez quanto um rastro de gasolina. Mas o corpo de bombeiros encontrou um dispositivo, e parece que usaram gasolina ou querosene. Ainda estamos investigando. Talvez McKenzie tenha planejado pôr fogo propositalmente. Não sabia que Angie apareceria.

— Não sei...

— Bem, Rex, ele não gostava muito de você, gostava? Você não chegou perto de demiti-lo algumas semanas atrás?

Pegando o charuto, Rex admitiu que sim.

— Ele andou brigando com o Derrick.

— É isso aí. Vai ver que resolveu pôr fogo numa construção antiga, porque tinha uma rixa com você.

— Acho que a briga foi culpa do meu filho.

— Mas você não pode demitir o seu próprio filho, pode? E, convenhamos, Rex, seja sincero, você não gostava da forma como Brig ficava rodeando a sua filha.

O pai de Cassidy limitou-se a fumar o charuto, a soltar a fumaça até o teto e ficar observando as cinzas embranquecerem.

— Minha opinião é que ele fugiu a pé ou pegou aquele seu cavalo, o que está desaparecido, para evitar o bloqueio das estradas.

— O cavalo é da minha filha — disse Rex, erguendo os olhos para Cassidy. Ruborizando um pouco, ela desviou o olhar e virou mais uma vez para a janela. Estava muito quente lá fora. Moscas se juntavam nas janelas, e todas as poças formadas pela chuva rápida haviam desaparecido, deixando vespas sobrevoando a lama seca.

Angie e Jed, depois das autópsias, foram enterrados em cerimônias separadas para crenças diferentes. No caso de Angie, a Igreja de São João estivera lotada, com pessoas descendo pelas escadas, conterrâneos fazendo fila para mostrar lealdade à família e oferecer seus pêsames. A casa ainda estava repleta de flores, apesar de Rex ter pedido que o dinheiro fosse doado em nome de Angie à Escola para Meninas Santa Tereza, em Portland. Arranjos florais perfumados ocupavam cada nicho e cada canto da mansão. As pessoas continuavam a aparecer, dia após dia, levando comida, cartões e olhos lacrimejantes. Todos na cidade eram bem-vindos para se unir ao sofrimento na casa da família Buchanan.

Todos, menos Sunny McKenzie. Vestindo uma indumentária nativa americana e falando frases incoerentes, sua entrada fora barrada à porta, sendo-lhe dito com delicadeza e firmeza que sua presença não era desejada. Nunca. Cassidy a vira da janela do andar de cima e correra para fora, apenas para ver a traseira comprida de seu Cadillac se afastar.

Com o coração partido, voltou para casa e tentou não perceber que, no corredor, entre buquês de rosas, cravos, lírios e crisântemos, havia uma mesa comprida e polida, ocupada por quase uma centena de velas votivas, as chamas queimando, luminosas, embaixo de um retrato enorme de Angie, com um sorriso nos lábios e os olhos brilhantes e inocentes. Uma cesta para receber cartões e donativos para a Escola Santa Tereza havia sido colocada discretamente perto do relicário.

Padre James os visitava diariamente, assim como o dr. Williams; um distribuía bênçãos e sabedoria divina, oferecendo conforto para a alma, enquanto o outro prescrevia remédios e descanso, alívio para o corpo cansado. Os dois deveriam ajudar Rex a escalar a montanha de seu sofrimento.

— Cassidy disse que cavalgou naquela noite — contou Rex, ainda numa defesa obstinada de Brig.

— Cavalguei — respondeu ela, levantando o braço engessado na altura do pulso. — Eis a prova.

— Foi derrubada novamente pelo cavalo — confirmou o pai, seus olhos parecendo idosos de repente. Bateu as cinzas do charuto. — Cavalo inútil...

— Mas McKenzie poderia ter encontrado o cavalo e saído com ele ou... — Seus olhos suspeitos consideraram Cassidy sob nova ótica.

— Ou o quê? — quis saber Rex.

O *Último Grito* 267

— Ou pode ter recebido ajuda.

O coração de Cassidy quase parou de bater. Sentiu um nó na garganta e o suor escorrer pela cabeça. O xerife Dodds era mais esperto do que parecia.

— Quem o teria ajudado? Cassidy? — Rex bufou, contrariado.

Dodds se pôs de pé.

— Nós descobriremos. Tenho os melhores homens e cães farejadores do estado, saindo pelas colinas. Iremos encontrá-lo. — Aproximou-se por trás de Cassidy e ficou olhando para as colinas ao leste. — Ele não irá muito longe.

— Já se passou quase uma semana — lembrou-lhe Rex.

— Mas ele não tem muito dinheiro e está a pé... e o cavalo não pode ir muito longe, se ele o tiver pegado. Iremos capturá-lo — disse, puxando a calça para cima da dobra que era sua barriga. — Só irá demorar um pouquinho.

Tremendo, Cassidy tentou parecer calma, embora seu estômago revirasse toda vez que pensava no que poderia acontecer com Brig, caso o capturassem.

— Mesmo assim, você ainda não pode ter certeza de que foi o McKenzie.

— Talvez ainda não, mas encontramos alguém que parece ter sido uma testemunha ocular.

— O quê? — Rex ficou subitamente interessado. — Quem?

Na mesma hora, Cassidy prendeu a respiração.

Girando com certo orgulho nas solas dos sapatos gastos, Dodds manteve os olhos em Cassidy.

— Willie Ventura. Nós o encontramos na margem do rio, os olhos fixos na água. Parece que esteve no moinho naquela noite. Estava com as sobrancelhas queimadas como prova.

— Meu bom Jesus — murmurou Rex. — Willie?

Ai, meu Deus, não. Por favor, não... — Mas ela se lembrou de ter visto Willie se esquivando das chamas vermelhas e douradas, num beco ali perto.

— Você acha que ele pode estar envolvido?

— Nós o interrogamos de todas as formas possíveis. A versão dele não muda. Viu Brig, Angie e Jed ali, naquela noite, e fica repetindo várias vezes a mesma coisa: Ela se queimou! Ela se queimou! — O narigão do xerife se torceu numa expressão de desgosto. — Ele sabe de alguma coisa terrível.

— Por que não me contaram? — quis saber Rex, os olhos brilhando de interesse. — Ele mora aqui, o senhor sabe. Na cocheira. Trabalha para mim.

— Estou lhe contando agora. Somente esta tarde nós o encontramos, porque estava chorando muito alto. Pelo que vi, Willie teve sorte de não morrer também. Vai ver ficou apavorado e se escondeu na mata. Os cachorros o encontraram enquanto faziam a busca por McKenzie.

— Onde ele está agora?

— Na delegacia, no centro da cidade. Está se limpando e se alimentando. Está... bem, eu diria que está bem, mas ele sempre foi meio desligado.

— Ai, meu Deus — suspirou Rex, enterrando o rosto nas mãos.

— Então, Willie, retardado do jeito que é, viu Brig na cena do crime. — Dodds parecia ver o testemunho de Willie como o último cravo que faltava para crucificar McKenzie.

— Willie inventa histórias — disse Cassidy, incapaz de continuar disfarçando. Embora suspeitasse que o xerife estivesse tentando confundi-la, e, à sua própria maneira, interrogá-la, ela não podia evitar sair em defesa de Brig. — Gosto dele, mas não acho que seja possível considerar a palavra dele como testemunho.

— Por que não?

Ela teve de pensar rápido, manter as mentiras coerentes, mesmo enquanto as misturava com a verdade.

— Porque Brig não machucaria Angie, jamais, e estava procurando por ela naquela noite. Ele veio para cá; me disse que havia brigado com o Jed e que bateu nele com o bastão e que, talvez, tivesse lhe

O, Último Grito   269

quebrado algumas costelas. — Preocupada, encarou o pai: — Você precisa acreditar que o Brig não mataria a Angie.

— Por que não? — perguntou Dodds, passando a língua pelos dentes.

— Porque... porque acho que ele a amava — disse Cassidy, e o fato de admitir isso a rasgava por dentro. — Acho que ia se casar com ela. — Sua voz soava irregular, as palavras saindo presas pela garganta. — O bebê... certamente era dele.

— Não! — Rex se pôs de pé. — Não posso acreditar nisso...

— Bem, estou surpreso. — O xerife ficou olhando para ela e coçou o queixo. — Por que não nos contou isso mais cedo?

— Ninguém perguntou e... e é só a minha opinião.

— Bem, se você tiver razão, então seria melhor ele voltar, dizer quem foi o criminoso e contar exatamente o que aconteceu. Caso contrário, não teremos outra saída a não ser acreditar em Willie e nas provas comprobatórias.

— Brig McKenzie *não* é o pai do bebê! — Rex negou com a cabeça como se, ao negar a verdade, ela mudasse.

— Pai...

— Ela não estava interessada nele, não de verdade.

— Ai, meu Deus, de que importa isso agora? Angie está morta! — gritou Cassidy. As paredes da sala pareciam se fechar em torno dela. Correndo o mais rápido que suas pernas permitiam, saiu da sala, passou pelas centenas de velas acesas e entrou no quarto de Angie. A porta estava fechada, mas ela a abriu e quase caiu para trás ao sentir a onda de perfume, o perfume de Angie, que fluiu assim que entrou. O retrato enorme da irmã, quando bebê, no colo da mãe, olhou para ela, e as bonecas: Barbies, Kens, Chatty Cathy, assim como todo o resto, tomaram-lhe a atenção, de dentro de suas embalagens.

O sofrimento rasgou a alma de Cassidy, e ela logo fechou a porta.

Recostando na parede do corredor, lutou contra as lágrimas e sentiu os joelhos tremerem. Onde estava Brig?, perguntou-se, ao escorregar até o chão. *Onde?* Enterrou o rosto nas mãos, e depois avistou o xerife Dodds, os olhos semicerrados, levando a mão ao bolso para pegar sua caixinha de chicletes, olhando para além do santuário de Angie e da balaustrada, para o lugar no corredor onde Cassidy se encolhia.

Cassidy olhou para o calendário. Uma semana havia se passado desde o incêndio, e a casa ainda estava em estado de lamúria.

Decidida a sair do quarto, parou no meio das escadas quando viu duas das melhores amigas de sua mãe, Geraldine Caldwell e Ada Alonzo, esperando no hall, julgando estarem sozinhas.

— A perda de Angie vai matar o Rex — previu Geraldine, num sussurro apressado. Pela aparência das caixas abertas que estavam carregando, deram uma passada ali com refogados feitos em casa e presunto fatiado em quantidade suficiente para alimentar todo o Terceiro Mundo, embora ninguém na casa estivesse com apetite. — Ele amava muito aquela menina.

— E eu não sei? — Ada, mãe de Bobby, fez um rápido sinal da cruz e baixou a cabeça, dando a Cassidy uma visão aérea das raízes cinzas que ela, em vão, tentava esconder com tintura. Quem dera se todos os bem-intencionados fossem embora e parassem de ficar às voltas, como urubus, aparecendo a qualquer hora do dia e da noite, oferecendo condolências e conselhos, com as feições sofridas e cansadas, batendo no ombro de Cassidy sempre que ela estava por perto. Até onde sabia, tudo aquilo era falsidade. Até mesmo Earlene Spears, esposa do pastor. Embora Rex Buchanan tenha sido católico devoto durante toda a vida, Earlene parecia considerar missão sua representar a igreja do marido e expressar suas condolências. Passara por lá no dia anterior, rígida, como se estivesse toda engomada, os lábios apertados numa careta permanente, ao perceber as velas acesas no corredor.

— Uma pena... uma pena mesmo — dissera ela, os olhos piedosos, as mãos ossudas mexendo no crucifixo que pendia da corrente em seu pescoço. — Uma menina adorável. Só espero que encontrem aquele tal McKenzie. Ele é só aborrecimento... sempre foi, desde que era bebê. Sei disso, tentei tomar conta dos irmãos mais velhos dele quando nasceu... ai, meu Deus, estou aqui falando como uma matraca, e tudo o que eu queria era oferecer as mais sinceras condolências, minhas e do reverendo, assim como de toda a congregação...

Cassidy não conseguiu respirar quando aquela mulher esteve em casa e agora, com Ada e Geraldine cochichando no vestíbulo, afastou-se da balaustrada e voltou para o escuro do corredor, rumo a seu quarto, onde encontrara refúgio desde o incêndio. Alguns amigos seus haviam passado por lá, mas todos saíram em retirada assim que disseram o quanto lamentavam por Angie e viram como ela ainda estava muito chocada, não sendo boa companhia.

— Dena — as duas mulheres disseram em uníssono, assim que a mãe de Cassidy se aproximou da sala de estar. Decerto, fora Mary que atendera à porta, que assumira o papel de mordomo, assim como de cozinheira e arrumadeira nos últimos dias.

— Estávamos ficando doentes de tanta preocupação. — Voz de Ada. Sincera. Nasal.

— Sim, há alguma coisa que eu... que nós possamos fazer? O juiz está impaciente e jura que quem fez isso, se aparecer na frente dele, vai ter o que merece. Acredite em mim.

— Espero que torre no inferno — disse Dena, e Cassidy estremeceu por dentro. — Ele é uma semente má. Sempre foi, e Angie... bem, que sua alma descanse em paz!

— Felicity mal está raciocinando — admitiu Geraldine. — Era tão próxima de Angie e agora perdeu a melhor amiga. — Deixou escapar um suspiro profundo. — Além do próprio sofrimento, tem ainda que lidar com Derrick.

— Pobre rapaz. — Alda, novamente.

— Ele anda descontrolado nesses dias — disse Dena, obviamente sem medo de soar severa com relação ao enteado. — Quer que a gente contrate um detetive particular, cace Brig McKenzie, como se fosse um cão, e o prenda. Juro que esta família está se desintegrando.

— Como Cassidy está levando a situação? — perguntou Ada.

— Ah, ela vai ficar bem. Sempre fica. Está arrasada por causa de Angie, claro, mas, cá entre nós, é muito bom que esse tal de McKenzie esteja fora de nossa vida. Estava começando a dar atenção a Cassidy... sabe como é o tipo dele, sempre procurando uma forma de se meter com as moças decentes.

— O irmão dele também — concordou Geraldine.

— Sim, mas o Chase é diferente — emendou Dena. — Sabe onde é o lugar dele e trabalha com afinco. Rex lhe emprestou dinheiro para voltar a estudar, e ele está fazendo bom uso do empréstimo. De um jeito ou de outro, conseguiu ter um pouco de bom-senso. Uma pena ser parente de Brig. O irmão dele sempre estará em seu caminho.

— Rex ficará bem? — perguntou Geraldine com delicadeza.

— Quem poderá dizer? Ele adorava a Angie. Para falar a verdade, era a filha favorita dele. Espero apenas que agora ele saiba a sorte de ter Cassidy como filha também. — Ada concordou.

— Uma moça adorável. Cheguei a pensar em sugerir que Bobby a convidasse para sair.

— Ela adoraria — disse Dena, e Cassidy tremeu só de pensar.

— Eles poderiam se ajudar a passar por esse sofrimento.

De jeito nenhum!

— Isso! — exclamou Geraldine. — Exatamente como Felicity e Derrick.

Cassidy imaginou a mãe sorrindo.

— Se pelo menos eu conseguisse convencer o Rex a demitir aquele retardado do Willie. Ele estava lá, no incêndio, você sabe. Viu tudo. Mas, quem pode saber? Ele e Brig eram amigos. Eu não ficaria surpresa se Brig o tivesse encorajado a depor.

— Ele deveria estar numa instituição para deficientes mentais — concordou Geraldine.

Ada concordou também.

— Junto com outros deficientes mentais.

— Rex não vai nem querer ouvir falar nisso. Acha que deve algo ao rapaz. Não vai admitir que o retardamento é tão sério assim.

O Último Grito   273

Às vezes, não há argumentos com esse homem. Bem, venham comigo, vamos tomar um chá gelado. A gente não precisa ficar de pé aqui no hall.

Enjoada até não aguentar mais, Cassidy fechou a porta ao entrar no quarto. Um encontro com Bobby Alonzo? Arranjado pela sua mãe? Nem morta. Tirou os sapatos e ligou o rádio. Uma antiga canção dos Rolling Stones saía estridente das caixas de som. Fechou os olhos e ouviu o lamento de Mick Jagger sobre pintar alguma coisa de preto. Sabia como ele se sentia.

Não ouviu nenhuma batida à porta, mas sentiu uma mudança na atmosfera, um movimento do ar, quando a porta se abriu e as cortinas esvoaçaram. Ao virar-se, viu Derrick parado ali.

— Posso entrar? — sussurrou ele. Tinha aparência pálida e exausta, como se tivesse perdido uns dez quilos, assim como parte de sua alma.

Erguendo um ombro, ela o observou fechar a porta ao entrar.

— Deus do céu, eu me sinto péssimo — disse, lágrimas brotando em seus olhos praticamente mortos. — Angie não merecia isso.

Ela não respondeu, com receio de que a voz falhasse.

— Eu a amava, você sabe disso. Era um pé no saco, mas eu a amava.

— É, eu sei.

Derrick piscou rapidamente.

— Sinto... sinto muito pela outra noite, o lance da arma. Eu não ia machucar você.

— Eu não estava preocupada comigo.

Ele foi até a penteadeira, onde viu uma foto de Cassidy montada em Remmington. Pegando a fotografia, franziu a testa e, em seguida, olhou para o espelho e para os olhos da irmã. — O papai nunca devia ter dado emprego ao McKenzie. — Derrick apertou os lábios ao mencionar o nome de Brig. — Se não tivesse empregado o cara, isso não teria acontecido.

— Você não tem como saber.

Suas mãos se fecharam subitamente, amassando a foto.

— Não consigo acreditar que ela morreu! — Levantou os olhos para o teto, como se estivesse em busca de respostas.

— Nem eu.

Respirou com dificuldade e fuzilou Cassidy com seu olhar marejado.

— Eu vou matar esse cara. Se esse filho da puta algum dia colocar os pés em Prosperity, eu juro que vou matá-lo com as minhas próprias mãos.

— Mesmo que ele seja inocente?

— Ele não é, Cassidy — disse Derrick, fungando alto. — O filho da puta tem culpa de sobra e ainda vai pagar por isso.

CAPÍTULO 20

*E*la se sentiu como uma criminosa, amarrando a velha égua a uma árvore na mata que cercava a serraria, aguardando na sombra a troca de guarda. Homens cobertos de fuligem e poeira retiravam seus capacetes, acendiam cigarros, riam e contavam piadas, enquanto passavam pelos portões cheios de correntes, na direção do estacionamento.

Do outro lado da cerca, ficava uma placa grande. Ela indicava que só era PERMITIDA A ENTRADA DE FUNCIONÁRIOS AUTORIZADOS e sugeria que UM LUGAR SEGURO PARA TRABALHAR É UM LUGAR FELIZ. Caminhões de todos os tipos e tamanhos estavam espalhados pelo asfalto esburacado — jipes, caminhões, caminhonetes e sedans. Serras gritavam alto, e empilhadeiras com várias cargas pesadas de toras passavam por entre as grandes pilhas de madeira virgem, cortadas, prensadas e prontas para o transporte.

Cassidy viu quando os homens saíram, os mais novos deixando o estacionamento em carros reluzentes, os mais velhos, com suas famílias, em caminhonetes amassadas e empoeiradas.

O novo turno estava chegando, e ela espiou a caminhonete que procurava, um velho Dodge que uma vez fora azul-turquesa, mas agora tinha manchas cinzentas de selante nos para-lamas e no porta-malas. A caminhonete de Chase McKenzie.

Ele saiu da caminhonete e esticou bem as costas. O coração de Cassidy começou a bater três vezes mais rápido, ao vê-lo tão parecido com Brig e, ainda assim, tão diferente. Dizendo para si que seria agora ou nunca, aguardou a maioria dos homens passar pelo portão antes de chamá-lo.

— Chase!

Franzindo os olhos diante do sol poente, ele se virou.

— Sim?

— Sou eu.

Um sorriso surgiu em seu maxilar quadrado.

— Cassidy. O que você está fazendo aqui? Não. Nem me fale, seu pai quer que todos na sua família vejam, com os próprios olhos, como derrubar árvores.

Cassidy negou, e ele deve ter percebido a preocupação em seus olhos, pois seu sorriso foi desaparecendo aos poucos.

— É sobre a Angie, não é? E sobre o Brig.

— Fiquei imaginando se você teria notícias dele.

Os olhos de Chase escureceram, passando para um tom azul-acinzentado.

— Não tenho, e, se a mamãe tem, guardou para si.

— Ah. — Não conseguiu esconder o tom de derrota na voz e chutou o cascalho com o bico da bota.

— Eu... é... sei que você estava interessada... bem, interessada nele.

Ela levantou os olhos com raiva, imaginando se ele estaria de gozação, mas ele falava sério.

Chase hesitou, ficou com o olhar distante. Em seguida, como se estivesse pesando todas as opções, acrescentou:

— Se eu souber de algo, avisarei.

— E a sua mãe?

— Você terá que perguntar a ela pessoalmente. — Ele balançou a cabeça e pareceu exausto de repente. — Não sei o que ela irá dizer; ela... é... não está lidando muito bem com a situação.

— Ah, sinto muito.

— Eu também — murmurou. — Eu também.

O Último Grito   277

Cassidy ia se virar, mas ele a segurou com força, e suas mãos brutas envolveram seu pulso fino. A ponta de seus dedos pareceu fazer pressão em sua pulsação.

— Olha, sei que é difícil e... certamente este não é o lugar para falar sobre o assunto, mas farei o que puder por você e... bem, se precisar de alguma coisa... Sei que parece idiota, considerando a sua situação e a minha... Mas estou falando sério... se precisar de alguma coisa, pode contar comigo.

Ela engoliu em seco e olhou dentro de seus olhos perturbados.

— Obrigada... Eu... não vou precisar, só queria notícias do Brig.

Uma sombra passou pelo rosto dele, e seu maxilar se contraiu um pouco.

— Você entendeu — disse ele, antes de soltá-la e correr pelo estacionamento, ajustando o capacete na cabeça ao passar pelo portão aberto.

O trailer, que já vira dias melhores, estava começando a enferrujar. Cassidy experimentou um sentimento de culpa imensurável por ter crescido na mansão que seu pai havia construído para Lucretia, enquanto Brig e Chase moravam ali, naquele trailer velho e pequeno, cinco metros por vinte e sete, durante toda a vida.

Sentindo um nó na garganta, dirigiu o sedan da mãe ao longo do caminho de cascalho e parou atrás do carro de Sunny. O gato de pelúcia a olhou com desinteresse, e Cassidy enfiou as chaves na bolsa. Havia pegado o carro sem permissão, enquanto Dena e Rex estavam em Portland, pois não aguentava mais ficar sem notícias. Rezara durante todo o trajeto para não ser pega pela polícia, uma vez que ainda não tinha carteira de motorista. Dera sorte. Até então.

Um suor nervoso se acumulara em sua nuca, e ela aguardou um segundo até a poeira baixar no para-brisas. Sentiu uma corrente de ar nas costas, apesar de as janelas estarem fechadas. Estava nervosa. Só isso. Rangendo os dentes, sabia que não poderia postergar sua missão para sempre e não tinha muito tempo; seus pais voltariam logo. Fez um esforço para sair do carro.

O degrau da frente da casa da família McKenzie era um caixote empoeirado, e a placa enferrujada balançando em cima da porta estava gasta e marcada por tiros.

— É agora ou nunca — disse para si mesma, levantando a mão para bater à porta.

Antes que pudesse bater, Sunny a abriu, com os olhos escuros e assustados, linhas profundas de cansaço em torno da boca. Seus cabelos pareciam ter embranquecido nas últimas semanas.

— Você é a menina Buchanan. — Foi uma afirmação, não uma pergunta.

— Sim, e eu gostaria de falar com a senhora, pedir desculpas pela forma como foi tratada em minha casa. Eu... eu sinto muito.

A porta foi escancarada.

— Seu pai culpa Brig pelo incêndio. Pela morte de sua irmã.

— Não. São o xerife e o meu irmão que... — De que adiantava? Ela elevou os olhos límpidos para a mulher mais velha. — Eu não.

Um sorriso tremulou nos lábios de Sunny.

— Mas o seu pai... sua irmã era a filha preferida dele, e ele se sente como se uma parte de sua alma tivesse sido arrancada. Precisa culpar alguém.

—Acho... acho que sim. — Cassidy sentiu um frio de premonição ao olhar para Sunny, com seus olhos castanhos intensos. Sunny McKenzie era interessante, mas meio assustadora.

— Entre, por favor.

Lá dentro, o trailer estava tão acabado quanto do lado de fora, o piso tinha um rastro gasto, o tapete felpudo estava desbotado e ralo. Cassidy teve dificuldade de imaginar Brig, tão selvagem e livre, uma alma rebelde, vivendo ali, em cômodos tão entulhados. Um rádio perto da pia tocava música gospel. Sunny o desligou.

— Você quer notícias dele — disse Sunny, gesticulando para uma cadeira de plástico perto da mesa. — Do Brig.

O **Último Grito** 279

— Quero.

Os olhos de Sunny brilharam.

— Não queremos todos? Ele não telefonou, não escreveu e está longe. Talvez já esteja morto. Não sei dizer. — A tristeza pesou sobre seus ombros.

— Ele não está morto. — Cassidy jamais acreditaria que Brig não estivesse vivo.

— Espero que você tenha razão. — Mais uma vez, o sorriso triste.

— Mas vejo muita dor para ele e... — Sunny balançou a cabeça — e morte. Fogo e água.

— Olha, eu não sei nada sobre as suas visões, ou seja lá o que forem. Só vim aqui porque queria falar com o Brig, ver se ele está bem, se a senhora tinha notícias dele... ei!

De repente, Sunny aproximou-se, segurando a mão sadia de Cassidy, apertando-a com seus dedos calejados e fechando os olhos. Ela sentiu vontade de se afastar, mas não ousou mover-se assim que os olhos escuros da mulher ultrapassaram seus ombros, atingindo meia distância, tendo uma visão.

Com a pele arrepiada, Cassidy mordeu o lábio. Aquela mulher era tão diferente dos filhos... tão assustadora. Lá fora, o vento começou a soprar mais forte, e a placa que anunciava leitura de mão gemeu alto.

O coração de Cassidy quase parou.

Sunny suspirou.

— Eu... eu sempre acreditarei que Brig está vivo — disse Cassidy, finalmente arrancando o braço. — Ele está vivo e bem, voltará para Prosperity e provará sua inocência.

Olhos castanhos e cansados olharam para ela.

— Vejo apenas sofrimento em seu futuro — disse Sunny, repentinamente preocupada. — Sofrimento, morte, e você, Cassidy Buchanan, você causará tudo isso.

— Não... — disse Cassidy, já se aproximando da porta. Fora um erro ir até lá. Pelo menos uma vez, o xerife tivera razão. Sunny deveria ser internada, colocada numa instituição para deficientes mentais, para falar de suas visões com outros pacientes. — Apenas diga ao Brig que me preocupo com ele. Que eu gostaria de saber se ele está bem, se...

— Já está escrito. Você se casará com o meu filho.

— Casar com ele? — repetiu ela, suando, ansiosa, o coração acelerado. — Mas ele foi embora... foi a senhora quem disse que acha que ele pode estar morto. — Pôs a mão na maçaneta e a puxou com força. Uma rajada de vento soltou a porta de sua mão e a bateu fortemente contra a parede.

— Não com Brig.

— O quê? O quê? Não com Brig? — A mulher era doida. Cassidy tropeçou no degrau e foi correndo para o carro da mãe, mas a voz de Sunny a seguia, como uma sombra da qual não podia escapar.

— Cassidy Buchanan — a voz avisava acima do barulho do vento —, o homem com quem você se casará será o meu outro filho.

Ah, meu Deus, não! Quero sair daqui. Atrapalhou-se para encontrar as chaves do carro.

— Um dia, filha, você se tornará esposa de Chase.

Segunda parte

1994

CAPÍTULO 21

A mulher estava mentindo. E era boa nisso. Danada de boa.

O detetive T. John Wilson já trabalhava havia anos no departamento do condado para não perceber uma mentira. Ele já havia visto o que o condado tinha de melhor para oferecer — dois vigaristas de meia-tigela, alguns homens violentos, delatores e assassinos — e reconhecia um mau elemento sempre que se via cara a cara com um.

Aquela bela mulher — aquela mulher bela e *rica* — estava escondendo alguma coisa. Algo importante. Mentindo descaradamente.

O cheiro de fumaça viciada impregnava a sala de interrogatório. Paredes em tom verde-claro tinham agora uma coloração cinza-sujo, desde a última pintura antes de todos os cortes do orçamento, mas T. John se sentia confortável ali. Como se estivesse em casa, na sua velha poltrona surrada. Levou a mão ao bolso da camisa para pegar o maço de cigarros, lembrou-se de que havia parado de fumar havia dois meses e, relutante, satisfez-se com um tablete de Dentyne, o qual foi abrindo aos poucos, dobrando e enfiando na boca. O chiclete não era tão bom quanto uma boa tragada de Camel, mas teria de dar conta do recado. Por enquanto. Até que desistisse de sua batalha contínua contra o vício em nicotina e retomasse o hábito.

— Vamos voltar mais uma vez ao assunto — sugeriu, ao se reclinar na poltrona e cruzar a perna sobre o joelho. Seu parceiro, Steve Gonzales, estava com um ombro apoiado na moldura da porta, o braço dobrado sobre o peito ossudo, os olhos escuros colados na mulher que se encontrava no centro de toda essa confusão — assassinato, incêndio criminoso e talvez mais, muito mais. Como quem não quer nada, T. John pegou a pasta e começou a folhear os papéis, até encontrar seu testemunho. O que ela dera sem a presença de um advogado, apenas poucas horas antes. — Seu nome é...?

Seus olhos cor de mel cintilaram afrontados, mas ele não sentiu nem uma pontinha de culpa por fazê-la passar por tudo aquilo de novo. Afinal, ela faria aquilo com ele, se a situação fosse invertida, e não daria a mínima — rangeria os dentes e aguardaria. Os jornalistas nunca descansavam. Sempre do lado da lei ou da promotoria pública; era bom poder se vingar um pouco.

— Meu nome é Cassidy McKenzie. Mas você já sabe quem eu sou.

— Cassidy *Buchanan* McKenzie.

Ela não se importou de responder. Ele balançou a cabeça, largou a pasta e suspirou. Unindo a ponta dos dedos, relanceou para as telhas à prova de som, como se desejando que Deus, em pessoa, estivesse ali nas vigas, à espreita, pronto para interferir.

— Eu tinha esperança de que você fosse direta comigo.

— Estou sendo! Falar tudo isso de novo não vai mudar nada. Você sabe o que aconteceu...

— Não sei porra nenhuma, madame, portanto pode parar com essa merda! — Bateu as botas no chão, produzindo um baque. — Escuta aqui, eu não sei com quem acha que está falando, mas já vi mentirosos melhores do que você, e acusei todos eles assim. — Estalou os dedos tão alto, que o som pareceu ricochetear pelas paredes de bloco de cimento. — Quer você perceba, quer não, está numa encrenca danada aqui, pior do que imagina. Agora, vamos direto ao assunto, está bem? Sem mais baboseira. Detesto baboseira. Você também não detesta, Gonzales?

— Detesto — respondeu Gonzales, quase sem mover os lábios.

Wilson pegou a pasta de novo. Sentia-se como se estivesse perdendo o controle. Não gostava de quando perdia o controle em

O *último grito* 285

qualquer situação. Principalmente numa situação em que achava que poria sua carreira em risco. Se solucionasse o caso, aí sim, poderia disputar o posto de xerife e tomar o lugar de Floyd Dodds, que já estava precisando se aposentar. Floyd estava ficando um pé no saco. Mas se T. John não solucionasse o caso... aí, então, *não haveria* nenhuma possibilidade. Acreditava em pensamento positivo. Mais ainda, acreditava em si.

Deu uma olhada no relógio que ficava em cima da porta. Os segundos continuavam a passar. Pelas janelas, os últimos raios de sol entravam na sala, fazendo com que sombras se movimentassem lentamente pelas paredes, apesar da luz ofuscante das lâmpadas fluorescentes. Passara três horas enfrentando aquele interrogatório, e todos já estavam ficando cansados. Principalmente a mulher. Ela estava pálida, a pele tensa por sobre as maçãs do rosto e os olhos dourados, encovados. Seus cabelos eram de um castanho-avermelhado, e estavam afastados do rosto por uma tira de couro. Linhas finas de preocupação marcavam os cantos do que deveria ter sido uma boca sedutora e sexy.

Ele tentou mais uma vez:

— Seu nome é Cassidy Buchanan McKenzie, você é repórter do *Times* e sabe muitíssimo mais do que está me contando sobre o incêndio na serraria do seu pai.

Ela teve a decência de empalidecer. Sua boca abriu-se e fechou-se novamente ao se recostar na cadeira, tensa, a jaqueta jeans em volta do corpo esbelto, a maquiagem há muito tempo apagada.

— Agora que tudo está claro, talvez queira me contar o que sabe. Um homem está quase morto na unidade de tratamento intensivo do Hospital Northwest General, o outro está num quarto particular, incapacitado de conversar. Os médicos acham que o camarada que está na UTI não irá sobreviver.

Os lábios dela tremeram por um segundo.

— Foi o que ouvi dizer — sussurrou. Cassidy piscou, mas não se descontrolou emocionalmente. Ele não achou que se descontrolaria.

Era uma Buchanan, afinal de contas. Eles eram conhecidos por serem mais durões do que couro cru.

— Não é o primeiro incêndio que acontece na propriedade do seu pai, é? Parece-me que houve outro incêndio, em outro barracão, há anos. — Levantou-se e começou a andar, a goma de mascar no mesmo ritmo ruidoso do salto de suas botas, batendo no piso amarelado. — E, se eu me lembro bem, depois desse último incêndio, você, de repente, saiu da cidade. Disseram que nunca mais voltou. Acredito que tenha mudado de ideia... ora, todos têm esse direito, não têm? — O detetive ofereceu seu sorriso reluzente de bom rapaz. Seu melhor sorriso.

Ela nem sequer vacilou.

— Mas, agora, ouça uma coisa. O que mais me incomoda: você desistiu de um emprego pelo qual a maioria de homens e mulheres seria capaz de matar, voltou para casa, casou com um dos irmãos McKenzie e sabe o que aconteceu? Sem mais nem menos, temos outro incêndio dos infernos, daqueles que não se veem há... o quê? Quase dezessete anos! Um cara quase morre na explosão e outro fica em estado crítico. — Jogou as mãos para cima. — Não dá para acreditar.

Gonzales se afastou da porta, saiu por alguns minutos e retornou com três xícaras de café.

Wilson virou o encosto da cadeira para a frente e montou nela. Inclinando-se, encarou Cassidy, que sustentou seu olhar.

— Ainda estamos tentando descobrir, exatamente, o que aconteceu e quem estava lá. Por sorte, seu marido estava carregando uma maleta. Caso contrário, nós não o teríamos reconhecido. Ele está acabado. O rosto inchado e cortado, os cabelos queimados, o queixo quebrado e uma perna engessada. Mas deram um jeito de salvar o olho ferido e, caso se esforce, talvez até volte a andar. — Observou a mulher tremer. Então ela se preocupava com o marido... pelo menos um pouquinho.

— Quanto ao outro camarada, a gente não sabe. Nenhum documento de identidade. A cara dele também está arrebentada, muito. Inchada, preta e arroxeada. Perdeu alguns dentes, e as mãos estão queimadas. O cabelo foi quase todo incendiado. Estamos cortando um dobrado para descobrir quem ele é, achamos que, talvez, você pudesse nos ajudar. — Recostando-se novamente na cadeira, pegou sua xícara de café.

— E... e quanto às impressões digitais?

— Aí é que vem o pior. As mãos do desconhecido estão queimadas; sem impressões digitais. Pelo menos por enquanto. Com todos aqueles dentes quebrados e o maxilar destruído, a identificação da arcada dentária também vai demorar um pouco. — Wilson semi-cerrou os olhos para a mulher e, pensativo, coçou a barba de dois dias. — Se eu não fosse esperto, acharia que o babaca queimou as mãos de propósito; sabe por quê? Para nos ferrar.

Ela fez uma careta.

— Acha que ele provocou o incêndio?

— É possível. — Wilson pegou sua xícara, tomou um gole demorado e olhou irritado para Cassidy.

— Eu já disse que não sei quem ele é.

— Ele estava indo se encontrar com o seu marido na serraria.

Ela hesitou.

— Foi o que você disse, mas... não acompanho de perto os negócios de meu marido. Não faço ideia de quem ele encontrou ou por quê.

As sobrancelhas de T. John se ergueram subitamente.

— Você tem um desses casamentos modernos...? Tipo... ele cuida das coisas dele, e você das suas?

— Estávamos pensando em nos separar — admitiu, com uma ponta de remorso.

— Assim? — Wilson suprimiu um sorriso. Finalmente descobrira algo de valor. Agora tinha um motivo... ou o início de um. Isso era tudo o que ele queria. — O comandante do corpo de bombeiros acha que foi um incêndio criminoso.

— Eu sei.

— O dispositivo que deu início ao incêndio, bem, droga, era a cópia fiel daquele outro, usado dezessete anos antes, quando o antigo moinho foi incendiado. Você se lembra disso, não lembra? — Ela esboçou uma reação, os lábios perderam um pouco de cor. — É. Acredito que você não consiga esquecer muito bem.

Cassidy desviou o olhar, as mãos tremeram em volta da xícara fina de isopor. É claro que se lembrava do incêndio. Todos em Prosperity se lembravam. A família Buchanan — toda ela — havia sofrido uma perda trágica, terrível, uma perda da qual a maior parte de seus membros jamais se recuperara. Seu velho pai jamais foi o mesmo; perdeu o controle sobre sua vida, sua empresa e sua filha voluntariosa.

— Talvez você queira ir ao hospital ver o estrago com os próprios olhos. Mas vou logo avisando: não é uma bela visão.

Cassidy levantou os olhos imperturbáveis, da cor de uísque, para o interrogador, e ele se lembrou de que ela era jornalista, tanto quanto uma Buchanan.

— Tenho exigido ver o meu marido desde que foi ferido. Os médicos me disseram que não poderia vê-lo até que o xerife permitisse... que havia dúvidas quanto a ele ser suspeito.

— Bem, que se dane, vamos lá! — disse Wilson, mas, ao se colocar de pé, mudou de ideia. — Só mais umas coisas para esclarecer antes. — A espinha dela se enrijeceu e, lentamente, recostou-se de novo na cadeira plástica surrada. Era uma mulher interessante; tinha de reconhecer. Mas ainda estava mentindo. Escondendo alguma coisa. T. John levou a mão ao bolso e puxou uma sacola plástica. Dentro do plástico translúcido, havia uma corrente carbonizada com uma medalhinha queimada de São Cristóvão. A imagem do santo estava quase irreconhecível, torcida e enegrecida pelo calor e pelas chamas.

Cassidy ficou boquiaberta, mas não engasgou. Em vez disso, ficou olhando para a sacola plástica, quando T. John a largou sobre a

O *Último Grito*   289

mesa gasta à sua frente. Segurou o copinho de isopor com mais firmeza e respirou rapidamente.

— Onde você conseguiu isso?

— Engraçado. O desconhecido a segurava, sem querer soltá-la, mesmo com toda a dor que estava sentindo. Tivemos que arrancá-la de seus dedos e, quando fizemos isso, adivinha o que ele disse? — perguntou Wilson.

Ela olhou de relance de um detetive para o outro.

— O quê?

— Achamos que gritou o seu nome, mas é só um palpite, porque a voz dele não estava clara. Estava gritando a plenos pulmões, mas sem proferir um som sequer.

Cassidy fez o movimento de engolir, embora não tivesse tomado nenhum gole do café. Seus olhos pareceram lacrimejar levemente. Definitivamente, ele estava fazendo algum progresso. Talvez, com a devida pressão, ela desmontasse. — Achei que, talvez, ele achasse que devesse ver você... ou, talvez, tenha visto a senhora mesmo lá, na serraria, naquela noite.

O olhar escuro de T. John fixou-se na mulher.

Ela passou a língua nos lábios nervosamente e evitou seu olhar.

— Eu já disse que não estava em nenhum lugar perto dali.

— Certo, você estava sozinha em casa. Sem álibi. — Wilson virou-se para seu parceiro e pegou a sacola plástica. — Isso já foi fotografado?

Gonzales concordou com um movimento leve de cabeça.

— Engraçado — disse Wilson, encarando a mulher, enquanto tirava a correntinha de prata carbonizada de dentro do plástico.

— Fico imaginando por que um cara que estava sendo queimado até a morte iria se apegar a essa porcaria, entendeu, né? Como se fosse algo mesmo importante.

Ela não respondeu quando Wilson deixou que a sacolinha plástica caísse suavemente na mesa, permitindo que a medalha de

São Cristóvão balançasse como um relógio em mãos hipnóticas, em frente ao seu nariz.

— Sabe o que isso quer dizer? — perguntou ele, vendo novamente um sinal de raiva naqueles olhos redondos. Mas ela não disse uma palavra sequer quando ele largou os elos enegrecidos da corrente e eles deslizaram juntos.

Por um minuto, Cassidy fixou os olhos na medalha enegrecida, a testa enrugada, um nó na garganta.

— Já terminamos? Posso ir agora?

Wilson estava enraivecido. Aquela mulher sabia de alguma coisa e a estava escondendo, e lá estava ele, encarregado do maior assassinato e incêndio criminoso em seus nove anos no departamento — sua chance de assumir o lugar de Floyd Dodds.

— Você não vai mudar a sua versão dos fatos?

— Não.

— Mesmo não tendo um álibi?

— Eu estava em casa.

— Sozinha.

— Sim.

— Fazendo as malas? Estava planejando deixar seu marido.

— Eu estava em casa, trabalhando no computador. Há registros de entrada on-line, que você pode ver por si mesmo...

— Registros de que alguém estava on-line. Ou de que alguém fez cursos de computador e sabe como acessar as entranhas da máquina, a memória, e mudar os horários de entrada. Deixe eu falar uma coisa, você está abusando da sorte. — Pegou bruscamente a corrente da mesa e a colocou de volta na sacola plástica. — Você sabe que, independentemente do que tenha feito, é melhor confessar. E se estiver protegendo alguém... porra, não há razão para levar a culpa por algo que não fez.

Ela desviou os olhos.

— Você não está... protegendo o seu marido, está? Não, isso seria burrice. Você vai se separar mesmo.

O último Grito   291

— Estou sendo acusada de alguma coisa? — quis saber ela. Duas manchas rosadas acariciaram suas faces, e, por baixo da jaqueta, ela enrijeceu o corpo que deveria ter emagrecido mais de dois quilos nas últimas vinte e quatro horas, desde o incêndio.

— Bem, ainda não, mas ainda é cedo.

Ela não sorriu.

— Como eu já disse, gostaria de ver o meu marido.

Wilson lançou um olhar para o parceiro.

— Sabe o que acho, sra. McKenzie? Você não se importa se eu a chamar assim, uma vez que ainda está legalmente casada... Acho que essa é uma ideia muito boa. Talvez devesse ver o outro homem também; talvez possa me dizer quem ele é, embora, no estado em que ele está, eu duvide de que a própria mãe o reconheça.

Gonzales se mexeu, colado à porta.

— O Dodds não vai gostar... não sem estar presente.

— Deixa que eu faço o papel de xerife.

— Vai ser a sua morte, cara.

— Vou telefonar para o Floyd. Oficializar a visita, tudo bem? — Wilson se esticou ao levantar-se da cadeira. — Além do mais, ele não gosta muito do que eu faço.

Gonzales ainda não estava convencido.

— Os médicos deram ordens claras de que os pacientes não devem ser incomodados.

— Porra, eu sei! — Wilson foi pegar o chapéu. — Mas como podem ser incomodados? Um dos caras está tão mal que está quase em coma, e o outro cara... bem, certamente está quase indo para o além. Essa aqui é a esposa de um dos dois, pelo amor de Deus! Ela precisa ver o marido. E talvez possa nos ajudar. Vamos lá, sra. McKenzie, a senhora não se importaria, certo?

Cassidy tentou controlar suas emoções abaladas, embora milhares de perguntas passassem por caminhos sem fim em sua mente. Não dormia havia quase dois dias e, quando conseguira cochilar, pesadelos aterrorizantes do inferno na serraria misturavam-se a outro incêndio tenebroso, aquele fogo ardente que havia destruído tanto de sua vida e da vida de sua família, dezessete anos atrás. Um tremor percorreu seu corpo, e seus joelhos quase cederam quando se lembrou... ah, meu Deus, como se lembrava! O céu negro, a chama vermelha, as fagulhas esbranquiçadas que jorravam para o alto como se Satã, em pessoa, estivesse zombando e cuspindo na cara de Deus. E a devastação e as mortes... *por favor, me ajude.*

Percebeu que o detetive a encarava, aguardando, e lembrou-se de que ele havia feito uma pergunta, algo com relação a ir ao hospital.

— Podemos ir? — perguntou ela, preparando-se para enfrentar o que vinha pela frente. *Ah, meu Deus, que ele não esteja sentindo muita dor.* As lágrimas ameaçaram seus olhos, correndo como gotas de orvalho por seus cílios, mas não daria ao detetive T. John Wilson a satisfação de vê-la desmontar.

Deveria ter solicitado a presença de seu advogado, mas isso seria impossível, uma vez que seu advogado era o próprio marido e ele estava se agarrando com tenacidade à vida. Embora não tivesse sido capaz de visitá-lo, os médicos haviam lhe contado sobre seus ferimentos, sobre as costelas quebradas, sobre o maxilar, o pulmão perfurado, o fêmur quebrado e a córnea do olho direito queimada. Tinha sorte de ainda estar vivo. Sorte.

Ficando de pé, ela deu uma última olhada para a correntinha prateada queimada e ainda enroscada, como uma cobra morta, dentro de um plástico translúcido. Seu coração pareceu bater mais acelerado, e ela se recordou de que era apenas uma joia qualquer — não uma joia cara — e que não significava nada para ela. Nada.

Os ruídos do hospital eram abafados. Carrinhos e macas que sacolejavam, médicos que eram chamados, passadas silenciosas, tudo pareceu diluir-se quando Wilson abriu a porta e ela entrou no quarto do hospital onde o marido se encontrava deitado, imóvel, sob um lençol branco esterilizado. Gazes cobriam seu rosto, incluindo o olho direito, assim como as partes superior e traseira de sua cabeça. A pele visível estava roxa e dilacerada. Pontos marcavam a lateral de seu nariz inchado e antisséptico amarelo atravessava os cortes em sua pele. Uma barba negra começava a despontar na parte visível de seu maxilar e, o tempo todo, soro fluía para suas veias.

Cassidy sentiu um aperto no estômago e rangeu os dentes. Então foi assim que ele ficou. Por que estava na serraria naquela noite? *Com quem fora se encontrar? Com o homem que estava à beira da morte, em algum lugar no labirinto de quartos daquele hospital? E por que, ai, meu Deus, por que alguém tinha tentado matá-lo?*

— Estou aqui — disse ela, em voz baixa, entrando no quarto e desejando poder voltar no tempo e, de alguma forma, salvá-lo daquela agonia. Embora tivessem deixado de amar um ao outro havia muito tempo, talvez nunca tivessem se amado de fato, ela ainda se importava com ele. — Pode me ouvir? — perguntou ela, sem tocar nos lençóis limpos que cobriam seu corpo, sem querer que nem mesmo um movimento mínimo de sua parte aumentasse seu desconforto.

Seu olho saudável estava aberto, olhando sem foco para o teto. A parte branca assumira um tom desagradável de vermelho, e o azul — aquele azul-celeste, claro — parecia ter se dissolvido na pele que o rodeava.

— Estou aqui para falar com você — disse ela, ciente da presença do detetive, em pé, perto da porta. — Pode me ouvir...?

De repente, o olho se moveu, focalizando-se nela com tanta clareza e ódio que ela quase pulou para trás. O marido a encarou por um minuto longo e gelado, então, como se tomado de desgosto, desviou o olhar para o teto.

— Por favor... — disse ela.

Ele não se moveu.

O detetive aproximou-se.

— McKenzie?

Nada.

— Quero que saiba que me importo com você — disse, com a voz branda, sentindo um nó na garganta ao proferir essas palavras, lembrando-se da última discussão que tiveram, das palavras rudes que trocaram. O olho piscou, mas ela sabia que não adiantava. Ele não podia ouvi-la. Não a ouviria. Agora, não queria mais o seu amor como já o tivera, e ela era igualmente incapaz de lhe dar o mesmo. — Estarei aqui, se precisar de mim. — Lembrou-se de seus votos matrimoniais e sentiu o coração rasgar, uma dor que parecia crescer, enquanto olhava para aquele homem quebrado que, uma vez, fora tão forte.

Soubera desde o início que seu casamento estava condenado, e, ainda assim, se permitira acreditar que eles encontrariam uma forma de amar um ao outro.

Mas estivera errada. Muito errada.

Ela esperou, e o olho acabou se fechando, embora não soubesse dizer se ele estava dormindo, inconsciente, ou fazendo de conta que ela não estava no hospital, que não existia, como já fizera tantas vezes.

Cassidy saiu do quarto como se andasse em pernas de pau. Lembranças a invadiam, lembranças de um amor conquistado e perdido, de esperanças e sonhos que haviam morrido muito antes do incêndio.

O detetive estava em compasso com ela.

— Quer me contar sobre a corrente e a medalha de São Cristóvão?

Seu coração saltou:

— Eu... eu não posso.

— Por que não?

Ela abraçou o próprio corpo e, apesar da alta temperatura, sentiu frio, como se fosse inverno.

— Ela não pertencia ao meu marido.

— Tem certeza?

Cassidy evitou uma resposta direta, porque não tinha certeza.

— Até onde sei, ele nunca teve nada parecido com isso. Vai ver era do outro homem... do que a estava segurando.

O Último Grito   295

— E quem você acha que ele é?

— Quem dera eu soubesse — disse, com veemência, sem permitir que sua mente divagasse para outro tempo e lugar, para outro amor e uma corrente prateada brilhante com uma medalha de São Cristóvão pendendo de seus elos. — Por Deus, quem dera eu soubesse.

Eles seguiram pelo corredor extenso e pegaram o elevador para descer até o andar do CTI. Wilson não conseguiu convencer a enfermeira nem o médico de plantão a deixá-los ver o homem que se encontrara com seu marido. Assim, passaram pelas portas, para o lado de fora do hospital, e lá, no calor escaldante da tarde, Wilson entregou-lhe uma foto do homem enegrecido pelo fogo, o rosto cheio de bolhas, os cabelos queimados. Cassidy fechou os olhos e lutou contra a ânsia de vomitar.

— Eu já disse. Eu... eu não sei quem ele é. Mesmo que soubesse, acho que não, quer dizer, não posso imaginar...

— Está bem. — Pela primeira vez, a voz de Wilson saiu gentil, como se, afinal, ele tivesse mesmo sentimentos humanos. — Eu disse que seria difícil. — Pegou-a pelo cotovelo e a ajudou a atravessar o estacionamento, até a viatura que lhe fora cedida. Olhando para trás, por cima do ombro, para o prédio branco do hospital e para a ala onde ficava o CTI, ele balançou a cabeça.

— Pobre coitado. Gostaria de saber quem ele é.

CAPÍTULO 22

O homem agonizante devia ser Brig.
Não havia outra explicação.

Sentindo-se como se tivesse levado um chute no estômago, Cassidy colocou os brincos na penteadeira e disse para si que, a despeito do que mais fosse verdade, Brig McKenzie estava ali no Centro de Tratamento Intensivo do Hospital Northwest General, a vida lhe escorrendo pelos dedos. O que mais explicaria a medalhinha de São Cristóvão? Verdade que elas não eram tão raras assim, talvez dúzias de pessoas em Prosperity usassem uma igual, mas parecia coincidência demais que o homem carbonizado naquele incêndio na serraria, encontrando-se com Chase, segurando a medalha e gritando silenciosamente o seu nome, pudesse ser qualquer outra pessoa que não Brig.

Brig. Ao longo dos anos se esforçara para deixar de pensar nele, deixar de acreditar que um dia ele retornaria, deixar de amá-lo. Fora difícil no início, mas, com os anos passando sem ouvir uma palavra dele sequer, finalmente aceitara a realidade de que, vivo ou morto, ele não fazia mais parte de sua vida. Quando Cassidy cresceu e se tornou a pessoa que era, fora lentamente deixando de pensar nele, desprezando seus sentimentos por Brig como pouco mais de uma paixonite de adolescência: um amor de menina, complicado pelo destino, pela tenra idade e pelo sexo. Sexo numa época em que seus valores morais lhe diziam que não podia dormir com um homem se não o amasse ou estivesse comprometida com ele pelo resto da vida.

Fora muito infantil. Uma criança tola e sonhadora. Brig estava muito melhor sem ela.

Agora, ele estava de volta. Quase morto. Encontrando-se com seu marido, que, certamente, sempre soubera como fazer contato com ele, que mentira para ela quando dissera que nem ele nem a mãe haviam recebido notícia do irmão e achavam que ele estava morto.

— Mesmo que esteja vivo — disse-lhe Chase, anos antes, antes de eles se casarem —, está morto para nós. Sabe como fazer contato com a mamãe... ela nunca se mudou, nunca mudou o número do telefone, sempre na esperança de que ele ligasse... e o meu nome está no catálogo telefônico; portanto, ou está morto, ou achou melhor fazer com que achemos que está... de qualquer jeito, dá no mesmo, não dá?

Daria, se Chase não tivesse mentido. Por quê? Para salvar o casamento deles? Franziu o cenho com tal pensamento. Sentiu-se traída e morta de cansaço. Os últimos dois dias haviam sido exaustivos. Mesmo antes do incêndio, houvera problemas. Problemas sérios. Entre ela e o marido. Deu uma olhada em sua aliança, uma tira simples de ouro, com um único diamante. O diamante piscou como se dividisse um segredo, a consciência de que seu casamento nunca se transformara na união amorosa que ela esperara; tampouco fora o que Chase desejara.

Casaram-se por motivos errados, e ambos sabiam disso, mesmo na época. Com um suspiro, Cassidy passou os dedos pelos cabelos. O casamento se realizara, para o bem ou para o mal, e não melhoraria muito por um bom tempo. Não podia ficar se lamentando nem se preocupando. Precisava fazer alguma coisa; seria leal a Chase, iria ajudá-lo a se recuperar, depois então poderiam reavaliar o casamento. Mas, antes, precisava falar com Brig. Antes que ele morresse.

Apesar de um lado seu desejar atirar-se na cama, adormecer e, finalmente, acordar desse pesadelo, ela entrou no closet — closet com acabamento em cedro, apenas o melhor para a esposa de Chase

McKenzie — e pegou a jaqueta novamente. Estava na hora de se controlar, alguém tinha de fazer isso. Com Chase ferido no hospital, o pai com o coração comprometido, Dena nervosa e Derrick violento como sempre, cabia a ela ir a fundo naquele problema.

Afinal, fora uma repórter investigativa para lá de boa antes de trocar seu gravador de bolso por uma aliança e se acomodar com um emprego confortável, porém entediante, no jornal da cidade.

Franzindo a testa por causa das mudanças em sua vida, desceu rapidamente o chão de porcelanato da casa de vidro e abeto vermelho que Chase havia construído para ela no ano em que disseram "sim". Com os acabamentos do banheiro em cobre, mármore de uma pedreira italiana, luminárias de cristal e mobília feita sob encomenda de acordo com as expectativas de Chase, a casa era algo para se admirar — mais museu do que casa. Tapetes persas espalhavam-se por pisos de madeira, pias de porcelana vindas da Inglaterra recebiam água que não ousava pingar de torneiras nem de cobre nem de ouro; a pintura das janelas projetadas acrescentava cor ao ambiente; balaustradas que levaram quase um ano para ser desenhadas e colocadas no lugar acompanhavam três escadas curvas, desde o porão até o segundo andar.

Uma monstruosidade ostentadora de casa. Chase quisera assim — sonhara com isso — e Cassidy concordara, achando que isso o faria feliz.

É claro que não fizera. Nada deixava Chase feliz. Nada o satisfazia.

O telefone tocou, e Cassidy parou em frente às portas envidraçadas da sala de TV, ouvindo a secretária eletrônica atender. Havia umas quinze chamadas desde que viera para casa, na volta do hospital: alguns amigos preocupados, alguns empregados da serraria e jornalistas — colegas seus, que, pressentindo um escândalo, estavam ansiosos por uma reportagem. Não se preocupara em retornar nenhuma ligação, até então.

"Cassidy? Você está aí? Poderia fazer o *favor* de atender?" A voz de Felicity cheia de preocupação e um traço de nervosismo. Uma

O Último Grito   299

pausa. "Olha, eu sei que está aí, então seria melhor atender o telefone. O Derrick e eu estamos preocupadíssimos com tanta confusão. Recebi ligações de dois telejornais, assim como do jornal daqui e do Oregonian. Estão todos esperando um tipo de declaração e... bem, Derrick não está disposto a falar. Você... certamente sabe lidar com essas pessoas melhor do que qualquer um de nós." Felicity hesitou, e Cassidy pôde imaginar sua preocupação. "Cassidy, pelo amor de Deus, não mereço isso. Se está aí, atenda a droga desse telefone!"

Sabendo que cometeria um erro enorme, Cassidy atendeu.

— Está bem, estou aqui. — Apoiou o quadril num lado da escrivaninha. — Não se preocupe com os jornalistas; se mais alguém telefonar, diga que vou conversar com eles ao longo do dia...

— Graças a Deus, tenho ficado maluca. Eles parecem urubus! Sem querer ofender — acrescentou rapidamente, como se Cassidy estivesse preocupada com a santidade da carreira que escolhera. — Mas ouvi dizer que eles estão à espreita no hospital e que Dena e Rex chegaram a ser incomodados em Palm Springs! Dá para imaginar?

Ah, dava para imaginar sim. Ela mesma já não fizera parte de uma turba ansiosa por um furo de reportagem, passando dias nos degraus do fórum, noites inteiras de vigília em cadeias, horas insones, dirigindo nas piores condições por causa de uma entrevista importante? Mas essa parte de sua vida parecia muito distante agora.

— Bem, você sabe como todos nós nos sentimos com relação ao Chase — Felicity falava rapidamente. — Derrick e eu estamos arrasados com tudo isso...

Mentira. Felicity e Derrick haviam fugido secretamente para Lake Tahoe, não muito tempo depois de as cinzas de Angie terem esfriado. Sua preocupação agora remetia à falsidade. Era um papagaio do marido, e Derrick sempre odiara qualquer assunto relacionado aos McKenzie. Ele e a esposa ficaram estupefatos quando ela se casou com Chase; a família inteira ficara chocada, e seu meio-irmão e a cunhada jamais esconderam o quanto desaprovavam sua escolha.

Talvez essa tivesse sido uma das razões pelas quais Cassidy decidiu estreitar o nó entre eles. Nos primeiros meses, quando foram felizes, Chase brincava, referindo-se a si mesmo como um problema aparente, e não como um novo parente da família Buchanan. Mas isso acontecera há muito tempo.

— Não se preocupe — Cassidy ouviu-se dizendo. — Ele vai ficar bom logo.

— Vai? Quer dizer, sei que está em más condições...

Cassidy logo voltou ao presente.

— O dr. Okano acha que ele ficará bom.

— Você conversou com o médico? Achei que estivesse com aquele detetive.

Cassidy não tinha tempo para ficar respondendo a perguntas da cunhada.

— Estava, mas eu fui ao hospital com o detetive Wilson. Depois, mais tarde, quando terminou o depoimento, voltei de carro e fiquei um pouco com o Chase até conseguir falar com o médico. — Enrolou o fio do telefone nos dedos. — O dr. Okano está muito confiante. Ele terá alta até o fim da semana.

— Virá para casa?

Essa era uma pergunta que ela já havia feito uma dúzia de vezes.

— Para onde mais ele iria?

Felicity suspirou ruidosamente.

— Não fique na defensiva. É que todos nós sabemos que vocês estavam tendo alguns problemas.

Os músculos na parte posterior de seu pescoço ficaram rígidos. Não importava o quanto seu casamento estivesse ruim, ela nunca fazia confidências a ninguém, nem à mãe, nem ao irmão, tampouco à cunhada. Seu relacionamento com o marido era assunto particular.

— Felicity, o Chase está melhorando e virá para casa. Ponto.

Felicity não fez pressão para continuar o assunto.

— E quanto ao outro homem?

Cassidy sentiu um nó na garganta. *Brig*.

O *último Grito* 301

— Não sei direito — admitiu, enroscando o fio nos dedos. — Ninguém tem permissão para vê-lo, mas não acredito que esteja bem.

— Quem é ele?

Por que seu coração batia com tanta força?

— Não sei. A polícia ainda está tentando descobrir.

— Espero que descubram logo — disse Felicity veementemente. — Não vamos nos sentir seguros até sabermos quem ele é e por que tentou incendiar a serraria.

— Acha que ele está por trás disso? — *Brig? Por que ele voltaria para incendiar a serraria?*

— Quem mais?

— Qualquer pessoa.

— Ah, por favor, Cassidy. Seu marido está lutando pela própria vida, quase morto no incêndio, e você fica aí defendendo um vagabundo que a polícia não consegue identificar? É claro que ele está por trás disso.

— Não sabemos. Não sabemos de nada neste exato momento. — Ela tentou não parecer na defensiva; seria melhor se Felicity não desconfiasse de que Brig havia voltado. — Além do mais, se você acha mesmo que ele está por trás do incêndio na serraria, não precisa se preocupar. — Gotas de suor brotaram em sua testa, e uma ânsia de vômito lhe subiu mais uma vez pela garganta. — Parece... parece que ele não vai sobreviver.

— Ótimo. Isso irá economizar milhares de dólares ao sistema judiciário criminal. — Felicity parecia aliviada. — Sei que é uma liberal convicta, Cassidy, mas mudaria de ideia se tivesse filhos e se preocupasse dia sim e outro também com a segurança deles.

Cassidy sentiu aquele vazio no coração de novo, o que ela reservara para os filhos que queria ter. Vazio que nunca seria preenchido.

— Olha, tenho que ir.

— Não vou tomar o seu tempo. Mas lembre-se de que você não está segura. Quem sabe o que aquele camarada estava tentando fazer? Ele pode ter um cúmplice, não pode? Algum maluco anda solto por aí. É isso o que me preocupa. Pode ser um idiota qualquer que tem alguma mágoa com a família. E, se quiser saber o que penso, aposto que Willie Ventura está envolvido nisso. Ele anda sumido, não anda?

— O Willie não iria...

— Ele não regula bem da cabeça, Cassidy. Sei que você passou a vida inteira o defendendo, mas ele é um débil mental; um menino em corpo de homem. Quem pode saber o que se passa na cabeça dele? Eu é que não vou deixar as minhas filhas perto dele, pode acreditar, não confio nele. É um pervertido... sempre por perto, olhando.

Cassidy lembrou-se do dia, anos atrás, em que Felicity teve a coragem de tirar a camiseta e exibir os seios só para ver a reação de Willie.

— Espero apenas que eles solucionem logo o caso. Deve ser duro para o seu pai. Ele ligou para cá. Falou com o Derrick. Ele e Dena estão voltando amanhã.

— Ótimo. — Cassidy não estava pronta para encarar os pais, mas não podia adiar o inevitável. Rex Buchanan envelhecera muito ao longo dos anos, desde o primeiro incêndio; era quase como se a vida lhe tivesse sido tirada. Dena se tornara paranoica, sempre em volta do marido, atendendo a todas às suas necessidades, gostando de se isolar, reclamando que não tinha netos de sangue. Não que Angela e Linnie, filhas de Felicity e Derrick, não fossem umas gracinhas, duas menininhas maravilhosas, mas não eram sangue de seu sangue. Dena estava satisfeita em deixar Derrick, Chase e Cassidy administrarem os negócios da família.

Cassidy deu uma desculpa qualquer para desligar. Ela e Felicity nunca se deram muito bem e eram apenas gentis uma com a outra. Mas, em geral, isso não tinha importância. Jogando a alça da bolsa para cima do ombro, dirigiu-se à porta. Tinha de parar na redação do jornal em que trabalhava e então iria para o hospital.

O vento estava quente do lado de fora, o fim de agosto recusando-se a deixar o tempo abafado para trás. Cassidy entrou em seu jipe e seguiu para Portland.

Sua cabeça estava latejando, a dor se formando atrás dos olhos, quando pensou em Brig. Durante quantos anos rezara para voltar a vê-lo? *Mas ele vai morrer. Antes que você possa lhe fazer qualquer pergunta, antes que possa tocá-lo, antes que possa ter certeza de que ele é mesmo Brig, ele vai morrer.*

CAPÍTULO 23

— *E*ntão, como se sente como o centro da história, para variar um pouco? — perguntou Selma Rickert, debruçando-se sobre a divisória que separava seu escritório do de Cassidy. Braceletes dourados balançavam em seu pulso, e seus olhos tinham um verde vibrante, cortesia das novas lentes de contato. Parecia nervosa, como sempre parecera desde que o lugar proibira o fumo, e tanto ela quanto outros passaram a ser forçados a sair de vez em quando para fumar um cigarro, em vez de deixá-lo queimando eternamente no cinzeiro que ainda estava em algum lugar em sua mesa de trabalho.

— Para falar a verdade, eu gostaria de ser aquela que faz as perguntas.

— É, sei o que você quer dizer. — Coçando o braço com as unhas pintadas da mão oposta, Selma acrescentou: — Você devia tomar cuidado com o Mike. Ele está doido por uma briga... discutindo com os donos do poder sobre direção e atitude no *Times* ou outra merda dessas.

— Os donos do poder eram Elmira Milbert, proprietária do *Valley Times* após tê-lo herdado do marido, no ano anterior. — Além do mais, ele está determinado a pegar o furo da reportagem sobre o incêndio e você sabe muito bem de quem.

— De mim? Como se eu soubesse de alguma coisa... — Cassidy pressionou as têmporas e rezou por uma aspirina.

O *Último Grito*   305

Selma concordou e olhou de relance para o escritório envidraçado do editor-chefe.

— Você é a esposa de uma das vítimas.

— Não sei de nada.

— Mais do que nós, querida. É isso o que importa.

Cassidy sentiu o estômago pesado.

— O que ele quer?

— Como assim, o que ele quer? Uma história, naturalmente. De alguém ligado ao incêndio. Você conhece o Mike. Está sempre procurando um ângulo diferente... afinal de contas, essa é a base deste jornal: um ponto de vista alternativo.

— Mas ele não se importaria com um pouco de sensacionalismo.

Selma abriu um sorriso, exibindo os dentes levemente projetados.

— Não, se isso vendesse alguns jornais. — Piscou e voltou a acomodar-se à mesa de trabalho, enquanto Cassidy ficava olhando para o caos que estava sua escrivaninha. Perdera apenas uns poucos dias de trabalho e, ainda assim, parecia que o mundo inteiro tivera um colapso desde então.

Deu uma olhada nas correspondências, nos e-mails, terminou uma história que havia começado poucos dias antes sobre uma nova trupe teatral e, em seguida, fez uma ligação para o hospital para ver como estava Chase. Ignorando um compromisso cujo prazo seria apenas a semana seguinte, escaneou todas as notícias sobre o incêndio, assim como uma cópia do relatório policial que alguém havia conseguido arrancar das mãos do xerife.

Uma hora se passou antes de Mike Gillespie parar à sua mesa e dar uma olhada na sua cópia do relatório.

— Sinto muito pelo que aconteceu com o Chase — disse ele, e seus olhos, atrás de lentes grossas, pareceram preocupados. Homem robusto, com o início de uma flacidez na barriga, ele cheirava a charuto e café.

— Ele vai ficar bom. Só que levará algum tempo.

— Um horror, mesmo assim.

Ela jamais se sentira nervosa perto de Mike, mas isso porque eles sempre estiveram jogando no mesmo time. Dessa vez, por causa do incêndio, eles estavam em lados opostos... ou, pelo menos, era assim que se sentia.

— Se você precisar de mais tempo de folga... — Mike deixou a frase por terminar, dando a ela a oportunidade de responder, antes que tivesse sequer concluído o próprio pensamento.

— Talvez eu precise trabalhar mais tempo em casa, quando o Chase sair do hospital. Passarei fax das matérias para o escritório.

Ele ergueu um ombro e enrolou a manga da camisa.

— Me comunique apenas. Temos pessoas dispostas a substituir você.

— Eu ficaria grata — disse ela, embora sentisse um nó no estômago como se alguma coisa estivesse prestes a acontecer. *Lá vem bomba...*, sua mente alertou-a, *não o deixe pegar você de surpresa.*

— Bill tem trabalhado na reportagem sobre o incêndio.

Bill Laslo era um dos melhores jornalistas de lá. Ela não respondeu, apenas esperou Mike chegar aonde queria.

— Ele talvez queira fazer algumas perguntas, sabe como é, já que o seu pai é o dono do prédio e o seu marido e o seu irmão administram os negócios...

— E meu marido quase foi morto.

O rosto de Mike, de repente, aparentou cansaço.

— São as notícias do momento, Cassidy. Notícias importantes por aqui. É isso o que nós publicamos. Você não estava esperando que ignorássemos o incidente, estava?

— É claro que não. Só não gosto de ser a fonte primária, está bem? Isso já tem sido difícil para a minha família; não vou ser eu a botar os podres familiares na mídia.

— A pimenta arde um pouquinho quando bate nos nossos olhos, não é?

— Apenas diga ao Bill que sei tanto quanto ele. A polícia não tem confiado em mim.

O *Último Grito*   307

Mike hesitou um pouco e projetou o lábio.

— Da forma como ouvi, acho que eles suspeitam de você.

Cassidy ficou olhando para Mike como se ele tivesse adquirido chifres e rabo.

— Eles disseram isso a você?

— Não, mas você foi chamada para prestar depoimento.

— Porque meu marido foi ferido. Por isso! — quase gritou ela, repentinamente irritada. O que Mike estava querendo? — Falaram com várias pessoas.

— Toda a conversa em Prosperity é a de que a serraria estava perdendo dinheiro e se encontrava completamente coberta pelo seguro.

Ela não aguentaria.

— Então é isso, não é? Pura especulação em cima de mim. Achei que este jornal só publicasse fatos.

— Estamos esperando obtê-los de você.

— Não tenho fato nenhum.

— E quanto ao desconhecido?

Seu coração quase parou, mas ela tentou não se descontrolar.

— Tudo o que sei é que ele está no CTI e não parece bem.

— Acha que ele provocou o incêndio?

Cassidy negou veementemente com a cabeça. *Acredito que ele seja o irmão de meu marido... O homem com quem perdi meu coração e minha virgindade.*

— Nada *sei* sobre ele.

— Mas, se descobrir, serei o primeiro a saber, certo?

Mike ergueu as sobrancelhas atrás dos óculos.

— Certo. Logo depois que eu telefonar para os tabloides sensacionalistas.

— Muito engraçado, Cassidy — disse ele, batendo com os nós dos dedos na mesa dela e dando as costas. — Muito engraçado.

— Chase... pode me ouvir? — Cassidy acomodou-se no encosto reto de uma cadeira do hospital, perto do marido, como vinha fazendo regularmente durante dois dias, sabendo que, supostamente, nada havia de errado com sua audição e acreditando que ele a estivesse evitando de propósito. Embora as enfermeiras tivessem dito que ele não proferira uma palavra sequer e que a polícia não fora capaz de arrancar nem uma sílaba de seus lábios, ele acabou reagindo, tentando comer um pouco, bebendo um pouco de água de um canudo curvo e olhando com raiva para o mundo, por meio de um olho danificado. Ainda estava envolto em gaze e nem mesmo virara o olho avermelhado em sua direção. A medicação que vinha recebendo para dor não lhe permitia comunicar-se com ela, mas Cassidy suspeitava de que estivesse apenas sendo teimoso, desempenhando o mesmo papel que desempenhava sempre que discutiam.

Imaginou se, algum dia, chegara a amá-lo. Decerto, após o incêndio que dera fim à vida de Angie, quando ela fora visitar Sunny McKenzie, Cassidy não tinha qualquer intenção de algum dia se envolver com o irmão de Brig.

A precisão de Sunny, naquela noite, de que iria se casar com Chase a perseguira por todo o trajeto até em casa, mas ela conseguira deixar o pensamento de lado. Afinal de contas, amava Brig. Não seu irmão mais velho e mais sofisticado. Ela e Chase mal se viram nos anos seguintes. Ele foi para a faculdade de direito em Salem, ela acabou o ensino médio em Prosperity, pensando em Brig, dizendo a si mesma para se esquecer dele, e mal tendo vida social. Preocupava-se com a mãe; já o pai mal percebera qualquer mudança em sua segunda filha.

Quando Angie deixou a vida na Terra, uma parte de Rex Buchanan foi embora junto com ela. Seu amor pela vida diminuíra. Suas visitas ao cemitério tornaram-se mais frequentes, e ele ficava horas a fio trancado no escritório, tomando conhaque, os olhos fixos no fogo da lareira. Cassidy tinha certeza de que, se ela tivesse morrido, Rex nem teria notado.

Seu cavalo jamais foi encontrado. Tampouco houve sinal de Brig. Cassidy foi para a faculdade, grata por ficar longe de Prosperity e dos

O Último Grito 309

fantasmas carbonizados que ainda a assombravam. Perdeu o interesse por cavalos e enfiou as botas de caubói nos fundos do closet. Estudou jornalismo com toda a garra, namorou um pouco, fez algumas amizades e, por fim, depois de sua formatura, conseguiu um emprego num pequeno estúdio de televisão em Denver. De Denver, foi para São Francisco e finalmente para Seattle, onde, após anos de trabalho árduo, tornou-se repórter de boa reputação. Chase, advogado empresarial, a vira nos noticiários, telefonara para ela e a convidara para sair.

Ela apenas concordara em se encontrar com Chase para obter notícias de Brig. Foi vê-lo num pub irlandês, em Pioneer Place. Eles deram risadas e colocaram os assuntos em dia, e o sorriso de Chase, mais suave do que o de Brig, mas ainda assim de parar o coração, a conquistara. Foi assim que tudo começou. Eles foram levando devagar, nenhum dos dois querendo envolvimento. Ainda assim, com o passar dos meses, ela finalmente aceitou que sua paixão adolescente por Brig fora apenas uma sombra insistente e que ela teria de bani-lo de seu coração e de sua cabeça.

Chase a ajudara durante aqueles primeiros anos, pensava agora, ao olhar para o leito do hospital onde ele se encontrava. Ajudara a esquecer o homem que a abandonara.

Por isso, ela lhe seria eternamente grata. Cassidy pigarreou e tentou se comunicar com o homem silencioso ali presente, sob os lençóis engomados. Devia isso a ele: ajudá-lo a se levantar de novo. Afinal de contas, ainda era sua esposa. Levou os dedos à sua mão saudável e segurou-a com gentileza.

— Chase? Pode me ouvir? Andei pensando...

Ele não se moveu, mal respirou, não deu qualquer indício de que a ouvisse, embora não estivesse em coma, pelo menos assim lhe dissera o dr. Okano.

Não o culpava por não responder. Piscando para evitar as lágrimas, lembrou-se da noite do incêndio e da discussão terrível que tiveram, a pior de todas, insultos e mágoas ecoando pela casa, saindo de pessoas sofredoras e infelizes. Ele a acusara de nunca tê-lo amado, não como amara Brig, e ela respondera que ele se casara com ela por ela ser uma Buchanan, e que ele sempre quisera, discretamente, pôr a mão na fortuna da família. Durante a briga, acabara sugerindo o divórcio. O que lhe parecera a única solução, embora tenha testemunhado seu olhar magoado naquela noite. Sofrimento por trás da raiva.

Ai, meu Deus, como lamentava aquelas palavras... Chase sempre fora bom para ela. Honesto. Por mais que tivesse tentado, nunca o amara com aquela entrega, com aquele abandono que tão ingenuamente a jogara nos braços do irmão.

Agora ele estava morrendo.

Como chegara a tal ponto? Afundou o rosto nas mãos e recusou-se a chorar. Não mostraria seus sentimentos para a equipe do hospital ou, pior ainda, aos repórteres que estavam amontoados ali no saguão e tentavam encontrar formas de arrancar algumas palavras dela, do médico ou até mesmo de uma das vítimas.

Naquele quarto particular, sentia-se como se alguém a estivesse observando. Como se os monitores ligados a Chase por toda a sorte de tubos e fios de alguma forma estivessem ligados a câmeras, ou como se alguém estivesse espiando pelas janelas translúcidas da ala das enfermeiras, mesmo com a cortina fininha puxada.

Você está imaginando coisas.

Está exausta.

Ansiosa.

Dê um desconto.

Foi quando ouviu o ruído suave de passos.

Quem agora? Certamente uma enfermeira ou outro funcionário. Ergueu rapidamente os olhos, franziu-os olhando pela cortina e não viu ninguém, nem mesmo uma enfermeira com uma prancheta.

Cassidy levantou-se e foi até a porta que deixara entreaberta, esperando ver alguém prestes a entrar no quarto e dar uma olhada em Chase... mas o corredor estava vazio, a luz reduzida para a noite. Ouviu vozes baixas vindo de um quarto no final do corredor, só isso,

O *Último Grito*   311

além do zumbido constante do ar-condicionado e dos pequenos bipes do monitor.

Você está deixando essas coisas impressionarem você, Cassidy... fique fria. Encontre uma forma de se acalmar e passar por isso.

Chase soltou um gemido fraco, e ela se pôs imediatamente ao seu lado, entrelaçando os dedos nos dele.

— Estou aqui — disse, mordendo o lábio e olhando para seu rosto inchado. — Prometo que daremos um jeito de fazer tudo dar certo.

Achei que iria vomitar.

Ver Cassidy bancando a esposa dedicada.

Que piada!

Como se algum dia tivesse amado Chase McKenzie.

Como se conhecesse o sentido dessa palavra.

Era tão puta quanto sua irmã. Quando não pôde ter um dos irmãos McKenzie porque ele deu no pé, covarde do jeito que era, ela se casou com o outro. E nem mesmo fizera uma boa troca. Chase McKenzie era uma cobra. Uma cobra... mas uma cobra quase morta agora. Sorri diante desse fato e saí discretamente pela porta dos fundos da escada de serviço.

Dois pisos abaixo, enfiei-me, sem que me vissem, no vestuário misto e mudei rapidamente de roupa, trocando o jaleco da equipe do laboratório por calça jeans escura, camiseta preta, jaqueta e boné de beisebol. Joguei as luvas cirúrgicas usadas dentro de minha bolsa esportiva e acomodei os óculos escuros no nariz. Com pressa, vendo que não havia ninguém naquela parte do primeiro piso, atravessei o corredor.

Desci as escadas para a garagem. De lá, corri por três quarteirões até o beco onde havia estacionado a caminhonete e escondi a bolsa atrás do banco. Quando me posicionei atrás do volante e engatei a primeira marcha, praguejei por causa da minha falha.

Era para os dois terem morrido.

A explosão devia tê-los matado na mesma hora.

Em vez disso, eles estavam ali, resistindo, agarrando-se à vida com tenacidade e os dedos queimados. *Merda!*

Achei que, naquela noite, talvez tivesse a oportunidade de ajudar Chase a ir para debaixo da terra, mas não com a mulher dele ao seu lado, fazendo vigília, pelo amor de Deus!

Foda-se.

Paciência... você já fez isso antes. Ainda tem tempo.

Olhei mais uma vez para o meu reflexo. Vi determinação em meus olhos. Sabia que era apenas uma questão de tempo. Meus dedos de curvaram sem força sobre o volante e, quando parei em um sinal no meio da cidade, convenci-me de que tentaria de novo.

E da próxima vez eu não falharia.

CAPÍTULO 24

Cassidy convenceu o detetive Wilson de que precisaria visitar o homem no CTI. Se Brig ainda estivesse vivo, estava determinada a vê-lo. T. John sentia-se muito satisfeito por usar sua influência e acompanhá-la pelas portas de duas folhas, até o posto de enfermagem que ficava numa posição central, próximo de vários quartos com três paredes. De uma mesa que parecia o painel de controle de nave *Enterprise*, as enfermeiras podiam ler telas, assim como ver os pacientes em seus leitos, a não ser que as cortinas estivessem fechadas para dar alguma privacidade.

Fique calma, disse a si mesma ao passar os olhos pelos leitos ocupados. Três homens e duas mulheres ocupavam os leitos, dormindo ou sedados, tubos, fios e cateteres enfiados em seus corpos.

— Por aqui — disse T. John, com a voz branda, conduzindo-a ao terceiro cubículo.

Parecia que a medula de seus ossos iria congelar. Aquele homem acabado era Brig? Quase sem cabelos, rosto destruído, inchado, pálido e irreconhecível, quase sem respirar. Arames mantinham seu queixo no lugar. Gazes cobriam partes de sua cabeça, seus braços e pernas. Ela mordeu o lábio quando imagens dele jovem — homem saudável, irreverente, cheio de energia — passaram por sua mente. Brig com a cabeça jogada para trás enquanto ria. Brig com o corpo rijo, músculos tensos e reluzentes sob o sol, enquanto brigava com Remmington.

Brig e seus olhos brilhantes, ameaçadores, quando acendia um cigarro. Brig beijando-a na chuva.

Cassidy conteve um pequeno grito de protesto e sentiu vontade de sair correndo, correr o mais rápido e para o mais longe possível. Fazendo um esforço, aproximou-se lentamente. Uma sensação de náusea cresceu-lhe na boca do estômago. Lágrimas arderam em seus olhos.

— Ele recuperou a consciência? — perguntou T. John a uma das enfermeiras que estava trocando as sacolas de soro.

— Não.

— Qual o prognóstico?

— O senhor terá que perguntar ao médico.

T. John olhou preocupado para o homem agonizante, enquanto Cassidy lutava para manter a postura. Não podia ser Brig!

— Você o conhece?

Ela balançou negativamente a cabeça.

— Seria impossível dar...

— Alguma sugestão plausível?

— Não — disse ela, chegando à conclusão de que, mesmo que aquele homem fosse Brig, ela manteria isso em segredo, pelo menos por enquanto. Ele estava fugindo havia muito tempo; ajudara-o a fugir muitos anos atrás, além disso, a verdade nua e crua era que não sabia, não podia ter certeza. Só porque estava com Chase e fora encontrado com uma medalha parcialmente queimada de São Cristóvão na mão não havia como provar. Se, pelo menos, ele abrisse os olhos e olhasse para ela, talvez ela conseguisse ver um pouco do homem que conhecera tanto tempo atrás.

— Sinto muito, mas, se a senhora for ficar mais tempo, terei que pedir a permissão do dr. Malloy.

T. John olhou de relance para Cassidy, mas ela negou.

— Então está bem — disse ele, pegando Cassidy pelo cotovelo, conduzindo-a para além do posto de enfermagem e depois pela porta que dava para o corredor externo. Os pés de Cassidy estavam pesados, seu interior, trêmulo.

O detetive levou a mão ao bolso em busca do tablete de chicletes.

— Quer um? — ofereceu, estendendo um pacotinho de Dentyne, mas ela o recusou com um gesto, mal ouvindo suas palavras.

— Uma visão nada agradável, não é?

— Não.

Ele desembrulhou o chiclete, transformou o tablete numa bolinha e colocou-a na boca.

— Os médicos estão surpresos por ele estar resistindo por tanto tempo, sabe como é. Já era para o coração dele ter parado, mas ainda está batendo. Ele é um filho da puta duro na queda, justiça seja feita. Ainda aguentando firme. Não só está todo queimado por fora como ferrado por dentro, sabe como é; perdeu litros de sangue quando uma das vigas caiu em cima dele. Eu diria que ele teve sorte de ter chegado até aqui, mas...

— Ele não me parece sortudo. — Finalmente conseguira dizer alguma coisa, embora sua voz soasse estranha, como se estivesse tentando falar através de um vidro.

T. John olhou-a de relance.

— Talvez fosse melhor você se sentar.

Em vez de discutir, Cassidy deixou-se cair numa poltrona na salinha de espera, onde outras pessoas preocupadas — certamente amigos e parentes de pacientes do CTI — permaneciam sentadas ou caminhando. Pálidas, com rugas de preocupação marcando seus rostos e mãos nervosas amassando pedaços de lenços de papel, elas aguardavam notícias de entes queridos lutando pela vida. *Como Brig... mas aquele homem não pode ser Brig!*

— Posso pegar um pouco de água para você... quem sabe café?

— Não. — Cassidy dispensou qualquer demonstração de gentileza e lembrou-se de que não podia confiar nele. Do lado da lei ou não, T. John Wilson era o inimigo. Pelo menos por enquanto. — Estou... estou bem.

— Tem certeza?

— Tenho.

Ele aguardou, recostando-se numa coluna, braços cruzados na altura do peito, botas cruzadas na altura dos tornozelos, enquanto ela tentava se controlar, enquanto tentava impedir que sua imaginação galopasse para longe. Se aquele homem fosse Brig, o que ele estaria fazendo na serraria? Por que se encontrara com Chase? Há quanto tempo Chase sabia que Brig estava vivo? Apenas recentemente ou será que vinha mentindo havia meses, talvez até mesmo anos? Talvez desde o primeiro incêndio, aquele fogaréu que parecia ter acontecido uma vida inteira atrás.

O mundo pareceu se desfazer sob seus pés. Será que Chase sabia que seu irmão estava vivo quando eles começaram a namorar e, simplesmente, deixara de mencionar? Cassidy sentiu-se tomada de náuseas e achou que iria vomitar. Engoliu duas vezes em seco e, finalmente, se pôs de pé sobre pernas trêmulas.

— Tem certeza de que está bem?

Não! Nunca mais serei a mesma! Ai, meu Deus...

— Estou — mentiu, com mais convicção do que sentia. — Acho... Acho que vou visitar o meu marido.

T. John encarou-a tão friamente que ela sentiu vontade de se encolher.

— Achei que vocês dois tivessem se separado. Não tiveram uma briga séria naquela noite?

— Já expliquei...

Ele levantou a mão.

— Estou apenas lembrando o fato de que, na noite em que seu marido quase foi assassinado, vocês discutiram, você disse a ele que queria o divórcio, não foi?

Dando um suspiro, Cassidy concordou. Tentara parecer o mais confiável possível para o detetive.

— E depois ele saiu furioso e mal-humorado. E você... o que fez? Ficou em casa trabalhando em alguma matéria?

— Exatamente.

Obviamente, T. John não acreditou nela.

O *Último Grito*   317

— Espero que não esteja mentindo para mim, sra. McKenzie, porque não gosto muito de ser enganado.

— Nem eu, detetive. Também não gosto de ser tratada como se estivesse atrapalhando uma investigação. Não segui meu marido até a serraria naquela noite, se é isso o que está querendo insinuar.

— O seguro de vida dele é bem alto.

Cassidy encarou-o.

— Não ligo para dinheiro.

— Ah, sim. Você é uma das poucas mulheres no mundo que tem o suficiente para viver. E, mesmo assim, quis se divorciar...

— Eu não quis. Senti que... que não havia outra saída.

— Mas agora se sente moralmente obrigada a ficar do lado do leito dele segurando sua mão? — Wilson não fez questão de esconder seu descrédito.

— É o que quero fazer.

Com o lábio inferior levemente projetado, o detetive semicerrou os olhos enquanto mascava, pensativo, seu tablete de Dentyne. Nada parecia lhe escapar e, apesar de sua aparência relaxada, do tipo "não dou a mínima para essa porra", ele parecia inquieto. Não, Cassidy não podia confiar nele.

— Ainda sou casada com Chase.

— É, eu sei.

— Ele precisa de mim agora.

— Pelo que ouvi, nunca precisou tanto.

A espetada doeu, mas ela não se deixou dominar pelos sentimentos.

— Você não o conhece.

— Mas irei conhecê-lo, minha querida — assegurou-lhe quando ela se dirigiu ao elevador. — Antes de tudo isso acabar, pretendo conhecer seu marido de trás para frente, de frente para trás, por dentro e por fora.

Não tenha tanta certeza. Ninguém conhece Chase McKenzie. Pode acreditar, eu já tentei.

* * *

Havia mais flores no quarto. Cestas imensas de rosas, cravos, centáureas e, ao que parecia, todas as outras flores conhecidas pelo homem enchiam o quarto em volta do frasco de soro, da mobília plástica, da pia e do leito. Balões enfeitados por fitas flutuavam perto do teto. No entanto, apesar das cores vibrantes e das mensagens dos amigos e empregados das empresas Buchanan, Chase parecia o mesmo — imóvel no leito. Cassidy tomou seu lugar ao lado do marido, buscou sua mão por cima da grade de metal da cama e tentou atrair sua atenção.

— Estão dizendo que você não está colaborando — disse, com a voz branda.

Nenhuma resposta.

— Acham que você está acordado, mas não quer falar.

O olho continuava fixo no teto.

Ele a estava ignorando. Mais uma vez. Exatamente da forma que fizera durante anos.

— Eu tinha esperança de que você já estivesse melhorando o suficiente para ir para casa.

Nada.

Cassidy não desistiria. Tentou outra tática.

— A mamãe e o papai devem vir aqui esta tarde. Estão ansiosos para ver você e, amanhã, sua mãe está vindo para cá. Eu... eu já arrumei uma enfermeira...

O olho piscou e recuperou o foco.

— Brenda, você se lembra dela, é a nova enfermeira da sua mãe. Foi contratada pelo hospital há alguns anos. Enfim, Brenda disse que sua mãe anda sofrendo muito desde o incêndio...

Mais do que sofrendo; Brenda admitira que Sunny, ao ouvir as notícias do incêndio na serraria e das queimaduras do filho, ficara histérica. Praguejara e falara de forma descontrolada, atirando coisas pelos ares, insistindo em se libertar; depois, gritara abertamente pelo filho. Pior, ela havia previsto o incêndio. Seu psiquiatra, dr. Kemp,

O Último Grito 319

homem calvo, que ainda usava o que lhe restava dos parcos cabelos em um rabo de cavalo e mantinha eternamente uma barba de três dias, ficou preocupado e se viu forçado a sedá-la. Ele a analisava havia anos, tentando separar seu psiquismo de sua suposta percepção extrassensorial, mas parecia não chegar a lugar algum.

— Acho que as visões de Sunny têm se tornado mais frequentes, e ela vive dizendo que tudo isso já estava predestinado. — Cassidy tirou as mãos das cobertas e torceu a alça da bolsa, sentindo-se desconfortável ao falar da sogra, uma mulher que respeitava, embora não confiasse plenamente nela.

— Eu a trarei aqui amanhã à tarde e...

— Não! — A voz dele saiu com ímpeto, quase inaudível, porém veemente em sua emoção.

Cassidy pulou, derrubando a bolsa. As chaves e a carteira escorregaram pelo compartimento cujo fecho se encontrava aberto e caíram no chão de lajotas. Então ele podia ouvir. Andara fingindo que não. Alívio e uma pontada de raiva percorreram seu corpo, enquanto recolhia as coisas que haviam caído. Em seguida, aproximou-se novamente da grade para tocar os dedos que não estavam enfaixados.

— Você pode me ouvir!

Silêncio. Teimosia, silêncio de pedra.

— Sunny está ansiosa para ver você, para tocá-lo e se tranquilizar um pouco, vendo que está bem...

— Eu disse não! — A voz saiu rouca, arrastada, uma vez que tentava falar com o queixo fechado por arames.

— Pelo amor de Deus, Chase, é a sua mãe! Está morrendo de preocupação e, mesmo que às vezes não consiga distinguir entre o que é real ou não, precisa ver você com os próprios olhos, ver por si mesma que você irá resistir.

— Não assim!

Então tinha a ver com orgulho. A droga do orgulho dele. Mas Cassidy suspeitava que havia mais coisa ali. Chase nunca se sentira confortável perto da mãe, desde que a fizera sair à força do velho trailer que ficava próximo ao riacho, o lar que ela havia amado. Para o seu próprio bem. Pelo menos assim ele dizia.

Não muito tempo depois que ela e Chase haviam se casado, ele encontrara a mãe uma noite, inconsciente, dentro da pequena banheira. Sangue escorria dos ferimentos em seu pulso, manchando com riscos vermelhos a água já turva pela ferrugem. Chase telefonara para o serviço de emergência. Sunny, inconsciente, estava quase morta quando os paramédicos chegaram.

Agora, Sunny McKenzie morava numa clínica particular que uma vez fora uma mansão com tijolinhos irregulares. O hospital era administrado por uma equipe médica eficiente, que todas as semanas passava boletins do estado de Sunny, não um estado exatamente estável, para começar, e talvez um estado que não melhoraria. Embora tivesse deixado de se autoflagelar, sempre haveria a possibilidade de se tornar violenta de novo. Consigo. Com os outros. Chase concordou com relutância em mantê-la internada. Seus olhos se encheram de lágrimas quando assinou os papéis, e depois desceu apressadamente os degraus largos do hospital, segurando a mão de Cassidy e saindo às cegas pelos jardins paginados, com seus lagos serenos, sem dizer nada até chegarem ao estacionamento.

— Ela vai odiar isso aqui. — Ele mesmo fez a previsão, frustrado. Apressado, deslizou para trás do volante de seu Porsche e enfiou a chave na ignição.

— Por que não a deixa ir para casa? — sugeriu Cassidy. Ficara apavorada até o último fio de cabelo na noite em que visitara Sunny, após a morte de Angie, e saíra correndo por causa de sua profecia. Contudo, com o tempo, aprendeu a respeitar Sunny McKenzie.

— E deixar que corte os pulsos de novo? Se enforque? Ou ligue o gás? Pelo amor de Deus, Cassidy, é isso o que você quer? — Girou a chave na ignição, apertou o acelerador, e o motor poderoso roncou.

— Claro que não, mas ela precisa da liberdade dela.

O Último Grito   321

— Talvez mais tarde. — Uma aspereza surgiu em seus traços, e seu maxilar ficou lívido. — Ela ficará segura aqui. Odiará, mas ficará segura.

E assim foi. Cassidy dera outras ideias ao longo dos anos, chegou até mesmo a sugerir que Sunny fosse morar com eles. Chase nunca lhe deu atenção. Algumas vezes, Cassidy pensava que ele se envergonhava porque sua mãe lia mãos; outras vezes, achava que ele acreditava que Sunny, finalmente, estava morando no melhor lugar para ela, e que ele estava mesmo preocupado com sua segurança física e saúde mental. Não havia morado anos a fio com a mãe, por muito mais tempo que a maioria dos filhos, mesmo depois de Brig ir embora? Não fora sempre o filho prestativo?

Seu marido, pensou com tristeza, era um homem complexo, difícil de entender. Às vezes, impossível de amar.

— Chase — sussurrou baixinho, querendo que ele respondesse, mas ele parecia ignorá-la de novo. — O detetive Wilson, do departamento do condado, irá te fazer algumas perguntas. Muitas perguntas. Sobre o incêndio e sobre o homem que estava com você.

Ele nem mesmo chegou a piscar, e ela tentou sacudi-lo, dar-lhe um pouco de bom-senso. Será que não a ouvia Será que não se importava?

Cassidy tentou novamente.

— Suponho que você tenha nos ouvido conversar e saiba que é provável que ele não sobreviva. Perdeu muito sangue, acho que tem fraturas internas. — Ela não sabia ao certo a extensão dos ferimentos do outro homem, apenas entendia que o mais provável era que não sobrevivesse. Sentiu a boca completamente seca. — Quem é ele?

O olho se fechou.

— Não sei.

— Chase, por favor. Acho que eu deveria saber. — Tocou-lhe a mão, e ele a recolheu. — Chase...

O olho se abriu.

— Não! — Ele praticamente gritou, com sua voz rouca e irreconhecível. — Não me toque. — Por fim, virou seu olhar aterrorizante para ela... um misto de raro azul com um vermelho raivoso. — Nunca mais me toque de novo.

As palavras saíram dissonantes e pesadas por causa de sua dificuldade de articular o maxilar, mas cortaram tão profundamente quanto uma chibatada.

— Apenas me fale do homem que estava com você — insistiu ela, recusando-se a deixar o assunto de lado, embora seu coração estivesse batendo tão rapidamente que ela mal pudesse respirar. O olhar dele mirou o dela, e ela não pôde se conter, mas perguntar, sem pensar, o que sabia que deveria ser a verdade. — Era o Brig, não era? Sei que me disse há bastante tempo para eu esquecer seu irmão, que ele estava morto, pelo menos para você e para mim, mas... mas nunca acreditei de verdade, e agora... — A voz dela falhou por causa da emoção — ... agora, acho, ai, meu Deus, não sei o que pensar, mas você se encontrou com Brig por alguma razão e...

— Brig está morto.

— Ainda não! Está no CTI, lutando e perdendo a vida...

— Achei que já havíamos falado sobre isso, achei que você havia entendido. — A voz dele saiu baixa e dificultosa; as mãos, apesar do gesso, se dobraram, fechando os punhos.

— Eu, hum, achei que você, propositalmente, me fez pensar que Brig estava morto, quando ele, na verdade, estava vivo em algum lugar.

— Pelo amor de Deus, Cassidy, desista! Ele se foi. Se foi há dezessete anos. Aceite.

Ela se levantou com as pernas trêmulas e agarrou-se com tanta força à parte superior das grades do leito que ficou com os nós dos dedos esbranquiçados. Encarando-o, tentou se lembrar por que quisera casar-se com ele, por que abandonara suas fantasias, seus sonhos e sua carreira por ele.

— Então, quem é o outro homem?

O último grito 323

— Não sei.

— Para o diabo, Chase! Você está me evitando de novo. E, se este homem não é Brig, então eu gostaria de saber quem ele é... por que está lhe dando cobertura. Você sabe que a seguradora está tentando fazer alarde de que você, talvez, tenha querido ver a serraria incendiada. Já podem provar que foi um incêndio criminoso. Agora, tudo o que precisam é de um bode expiatório.

— Por que eu iria querer incendiar a serraria?

— Para ganhar dinheiro e não ficar como o cara ruim que demite funcionários... pessoas com quem você trabalha há muito tempo, pessoas na cidade que respeitam você, que dependem do emprego para sustentar as famílias. Há muita madeira na propriedade da família Buchanan e, com todas as imposições federais, os detetives começaram a pensar que talvez tenha sido mais lucrativo incendiar a serraria.

— E quase me matar? — perguntou ele, o suor molhando sua testa enegrecida e azulada, enquanto tentava falar.

— Talvez você tenha cometido um erro, ou talvez tenha aproveitado a oportunidade para tirar a suspeita de cima de sua pessoa.

— Você é inacreditável.

— E parece que funcionou. O detetive Wilson sugeriu que eu posso ter ateado o fogo.

— Wilson é um idiota.

— Eu só quero as respostas.

— Eu sei. Sempre a jornalista.

Seus dedos relaxaram, e ela lutou contra o nó repentino que se formou em sua garganta. O que estava fazendo? Chase ainda estava se recuperando. Sua pele ainda estava pálida e inchada, um olho com atadura, pernas e pulso engessados, e ela insistindo, forçando-o a dizer a verdade. Teria de ser paciente. O que seria apenas justo.

Deus me ajude. Ajude a nós dois.

Com as pernas bambas, Cassidy foi até a janela e ficou olhando para o estacionamento, onde o sol brilhava nos capôs e nos tetos dos carros estacionados em filas arrumadas.

— Sinto muito, Chase — disse, após contar silenciosamente até dez. — Eu não queria me descontrolar... só que tenho andado preocupada. Com você. Com tudo. Wilson está inquieto. Determinado. — Moveu os dedos sem propósito. — Vai querer fazer perguntas a você. É melhor estar preparado.

— Acha mesmo que eu provoquei o incêndio? — perguntou, com a voz rouca.

Cassidy coçou os braços.

— Não... Sinto muito. Eu só estava com raiva e frustrada. Parece que você sabe de muitas coisas... coisas que esconde de mim. — Seu queixo tremeu um pouco. — Não acho que iria incendiar a serraria e arriscar a própria vida, mas a polícia não será tão complacente, e os investigadores da seguradora, decerto, serão implacáveis. Portanto, tenha cuidado, Chase. — Pendurando a alça da bolsa no ombro, parou mais uma vez em seu leito, forçando-se a olhar para sua forma imóvel. Uma pontada de solidão cortou seu coração. Haviam sido felizes uma vez... mesmo que por pouco tempo. — Se quiser um advogado, ligo para...

— Eu não fiz nada disso — repetiu. — Como minha esposa, espero que acredite em mim.

— Como meu marido, espero que seja honesto comigo. — Ela parou perto da porta. — As autoridades estão achando que este incêndio pode ter ligação com o que matou a Angie e o Jed. Achei apenas que você deveria saber. Tchau, Chase. Volto mais tarde.

— Cass...

Ao ouvir o som do próprio nome, ela ficou sem chão.

— Sim?

— Chame o médico. Diga a ele que quero ir embora daqui.

— Mas você ainda não pode ir para casa. — Quase sentiu vontade de rir, não fosse a situação tão trágica. — Você está...

— Sei como estou, Cassidy, mas tenho que me ver livre daqui.

— No devido tempo.

— Agora!

— Pelo amor de Deus, Chase, relaxe. Vão deixar você sair quando estiver bom para ir para casa.

— Talvez não haja tempo suficiente.

— Para quê?

Ele a encarou com tanta crueldade que ela quase se esquivou de seu olhar. Chase engoliu em seco e, por um momento ínfimo, ela se lembrou de que, uma vez, se importara com ele.

— Preciso ir embora daqui — afirmou. — Quanto mais cedo, melhor.

CAPÍTULO 25

A serraria estava interditada. Fitas gomadas amarelas seguravam os escombros das serras queimadas, das vigas enegrecidas, retorcidas e onduladas do alumínio destruído pelo fogo, que haviam servido como paredes divisórias dos vários galpões. O escritório era uma estrutura de janelas quebradas e paredes queimadas, o telhado se fora; arquivos, computadores, escrivaninhas e cadeiras, tudo reduzido a entulho negro. Um pouco da madeira virgem havia sido salva, mas pilhas de tábuas cortadas em diversos tamanhos, prontas para embarque, foram arruinadas pelas chamas, e milhares de galões de água eram bombeados para o inferno. Incêndio criminoso. Exatamente como antes.

Fogo e água.

Como Sunny havia previsto.

Embora a temperatura estivesse acima dos vinte e sete graus, Cassidy tremia de frio. Não saiu de seu jipe, apenas deixou o motor ligado no estacionamento esburacado, ouvindo parcialmente o rádio e olhando para o que restava do cerne dos negócios do pai.

Chase não teria incendiado o galpão. Apesar da crise na indústria madeireira, a Serraria e Madeireira Buchanan mantinha-se no mercado, enquanto outras firmas do conglomerado, que eram as Indústrias Buchanan, anunciavam lucros recordes. Quem, em sã consciência, incendiaria uma das poucas serrarias do estado, que produzia a todo

O último grito   327

vapor, e arruinaria milhares, talvez milhões de metros de tábuas que valiam mais a cada dia, uma vez que o preço da madeira serrada não parava de subir? Chase não era nenhum tolo. Entendia de dinheiro. Crescer na pobreza, desde muito cedo, lhe dera lições na área de finanças.

Pelo para-brisas empoeirado, Cassidy observou as várias pessoas reunidas em torno dos escombros da serraria, espiando pela grade retorcida além da antiga placa de aviso de segurança, com letras que haviam descascado sob forte calor. Elas conversavam e faziam piadas entre si, apontando para uma empilhadeira atingida no incêndio, os pneus furados e derretidos, a ponta dos dentes pretos como carvão, o assento acolchoado queimado e o motor inaproveitável.

Não ouviu o irmão até ele bater no vidro com o nó dos dedos. Abriu a janela.

— Uma merda, né? — comentou ele, meneando a cabeça. O ar quente e úmido envolvia o jipe. Nuvens de poeira bloqueavam o sol, e a voz de Elvis sussurrava nas caixas de som.

Derrick apontou para o rádio.

— Desliga isso aí.

— Por quê?

— Detesto Elvis. Você sabe disso. — Era verdade, desde que eram crianças Derrick reclamava e praguejava, quase enlouquecido, sempre que Angie ou Cassidy tocavam um dos discos que haviam encontrado guardados no sótão, junto com as roupas e os livros de Lucretia.

Irritada, ela desligou o rádio.

— O que você está fazendo aqui?

— Olhando, como todos os outros. — Derrick coçou o queixo, pensativo. Uma mecha grisalha marcava seus cabelos. Quando estava sóbrio, era um homem atraente e que cada vez mais se parecia com o pai, com o passar dos anos. — Minha nossa, que bagunça!

— É — concordou.

— Felicity disse que Chase vai se recuperar.

— Vai. — Soou positiva. Perto do irmão, sempre mantinha boa aparência. Desde o início, ele fora contra seu casamento com Chase, e Cassidy estava determinada a nunca dar a Derrick a satisfação de saber que estivera certo com relação à sua felicidade. Mesmo que ela e Chase se divorciassem, desejou que tudo o que Derrick concluísse é que eles não se davam bem juntos e simplesmente se separariam, sem sentimentos de culpa, sem mentiras, sem suspeitas e, com certeza, sem ódio.

— Ele está indo para casa? — Derrick revirou o bolso à procura do maço de cigarros.

— É, se ele tivesse cooperado, sairia hoje.

— E aí, o que você vai fazer? — Pegou um Marlboro e o segurou com os dentes.

— Acho que cuidar dele. Até ficar de pé de novo. Vai demorar um pouco. Fisioterapia cinco vezes por semana, durante seis meses.

— Ele não vai gostar disso. — Derrick balançou a cabeça e franziu os olhos contra o sol poente. — Você sabe que só vai se aborrecer de novo, ficando do lado dele.

— Ele vai precisar de ajuda.

— E você vai ajudá-lo. Mais uma vez. Sabe de uma coisa, Cassidy? Nunca imaginei você como uma... como é que se diz? Pessoa permissiva, é isso. — Clicou o isqueiro e tragou o cigarro com vontade. A fumaça saiu pelas narinas. — Acho que é só o termo da moda para mulheres que agem como se fossem capacho do homem. Conhece o tipo. Mulher que faz qualquer coisa para manter o homem. Deixa que ele pise nela, esmague suas emoções e seu coração, e continue fazendo o que quer.

Ele parecia estar descrevendo a própria esposa. Felicity era apaixonada por Derrick desde que Cassidy se entendia por gente. Ficara atrás dele no ensino médio, tornara-se a melhor amiga de Angie para que pudesse ficar mais perto e, finalmente, o fisgara com um bebê. Agora, mesmo com a grande afinidade entre Derrick e garrafas e mais garrafas de Jack Daniel's e sua suposta paixão por outras mulheres, ela continuava ao seu lado, a esposa sempre dedicada e martirizada.

Cassidy achou por bem ignorar o ataque à sua personalidade.

— Você quer alguma coisa?

— Na verdade, não — disse ele, observando a desordem, quando o vento ficou mais forte e o cheiro de madeira queimada e da exaustão do motor ligado do jipe inundaram seu interior. — Estava vindo de casa... O papai e a Dena finalmente apareceram. Coloquei-o a par do que está acontecendo por aqui. Aí estava indo para a cidade, quando vi o seu carro. Achei que deveria dar uma parada, oferecer minhas condolências, ou seja lá o que for, e dizer que Dena está procurando você.

Cassidy suspirou.

Não estava pronta para encarar a mãe... ainda não.

Ele fez um careta.

— Você não precisa ficar colada no Chase só porque ele é seu marido.

— É claro que preciso.

— Ele não merece, Cassidy.

Ela passou a primeira marcha na caminhonete.

— Acho que ninguém melhor do que eu para julgar.

— Sabia que vê-lo assim, de cama, me deixa numa situação difícil?

— Deixa você numa situação difícil? — repetiu ela, incrédula. — O Chase está no leito de um hospital, queimado e em péssimas condições, e isso deixa você numa situação difícil?

— Claro que sim. Tive que arrumar gente para substituí-lo enquanto estiver ausente. Dois advogados, só para começar, e alguns consultores...

— Eu não começaria a procurar gente para colocar no lugar dele tão depressa assim.

Derrick tragou fundo o cigarro.

— O cara está aleijado, Cassidy. Não pode falar mais, não pode andar mais, e, até onde sabemos, pode ter danos cerebrais.

Ela não conseguiu conter o riso, embora um riso amargo.

— É o que você gostaria que acontecesse. Ele está longe de ter danos cerebrais e já está falando. E estará andando mais cedo do que você imagina.

— Pense nisso. Ele não vai conseguir voltar a trabalhar, e eu não posso segurar a empresa sozinho por causa dele. Mas posso comprar a parte dele. Porra, com a quantidade de cotas que ele tem, vocês dois estão feitos na vida.

— E quanto às minhas cotas? — perguntou ela, sabendo que Derrick sempre se ressentira por ela ter uma parte da empresa. Não muito, mas o suficiente para fazê-lo lembrar de que não era o único herdeiro da fortuna do pai.

— Eu as comprarei em breve também.

— Só por cima do meu cadáver. — Cassidy pisou no acelerador, e os pneus cantaram, ao girar rapidamente o volante e sair do estacionamento. Não sabia por que, de repente, se sentira tão possuidora de alguns títulos de ações, mas não deixaria Derrick intimidá-la. A ideia de ele se oferecer para comprar a parte tanto do marido quanto a dela, logo depois do incêndio, não estava cheirando bem, como se ele quisesse tirar proveito da situação.

Deu uma olhada no espelho retrovisor e ficou surpresa diante da determinação que viu refletida em seus olhos. O que havia em seu irmão que podia deixá-la protetora com relação ao marido que não amava havia muito, muito tempo, e, ao mesmo tempo, ávida por ações das quais se teria desfeito com facilidade?

— Você está perdendo o controle — confidenciou para os olhos dourados que a examinavam. — Definitivamente.

— Estávamos mortos de preocupação! — A voz de Dena ecoou pelo vestíbulo da casa onde Cassidy havia crescido. Abriu um pouco mais a porta e atirou os braços em torno da filha. — Pegamos o primeiro voo que encontramos. Ah, minha querida, deixe-me olhar para você. — Mantendo Cassidy a alguns centímetros de distância sob o lustre, analisou a filha. Rugas finas de preocupação marcavam-lhe a boca, ainda com vestígios de batom cor de pêssego. — Como está o Chase?

— Irá melhorar. Agora, não parece muito bem, mas os médicos estão otimistas.

— Cassidy! — O pai entrou tenso no vestíbulo, e um sorriso levantou os cantos de sua boca. — Que bom ver você!

— Bom ver você também, pai. — Foi sincera. Estivera com medo de encarar os pais, mas agora, com eles ali, sentia-se feliz por terem chegado.

Segurou-a pela mão.

— Como está levando?

— Acho que muito bem.

— Quer uma bebida?

Cassidy negou com a cabeça. Seus nervos já estavam à flor da pele. As emoções abaladas, a imaginação correndo solta. Precisava de uma mente sã.

— Estou bem.

— Bem, eu preciso de uma dose.

Dena lançou-lhe um olhar censurador, o tom de voz ligeiramente zangado.

— Rex, acho que você não devia...

Rex não ouviu a esposa ou, se o fez, preferiu ignorar seu conselho e ir a passos largos para a sala de televisão.

— Isso o está matando — confidenciou Dena, quando foram andando juntas para a cozinha. — Essas lembranças horríveis — os dedos tremeram nas têmporas —, tudo de novo. — Seu rosto ficou pálido e envelhecido de repente, como se estivesse, desde sempre, travando uma luta sem êxito contra a idade. — Pensei que isso havia ficado para trás, mas, ai, não. Ele chegou até mesmo a insistir que parássemos no cemitério a caminho daqui, pelo amor de Deus! Depois que chegamos no aeroporto, nem sequer pudemos ir para casa trocar os sapatos ou desfazer as malas. Nem pensar. Ele fez o Derrick parar no cemitério e ficou uns vinte minutos rezando no túmulo de Lucretia e Angie. — Seu queixo tremeu um pouco, e ela tomou o assento em uma das cadeiras da cozinha, perto da janela. A tristeza de que seu marido jamais a amaria da forma como havia amado a primeira esposa fizera seus ombros caírem. — Você sabe que ele nunca irá se esquecer dela — admitiu —, passando o dedo longo numa parte de cerâmica da mesa de madeira.

— Da Angie?

— Lucretia. — Dena abriu a bolsa para pegar uma bala de hortelã. — E da Angie também. Elas eram muito parecidas. Ele... bem, você sabe como ele se sentia com relação a ela. — Tremeu um pouco e deu a impressão de que iria desmontar. — Sempre a tratou como se fosse uma princesa... uma réplica da mãe. — Às vezes eu me perguntava se... — engoliu em seco, depois balançou a cabeça, como se negasse para si mesma o que achava.

— Se o quê? — perguntou Cassidy, sentindo uma pontada no coração.

— Nada... nada... — Dena respondeu em seguida, forçando um sorriso. — Achei que ele iria mudar — admitiu. — Que esqueceria Lucretia. — Passou o braço de forma protetora pela cintura. — Mas, ao perder a Angie, tudo piorou.

Seus olhares se encontraram brevemente, os olhos da mãe estavam negros por causa de um tormento interno. Cassidy pareceu congelar por dentro.

— Às vezes me pergunto por que me casei com ele.

— Acho que sua mãe teve um dia exaustivo — a voz de Rex Buchanan reverberou pela sala, e a temperatura na cozinha pareceu baixar uns cinco graus. — Você está cansada, Dena.

Dena enrijeceu os ombros.

Rex, balançando um copo curto com alguma bebida de cor âmbar, sorriu tristonho.

— Sua mãe tem tido esses devaneios.

— Não tenho não!

— Tem misturado fantasia com realidade...

— Ah, pelo amor de Deus, Rex, não tente confundir a Cassidy. Ela não vai engolir. É uma moça inteligente e sabe como eram as coisas. Como você a tratava.

O Último Grito   333

— Parem com isso! — disse Cassidy, num sussurro alto. — Qual o problema com vocês dois? — Em seguida, para acalmar a todos, levantou as mãos. — Não vamos entrar nesse mérito, está bem? A Angie e eu éramos diferentes. O papai nos tratava de forma diferente e, por mim, tudo bem, mesmo. — O pai ficou olhando para os pés.

— Pai, é sério, eu nunca quis que você me tratasse como tratava a Angie. Tive medo de que depois... depois da morte dela, você pudesse... mudar e olhar para mim como olhava para ela. Quando não o fez, fiquei aliviada.

— Não era justo! — intrometeu-se Dena. — Ele devia ter adorado você da mesma forma como...

— Ele me ama, mãe. Sei disso. Ele sabe. Não sou a Angie, graças a Deus!

— Você foi embora depois que Angie morreu, por causa da forma como ele tratava você — disse Dena, ameaçadora.

— Fui embora porque estava na hora de ir. Para descobrir quem eu era de verdade. Para fugir de tudo isso... dessas discussões. Agora, vamos lá, vamos simplesmente botar tudo isso de lado. Pelo menos por enquanto.

— Dena não gostou de eu ir ao cemitério. — Rex deu um longo gole de seu drinque. — Está dando mais importância do que o assunto merece.

— Não gosto de você suspirando por uma mulher e uma filha mortas. Já faz muito tempo. Só porque houve outro incêndio, você não tem o direito de começar a ficar melancólico de novo. Passou a vida inteira se lamentando por Lucretia, depois por Angie, e eu entendi, mas já faz tempo demais. Tempo demais, Rex. Não vou mais aguentar isso. — Ela piscou rapidamente.

— O problema é que você está com ciúmes.

— Acertou, estou com ciúmes. Eu nunca fui tão boa quanto ela. Eu fui levando, achei que você acabaria se esquecendo dela, mas não esqueceu, e eu estou cansada de bancar a compreensiva, fingindo que não fico magoada todas as vezes que você olha para o retrato dela, fingindo que eu não percebia como você ignorava Cassidy sempre que Angie estava por perto...

— Mãe! — Não podia ouvir isso agora, não enquanto Chase estivesse lutando pela própria vida e Brig... Meu bom Deus, não conseguia tirar da cabeça a imagem de seu corpo quebrado. — Agora não é hora.

— Cassidy tem razão. Temos outros problemas.

— Temos? Às vezes não dá para saber. — Lançando um olhar por cima do ombro, Dena encarou o marido, antes de sair andando, rígida, para fora do quarto.

Rex terminou a bebida e colocou o copo dentro da pia.

— Ela exagera. — Virou-se e lançou-lhe um sorriso forçado. — Agora, fale sobre o Chase e como ele tem andado. O prognóstico.

Ela lhe deu tantas informações quanto possível, sugerindo que ele e Dena o visitassem, assim como falassem com T. John. Falaram sobre o incêndio criminoso, mas não mencionaram o fato óbvio de os dois incêndios serem similares.

— Alguém faz ideia de quem seja o outro homem?... O desconhecido?

— Não.

— O Chase não sabe?

— Diz que não.

— Bem. Mais um mistério. — Rex coçou as têmporas, a tristeza passando por seus olhos. — Willie anda sumido, não anda?

— Infelizmente, sim. Não tem aparecido em casa ou no trabalho.

— Droga. — Apertou o copo com os dedos e ficou olhando pelas janelas. — Espero que esteja bem.

— Willie é durão.

— Mas inocente. Ingênuo. E parece que uma tempestade está chegando. — Analisou as nuvens escuras, o rosto reflexivo. — Nada como uma chuva de verão. — Coçando a nuca, perguntou: — Acredita em pragas, Cassidy?

O último Grito   335

— O quê? Não. — Sobre o que estava falando? Por que a mudança súbita de assunto? Teve um mau pressentimento, de repente. Era estranho, pensou, mas ela e o pai não eram exatamente próximos. Não conseguia se lembrar da última vez que haviam tido uma conversa, só os dois.

— Ótimo. Isso é ótimo — disse, com voz suave ao olhar para fora da janela, além da piscina, a uma distância que só ele podia enxergar.

— E você, papai? — Aonde *aquilo* estaria levando?

— Claro — respondeu, sem nem mesmo um segundo de hesitação. — E acho que me rogaram uma praga há muito, muito tempo. Desejo apenas que não envolva você, seu irmão ou sua mãe. Já basta ter ficado sem Angie e Lucretia.

— Do que... do que está falando? — perguntou e teve dúvidas sobre se queria mesmo saber. Havia segredos na casa dos Buchanan. Todos lá tinham segredos, e ela percebeu que seu pai estava prestes a dividir os dele.

— Acho que já está na hora de você saber algumas coisas sobre mim.

Deus do Céu, ela estava certa! Rex queria lhe fazer uma confissão. Um ruído surdo pareceu crescer em seus ouvidos.

— Ai, meu Deus — sussurrou ele, quase como se em oração. — Não sei muito bem como dizer isso, mas... — Apertou o copo com tanta força que sua mão tremeu. — A culpa é minha por elas terem morrido. Toda minha. — Piscou rapidamente, lutando contra o ímpeto de se descontrolar.

— Você não as matou — disse ela, mal ousando respirar. Decerto, ele não estava querendo dizer que...

— Não de propósito, não. Mas eu as destruí, provocando o mesmo efeito se tivesse virado a chave na ignição do carro de Lucretia, ou riscado o fósforo no antigo moinho. — Lágrimas brilharam em seus olhos.

— Mas como? Pai, isso é conversa de maluco.

— Não sendo fiel. Um homem deve ser sempre fiel.

O relógio de pé, na sala de televisão, começou a badalar. Rex olhou rapidamente para o relógio e pareceu perder o controle.

— Minha Nossa, olhe só a hora. Acho que é melhor irmos visitar o Chase.

— Espere um minuto. O que você quis dizer com não ser fiel? Você não pode simplesmente fazer uma confissão dessas e ir embora.

— Estava com raiva, com medo do que pudesse ouvir.

— Acho que não. — Com o rosto abatido, fechou os olhos. — É muito simples, Cassidy. Eu traía Lucretia. Havia outras mulheres. Uma de quem eu realmente gostei... não como de Lucretia, você sabe. Eu não amava as outras mulheres, mas gostei muito de uma.

— Você quer dizer da mamãe? — O estômago de Cassidy tremeu.

Ele fechou os olhos, e os lábios moveram-se silenciosamente, como se estivesse enviando uma prece aos céus.

— Não — admitiu, o queixo deslizando para um lado.

Os dedos de Cassidy se fecharam em torno da borda da bancada.

— Quem então?

— Na verdade, parece ironia — admitiu Rex. — A mulher de quem eu gostava... a mulher que eu procurava quando me sentia solitário... era Sunny McKenzie.

CAPÍTULO 26

O céu estava da cor de ardósia — nuvens carregadas cobriam o sol, o calor estava mormacento, sufocante. Cassidy dirigia como se sua vida dependesse disso; como se colocar uma distância entre ela e o pai fosse impedi-la de acreditar em tudo o que ouvira.

Estava quente dentro do jipe, a temperatura do verão, abafada com a ameaça da chuva. A umidade a fazia suar, e o desagrado e a incredulidade mantinham seu coração acelerado. A mente estava a milhões de quilômetros por minuto, voltando-se para os cantos escuros e suprimidos que ela não ousava espiar muito de perto.

Os primeiros pingos de chuva caíam sobre o carro, ocasionando pequenos jorros no vidro empoeirado. Não se deu ao trabalho de acionar os limpadores de para-brisas, mas percebeu o trânsito que se acumulava na estrada sinuosa do condado.

O pai tivera um caso com Sunny? A mãe de Chase e Brig? A mulher cujo marido a abandonara por questionar a paternidade dos filhos? *Isso são só boatos. Só fofoca. Só porque Rex Buchanan dormia com Sunny, isso não quer dizer que é o pai... ai, meu Deus!* Cassidy ficou com a boca seca, um gosto ácido vindo do estômago, subindo pela garganta.

Há anos treinava para não ser uma pessoa emotiva, para olhar as reportagens, a despeito da sordidez e da violência que continham, com olhos profissionais e indiferentes. Embora nutrisse simpatia pelas vítimas de crimes ou acidentes, sempre fora capaz de narrar as matérias de forma objetiva. Depois, tarde da noite, quando chegava em casa, podia desabafar com Chase, dar vazão às emoções, mas, enquanto estivesse na frente da câmera ou escrevendo suas reportagens, mantinha suas indignações e seus pesares à parte.

No entanto, quando o assunto era a própria família, não conseguia encontrar aquele fio interno de aço que mantinha as emoções bem guardadas. Ficara sem fala quando o pai admitira seu caso com Sunny e, embora tenha tentado fazer mais perguntas, ele se fechara, como se, de repente, tivesse se arrependido de sua confissão. Dera uma desculpa qualquer de que teria de subir e ver como estava a esposa. Como se não desse a mínima para isso!

Talvez fosse apenas papo de bêbado. Há anos suspeitava que o pai contava com o álcool para amortecê-lo; para ajudá-lo a lidar com os problemas que ele preferia não enfrentar. Contava com uísque escocês ou conhaque para ocupar o cérebro, assim como contava com o confessionário para aliviar quaisquer culpas que carregasse por causa de seus pecados.

Outros pensamentos obscuros se misturavam em sua mente... ideias que se retorciam como cobras venenosas e das quais ela não podia correr.

Se Rex tivera um caso duradouro com Sunny durante seu primeiro casamento, não seria possível que ele fosse pai de Chase? Ou de Brig? O pensamento fez o conteúdo de seu estômago azedar-se. Seus dedos agarraram-se ao volante, e ela aliviou o pé no acelerador ao se aproximar de uma curva na estrada. Com certeza, caso fosse o pai de Chase, Rex teria confidenciado à filha... e insistido para que ela deixasse de sair com o homem que poderia ser seu meio-irmão.

Pelo amor de Deus. Seu meio-irmão!

Talvez Rex não soubesse. Talvez acreditasse, do fundo do coração, que Frank McKenzie fosse o pai de Chase.

Sua boca encheu-se de saliva. Virou o volante e parou o carro. O fundo do jipe já estava arranhado há tempos pelo capim seco. Os pneus cantaram sobre o cascalho do acostamento, e o jipe sacolejou até parar. Escancarando a porta, Cassidy saltou e foi correndo até a vala, onde vomitou com vontade, os restos em seu estômago espalhando-se pelo mato e pelo lixo na vala seca.

— Pelo amor de Deus, que isso não seja verdade — sussurrou e secou a boca com o dorso da mão.

Pôs-se de joelhos e sentiu gotas pesadas de chuva caírem sobre a nuca e os ombros.

Talvez não seja o Chase. Talvez, se Rex fosse pai de um dos meninos McKenzie, fosse pai de Brig. Frank McKenzie não abandonara Sunny dias após o nascimento dele? Não houvera boatos de o amante de Sunny ser o pai de seu filho mais novo? E Rex não ficara o tempo todo tentando ser prestativo, dando a Brig todas as oportunidades possíveis, oferecendo-lhe emprego quando outros homens nem sequer cumprimentariam a ovelha negra dos irmãos McKenzie?

A saliva acumulou-se em sua boca e ela cuspiu, antes que pudesse vomitar novamente. *Brig não! Por favor, por favor, Brig não!* Mas, caso Rex fosse o pai de Brig, será que ele não merecia saber que seu filho estava quase morto no leito de um hospital? Será que Sunny não tinha o direito de visitá-lo uma última vez?

Jogando o corpo para a frente, vomitou em seco até lágrimas escorrerem pelas faces. Toda a sua vida estava aos pedaços. Mesmo que Brig e Chase não fossem filhos de Rex, ela nunca mais seria a mesma. Ainda de joelhos, chegou para trás, sentando-se sobre os calcanhares e deixando a chuva cair sobre o rosto virado para cima. Seu pai e Angie? Seu pai e Sunny? O mundo começou a rodar e ela, a tremer. Os cantos de seus olhos estavam escuros, como se fosse desmaiar, antes de seu estômago revirar-se de novo e ela inclinar a cabeça sobre a grama e o mato secos.

— Não! Não! Não!

As lágrimas arderam em seus olhos, e ela passou o dorso da mão por baixo do nariz, quando a ânsia de vomitar se foi. Aos poucos, foi se levantando.

— Controle-se — disse a si mesma, ao passar a mão nos lábios e cuspir no chão. — Isso não é o fim do mundo. — Mas é claro que era.

Fazia frio... tanto frio! Não dava para se aquecer. Sunny tremia. Por causa dos filhos. Seus filhos. Imagens deles quando garotinhos, adolescentes e jovens se espalhavam por sua mente. Bonitos. Saudáveis. O futuro pela frente.

Há anos não via Brig, há muito mais tempo que, relutante, parara de pensar em Buddy, e Chase... — quanto tempo fazia que ele não a visitava? Contara com ele, sabendo, no fundo de seu coração, que, um dia, ele viraria as costas para ela. Muito tempo atrás, vira isso em sua alma. Tentara não parecer amarga. Era normal um filho deixar a mãe e tomar uma esposa.

Esfregou as mãos por cima do algodão fininho das mangas na esperança de passar um pouco de calor para o corpo. Fora uma tola, sabia, ao confiar em algumas pessoas erradas, mesmo quando olhara em seus olhos e vira seu verdadeiro espírito.

Rex Buchanan fora um erro. Ela era jovem e estava encantada, esposa de Frank McKenzie, homem bom e decente que nada mais queria além da refeição na mesa quando chegava do trabalho e paz e silêncio para que pudesse ver televisão. Tinha olhos azuis cristalinos; espelhos sinceros da alma. Não lhe fazia grandes exigências, nunca levantara a mão para ela, tampouco lhe levantara a voz, mas tinha um temperamento violento, que ele convenientemente mantivera debaixo dos panos. Até começar a beber. Então Frank passou de um encarregado de manutenção de máquinas, de bem com a vida, para um homem hostil e mal-humorado.

Começou a jogar então. Bastava encontrar uma rinha de galo ou de cães e apostava parte do salário no resultado sangrento. Era só nessas ocasiões que eles brigavam; quando Frank voltava das rinhas, fedendo a fumaça, poeira e sangue, com brilho nos olhos quando ganhava, a decepção marcada nas rugas em volta da boca quando perdia.

O Último Grito   341

Aqueles raros intervalos entre as rinhas eram os piores, pois era quando Frank parecia se transformar na encarnação do diabo, no mesmo tipo detestável que seu pai havia sido.

Sunny desprezava a fraqueza do marido. Acreditava na santidade da vida para todas as criaturas e se recusava a ficar calada, depois que ele bebia, apostava e ficava vendo animais treinados para matar e trucidar um ao outro. As únicas vezes que elevava a voz para o marido era quando ele saía para as rinhas. Brigas entre animais não eram somente desumanas, mas ilegais, e Sunny, mais de uma vez, chamara as autoridades; sempre os locais de rinha eram fechados e, semanas depois, outro local era aberto nas clareiras da mata e nas tabernas antigas que povoavam o sopé das Montanhas das Cascatas.

Nunca pretendera ser infiel. Embora não fosse religiosa, seus votos matrimoniais eram sagrados e deveriam ser respeitados. Não planejara apaixonar-se por Rex Buchanan, nem ele por ela. Mas acontecera. Violentamente. Apaixonadamente. Pecaminosamente. Na luxúria, ela lhe dera um filho. Por causa da luxúria, seu casamento chegara ao fim.

Sempre considerara artimanha do destino o fato de terem encontrado um ao outro, destino deles. Ele jamais a teria conhecido, nunca teria atravessado aquela linha proibida, não fossem as circunstâncias.

Por farra, em seu aniversário de trinta e cinco anos, um dos empregados de Rex lhe dera um vale-presente, para que Sunny McKenzie lesse sua mão e tirasse sua sorte nas cartas. Sunny sabia que o vale, que ela mesma havia preparado com papelão e hidrocores coloridos, estava sendo usado como brincadeira, que estavam fazendo troça dela, que Rex Buchanan, senhor de tudo o que havia em Prosperity, no Oregon, jamais se permitiria aparecer naquele pequeno trailer que enferrujava às margens do riacho Lost Dog. Mas ela precisava do dinheiro e então concordara com o grupo de cinco ou seis fanfarrões do moinho e colocara o vale-presente dentro de um envelope lacrado com cera roxa. Quando Rex bateu timidamente à sua porta, dois meses depois, ela ficou surpresa e satisfeita, convidando-o para entrar e tomando suas mãos fortes nas dela.

Na mesma hora, viu seu estado de espírito. Às vezes, esse estado se escondia sob camadas de uma personalidade bem-desenvolvida, mas não no caso de Rex. Sua mão estava quente, seu aperto, forte, os dedos capazes de carinho ou de violência. Quando Sunny olhou para seus olhos azuis atraentes, olhou também para dentro de sua alma e testemunhou seu sofrimento, sabendo, na mesma hora, que sua mulher era fria e reservada.

— Você não é feliz — dissera.

— Não acredito em nada disso.

— Eu sei.

Ele tentou tirar as mãos das dela, mas ela as segurou com força, encantada com aquele homem poderoso.

— Mas não é feliz.

— É claro que sou feliz. Por que não seria?

Sunny soltou-lhe os dedos.

— Ama sua esposa e seu filho, mas não é feliz. — Viu os olhos dele se apertarem e o rubor subir com fúria por seu pescoço. — Não é feliz há muito, muito tempo.

— Você não sabe nada sobre mim.

— Percebo sofrimento e desconfiança.

— Quem tramou tudo isso? Roy? Não, Harold. Aposto que foi Harold, não foi? — quis saber e, quando ela não respondeu, segurou-a pelos ombros e empurrou-a para trás, sacudindo-a. — Foi Harold Curtain, não foi? Aquele idiota! Filho da mãe daquele idiota. Eu deveria demiti-lo...

— Ele não tem nada a ver com as minhas palavras. Falo apenas a verdade, do fundo de meu coração.

— Então você é maluca.

— Você veio até mim — disse, com simplicidade, e os dedos dele, antes apertados em seus ombros, relaxaram um pouco. — Veio aqui porque está infeliz. Porque quer encontrar uma forma de ajeitar as coisas com sua esposa, para que ela ame você, confie e durma com você.

Ele respirou pela boca, e seus punhos se cerraram. Durante mais de um minuto, nada disse, e a atmosfera dentro do trailer pareceu pesada.

— Você não sabe...

— Sei de sua culpa. Pela noite de núpcias e... pelo fogo... pelo vestido queimado.

— Deus do céu — sussurrou ele, o rosto repentinamente pálido como o de um cadáver. — Ninguém sabe disso... — Olhou com nervosismo pela sala do trailer, como se sentisse medo de que pudessem ser ouvidos. O sangue latejava nas veias do pescoço, e seus lábios mal se moviam enquanto falava. — Lucretia veio aqui — disse ele. — Meu Deus, ela tem feito confidências a você.

— Nunca falei com sua esposa.

— Mas ela prometeu, me fez prometer que nunca diria uma palavra...

— Vejo sofrimento em seus olhos, Rex Buchanan. Sinto-o em suas mãos.

— Pelo amor de Deus, o que é isso? — Caiu para trás, por cima da cadeira, a fé em Deus abalada.

— Quer saber o futuro?

Ele hesitou.

— Eu já disse. Não acredito em nenhum desses truques. Tudo isso é... é só um monte de merda. Vou à missa todas as semanas — disse ele, a voz se elevando, aproximando-se da histeria, o rosto se enrubescendo de novo. Apontou o polegar para o peito. — Acredito em Deus.

— Sei que sim. Vejo em seus olhos que é um homem de fé. O que faço nada tem a ver com Deus nem com Satanás. O das trevas, é ele quem você teme de verdade, e Lúcifer não está aqui. Não sou bruxa.

— Espero que não!

— Nem consigo explicar o que vejo — disse, com um encolher de ombros. — Se quiser seu dinheiro de volta...

— Não, fique com ele. Não era meu mesmo. Isso foi só uma brincadeira de alguns caras. Uma brincadeira de mau gosto.

— Então você pagou. Por que não dar uma olhadinha no futuro? — Sunny deu um sorriso reconfortante para aquele homem sadio, com superstições e culpa tão apertadas em volta do pescoço que quase o estavam deixando sem ar. — Talvez acalme sua mente.

Viu o suor brotando acima da testa dele e sentiu seu medo... medo real.

— Se não acredita, decerto não vai fazer mal algum me ouvir. Afinal, é só uma brincadeira, não é? Uma brincadeira inocente.

O olhar dele fixou-se no dela, e ela viu sua hesitação, observou enquanto lutava com quaisquer que fossem os demônios estrangulados em seu coração. Rex empertigou-se e endireitou-se na cadeira. Mais uma vez, estava no controle, um homem rico que conhecia o próprio poder. Com um sorriso confiante, disse:

— Com certeza. Por que não? Será ótimo. — Sentou-se novamente e, desafiador, estendeu a mão para Sunny, que a envolveu entre os dedos. Mesmo assim, sentiu o calor, a energia incansável que pulsava em seu sangue, alimentada pela culpa e pela tentação de cruzar a linha entre o bem e o mal.

A dor que Rex sentia era consumidora demais. Sunny a via claramente, como se fossem meras ondas na água, e sentiu sua tristeza.

— Sua esposa não ama você — disse simplesmente, magoando-o.

Rex ameaçara se afastar, mas não o fez.

— Isso é mentira.

— Gostou de você uma vez, mas alguma coisa aconteceu na noite de núpcias. — Sunny viu as imagens vibrantes: fogo e cetim branco, flores e sangue, uma cama desarrumada e uma banheira em forma de coração. Testemunhou sua culpa, um véu horroroso que encobria seu

O último grito 345

passado, com tanta clareza quanto se tivesse estado no hotel com ele, em sua noite de núpcias. — Você fez alguma coisa...

Rex pigarreou.

— Jamais. Ela...

— Acha que ela desprezou você porque... — Encolheu-se ao ver então a cópula violenta e unilateral, Rex alcoolizado e Lucretia jovem e assustada. Em sequência, nos anos vindouros, viu a concha fria que a esposa construíra em torno de seu coração. — Ah, você tentou se redimir — sussurrou Sunny, desejando que pudesse aliviar seu sofrimento e sabendo, mesmo então, que ninguém conseguiria fazê-lo —, mas ela não deixará você; gosta do poder que exerce sobre você.

— Não é assim!

Sunny não discutiu, não disse que via a tortura de sua alma, as feridas em seu coração, porque a esposa o rejeitara, recusara-se a amá-lo. E, sob os músculos trabalhados, o orgulho feroz e a língua ferina, ela vislumbrou outro homem, um homem mais gentil, um homem que queria apenas ser amado. Uma alma ferida e mal entendida, não diferente da sua. Sunny ergueu os olhos para os dele, e seus olhares se misturaram na quietude do trailer abafado. Sentiu-o tremer, sentiu seu próprio batimento cardíaco repentinamente acelerado.

— Ela jamais amará você, mas lhe dará outro filho.

As sobrancelhas dele se uniram.

— Só um?

— Só um desta mulher, porém haverá outros.

— Não! — Rex arrancou a mão das dela, como se seus dedos, repentinamente, tivessem se tornado ardentes e mortais. Colocou-se de pé num salto e dirigiu-se à porta. — Amo *minha* esposa — insistiu ele, visivelmente perturbado. — Está me ouvindo? Eu a amo! Sempre amarei.

— Eu sei — disse, com gentileza.

— Tudo isso — gesticulou com selvageria para a mesa — não significa nada, é só um tipo de truque. Certamente disseram para você falar essas coisas, só para ficar me enrolando. É isso, não é? Harold e os rapazes do departamento financeiro fizeram você agir assim.

Sunny não se deu ao trabalho de discutir; simplesmente olhou-o com olhos que lhe perscrutavam a alma e que tudo viam.

— E minha esposa, ela me ama. Me ama.

— Se está dizendo que sim.

— Ah, para o diabo, não sei o que estou fazendo aqui! — Levou a mão à maçaneta.

— Avaliando sua vida — disse ela.

— Isso é só uma brincadeira, está bem? Uma brincadeira das boas. Agora que todo mundo já deu suas risadas, acabou. — Abriu a porta com violência e saiu do trailer, deixando o vento batê-la com força na parede de alumínio já arranhada.

Voltaria. Estava intrigado. Com a mesma certeza de que a água descia morro abaixo, Rex Buchanan voltaria. Sunny sabia disso e não tentaria evitar. Não conseguiria.

Ele apareceu menos de um mês depois. Conversaram, tomaram café, ouviram música, e ela sempre lhe dizia sua sorte. Ele zombava de suas previsões, é claro, mas começava a sorrir, suas visitas se tornando mais frequentes. Sunny se via em seu futuro: sabia que, se não o recusasse, ficaria emocionalmente ligada a ele por toda a vida.

Mas não conseguia recusá-lo. Ficava ansiosa por suas visitas. Ele vinha apenas quando tinha certeza de que ficariam a sós. Conversavam durante horas. Ela nunca se cansava de ouvir sobre seu mundo de riquezas e poder ou de falar sobre o que acontecia fora de Prosperity, no resto do estado ou do mundo. Seus pontos de vista eram tão mais abrangentes do que os de seu marido! Seus interesses, mais variados. E, embora soubesse que estivesse entrando em águas perigosas, não conseguia se conter. Não faria isso.

Embora lutasse contra sua atração por Rex, Sunny não podia lutar contra o curso do destino. Passava longas horas da noite com

O último Grito   347

Frank, que roncava baixinho ao seu lado na cama, enquanto ela ficava acordada e desejosa, os sonhos focados em um homem proibido para ela. Inquieta, ficava olhando para fora da janela do trailer, praguejando silenciosamente contra o desejo que parecia não conseguir controlar.

Frank era um bom homem, um trabalhador sério, pessoa que, desde que estivesse longe da bebida, não levantava a voz. Achava que Rocky Marciano era um deus, Marilyn Monroe, a mulher viva mais sexy do mundo, e sonhava com o dia em que poderia comprar uma televisão em cores.

Rex também era um bom homem, um patrão generoso, pessoa que nunca deixaria de amar a esposa frígida. Ele e Sunny nunca ficariam juntos; ela era casada com um homem que não acreditava em divórcio, e ele era casado com uma mulher que idolatrava. Ansiava pelo dia em que Lucretia o perdoaria, embora isso nunca fosse acontecer.

De início, Sunny ignorava seus pensamentos imorais. Recusava-se a pensar em sua luxúria vergonhosa. Mas, com o passar das semanas e dos meses, começou a ouvir o ruído suave de seu carro na pista, a procurar por ele na multidão da cidade, a sentir o coração se acelerar com sua batida familiar à porta.

Incapaz de explicar sua fascinação por ele, deixou as emoções correrem livres e selvagens. Em seus sonhos, via o rosto de Rex e, enquanto fazia amor com Frank, imaginava que fosse Rex, querendo seu corpo no dele. A vergonha consumia seus pensamentos, mas ela não conseguia parar e acreditava em destino; sabia que o curso do destino, uma vez posto em ação, era quase impossível de ser alterado.

Por isso, a primeira vez que ele a beijou, em seu trailer caindo aos pedaços, ela não resistiu e, quando ele a levou com gentileza para o sofá, ela deixou os joelhos se abrirem. Daquele ponto em diante, a transa deles foi feroz, sem afeto. Como um homem faminto que recebia sua primeira refeição, ele fazia amor com ela, ofegante, tocando-a em todas as partes, forçando sua entrada nela.

Ela sabia que aquilo era um erro, sabia que estava arriscando tudo que tinha para se tornar amante de um homem rico; mas seu casamento com Frank era pouco mais que conveniente. O trailer, embora fosse o seu lar, era algo de que poderia abrir mão.

As visitas de Rex se tornaram mais frequentes, e ele tentou lhe comprar alguns presentes: uma pulseira de ouro, um anel de turquesa, um vestido de seda novo — presentes que ela não queria aceitar. Nem mesmo as flores que ele levava, embora belas, podiam ficar. Sendo assim, ela usava os presentes que ele lhe dava só enquanto estava com ele; deixava que as flores perfumassem o ambiente enquanto estivessem juntos, deixava-o passar os botões de pérola pelas casas do vestido que ninguém mais veria, desde que, quando saísse, levasse tudo consigo. Não aceitava pagamento — nem mesmo uma pequena demonstração de seus sentimentos — por fazer amor com ele.

Ela sabia que ele não a amava. Quando o tocava, sentia seu apetite, até mesmo sua gratidão, mas não se importava com ela da forma como se importava com a esposa. E Sunny não se reduziria ao nível de uma prostituta. Ela o amaria a distância, satisfeita com o caso que tinham, até que ele se cansasse dela; então, prometia a si mesma que o deixaria partir.

O sofrimento de Sunny após a morte de Lucretia e do casamento de Rex com Dena Miller quase a matou. Embora ainda legalmente casada na época, ela estava só... Frank já a abandonara. Ainda assim, Rex se voltara para outra mulher. Ela nunca se sentira tão traída.

Agora, anos mais tarde, olhava para as paredes de seu pequenino quarto no hospital em que Chase achara apropriado aprisioná-la. Arrumado e limpo, pintado em tons suaves de verde e com estantes embutidas, cama dupla, mesa e televisão em cores, aquele lugar foi, durante muitos anos, muito mais bonito do que seu velho trailer estacionado perto de um poço, numa área pequena de Prosperity. Mas aquele lugar não era sua casa. Nunca seria.

O Último Grito 349

A janela estava aberta, e uma brisa perfumada por rosas passava pelas barras de ferro que deveriam ter aparência artesanal, mas que eram trançadas na janela com fins de aprisionamento.

Todas as manhãs, na semana anterior, quando olhava pela janela e mirava além dos jardins paginados, dos rododendros bem-cuidados e das fileiras de carvalhos, até a cerca alta e trançada, percebera problemas. Observando o sol levantar-se por sobre a linha das montanhas ao leste, viu os primeiros raios refletirem uma luz dourada no orvalho da manhã e sentiu um frio tão gelado quanto a morte subir por sua espinha. Sabia que seus filhos estavam em perigo; em sua mente, via o fogo que destruíra a serraria, mas as imagens de chamas e morte estavam distorcidas, como se ondas quentes tremulantes e fumaça negra tivessem deliberadamente obscurecido seus pensamentos.

Mais uma vez, tremeu e desejou que pudesse sair dali. Não estava tão maluca quanto diziam; na verdade, suas visões haviam se tornado mais frequentes e violentas, mas, quando estava lúcida, sabia quem era e por que estava ali.

A traição de Chase ainda se infiltrava em sua alma, como veneno num poço. Sempre confiara, acreditara nele, achava que ele tinha as melhores intenções para com ela — assim como para com ele — no coração. Mas não tinha. Ela se transformara num constrangimento para ele, à medida que ia se envolvendo cada vez mais com os negócios da família Buchanan. Parara de visitá-la com frequência e não podia mais olhá-la nos olhos, porque estava planejando interná-la, ficar livre dela, de forma que não precisasse explicar que a mulher maluca no trailer perto do riacho era sua mãe, de forma que não se sentisse compelido a levá-la para viver em sua casa requintada. Rex também virara as costas para ela, e, sem os filhos e o amante, Sunny decidira que estava na hora de deixar aquela terra.

Olhando para a parte interna dos pulsos e para as cicatrizes em cruz que desapareciam na pele escura, ela fez uma careta.

Considerara aquelas cicatrizes medalhas de guerra, uma guerra que lutaria até o fim de seus dias.

No entanto, não podia lutar suas batalhas ali; tinha de encontrar uma forma de sair daquele lugar. Então sonhara em escapar. Na noite anterior tivera uma premonição, uma espiada pela janela que a levaria ao seu futuro e, com olho da mente, viu a si mesma correndo por campos familiares e encarando demônios de seu passado, aqueles que a haviam enganado.

Sorriu, embora não sentisse qualquer vestígio de humor. Confrontaria todos eles. E logo. Era apenas uma questão de tempo.

CAPÍTULO 27

— *A*chei que isso poderia interessar a você. — Gonzales largou uma carteira surrada na mesa de T. John. — Não se preocupe, já foi fotografada. Assim como seu conteúdo.

T. John baixou a xícara de café e pegou a carteira queimada. Nem precisava perguntar.

— Do desconhecido?

— Não vai ser desconhecido por muito mais tempo. — Gonzales deu um sorriso rápido e duro, antes de atravessar a sala até a janela, olhando para fora do prédio de apenas um andar do escritório e para o estacionamento, onde carros, caminhões e motocicletas assavam ao sol.

— E quanto a isto? — Wilson abriu o que restava na carteira e folheou cédulas queimadas, notas de cem, na maior parte. Somadas, davam mais de três mil; mostrou também o que uma vez fora uma carteira de habilitação, agora mal a ponta de um documento. — De que estado é? Alasca?

— Parece que sim. Estamos checando.

A foto, se é que havia uma, estava queimada, e alguns dos números danificados, no entanto, havia o suficiente deles. Com um pouco de tempo e cooperação, a identidade do homem agonizante no Hospital Northwest General seria logo desvendada.

— Entre em contato com a polícia estadual, veja se encontraram algum veículo abandonado com a placa do Alasca, ou qualquer outro automóvel. Ele pode ter alugado um carro para vir para cá ou comprado um jipe, com a quantidade de grana que parece que tinha consigo. E fale também com as locadoras de veículos, veja se há algum carro com entrega vencida, de Portland, e — franziu os olhos para a carteira de habilitação, mas o endereço estava todo queimado — de todas as cidades principais do Alasca.

— Já fiz tudo isso — disse Gonzales. — Estamos mandando a habilitação para o laboratório criminal em Portland, para ver o que eles conseguem recuperar.

Ótimo. Finalmente haviam conseguido uma deixa. Quase todos na cidade pareciam ter um álibi na noite do incêndio, principalmente as pessoas que estavam no topo de sua lista de suspeitos: Rex Buchanan, Dena Buchanan, Felicity e Derrick Buchanan, Sunny McKenzie, Bobby Alonzo, até mesmo os pais de Jed Baker. Ele já havia checado. A única pessoa que não tinha um álibi era a própria Cassidy e os dois homens que estavam no incêndio. Encontrar gente que tivesse tempo para atear o fogo estava sendo um trabalho filho da mãe.

— Onde foi que você encontrou isso? Achei que o pessoal já tinha acabado de cavar lá na serraria — comentou, franzindo os olhos para a carteira semiacabada.

Gonzales estendeu os braços por cima da cabeça, e as costas estalaram.

— Aí é que vem a parte esquisita. Conseguimos a carteira de um residente local.

Wilson levantou bruscamente a cabeça e perfurou Gonzales com seu olhar afiado. Sua pulsação acelerou. Gonzales estava escondendo alguma informação importante. Aquele merda. Ele adorava o joguinho de bancar o mais esperto.

— Alguém daqui?

— Sim. E demos sorte também.

— Como? — T. John recostou-se na cadeira até ela ranger em protesto, depois colocou os braços atrás da cabeça, aguardando.

O Último Grito   353

— Nosso residente daqui bebeu um pouco demais no Burley's. Alguém teve a ousadia de chamá-lo de debiloide, o cara se ofendeu e tascou-lhe um direto no queixo.

— E quem... quem é a porra do nosso residente? — perguntou T. John, a paciência se esgotando.

— Aí é que vem a parte interessante — disse Gonzales prolongando as vogais. — A carteira do desconhecido foi encontrada no bolso traseiro da calça de Willie Ventura. — Riu, mostrando as gengivas, exibindo mais dentes brancos do que qualquer ser humano tinha o direito de possuir. — Sim, senhor, parece que o bobalhão da cidade tem uma porrada de explicações para dar, não acha?

Cassidy desligou o botão do computador e girou o pescoço para os lados, ao se sentar à mesa de trabalho da redação do jornal.

Após dirigir na chuva por quase uma hora no dia anterior, chegara em casa e tomara banho, chegara até mesmo a tomar uma taça de vinho antes de ir para a cama.

Mas o sono a abandonara. Estava inquieta e preocupada, a mente girando com imagens de Brig, Chase, Rex, Sunny e Dena. Até mesmo Angie e Lucretia tiveram livre trânsito por seus pensamentos e, após se virar durante várias horas, desistira de dormir às três e trinta, levantara e rascunhara uma reportagem no computador de casa até a hora de ir para o trabalho.

Já ficara sozinha lá antes, mas, àquela hora da manhã, as salas anexas pareciam assustadoras. Ou seria imaginação sua? Sentia o corpo cansado, a mente agitada, acelerada e, certamente, de nada aju- dava o fato de ter subido as escadas, até a cozinha dos empregados, passado café e ouvido a água quente escoar pelo filtro, enquanto andava pela sequência de janelas e olhava para a cidadezinha, onde as luminárias lançavam uma luz trêmula azulada e fantasmagórica, e os sinais de trânsito, dois que podia ver de onde estava, brilhavam com uma luz vermelha.

Poucos carros passavam pela frente das lojas na First Street, e as calçadas estavam vazias, a não ser por um vira-lata farejando o meio-fio. O aroma de café era forte, a cafeteira anunciava que havia sido filtrado, e Cassidy serviu-se de uma caneca antes de voltar para a janela onde, ao levar a xícara à boca, percebeu um movimento na noite, uma figura sinistra dobrando a esquina.

Decerto, alguém começando cedo a trabalhar, pensou, mas havia um modo meio furtivo na forma como a pessoa se esquivava da luminária. Como se estivesse olhando para ela e, rapidamente, fugisse.

— Não seja ridícula — repreendeu-se. Ultimamente andava com os nervos à flor da pele, seu nível de ansiedade, febril, era isso. Ninguém a estava cercando, de olho nela, pelo amor de Deus!

Bufando contrariada, virou-se e desceu até chegar à sua mesa. Ligou todos os interruptores da caixa de luz, iluminando o espaço compartilhado do escritório e dizendo a si mesma para manter o autocontrole.

De volta à mesa de trabalho, começou a examinar pastas antigas e a imprimir tudo o que estivesse disponível sobre o incêndio no moinho, que há anos matara Angie e Jed. Fechou os olhos ao pensar no horror que Angie e Jed devem ter sentido, em Brig ter lhe dito que estivera ali, no mistério da gravidez de Angie... Cassidy não conseguiria ir lá, caso quisesse ser objetiva e profissional. Teria de colocar as emoções de lado e pensar com clareza, usar todos os seus instintos treinados de jornalista.

Ela, assim como a polícia, não podia parar de pensar que o incêndio, dezessete anos antes, e as labaredas recentes na serraria Buchanan estavam relacionados. A polícia dissera que o dispositivo que causou o fogo era similar e que ambas as propriedades eram de seu pai... em um incêndio, três vidas, contando com a do bebê, haviam sido perdidas; no outro, dois homens mal haviam escapado com vida e um talvez não sobrevivesse.

Mas, se os incêndios haviam sido propositais, qual fora a intenção? Ficou clicando a caneta enquanto pensava.

O *Último Grito*   355

Chase recusava-se a lhe dar qualquer informação. Por quê? Teria culpa ou algo parecido? Estaria protegendo alguém? Ou simplesmente não sabia?

Após tantos anos casado com ela, deveria perceber que ela não iria, simplesmente, deixar o assunto morrer. Não deixaria. Decidira fazer algumas investigações por conta própria. Já conseguira vários detalhes do primeiro incêndio; reunira seus arquivos pessoais, pouco depois de ter se mudado de volta para Prosperity, e, agora, manteria um registro pessoal de cada pequena prova, de cada suspeita, boato ou teoria que surgissem sobre o incêndio na serraria.

Destrancou o arquivo e dele retirou a pasta em que guardava os documentos sobre o primeiro incêndio. Era uma pilha espessa de papel, uma coleção de artigos e referências aos noticiários de TV, junto com anotações suas..., mas, à medida que foi folheando as páginas amareladas, teve a sensação de que elas não estavam da forma como as havia deixado... estavam fora de lugar. Deu uma olhada nas anotações que havia prendido com um clipe na primeira página da pasta — a lista com todas as informações ali contidas — e então as comparou com os artigos da pasta. Vários estavam faltando.

— Droga! — resmungou baixinho. Ninguém mais tinha a chave do arquivo. Então como havia publicações, três delas, desaparecidas? Quem as havia pegado? *Ninguém, Cassidy. Você só as guardou no lugar errado. Quem iria querê-las?*

Só isso? Fora descuidada?

Tamborilou com os dedos na mesa de trabalho e disse a si mesma que não tinha importância. Havia catalogado as reportagens, poderia pegar as cópias.

Mas por que estavam desaparecidas?

Sentiu uma mudança na atmosfera do escritório, como se alguém houvesse aberto uma janela e deixado uma rajada gelada de vento entrar. Mas estava sozinha. Olhou à sua volta, não viu ninguém e disse a si mesma que estava ficando paranoica, quando então ouviu passos no corredor.

— Alguém aí? — gritou, olhando para o relógio. Ainda não eram nem seis horas da manhã. — Olá?

Seu pulso estava acelerado quando empurrou a cadeira para trás e foi andando até o corredor, acendendo as luzes pelo caminho. — Ei, quem está aí? — perguntou, mas não ouviu resposta. Nem mais um passo. Nenhuma respiração pesada. Nenhuma risada cruel.

— Ah, pelo amor de Deus! — sussurrou. Estava cansada e nervosa, vendo vultos à espreita na rua, ouvindo passos, achando que alguém havia roubado documentos seus.

— Controle-se — disse para si, mas não podia livrar-se da sensação de que era, de alguma forma, observada. A mesma sensação inquietante que havia experimentado no hospital. Mais uma vez, sentada à mesa de trabalho, concluiu que o estado de seus nervos se devia à condição em que Chase se encontrava. Sabia que ele estava preocupado porque quem quer que tivesse começado o incêndio ainda estava à solta...

Ficou arrepiada só de pensar. Olhou por cima do ombro e desejou que algum jornalista chegasse mais cedo, de forma que tivesse companhia e espantasse aquele ataque ridículo de pânico.

Fazendo um esforço, desviou a atenção para o incêndio mais recente. O que sabia sobre ele?

Apenas que Chase ficara trabalhando até tarde; o que não era raro, ainda mais ultimamente. Ele era conhecido pelas longas horas de trabalho; Derrick sempre o repreendera por não dar a devida atenção a ela, por ficar puxando o saco do velho, por ser *workaholic*.

Cassidy sempre assumira que Chase estivesse sozinho quando ficava depois da hora no escritório. A serraria, no momento, não estava operando no turno da noite e nem mesmo havia um vigia ou um cão de guarda de plantão. Chase sempre lhe dissera que trabalhava melhor tarde da noite, sozinho, quando todos, incluindo sua secretária, já haviam ido embora, quando os telefones não tocavam e as pessoas não paravam em seu escritório para interrompê-lo.

Mas, dessa vez, ele havia mentido.

Da mesma forma como deve ter mentido no passado.

O Último Grito 357

Sentiu-se traída, mas tentou manter a objetividade.

Era óbvio que o outro homem havia estado com ele. Cassidy rabiscou um desenho na página de um bloco que sempre mantinha à mão e fez um grande ponto de interrogação na folha pautada.

— Brig?

Estava convencida de que Chase estava com o irmão, mas precisava pensar no incêndio com menos emoções para ter alguma visão do ocorrido. Ele poderia ter se encontrado com mais alguém, mas com quem?

Seria o homem ferido, o culpado? Ou será que o próprio Chase resolvera atear fogo no galpão? Ou seria ainda outra pessoa, ainda não identificada? Um empregado que fora demitido e ainda tinha contas a acertar com a Serraria Buchanan, ou alguém movido por vingança pessoal? Alguém que odiasse Chase? Ou Rex? Ou alguém cujo sobrenome fosse Buchanan?

Batendo com a borracha da base do lápis no bloco, tentou imaginar o que teria acontecido naquela noite. Será que fora um incêndio criminoso ou uma tentativa de homicídio? Aquele pensamento tenebroso correu como corrente elétrica por sua mente. Será que havia alguém, deliberadamente, tentando matar Chase?

Cassidy ficou com o braço arrepiado.

A porta se abriu, e ela quase deu um pulo na cadeira quando percebeu que, para os jornalistas e as secretárias que gostavam de chegar alguns minutos mais cedo no escritório, estava na hora de chegar. Acenou para o fotógrafo quando ele e a recepcionista entraram juntos.

— Vamos lá — comentou consigo mesma. Aquela não era hora de dar chilique. Procurou pelos arquivos, encontrou a cópia do relatório da polícia que saiu no jornal e tirou outra cópia para o seu arquivo pessoal.

Quando retornou à mesa, Bill Laszlo já a aguardava. Alto e sarado, parecia correr os quarenta quilômetros por semana dos quais tanto se orgulhava. Ultimamente, tornara-se especialista em exercícios e consumo de gorduras, e os treze quilos que perdera nos últimos dois anos eram prova de sua filosofia.

— Você tem me evitado — acusou-a.

— De jeito nenhum. Tenho apenas andado ocupada.

— Se é o que está dizendo... — Ele não parecia convencido, com sua camisa branca engomada, calça preta, suspensórios e gravata combinando. — Fiquei encarregado de cobrir o caso do incêndio e suas consequências.

— Eu sei. Vi seu nome no último artigo.

— Gostaria de conversar com você — disse, recostando o quadril na mesa de Cassidy.

— Não sei nada sobre o incêndio.

Bill Laszlo abriu um sorriso, exibindo dentes amarelados pela nicotina, apesar de ter abandonado o vício no início de seu insight saudável, vários anos atrás.

— Isso é o mesmo que dizer "sem comentários"?

— Para ser sincera, você deve saber mais do que eu.

Bill relanceou para o tampo da mesa de Cassidy, onde suas anotações estavam à vista.

— Mas tem pensado sobre o assunto.

— Meu marido quase foi morto.

— Eu sei. Uma lástima. — Ele coçou o queixo, ainda analisando os rabiscos de Cassidy, que acompanhou seu olhar, fixando-se no ponto de interrogação, assim como no nome de Brig. Sem qualquer desculpa, Cassidy enfiou o bloco dentro de uma pasta.

— Sabe, eu gostaria de conversar com o Chase.

— Você e todos os jornalistas do estado.

— Que tal eu dar uma passada no hospital esta tarde...

— Não. — Ele lhe lançou um olhar magoado, no qual ela não confiou nem por um segundo. — Olha só, Bill, sei que tem um trabalho a fazer e talvez eu entenda você melhor do que a maioria das pessoas, mas o Chase ainda está se recuperando. Ele só está podendo receber visita dos familiares mais íntimos.

— E a polícia?

— Não precisava nem perguntar. — Ergueu os olhos para ele. — E... o que você sabe sobre alguém meter a mão no meu arquivo?

— O que está insinuando? — Seria imaginação sua ou será que vira um olhar culposo em seus olhos?

— Estou insinuando que alguém está bisbilhotando os meus arquivos, pegando alguns artigos e umas anotações.

— Você é a única que tem a chave, certo?

— Em tese — disse ela, fulminando-o com o olhar.

— O quê? — Levou as mãos ao peito. — Está achando que eu desceria tão baixo a ponto de vasculhar a mesa de outro jornalista?

— Só estou perguntando.

— Cassidy... — adulando-a. — Tem certeza?

— Certeza absoluta.

Seu olhar magoado desapareceu.

— Sério? Então temos um problema.

— Pelo menos um.

— Desculpe. Não posso ajudar você com esse assunto. Não faço ideia de quem possa ter mexido nas suas coisas.

— Sei.

— Mas ainda gostaria de dar uma palavra com o seu marido.

Cassidy deu um sorriso gelado.

— E a resposta ainda é "não".

Bill pegou um lápis da escrivaninha dela e o balançou entre os dedos.

— Sabe, sra. McKenzie, se eu não a conhecesse melhor, eu diria que está escondendo alguma coisa.

— Como o quê?

Seu sorriso foi malicioso.

— Ainda estou pensando no assunto.

— Não pense demais. É perda de tempo.

— Só me dê informações sobre o Chase, certo? — insistiu.

— Acho que o jornal já tem um artigo escrito sobre ele.

— Eu sei, mas não estou falando do currículo dele, pelo amor de Deus. Sobre ele ter se tornado advogado e ter vindo trabalhar para as indústrias Buchanan, depois que vocês se casaram... tudo isso é lixo enfadonho que todo mundo já sabe. Preciso de algo mais profundo.

— Não há nada mais a ser dito.

Seus lábios se torceram, e ele balançou o lápis com um pouco mais de rapidez.

— Não? E quanto ao outro, o desconhecido?

O tom afiado de sua voz a pegou de surpresa.

— O que tem ele?

— Parece que a polícia vai conseguir identificá-lo logo.

O coração dela quase parou.

— Como?

— Parece que, finalmente, estão conseguindo uma brecha. Encontraram uma carteira esta manhã, embora não estejam falando muito sobre ela. Mas minha fonte...

— Quem é a sua fonte?

— Não posso dizer — disse ele, balançando a cabeça. — Nem precisava perguntar. — Deu-lhe uma piscada, que fez seus nervos abalados quase se romperem. — Mas o que está correndo por aí é que o homem no CTI logo, logo, vai ter um nome. Vai ser para lá de interessante descobrir quem ele é, não vai? — Largou o lápis na mesa e ficou de pé. — Quem sabe ele não dá o pontapé inicial neste caso?

Por que diabo eles não morriam?

Dirigi pelas ruas escuras da cidade e me amaldiçoei por tê-los subestimado.

Pelo amor de Deus, os dois homens internados no hospital estavam se recuperando. Corria a notícia de que Chase logo seria liberado para ficar sob os cuidados da esposa e que o outro continuava resistindo, por um fio.

Que ódio!

Não era para as coisas estarem assim agora.

Então, percebi, virando uma esquina e observando uma patrulha policial escondida atrás de um loureiro, que nada estava acontecendo da forma como eu imaginava.

Os dois deviam estar mortos agora.

Enterrados e esquecidos.

Apertei o queixo com tanta força que chegou a doer e olhei de relance pelo retrovisor. A viatura policial estava atrás de mim. *Merda!* Minhas mãos fizeram pressão sobre o volante. Se me pegassem, como eu iria explicar o uniforme do hospital? As luvas cirúrgicas em minhas mãos?

Em pânico, tirei as luvas com os dentes, primeiro a da mão esquerda, depois a da direita, um olho no velocímetro para ter certeza de que não passaria do limite de velocidade, o outro no policial atrás de mim.

Será que deveria parar, fingir que precisava tomar uma xícara de café na cafeteria? Aí eu teria que sair do carro e estaria com o uniforme do hospital... não, não daria certo. Poderia dirigir até o hospital, da forma como havia planejado, mas, ainda assim, se houvesse perguntas depois, o policial poderia se lembrar da minha caminhonete, talvez até mesmo se lembrar da placa...

Comecei a suar e tomei o sentido da estrada do condado, na esperança de que aquele guardinha idiota saísse do meu pé. Devagar... vinte e cinco quilômetros por hora.

Meu coração estava acelerado. Ele estava me seguindo. Atrás, mas sempre ali, as luzes da sirene visíveis, quando passou pelas luminárias da rua, sua silhueta negra e agourenta sob o fluxo de faróis do carro atrás dele.

No sinal de trânsito próximo do subúrbio, onde a velocidade aumentava para quarenta quilômetros, pisei no acelerador e a caminhonete acelerou, parecendo saltar para a frente. Dei uma olhada no retrovisor. O policial ficou para trás.

Aleluia.

Não poderia arriscar mais problemas.

Após alguns minutos, virei para a estrada do condado e fiz rapidamente uma curva em U. Havia planejado outra visita ao hospital e, sabendo que Cassidy estava ocupada, achei que não teria problemas. Conhecia a rotina do hospital e sabia a hora em que trocavam os turnos.

Tinha tempo suficiente.

CAPÍTULO 28

Willie não gostava da prisão. Já estivera em uma antes — muito tempo atrás — e a odiara. Um tanto temeroso do homem na cela ao seu lado — um prisioneiro grandalhão, assustador, com tatuagens, bigode, olhos negros e pequenos. Willie estava deitado em seu beliche, longe do camarada e do mictório que cheirava a urina. Queria que Rex surgisse para socorrê-lo, como sempre fizera, e prestou atenção nas passadas no chão cimentado, no chacoalhar das chaves num cadeado, nas vozes dos homens. Por que os policiais não voltavam com a expressão facial arrependida, enquanto explicavam que sentiam muito por terem cometido um erro ao prenderem um pobre desafortunado como o débil mental? Ele nem se importaria com os palavrões, se simplesmente pudesse sair de lá. Coçando o braço, tentou preencher a mente com imagens de coisas boas, de modo que não enlouquecesse. Tinha medo de enlouquecer. Loucos eram colocados em manicômios, e manicômios eram como prisões. Como o lugar onde estava.

Onde estava Rex? Mordeu o lábio e sentiu um gosto salgado na boca. Sentia a pele suja, suada, faria qualquer coisa para sair dali. Qualquer coisa. Até contaria mentiras. Somente para ser posto em liberdade. Contudo, Rex lhe dissera para não mentir, inventar histórias ou falar com a polícia. Deveria esperar e ficar de boca fechada. Acima de tudo, não deveria dizer nenhuma palavra.

Com um tinido, uma porta foi destrancada no lado oposto do corredor. Ouviu vozes acima do som de passadas. Willie levantou-se em seguida, ficando de pé na porta da cela, na esperança de que Rex tivesse ido ao seu encontro. Sabia o que se esperava dele. Rex o repreenderia como se fosse um garotinho, e Willie prometeria que seria um bom menino de novo. Então eles iriam embora. Achou que Rex teria de pagar a alguém, mas, na verdade, não entendia muito bem por que e não se importava. Queria apenas sair.

Dobrou os dedos sobre a barra de ferro e apertou o rosto contra a grade, sentindo o metal fazer pressão sobre sua face, quando dois homens apareceram.

— Olha, olha, olha, parece que tem gente doida para sair. — A voz pertencia a um homem de jaqueta de couro e calças jeans — sem uniforme —, mas Willie não confiou nele. Era o mesmo homem que estivera na casa da família Buchanan, fazendo perguntas sobre o incêndio. Embora Willie tivesse ficado se escondendo nas sombras da cocheira, vira o homem quando ele descera do carro segurando uma lanterna. O policial lhe sorriu estourando uma bola do chiclete. Não, não dava para confiar nele.

O camarada que estava com ele era aquele mesmo magrelo, com olhos negros e cabelos compridos. Ele já havia entrado ali para vê-lo, já havia tentado fingir que era seu amigo.

— Ouvi dizer que você deu um safanão em Marty Fiskus — disse o primeiro.

Willie não respondeu, ficou confuso. *Não minta. Não minta. Se mentir, vão manter você aqui.*

— Marty Figus é um filho da puta — disse o prisioneiro todo tatuado e com os cabelos frisados, na cela ao lado.

— Fique fora disso, Ben — avisou o policial magrelo.

Ben levantou-se de seu colchão imundo e, por instinto, Willie encolheu-se. Não gostava de brigar, mas, às vezes, quando ficava muito tempo no Burley, metia-se em brigas. Ben foi cambaleando até as barras que separavam sua cela da de Willie.

O *Último Grito*   365

— Quero ver meu advogado.

— Certo, e eu quero ver o papa, e isso não está acontecendo.

— Tenho meus direitos, Wilson.

— Não muitos, Ben.

— Quando eu der o fora daqui...

— Se, Ben. *Se.*

— Chama a porra do meu advogado! — Ben ficou com o rosto repentinamente ruborizado, os lábios apertados, por causa da rispidez.

— Bico calado. Ele já foi chamado. Não está ansioso para visitar você de novo. Alguma coisa a ver com uma conta ainda não paga. Não que eu o culpe. — O policial voltou a atenção para Willie.

— Desculpe. Sou o Detetive Wilson, lembra de mim? E este é o meu parceiro, Detetive Gonzales. Nós o visitamos na casa da família Buchanan, no dia seguinte ao incêndio na serraria.

— Eu disse que queria dar um telefonema. — Ben não se dera por satisfeito. — Vocês, seus babacas, não têm o direito de me prender aqui. Quando eu conseguir falar com o meu advogado, vocês vão se arrepender de ter brincado comigo.

— Acredite em mim — disse Wilson. — Já nos arrependemos.

— Idiota!

Wilson suspirou.

— Agora, Ben, isso é jeito de conversar com um oficial da lei? — Levou a mão ao bolso e pegou uma embalagem de chicletes. Abrindo lentamente o tablete, acrescentou: — É melhor tomar cuidado, ou tem gente por aqui que pode se ofender.

— Vá se foder, Wilson!

— Vem cá, Willie, vamos para outro lugar onde a gente não precise ouvir esse depravado. — As chaves chacoalharam no cadeado, e a porta se abriu. Willie sentiu como se os cintos de metal que apertavam seu peito, finalmente, tivessem se afrouxado. Quase conseguiu respirar. Mas ainda parecia cauteloso. Rex avisara a ele: *Não minta. Não minta.*

Ele seguiu o homem que havia se apresentado como Detetive Wilson até uma sala sem janelas, com uma mesa e cadeiras. Sobre a mesa escura de madeira, ficava uma pasta cheia de papéis. Willie começou a suar e mexer com braços e pernas. Isso não estava cheirando bem. Era para o deixarem sair. Onde estava Rex?

— Sente-se — disse o detetive, indicando uma das cadeiras de metal. — E me diga tudo o que sabe sobre isso. — Soltou a carteira sobre a mesa, e Willie evitou seus olhos. Não queria olhar para aquele couro queimado. Fazia-o lembrar-se dos incêndios. Dos dois. Lambeu os lábios.

— Você estava na serraria na noite do incêndio?

Willie mordeu o lábio. *Não minta.*

— Você sabe quem é o dono disso aqui? — Wilson empurrou a carteira para mais perto, e Willie se encolheu. Ouviu o coração batendo nas têmporas.

— Não é sua, é?

Não minta.

— Onde você a conseguiu? Encontrou-a em algum lugar? Roubou de alguém ou...

— Não roubei! Não roubei! — explodiu de repente, e os traços duros no rosto do Detetive Wilson se suavizaram até formarem um sorriso.

— Acredito em você, Willie. Então, onde a conseguiu?

— O dinheiro está todo aí! Eu não peguei! — Willie fungou e passou o dorso da mão sob o nariz. A mão tremia toda.

— Ninguém está dizendo que você fez isso, rapaz. Mas a carteira não é sua, é?

Franzindo o cenho, tão assustado que sentiu vontade de chorar, Willie negou com a cabeça.

— Não.

— Bem, então estou só perguntando se conhece o dono da carteira.

Willie movimentou as cordas vocais, mas nada disse. O suor escorria por sua face. Estava muito quente. Muito fechado. E o Detetive Wilson não acreditava nele. Ele o poria de volta na cela. Por muito tempo. Seu coração batia com tanta força que sua respiração ficou ofegante.

O Último Grito   367

— Ele está hiperventilando — avisou Gonzales.

— Fique calmo, rapaz. — Wilson pegou a pasta e a abriu.

Willie não sabia por quê, mas sentiu um medo esmagador, o mesmo medo que sentia sempre que ficava sozinho com Derrick. Nervoso, coçou o braço, o mesmo que Derrick havia queimado com um cigarro havia anos.

— Agora, Willie, esta aqui é a sua pasta — disse Wilson. — Veja como ela é grossa. Você se envolveu em um bocado de delitos leves por aqui, filho. Que bom que Rex Buchanan e sua equipe de advogados sempre encontraram uma forma de livrar a sua cara! Vamos ver o que temos aqui? Embriagado e criando tumulto. Dirigindo sem habilitação. O-oh, não estou gostando da cara disso aqui... uma garotinha reclamou que você a estava seguindo e espiando pela janela dela, mas retirou as acusações. Lembra? O nome dela era Tammi Nichols? Você se lembra dela? — O mesmo sorriso de novo. — O que estava fazendo, Willie? Tentando dar uma espiadinha por baixo da saia dela?

— Não. — Willie balançou freneticamente a cabeça.

— Você gosta de olhar garotas nuas?

Um ruído surdo encheu sua cabeça. Seu pomo de adão subiu e desceu nervosamente. Aquilo não estava bom. *Não minta. Não minta.*

— Ah, para o diabo, Willie, todos nós fazemos isso. Não é nenhum crime! A não ser que esteja enfiando o nariz onde não seja chamado. — Recostou-se novamente na cadeira, balançando-a para trás, apoiando-a nos pés traseiros enquanto fazia bola com o chiclete. — Acho que você gosta de ver garotas nuas. Não posso culpar você, mas... — Virou a página, e o estômago de Willie ficou apertado de tanto medo. — O-oh de novo. Olha só aqui. Outra garota. Mary Beth Spears. Achou que você estava espiando pela janela dela enquanto estava só de calcinha e sutiã. — Estalou a língua. — Isso a aborreceu muito, você sabe, justamente ela, a filha do reverendo. — As sobrancelhas de Wilson se arquearam. — Olhou para os peitinhos dela, Willie?

As bordas da visão de Willie ficaram escuras, e ele teve de se segurar na mesa para não escorregar pela cadeira.

— Isso não é nada bom. O reverendo, garanto que sentiu vontade de tirar o seu couro vivo.

O quarto girou.

— Agora essas acusações, todas elas retiradas ou resolvidas de um jeito ou de outro, não são muito sérias. — O detetive fechou a pasta e a pôs de lado. — Mas se houvesse mais acusações arquivadas, digamos, algo mais sério como recusa em ceder provas de um crime, ou se você tivesse atrapalhado o exercício da justiça, ou até mesmo participado de um crime, bem, nem todo o dinheiro de Rex Buchanan te livraria dessas coisas. Não mesmo. Nem toda a equipe de advogados dele seria capaz de livrar você da cadeia.

O suor descia pelo nariz de Willie e pingava na mesa. Estava tão assustado que se sentia todo apertado por dentro, como se fosse urinar nas calças. Não se moveu, apenas se agarrou à mesa de forma que não desmaiasse.

— Mas, por outro lado, se você se dispusesse a cooperar conosco, sabe como é, nos dizer o que sabe, bem, eu diria que as chances de você ser posto em liberdade seriam muito grandes. Você não diria o mesmo, Gonzales?

— Grandes mesmo — concordou o homem magrelo.

— Está entendendo?

Willie não se mexeu.

— Está bem, vamos entrar em um acordo. — Os pés frontais de sua cadeira alcançaram o chão, e Willie inclinou-se, apoiando-se sobre os cotovelos. — Você nos diz a verdade e pode sair daqui. Me sacaneia ou fica de boca fechada, e a gente vai ter que voltar com você para a cela do lado do Ben. Detesto sacanagem, Willie. Você não, Gonzales?

— Odeio.

— Portanto, não pode ter sacanagem aqui. Você vai ter que ser direto com a gente, Willie. Honesto até o último fio de cabelo, e aí é bem provável que consiga se livrar dessa confusão.

O último Grito 369

Willie engoliu em seco. A saliva se acumulou em sua boca. *Onde estava Rex? Por que estava deixando aqueles homens horríveis o atacarem com perguntas rudes?*

O detetive pegou a carteira e a balançou debaixo do nariz do rapaz.

— Vamos lá, garoto. Vai ficar tudo bem. Tudo o que tem a fazer é me falar como acabou com essa carteira enfiada no bolso de trás da calça.

— Cassidy Buchanan está aqui para ver você.

T. John Wilson deixou as palavras ecoarem por seu pequeno escritório, saboreando cada uma delas. Sabia que ela voltaria; para ser sincero, esperava por ela há umas duas horas. Ela estava com a imprensa, e os boatos nas ruas eram de que o desconhecido estava prestes a ser identificado. Wilson gostaria de saber como é que a droga dos jornalistas sabiam das coisas antes dele, mas, até o momento, não fora capaz de descobrir nem de estancar o vazamento em seu departamento.

A porta se abriu e Cassidy entrou, determinada. Havia se controlado desde a última vez que conversara com ele e, agora, com os cabelos ruivos emoldurando seu rosto ruborizado, os olhos castanhos piscando furiosos, ela estava simplesmente estonteante. Todos na cidade a haviam chamado de a irmã sem graça de Angie Buchanan — uma menina que não chegava aos pés da outra. T. John não podia imaginar que isso fosse verdade. Pôs-se de pé — uma gentileza que havia aprendido com a mãe, criada na Virgínia.

— Você sabe quem é o homem que está no hospital? — perguntou Cassidy, taxativa.

— E *boa-tarde* para você também. — Oferecendo-lhe a cadeira do outro lado da mesa, Wilson sentou-se novamente. — Ainda não, mas saberemos logo.

— E não me contou?

— Por que contaria?

— Porque estou... estou envolvida nessa história; sou esposa de Chase.

— Mas não está envolvida com o desconhecido. Não o reconheceu.

— A serraria do meu pai pegou fogo!

— E? — Acomodou o salto da bota na borda da mesa e recostou-se na cadeira. — Olha só, sra. McKenzie, eu a chamei aqui para tomar seu depoimento. Fui ao hospital com a senhora. Tive esperança de que me ajudasse com a investigação, que cooperasse, mas não vejo qualquer razão para lhe contar qualquer outra coisa. Além do mais, a senhora é jornalista. Dou declarações diárias à imprensa...

— Não estou interessada nas reportagens da imprensa, Detetive. Não se trata de uma matéria. Só quero descobrir quem incendiou a serraria e quase matou meu marido.

— É isso o que estamos tentando descobrir.

— Quem é ele?

— Não temos certeza — disse. — Apenas se acalme, sente-se nesta cadeira que eu vou lhe trazer uma xícara de café.

— Não se dê ao trabalho; apenas me diga a identidade do desconhecido. — Parecia desesperada, mais desesperada do que deveria, dadas as circunstâncias.

— Como eu disse, ainda não sabemos, mas vou lhe dizer uma coisa: conseguimos uma informação importante, e parece que o nosso estimado desconhecido será identificado. Pode levar algum tempo, mas iremos descobrir. — Sorriu, satisfeito consigo mesmo. As coisas estavam andando melhor do que havia esperado. Apesar de dias atrás estar num beco sem saída, hoje tinha a carteira, informações sobre o homem agonizante e toda uma nova perspectiva com relação ao caso. Sim, as coisas estavam melhorando e, se Floyd Dodds não se cuidasse, T. John iria roubar sua posição e se tornar o próximo xerife.

— Por que não me conta o que aconteceu? — perguntou Cassidy, já mais calma e recostando-se na cadeira. Cruzou uma perna sobre a outra, e T. John tentou não reparar em seus tornozelos.

— Depois que identificarmos o homem, virmos quem ele é, fizermos contato com os parentes dele, irei divulgar o nome. Até então, será somente um desconhecido.

Cassidy moveu as mãos, pensativa, seu olhar se fixando bem no centro do rosto de T. John.

— Você falou com meu marido?

— A última notícia que tenho é que ele não está falando.

— Falou comigo.

Os músculos da nuca de T. John ficaram tensos.

— Quando?

— Outro dia.

— E você não me contou?

— Estou contando agora. Só falou comigo uma vez.

Seus olhos se franziram.

— O que ele disse?

— Não muito, a não ser que quer sair do hospital.

— No estado em que está? — T. John quase riu. Chase McKenzie tinha fama de teimoso. — Perguntou a ele sobre a identidade do outro homem?

— Nega conhecê-lo e não quer falar dele.

— Acha que ele está falando a verdade?

— Não sei, mas confio no Chase. Desde que passei por lá, ele não fala uma palavra sequer, nem para os meus pais, que o visitaram, nem para os médicos e enfermeiros que têm cuidado dele. Não tenho muita certeza de que acreditem que possa falar.

Ele já estava lá na frente... muito na frente.

— Então você acha que, se nós lhe dermos algumas informações, e você as levar para ele, ele poderá responder, mas não falará conosco.

— Pode ser.

Ele bateu com as botas no chão.

— Devo dizer que você não é uma oficial da lei.

— Não acredito que ele falará com um oficial.

— Então será acusado de dificultar uma investigação.

— Acha mesmo que ele está preocupado com isso? Está preso num leito de hospital, perna e braço quebrados, o rosto todo costurado, talvez cego de um olho. Não acredito que vá ter medo de prisão, a esta altura dos acontecimentos.

— Ele talvez seja mais esperto do que você imagina.

— Não, ele talvez seja mais esperto do que você imagina. — Cassidy apertou os lábios, furiosa. — Tente acusá-lo de qualquer crime, e ele irá contratar uma equipe de advogados que encontrarão médicos dispostos a jurar que ele não pode falar, que sua garganta e sua voz foram afetadas pela fumaça, ou pelo trauma, ou por qualquer outra coisa; irão mostrar que estava sedado e sob o efeito de analgésicos e, que, mesmo que tenha falado, não estava lúcido. Irão exibir uma dúzia de especialistas que darão exemplos nos quais o paciente estava traumatizado demais para falar, dopado demais para conversar racionalmente. Como só falou comigo, será minha palavra contra a dele, e eu não terei que testemunhar contra ele, porque é meu marido.

T. John forçou um sorriso nada espontâneo.

— Você está tentando me dizer que, se eu quiser tomar o depoimento do seu marido, terei de fazê-lo por seu intermédio?

— Nem sei se ele falará comigo de novo.

A frustração abriu um buraco em suas entranhas. Poderia forçar o assunto se quisesse. Tinha certeza de que poderia convencer Chase a conversar com ele sem a ajuda dela, mas talvez fosse vantagem seguir a dica de Cassidy e ver como ela e o marido se davam. Ainda não entendia a relação deles, mas alguma coisa não estava bem.

— Vou pegar a mãe dele para visitá-lo esta tarde — disse, parecendo nervosa.

— Se importaria se eu a acompanhasse?

— É claro que me importaria. Não vai poder entrar no quarto enquanto ele estiver com Sunny. Mas depois, tudo bem.

— A senhora sabe, sra. McKenzie, que, independentemente do que possa estar pensando, não manda nada nesta investigação.

— Você não está entendendo, não é? — perguntou ela, os lábios mal se movendo, a raiva se fazendo visível no rubor de suas faces. — Não estou interessada em nenhum jogo de poder. Estou apenas expondo os fatos e com esperança de que, pelos meus esforços, você seja honesto comigo. — Inclinou-se para a frente, apoiando as palmas da mão com firmeza na borda da mesa, ao se colocar de pé. — Eu gostaria de saber quem é o homem no CTI e dou minha palavra de que não levarei o nome dele para o meu jornal.

Não confiava nela, mas não pôde deixar de perguntar.

— Por que isso é tão importante?

Algo tremeluziu em seus olhos, uma dor muito íntima que ele não entendia, até que ela respondeu:

— Não está óbvio? Ele pode ser o homem que tentou matar meu marido. — Pendurando a alça da bolsa no ombro, Cassidy saiu. Com a mesma velocidade com que entrara em eu escritório, fora embora, batendo a porta na saída.

— Filha da puta! — T. John abriu a porta da gaveta de cima de sua mesa e pegou o potinho com os comprimidos de antiácido. Um pouco da segurança que sentira mais cedo se esvaíra.

Cassidy McKenzie não era só uma irritação atraente, pensou ao colocar quatro comprimidos na mão e enfiá-los na boca. Ela tentaria e conseguiria atrapalhar cada passo seu.

Por quê?

Segurou os comprimidos com os dentes e os engoliu com uma golada de café frio e velho. Ficando de pé, foi à janela e olhou o estacionamento onde Cassidy, os cabelos cor de fogo sob o sol, abria o jipe e se acomodava atrás do volante. Achava que ela sabia de alguma coisa, mas não sabia dizer o quê. Talvez conhecesse a identidade do desconhecido, ou talvez o marido tivesse lhe dito o que estava fazendo na serraria naquela noite. Se o homem estivesse falando. Só porque ela dissera que sim, isso não queria dizer que era verdade. Remexeu o resto de café na xícara. Definitivamente, ela sabia mais do que estava falando, e ele não achava que era porque queria sair na frente dos outros jornais. Não, para ela, esse assunto era pessoal. Pessoal mesmo.

Imaginou se ela não teria contratado aquele homem na esperança de incendiar a serraria, matar o marido e ainda botar a mão no dinheiro do seguro. De acordo com todos com quem havia conversado e que conheciam o casal McKenzie, o casamento deles estava por um fio — a um passo do divórcio.

Wilson passou a língua pelos dentes enquanto pensava. Seria apenas coincidência o dispositivo que iniciara o sinistro ser parecido com o usado no incêndio que matara Angie Buchanan e Jed Baker? Seria aquele homem o culpado em ambas as vezes? Ou... seria ele vítima inocente, alguém que tinha ido se encontrar com Chase McKenzie ou rondar a serraria por outras razões? Um dos empregados? Um funcionário insatisfeito? Alguém que queria os documentos do escritório, onde o contador trabalhava junto com Chase? Ou um vagabundo, o mesmo incendiário que entrou, na cidade, cheio de si, dezessete anos antes?

T. John franziu os olhos e mordeu o lábio, observando quando o jipe saiu do estacionamento com o motor roncando. Talvez Chase McKenzie tivesse ateado fogo para tentar esconder alguma coisa, para receber o dinheiro do seguro ou para tentar matar o outro homem. Talvez tenha sido interrompido e caído na própria armadilha. Ou talvez a mulher estivesse envolvida; poderia querer ver Chase morto, em vez de se divorciar dele. Isso lhe custaria menos dinheiro. Ou, droga, a porra daquele incêndio poderia ter sido acidental, e os dois pobres coitados que ficaram presos lá dentro, apenas dois idiotas azarados. T. John não acreditou nisso nem por um minuto.

Era muito ruim que Rex Buchanan tivesse buscado Willie Ventura antes de ele ceder à pressão. Willie sabia mais do que estava dizendo e também estivera presente no primeiro incêndio. Outra coincidência? Ou Willie seria um incendiário?

Teria de interrogá-lo de novo — disso tinha certeza —, e, quanto a sra. McKenzie, bem, não morreria se tivesse de segui-la. Willie não conseguia se lembrar de onde estivera durante o incêndio.

Claro.

E Cassidy McKenzie estava em casa. Sozinha.

Certo. E eu sou um babaca filho da puta.

Colocou a xícara vazia sobre um armário velho e voltou à mesa. Sentando-se em sua cadeira rangente, abriu uma das gavetas superiores e tirou duas pastas, uma tão grossa que tinha de ficar amarrada com uma tira de elástico, a outra mal tinha alguma coisa dentro. A primeira estava cheia de jornais amarelados e anotações, relatórios que haviam ficado anos guardados em arquivos, os casos insolúveis de assassinato de Angie Buchanan, seu bebê e Jed Baker. A segunda era uma pasta nova, com folhas branquinhas, anotações e artigos sobre o incêndio na serraria Buchanan.

Seus instintos lhe disseram que os sinistros estavam relacionados e que havia muita gente na cidade que sabia quem eram os suspeitos em potencial na primeira investigação. Projetou o lábio. Muito ruim que o primeiro caso nunca tivesse sido solucionado e que o mau-caráter do McKenzie tivesse dado no pé antes de poder ser interrogado. Até onde se sabia, Brig era uma semente danada de ruim, sempre metido em confusão. Teria ajudado saber o quanto estivera envolvido no primeiro incêndio.

Contudo, ele não estava por perto. Decerto, morto ou preso em algum lugar longe dali.

Franzindo mais uma vez os olhos para a pasta, sua pulsação acelerou-se quando se lembrou da procedência da carteira de habilitação do desconhecido. Alasca. Muito longe dali. Ainda uma fronteira nos anos de 1970. Um homem podia se perder naquela região inóspita... Será que tudo poderia ser apenas a porra de uma coincidência? Será que era?

Apertou o botão do interfone e fez uma solicitação. Em questão de minutos, Gonzales entrou, relaxado, pela porta.

— Deu sorte com a mulher do McKenzie? — perguntou.

T. John negou com a cabeça.

— Ainda não, mas quero que seja seguida.

Os olhos negros de Gonzales cintilaram.

— Conseguiu alguma coisa?

— Acho que não, mas Chase McKenzie está falando. Pelo menos, ela disse que está, mas adivinha? Só com ela.

Gonzales bufou, contrariado.

— É, acho que é papo furado. Mas vamos checar. Depois quero voltar a falar com Willie Ventura, e ele pode vir com um exército de advogados, pois não estou nem aí. Podem tentar me atrapalhar, me criticar, sem se preocuparem comigo, mas quero falar com ele.

Gonzales encolheu os ombros.

— Eu o trarei aqui.

— Depois, essa é meio difícil, mas confirme com o Departamento de trânsito do Alasca e veja se eles têm alguém com o nome de McKenzie. Melhor, algum homem branco, na faixa dos trinta anos com o nome de McKenzie. Cheque registros de acidentes e placas de carros em todas as agências que eles tiverem lá.

— Pode ser uma lista e tanto. McKenzie é um nome comum.

— Eu sei, eu sei, mas faça o que estou pedindo, está bem?

— Está achando que o desconhecido é McKenzie? — Gonzales, claramente, não acreditava nisso.

— Não. — Wilson estalou as juntas, frustrado. — Eu disse que era meio difícil, uma chance em um milhão. Ai, meu Deus, talvez não passe de nada mais do que uma caça a um inimigo fantasma. Mas, só por desencargo de consciência, vamos checar.

CAPÍTULO 29

Sunny estava esperando por ela. Com um vestido preto longo, os cabelos grisalhos presos num coque apertado na altura da nuca, estava sentada na beira da cama, a bolsa no colo.

— Cassidy — disse afetuosamente, estendendo a mão. Sua pele era escura e lisa, sem nem uma ruga sequer, mas um dos olhos estava nevoado por uma catarata que ela se recusava a remover. Não confiava em médicos com bisturis ou lasers, ou qualquer outra coisa que usassem.

— Achei que você gostaria de visitar Chase — disse Cassidy, aproximando-se dela e tomando-lhe a mão. Nunca se sentira à vontade perto da sogra e odiava pensar que Sunny fora amante de seu pai, mas ainda era difícil vê-la ali, longe da casa que amava.

— Tenho andado ansiosa por isso. — Sunny levantou-se com dificuldade. Embora sua pele fosse tão macia quanto a de uma mulher com metade de sua idade, suas articulações estavam acometidas por artrite — situação que só piorara, confidenciara a Cassidy, anos antes, por não poder ir à mata em busca das ervas apropriadas. Mesmo quando as solicitava de uma lojinha de produtos naturais, o médico não permitia que tomasse nada a não ser o que ele prescrevia, comprimidos em potes, produtos químicos sintéticos distribuídos por corporações gigantescas. Sunny não acreditava em drogas feitas pelo homem e frequentemente se recusava a tomar medicamentos.

Seus dedos envelhecidos apertaram a mão de Cassidy.

— Alguma coisa está errada.

— Sim, o incêndio e...

— Não, outra coisa — insistiu, e Cassidy sentiu um nó no estômago. Deslizando os dedos pela mão da velha, não queria acreditar no poder das visões da sogra, apesar do fato de que ela, fora todos seus argumentos contrários, havia se casado com o homem que Sunny previra.

— Aqui está a sua bengala — ofereceu-lhe a bengala de madeira escura e lisa, o cabo curvo, na forma de um pato silvestre.

— Talvez você não reconheça Chase — avisou Cassidy, quando desceram o corredor acarpetado que ficava depois das paredes tom de amêndoa, onde aquarelas em tons pastel haviam sido penduradas nas divisórias de gesso.

— Conheço meus filhos.

— Mas o rosto dele...

— Posso tocá-lo, não posso? — Sunny aguardou a porta eletrônica ser aberta pelo recepcionista louro sorridente, que tinha apenas de apertar o botão sob sua mesa. Com um zumbido, a tranca foi solta e Cassidy empurrou a porta de vidro.

— Está todo coberto por ataduras e talvez não queira que você...

— É meu filho. Posso tocá-lo — disse, com insistência. — Chase é um bom menino. — Fez a afirmação com certa rapidez, como se para se convencer do que dizia. — Cassidy imaginou com que frequência Sunny teria brigado com sua consciência, a fim de ainda poder manter a fé no filho que a havia trancado numa clínica que ela detestava.

Desceram lentamente os degraus até a calçada, onde o jipe estava estacionado. Cassidy ficou segurando a porta do passageiro, enquanto a sogra se acomodava no banco traseiro.

Em poucos minutos, estavam passando pelos portões abertos, Sunny acenando para o guarda.

— O que você gostaria de me perguntar?

O Último Grito   379

Então ela havia pressentido as perguntas que corriam por sua mente. Apenas com um mero toque. Isso era muito estranho.

— Não... não é nada. — Aquela não era hora nem lugar de lhe fazer perguntas sobre seus amores antigos, sobre Rex Buchanan.

— Não minta para mim. — Com um sorriso tristonho, Sunny afastou uma mecha solta de cabelos do rosto. — Quer saber sobre o seu pai.

Era muito esquisito, quase como se pudesse ler sua mente.

— Descobriu que fomos amantes — disse Sunny, e o ar dentro do jipe pareceu ficar mais pesado.

— Sim — disse Cassidy, assustada, ao entrar no trânsito.

— Ele lhe contou?

Pelo amor de Deus, como ela sabia? As mãos de Cassidy ficaram suadas de repente, em contato com o volante. Ela pigarreou:

— Eu, ah, não acho que fosse essa a intenção dele.

— Já estava na hora.

O coração de Cassidy batia freneticamente, com tanta força que ela mal podia respirar.

— Eu devia ter ficado sabendo antes de me casar com Chase. Eu devia ter ficado sabendo que você estava envolvida com o meu pai.

— Chase sabia.

Cassidy quase perdeu o controle do jipe e praguejou:

— Ele sabia?

— Bem, suspeitava. Nunca admiti.

— Pelo amor de Deus, ele *sabia*? — Sua mente gritava a verdade. Por que não lhe contara? Por quê?

— Acho que viu seu pai uma vez, quando ele foi me visitar. Chase era só um menino na época e, depois disso, tomamos mais cuidado.

O cérebro de Cassidy latejava freneticamente com perguntas que ela não ousava verbalizar, suspeitas que nunca veriam a luz do dia.

— Não estou entendendo.

— Lucretia era frígida.

— Mas você podia ter engravi... Quer dizer...

— Engravidei. — Sunny lançou-lhe um olhar sombrio. — Está na hora de você saber a verdade.

— A verdade — repetiu ela. Com quantas mentiras teria convivido sem saber? Seu coração pesou quando saiu dirigindo sem pensar, reduzindo automaticamente nas curvas, evitando, por hábito, os carros que vinham na mão contrária, embora sua mente estivesse desligada, as ações, automáticas.

— Buddy foi filho do seu pai — disse, sem rodeios.

— Buddy? — repetiu Cassidy, atordoada. — Não Brig...?

Sunny suspirou levemente.

— Brig era filho de Frank. Assim como Chase.

— Mas como você pode ter certeza?

Com uma expressão de superioridade reservada às mulheres que haviam concebido e dado à luz, Sunny fuzilou Cassidy com o olhar.

— Eu sei.

— Ai, meu Deus! — Cassidy tentou respirar profundamente, pensar racionalmente. Então Sunny e Rex haviam sido amantes, e daí? Isso não mudava as coisas. Ela não era casada com seu meio-irmão, não fizera amor com um parente. Seu estômago, tão sensível ultimamente, apertou-se e lançou acidez para a garganta.

— Eu jamais teria deixado você se casar com Chase se ele fosse seu irmão.

— Meu Jesus! — suspirou Cassidy, assim que Prosperity surgiu à vista. Baixou o vidro do carro, na esperança de que o ar fresco limpasse sua mente. — O que aconteceu com Buddy? — perguntou, mas não tinha certeza se queria ouvir a resposta. Ele poderia estar morto, internado em um manicômio, vegetando e sem reconhecer ninguém, incapaz de reconhecer a própria mãe.

— Buddy está num lugar seguro. — Tocou o braço de Cassidy com dedos macios. — Vive com o pai.

— O quê?

Sunny sorria por dentro, como se estivesse satisfeita por ter enganado a nora.

O Último Grito 381

— Você cresceu com Buddy, Cassidy.

— Mas... — Então foi que lhe bateu, como um raio que explodisse em seu cérebro. — Willie — sussurrou ela, o estômago se revirando. Como não adivinhara? Como ninguém na cidade havia ligado os fatos?

— Sim — disse Sunny, o alívio fazendo a voz tremer um pouco.
— Finalmente, depois de todos esses anos, poderei ir vê-lo.

— Mas por que... por que escondê-lo?

Ela olhou pela janela.

— Foi ideia do seu pai. Depois do acidente em que Buddy quase morreu afogado no riacho, ficou claro que ele nunca seria... bem, normal de novo. Muito dano cerebral por causa da falta de oxigênio. Rex se ofereceu para tomar conta dele, certificar-se de que fosse colocado na melhor clínica disponível. Ele pagaria todas as contas e, uma vez que Frank e eu não poderíamos pagar... bem, foi quando Frank foi embora. Não por causa de Brig, mas por causa de Buddy.

Ela parecia tão lúcida, as lembranças do passado tão claras.

— Como você descobriu que Buddy era Willie?

— Rex me contou; ah, isso foi anos atrás, quando ele já era quase adulto. A clínica particular onde Willie... esse foi o nome que Rex lhe deu depois de pagar o médico que cuidava dele... enfim, a clínica estava para fechar, o hospital fora vendido para um grupo de investidores que tinham planos de derrubá-lo e construir um shopping ou qualquer outra coisa assim... — Balançou os dedos como se isso não fosse importante. — Rex decidiu que Willie iria morar com ele. Ele não era tão crescido, acho que tinha cerca de dez, doze anos... você era só uma garotinha. No início, ele morou com a família daquele contramestre de vocês. Mac alguma coisa, depois Rex lhe deu um quarto lá em cima, na cocheira. Acredito que viva lá desde então.

Cassidy não se lembrava de Willie indo morar em casa, com seus pais. Desde que conseguia se lembrar, ele estava lá, em volta da cocheira, dos celeiros ou da piscina.

— Minha mãe sabe?

Sunny negou com a cabeça.

— Ninguém sabe. Só Rex e eu. Nem mesmo Buddy.

Era coisa demais para aguentar.

— Acho que você não deveria contar nada a Chase. Pelo menos, até ele melhorar.

Sunny lançou-lhe um olhar de desprezo.

— Eu nunca faria qualquer coisa que prejudicasse meus filhos — disse, como se Cassidy fosse obrigada a entendê-la. — Nunca.

— Ótimo. — Cassidy virou e embicou o carro pelas esquinas arredondadas da rua arborizada que levava ao Hospital Northwest General. Imaginou se a história sobre Buddy McKenzie e Willie Ventura estava completa ou se havia buracos abertos para seu próprio bem. Sunny parecia surpreendentemente lúcida, mas, ainda assim, costumava divagar; fatos e ficções misturavam-se às vezes. Quantas vezes Chase não verbalizara sua preocupação com relação à saúde mental da mãe? Antes de interná-la, sempre se preocupara com sua segurança.

Deixou a sogra perto da porta de entrada, estacionou e logo se encontrou com ela na recepção.

Juntas, pegaram o elevador até o segundo andar e, diante da porta do quarto de seu marido, fez uma pausa, sabendo que ele ficaria furioso por ela desafiá-lo tão abertamente ao trazer sua mãe ao hospital.

— Chase? — chamou baixinho, entrando no quarto em que o marido se encontrava inerte.

Sunny ficou tensa ao ver o filho, mas seguiu em frente, com firmeza.

— Pode me ouvir? — perguntou Sunny, e o olho descoberto que se encontrava fechado abriu-se de repente. — Foi o que achei.

O olho se franziu para a mãe, virando-se para Cassidy e acusando-a de coisas terríveis.

— Ela queria ver você — adiantou-se Cassidy.

— Estão tratando você bem? — Sunny aproximou-se e, embora Chase tenha tentado esquivar-se, tocou-lhe os dedos inchados com as mãos sensíveis e investigativas.

O *Último Grito*   383

Ele piscou rapidamente quando ela fechou os olhos e sussurrou algo em cherokee. Cassidy não conseguia entender nenhuma palavra, mas parecia que Chase sim. Dirigiu o foco à mãe, e um pouco de sua raiva pareceu desaparecer.

— Você ficará bom — disse ela. — Levará tempo, mas ficará curado.

— Lágrimas tomaram conta dos olhos dela quando afrouxou os dedos.

— Fiquei preocupada contigo.

Chase desviou o olhar, olhando para além de onde estava a mãe, para a parede atrás dela, passando a impressão de que se seguia uma tensão muscular em seu rosto, embora, com a palidez e o inchaço, fosse difícil ter certeza.

Cassidy abriu a porta.

— Estou ali no corredor — disse, entendendo que não deveria interferir entre mãe e filho. Não que algum dia tivesse interferido. Chase jamais permitira. "Eu cuido da minha mãe, você cuida da sua", sempre dissera ele quando havia algum problema com Sunny. Era como se ele a considerasse um problema pessoal seu; mas sempre se sentira assim, mesmo antes de Brig ir embora. Cassidy passou pelo posto de enfermagem e ocupou lugar numa saleta de espera, perto de uma janela. Daquele ponto privilegiado, podia tanto olhar para fora quanto para a porta do quarto de Chase, de forma que veria quando Sunny aparecesse. Mais tarde, falaria pessoalmente com o marido, diria a ele que T. John estava prestes a identificar o homem no CTI.

Quando olhou pela janela, viu a caminhonete Cruiser do departamento do condado chegando ao estacionamento. Os faróis reluziram quando estacionou perto da porta frontal. Os Detetives Wilson e Gonzales abriram as portas do veículo, chutaram-na para fechá-la e dirigiram-se apressados ao hospital. Com óculos de sol firmes no rosto, expressão fechada, eles sumiram de vista. As entranhas de Cassidy ficaram gelatinosas. Disse a si mesma para permanecer calma, que, mesmo que eles subissem para interrogar Chase, ela administraria a situação. Sentira vontade de avisar ao marido que eles sabiam que já podia falar, que ela lhes dissera que ele os estava cozinhando em banho-maria, mas esperava lhe contar quando estivesse sozinho, sem Sunny ouvindo.

Agora, não tinha importância. Preparou-se para o pior, aguardando que os dois detetives passassem como uma bala pelo posto de enfermagem e lhe lançassem um olhar cheio de ódio. Com um ruído suave, o elevador parou e dele saiu um casal de idosos, um homem grisalho, ajudando uma senhora encurvada, que se arrastava lentamente pelo corredor.

Cinco minutos haviam se passado, depois dez. Achou que talvez Wilson tivesse parado no CTI. Também havia a possibilidade de que estivesse no hospital por qualquer outra razão — certamente havia outros acidentes a serem investigados —, mas não podia evitar o sentimento de inquietação de que algo estava errado.

Olhou de relance para a porta do quarto de Chase, ainda fechada; em seguida, olhou novamente para fora do estacionamento onde a caminhonete Cruiser estava estacionada na frente da porta de entrada. Umedeceu os lábios e disse a si mesma que estava apenas preocupada, que não havia motivos para ficar nervosa, mas, ainda assim... seus instintos de jornalista estavam a todo vapor. *Alguma coisa* estava acontecendo. Alguma coisa grande. Ela apostaria todo o dinheiro de sua conta bancária que era algo que tinha a ver com o incêndio. O elevador chegou de novo. Dessa vez, foi um médico que apareceu. O rosto com uma máscara de preocupação.

Cassidy não conseguiu esperar nem mais um segundo. Foi ao posto de enfermagem.

— Vou dar uma corrida ao meu carro só por um minuto — disse, mentindo com facilidade para a enfermeira robusta sentada à mesa. — Você se importaria de pedir à minha sogra, que está no quarto 212 com Chase McKenzie, para me esperar aqui? Volto dentro de um segundo.

— Sem problema. — A enfermeira nem mesmo ergueu os olhos.

— Obrigada. — Cassidy atravessou o corredor e aguardou o elevador. Em poucos segundos, estava no corredor em frente ao CTI, imaginando como poderia entrar sem a companhia da polícia.

O Último Grito   385

Pegando o telefone que se conectava diretamente com o Centro de Treinamento Intensivo, ouviu vozes, vozes furiosas, e então as portas se abriram com violência. Detetive Wilson, mascando chicletes de forma escancarada, as feições fechadas numa careta séria, passou a passos largos. Gonzales em seu encalço.

Os óculos de sol de Gonzales estavam enfiados no bolso da frente de sua camisa, e seus olhos, escuros e agourentos, pousados com tanta intensidade nos de Cassidy que ela deu um passo para trás e pôs o telefone de volta no gancho.

— Veja só quem está aqui! — disse Wilson, prolongando as sílabas, incapaz de esconder seu sarcasmo. — Parece que você está sempre por perto quando surge algum problema.

— Problema? — repetiu ela, sentindo o chão começar a tremer sob seus pés.

T. John passou a mão pelos cabelos curtos e suspirou.

— Nosso homem ali. — Engatou o polegar nas portas, que se fechavam atrás dele. — Não conseguiu. O desconhecido, ou seja lá quem for, acabou de morrer há vinte minutos.

CAPÍTULO 30

ão! Não! Não!

Cassidy não acreditou que Brig estivesse morto. Embora ela tivesse passado anos dizendo a si mesma que ele havia deixado este mundo, no fundo de seu coração sempre acreditara que estivesse vivo em algum lugar e que, um dia, voltaria a vê-lo. Depois, quando ouviu falar do desconhecido, quando soube que ele segurava uma medalha de São Cristóvão, deixara a imaginação correr solta e se convencera de que se tratava mesmo de Brig.

— Ai, meu Deus — sussurrou, lágrimas lhe ameaçando os olhos.

— Ele *não pode* estar morto. *Não pode* estar morto!

— Ei, está se sentindo bem? — Ele parecia distante, a voz abafada.

— Não vai desmaiar aqui, vai?

— Não. — A própria voz estava fora de entonação. Passou a mão na testa e se apoiou na parede. Sombras escuras ameaçavam sua visão.

— Posso chamar uma enfermeira.

— Estou bem — rebateu, ainda chocada.

Wilson a analisou.

— Vai me contar o que sabe sobre ele?

— Sobre o homem no CTI? — Negou com a cabeça. — Nada.

— Ainda assim, quando eu disse que ele morreu, você ficou como quem vê fantasmas. O que foi?

O último grito   387

— É... eu apenas tinha esperança de que ele sobrevivesse. E então pudesse conversar comigo, explicar o que aconteceu — disse ela, a mente como se fosse um caleidoscópio de imagens de Brig. Tantos anos haviam se passado, e ela ainda se lembrava com muita clareza dele, tanto quanto se estivessem estado juntos no dia anterior.

— Acho que devíamos contar ao seu marido.

Ai, meu Deus!

— Ele não está falando com a gente, você sabe. Nem uma palavra, mas sei que está ouvindo. Talvez a notícia lhe solte a língua.

— Está com a mãe agora... — Por impulso, tocou-lhe o braço.

— Não diga nada até conversar com o médico, por favor. Não quero que o Chase piore.

— Não é com ele que estou preocupado. Mas com você.

— Ficarei bem — mentiu ela, piscando para lutar contra as lágrimas. — Foi um choque muito grande... se vocês me derem licença.

T. John ficou observando Cassidy se controlar. Era impressionante a rapidez com que conseguia se transformar. Há um segundo, tinha certeza de que ela despencaria, mas deu um jeito de jogar os ombros para trás, expulsar os vestígios de lágrimas e oferecer um sorriso tristonho, antes de desaparecer no elevador.

— Ela está escondendo alguma coisa — disse a Gonzales. Levando a mão ao bolso, encontrou o primeiro maço de Camel que havia comprado em meses.

— E daí?

— Posso estar errado, mas ela sabe quem é o cara.

— E você não.

— Não tenho como provar. Não até a gente ter notícias do Alasca. — Frustrado, T. John abriu o celofane do maço e chegou a tirar um cigarro. Mas não o acendeu, ficou rodando-o entre os dedos enquanto olhava para as portas do elevador. Enfermeiras, médicos, visitantes passaram por ele. Mas T. John não prestou atenção; sua mente estava voltada para Cassidy Buchanan McKenzie e para os segredos que ela guardava com tanta desconfiança.

Ele descobriria quais eram eles. Ah, demoraria um pouco e daria muito trabalho. Mas, com a mesma certeza de que Elvis estava morto e enterrado, T. John os descobriria.

— Chame o médico de Chase McKenzie, Rick, é... Richard Okano. Acho que é esse o nome... veja quando ele poderá vir falar com o paciente dele.

Levou o cigarro ao nariz e sentiu cheiro de tabaco fresco; em seguida, percebeu o olhar de uma enfermeira que observou enfaticamente suas mãos. Quase o desafiando a acender o cigarro. Percebeu o cartaz detestável de não fumar pregado perto do posto de enfermagem. É, parece que não se podia fumar mais em nenhum lugar por ali. Que bom que havia parado!

— Ponha o desconhecido na geladeira até alguém vir procurar por ele e veja como estão as coisas no Alasca... o que está rolando por lá.

— É pra já — disse Gonzales.

— E fotos. Quero todas as fotos que você conseguir de Brig McKenzie. — Pensou por um minuto. — Quero falar com todas as pessoas mais velhas da cidade e saber qual era a fofoca por aqui, dezessete anos atrás. — Franziu os olhos dentro do elevador e imaginou Cassidy como uma adolescente desengonçada, um moleque, apagada em comparação à meia-irmã mais velha. — Veja como era a postura das famílias Buchanan e McKenzie na época. Quero saber por que Lucretia Buchanan se suicidou, por que Frank McKenzie deu no pé e como Brig McKenzie se relacionava com Angie e Cassidy Buchanan. Havia uma rixa entre ele e o tal Baker que foi assassinado. Verifique isso também.

— Mais alguma coisa? — perguntou Gonzales.

— Sim. Descubra por onde andou Chase McKenzie durante todo esse tempo. Ele era tido como o irmão bonzinho, sempre cuidando da mãe, agindo certo, indo à escola e trabalhando até não aguentar mais. Só que isso simplesmente não cola para mim.

— Acha que ela está mentindo?

O Último Grito   389

— Não está falando nada, mas, sim, acho que está mentindo. A grande maioria deles está. Mas o problema com a mentira é que, quando um começa a abrir a boca, toda a rede começa a despencar. Tudo o que temos a fazer é puxar um ponto, e minha intuição é a de que devemos começar com Willie Ventura. Ele é o que terá mais dificuldade em manter as mentiras coerentes.

Cassidy andava com pernas que pareciam de borracha. Não havia prova de que Brig fosse o homem no CTI, nenhuma razão para acreditar que estivesse morto, mas, ainda assim, sentia o estômago pesado e um vazio no coração quando voltou ao quarto de Chase.

— Sra. McKenzie... — a enfermeira do posto parecia preocupada.

— Sra. McKenzie, eu estava tentando localizar a senhora.

Ai, meu Deus, o que será agora?, hesitou Cassidy.

— Sim, algum problema? — perguntou, lendo a preocupação nos olhos escuros da mulher. — Meu marido...

— Está estável. O problema não é ele. É a sua sogra.

— Sunny? — Um medo repentino lhe deu uma agulhada no fundo do coração.

— Sim. — A enfermeira levantou as mãos. — Ela não está com a senhora.

— Não, eu a deixei aqui, lembra?

— Ai, meu Deus. Ela deve ter saído do quarto enquanto eu estava dando remédio aos pacientes e a outra enfermeira atendia mais alguém...

— Só um minuto. — A mente enevoada de Cassidy logo clareou. — Você está me dizendo que ela não está aqui? Não está no hospital?

— Não sei quanto ao resto do hospital. — A enfermeira de rosto pálido começou a ficar na defensiva. — Mas ela não está nesta ala, nem neste andar.

— Tem certeza?

A boca da mulher transformou-se numa linha assustadora.

— Sim, sra. McKenzie, mas tenho certeza de que ela está em algum lugar por aqui.

— Alguém já deu uma olhada nos banheiros?

— Não, mas...

O coração de Cassidy batia ferozmente. Sunny não iria embora, iria? Não poderia chegar muito longe. Usava bengala, pelo amor de Deus!

— Escute, precisamos encontrar a minha sogra. Vou ver no meu carro e dentro dos banheiros. Se você puder pedir a alguém para olhar em outros lugares, caso ela tenha ficado confusa... — Cassidy já estava correndo na direção da porta da frente. Não acreditava nem por um minuto que Sunny tivesse ido para o carro, mas quem sabe?

O sol estava escaldante do lado de fora. Raios causticantes cruzavam o pavimento, chegando a amolecer o piche do asfalto. O jipe estava onde Cassidy o havia deixado, e ela estava prestes a voltar ao hospital quando viu um bilhete enfiado embaixo da lâmina do limpador de para-brisas, do lado do motorista.

Arrancou-o dali e viu a caligrafia a lápis.

Não se preocupe... os espíritos me acompanham em minha busca. Com carinho, Sunny.

Não!

Cassidy recostou-se no para-lamas e ficou olhando para o pedaço ofuscante de papel branco, cujo verso estava sujo e anunciava serviços de jardinagem: um folheto que, ao que parecia, simplesmente chegara voando ao estacionamento.

— Que Deus a acompanhe — disse ela, fazendo sombra sobre os olhos, ao corrê-los pelo mar de carros. Para onde teria ido? Por quê? Que diabo de busca seria essa? Chase tinha razão: ela estava ficando cada vez pior. Agora, fantasiava estar em alguma busca imaginária, do tipo que seus ancestrais seguiam.

Chase ficaria furioso. Não queria que Sunny o visitasse e, agora, ela estava solta por aí, capaz de infligir dor a si mesma e aos outros. Cassidy chutou o pneu do carro num gesto de frustração, depois andou lentamente por cada fileira de carros estacionados, certifican-do-se de que Sunny não estaria agachada atrás de uma caminhonete, ou deitada numa carroceria. Não estava. Nenhum sinal dela. Como havia saído? Teria chamado um táxi de dentro do hospital? Pedido carona? Roubado um carro? Tomado um ônibus? Saído caminhando com a bengala, pelo amor de Deus? *Como?* Pior de tudo, a mãe de seu marido estava desaparecida. Tudo culpa sua? Mais um motivo para o casamento já despedaçado deles despencar mais rapidamente.

— Eu sabia que ela nunca deveria ter vindo aqui — resmungou Chase quando Cassidy lhe contou sobre Sunny.

— Achei que ela precisava ver o filho dela.

— Bem, ela nem ficou muito tempo aqui.

— Você falou com ela?

— Não.

— Ah, Chase... — Cassidy foi até a cama e o encarou. Seu olho furioso a acompanhando. — Ela vai ficar bem.

— Eu não teria tanta certeza.

Ela se agarrou às grades da cama e engoliu em seco.

— Sinto muito.

Ele não respondeu.

Acalmando-se, respirou fundo.

— Tem mais uma coisa que você devia saber.

— Mais notícias boas? — zombou ele, as palavras quase ininteligíveis por causa dos arames em sua boca.

— Não, más. — Respirou de forma trêmula. — O homem no CTI morreu hoje. Era lá que eu estava; vi os detetives entrando, tive a sensação de que seria isso e...

O olho se fechou, e o quarto ficou impressionantemente parado; parecia que Chase havia parado de respirar, os lábios ficaram tensos, os hematomas em seu rosto, esverdeados e evidentes. Os sons chegavam abafados pela porta — telefones tocando, carrinhos chacoalhando e vozes murmurando —, tudo muito distante e pouco importante.

Ela começou a falar ininterruptamente.

— Ainda não sabem quem ele é, Chase, mas virão aqui, fazer perguntas de novo e, daqui a pouco, o dr. Okano vai dizer que você está bem. Você... você devia pensar no que irá dizer a eles.

— Vou dizer a verdade.

— Que é...?

Ele a olhou com tanto ódio que ela quase gritou. Embora não tivesse dito nem uma palavra sequer, Cassidy entendeu que o homem morto era Brig.

— Vai ser duro, Cassidy — disse ele, com o primeiro vestígio de ternura que ela não ouvia dele há muito, muito tempo. — Para você. Para mim. Para todo mundo.

Sunny agradeceu ao fazendeiro e desceu da caminhonete empoeirada. O chão estava cheio de ferramentas. A poeira cobria cada espaço interior, e o porta-luvas estava fechado com uma linha de pescar, mas o homem era bom e descente e lhe oferecera uma carona, que ela aceitara. Negara duas caronas antes desta, uma fora de um grupo de adolescentes num Chrysler todo batido. Eles haviam parado e lhe oferecido sorrisos fáceis, com seus olhos maliciosos de adolescentes. Uma nuvem de fumaça de maconha aparecera quando um dos rapazes perguntou:

— E aí, vovó? Que tal uma viagem para o paraíso? — Os outros adolescentes, apertados como sardinhas em lata, deram risinhos.

— Já estou lá — respondeu Sunny, com um sorriso.

— Não quer carona? Vamos lá, minha senhora, está usando bengala.

— Obrigada, mas prefiro andar.

— Mas que saco, hein? — A disposição ensolarada do rapaz desaparecera, e Sunny percebeu que sua primeira impressão, de que os adolescentes estavam apenas lhe oferecendo carona para fazer troça dela, estava correta. Viu a aura deles, sabia que o líder, o que falava com ela, era uma semente ruim. Sem consciência, agia só por diversão, e, se isso significasse assustar senhoras idosas, melhor ainda. Os outros jovens estavam apenas aproveitando o passeio. Duas moças — elas estavam nervosas —, outro rapaz e o motorista, que parecia nervoso e ficava toda hora olhando pelo espelho retrovisor.

— Vou me encontrar com o meu filho — disse ela.

— E quem é ele? — perguntou o líder. — Jesus Cristo?

— O nome dele é T., que é a inicial de Thomas... John Wilson — mentiu ela. — Você já deve ter ouvido falar dele.

— Porra, cara, vamos dar o fora daqui — disse o motorista. — T. John Wilson trabalha como xerife. Ele pôs o meu velho em cana algumas vezes.

— Eu sei. — Os olhos do líder demonstraram um brilho duro, de pedras frias. — A senhora está enganada.

— Acho que não. — De repente, ela se aproximou, segurou-o pelo braço e seus dedos se curvaram em torno de seus ossos pequenos. Fechando os olhos, começou a entoar um cântico na língua nativa de sua mãe, repetidas vezes, a voz alta e aguda.

— Que porra é essa? — gritou o rapaz, pego de surpresa.

— Não estou gostando nada disso — exclamou uma das moças.

— Ela é doida, cara. — O motorista pisou no acelerador. Sunny soltou o braço do rapaz, e o carro saiu a toda velocidade, rateando por cima da faixa divisória antes de se alinhar.

Em seguida, parou um casal jovem com um bebê preso no banco de trás. Sunny não aceitou a carona porque reconheceu a mulher: Mary Beth Spears, recém-casada e mãe agora. Mary Beth estava aborrecida, os lábios apertados, fazendo beiço e, embora não parecesse ter se lembrado de Sunny, estava de mau humor.

— Quer uma carona? — O marido, homem louro com olhos confiáveis, esticou o pescoço para olhar além do perfil rígido da esposa.

— Estou apreciando a caminhada.

— Está muito quente.

— Tem uma brisa.

— Ficaremos felizes em levar a senhora de volta a Prosperity ou a qualquer outro lugar para onde queira ir.

Mary Beth lançou um olhar enfurecido para o marido e cochichou alguma coisa pelo canto da boca... alguma coisa com relação a paganismo e demônio.

— Não há necessidade, estou bem.

— Ela está bem, Larry — disse Mary Beth, assim que o bebê no banco traseiro começou a ficar agitado. — Agora, vamos. A mamãe e o papai estão esperando.

— Só estava tentando ser um bom samaritano — disse ele e, em seguida, voltou a olhar para Sunny. — A senhora tem certeza?

— Tenho.

— Vamos, Larry. — Os dedos de Mary Beth tamborilavam sobre a cópia gasta da Bíblia aberta sobre seu colo.

— Bem, bom-dia para a senhora — disse Larry, quando o bebê começou a chorar de verdade.

— Para vocês também.

— Vá com Deus — disse Mary Beth, colando um sorriso piedoso no rosto.

— Vocês também.

O carro saiu roncando o motor, e Sunny sentiu-se grata por Chase nunca ter se envolvido com Mary Beth. Eles saíram juntos apenas uma vez na festa da família Caldwell, na noite em que Angie Buchanan morrera, mas a data marcara de temor o coração de Sunny.

Vários motoristas passaram, lançando nuvens de fumaça na direção do acostamento, até que um fazendeiro musculoso chamado Davey Dickey parou. Sunny sentiu que o homem era uma boa alma assim que ele encostou e abriu a porta do carro. Era um homem honesto, os olhos castanho-claros por trás dos óculos fotocromáticos que haviam ficado escuros sob a luz do sol.

— Quer uma carona? — Seu sorriso foi sincero, um talhe branco em contraste com a pele bronzeada, devido aos dias passados ao sol; as mãos calejadas por causa de horas de trabalho.

— Acho que sim.

O Último Grito   395

— Bem, pode entrar. — Ele deu a volta para ajudá-la a entrar e colocou a bengala sob seus pés.

O carro velho, um Ford 1966 que Dave ostentava, engasgava e chacoalhava por cima dos buracos da estrada. Dave comentou alguma coisa com relação a renovar a carteira de habilitação nos próximos dias. Ele a levara com prazer pelo caminho à casa de Rex Buchanan, e agora lá estava ela, com o sol morrendo no horizonte, os últimos raios lançando uma luz dourada nas pedras acinzentadas da casa que mais fazia o estilo campestre inglês do que de uma casa assentada no sopé das montanhas rochosas canadenses.

Havia anos que não ia ali, desde a semana do enterro de Angie Buchanan.

CAPÍTULO 31

Rex Buchanan estava sozinho em casa. Terminou uma dose de bebida e levou outra para o andar de cima, onde parou em frente à porta do quarto de Angie. Mordendo o lábio, hesitou.

Vá em frente. Você está sozinho. Quem vai descobrir? A casa é sua, droga. Tudo isso é seu.

Aos poucos, foi abrindo a porta e entrando. Um sentimento de culpa lhe perfurou o cérebro, mas ele o ignorou. Dena fora à cidade de carro para visitar Chase e fazer alguns serviços de rua; demoraria algumas horas. Sua esposa jamais descobriria.

O quarto não mudara em dezessete anos — ele não deixara. Embora Dena houvesse insistido que ali daria um excelente quarto de hóspedes, Rex se recusara a permitir. Aquele quarto sempre pertenceria a Angie. Ficou um bom tempo olhando para o retrato de Lucretia e de sua filhinha; em seguida, colocou o copo na mesa de cabeceira e se esticou na cama de Angie. O quarto ainda tinha o cheiro de filha; ele dava uma gorjeta para a empregada espirrar o perfume favorito dela embaixo da cama, perfume que comprava escondido.

Lágrimas se acumularam em seus olhos. Deus do céu, sentia saudade das duas. Seus dedos se curvaram sobre a roupa de cama, e sua mente ficou repleta de imagens da filha e da esposa. Às vezes, as imagens se confundiam, os olhos azuis de ambas, os cabelos escuros brilhantes, os lábios carnudos praticamente idênticos e, até mesmo

O Último Grito   397

agora, pensando em Lucretia — sentiu que ficava excitado e começou a se masturbar, imaginando as mãos dela, leves e delicadas, a boca úmida, os seios... —, lutou por um segundo contra a imagem dela, até que cedeu. Em sua imaginação, ela fora sempre ativa e excitante, mais parecida com a filha. Reescreveu a própria história e deu a ela uma guinada deliciosa e sensual, na qual Lucretia ficava ansiosa por ele, ávida para fazer amor, molhada, quente e pronta, mexendo-se, virando-se sob seu corpo.

Os quadris de Rex se moviam por reflexo. O suor fazia sua pele ficar pegajosa.

— Rex? — Uma voz, voz feminina, suave, gentil e gostosa de se ouvir. A voz de Lucretia...

— Rex?

Mais uma vez ela chamara. Seus olhos se abriram, e ele percebeu onde estava. Sozinho. Na cama de Angie. Parcialmente embriagado e transando com uma mulher imaginária — mulher que estava morta havia décadas. Levantou-se, desajeitado, da cama, batendo com o joelho na mesinha de cabeceira. *Plaft!* O copo se espatifou no chão. Uísque envelhecido do Kentucky espirrou na parede, na cama e na mesinha ao lado.

Estava de joelhos, tentando se ajeitar, imaginando como iria se explicar quando a viu.

— Ai, meu Deus — murmurou, levantando a cabeça. De alguma forma, Sunny invadira sua casa, sua vida particular, e estava de pé sob a moldura da porta. Estava mais gorda do que se lembrava, a pele do rosto começando a ceder, os cabelos grisalhos, mas ainda tinha a capacidade assustadora de enxergar os lugares mais escuros de sua alma. — O que você está fazendo aqui? — sussurrou ele, ainda de joelhos.

— Vim ver você.

— Por quê?

Sunny empertigou-se à porta.

— Contei a Cassidy tudo sobre Buddy... quem ele é e qual parentesco tem com ele.

— Meu Deus, Sunny, por quê? — Quase gritava, atônito, passando a mão pelo piso. O vidro lhe cortou as palmas. — Está maluca?

Olhos escuros e desafiadores sustentaram os dele.

— Você, dentre todas as pessoas, sabe muito bem como estou sã.

— Mas você deu a sua palavra.

— Cassidy acabou descobrindo a verdade com base no que você já tinha dito a ela. — Respirou devagar. — Está buscando respostas para a vida dela, Rex, para o casamento dela, para os incêndios. Já estava na hora.

— E Dena? — perguntou ele, as mentiras se despedaçando uma a uma. O sangue escorreu para o chão, misturando-se ao uísque e aos acúmulos de pó perto dos babados da colcha.

— Dena sabia sobre nós.

— Mas ela não sabe que Willie é Buddy.

— Vai ficar tudo bem, Rex — assegurou-o Sunny. Deixando a bengala à porta, entrou rígida pelo quarto e pegou lenços de papel de uma caixa na mesa de cabeceira. Tomando a mão dele nas suas, limpou o corte irregular, tirando habilmente cacos de vidro da base de sua mão. — Acho que já vivemos tempo demais na mentira. — Lentamente, ela foi levando a mão dele aos lábios e lhe beijou a palma, sentindo o gosto de seu sangue. Um beijo de paixão antiga, de uma nova verdade, de retomada de confiança. — Não tenha medo, Rex — disse ela, com a voz suave. Olhou para as cobertas reviradas, e a dor lhe encobriu os olhos até olhar mais uma vez para ele.

— Vai ficar tudo bem. Mas você precisa me ajudar...

— Tudo o que estou dizendo é que a situação está ruim. — Felicity fechou a pulseira dourada em torno do pulso e analisou-se no espelho. O primeiro vestígio de rugas aparecia na área dos olhos; já precisava retocar os cabelos semana sim, semana não. Se os pés de galinha piorassem muito, procuraria um cirurgião plástico. Dava duro para manter o corpo em forma, o rosto perfeito, embora achasse que seria uma batalha em vão. O marido, cheirando a conhaque e recostado, insolente, na moldura da porta, mal a notava ultimamente.

O Último Grito   399

— Não dou a mínima para como estão as coisas — resmungou Derrick. — Nunca dei a mínima para Chase McKenzie; por que começaria a fingir agora? — pescou um maço de Marlboro do bolso e acendeu um cigarro. A fumaça subiu num espiral lento, na frente de seus olhos.

— Ele é seu cunhado.

— Meu meio-cunhado ou qualquer bosta assim. Nossa família anda tão fodida que nem sei mais direito.

— Veja como fala. Linnie está no corredor.

— Você costumava gostar de quando eu falava palavrões.

— Na cama. Sussurrados, não gritados como se fosse um marinheiro bêbado.

— Você sabia como eu era quando se casou comigo. Não, engulo minhas palavras — levantou o copo e o cigarro com uma mão só —, quando você deu o golpe para eu me casar com você.

— Eu não...

— Claro que deu, Felicity. Não precisava ter ficado grávida. Lembra? Tinha engravidado antes, uma vez, e nós demos um jeito. Mas da última vez não, você foi correndo contar ao papai.

— Eu queria ter um filho — disse ela, empertigando-se, orgulhosa.

— Você queria se tornar a sra. Derrick Buchanan.

— E funcionou, não funcionou? Nós dois amamos as meninas.

Ele não respondeu, e Felicity sentiu a mesma dor persistente que sempre sentia quando o assunto eram as filhas. Amava as duas desesperadamente. Eram lindas, inteligentes, divertidas e sensíveis o bastante para perceber que o pai não as amava. Felicity reprimiu a dor antiga. Angela se tornara uma moça amarga como o pai, seu humor tão ácido quanto o dele. Sem qualquer respeito por Derrick, começara a desobedecer e a ficar claramente desafiadora, exatamente como a tia de mesmo nome, aos dezesseis anos. Mas Belinda — a doce Linnie — ainda amava o pai e acreditava que ele a amava também. Criara a família dos seus sonhos, fortalecida pelas mentiras de Felicity, e não conseguia entender o sarcasmo de Angela. Linnie tinha um coração bom, porém frágil. Um que Derrick, certamente, saberia partir.

— Você... você precisa dar mais atenção às meninas.

Derrick bufou.

— Atenção?

— É, levá-las ao cinema, a uma peça de teatro, ou simplesmente sentar um pouco com elas e conversar, mostrar-se interessado.

Ele soltou ar pelas ventas.

— Não estou sendo bom? Nunca serei. Vi o tipo de "atenção" que meu pai dava para minha irmã e sentia náuseas. — Soltou uma nuvem de fumaça na direção do banheiro da suíte.

— Só porque o seu pai era um...

— É, Felicity, ele é um psicótico. Um pervertido. Nunca se recuperou da morte de Angie, e você sabe por quê.

— Não quero ouvir.

— Merda. — Tragou fundo o cigarro e balançou a cabeça, em meio a uma nuvem de fumaça. — Preciso de uma bebida.

— Já bebeu o bastante.

— Quem falou que você é minha mãe...? — Tão logo falou as palavras, empalideceu. Raras vezes tocava no nome da mãe; não permitia que a esposa trouxesse o nome de Lucretia à tona.

Felicity pegou o suéter, um cardigã listrado no tom creme e dourado, que estava aos pés da cama. Cama dela. Derrick raramente dormia com ela.

— Você está bêbado demais para dirigir, e temos que estar na casa dos Alonzo em dez minutos.

— Não estou nem aí. Já não basta vivermos e trabalharmos juntos? Ainda temos que sair para encontrar um bando de chatos? Não entendo por que você me arrasta para essas reuniões idiotas...

— Porque elas são necessárias — rebateu, cansada da falta de ambição do marido. Tanto ela quanto Derrick haviam nascido virados para a lua, mas ela também fora agraciada com um traço competitivo que não cessava. Quando via algo que queria, botava-o claramente em seus objetivos e corria atrás. Crescera como filha única do juiz e, como tal, tivera tudo o que quisera. Exceto Derrick; teve de lutar para conquistá-lo. Engravidara uma vez, e ele insistira para que ela fizesse um aborto. Concordando a fim de lhe acalmar os ânimos, achando que ele a amaria mais, submetera-se ao procedimento e, em seguida, lamentara-se quando ele perdera o respeito por ela. Então mantivera o romance, engravidara de novo e, dessa vez, insistira que eles se casassem. Derrick ainda não a respeitava, mas ela se casara com ele mesmo assim, o que fora, na época, seu maior objetivo.

Hoje, ela ainda fazia o que fosse necessário, inclusive trabalhar duas vezes por semana na empresa, apenas para ficar de olho no marido e em Chase. Deus do céu, ele não era de se confiar. Também se certificava de que ela e o marido estivessem incluídos em todos os círculos sociais apropriados em Prosperity e Portland. As amizades do pai não lhe faziam nenhum mal.

— Bobby Alonzo é um babaca. — Derrick jogou o cigarro no copo vazio. Ele chiou até apagar.

— Mas um banqueiro. O pai dele é dono de um dos poucos bancos independentes da região.

— Também era o melhor amigo de Jed Baker — Derrick largou o copo na cômoda.

— Jed está morto.

— Sim, bem, diga isso ao Bobby. Ele ainda o evoca. Como se ele fosse um tipo de deus porque morreu comendo a Angie. Jesus Cristo, preciso de um drinque.

A paciência de Felicity se esgotou.

— Você não sabe o que eles estavam fazendo juntos. Já falamos sobre isso uma dúzia de vezes, o que deu em você hoje?

— Tudo. Droga, Chase volta para casa amanhã, certamente pensando em começar na empresa de novo.

— Você poderia detê-lo.

— Ele é como um trem desenfreado quando pega o embalo.

— Compre a parte dele. — Estava cansada de discutir. Cansada da incompetência de Derrick. Cansada de ser a pessoa que mantinha as coisas funcionando.

— Ele não a venderia, pelo menos não para mim. — Coçou o queixo e cambaleou um pouco quando foi pegar o paletó. — Você sabe que nunca encontraram a mãe dele. Ela simplesmente saiu andando do hospital no dia em que o desconhecido morreu e ninguém mais a viu desde então. Estranho, não é?

— Novidade nenhuma. Sunny McKenzie sempre foi estranha. Agora, vamos, estamos atrasados.

Derrick bufou, contrariado, mas a seguiu para fora do quarto que quase não dividiam mais. A vitória dela tinha sido em vão, pensou, quando Derrick levou a mão ao bolso e teve dificuldade de pegar a chave. Estava pior da bebedeira, e Felicity suspeitava que ele a estivesse traindo de novo. Ah, se pudesse fazer voltar o relógio...

Mas não podia. E tinha as filhas para se preocupar. E, droga, amava Derrick Buchanan, adorava ser esposa dele. Mas seria muitíssimo melhor se ele lhe retribuísse o amor.

CAPÍTULO 32

Cassidy havia esquecido como Chase podia ser teimoso, como podia ser cabeça-dura quando o orgulho se metia no caminho. Estacionou perto da porta da frente da casa e, antes que o jipe tivesse parado completamente, ele apoiou os pés de borracha das muletas no cimentado e se pôs de pé. Suava, seu rosto, ainda descolorado, estava torcido com o esforço, mas não aceitaria a mão de Cassidy como ajuda, da mesma forma como não a deixara ajudá-lo a descer da cadeira de rodas do hospital e não havia trocado nenhuma palavra com ela dentro do carro.

Ela lhe fizera concessões. Ele não gostava da sensação de não estar no poder. Ainda estava furioso por ela ter agido contra sua vontade e ter levado a mãe para vê-lo e, agora, ainda por cima, ela se encontrava desaparecida. Estava também se adaptando ao fato de que, talvez, mancasse pelo resto da vida. Havia passado por um trauma inimaginável; quase morrera. E tinha um segredo: era o único que sabia, com certeza, que seu irmão estava morto.

Mesmo assim, Cassidy estava cansada das atitudes dele. Essas atitudes a magoavam. Não havia jeito. Tentava ser compreensiva e solidária, mas, naquele exato momento, sua paciência estava se esgotando. De verdade.

— Deixe eu abrir para você — disse ela, quando ele se equilibrou na perna boa e foi andando até a porta. Ainda ficaria com ferros na boca por mais uma semana; a perna ainda engessada.

Cassidy destrancou a porta da frente, escancarou-a e ficou esperando do lado de dentro. Chase passou por ela a caminho do escritório.

— Vou pegar a sua mala.

Sem resposta, mais uma vez.

Contando silenciosamente até dez, ela voltou para o carro e lembrou-se, mais uma vez, de como era difícil para ele falar. Seu rosto ainda estava inchado e pálido, e uma atadura lhe tapava o olho danificado. Por sorte, a córnea estava quase boa, e logo ele seria capaz de enxergar com os dois olhos de novo.

Pegou a pequena mala de náilon do banco de trás, levou-a para dentro e a deixou no quarto dele, perto do corredor dos fundos da casa. Retornou ao escritório e o viu tentando pegar o telefone.

— O que você está fazendo?

Ele não respondeu.

— Chase...

— Me deixe em paz — disse, finalmente, com sua voz desagradável e abafada. Seu olhar se voltou para a esposa e a penetrou com tanto ódio que ela quase caiu para trás. Ao ouvir a voz do outro lado da linha, virou as costas para ela.

— Sim, eu gostaria de chamar um táxi — disse.

— Pelo amor de Deus, Chase, não... — Cassidy atravessou apressadamente a sala.

— Moro afastado da cidade... uns seis quilômetros... — Sem pensar, Cassidy desligou o telefone.

— Que porra é essa? Pelo amor de Deus, Cassidy...

— Você não vai a lugar nenhum. Não hoje à noite.

— Não posso ficar aqui.

— Por que não? Achei que estivesse louco para sair do hospital.

Ele largou o fone e foi para o bar.

— Sabe por que não.

— Por que era para estarmos separados?

— Amém. — Pegou uma garrafa de uísque e atrapalhou-se para pegar um copo.

— Você não devia beber. Os analgésicos...

— Virou minha mãe agora, é? — perguntou, ignorando-a.

— Minha mãe está desaparecida, lembra? — Cassidy enrijeceu. — E, com certeza absoluta, você não é meu chefe...

— Chase, por favor...

— E, da última vez que vi você, também não era Jesus Cristo; portanto não acho que deva me dizer o que fazer.

— Só estou tentando ajudar.

— Então me deixe sozinho — reagiu, tomado de raiva. — Se me lembro bem, era isso o que queria.

– Está magoado...

— E você está me deixando enojado com essa sua falsa preocupação. Todo mundo sabe que isso é uma farsa, então por que não para? — Recostando-se na parede, serviu-se da bebida, espirrando um pouco dela na bancada de vidro. Levantando o copo, percebeu o olhar dela no espelho acima da pia. — Saúde! — escarneceu e virou o uísque.

— O que você está pensando em fazer? Beber até morrer?

— Não faço ideia.

Deu um passo em sua direção.

— Por que está me tratando assim?

Todos os músculos se enrijeceram em seu corpo, e ele bateu o copo vazio com tanta força que ela achou que a bancada de vidro fosse quebrar.

— O que você acha?

— Que é por causa do divórcio.

Chase olhou-a com tanta raiva que Cassidy ficou sem ar.

— Bingo.

— Chase, se pelo menos pudéssemos discutir o assunto direito...

— Já discutimos. Você quer dar o fora. Pois dê. Pode sumir por aquela porta; para ser sincero, não dou a mínima. — Virou-se e serviu outra dose. Os tendões de sua nuca saltaram, e a mão começou a tremer quando segurou o copo.

— Acho que seria melhor se eu ficasse por aqui, ajudasse você a ficar de pé de novo, tivesse certeza de que está bem.

— Aí então, você faria a sua parte e ficaria em paz com a sua consciência? Pode esquecer. — Com um floreio, levantou o copo como se fosse um rei erguendo a espada, ao duelar com seu mais hábil cavaleiro. — Estou liberando você. Não me deve nada.

— Quer que eu vá embora?

— Não, Cassidy. A verdade é que não ligo para o que você fizer. — Chase cambaleou um pouco, e Cassidy aproximou-se, esticando o braço antes que ele se esquivasse com tanta velocidade a ponto de perder o equilíbrio e cair contra a parede. — Não toque em mim, Cassidy — alertou-a, a voz baixando uma oitava. — Não me faça favores, não tente me bajular como esposa dedicada e amorosa e, pelo amor de Deus, não me toque!

Com um baque, as muletas bateram no chão. Cassidy teve um sobressalto. Chase agarrou-se no encosto do sofá. Parcialmente curvado, os músculos de seu braço sadio lhe servindo de suporte, ele chegou tão perto que ela que pôde sentir seu hálito de bebida. O olhar dele se concentrou no dela com tanta intensidade que ela sentiu um nó na garganta. Será que via um breve brilho de paixão em seu olho, o ardor antigo que uma vez os unira, ou seria apenas imaginação sua?

— Vamos deixar uma coisa bem clara, esposa — disse, num suspiro rude. — O incêndio não mudou nada. Você não me ama, e eu, com certeza absoluta, não amo você, portanto vamos simplesmente viver esse tipo de casamento hipócrita até eu ficar de pé novamente, minha parte na empresa ser vendida pelo preço que eu quero, e você e eu nos separarmos para sempre. Entendeu?

Afastando-se cambaleante, agarrou-se às muletas, jogou-as para baixo do braço e bateu com força no chão. Os dedos de Cassidy se fecharam, formando punhos cerrados; ainda assim, ela sabia que ele estava certo. Ela já havia se decidido pelo divórcio. O incêndio fora apenas uma complicação que tornaria mais lento o processo. No entanto, ficou surpresa por ele querer vender sua parte da empresa.

O último Grito 407

Durante anos, o trabalho fora sua amante; as instalações, as propriedades e os passivos das indústrias Buchanan, seus únicos interesses.

Com a garganta seca, Cassidy falou:

— Escute, Chase. Tem uma coisa que você deveria saber... algo que eu certamente deveria ter falado no hospital, mas eu não queria aborrecê-lo.

Ela percebeu os músculos de seu ombro ficarem tensos por baixo da camisa, mas Chase não se virou para encará-la.

— Você arrumou um amante — respondeu ele, um tom de derrota permeando suas palavras.

— Um amante? — Se a situação não fosse tão trágica, ela teria rido. Esticou os dedos à força e uniu as palmas das mãos. — Nunca fiquei com ninguém além de você.

— Mentira.

— Não depois de nos casarmos — insistiu ela. Já haviam falado sobre isso centenas de vezes. — Mas, se você acredita ou não em mim, isso não faz diferença a esta altura dos acontecimentos. O que acho que você deveria saber é que a sua mãe me contou sobre Buddy.

— Buddy?

— Sim, seu irmão... bem, meio-irmão. Metade seu, metade meu.

— De que diabo está falando? — Girando em torno da muleta, as veias do pescoço se projetando, encarou-a com tanto ódio que ela se encolheu.

— Buddy... Willie... é filho do papai. Papai e Sunny tiveram um caso durante anos.

— Mentira!

— Sunny disse que você sabia, que os pegou juntos uma vez.

— Não... não me lembro — disse ele, sentindo certo incômodo na garganta. — Não posso acreditar...

— Buddy está vivo, Chase! Foi por isso que o seu pai foi embora. Não porque achava que Brig não era filho dele. — Chase ficou tenso, e ela acrescentou em seguida: — Conheço os boatos, passei anos ouvindo as fofocas da cidade.

— História antiga — resmungou ele, segurando com firmeza os cabos das muletas. — Meu Deus, não acredito que estamos tendo uma conversa assim. Que tipo de incesto você está querendo me impor?

— Pergunte a Sunny. Pergunte a Rex. É verdade, Chase. Por que eu iria mentir?

— Só Deus sabe — disse ele, com um toque de lástima em suas palavras.

— Você é impossível!

— Dou duro para ser.

— Buddy é seu irmão!

— E seu.

— Isso!

Por trás dos ferros, seu queixo pareceu enrijecer, e seu olho furioso tocou fundo sua alma. O ar passou silvando por seus dentes.

— Por que eu deveria acreditar em você?

Cassidy levantou as mãos, no alto.

— Por que eu iria inventar uma história dessas?

— Não sei. — Várias emoções lhe passavam pelo rosto. Emoções as quais não conseguia dar nome. Chase fechou o olho por um segundo e, de repente, pareceu perigoso, inconstante e extremamente inalcançável.

— É a verdade, Chase, e, francamente, não faz sentido? Você uma vez não admitiu para mim que achava que Buddy devia estar vivo em alguma instituição? Não passou a vida toda pensando nele? E o papai, sempre tão rigoroso com relação a ele continuar trabalhando...

— Onde ele está? — quis saber, a voz baixa, apertando o olho, desconfiado. — Onde?

— Estava preso, mas já saiu agora.

— Preso? Por quê?

O Último Grito   409

— Por causa do incêndio. Foi ele que encontrou a carteira nas cinzas da serraria. — Chase ainda parecia cético. — É o Willie, Chase. Willie Ventura é Buddy. Ele é seu irmão, é meu irmão, e...

— Chega! — esbravejou. — Que carteira?

— A carteira que todos, inclusive a polícia, estão achando que pertencia ao desconhecido... o homem com quem você ia se encontrar naquela noite. Como Willie a encontrou ninguém sabe. Ele está em casa, com a mamãe e o papai. A mamãe telefonou. Está muito abalada por causa disso. Por causa de tudo.

— Meu Deus!

— E o detetive Wilson quer conversar com você. Acredito que virá logo para cá. Já interrogou o Willie, e não sei o que descobriu. Nem sei se Willie estava na serraria naquela noite. Mas Wilson vai saber. Ele vai juntar todos os pedaços e está esperando que você lhe conte a verdade.

Chase a ficou encarando por um bom tempo, o olhar duro, e, embora a expressão em seu rosto não tenha se alterado — aproximava-se do grotesco —, o olhar era de pura arrogância masculina, um que atingiu um lado feminino seu que ela esperava não existir mais. Por um segundo, Cassidy mal conseguiu respirar.

— É claro que ele espera ouvir a verdade. E por que, em nome de Deus, eu lhe diria qualquer outra coisa?

Dena ficou observando o marido e Willie descerem do carro. Alguma coisa estava errada; podia afirmar por causa dos olhares nervosos que o marido lançava para a casa, enquanto passava com Willie pelos vasos carregados de petúnias vermelhas e brancas e mantinha a porta de tela aberta para ele.

Dena procurou pelos cigarros e tentou não fazer careta quando Willie — a cabeça baixa como a de um filhotinho machucado, feno, poeira e sabe-se lá o que mais grudado em sua camisa, calça jeans e sapatos — seguiu-o, entrando em casa.

Seu olhar pousou no saco de lona numa das mãos grandes do rapaz.

— Decidi que já passou da hora de o Willie se mudar para esta casa — anunciou Rex.

A boa educação a fez não dizer o que pensava. Clicou o isqueiro e acendeu o cigarro.

— Temos lugar de sobra e... bem, Dena. Finalmente contei a verdade a Willie, que seu nome de verdade é Buddy McKenzie, e que sou o pai dele.

— É *o que* dele? — Ela engasgou ao soltar a fumaça, os olhos marejados de lágrimas. Com certeza, não tinha ouvido bem.

— Willie é meu filho.

— Ai, meu Deus. — Olhou de relance para o rapaz abobado. — Mas como... por quê? — Devia estar sonhando. Com certeza, houvera algum engano...

— Você se lembra do acidente em que Buddy McKenzie quase se afogou. Você trabalhava para mim na época, Lucretia ainda era viva e eu...

— Você... e Sunny tiveram um filho? — interrompeu ela, tentando extrair algum sentido de suas divagações. — Buddy é... — sua voz falhou e, por um segundo, ela achou que iria desmaiar, até se recostar com todo o peso do corpo sobre a bancada. — Olhe só, Rex. Sei que é difícil, mas acho que, quer dizer, tê-lo morando aqui como se... como se..., bem, não vai pegar bem. As pessoas irão comentar... meu Deus, o que você está pensando?

Rex ficou com a expressão séria.

— Deixe-me acomodar o rapaz, depois discutimos o assunto.

Willie estava ruborizado, olhando para o chão e trocando o pé de apoio.

— Eu não quero causar nenhum problema, sra. Buchanan. Não mesmo. Vai ver eu devia ficar lá na cocheira...

— Sem cabimento. — Rex lhe deu palmadinhas nas costas. — O quarto antigo de Derrick está vazio há anos.

O Último Grito 411

Willie encolheu-se e balançou a cabeça.

— Derrick. Ele não vai gostar nada dessa história.

— Ele vai entender. — Rex ofereceu um sorriso ao filho quando eles saíram na direção das escadas dos fundos.

Dena fumou ansiosamente, a mente girando lá adiante. Já podia ouvir a fofoca na cidade... começando com cochichos isolados e crescendo até um vozerio curioso. As pessoas virariam os olhos em sua direção, cobririam o sorriso com gestos gentis das mãos, olhos invejosos brilhariam de prazer por, finalmente, achar que a família Buchanan estava tendo o que merecia. Mais escândalo. Mais sofrimento.

Dena sabia do caso de Rex com Sunny McKenzie, percebera que ele começara quando Lucretia ainda era viva e que continuara após sua morte. Mas nunca entendera sua fascinação pela quiromante, que era tida como psicótica, e tinha esperança de que, como eles haviam se casado, ele abandonasse a amante. Convencera a si mesma que Rex tinha uma relação extraconjugal simplesmente porque sua esposa era uma vadia de coração frio e não o satisfazia. No entanto, mesmo depois de eles terem se casado, Rex não deixou de ver Sunny — por um longo e bom tempo, até Chase ter o bom-senso de interná-la em uma clínica. Aquela mulher maluca exercia algum tipo de poder sobre seu marido... um tipo de vodu ou magia negra. Era assustador.

Contudo, não suspeitara de que ele tivesse tido um filho com ela... muito embora tivessem ocorrido boatos de sobra quando Brig nasceu e Frank a abandonou. Dena não dera importância. Estava tão óbvio que ele era um McKenzie; parecia-se tanto com o pai e com o irmão mais velho... mas agora... Finalmente, entendia. Passara anos implorando a Rex que se livrasse de Willie e acabara achando que sua natureza filantrópica o fizera querer manter o rapaz. No entanto, fora mais do que isso. Muito mais. Magoada, ouviu passos nos quartos no andar de cima. Willie se mudando para lá. Morando com eles, comendo à mesma mesa, dormindo no final do corredor, arrastando-se pela casa. Ela tremeu só de pensar. O rapaz não batia bem. Todo mundo sabia disso.

Todos, exceto Rex.

A cidade ficaria em polvorosa com a novidade. Como se já não bastasse Chase estar envolvido em algo suspeito com o homem que morrera no incêndio. Como se já não bastasse que Derrick fosse um bêbado, e Felicity, uma chata ciumenta. Como se já não bastasse que Sunny McKenzie estivesse solta por aí. Dena tragou fundo o cigarro, tentando acalmar-se antes de soltar uma longa baforada de fumaça.

Conseguiria passar por essa. Conseguiria. Pegou o telefone e digitou o número da filha.

Cassidy encontrou Willie na estrebaria. Estava trabalhando duro, o suor encharcava seus ombros e as axilas de sua camisa. Ofereceu-lhe um sorriso fraco quando passou pela porta aberta.

— Oi, Willie.

— Faz bastante tempo que você não vem aqui.

— Tempo demais — admitiu ela, observando os cavalos enfiarem o nariz macio no feno solto. Os dentes se movimentavam, a poeira girava, e os odores familiares de pelo de cavalo, esterco, suor e feno seco lhe trouxeram lembranças de sua juventude.

— Dena ligou para você.

— Ligou.

— Ela não gosta de que eu viva na casa de Derrick.

— Não é a casa do Derrick.

— O quarto dele. — Willie encolheu os ombros e atirou-se ao trabalho, puxando o feno com o ancinho para o comedouro.

Cassidy aproximou-se e acariciou um focinho negro. O cavalo bufou e balançou a cabeça, os olhos escuros brilhantes por causa de um fogo interno.

— Eu devia ficar aqui. Com os cavalos.

— Prefere assim?

Ele aquiesceu com a cabeça, manteve o olhar no dela por um segundo a mais do que seria confortável e voltou a trabalhar. Cassidy lembrou-se de quantas vezes o pegara olhando. Para ela. Para Angie.

— Tenho certeza de que o papai pensaria melhor. Só quer ver você feliz — E Dena ficaria aliviada. Já havia alugado o ouvido de Cassidy, soado quase histérica diante da ideia de Willie morando na casa.

— Derrick não vai gostar de saber de mim no quarto dele. Isso sim. — Mordeu os lábios.

— Derrick mudou daqui já faz muito tempo; vive com Felicity e as filhas, no outro lado da propriedade. Ele não vai incomodá-lo.

Willie não parecia convencido, e Cassidy debruçou-se sobre uma das colunas de suporte.

— Você encontrou uma carteira nas cinzas do incêndio.

Willie mordeu os lábios com mais força e pegou as tiras soltas de feno com o ancinho.

— De quem era a carteira?

— Eu não roubei ela!

— Eu sei, mas ela pertencia a alguém.

Willie ficou olhando para o chão, mas seus olhos estavam inquietos, movendo-se rapidamente pelo cimentado empoeirado, como se atrás dos camundongos que corriam pelas sombras.

— De quem era? — repetiu ela.

— Do homem — respondeu ele, os lábios entre os dentes.

— Que homem?

— Eles o chamam de desconhecido.

— O homem que morreu no incêndio?

Concordando, Willie afastou-se de Cassidy e pendurou o ancinho na parede, ao lado da pá. Cavalos mudavam de posição e ruminavam, mastigando a palha, rangendo os dentes, bufando alto. A cocheira estava abafada, e as moscas zumbiam perto das janelas. Nas vigas lá no alto, vespas ocupavam-se, passando as patas em seu ninho de papel.

O coração de Cassidy batia tão alto que ela teve certeza de que Willie poderia ouvi-lo. Correndo os dedos das duas mãos pelos cabelos, ele recostou na parede e piscou rapidamente.

— Você sabe quem era o homem, não sabe? — sussurrou Cassidy.

Willie balançou a cabeça com tanta violência que chegou a lhe cuspir.

— Sabe sim — insistiu ela.

— Não!

Cassidy foi se aproximando lentamente dele.

— Willie?

Seu queixo tremeu, e seus olhos se arregalaram.

— Não era ninguém daqui e não era o Brig. Juro por Deus, Cassidy, não era o Brig.

Desespero e certeza lhe tocaram o coração com dedos frios e cruéis.

— Eu não te perguntei se era o Brig — disse ela, tremendo no íntimo quando Willie saiu quase correndo da cocheira. O sol estava forte, ondas de calor subindo da terra, nem sinal de uma brisa ou de qualquer outro tipo de alívio.

Willie passou por um portão que levava à curva do riacho Lost Dog, até o carvalho onde Cassidy havia brincado quando criança, onde vira Derrick transando com uma garota de cabelos escuros e onde Brig a havia acariciado embaixo dos galhos frondosos que balançavam.

Deixando-se cair com todo o peso sobre uma pedra chata, Willie ficou olhando para o curso estreito de água, que descia pelo que uma vez fora uma fenda seca. Ele não olhou por cima do ombro quando pressentiu a presença dela.

— Foi aqui, neste riacho — disse ele, de repente, a voz embargada. — Foi por isso que fiquei burro.

— Você não é...

— Sou! Sei o que dizem. Burro como uma porta... não sabe nada de porra nenhuma... debiloide... filho da mãe... retardado! Eu sei, Cassidy.

Uma dor latejou no fundo de seu coração. Ela buscou seu ombro, mas ele se afastou.

— Você sabe que sou sua irmã.

O último grito   415

— Não sei como.

— Temos o mesmo pai.

— Sou *burro* demais para entender.

— É... é como acontece com os cavalos, Willie. Você sabe que um garanhão pode ficar com um monte de éguas diferentes e...

— Pessoas não são cavalos, Cassidy. Não sou tão burro assim.

— Enfim, não importa como funciona. E não acredite no que todos dizem. Eles é que são os tolos.

Cassidy ajoelhou-se ao lado dele, e Willie fungou alto, os olhos vermelhos e lacrimejantes, embora não fosse chorar. Há muito tempo aprendera a manter as emoções só para si.

— Conte-me sobre Brig. Por que ele estava aqui com o Chase?

Willie balançou negativamente a cabeça.

— Não sei.

— Mas você o viu?

— Eu... eu estava na serraria. — Engoliu em seco. — Vi Chase e um homem.

— Brig?

Coçando violentamente o nariz, como se o movimento pudesse fazê-lo se concentrar, Willie franziu a testa.

— Estava escuro.

— Mas você o viu.

Willie parou completamente de se mover enquanto pensava.

— O que estava fazendo lá?

— Olhando.

— O quê?

— Não sei. — Virando o rosto para ela, disse: — Eu sempre fico olhando. Olho você. Olho o Chase. Olhava a Angie. — Pondo-se de pé, aproximou-se rapidamente da árvore e apontou para cima, para além da primeira sequência de galhos do tronco antigo. — Olhe aqui... vi isso também.

— O quê? — perguntou ela, franzindo os olhos diante do sol, com os galhos se movendo com a brisa. As sombras brincavam no chão, e seus olhos foram se ajustando aos poucos. Foi quando viu um coração entalhado fundo no tronco da árvore. O nome de Angie estava esculpido no coração, e Cassidy lembrou-se de se ver ali, debaixo daquela mesma árvore, enquanto Brig, manipulando um canivete, conversava com ela. Com uma pontada no coração, imaginou se fora ele que esculpira o nome da irmã naquele tronco grosso.

— Você não sabia que tinha isso aqui, sabia?

— Não... Nunca percebi.

— Porque não fica olhando.

— O que mais viu, Willie? — perguntou, e ele ficou apenas olhando, os olhos azuis inexpressivos.

Quando ele sorriu, Cassidy sentiu o vento se intensificar.

— Tudo. — Olhou-a tão demoradamente que ela sentiu a pele arrepiar. Viu sombras correndo sobre os olhos dele. Sombras escuras, maliciosas. Por fim, Willie desviou o olhar, virou-se e começou a voltar para a cocheira. — Vejo tudo — repetiu ele, e seu suspiro soou como a toada leve de sinos fúnebres.

Cassidy passou o resto da tarde trabalhando no jornal. Metade do tempo evitou falar com Bill Laszlo, que já havia telefonado várias vezes para sua casa e a abordado duas vezes no escritório. Agora, ele a estava cercando de novo.

— "Nada a comentar" não serve — avisou.

— Não tenho mais nada para falar.

— Mesmo o nosso amigo, o desconhecido, tendo morrido — Recostou o quadril magro na beira da mesa.

— Sinto muito pela morte dele.

— Seu marido não falou nada.

— Ele mal consegue falar. Ainda está com o maxilar fechado por arames. Pelo menos, por mais alguns dias.

— Isso não é conveniente?

— Doloroso é o que é.

— Bem, e o que você tem a dizer sobre Sunny McKenzie pegar uma carona na saída do Hospital Northwest General?

— Eu estava com ela, estou preocupada, e qualquer pessoa que a tenha visto deveria entrar em contato comigo. Espero que você coloque isso na sua matéria, certo? Para onde ligar, caso ela seja encontrada.

Ele estalou a língua e olhou para o teto.

— Você está omitindo informações, Cassidy.

— Não tenho mais informação alguma para dar.

Ele coçou o braço e franziu a testa, olhando para a forração do teto.

— Você sabe que tenho sido muito paciente com você. Porque a verdade é que estamos jogando no mesmo time.

— Mesmo time? Guarde essa conversa para quem não a tenha ouvido um milhão de vezes, está bem, Bill?

— Dá um tempo, Laszlo. — Selma remexeu o fundo da bolsa e tirou um maço de Virginia Slims. — Você sabe que era muito mais simpático quando fumava. Quer ir comigo e o resto da turma para a varanda dos fundos?

— Você está se matando.

— Qualquer dia eu paro. Talvez comece a correr também e diga a todos os outros o que eles devem fazer com a vida deles.

— Irei com você — disse Cassidy.

— Você não fuma! — Bill parecia contrariado.

— Ainda não, mas talvez eu comece a fumar para você parar de ficar atrás de mim.

— Ficar atrás de você? — Uma expressão de mágoa se fez presente em seus traços uniformes. — Ei... você sabe muito bem como é esse trabalho.

Selma jogou o quadril para a frente, e o tecido fino de sua saia subiu acima dos joelhos.

— Olha, preciso puxar uma fumaça. Vamos ficar discutindo aqui ou ir lá para fora, para dar umas risadas?

Cassidy precisava dar umas risadas. Algumas. Seiscentas risadas. Desde o incêndio, andava mais tensa do que corda de violino, os nervos tão à flor da pele que mal podia respirar à noite. Pegando a bolsa, deixou o computador ligado e Bill resmungando sozinho. Pararam em frente à maquina de refrigerantes para pegar algumas latas e retomaram sua missão.

Lá fora, o sol ainda castigava, e alguns poucos empregados aproveitavam o intervalo.

— A galera da Coca e da fumaça — disse Selma, ao lhe oferecer um cigarro.

Cassidy negou e bateu no gargalo da garrafa.

— Acho que essa não é a hora de adquirir outro vício.

— Não sabia que você tinha vícios. — Selma acendeu um fósforo e puxou fumaça pelo filtro.

— Vícios secretos.

— Não conte para o Bill. Se o fizer, todos serão revelados na próxima edição.

— E também ouvirei um sermão.

— É isso aí — disse a colega, sorrindo. Outros empregados uniram-se a elas, e a conversa abrangeu a próxima eleição, beisebol, reclamações da vida matrimonial, piadas sobre a vida de solteiro e, inevitavelmente, o incêndio. Quando retornaram às suas mesas, Bill havia desistido de sua vigília, e Cassidy terminou dois artigos, um sobre eventuais medidas de financiamento para escolas, outro sobre candidatos a governador.

Ela saiu apressada da redação do jornal, feliz por poder passar a noite em casa. Exceto por ter de encarar Chase. O estômago revirou com a ideia. Por quanto tempo mais conseguiria continuar com aquela farsa? Quanto tempo, antes que o inevitável, que um dos dois se mudasse, ocorresse? Tinha esperança de manter o casamento até Chase estar recuperado, até que o mistério que envolvia o incêndio fosse solucionado, até que tivesse certeza de que não havia mais chances para eles.

Será que algum dia houvera?

Será que, algum dia, tinham mesmo amado um ao outro?

Um lado dela clamava por ser sua esposa, mas então ela se lembrava da última discussão, da que lhe ficara dias martelando a cabeça

O Último Grito   419

e que depois se acentuara no dia do incêndio, e sabia que seria apenas uma questão de tempo até eles entrarem no acordo de se separarem para sempre. E aí?

Entrou no jipe, abriu as janelas e começou a dirigir. Seu futuro se estendeu à sua frente, como uma estrada erma em um deserto — um asfalto sem-fim, levando a um destino desconhecido, a miragem da felicidade matrimonial, uma ilusão; aquele pedaço de fita que era a estrada, desolado e solitário.

— Ah, pare com isso — disse a si mesma. Isso não é jeito de agir. Como uma tola sentimental. Precisava encontrar algumas respostas, isso era tudo — chegar ao fundo daquele incêndio e do que o antecedera. E a primeira pessoa com quem teria de lidar a ajudaria, quisesse ou não.

Estava na hora de ter uma conversa séria com o marido.

CAPÍTULO 33

Chase não estava em casa. Cassidy chamou por ele e andou por cada cômodo, o coração disparando à medida que o silêncio se acentuava. Fora o zumbido do refrigerador, o tique-taque do relógio, o chiado suave do ar-condicionado, a casa estava silenciosa. Vazia. As passadas soavam em contato com o chão de lajotas e com a madeira do piso, até ficarem abafadas quando ela passou pelos tapetes.

As muletas não estavam à vista, mas, quando abriu o armário, viu as roupas dele, todas caprichosamente passadas e penduradas nos devidos lugares. Então ele não fora tolo o suficiente para ir embora. Mas onde estaria? Seu carro, um Jaguar verde, ainda estava na garagem. A caminhonete que levara para a serraria havia pegado fogo no incêndio.

Cassidy voltou à sala de televisão, procurou um bilhete, alguma pista, até que olhou pela janela dos fundos e o viu recostado em uma pedra, sob a sombra de uma castanheira, perto do lago que ele havia mandado cavar no segundo verão que passaram ali.

Estava em casa havia apenas um dia, ainda sob efeito de analgésicos, e, embora pudesse caminhar com muletas, ficava a maior parte do tempo dependente dela. O que odiava. Cada vez que falava com ele, via raiva em seu olho sadio, uma fúria silenciosa que parecia irradiar. Havia outras emoções também, ardentes, e fervendo lentamente sob a superfície, uma corrente elétrica que nenhum dos dois queria examinar perto demais.

O *último grito*   421

O sol estava começando a se pôr, e ele parecia mais à vontade do que estivera desde que voltara para casa. Cassidy pensou em deixá-lo como estava, começar a jantar e esperá-lo, mas, em vez disso, acabou se unindo a ele. Talvez estivesse na hora de curar algumas feridas.

A briga que tiveram antes do incêndio ainda gritava em sua mente.

— Você nunca me amou — acusara ela, lágrimas se acumulando nos olhos. — Casou-se comigo só para fazer parte do império do meu pai.

— E você se casou comigo porque eu era o que havia de mais próximo de Brig.

— Mentira.

— É? — bufara ele, a mão graúda se fechando sobre a lapela da jaqueta.

— Casei com você porque achei que o amava. Queria uma vida mais tranquila, queria ter filhos, mas tudo o que você queria era voltar para cá para fazer nome. Provar que era tão bom quanto as pessoas de dinheiro, mostrar o quanto era esperto. E conseguiu, não conseguiu? Chegou até a convencer o meu pai. Bem, deu certo, Chase, você conseguiu o que sempre quis: um monte de dinheiro e um pedaço da fortuna da família Buchanan.

— E uma das mulheres mais ricas do condado como esposa.

— Foi isso, não foi? Desde o início. Não era a mim que você queria — dissera ela, os punhos se curvando em frustração, enquanto lutava para manter a compostura, recusando-se a cair no choro. — Era o meu nome e o status social.

— Você entenderia, caso não tivesse nascido com mais dinheiro do que seria capaz de gastar em toda a vida. Se tivesse sido obrigada a ter dois empregos para manter uma mãe maluca, se tivesse sido obrigada a manter a cabeça erguida mesmo que suas orelhas queimassem com a fofoca que a cidade inteira fazia sobre ela, sobre seu irmão, sobre o pai que foi embora um dia. — Sua raiva parecia ter amainado, e ele olhava para Cassidy com olhos sofridos. — Então você quer se divorciar.

— Quero que tenhamos uma vida. Você não precisa trabalhar oitenta horas por semana. Não precisa sair da cidade a trabalho, em viagens que duram quatro dias. Não precisa provar nada para mim nem para o resto da droga da cidade.

— Para quê? Para eu poder passar mais noites em casa? Para a gente poder começar uma família?

— É, eu acho que...

— Que seria um erro, Cassidy. Não quero ter filhos, nunca quis.

O coração dela se partira neste momento.

— Achei que mudaria de ideia, disse que isso seria possível...

— Pare de ficar distorcendo minhas palavras. Os filhos arruinaram a vida da minha mãe. Arruinaram a vida do seu pai. Filhos só representam problemas.

— E alegria.

— Não o suficiente — dissera, com mágoa e, quando olhou para seus olhos azuis, finalmente entendeu.

— Você não será feliz até conseguir tudo isso, não é? A empresa. As subsidiárias. A propriedade.

— O respeito, droga! Você não entende? Isso é tudo o que eu quero, tudo o que eu sempre quis. Eu venderia tudo isso se conseguisse um pingo de respeito.

— E você achou que ele poderia ser comprado ao se casar com a mulher certa ou possuindo as coisas certas.

— Sei que pode.

Todos os sonhos dela se estilhaçaram. As ilusões que ela mantivera com tanto carinho, com tanta ingenuidade, foram repentinamente destruídas.

— Então eu quero o divórcio, Chase.

— Só por cima do meu cadáver.

— Mas...

— Ouça, Cassidy — ele a ameaçara, uma veia pulsando em sua têmpora. — Ouça alto e bom som. Eu nunca vou permitir que você se divorcie de mim e, se você tentar, farei tudo e qualquer coisa para

O Último Grito   423

forçá-la a parar. Irei contratar advogados, detetives particulares, farei o que for preciso e me certificarei de que, se você finalmente conseguir se livrar de mim, acabará sem um centavo.

Cassidy se encolhera só de pensar, o rosto contorcido de dor.

— Por quê?

Uma veia se pronunciara raivosamente na testa de Chase.

— Porque, acredite ou não, eu a amo e prefiro morrer a perdê-la.

— A raiva em seus olhos a assustara, mas a fizera acreditar nele.

Agora ele queria o divórcio e estava disposto a vender suas cotas da empresa. Uma virada completa. Por que dera essa volta? Por causa do incêndio? Por que finalmente encarara a verdade, que eles nunca mais fariam o casamento dar certo? Exatamente quando ela estava disposta a tentar novamente. Parecia ironia, não? Eles nunca pareciam dispostos a se esforçar ao mesmo tempo.

Cassidy foi para o jardim — passando pelos vasos pendurados com fúcsia e suas pétalas molhadas, e roseiras carregadas — seguindo um caminho de tijolos cimentados até o gramado extenso e as flores silvestres que cresciam perto da borda da água. Quando Chase cavara aquele lago, recusara-se a fazer uma paginação daquela área, insistindo que a velha nogueira ficasse onde estava e deixasse a natureza decidir o que brotaria nas margens arenosas.

Ouvindo-a se aproximar, levantou a cabeça. Aos poucos, seu rosto cheio de hematomas estava se tornando reconhecível.

— Você me deixou preocupada quando não consegui encontrá-lo em casa — disse, ao sentar-se no banco perto da grama crescida e pousando o olhar na superfície lisa da água.

— Não aguento ficar trancado.

— Eu sei. — Retirando o sapato, enterrou um dedo na areia branca que ele havia trazido de caminhão de uma praia, anos atrás. Cassidy sempre achara que veria os filhos construindo castelos de areia ali, espirrando água e nadando naquela água cristalina, pescando e catando caranguejo onde a água batia debaixo das árvores. Mas fora uma tola. Uma romântica e idiota completa.

— Você devia ter me contado sobre Willie assim que ficou sabendo.

— Talvez. Eu só estava tentando...

— Me proteger? — zombou ele, as palavras e a voz ainda abafadas por causa dos fios de arame. — Não preciso de você para me proteger da verdade.

— Precisa de mim para alguma coisa?

Ele não respondeu. Simplesmente pegou uma pedra chata com a mão livre e, virando o pulso, atirou-a, fazendo-a pular quatro vezes e formar ciclos que brincavam na superfície do lago.

— Olha, andei pensando... — Observava a água até o horizonte, onde a encosta nevoada das montanhas Cascade se encontrava com o céu. — Talvez a gente devesse se esforçar mais.

— Para quê?

— Para salvar nosso casamento.

Ele mexeu com o maxilar, e seu olho, fixo na água, pareceu ainda mais distante.

Gansos selvagens voavam no céu, lembrando Cassidy de que o verão logo chegaria ao fim. Uma brisa agitava as folhas secas da nogueira e movimentava seus cabelos.

— Por quê?

O *porquê*.

— Porque foi bom uma vez.

— Foi?

— No começo — lembrou-lhe. — Quando nos entendemos no passado, foi bom. Mesmo depois que nos mudamos para cá, por um tempo... — Cassidy deixou a voz se extinguir.

Os gansos grasnavam ao longe, e o odor de rosas murchando perfumava o ar. Em algum lugar, longe dali, roncava o motor de um trator, e, alto no céu, a fumaça de um jato avolumava-se, macia, em contraste com o azul.

— Você não precisa sentir qualquer obrigação para comigo. Só por causa do que falei sobre não deixar você se divorciar de mim...

O *Último Grito*   425

— Não estou sentindo. Bem, talvez um pouco, mas não por causa do que você disse, mas porque eu quero, Chase. Quero que dê certo para nós dois.

Ele reconsiderou, o olho se fechando diante de uma visão interior.

— E se não conseguirmos?

— Não vamos ficar piores do que estamos. — Cassidy buscou a mão dele, e sua reação foi imediata.

Esquivando-se, virou-se e encarou-a.

— Não quero a sua piedade, Cass.

— Não estou sentindo piedade.

— E não quero que você se sinta moralmente obrigada a conviver com um homem aleijado, parcialmente cego. Não precisa fingir me amar...

— Eu nunca faria...

— É claro que faria. Já fez. Não minta, Cass. O que quer que faça, não minta para mim. As palavras pareceram voltar para outra época e lugar, um lugar distante, indistinto, do qual ela não conseguia se lembrar.

— Olha, Chase. Não finjo sentimentos. E o mais importante: não minto. — Ela o olhou diretamente naquele olho feio e em processo de cura. — Só quero começar do zero... sem nada para trás, tudo bem? Nenhum de nós dois vai fingir nada. Tudo às claras. Vamos tentar fazer dar certo e, se as coisas não funcionarem, então conversaremos.

Ele bufou, como se o resultado já estivesse determinado.

— Me diga apenas que irá tentar, Chase.

— Se isso te fizer feliz.

— Diga. — Cassidy levantou-se, e sua saia enrolou-se por entre as pernas com a brisa que jogou areia para cima de seus pés e fez os galhos suspirarem. — Diga.

Ele hesitou por um segundo e então levantou um ombro.

— Está bem. Vou tentar.

— Ótimo. — Ela foi tomada de alívio. Havia a possibilidade de reconstruírem a vida a dois, reencontrarem o que haviam perdido.

— Mas acho que deveríamos deixar as coisas como estão; portanto, continuarei no quarto de hóspedes, por enquanto. — Ele deve ter percebido o sofrimento em seus olhos, e engoliu em seco ao desviar o olhar novamente. — Considerando as circunstâncias, acho que seria o melhor.

— Temporariamente? — perguntou ela, lembrando-se de sua aversão em tocá-la. Desde o incêndio, não tentara tocá-la nem uma vez sequer, não queria nenhum contato físico, fosse o que fosse, insistia para que se mantivesse longe dele.

— Sim. — Respirou profundamente. — Só até a gente ver para onde o vento vai soprar.

— O que quer dizer que você não confia em mim.

Chase enfiou as muletas na areia e ficou de pé, olhando para ela.

— O que quer dizer que nenhum de nós dois confia de verdade no outro.

Eles jantaram juntos, apesar de a maior parte do que Chase pudesse colocar para dentro fosse batida no liquidificador e chupada por um canudo. Para sua felicidade, os arames que prendiam seu maxilar estavam prestes a ser retirados nos próximos dias. Ele ainda tomava analgésicos e não se interessava muito por purê de batatas nem carnes batidas.

— Me sinto como a porra de um bebê — reclamou ele.

— As coisas irão melhorar.

— Irão? — perguntou Chase, de sua cadeira próxima à janela, e Cassidy sabia que ele não se referia à comida. Atrás dele, sob a luz do sol poente, um beija-flor sobrevoava um comedouro.

— Com certeza. Sua fisioterapia começa amanhã, vai tirar os arames daqui a alguns dias, vai tirar o gesso antes que se dê conta e...

— E ainda estaremos aqui. No limbo.

O *Último Grito* 427

Cassidy pegou os pratos e os levou para a pia. Planejara ir para casa e conversar com ele, exigir respostas, fazer-lhe perguntas que ele se recusara a responder, mas dera para trás. Por quê? Por que tinha medo da verdade?

— Não há motivo para apressar as coisas, há? — perguntou ele.

Ela quase deixou um prato cair, de tão equivocado que ele estava. Desde o incêndio, sentia o tempo correndo como areia passando pela cintura de uma ampulheta, escapando para sempre. Como fora com Brig. Sentiu o coração apertado.

Chase voltou a se acomodar na cadeira, as pernas esticadas sobre a lateral da mesa, o olho voltado silenciosamente para ela.

— Achei que você estava desesperada para dar o fora.

Franzindo a testa, Cassidy colocou os pratos e as tigelas na lava-louças.

— Eu não queria nadar em águas revoltas — admitiu ela. — Sei que você disse que me amava na noite do incêndio, mas antes disso... bem, você se lembra. Nós nos separamos.

— E você teve um caso — disse, com a voz baixa.

Cassidy negou com a cabeça.

— Nunca. Nunca traí você, Chase, nem nunca trairei enquanto formos casados, serei fiel. — Bateu a porta da lava-louças com força, virou-se e, encostando o quadril na bancada, secou as mãos na toalha.

— E espero o mesmo de você. Se não puder confiar em mim, é melhor dizer agora.

Ele murmurou alguma coisa quando o telefone tocou. Olharam um para o outro e deixaram a secretária eletrônica atender na sala de TV. Jornalistas andavam ligando, e Cassidy não estava interessada em falar com eles. Ela ouviria as mensagens mais tarde, e, juntos, eles decidiriam para quem retornariam a ligação.

— Amanhã — disse Chase, empertigando-se —, terei que falar com o pessoal da companhia de seguros, com Derrick e com a polícia. A serraria está fechada há tempo demais. Os homens precisam voltar ao trabalho, temos que recuperar os arquivos e construir um escritório novo, temporário, perto da serraria, ou talvez utilizar um daqueles módulos prontos. — Esfregou o olho, ficou de pé e olhou pela janela, como se estivesse em busca de alguém ou de alguma coisa.

— Deixe o Derrick cuidar disso — aconselhou Cassidy. — Não dá para você fazer muita coisa agora. Quando estiver de pé novamente e...

Chase balançou as muletas sob os braços e levantou-se.

— Estou de pé e com controle completo de minhas faculdades mentais e, desde que eu não abuse dos comprimidos do dr. Okano, estou em condições favoráveis de funcionamento.

— Você devia descansar.

— Enquanto Derrick faz a empresa entrar pelo cano?

— Ele não vai...

— Seu irmão é um mentiroso, um trapaceiro, e vem desviando dinheiro da empresa.

— Você tem provas? — perguntou ela, não muito surpresa. Chase já havia sugerido que Derrick estava roubando, mas nunca investigara de fato.

— O que você acha? — Ele a fuzilou com o olhar, e Cassidy engoliu em seco.

— Por isso você foi à serraria naquela noite? Para checar alguma coisa? — Como ele não respondeu, ela respirou fundo. — Você... você acha que ele provocou o incêndio para destruir os arquivos?

— Não sei o que pensar. Temos cópia de tudo na matriz do escritório, no computador, a não ser que elas tenham sumido. Mas os livros de registro estavam na serraria.

— Não posso acreditar que Derrick faria...

— Não estou dizendo que fez. Só não estou querendo pôr a empresa em risco. Nem a minha vida. — Mais uma vez franzindo os olhos na janela, fez uma careta e foi andando com dificuldade até a sala de TV, com Cassidy em seu encalço. Tinha a mente acelerada com tantas possibilidades. O que Chase estava sugerindo era que Derrick podia ter começado o incêndio a fim de destruir os livros contábeis... ou matá-lo. Ou ambas as coisas. Lembrou-se de como

O *Último Grito*   429

Derrick se tornara cruel na adolescência, mas daí a realizar um incêndio criminoso? Tentativa de homicídio?

Cassidy parou sob a moldura da porta da sala de TV e ficou observando Chase rebobinar a fita da secretária eletrônica. Ele esperava impacientemente e ouvia jornalistas e mais jornalistas deixando recados. Havia uma mensagem de Dena e uma de Felicity, mas nenhuma de quem ele estava esperando. Nenhuma mensagem de sua mãe.

— Onde será que ela se meteu? — resmungou, assim que a voz do detetive T. John Wilson preencheu a sala, anunciando que passaria lá mais tarde.

A careta de Chase intensificou-se, e ele saiu desajeitado da sala assim que a fita parou. *Ótimo*, pensou Cassidy, com sarcasmo. Exatamente o que eles precisavam. Mais um interrogatório do inigualável T. John Wilson.

CAPÍTULO 34

—*O* detetive está aqui. — Cassidy parou à porta da sala de TV, onde Chase se encontrava deitado numa espreguiçadeira. Não trocara nem uma palavra sequer com a polícia no hospital; simplesmente respondera a algumas perguntas com um aceno de cabeça, tanto para o sim quanto para o não.

— Bem, pelo amor de Deus, deixe-o entrar — respondeu Chase.

Poucos minutos depois, T. John estava recusando a xícara de café que Cassidy lhe oferecera e equilibrando-se no braço de um sofá de couro.

— Seria bom você ficar por aqui — disse a Cassidy. — Isso pode te interessar também.

— O quê?

— Nosso desconhecido finalmente tem nome. *Post-mortem*, mas um nome, mesmo assim.

Cassidy ignorou as batidas aceleradas de seu coração e preparou-se para a verdade.

— Tem?

— Marshall Baldwin. — A voz de Chase saiu da forma mais clara desde que o acidente ocorrera, embora ainda estivesse falando com o arame na boca.

T. John abriu um sorriso.

— Achei que talvez soubesse quem era.

O Último Grito   431

— Quem é? — perguntou Cassidy.

— Bem, agora esta parece ser a pergunta de um milhão de dólares. O velho Marsh... ele parece ser algum tipo de enigma.

— É um investidor do ramo imobiliário e da madeira, que mora no Alasca.

— Exatamente; tornou-se um milionário.

— O que estava fazendo aqui? — perguntou Cassidy, os olhos arregalados ao olhar para o marido. Quantos segredos teria escondido dela ao longo dos anos? Tivera tanta certeza de que o homem que morrera era Brig. O alívio lhe correra pelas veias.

— Estava interessado em me vender madeira cortada. Chegou até mesmo a falar em comprar a serraria, ou qualquer outra por aqui.

Cassidy não podia acreditar no que ouvia.

— Agora? No Oregon? Quando as serrarias estão fechando em todo o estado? Não faz muito sentido...

— Eu sei e lhe disse o mesmo. Mas ele disse que os preços estavam bons. Que faria um excelente negócio.

— Por que estava se encontrando com ele no meio da noite? — Não podia deixar de ter suspeitas.

— Não é óbvio?

— Não.

Chase pigarreou.

— Eu não queria que nem você nem o Derrick ficassem sabendo. Sugeri que nos encontrássemos em Portland, mas ele, primeiro, queria ver o lugar; portanto, marcamos de nos encontrar na serraria e depois na cidade.

— Estava escondendo isso de mim? — perguntou ela, um vestígio de amargura na voz. Não devia se surpreender; descobrira, ao longo dos anos, que Chase administrava sua vida de acordo com as próprias regras. Ainda assim, sentia-se traída.

— Eu só queria conhecer bem todas as condições. Depois, se decidisse que deveríamos vender...

— Se *você* decidisse? E eu não tenho voz nessa história? Pelo amor de Deus, Chase... — Percebeu o olhar de advertência de Chase e calou-se de repente. Aquela não era hora nem lugar. Ele parecia avisá-la silenciosamente, dizer-lhe para não fazer um escândalo na frente do detetive.

— Baldwin estava interessado. Só isso.

— E aí vocês se encontraram na serraria, e depois? — perguntou Wilson.

— Tínhamos acabado de deixar o escritório e estávamos subindo a rampa para o prédio número 1 quando houve uma explosão... tão alta que parecia dinamite explodindo dentro de um túnel. As paredes começaram a cair, e nós tentamos correr.

— Marshall estava segurando alguma coisa?

— Não me lembro.

T. John remexeu-se.

— Estava usando uma corrente com a medalha de São Cristóvão?

— Não percebi.

— O que estava vestindo?

— Não lembro, droga.

— Terno?

— Não sei.

— Calça e casaco esporte?

— Jeans, talvez, mas estava quente demais para casaco. Deixei o meu no escritório.

— Por que a carteira dele não estava no bolso? — quis saber Wilson.

— Não faço a menor ideia.

Wilson desembrulhou lentamente um tablete de goma de mascar e franziu o cenho, seu olhar concentrado na lareira, embora Cassidy suspeitasse que estivesse observando a reação de Chase com sua visão periférica.

— Deixe-me ver se entendi bem. Você planejou se encontrar com um camarada que nunca havia visto, tarde da noite, na serraria, para falar sobre a possibilidade de vendê-la.

— Ou de comprar madeira dele. Uma das duas coisas.

O último Grito   433

— Pelo que ouvi, você era como um filho para Rex Buchanan; trabalhava oitenta, talvez noventa horas por semana. Algumas pessoas por aqui acham que a serraria significava mais para você do que qualquer outra coisa, até mesmo mais do que a própria família, e, de repente, do nada, você pensa em vendê-la?

— Estou sempre disposto a vender se o preço for bom.

— O que seu sogro diria?

— Não cheguei tão longe.

— Mas ele o colocou debaixo da asa, emprestou dinheiro para a sua educação, deixou que trabalhasse do seu jeito até se tornar advogado da corporação e depois vice-presidente. Acima do próprio filho.

— Acima não. Nem no mesmo patamar. Quase. Rex tem muita confiança nas minhas habilidades.

— E, em retribuição, você fica por aí pensando em vender sua parte na empresa, sem contar para ele.

— Sim. — O olhar de Chase foi frio como gelo.

— Bem... e por quê? Droga, não sou nenhum homem de negócios; só um policial insignificante com um distintivo, mas isso não faz sentido algum!

Cassidy congelou por dentro. Jamais imaginaria que Chase pudesse ter pensado em vender a empresa. Não na noite da última briga dos dois.

— Talvez estivesse pensando em ir embora? — persistiu o detetive.

— Deixar a cidade por causa de problemas conjugais.

— Espere um minuto... — interrompeu Cassidy, mas Chase ergueu a mão para interromper seus protestos.

— Isso é assunto pessoal e nada tem a ver com as serrarias.

A raiva corria pelas veias dela. Ele não tinha o direito de discutir o assunto com ninguém! Nem mesmo com a polícia.

— Tudo resolvido, espero.

— Tudo resolvido — disse Chase, sem inflexão de voz.

T. John pensou sobre o assunto, levantou o ombro como se fosse perguntar: *"Quem pode entender o amor?"*

— Está bem. Que esteja!

Cassidy sabia que ele não desistiria do assunto; estava apenas acalmando os dois. T. John esticou a perna antes de dobrá-la e bater as mãos sobre o joelho.

— Então você e o Baldwin, os dois são executivos de grandes corporações... você é um advogado muito bom, e nenhum dos dois se lembrou de vestir camisa, paletó, terno, nem de levar pasta para um encontro que poderia resultar numa mudança corporativa de extrema importância.

— Não foi esse tipo de reunião de trabalho.

— De que tipo foi?

— Do tipo descontraído.

As sobrancelhas de Wilson se uniram.

— É o que você está dizendo. É que me parece engraçado, só isso.

— Não estamos falando de Wall Street, pelo amor de Deus! Acordos maiores são fechados todos os dias em quadras de tênis ou em campos de golfe. E não é sempre necessário reunir toda a diretoria... não até que algo seja decidido de fato, e nosso encontro foi preliminar, muito preliminar. Como já disse, eu talvez acabasse simplesmente comprando um pouco de madeira dele.

Cassidy ficou olhando para o marido, à procura de alguma transpiração ou sinais de nervosismo. Nada. O rosto se mantinha impassível, quase entediado; um dos braços na tipoia, o outro sobre o braço da poltrona. Não tamborilava com os dedos nem apresentava nenhum tique nervoso que desse ideia de seu nível de ansiedade.

Wilson coçou a barba de um dia por fazer.

— E o que vocês discutiram naquela noite?

— Não muita coisa. Ele havia acabado de chegar quando comecei a lhe mostrar o layout da empresa.

— Será que ele não teria preferido ver a serraria funcionando? Sabe como é... para checar os equipamentos, certificar-se de que estavam em ordem, observar os empregados para ver se eles chegavam na hora ou saíam cedo... Ver os homens trabalhando em equipe, ver

O último grito   435

como você entrava com os caminhões cheios de toras, como os esvaziava, como os cortava em tábuas, todo o processo...

— Isso viria em sequência... se ele decidisse comprar, e eu estivesse disposto a vender. E não teria grande importância se estivesse interessado apenas em me vender madeira *in natura*. Tudo no que estaria interessado seriam preços e condições. — Chase dirigiu um olhar de cortar granito para o detetive. — Não foi nada de mais.

Wilson ficou pensando.

— Acha que quem quer que tenha começado o incêndio estava tentando matar Baldwin?

— Não faço ideia.

— Caso contrário, a hora escolhida parece uma pequena coincidência, não acha?

— Não poderia nem opinar.

Cassidy ficou observando o detetive tentar e conseguir pressionar Chase a dizer alguma coisa que não queria dizer, a dar uma escorregada.

— Chase, talvez fosse melhor a gente chamar um advogado...

— Eu sou advogado — respondeu prontamente.

— Sei disso; quis dizer, um advogado criminal. — As coisas estavam andando rápido demais; precisava de tempo para pensar. — Além do mais, detetive, meu marido acabou de sair do hospital e se cansa com facilidade...

— Não estou cansado — rebateu Chase. — E não acho que o detetive Wilson esteja aqui para me culpar de alguma coisa. — Inclinou-se para a frente na cadeira. — Ou estou errado?

— Claro que não. — O sorriso de bom menino perpassou o queixo do detetive. — Só estou procurando informações sobre o crime.

— Isso eu não posso lhe dar. Não sei quem ateou fogo nem por quê. Não sei se a explosão era para matar alguém ou apenas uma brincadeira de mau gosto. É claro que alguém queria causar algum estrago. Só não sei bem até que ponto.

— Não viu mais ninguém na serraria naquela noite?

— Ninguém.

Cassidy esfregou as mãos nas calças jeans. As palmas estavam úmidas; tremia por dentro. *E quanto a Willie? Estivera ali.*

T. John cruzou uma perna sobre a outra e fez uma bola com o chiclete.

— Sabe, fiquei um pouco decepcionado quando, finalmente, descobrimos a identidade do desconhecido.

— Por quê? — perguntou Chase.

— Porque até então eu apostaria meu distintivo de que ele era o seu irmão.

Cassidy não se moveu.

— Meu irmão? — repetiu Chase, mais uma vez sem qualquer vestígio de emoção.

— É. Eu tinha ideia, chamemos de instinto, de que Brig havia voltado para cá para se encontrar com você.

— Tarde da noite na serraria? — perguntou Chase, a voz carregada de desprezo.

— Por que não? Ainda é um fugitivo da polícia. Não andaria por aí, em plena luz do dia, pelas ruas de Prosperity, andaria?

Chase não se deu ao trabalho de olhar para a esposa.

— Brig está morto.

— Tem certeza disso.

— Está morto para mim. Nunca mais apareceu depois do primeiro incêndio.

— Aquele primeiro incêndio; foi isso o que me fez pensar — disse T. John. — Imaginei que os dois incêndios estivessem conectados, e é uma pena eu não ter podido conversar com Baldwin e descobrir por que estava aqui.

— Eu disse por quê.

— Sim, sim. — T. John parou de mascar o chiclete. — Mas já lhe ocorreu que Baldwin poderia ser o seu irmão?

Chase bufou.

— Você não acha que eu o teria reconhecido?

O *Último Grito* 437

— Bem, só falei; eu não sei.

Cassidy mal conseguia respirar. Uma coisa era ter seus próprios medos; outra bem diferente era tê-los expressos em palavras.

— Está querendo dizer que acha que Baldwin era Brig?

— Não era Brig. Eu estava lá — interrompeu Chase.

T. John coçou o queixo.

— Não tenho certeza de nada. Ainda não. Marshall Baldwin não tem família, pelo menos não que nós ou os rapazes no Alasca tenhamos conseguido encontrar. Parece ser da Califórnia, e estamos checando certidão de nascimento e afins, de algum lugar próximo a Los Angeles. Todos os arquivos do governo mostram que ele nunca foi casado, não tem irmãos ou irmãs, os pais morreram. Nem mesmo um tio ou um primo de terceiro grau aparecendo do nada, e é de pensar que alguém aparecesse dizendo ter direito sobre a herança. Eu disse que ele tinha uma quantidade considerável de dinheiro com ele, não disse?

— Sim, você mencionou isso — disse Cassidy, sabendo que o detetive era astuto o bastante para se lembrar de tudo o que dissera.

— É. Ele apareceu no Alasca, de acordo com o que todos sabem dizer, por volta de 1977. Não tinha nada em seu nome. Conseguiu um emprego para trabalhar no gasoduto na Trans-Alasca, no setor de manutenção. Acho que o gasoduto já estava pronto... fora concluído um ano antes. Trabalhou por três, quatro anos, até comprar a parte de um camarada que tinha uma serraria e trabalhou dia e noite para colocá-la de pé... mais ou menos como você — disse a Chase. — O homem não tinha vida social, trabalhava dezesseis horas por dia, sete dias por semana. Deu certo também. Logo comprou outra serraria e mais outra. Investiu em uma ou outra indústria de pesca, numa mina e até mesmo num tipo de fazenda. — T. John fez uma careta e estalou os dedos como se finalmente tivesse se lembrado. — Lavoura de batatas, acho que era isso. Não bate certinho?

— Não é mesmo? — zombou Chase.

— Enfim, a maior parte do tempo, Baldwin foi discreto, mas suspeitava-se de que fosse um doador anônimo de algumas instituições de caridade por aqui... principalmente as do tipo salve a natureza ou qualquer outra merda dessas.

Chase deixou escapar um ruído de desgosto.

— Sei que não se lembra dele, mas Brig... bem, ele nunca foi o que poderíamos chamar de um sujeito filantrópico.

— Era apenas um rapaz quando foi embora.

— Bem, costumava rir do pai de Cassidy, dizendo que o velho Buchanan estava sempre tentando salvar o mundo ao fazer doações para causas justas, apenas para amansar sua consciência pesada.

— Não... — disse Cassidy.

Chase a ignorou.

— Brig também não tinha qualquer ambição. E estava sempre envolvido com problemas com a lei. Acho que é fácil encontrar arquivos que comprovem o que estou dizendo.

— Não o nosso amigo Baldwin — disse T. John, colocando as mãos sobre os joelhos, ao se esticar. — O homem era limpo. Nem sequer uma multa por excesso de velocidade, segundo as autoridades no Alasca. Dá para acreditar? Um homem vive lá por quase vinte anos, faz uma fortuna, e permanece praticamente invisível.

— Mas você acredita que ele é o Brig.

— Pode ser.

Cassidy sentiu gotas de suor descendo pela espinha.

— E quanto a registros dentários? — perguntou T. John, ao se aproximar da lareira e debruçar-se sobre as pedras frias. — Não consigo encontrar nenhum registro dele ou de seu irmão indo ao dentista.

— Não fomos. Não havia dinheiro, e temos dentes bons e fortes.

— Engraçado, Baldwin também não tinha um dentista lá em Anchorage. Nem em Juneau, nem em Ketchikan, nem em qualquer outro lugar perto dali, segundo pudemos checar. Não consigo acreditar que um cara possa viver mais de trinta anos sem sentir uma dor de dente. Bem, ainda estamos procurando. Ruim demais que a boca dele tenha ficado toda estourada. Dentes quebrados. Mais ou menos como a sua.

— E quanto a impressões digitais?

— Pegamos o que conseguimos... as mãos dele estavam muito queimadas. Até agora, nada.

Cassidy mal podia pensar direito.

— O Brig... ele foi preso aqui em Prosperity, deve haver algum registro.

— Bem, agora isso é algo interessante, sra. Buchanan, porque Brig nunca teve as impressões tiradas. Nem uma vez sequer. Ah, já foi preso, ouviu poucas e boas, foi ofendido e apanhou nas mãos, mas nunca teve que molhar o dedo na tinta. Porque o seu pai e outro advogado bacana sempre se intrometiam. Não era conveniente?

— E Baldwin? — perguntou ela.

— Nenhum registro militar. Nenhum registro criminal. Sem impressões digitais. Como eu disse, muito conveniente. Nenhum parente para reclamar o corpo ou o dinheiro, nem o testamento que deixa uma cláusula para que os empregados comprem a serraria e a indústria pesqueira, se quiserem. E, quanto ao resto do dinheiro, ele deverá ser doado a uma organização não lucrativa dedicada à preservação da fauna e flora do Alasca, uma organização que Baldwin ajudou a fundar. Ele manteve o nome e a cara fora dos jornais, mas gastou dinheiro, toneladas de dinheiro, em causas com as quais se preocupava.

— Este não é o meu irmão.

Wilson encolheu os ombros.

— Talvez tenha mudado. Um trauma pode fazer isso.

Chase emitiu um som de desgosto do fundo da garganta.

T. John ignorou.

— Achei que talvez pudesse reconhecê-lo; por isso, trouxe comigo algumas fotos, as poucas que temos. — Remexeu no interior do bolso do paletó e puxou um envelope pardo. O coração de Cassidy começou a acelerar assim que, uma a uma, as fotos brilhantes começaram a cair sobre a mesa. Eram de Brig? Tentou impedir que as mãos tremessem, ao pegar uma delas e analisá-la cuidadosamente. Um homem de cabelos negros e barbado lhe retribuía o olhar, os olhos profundos e ameaçadores, de aparência altamente suspeita.

— Acho que o homem se parece um pouco com Brig — admitiu Chase.

— A cara dele, eu diria.

— Só que Baldwin não tinha barba.

— Não é estranho? Usou barba no Alasca durante dezessete anos e aí se barbeia para vir falar com você. — T. John sorriu e balançou a cabeça; em seguida, puxou outra folha de papel, o croqui de um artista. — Pedimos a um dos rapazes que fizesse o retrato do camarada sem barba, para tentarmos reconstruir o seu rosto no computador; depois, vamos compará-lo com as fotos do seu irmão. O problema é que tudo o que temos são duas fotos do anuário do ensino médio.

— Está falando sério? — Chase encarou o detetive.

— Muito sério. — Pela primeira vez, Cassidy enxergou a alma de T. John. Nenhum sorriso arrogante. Nenhum brilho nos olhos, nenhuma risada de bom menino. Apenas uma ambição cega no olhar.

— Por que é tão importante que Marshall Baldwin seja Brig?

— Bem, isso é interessante. Seu irmão, ele foge depois de um dos piores incêndios da história de Prosperity e então aparece de novo, dezessete anos mais tarde, em um incêndio bem parecido com o primeiro. Praticamente, o mesmo aparato incendiário foi usado. Uma coincidência do cão. Muitas. — T. John folheou as fotos e franziu o cenho.

— Eu reconheceria o Brig. — Chase pegou uma foto pouco nítida de Marshall Baldwin e ficou olhando para a imagem em preto e branco.

— Alguma vez falou com Baldwin antes?

— Só por telefone.

— Como ele conseguiu o seu nome?

— Estava interessado na serraria... telefonou e mandou me chamar.

— Não para Rex Buchanan, mesmo ele sendo o diretor executivo da empresa ou qualquer outro nome que se dê ao presidente hoje em dia.

— Baldwin ouviu, numa convenção, que eu administrava a empresa; Rex está quase se aposentando, e Derrick é só figurante.

— Mesmo sendo filho de Rex. — T. John projetou o lábio. — Então, em nenhum momento, você achou que o camarada era Brig.

— Não era.

— Claro. — T. John pegou as fotos, empertigou-se e lançou um sorriso na direção de Cassidy. Seus olhos chamavam silenciosamente os dois de mentirosos, quando estourou uma bola e se aproximou da porta. — Aqui... talvez queiram ficar com uma dessas. Tenho mais no escritório. — Deu a Cassidy uma foto de Marshall Baldwin, uma em que ele franzia os olhos contra o sol, em pé, num rochedo. — Sei que os dois estão cansados, foi uma semana dos diabos. Se vocês puderem me contar mais alguma coisa sobre Marshall, eu ficaria muito grato.

Chase esforçou-se para ficar de pé.

— E, quando tiver notícias de minha mãe, eu ficaria grato se telefonasse.

Wilson estalou a língua.

— Isso é esquisito, não acha? Parece que ela simplesmente desapareceu no ar. Achei que você sabia onde ela estava.

Chase apertou o maxilar com força.

— Encontre-a, Wilson — disse, de forma imperativa.

— Estou dando o melhor de mim — disse o detetive, com um sorriso frio. — Fazendo o melhor que posso.

CAPÍTULO 35

—O que você sabe sobre o Baldwin? — interessou-se Cassidy, quando Chase mancou até a cozinha, na manhã seguinte. Ele se recusara a conversar na noite anterior, deixando-a sozinha na sala de TV e indo para o quarto, mas ela não seria desprezada de novo. O *Times* estava aberto, com uma foto de Marshall Baldwin na primeira página, ao lado da coluna de Bill Laszlo.

— Você estava lá. Ouviu o que eu disse. — Chase deu uma olhada no jornal e franziu a testa. — Então os urubus já estão voando em círculo.

— Bill só está fazendo o trabalho dele.

— Certo. Apenas uma forma medíocre de ganhar a vida.

— Da mesma forma que eu.

Ele ignorou sua resposta e, apoiando-se sobre a muleta, serviu-se de uma xícara de café e pegou um canudo.

— Ouvi o que disse ao detetive. Agora, quero saber a verdade.

— Acha que estou mentindo? Por Deus, Cassidy, dê um tempo!

— Não sou só eu que acho. O detetive também. Sabe que está mentindo. Ele pode falar como um moleque da roça que acabou de sair de um vagão de feno, mas é esperto, Chase. Esperto, dedicado e determinado. Corre o boato de que quer o cargo de Floyd Dodds, como xerife do condado. Tudo o que precisa é da publicidade certa... *dessa* publicidade.

— Bem, não vai consegui-la de mim. — Deixando de lado o café, tentou passar, mas Cassidy postou-se com firmeza à porta. Com o queixo projetado, as costas rígidas de determinação, encarou-o. — Dá o fora, Cass — disse Chase, com voz de comando.

Tremendo por dentro, Cassidy tentou controlar suas emoções. *Seja profissional. Não se envolva. Mantenha distância e analise a situação de forma objetiva. Sem emoção. Como se fosse uma jornalista filmando uma história.* Impossível. Com Chase, estava sempre visitando o lado estressante da emoção.

— Escute, Chase, se vamos começar de novo, precisamos começar falando a verdade.

— Como você sempre fez comigo.

— Eu tentei...

— Para o diabo, Cassidy. — Tentou passar por ela, que não arredou o pé de onde estava. Seu peito inchava e murchava, a pele ruborizava de raiva. — Além do mais, nunca falei nada sobre começar de novo. Acho que concordei em conviver com você desde que me deixasse em paz. Acho que concordei em "tentar de novo". Sem promessas. Sem laços.

— Não conseguiremos, a não ser que seja honesto.

— Isso é uma via de mão dupla, Cass. Você não foi exatamente correta comigo.

— O que você...

— Sei que andou conduzindo a própria investigação. Dando telefonemas, reunindo informações antigas, de dezessete anos atrás, sobre o incêndio no moinho. Sobre a morte de Angie. Sobre Brig.

— Tocou no nome do irmão como se tivesse um gosto ruim. As narinas se arreganharam de raiva. — Não tente agir de forma tão inocente. Sei por que está tentando solucionar a droga desse mistério; para que possa ter o furo do século.

Cassidy sentiu-se como se tivesse levado um chute.

— Eu nunca...

— Vi a pasta, Cassidy. Li suas anotações no computador. Estou começando a imaginar se você quer que a gente "se ajeite" para poder passar os dias tentando tirar informações de mim e acabar como a heroína da cidade, solucionando o crime.

— Você é louco! Não estou trabalhando em nenhuma matéria. Laszlo está encarregado de cobrir o incêndio. — Fez sinal com o queixo para o jornal aberto.

— E você adoraria ajudá-lo, não é? Esta história deveria ser sua. Fala sobre a sua família. Consigo ver isso em seus olhos, Cassidy. Você está puta porque Laszlo, só porque é homem, conseguiu a matéria.

— Pelo amor de Deus, Chase, você não pode estar achando que estou nessa história em busca de glória! — Ele não respondeu; simplesmente baixou o olhar até o nariz quebrado e olhou para ela. Consternada, Cassidy sussurrou. — Você acha que eu quis que ficasse aqui só para dar um empurrão na minha carreira.

— Por que outro motivo?

— Porque... — Ela parou a tempo de dizer as palavras perigosas que estavam para sair de sua boca. — Porque... — *Quero me apaixonar por você*, as palavras gritaram em sua mente, embora ela não tivesse certeza de que algum dia poderia amá-lo ou de que ele a amaria. Estavam tão acostumados a se magoar mutuamente que não podiam mais confiar um no outro, pelo pouco que fosse.

— A propósito, ele telefonou.

— Quem?

— Laszlo. Cedo. Enquanto você estava nadando lá fora — disse ele, deixando-a surpresa pelo fato de estar atento ao seu paradeiro, às seis horas da manhã. — Parecia desesperado para falar comigo. Era como se minha esposa o tivesse encorajado a fazer isso. Não atendi; simplesmente o deixei falando com a secretária eletrônica, mas estava ansioso para obter informações para sua próxima coluna.

— Eu disse a ele para parar de ficar me fazendo perguntas; se quisesse respostas suas, deveria ele mesmo ligar para você.

O último grito   445

— Ótimo. — Chase não se aproximou da porta; simplesmente ficou olhando para Cassidy com tanta intensidade que ela mal conseguiu respirar, que dirá pensar. Estava tão próximo que a respiração dele saiu quente perto de seu rosto. — Mais alguma coisa que você gostaria de discutir, ou vamos ficar o dia inteiro aqui, de pé?

Ela lhe fez a pergunta que vinha lhe martelando a mente desde o incêndio — algo a ver com a atitude dele.

— Do que você tem medo, Chase?

Ele hesitou.

— Do quê? — Os segundos se passaram, e ela recusou-se a se sentir intimidada com seu olhar. Seu peito inflava e murchava com tanta rapidez quanto o dele, e ela ouviu a forma suave como o ar escapava de seus pulmões.

— De você — murmurou ele, Cassidy mal ouvindo aquelas palavras tenebrosas. — Tenho medo de você, Cassidy.

— De mim? Por quê?

— Não quero me aproximar muito de você de novo — admitiu ele. — Não é seguro.

Ela o encarou silenciosamente, o coração acelerado.

Os músculos de seu pescoço enrijeceram, e ele desviou o olhar.

— Droga, Cassidy.

— Você vai embora, não vai? — arriscou ela, com certa dor.

Um vestígio de arrependimento passou pelo rosto dele.

— Não terei escolha. Agora, saia da frente, Cassidy. Não me faça um prisioneiro.

— Chase...

Ele a empurrou na passagem.

— Pare de tentar forçar a barra. Concordei com a sua farsa. Em viver com você. Em ficarmos na mesma casa. Droga, decidi até que poderia *fingir* que somos felizes. Pelos seus pais, pela polícia, pela droga da cidade, se é isso o que você quer. Mas, quando estivermos sozinhos, espero que me deixe em paz.

O reflexo dela foi automático. Levantou o braço com vontade de bater, de gritar, de chutar o escudo que Chase havia colocado entre eles.

Chase riu. Um som lúgubre e sarcástico que ecoou de forma perversa pela sala, enquanto ela baixava lentamente a mão.

— Não consegue bater num aleijado, Cass?

— Seu idiota melodramático!

— Agora, é mais por aí.

— Não sei dizer o que aconteceu conosco — disse, recusando-se a recuar — mas acredito que tenha conserto.

— Casamento não é como um carro velho e quebrado, Cassidy. As duas partes precisam querer que volte a funcionar.

— Pode brigar o quanto quiser, Chase McKenzie, porque não vou desistir de nós.

— Já fez isso uma vez — acusou, e ela tremeu por dentro. Ele tinha razão.

— E você nunca vai me perdoar por isso.

— Tantas coisas aconteceram entre nós que não conseguiríamos perdoar todas elas.

— Poderíamos tentar.

— É, bem, você sabe o que se diz por aí sobre o dia de São Nunca. — Saiu batendo com as muletas na frente do corpo e passou por ela, movendo-se pela casa com rapidez e mau jeito.

O desespero tomou conta do coração de Cassidy, mas ela se recusou a abandonar a esperança. Droga, conseguia ser tão teimosa quanto ele! E encontraria uma brecha em sua armadura emocional caso essa armadura a matasse, embora temesse que fosse culpa, e não amor, o que a guiava.

— Fale-me sobre Marshall Baldwin — Bill Laszo encontrou-se com Cassidy na cozinha, enquanto ela passava uma xícara de café. Ela relanceou para uma cópia antiga do *Times*, idêntica à que vira na mesa da cozinha de sua casa. Chase tinha saído de casa logo após a

O Último Grito 447

discussão deles, recusando-se a deixá-la levá-lo de carro, pegando uma caminhonete automática que, de alguma forma, ele conseguiu dar um jeito de dirigir até a cidade.

— Baldwin morreu no incêndio.

— Até aí, eu sei, droga! Fui eu que escrevi a matéria — disse ele, fazendo menção ao pequeno artigo sob a manchete EXECUTIVO DO ALASCA É IDENTIFICADO. — Mas quem era ele, de verdade?

Cassidy misturou leite em pó ao café.

— Não sei.

— É claro que sabe. Ei, tome cuidado, essa coisa vai te matar. Está cheia de conservantes e de outras porcarias dessas. Preste atenção à frase "não contém leite".

— Obrigada pelo conselho — disse ela, jogando o cubinho na lata de lixo.

— Vamos lá. Você deve saber alguma coisa sobre o Baldwin.

— Tudo o que sei é o que leio nos jornais, o que você escreveu. Ele é um industrial do Alasca. Dono de serrarias, de uma fazenda, acho que de batatas, de uma indústria pesqueira e de algumas terras. Dava muito dinheiro a causas sociais.

— Isso é só conversa dele para sair nos jornais.

— Ele teve a chance de falar?

Lazso não se deixou intimidar.

— O que quero saber é sobre o homem debaixo dos panos. Quem era ele na verdade? Pelo que ouvi, não tinha família; não é uma ironia? Todo aquele dinheiro, e nenhum herdeiro... nem mesmo um testamento?

— Alguém vai reivindicar o dinheiro dele.

— Espero que sim. Eu gostaria de saber mais coisas sobre o cara. — Pegou uma xícara na prateleira de cima. — O que o Chase diz sobre o assunto?

Cassidy estava cautelosa, mas não teria problema em contar a Bill o que soubera de Chase.

— Disse apenas que Baldwin veio conversar com ele sobre cortar madeira aqui.

— Você acredita? Quando enviaremos madeira para o Japão? Eles não têm serrarias no Alasca? Não têm a própria serraria? — Laszlo serviu-se de um pouco de água quente e mergulhou um saquinho de chá de ervas na xícara.

Ele lhe fazia as mesmas perguntas que ela já se havia feito, mas não estava para lhe contar sobre a intenção de Chase de vender suas cotas nas indústrias Buchanan. Não ainda.

— Vamos lá, Cassidy. Não brinque com fogo. Sei que antes do incêndio você já estava pronta para dar o fora. Chase casou-se com a fortuna Buchanan, não com você. Agora, de repente, tudo fica bem, seu casamento volta ao normal, e você fica tentando protegê-lo.

A irritação pontuou a voz dela.

— Se não acredita em mim, ligue para o Chase.

— Já liguei, mas ele não é o que se pode chamar de falante.

— Talvez porque ele ainda esteja com o maxilar preso por arames.

— Ou talvez porque tenha algo a esconder.

Ela pegou o café e voltou para o escritório.

— Deixe-me em paz, Bill. Preciso trabalhar.

— Eu também.

— Então trabalhe e pare de me pressionar atrás de informações que eu não tenho.

Laszlo a ignorou quando ela saiu andando pelas repartições até a mesa. Selma ainda não havia chegado. Arrastando a cadeira para a frente, Bill Laszlo parou à mesa de Cassidy quando ela dirigiu a atenção à tela do computador e tentou desligar-se dele. Que saco aquele homem! Não era mau jornalista, e persistência parecia ser seu nome do meio. Pegando a xícara, bebeu um gole do café — estava mais forte do que gostava — e retomou a história que havia começado um dia antes.

Bill colocou o saquinho encharcado de chá na bandeja dela.

— Marshall apareceu no Alasca no outono de 1977.

O Último Grito   449

— E?

— Menos de dois meses depois do incêndio que ocorreu aqui.

— Ainda não estou acompanhando seu raciocínio — disse ela, o coração batendo tão alto que teve medo de que ele pudesse ouvir as batidas descontroladas.

— Sem família, sem amigos. Nada. Até onde sei, não tinha nada em seu nome, nem mesmo um casaco decente, e olha que estava no Alasca. Tem ideia de como é frio lá em cima, em novembro? Arruma emprego, consegue crédito numa loja, consegue comprar algumas roupas quentes e se hospeda na pensão mais barata que encontra. Na época, diz ter vinte e dois anos, mas ninguém sabe se é verdade. Poderia ser mais jovem.

— Ou mais velho, se estivesse mentindo.

— Não seja lerda.

— Aonde está querendo chegar, Bill?

— Estou trabalhando na teoria de que Marshall Baldwin talvez fosse Brig McKenzie.

Não estão todos achando isso?

Observou a reação dela, sem tirar os olhos de seu rosto, ao tomar um gole do chá.

— É um grande salto.

— Eu gostaria de conversar com Chase, cara a cara, e depois com a mãe dele. Você sabe que eles acham que ela foi vista no sopé das colinas?

— O quê? — Cassidy quase cuspiu o café. — Alguém viu Sunny?

— Ainda não temos confirmação, mas dois meninos que estavam acampando na mata chegaram em casa e disseram à mãe que haviam visto uma bruxa; uma mulher de cabelos grisalhos entoando uma cantiga numa pequena clareira. É claro que os meninos podem estar mentindo... vou entrevistá-los quando a polícia chegar. E tem um fazendeiro também, Dave Dickey. Mora na propriedade da família, a poucos quilômetros da cidade. Disse que deu carona a uma mulher com uma bengala, provavelmente sua sogra desaparecida. E adivinhe onde ela foi parar?

— Não sei.

— Na casa da sua mãe e do seu pai. Isso, no dia em que ela fugiu; no dia em que Marshall Baldwin morreu. Também vou ter uma conversa com o fazendeiro Dave. Mais cedo ou mais tarde, a verdade virá à tona, Cassidy, e o *Times* dará a notícia em meu nome. Portanto — ele ficou de pé —, se você descobrir alguma coisa, eu ficaria grato se me informasse.

CAPÍTULO 36

—Onde está Sunny McKenzie? — A voz de Dena tremeu ao exigir respostas do marido. Rex estava na estrebaria observando, enquanto Mac, o capataz que trabalhava para ele desde que Dena podia se lembrar, dirigia o velho caminhão para fora da fazenda. Poeira e fumaça de diesel poluíam o ar.

— Não sei onde ela está.

— Para o diabo que não sabe! — A irritação de Dena estava fora de controle. Sentia o calor no próprio rosto, sabia que o lábio tremia de raiva. Havia mais de uma semana que se sentia com se estivesse andando numa corda bamba, o estômago em nós. Os comprimidos que o médico havia prescrito, pequenas cápsulas que lhe deveriam acalmar os nervos, não estavam adiantando. Ela já estava aumentando a dose. — Escuta, Rex, venho aguentando muita coisa ao longo dos anos. Eu sabia sobre você e Sunny...

Rex franziu o rosto na defensiva, desviando os olhos, como se, de repente, estivesse interessado nas éguas e nos filhotes pastando no campo longe dali.

Simulou atrevimento. Era a sua vida também, droga.

— Na maioria das vezes, fingi que não via, mesmo me sentindo magoada, mas não vou permitir que você a hospede aqui. Pelo amor de Deus, ela é fugitiva de uma instituição para doentes mentais!

Rex coçou a nuca enquanto olhava para os campos ocupados com os cavalos mais caros do condado.

— Sunny é a pessoa mais sã que eu conheço.

— Ah, pela Virgem Santíssima, percebeu o que acabou de dizer, Rex? Sã? Uma mulher que ganhava a vida lendo mãos, ouvindo vozes e tendo visões ou seja lá o que eram? Sã? Tentou cortar os pulsos, pelo amor de Deus! Por que você acha que Willie é débil mental?

— Porque ele quase morreu afogado, por isso — retrucou Rex, as faces ruborizando ao encarar a esposa. — E a culpa é minha.

— Sua?

— Eu devia ter ficado com ele desde o início, ou pelo menos ter dado a Frank McKenzie quantia suficiente para que pudesse sustentar a família num lugar decente. — Rex fechou os olhos. — Tenho sido um covarde, Dena, com medo de prejudicar a minha reputação; mas não serei mais. Vou telefonar para Cassidy, no *Times*. Deixar que publique a história.

— Ah, Rex, não...

— Chegou a hora, Dena — disse ele, oferecendo-lhe um sorriso paciente e gentil, daqueles que reservava para os impulsivos e neuróticos. Ah, como ele estava diferente daquele homem com quem ela se casara há trinta anos. Ele fora forte na época. Persuasivo. O homem mais poderoso em três condados e agora, na terceira idade, parecia estar ficando fraco, tentando conquistar a própria paz, sempre retornando ao cemitério e revivendo o passado.

— Deus me puniu pela minha covardia — disse. — Primeiro Lucretia, depois o acidente de Buddy, depois... depois Angie. — Sua voz falhou.

— Deus não está punindo você.

— Claro que está. — Rex tirou o chapéu, alisou o cabelo e fez uma careta ao voltar a cobrir a cabeça.

— Não vou deixar você arruinar a minha vida. Ou a de Cassidy — disse ela.

— A verdade não arruína nada.

— A verdade é que a sua primeira esposa era uma mulher frígida, que decidiu pôr fim à própria vida, na garagem. Quanto a Sunny McKenzie, ela não passa de uma prostituta maluca...

— Chega! — gritou, assustando um cavalo de pernas compridas no campo ali perto. O cavalo emitiu um ganido assustado e saiu em disparada. As mãos grandes de Rex se dobraram em punhos fechados.

— Nunca, e eu estou dizendo nunca mesmo, você vai denegrir a imagem de Lucretia, de Sunny ou de Angie. — Aproximou-se dela, a raiva evidente na forma como arreganhava as narinas, o corpo rígido e parecendo centímetros mais alto do que fora apenas segundos atrás. Então aquele fogo antigo ainda ardia em seus olhos. — Se algum dia eu te pegar falando mal de qualquer uma delas, saio correndo com um cinto atrás de você e, depois, por Deus, peço o divórcio.

— Mas você não pode fazer isso. A sua fé...

Seus lábios se torceram numa expressão de deboche.

— Tudo bem, se o divórcio não funcionar, então eu mato você, Dena. Simples assim. De um jeito ou de outro, acho que Deus me perdoaria. — Virou-se, entrando a passos largos na cocheira, e Dena, mal conseguindo controlar os ânimos, viu quando ele pegou o telefone. Apavorada, ela se debruçou na cerca e ouviu parte de sua conversa com Cassidy — filha deles —, a quem mal dispensara atenção quando Angie ainda era viva, dizendo-lhe que publicasse tudo o que sabia sobre Sunny McKenzie e o fato de que tinha dado à luz um filho de Rex Buchanan, Buddy McKenzie, conhecido como Willie Ventura, que, daquele dia em diante, seria reconhecido como filho seu. Ele seria chamado Willie "Buddy" Buchanan.

— Ah, meu Deus, não! — suspirou Dena, os joelhos fraquejando. Ela imaginou os sorrisos disfarçados que perceberia pelo canto dos olhos, quando se ajoelhasse durante a missa, os cochichos que sairiam altos o bastante para que ouvisse, repetidas vezes, o nome de Sunny quando andasse pela cidade, as tosses baixas e os risinhos de escárnio nos compromissos sociais de que ela e Rex planejavam tomar parte. Uma parte dela morreu naquele instante. Dena ficaria mortificada, humilhada, lembrando-se de que fora simplesmente a secretária de Rex, agraciada com a boa ideia de engravidar depois de Lucretia — santa Lucretia — ter morrido para, então, se tornar a próxima sra. Buchanan. Mas sempre fora a segunda, a esposa número dois. Nunca tivera sobre o marido o poder que Lucretia ainda tinha, mesmo décadas após sua morte. Tampouco fascinava Rex como Sunny McKenzie, a quiromante mestiça.

Ouviu-o bater o telefone e logo voltar para o seu lado, franzindo os olhos contra o sol forte. Toda a sua raiva havia desaparecido. Era como se tivesse acabado de voltar do confessionário, ou dado um cheque de cinquenta mil dólares a uma instituição de caridade.

— Estou aliviado, Dena — admitiu ele, voltando a sorrir gentilmente, sem traços do homem que a havia ameaçado de morte, minutos antes. — Já estava mais do que na hora.

Que simplório! Em algum momento, no meio da estrada, perdera a agudeza que fizera dele um homem de tanto sucesso.

— Ai, meu Deus, Rex, você não sabe o que fez!

— Limpei minha consciência, minha querida — disse, com carinho, quase como se estivesse sendo sincero. — Estou em paz.

— E agora?

Ele levantou os olhos para o céu límpido e azul e ainda preso ao verão.

— Estou pronto para morrer na hora que Deus decidir me levar.

Às vezes, a tensão na casa era maior do que Cassidy podia suportar. Os olhares raivosos, as respostas curtas, a sensação sempre presente de que uma tempestade estava se formando, bem abaixo da superfície, sempre que ela e Chase estavam juntos na sala. Os arames que mantinham seu queixo no lugar já haviam sido retirados. Ele se afundava no trabalho que um mensageiro trouxera do escritório ou em exercícios de fisioterapia, que aconteciam duas vezes por dia, com o fisioterapeuta vindo de manhã cedo e no fim da tarde. Chase insistia que queria ficar bom o mais rápido possível. Iria se esforçar para ficar inteiro novamente.

Evitava ficar sozinho com Cassidy; ainda assim, havia momentos em que ela tinha certeza de que ele a observava, não com hostilidade,

O *Último Grito*   455

mas como se estivesse tentando entendê-la. E não era tão imune assim ao fato de ela ser mulher tanto quanto gostaria de deixar fluir. Cassidy sentia o calor de seu olhar nas costas enquanto nadava no lago, parte de seu ritual diário.

Cedinho, nas manhãs de verão, quando o sol mal havia nascido, a água ainda estava gelada e as estrelas começavam a desaparecer no céu, ela levava a tolha até a beira do lago, deixava o roupão cair sobre a areia e nadava nua, como fizera durante todos os verões desde que eles haviam construído o lago. Desde a primeira vez que voltaram para lá, Chase quase sempre ficava na borda do lago, observava-a por alguns minutos e logo se unia a ela. Faziam amor dentro da água ou então depois, quando ele a carregava aos risos de volta para casa e a soltava, molhada e gelada, em cima da cama.

Com o passar dos anos, ele parara de segui-la, parara de demonstrar interesse por ela, parara de fazer amor com ela. Cassidy imaginou se ele teria arrumado uma amante, mas isso não parecia estilo seu, e ela nunca encontrou nenhum indício ou ouviu qualquer rumor que sugerisse o envolvimento dele com alguém. Chegara até a lhe perguntar sobre isso uma vez, e ele caiu na risada. Naquela noite, fizera amor com ela. Não com carinho, mas com violência, com raiva, como se estivesse tentando exorcizar alguns demônios íntimos que mantinha escondido dela.

Agora, ele estava interessado de novo, pensou, enquanto apertava o cinto do roupão em torno da cintura, correndo para a porta dos fundos, deixando a porta de tela bater. Tinha os pés descalços quando passou pelo caminho de pedras que cortava os jardins e o gramado, antes de as pedras darem lugar a uma trilha de areia que virava na grama queimada pelo sol e que, agora, roçava em seus calcanhares e joelhos e se curvava com a brisa.

Da forma como fazia desde que o tempo esquentara, deixou o roupão debaixo de uma árvore, deu três passos na faixa de areia de praia e foi correndo para o lago. Fria como uma tempestade no Ártico, a água quase lhe queimou a pele. Cassidy mergulhou fundo, acompanhando o contorno da base do lago, sentindo o corpo tremer nas profundezas frias antes de subir à superfície, afastando os cabelos dos olhos e arfando com o frio.

— Está boa? — A voz de Chase pareceu reverberar pela manhã. Estava de pé, na beira do lago, usando jeans desbotados, uma das pernas da calça cortada por causa do gesso, sem camisa e apoiado sobre uma muleta. Há duas semanas retirara a atadura do olho.

— Ótima. — Ela balançava braços e pernas na água, ciente de que seus seios pareciam brancos no escuro, os mamilos arredondados e visíveis nas ondulações da água. *Exatamente da forma como Angie tivera ciência quando atraíra Brig para a piscina todos aqueles anos atrás.* — Você devia me acompanhar.

— Acho que não. Eu iria afundar com o gesso.

— Eu não deixaria — disse, sem fôlego, o rosto relaxando um pouco.

— Não precisa ser meu anjo da guarda, Cass. Não me deve nada.

O vento soprava pelo lago, agitando a água, à medida que a luz cinza do amanhecer ia rapidamente se transformando em dourado, acima das montanhas ao leste.

— Sou sua esposa.

Ele a fuzilou com seu olhar duro. Seu rosto estava começando a tomar forma novamente. Embora não fosse mais o mesmo, estava começando a se parecer consigo mesmo, o homem com quem fizera votos de viver para sempre.

— Eu não devia ter vindo aqui fora.

— Por que veio? — perguntou ela, nadando para perto da borda.

— Não estava conseguindo dormir. — Seu olhar não a abandonava e, mesmo na água fria, ela sentiu seu calor. A pele de Cassidy tremeu quando seus dedos encontraram o fundo arenoso do lago. A atração que sentiam era algo que nenhum dos dois podia negar, mas que ambos haviam ignorado. Era mais seguro assim.

— Nem eu. — Ela saiu do lago, torcendo o cabelo para tirar o excesso de água e agindo como se não houvesse nada de extraordinário em ficar nua na frente dele.

O *Último Grito* 457

— Você não nadou ainda.

— Tudo bem. — O roupão estava no chão, mas ela o ignorou. Analisou o marido por um momento e sentiu um nó na garganta, percebendo as mudanças em seu íntimo, os sentimentos que não podia reprimir e que não conseguia começar a compreender. Sua pele arrepiou-se quando ele não desviou o olhar.

— Chase...

Ela passou os braços gelados pela cintura dele, e ele tiritou de frio, o toque de sua pela molhada, quente, enviando um tremor por todo o seu corpo.

— Vista-se, Cassidy — murmurou ele, embora não o tenha falado com muita convicção. — Estou passando café.

— Não quero café, pelo menos não agora. — Virou o rosto para ele e viu interesse em seus olhos.

— O que você quer?

Ela não obteve resposta. Apenas aguardou.

Seu maxilar recentemente colado, ainda parcialmente preso por arames, pareceu fechar-se com força.

— Não posso...

Beijou-o então. Pressionou os lábios umedecidos na pele nua de seu peito. Havia cicatrizes em sua pele, marcas de queimadura, arranhões que já haviam sarado, mas ele não vacilou.

— Ai, meu Deus! — O som saiu conflituoso de sua garganta.

— Não...

Ela não parou e passou a língua por seu mamilo.

Com um ofego seco e desesperado, Chase entrelaçou os dedos nos cabelos molhados da esposa e, com raiva, puxou sua cabeça para trás:

— Não comece com algo que não possa terminar — advertiu-a.

— Cass, eu...

Os dedos dela partiram para a parte superior de sua braguilha. Com um estalo alto, o cós da calça se abriu, e uma série de pequenos estalidos ressoou como o estouro de uma metralhadora silenciosa, ricocheteando pela água.

— Não... Eu disse que não quero que me toque. — Palavras duras, sofridas. Mentiras.

— Chase, por favor, deixe eu...

— Não! — Mas ela o sentiu render-se. A resistência de aço vacilando, a muleta caindo com um baque na areia. Recostando-se sobre ela, Chase hesitou quando seu braço sadio pousou em seus ombros. Músculos fortes a puxaram para perto. — Você é perigosa — resmungou.

— Você também.

Eles desceram até o chão, e ela beijou seu rosto abatido, sentindo os lábios dele em contato com os seus, provando seu gosto e perdendo todo o controle. Ele estava quente e excitado naquela manhã quente de verão. Enquanto o amanhecer perseguia as estrelas, ela o apertava contra seu corpo, amando-o, sentindo a mão dele tocar o seu mamilo já intumescido, gemendo em sua boca.

Com os dedos, explorava a superfície de sua pele, pele firme sobre costelas e músculos firmes, pele resistente que parecia ficar mais retesada com o seu toque.

— Você não sabe o que está fazendo... ai, meu Deus. — Ela deslizou as mãos por dentro das calças dele, passando os dedos pela textura rígida de sua coxa, enfiando a mão por dentro de suas cuecas e cercando seu sexo duro com dedos gelados.

Chase contraiu o abdômen, dando-lhe mais acesso. Um gemido escapou de seus lados, e ele fechou os olhos, segurando-a perto do corpo, puxando-a para si até que ficasse por cima, nua, montada nele, os seios fartos sobre seu corpo. Ele a tocou com gentileza no início, depois com mais violência, ao segurá-la com o braço engessado e acariciá-la com a mão livre. Cassidy arqueou os quadris involuntariamente e ofereceu-se para ele, dois cumes suntuosos com dois mamilos intumescidos sobre o seu rosto.

Tremendo com o toque de sua língua, ela deixou escapar um suspiro tão macio quanto o vento e sentiu o primeiro raio de sol lhe tocar as costas.

O Último Grito   459

— Cassidy — disse ele, a voz repleta de emoções que ela não conseguiria entender. — Nós não podemos...

Ela o tranquilizou com um beijo. As palavras seriam desoladoras demais, destruindo a beleza da manhã. Fechando os olhos, ela ouviu o próprio corpo, o desejo cantando pelas veias, a felicidade murmurando em seu coração.

Ele a sugou com calma, no início, beijando-a e sentindo seu gosto; depois o fez com mais ardor, segurando-a com voracidade, fazendo seu coração disparar, sua respiração acelerar, soltar murmúrios breves.

— Minha querida Cassidy — disse ele, a voz grossa e cheia de desejo, enquanto, com os dedos, ela desempenhava sua mágica. Cassidy acariciou-o, beijou-o, amou-o, sabendo que, enquanto estivesse com a perna engessada, teria de se satisfazer apenas com carinhos. Ele não a deteve; apenas sucumbiu à mágica de seu toque, retesando-se, contorcendo-se, lutando contra o inevitável e, quando finalmente deixou-se levar, teve uma ejaculação rápida... uma convulsão que fez seu corpo levantar do chão até se acalmar novamente.

Ele a segurou e puxou para perto.

— Você não precisava...

— Shhh... — Cassidy sussurrou contra seu peito. — Já estava na hora, Chase.

— Mas você não precisava...

— Está tudo bem.

Ele a olhou fundo nos olhos. Os dele tinham um tom determinado de azul.

— Deite-se de costas.

— O quê...?

— Sua vez.

Ela riu.

— Ei, não estou preocupada com a contagem dos pontos. — Cassidy buscou o roupão. — Não tem que dar empate.

— É claro que tem. — Pousou a mão forte por cima do braço dela, fazendo com que o tecido atoalhado se soltasse de seus dedos.

— Chase... — Mas ele estava determinado. Moveu-se com rapidez, forçando-a a se deitar, mantendo-a assim, com o braço engessado, deu início aos seus carinhos. Foi tocando-a aos poucos. Um dedo lhe arrepiando a espinha enquanto, com os lábios, encontrava fendas e vales que ela havia esquecido existirem.

Explorou-a com dedos e língua experientes que fizeram com que um calor líquido queimasse o fundo de sua alma. O corpo de Cassidy, por tanto tempo ignorado, ficou ardente. O suor acumulou-se em sua pele; aos poucos, Chase foi lhe abrindo as pernas e enfiando profundamente os dedos, que deslizaram com facilidade para o calor, fazendo com que sua mente girasse freneticamente, em círculos eróticos. Ela se contorceu na areia, quase sem ar, agitando-se ansiosa enquanto ele lhe beijava a barriga, os seios, as coxas. Ela não conseguiu se controlar e sentiu o primeiro jorro de prazer quando ele sussurrou o seu nome.

— Cassidy, ah, meu amor...

O mundo saiu do eixo.

Luzes explodiram atrás dos olhos dela, enviando fagulhas de cores vibrantes que se misturaram em algum lugar no fundo de seu coração e muito longe, nos confins do universo. Ela ficou sem fôlego, bebendo do suspiro dele e imaginando como seria o futuro deles. Juntos? Separados? Sentiu a garganta doer com a necessidade de saber, com o desejo de confiar nele, de amá-lo, de fechar os olhos para o resto do mundo.

— Satisfeita? — perguntou ele com uma voz desprovida de emoção. Sentado na areia ao lado dela, deu um jeito de abotoar as calças. O arrependimento fazia sombra em seus olhos.

— Estou, mas...

— Era o que você queria, não era? — As palavras cortaram como o açoite de uma chibata, havendo mais do que raiva nas linhas de seu rosto. — Pelo menos, é o melhor que posso oferecer no momento.

— Não estou entendendo...

Ele ficou olhando pelo lago.

— Queria me seduzir e conseguiu.

— Eu... seduzir você? — perguntou ela, os sentidos aguçados de novo, a raiva expulsando qualquer vestígio de brilho. — Você é que veio atrás de mim aqui fora.

— Exatamente como você esperava que eu fizesse. Sabia que eu não conseguiria ficar longe, não sabia?

— Eu não...

— Não minta, Cassidy — disse ele, colocando-se de pé com a muleta e olhando para ela. Sua boca, tão quente e amorosa minutos atrás, estava achatada, formando uma linha fina e imperdoável. — Não fica bem em você.

O encanto da manhã se desfizera.

— Vista-se — disse ele, enfiando a muleta na areia. — Outra pessoa pode te ver, e aí você poderia conseguir mais do que estava esperando.

— Seu arrogante, egoísta, filho da puta! — gritou ela. — Está achando que eu ...

— Não sei o que pensar, Cassidy. Porque eu realmente não a conheço mais.

— Chase...

— E você também não me conhece.

Cassidy saiu cambaleante, e ela ficou olhando para os músculos lisos de suas costas. Tão lisos e fluidos que serviram para lhe lembrar o quanto queria tocá-lo, o quanto estava ansiosa para que ele fizesse amor com ela, como ficara desesperada por isso.

— Tola — vociferou, chutando a areia e jogando o roupão por cima dos ombros. Fechando o cinto, observou-o desaparecer em uma curva próxima ao pátio. Sentiu um pensamento maldoso a incomodar, algo que ultrapassava sua raiva, algo mais profundo e preocupante, mas não podia, em nome da própria vida, entender o que era.

CAPÍTULO 37

Cassidy jogou a bolsa no sofá da sala de TV e tirou os sapatos. Estava sozinha. De novo. Exatamente como antes do incêndio.

Chase estava mantendo distância. Longe dela. Longe do lar. Passava horas no escritório no centro da cidade, no fisioterapeuta, ou em qualquer outro lugar que não fosse em casa. Várias vezes, saía na hora em que ela levantava pela manhã e não voltava até meia-noite ou mais tarde.

Sentia-o fugindo para longe e tentava conversar, mas ele se mostrava evasivo; dizia-lhe apenas que estava sobrecarregado de trabalho, tentando reerguer a serraria e colocá-la para funcionar em sua totalidade. Tinha planos para montar um novo escritório e reconstruir os galpões metálicos que haviam derretido no incêndio. O departamento de contabilidade estava tentando recuperar os arquivos de contas a pagar, a receber, o livro-razão e os balanços, pesquisando nos registros antigos que ficaram intactos, em quaisquer outros arquivos do computador e depois telefonando para firmas de registros de sistemas, empresas de caminhões e de corretores de madeira, tentando montar os pedaços do inventário. O trabalho não tinha fim, disse-lhe, mas ela suspeitava de que ele estivesse fazendo uso de qualquer desculpa para evitá-la.

Talvez fosse tarde demais para eles.

Embora nadasse todos os dias, ele nunca mais voltou a segui-la e, quando ela o tocava, ele reagia rapidamente, afastando-se e interrom-

O Último Grito 463

pendo o contato. Não falava sobre o que haviam dividido naquela manhã no lago e, quando ela tocava no assunto, ou Chase ia embora ou dizia secamente:

— Foi um erro. Não dê muita importância a isso.

De vez em quando, Chase parecia baixar a guarda, e, quando o fazia, Cassidy via outro lado dele, um lado que tinha humor, que tinha humildade, que se arrependia.

Melhorava fisicamente. Pouco a pouco. Estava livre dos gessos. Agora, podia ir dirigindo com facilidade para o centro, andar livremente pela casa e enxergar com os dois olhos. Parecia-se com alguém que iria sobreviver. As cicatrizes em seu rosto ainda eram visíveis, a pele não estava totalmente sã, mas, com o tempo, pareceria praticamente o mesmo, andaria sem muletas, seria o homem de quem ela decidira se divorciar.

E quando estivesse finalmente curado, não haveria razão para se manter casado. Por que isso importava tanto, ela não sabia. Estivera bem perto de se divorciar dele antes do incêndio, antes de encarar sua saída, antes de estar convencida de que seu irmão havia desistido da vida naquele incêndio horroroso.

Uma dor de cabeça latejava atrás de seus olhos, e ela tomou duas aspirinas antes de levar uma xícara de café para a sala de TV. Não se preocupou em começar a jantar; havia esperado muitas noites por ele, sem nem sequer receber uma ligação telefônica, a refeição esfriando até ficar borrachuda em cima do fogão, o apetite indo embora com o passar das horas, as velas queimando por completo.

Massageando as partes tensas do pescoço, escolheu vários de seus CDs prediletos e os colocou para tocar. Enquanto a música preenchia a sala, abriu a pasta e colocou um CD-ROM no computador, depois cantou junto com Paul McCartney, enquanto imprimia as informações que havia reunido no trabalho. Informações sobre o incêndio na serraria, informações sobre o moinho e sobre Marshall Baldwin. Passara os últimos dias no escritório, fazendo contatos eletrônicos com agências de notícias pelo país, principalmente na região de Los Angeles e por todo o Estado do Alasca. Tinha esperança de encontrar algumas informações sobre Baldwin, antes de ele ter se mudado para o norte, mas, até agora, não deparara com nada. Era como se o homem não existisse.

Com certeza, porém, ele se tornara visível depois que havia começado a trabalhar no oleoduto. Cassidy ficou batendo com a caneta na borda da mesa e examinando suas anotações. Embora pouco soubesse sobre Marshall Baldwin, quando Bill Laslo lhe fizera perguntas sobre ele, estava aprendendo mais e mais todos os dias. Telefonara para um colega com quem havia trabalhado em Denver, antes de ser transferido para a Estação de Televisão em Juneau. Telefonara para os jornais, para a polícia, para o Departamento de Veículos Motores e até mesmo para um homem de quem ouvira falar que era bom em encontrar pessoas. Michael Foster, que trabalhava numa cadeira de rodas com um sistema de computador conectado a agências de todo os Estados Unidos e de todo o globo, tinha a reputação de localizar pessoas até mesmo quando elas não queriam ser localizadas. Cassidy não sabia se ele havia grampeado os telefones da Receita Federal, da sede Administrativa do Seguro Social ou o telefone da empresa, mas Foster, paraplégico, era fenomenal. Ouvira falar dele cerca de cinco anos atrás e pensara em contatá-lo para tentar localizar Brig, mas considerara que isso seria um erro, levando em consideração o estado deplorável de seu casamento. Agora, no entanto, não tinha a menor dúvida quanto a fazer a ligação, perguntar por Brig, assim como por qualquer outra pessoa remotamente relacionada a Marshall Baldwin.

Também contatara um detetive particular, um homem que agora morava em Anchorage e que estava disposto a examinar todos os aspectos da vida de Baldwin, checando sua história desde o início, quando era um joão-ninguém que trabalhava nos oleodutos, até seguir seus passos no decorrer dos anos. O detetive particular, Oswald Sweeny, fazia um pouquinho o estilo moroso, mas era meticuloso e vivera recentemente no Estado do Oregon, ajudando a encontrar uma herdeira desaparecida. Sweeny dera certeza a Cassidy de que não pouparia esforços e de que "reviraria todos os cantos daquela planície ártica" para descobrir tudo e qualquer coisa sobre o milionário recluso do Alasca.

O Último Grito   465

Ninguém, nem mesmo Chase, sabia como ela estava indo a fundo no assunto. Pois ninguém entendia para valer seus motivos. Não era mera curiosidade que a fazia seguir adiante; nem mesmo o fato de um mistério saltar à sua frente e quase dar fim à vida de seu marido. É que ela se sentia compelida a descobrir a verdade, pois estava convencida de que, sem respostas às perguntas que a haviam atormentado por dezessete anos, sem a história completa do último incêndio e o enigma de Marshall Baldwin, ela e Chase jamais seriam capazes de seguir adiante, jamais seriam capazes de encontrar um ao outro de novo.

Era como se o casamento deles tivesse sido construído em areia movediça, sem nenhuma pedra firme para começar e, agora, começasse a afundar devagar e inevitavelmente. Eles nunca seriam capazes de confiar um no outro, de sair da lama, até que descobrissem a verdade.

Enquanto examinava as anotações, o fax dava sinais de vida e começava a encher a bandeja de folhas. Cassidy franziu a testa, pensativa, e leu o relatório. Sweeny já estava desvendando o mistério da vida de Marshall Baldwin, ponto por ponto. Conseguira desencavar uma mulher com quem Baldwin passara um tempo nas Fairbanks. Ela estava disposta a colocar a boca no trombone... por cinco mil dólares. Um contramestre aposentado, da equipe contratada para manter o oleoduto funcionando, lembrava-se de Marshall: um rapaz gentil, trabalhador, quieto e bonitão, que precisava espantar as mulheres que ficavam em cima dele. Havia outras declarações também, na maioria, vagas e decepcionantes, pois parecia que ninguém chegara mesmo a ponto de conhecer Baldwin. Mas Sweeny ainda estava procurando.

Soltando um suspiro, Cassidy juntou as páginas e as enfiou na pasta que não parava de crescer e que mantinha fechada na gaveta de sua escrivaninha. Pegou uma pilha grossa de papéis — recortes de jornal, relatórios da polícia e do corpo de bombeiros, fotos, tudo o que conseguira encontrar sobre o incêndio que havia matado Angie e Jed. Ainda não podia olhar para as fotos da irmã sem sentir uma tristeza avassaladora e, embora nunca tenha gostado de Jed Baker, não desejara sua morte. A família dele nunca conseguira superar a perda do filho. Quando nenhum culpado da morte de Jed fora encontrado, a família Baker fizera críticas severas às inadequações do departamento do condado e, depois, mudara-se do Oregon, indo morar em algum lugar na área central do país, longe das lembranças e do sofrimento. Cassidy odiaria fazer contato com eles e trazer todo o sofrimento à tona de novo, mas o faria se preciso fosse, se isso significasse encontrar a parte responsável por um ou pelos dois incêndios, ou se significasse que teria condições de saber mais a respeito de Marshall Baldwin. Ou de Brig.

Mordendo a ponta da caneta, foi passando pelas folhas até os dedos encontrarem uma foto de Marshall Baldwin, sóbrio e ameaçador. Quem era ele? Talvez não fosse Brig. Talvez fosse um homem que se parecia com a família McKenzie, um homem que tinha razões pessoais para esconder seu passado. Poderia ter sofrido abuso sexual na infância, ou ser um fugitivo da lei, ou um homem fugindo das responsabilidades de mulher e filhos com os quais não queria contato. Poderia estar envolvido em algo ilegal e estar fugindo de um sócio que o perseguia, ou fugindo da máfia, ou um milhão de outros motivos.

Ou poderia ser Brig McKenzie, e Chase estaria mentindo. De novo.

Fechou os olhos por um segundo, ouviu quando Paul McCartney cantou uma música antiga dos Beatles e sentiu um nó na garganta.

Yesterday. Love was such an easy game to play...

Qual seria o propósito de Baldwin? Por que, entre todas as serrarias do Noroeste, ele escolhera a serraria Buchanan, e por que, se queria fazer negócios com as indústrias Buchanan, não telefonou para Derrick ou para seu pai? Havia mais coisa, mais coisa que Chase — que se havia encontrado com Baldwin — estava disposto a contar.

Oh, I believe in yesterday.

— Pare com isso — murmurou e trocou o CD por algo menos melancólico.

Fez algumas anotações no bloco, perguntas para as quais precisava de respostas, e, em seguida, digitou-as no computador, os dedos se movendo com destreza no teclado. Haveria ligação entre os dois incêndios? Seria Marshall Baldwin culpado ou vítima? E quanto a Chase? Willie? Outros membros de sua família e da família de Chase? Onde estava Sunny? Será que sua fuga do hospital fora planejada? Até onde Cassidy sabia, Sunny deixara o hospital, pegara carona com um fazendeiro e parara na propriedade da família Buchanan, embora Dena e Rex negassem terem-na visto. Teria ido visitar Willie? Cassidy fazia desenhos na folha, a mente revirando informações apenas para voltar aonde tinha parado.

As palavras de Felicity faziam eco em sua cabeça. O que mesmo ela dissera? Cassidy se concentrou. Alguma coisa com relação a ter esperança de que o homem no hospital morresse, para que eles não tivessem que se preocupar com outros incêndios. Isso, se Marshall Baldwin tivesse sido o incendiário e se tivesse agido sozinho. Mas, e se tivesse um cúmplice? E se este voltasse para fazer mal a Chase? Mas, por quê?

Cassidy estava tão concentrada em seu trabalho que não o ouviu entrar. A música estava tão mais alta do que o barulho de seu computador, que ela não ouviu o roncar do motor, o ruído de pneus no cascalho e o rangido da porta de tela. Antes de saber o que estava acontecendo, viu uma imagem na tela do computador. O reflexo de Chase. Seu coração saltou assim que se virou e o viu olhando suas anotações.

— Tem andado ocupada, não é? — perguntou ele, desprezo permeando suas palavras. — Então agora você é uma repórter investigativa de novo. Eu sabia.

Estava procurando briga; ela podia perceber nas linhas tensas de seu rosto, na forma como seus dedos se dobravam no apoio da muleta.

— Não é para o jornal.

— Claro. — Não acreditava nela.

— Quando se casou comigo, eu era jornalista.

— E você se arrependeu de abrir mão do trabalho na frente das câmeras para voltar para cá e trabalhar no jornal.

— Isso *nunca* foi problema.

Emitindo um ruído de desgosto, Chase balançou a cabeça.

— Sempre imaginei como você passou de um moleque, que ficava mais tempo com cavalos do que crianças da sua idade, para repórter.

— Você conhece a história. Eu precisava sair da cidade. Depois que a Angie morreu, a vida ficou... bem, ficou mais difícil. — Por que estava explicando tudo de novo para ele? Na defensiva, disse: — Olha, só estou tentando unir os pedaços do que aconteceu. — Apertou uma tecla no computador, salvou as anotações e desligou.

Um dos ombros de Chase estava apoiado na moldura da porta, e ele ainda usava uma única muleta. A camisa estava aberta no pescoço e, a cada dia que ia se curando, ficava mais parecido com o homem com quem ela havia se casado. Dr. Okano a avisara de que ele nunca mais seria o mesmo, de que precisaria de muitas cirurgias plásticas para reconstituir a pele sobre o nariz quebrado, sobre o queixo e os ossos estilhaçados, mas que continuaria a ser um homem decente e apresentável. Até então, os médicos pareciam ter acertado. Chase ainda estava bonito, apesar da vermelhidão e das cicatrizes.

Cassidy inclinou a cabeça na direção do computador.

— Você não consegue deixar isso ao encargo da polícia? O velho e bom T. John parece bem determinado a pegar esse homem.

— É isso o que me incomoda com relação ao assunto, Chase. Achei que você gostaria de saber o que aconteceu... que não descansaria facilmente até que encontrasse o filho da puta que fez isso com você.

— E quero saber. Só não vou ficar obcecado com isso. Veja só — disse ele, gesticulando para sua escrivaninha, coberta de anotações e artigos e com uma xícara de café praticamente intocada. — É como se você não conseguisse pensar em outra coisa. — Seu olhar pousou na foto de Marshall Baldwin, e seus lábios se achataram. — Não sei o que você está esperando encontrar, Cassidy, mas acho que vai se decepcionar.

— Por quê?

As sobrancelhas dele se uniram, e seu olhar foi implacável.

O Último Grito   469

— Você ainda está tentando encontrar o Brig, não está?

Ela balançou negativamente a cabeça.

— Não, mas...

— Não está? — perguntou novamente, a voz rude, a expressão difícil de compreender.

— Só quero descobrir a verdade.

— Quer? — Arqueou uma sobrancelha escura. — E se você descobrir que Baldwin era Brig e que agora ele está morto? E aí?

— Pelo menos ficarei sabendo.

— Você não tem jeito mesmo! — Será que havia um vestígio de melancolia sob a crueza de suas palavras? — Está fazendo qualquer coisa por desespero.

— O homem estava segurando uma medalha de São Cristóvão quando morreu.

— E?

— Eu... eu dei uma medalha dessas para o Brig, na noite em que ele foi embora. — Estava tremendo por dentro, o coração começando a acelerar quando, finalmente, admitiu que jamais pensara em outra pessoa na vida... nem mesmo no próprio marido. Chase suspeitava que ela havia entregado a virgindade ao irmão, mas nunca chegara a perguntar, e os dois evitavam o assunto. Amores passados eram, na maioria das vezes, um tabu. Fora de cogitação. — Eu estava com ele naquela noite, Chase. Ele presenciou o incêndio e jurou que não o provocou. Acreditei nele, convenci-o a pegar Remmington e... e eu dei a ele a correntinha com a medalha.

— Meu Jesus! — Chase cambaleou até o bar, pegando uma garrafa. — Não quero ouvir mais nada.

— Eu achava que o amava

— Isso está ficando cada vez melhor — escarneceu. — Eu também achava que ele te amava. — Chase serviu bebida num copo.

— Acho que não.

— Você acha que ele não te amava, mas ficou presa à lembrança dele durante todos esses anos? É inacreditável, Cassidy. Inacreditável. — Deu um longo gole e secou a boca na manga da camisa. Tinha o rosto pervertido e pálido, como se lutasse uma batalha perdida com sentimentos havia muito enterrados.

— Olha, sei que cometi um erro. Sei que eu e você temos essa regra tácita de não falar sobre nossa vida sexual antes do casamento, mas...

— Você dormiu com ele. — A frase foi taxativa, sem condenação.

— Dormi.

— Jesus Cristo! — O olhar dele encontrou-se com o dela no espelho acima do bar.

— Você suspeitava.

— Não quero ouvir os detalhes sórdidos, está bem?

— Olha aqui — disse ela, aproximando-se dele, vendo-o ficar tenso. — Tudo isso tem que chegar a um fim, Chase. Mesmo que eu acredite que T. John tenha as melhores intenções, não sei se ele será capaz de dar conta de tudo. — Estendeu o braço para o copo. Tirando-o da mão do marido, tomou um gole. O uísque bateu em sua garganta e desceu queimando até estômago. — Só estou tentando colocar tudo em pratos limpos. Por nós.

Os olhos dele escureceram.

— Por nós?

— É tão difícil assim acreditar nisso?

— Quase impossível — disse ele, mas suas palavras careciam de convicção. Ficou olhando duramente para a esposa e, por um bom tempo, analisando os contornos de seu rosto como se a estivesse vendo pela primeira vez, em anos. Chegando para a frente, tocou-lhe o rosto. Com carinho. Com dedos que tremeram levemente. Inclinou-se para sua mão aberta.

— Muitas pessoas usam colares religiosos: correntes, cruzes, estrelas, medalhas — argumentou ele, com a respiração irregular.

— Eu sei.

Com o polegar, contornou-lhe os seios da face.

— Você não pode basear suas esperanças e sonhos numa medalha desbotada.

O *Último Grito*   471

— Não estou baseando. — A mão dele baixou para repousar na curva de seu pescoço, enquanto a analisava com tanta intensidade que ela teve certeza de que ele iria beijá-la. Cassidy engoliu em seco. O olhar de Chase concentrou-se em sua boca. O coração dela começou a bater mais forte, em antecipação. Fazia muito tempo que ele não a olhava com tanto desejo. Tanto tempo...

Com um nó na garganta, Cassidy virou o rosto para ele.

— Podemos fazer dar certo.

— Por que quer que dê certo?

— Porque... porque eu amo você. — Tropeçou nas palavras, recebendo um olhar frio.

— Não desvirtue as coisas, Cassidy. Não acredito... Não consigo acreditar... ah, droga! Não posso mais fazer isso! — Num rompante, tirou a bebida da mão dela e tomou um longo gole antes de atirar o copo na pia. O copo rachou ao bater na pedra, quebrando um equipamento pela qual havia pagado milhares de dólares. Não pareceu notar... nem chegou a piscar. — Devo parar de usar a droga dessa muleta dentro de uma semana... duas, no máximo — disse ele, afastando-se dela, ignorando o que acabara de deixar transparecer.

Cassidy não podia deixar passar. Buscou o braço dele.

— Chase...

— Não, Cass — advertiu-a, mas não havia vestígio de raiva em sua voz; apenas sofrimento.

Ela mordeu o lábio.

— Por quanto tempo você vai ficar me evitando?

Empurrando a muleta para a frente, cambaleou até a porta.

— Deixe para lá, Cassidy. Para o bem de nós dois. Por enquanto, será melhor se, simplesmente, deixarmos para lá.

CAPÍTULO 38

Derrick abriu com o ombro as portas de vidro da recepção das empresas Buchanan. Ali estava. Seu império. Crescera preparando-se para ser herdeiro, ouvindo que, um dia, seria dono de tudo aquilo. Nada importava que Rex Buchanan tivesse duas filhas... *seu filho* se tornaria o próximo czar.

Só não contava com Chase McKenzie fazendo uso de sua influência e conquistando posição de poder. Não só isso, mas também o velho Buchanan respeitava aquele branco mestiço e seu diploma em direito conseguido a duras penas. Derrick jamais planejara ter de lidar com um cunhado que tivesse aspirações próprias. Bem, talvez fosse sortudo. Tinha apenas um cunhado puxa-saco e alpinista social com que lidar. Caso Angie tivesse sobrevivido, talvez fosse obrigado a lidar com outro também.

Angie.

Sentia uma dor aguda na alma quando pensava nela, o que, graças a Deus, fazia cada vez menos ao longo dos anos. Não dava para ficar no passado. Em vez disso, concentrava-se no presente e em seu direito de nascença: as indústrias Buchanan.

Aquele prédio da matriz era único e, embora não fosse tão grandioso quanto um arranha-céu de uma cidade grande, atendia bem ao seu propósito. Construído no fim dos anos 1960 em concreto e ferro, o prédio não era grande coisa para quem o via pelo lado de fora,

O *Último Grito*   473

quatro andares de paredes de vidro que refletiam o sol do fim de tarde de verão, mas, por dentro, fosse impressionante: mobília de couro arrumada em torno de mesas de tampo de mármore; árvores em vasos, que chegavam à altura de dois andares, numa sala de pé-direito alto, recompensada pela luz do sol que era filtrada por uma claraboia no alto do teto; maçanetas de cobre e chão de lajotas polidas.

Ignorando as placas de "proibido fumar", acendeu um cigarro ao pegar o elevador até o quarto piso, onde ficavam os escritórios. As salas do pai ocupavam um canto; as de Derrick, outro. Derrick recebera as mesmas instalações que o pai quando fora nomeado vice-presidente. Seu aglomerado de salas era uma imagem espelhada das de Rex Buchanan, com uma recepção idêntica, escritório privativo, banheiro executivo, vestiário e quarto à sua disposição. Entre os dois aglomerados, ficavam a sala de reuniões de um lado da sequência de elevadores e, de outro, a sala de Chase. Chase era o único funcionário cujo escritório ficava no andar executivo, e o fato de estar ali incomodava muito Derrick. Como uma pedra no sapato, a presença de Chase irritava-o continuamente.

Uma lástima que não tenha morrido no incêndio.

Batendo o cigarro na areia de um cinzeiro, Derrick já havia praticamente passado da porta de Chase quando ouviu seu nome.

— Derrick. — Aquela mesma voz arrastada e estridente que ele passara a odiar nas últimas semanas. — Eu tinha esperança de que viesse hoje.

A voz de Chase tinha aquele mesmo tom de zombaria, o qual Derrick desprezava. Mas também desprezava praticamente tudo o que dizia respeito aos McKenzie. Idiotas de baixo nível, isso é o que eles eram, e Willie ou Buddy, seja lá qual fosse a porra de seu nome, não era diferente. Mas, agora, eles tinham o mesmo sangue. Derrick sentia o estômago revirar quando pensava que era irmão de um retardado.

Amaldiçoando silenciosamente o filho da puta que era seu cunhado, entrou nos domínios de Chase. Mesa imensa, pilhas arrumadas, diplomas de direito reunidos em uma parede e livros com capas de couro que enchiam uma estante do chão ao teto, em outra parede. Uma janela com vista para a rua e vasos de plantas com folhas largas viradas para o sol. Em um canto da mesa, ficava um retrato colorido de Cassidy — não uma daquelas fotos glamorosas como as que Felicity lhe dera no último Natal; apenas uma pose natural, montada a cavalo.

— Está querendo alguma coisa? — perguntou Derrick, dando uma olhada para o canto da sala, onde a muleta de Chase estava escondida.

— Só conversar um pouco.

Sinos de alerta soaram em sua mente. Chase estava com uma aparência horrorosa. Seis semanas haviam se passado desde o incêndio, mas ele ainda não estava normal. Seu rosto não parecia mais tão inchado, mas, com certeza, parecia pálido no lugar onde os arames haviam sido colocados. Seus olhos, no entanto, estavam límpidos, azuis e sarcásticos. Chase sempre fora arrogante o suficiente para olhar para ele por cima do nariz. Derrick não entendia. Ele era o rico ali, o que havia nascido para ter privilégios. Chase era apenas um caipira que tinha uma bruxa doida e mestiça como mãe e um pai que dera no pé. Que direito, que porra de direito tinha ele de não reconhecer que Derrick era e sempre seria seu superior?

Chase dirigiu-se ao sofá que ficava no canto e olhou para Derrick com o mesmo olhar que o fazia querer ir embora.

— Sente-se.

Derrick sentou-se lentamente em uma das almofadas bem recheadas. Não gostava do que estava sentindo; Chase estava escondendo alguma coisa dele. Exatamente como sempre fizera. Caramba, o homem que quase virara carvão estava, agora, olhando para ele com uma aparência de ontem, ao mesmo tempo que girava uma caneta nos dedos da mão sã. Apesar dos ferimentos, tinha a senhora audácia de insinuar alguma coisa — o que era, isso Derrick ainda não sabia.

— Eu só estava dando uma olhada nos livros. Demorei um pouco para colocá-los de novo no que, com o incêndio e todos os outros problemas, eram os CDs de backup — disse-lhe Chase.

O título *O Último Grito* aparece manuscrito no cabeçalho.

— E? — perguntou Derrick, aguardando que a bomba estourasse.

— Parece que estamos meio no vermelho. Você andou fazendo alguns saques pessoais na casa dos... deixe-me me ver aqui... O quê? Quarenta e cinco, talvez cinquenta mil dólares? E isso só nos últimos meses.

Derrick começou a suar.

— Você sabe que Felicity está reformando a casa. O que são alguns milhares de dólares? — Os nervos de Derrick estavam à flor da pele, os músculos se retesando quando cruzou uma perna sobre a outra, apoiando o tornozelo no joelho.

— Tudo bem. Uma reforma interminável. Ela falou algumas vezes sobre isso quando veio trabalhar. — Chase estava jogando com ele agora, um joguinho rotineiro de gato e rato. O sorriso naquele rosto sem cor era horrendo. Causava arrepios a Derrick. — Sabe como é... se o dinheiro não estiver na sua conta, ou se não saiu para pagar a empreiteira, algumas pessoas podem começar a imaginar coisas...

— Imaginar o quê? — perguntou Derrick, embora soubesse aonde aquela conversa iria levar. — Felicity checa tudo. Sabe que ela faz isso. Trabalha na contabilidade...

Chase ergueu a mão, como se repelindo outras desculpas esfarrapadas.

— Felicity é sua esposa. E não vem trabalhar todos os dias. Só quando lhe dá na telha.

— É filha de um dos juízes mais respeitáveis da droga deste estado.

— E minha mãe lê cartas. Grande coisa! O que o velho Ira Caldwell faz... se está sentado na bancada ou jogando golfe com os coleguinhas, isso não quer dizer nada quando o assunto é pagar propina.

— Propina? — Derrick não estava acompanhando o raciocínio, mas podia deduzir, pela raiva silenciosa no olhar de Chase, que era algo ruim.

Chase inclinou-se para a frente.

— A propina do idiota que fez isso.

— Isso o quê?

— Ateou fogo para você.

— Está ficando maluco? Por que eu iria atear fogo na serraria? — quis saber Derrick, ficando em pânico. Que diabo Chase tinha na cabeça?

— Posso pensar em um monte de razões. Vamos começar pelo prêmio do seguro, já que este é um dos assuntos preferidos do departamento do condado. Você acabaria com três milhões de dólares na conta se a serraria pegasse fogo, não é?

— A serraria vale muito mais funcionando!

— Sim, mas isso talvez não dure para sempre, com todas as restrições impostas pela lei federal e o desmatamento das florestas Buchanan. E, droga, nós poderíamos vender a madeira Buchanan para outras empresas e deixar que eles ficassem com o risco.

— Assim como com o lucro — vociferou Derrick.

— É a velha teoria de "um pássaro na mão..." — disse Chase, os lábios mal se movendo.

— De jeito nenhum.

— Bem, e quanto à vingança?

— Contra a minha própria serraria? Porra, você pirou!

— Contra mim. — Os olhos de Chase estavam tão frios quanto o Mar do Norte.

— Você nunca escondeu o fato de que odiava minha família, Brig e a mim, de que não gostava do meu casamento com sua irmã, de que não morria de amores pela ideia de me ver trabalhando com o seu pai, e agora que tenho um pouco de poder seria muito mais simples para você se eu saísse de cena.

Derrick recostou-se na altura da cintura e enfiou a mão no bolso do paletó em busca de um maço de Marlboro.

— Porra, Chase, se eu quisesse te matar... principalmente se quisesse contratar alguém para fazer isso, eu não me daria ao trabalho de mandar incendiar a serraria. Te levaria lá para fora... ninguém ficaria sabendo, e eu ainda teria a droga da serraria.

— Mas nenhum dinheiro em caixa.

O Último Grito   477

— Você é um porra-louca mesmo. Vai ver isso é coisa de família. Sua mãe... ainda está desaparecida? — Derrick clicou o isqueiro na ponta do cigarro e tragou fundo, puxando calmamente a fumaça para dentro dos pulmões. Aonde Chase estava querendo chegar com toda aquela conversa? Estava surpreso com a abordagem cara a cara. Normalmente, era dissimulado, do tipo que agia quando você virava as costas, e um verdadeiro puxa-saco na frente.

— Minha mãe não tem nada a ver conosco.

— Não? Bem, ela ficou anos e anos dando para o meu velho. Acabamos tendo um retardado como irmão, e você acabou casando com a única irmã que me sobrou. Isso tem a ver com nós dois, sim. Só espero que a polícia a encontre e prenda logo.

— Eu não contaria com isso — disse Chase, os olhos brilhando como se guardasse a droga de um segredo. — Será encontrada quando ela quiser.

A forma como o encarava fez Derrick se arrepiar. Às vezes, perguntava-se se Chase tinha herdado os poderes extrassensoriais da mãe, ou seja lá o que fossem. Merda, vai ver Willie tinha isso também. Derrick lembrou-se de todas vezes que fora cruel com o retardado mental e chegou à conclusão de que ele, se fosse ao menos vidente, ou teria saído de seu caminho ou lhe rogado uma praga. Ainda assim, era doente. Toda aquela droga de família incestuosa o fizera doente. E ele era parte dela. Estava no meio dela.

— Acho que você deveria devolver o dinheiro — disse-lhe Chase. — Caso contrário, a polícia pode suspeitar.

— Eles sabem o que fiz com o dinheiro.

— Sabem? Sabem também que você estava na serraria naquela noite?

— Eu? Cara, você está mesmo indo longe demais. Tenho um álibi!

— Sua esposa, eu sei. — Chase largou a caneta e bateu com a mão saudável na machucada. — Mas eu te vi na serraria. Exatamente meia hora antes de tudo explodir.

— Eu não estava lá — disse Derrick, na esperança de parecer convincente, ao mesmo tempo que o suor lhe escorria pelas costas. Fora cauteloso; ninguém o tinha visto, e isso bem antes da explosão.

— Com certeza estava. A única razão de eu não ter contado para o seu amigo T. John Wilson foi por querer reunir provas contra você, olhar para você cara a cara primeiro e dizer que, quando a polícia vier bater à porta, fui eu que a mandei vir.

Os pulmões de Derrick pareceram congelar. Mesmo ao dar uma tragada no cigarro, não sentiu nenhum calor vindo da fumaça, nenhuma sensação de tranquilidade decorrente da nicotina.

— Você está me enganando — disse.

— Você está se enganando.

— De jeito nenhum. Negarei. Meu álibi é forte.

— É? — Chase levantou uma sobrancelha escura. — Sua mulher sairia em sua defesa a despeito de qualquer coisa? Mentiria por você? Por quê? Porque você a trata muito bem?

Derrick ficou com a boca repentinamente seca. Não conseguia produzir uma gota de saliva. Chase iria ferrá-lo. Pra valer. De alguma forma, o idiota daria um jeito de fazer parecer que ele estava por trás do incêndio! Já não bastava tê-lo visto passando os olhos pelos livros, iria fazer dele também o responsável pelo incêndio?

— Não te deixarei me pegar com essa, McKenzie — disse ele, recorrendo à bravata que o fizera se livrar de mais brigas do que ele podia contar. Use as palavras certas, e a maioria dos homens dará para trás, mas Chase não era como a maioria dos homens. — Venha foder com a minha vida que eu darei um jeito de quebrar o teu pescoço.

— Você não me mete medo.

— Não? Pois pense bem. — Derrick enfiou o cigarro na terra de um vaso de planta. — Talvez não se importe mais consigo mesmo, talvez não dê mais a mínima para qualquer coisa, mas Cassidy dá, e sua mãe também, e, da forma como vejo, elas são alvo fácil para, digamos... outro ataque.

Chase, apesar dos ferimentos, saltou de trás da mesa no mesmo instante. O vaso virou, o retrato de Cassidy caiu no tapete, lápis e canetas se espalharam. Ele pareceu não perceber. Empurrou Derrick contra a parede.

— Pense nisso — advertiu-o, devolvendo as palavras de Derrick e apertando o braço com força contra seu pescoço. — Pense bem. — Seu corpo rijo e forte fazendo pressão contra o do cunhado, que mal podia respirar. — Tente fazer alguma coisa, Buchanan, e irá se arrepender pelo resto da vida. — O hálito de Chase estava quente ao soprar no rosto de Derrick, os olhos fervendo como fogo ardente. — Juro que, para cada dor que pensar em infligir, eu te pagarei com cem vezes mais. Isso é entre você e mim. Mais ninguém.

— Não force a barra, cara. — Derrick lembrou-se de que Chase ainda era um aleijado, ainda estava mancando com uma muleta e tendo consultas com um fisioterapeuta. Então por que sentia medo? — um medo frio, persistente e profundo no peito? Sentiu o sangue gelando. Com toda a sua força, tirou Chase de seu caminho, chutando sua perna machucada.

Seu rosto empalideceu assim que uma fisgada repentina de dor irradiou por seu corpo. Bom.

— Nunca mais me ameace, McKenzie. Você é um merda e é bom se lembrar disso. Sei que a sua mãe é uma puta mestiça, e o seu pai, um fracote covarde que abandonou a família. Você tem trabalhado duro, sorrido bastante e puxado mais sacos do que sou capaz de contar para chegar aonde quer, mas, ainda assim, é um pobretão, um branco de merda, um filho da puta usando uma jaqueta de couro que custa mais do que a sua mãe conseguiu ganhar durante todos os anos em que abriu as pernas para o meu velho.

Chase investiu, colocando os dedos no pescoço do cunhado. Derrick chutou-lhe a perna sã para fora do caminho. Chase caiu contra a parede, e o outro o empurrou facilmente para o lado, deixando-o se contorcendo.

— Patético, McKenzie. É isso o que você é e sempre será. Patético. — Para marcar bem o que dizia, cuspiu, e a gosma de cuspe atingiu em cheio a testa de Chase.

480 LISA JACKSON

* * *

Cassidy trabalhou a maior parte da tarde. Sua rotina com Chase se tornara familiar nas últimas duas semanas. Enquanto ele ia às sessões de fisioterapia, às consultas médicas ou ao escritório, ela trabalhava no *Times*. Desde a discussão que tiveram na sala de TV, haviam chegado a uma paz relativa, o passado ainda pairando entre eles, o futuro, nebuloso e indistinto.

Não havia palavras carinhosas. Pequenas demonstrações de afeto. Brincadeiras tranquilas. Mas nada disso acontecia havia muito, muito tempo. Não por causa do incêndio, mas porque eles se haviam afastado, seguido caminhos diferentes, buscado rumos diferentes. Agora, em nome das aparências, estavam juntos.

Em casa, eram civilizados, haviam aprendido a confiar um no outro novamente, embora sempre houvesse tendência à tensão. Elas não eram verbalizadas, mas ficavam murmurando sob a superfície, acusações prontas para explodir. Cassidy o pegava olhando quando ele achava que ela não percebia e sentia que a seguia com o olhar. Ele a observava, mexia em sua mesa quando ela não estava em casa. Tinha certeza de que ele fazia isso. Jamais confiaria nela.

No entanto, as noites eram piores. Saber que ele estava logo ali embaixo, no corredor, e certamente tão inquieto quanto ela. Desejando. Sofrendo. Lembrando. Fingindo. Para a família dela. Para o mundo. Para um e outro.

— Estou tão feliz que esteja tentando fazer as coisas darem certo! — exclamara Dena, numa manhã em que passara por lá. — Casamento nunca é uma coisa fácil.

— É, acho que não.

— As coisas também não têm sido as mesmas para nós — admitiu ela. — Desde que Rex falou para aquele tal de Willie que era o pai dele. Você está sabendo, claro, que ele lhe deu um quarto lá em cima. O antigo quarto de Derrick. Tenho de admitir que me sinto arrepiada quando estou sozinha em casa com ele.

O Último Grito   481

— Willie é inofensivo.

— É? Não sei. Lembro-me de quando vocês eram meninas e ele ficava sempre às voltas, espionando, escondendo-se no meio dos arbustos, observando. Só Deus sabe o que ficava fazendo, mas eu o peguei diversas vezes nos arbustos de cicuta e nos rododendros, atrás da piscina, olhando para o quarto de Angie... certamente tentando espiá-la de calcinha e sutiã. — Dena tremeu e pegou a cigarreira dourada em busca de um cigarro. — E pensar que eram meio-irmãos... bem, isso vai além da minha compreensão. Nada decente... — Dena pegou um cigarro. — Parece que todo mundo se esqueceu de que Willie estava presente nos dois incêndios. Sabe de uma coisa? — Acendeu o cigarro e soprou a fumaça para o teto. — Faz todo o sentido. Ele viu o primeiro incêndio. Queimou as sobrancelhas, lembra? Quanto ao segundo, bem, é de conhecimento de todos que Willie encontrou a carteira de Marshall Baldwin lá. A polícia não viu, e ele a encontrou? Não acredito. Parece que ele estava lá antes de os guardas chegarem.

— Está achando que ele provocou os incêndios? Willie? Ele é tão... tão bom e gentil. Mãe, está falando sério? — Cassidy parecia incrédula.

— Muito sério. E não sou a única. Muita gente nesta cidade acha que ele é capaz disso. Um verdadeiro incendiário. Pense bem, querida, o homem tem um cérebro de nada. Ele... bem, não é muito certo da cabeça. É uma pena, sou a primeira a admitir isso. Aquele afogamento foi uma tragédia. Não sou vingativa a ponto de achar que foi Deus tentando dar uma lição em Sunny, mas... bem, parece mais do que coincidência ele ter estado nos dois incêndios, não acha? Acho que seu pai estaria fazendo um favor à família e a toda a cidade enviando Willie para uma instituição, onde ele ficaria com pessoas como ele, do jeito dele. Ele não se sentiria tamanha aberração.

— Ele não é uma aberração, mãe. É...

— Assustador. — Dena brincou com o colar de pérolas no pescoço. — Pense só. Viver na mesma casa que ele! Detesto dizer isso, mas já passou da hora de eu bater o pé. A casa é minha também, e, da forma como vejo, ou ele vai embora ou eu vou.

— Mãe...

O cigarro de Dena tremeu na boca. Cinzas caíram no chão, e ela se inclinou rapidamente para espaná-las.

— Eu... eu não sei mais o que fazer — admitiu, e, quando se pôs novamente de pé, lágrimas brilhavam em seus olhos. — Seu pai tem se mostrado tão insensato ultimamente...

— Calma. Não é tão ruim assim...

— É sim, Cassidy — disse por fim, a voz falhando, batendo com os dedos no canto dos olhos para conter as lágrimas sem manchar a base facial. — Ser casada com Rex Buchanan é o inferno na Terra. Pela primeira vez, estou começando a entender por que Lucretia deu fim à própria vida.

CAPÍTULO 39

*T. J*ohn desligou o motor de sua caminhonete Cruiser e espanou uma nuvem de poeira da bota. Passara boa parte das últimas duas semanas perseguindo pistas do paradeiro de Sunny McKenzie. O tempo estava passando. Estava começando a acreditar que tinha tantas chances de encontrá-la quanto de atravessar correndo a antiga nave espacial que o velho Pederson afirmara ter aterrissado no meio da campina, queimando a grama e assustando seu rebanho de ovelhas cara-negra. Em sua opinião, Pederson exagerava um pouco no consumo de bebida — um tipo de cerveja que ele mesmo preparava, mas bebida, de qualquer maneira.

Os músculos de suas costas se projetaram ao se alongar e subir o meio-fio, em frente à loja de conveniência 7-Eleven. Lá dentro, algumas crianças jogavam fliperama. Um garoto tentava dar uma espiada nas revistas de mulheres nuas, enfiadas embaixo do balcão, e uma mulher com um bebê chorando no colo comprava um pacote de fraldas descartáveis.

A mesma coisa de sempre. A mesma coisa.

Ele sorriu para a balconista, Dorie Reader, uma cinquentona com belos pares de pernas, corpo atarracado e cabelos louros, crespos, em virtude de excessos de permanente. Enquanto se esbanjava em salsichas, pediu mostarda Dijon.

— Eu já te falei, T. John.., se está a fim de coisas caras e sofisticadas, basta atravessar a rua e ir ao Burley's. — T. John riu. Era uma brincadeira costumeira deles, porque o Burley's, bar de strip-tease, havia fechado as portas o mesmo número de vezes que as havia aberto. Antes de trabalhar na delegacia de homicídios, T. John, várias vezes, fora um dos que as fechara.

Duas colheres de cebola, molho de picles, uma porção de mostarda amarela, esse foi seu almoço. Como não podia tomar cerveja, contentou-se com uma Coca-Cola extragrande e pediu um maço de Camel, junto com pastilhas de antiácidos.

— *Bon appétit* — disse Dorie quando ele abriu a porta com o traseiro.

— Para você também. — Do lado de fora, no clarão do sol do meio-dia, viu alguns adolescentes zanzando pela porta do Burley's e soube que era apenas uma questão de tempo, até que o departamento fizesse outra inspeção de segurança no local. Uma pena. Burley era um cara legal, que tentava pagar pensão alimentícia a três ex-esposas e tentava conceder a Prosperity um pouco de diversão honesta. As garotas subiam no palco e dançavam, balançando os seios e sacudindo o traseiro, mas os clientes ficavam de longe, e as dançarinas usavam fantasias e apelidos. Burley garantia que ninguém saísse ferido nem fosse insultado, e as meninas recebiam bem pelos problemas que enfrentavam.

No entanto, apesar das boas intenções dele, sempre havia problemas. Muita bebida, muita testosterona, garotas nuas e as inevitáveis armas de fogo; adicionem-se a isso os sermões vigorosos e críticos do reverendo Spears, e Burley parecia nunca ter descanso. Quando não era o comportamento dos clientes, era a baboseira religiosa. Na opinião de T. John, Burley deveria desistir, mas o homem parecia achar que era missão sua, recebida pelos deuses, oferecer seios e bundas aos residentes locais.

Reverendo Spears podia cuspir sua raiva de cima do púlpito, promover uma marcha contra o lugar e condenar todos seus patronos ao inferno, mas T. John sabia que alguns dos membros mais devotos de sua congregação certamente ficavam de ressaca no domingo de

O *Último Grito*   485

manhã, depois de terem bebido umas e outras e ficado olhando dançarinas quase nuas rebolando e dançando na noite de sábado.

Ele analisou as áreas próximas através de seus óculos de aviador e mastigou lentamente o cachorro-quente. Naquele dia, o problema não era a Burley's. Não. Estava preocupado, como estivera nos dois últimos dois meses, com a droga do incêndio na serraria Buchanan. Floyd Dodds estava trabalhando no caso, em busca de uma solução, esperando que ele conseguisse encontrar um culpado ou, pelo menos, um bode expiratório. Ainda assim, T. John não surgira com nada.

Nem sequer conseguia localizar aquela velha maluca. Isso o incomodava. Droga. Até os cachorros haviam sido enganados. Deram algumas voltas na mata onde as crianças juravam que haviam visto a "bruxa", deram uma boa fungada numa camisola antiga que Sunny usara naquele "lar" sofisticado no qual Chase a havia internado e, depois, saíram em corrida desabalada. Começaram a latir na mesma hora, correndo pela área em círculos confusos, de forma desvairada. Mas não deixaram a clareira, não podiam se enfiar na mata. Era como se Sunny simplesmente tivesse desaparecido. Como a bruxa que diziam ser. Talvez um dos alienígenas de Pederson a tivesse descido e abduzido antes de a levarem apressadamente para o outro lado do universo.

Ou talvez não fosse louca, afinal de contas. Apenas muito mais esperta do que todos que tentavam encontrá-la.

Ainda assim, o incêndio na serraria e o assassinato ainda estavam sem solução.

Nenhum álibi se provara ilegítimo. Os Buchanan mais velhos estavam na Califórnia, Derrick e Felicity estavam em casa na companhia das crianças, Sunny estava confinada num hospital psiquiátrico, e Willie estava na cidade, bebendo. Várias pessoas o haviam visto antes de ir dar uma espiada nas cinzas. Somente Cassidy estivera sozinha em casa, trabalhando no computador, ou assim dizia ela.

Contudo, não parecia suspeita. T. John dizia a si mesmo que não se tratava do fato de ser muito bonita, de ter aqueles olhos dourados

486 LISA JACKSON

e os cabelos fartos e soltos; simplesmente ela não fazia o tipo de quem colocaria fogo na propriedade do próprio marido.

— Você está perdendo o jeito, Wilson — murmurou, terminando o cachorro-quente. Limpando a boca num guardanapo, jogou o pedaço de papel engordurado na lata de lixo e entrou no interior aquecido do carro que lhe fora cedido pelo condado. As coisas estavam andando, mas devagar, devagar demais para Dodds. Devagar demais para T. John.

Todas as semanas, conseguia mais informações do Alasca sobre Marshall Baldwin e ficava observando tudo o que podia das famílias Buchanan e McKenzie, na esperança de perceber algum deslize. No entanto, os investigadores que havia contratado para irem atrás das famílias não apareceram com nada, e toda a sua lábia, até então, não havia descoberto nenhuma mentira que pudesse ser comprovada. Seus homens estavam investigando todos os hospitais e clínicas do condado, à procura de algum tipo de ferimento que tivesse deixado cicatrizes no corpo de Brig McKenzie, ao longo da vida — uma criança como ele devia ter quebrado algum osso ou se cortado e levado pontos, pelo menos uma ou duas vezes. Quando T. John encontrou arquivos antigos, comparou as marcas de ferimentos com a autópsia de Baldwin. Até então, ninguém havia encontrado nenhum registro que pudesse ajudá-lo. Além de um nariz quebrado, uma ou duas vezes, e de alguns cortes, Brig não parecia ter grandes históricos médicos.

— Merda. — Em um dado momento de sua vida, sentira inveja da riqueza. Como filho de um fazendeiro sempre sob o risco de perder seus poucos acres empoeirados de terra e de uma mãe que trabalhava do raiar do dia ao pôr do sol para pagar as contas, T. John, o mais velho de seis irmãos, sempre achara que o dinheiro resolveria a maior parte de seus problemas pessoais. Agora, já não tinha tanta certeza assim. Quanto mais perto chegava da família Buchanan e do dinheiro deles, mais certeza tinha de que jamais encontrara gente tão problemática e infeliz em toda a sua vida.

O último Grito   487

Tomou um gole grande de Coca, engoliu dois antiácidos e abriu o maço de Camel. Tinha a sensação de que aquele caso o faria voltar ao vício da nicotina e não se sentiu nem um pouco culpado ao acender o cigarro e tragar fundo até os pulmões, antes de se acomodar atrás do volante. Engordara três quilos desde a última vez que parara de fumar e sabia que emagreceria e pensaria com mais clareza se fumasse. Quando o caso fosse solucionado, pararia de novo. Daria um descanso aos pulmões.

Com o cigarro enfiado firme no canto da boca, virou a chave na ignição e saiu do estacionamento. Gonzales telefonara com mais informações sobre Marshall Baldwin. Talvez, finalmente, tivessem encontrado uma deixa.

Cassidy caminhava pela casa, que estava silenciosa, a não ser pelo barulho de água escorrendo no quarto de hóspedes. O quarto de Chase. Imaginou-o tentando fazer a higiene com o uso limitado do braço e da perna, ainda em processo de recuperação. Todas as vezes que lhe oferecera ajuda, ele recusara, sem sequer deixá-la ter uma mera visão de seu torso nu, quadris ou nádegas, como se lhe permitir tal intimidade fosse um erro irreparável.

Largou as chaves na bancada da cozinha e saiu andando pelo corredor. Era sua esposa, pelo amor de Deus! Tinha o direito de olhar para ele e tocar o seu corpo o quanto quisesse. Estava cansada daqueles jogos bobos, do sentimento de que sempre tentava se aproveitar para violar sua privacidade.

Não se deu ao trabalho de bater; apenas virou a fechadura e sorriu quando viu que a porta não estava trancada. Não parou nem por um segundo. A janela estava aberta, deixando entrar a brisa quente do verão. A porta do banheiro estava encostada, e, através da fresta, ela viu o vapor colado no espelho acima da pia. Barulhos chegavam do chuveiro: o jorro contínuo de água, o baque suave de um sabonete caindo no chão e um esbravejar quase silencioso quando ele tentava pegá-lo.

Certamente iria repreendê-la quando a encontrasse. Tudo bem. Não dava a mínima. Com o coração acelerado, sentou-se num canto da cama. A cama que ele se recusava a dividir com ela. Por um momento, chegou a pensar em tirar as roupas e deslizar para baixo das cobertas, esperando que ele saísse do banheiro e a encontrasse nua em seu território, pronta para se dar a ele; contudo, controlou-se. Não tinha como prever qual seria a sua reação.

O barulho da água cessou de repente. Ela mal ousava respirar, os olhos fixos na porta. Quando esta se abriu num rompante, Cassidy sentiu um súbito arrependimento. Chase, uma toalha em torno da cintura, parou sob a moldura da porta. Os cabelos negros se encaracolavam por cima das orelhas, a pele esticava-se sobre músculos lisos e saudáveis de seu abdômen duro, cabelos escuros rodeavam seus mamilos chatos.

— Que diabos está fazendo aqui? — perguntou, quando ela ficou olhando encantada para seu corpo.

— O que você acha? — rebateu ela, a voz um pouco ofegante demais para o seu gosto. — Esperando por você.

— Achei que tínhamos um acordo. Este quarto está fora dos limites...

— Sou sua esposa, Chase — disse ela, a impaciência colorindo suas palavras. — Não há cadeados nem portas de prisão nesta casa. Nem portões, nem chaves. Nenhuma linha no chão separando o que é seu do que é meu. Vivemos juntos aqui.

— Um acordo que não te empolgou muito há pouco tempo.

— Talvez eu tenha mudado de ideia. — Seu coração batia ferozmente, numa cadência frenética, e ela sentiu que precisava ser firme para enfrentá-lo. Ou perdê-lo. E, pela primeira vez, em anos, não pôde suportar esse pensamento.

— Talvez eu não. E essa não é uma boa ideia.

Contudo, ela se lembrou de como haviam feito amor na beira do lago. Ele estava mentindo. Aproximou-se dele.

O Último Grito 489

— Nunca precisei ir atrás de você — disse, sustentando-o com o olhar. — Nunca. Você sempre foi um homem persistente. Quando nos casamos, não se cansava de mim.

Ele apertou os lábios.

— Não quero ouvir falar desse assunto.

— Não se lembra?

— Isso foi há muito tempo.

— Nem tanto — lembrou-lhe, projetando o quadril de forma desafiadora.

Ele respirou pela boca.

— Muita coisa mudou.

— Não, Chase, nós mudamos. Você e eu. Você foi se envolvendo com o seu trabalho, e eu... eu fui deixando as coisas acontecerem. Tenho tanta culpa quanto você pela... pela falta de interesse em nosso casamento. Mas estou disposta a mudar.

— Aqui e agora?

— Sim. — Levantando a cabeça, desafiou-o, os olhos ameaçadores, o corpo a apenas um metro dele. — Acho que já passou da hora.

— Sou um aleijado — lembrou-lhe, e uma sombra perpassou seus olhos. — E, mesmo que você não lembre, seu irmão lembra.

— Você não é um aleijado. É meu marido. — Impetuosa, aproximou-se dele, chegando tão perto que ainda podia sentir o perfume de sabonete em sua pele. — Chase... — Fechando os olhos, tocou seu braço nu.

Ele não se afastou.

— Me abrace — sussurrou ela, encostando-se nele.

Os músculos dele se retesaram como se estivesse lutando contra os impulsos que lhe percorriam o corpo.

— Não posso — sussurrou, a voz rude.

— Por favor.

— Por Deus, Cassidy! — Os braços a envolveram, fortes e reconfortantes. — Isso é tão errado...

— Não. — Deu-lhe um beijo no pescoço, e ele gemeu. Um tremor passou de seu corpo para o dela. Os músculos fortes que a cercavam se retesaram, e ele abaixou a cabeça com uma precisão perfeita, tomando os lábios dela com os seus, beijando-a com uma intensidade que roubou o ar de seus pulmões. Um desejo, há muito renegado, desenrolou-se em sua barriga, liberando-se, correndo por suas veias, seus braços e pernas. Cassidy passou os braços pelo pescoço dele e o beijou com toda a emoção que a vinha devorando havia dias.

— Cass, pense...

— Não, Chase, não pense, apenas sinta. — Tomou os lábios dele nos seus, a boca parcialmente aberta num convite. A língua dele entre os dentes dela, as mãos movendo-se lentamente para cima, escalando suas costelas através da seda da blusa, o tecido farfalhando quando lhe acariciou os seios.

Com os mamilos saltados, Cassidy esfregou-se nele, gemendo quando ele lhe beijou os olhos, as faces, o pescoço, consciente de que sua blusa estava sendo desabotoada e retirada, de que a alça de seu sutiã era baixada, de que os seios dela, guardados em bojos rendados, ficaram livres repentinamente, e de que ele os tocava, seguindo a borda esculpida da renda com dedos brutos, pegando-a e levantando-a, as costas dele encostadas na parede enquanto, com a língua, circulava os ossos delicados da base da garganta.

— Cassidy, Cassidy...

Ela o beijou com mais vigor, sentindo sua resistência.

— Apenas me ame.

Com um gemido, ele a deitou em cima da cama — a cama dele. Emoções controversas escureciam seus olhos.

— Não posso. Ainda não.

Desapontamento e decepção lhe queimaram por dentro.

— Estamos seguindo algum tipo de tabela sobre a qual eu não tenha tomado conhecimento? — quis saber, a voz trêmula. — Pelo amor de Deus, Chase, não me despreze...

O *Último Grito*   491

No entanto, ele já se afastara, dando-lhe uma rápida visão de suas costas, antes de enfiar mãos furiosas pelas mangas da camisa. A toalha caiu, e ele logo colocou as cuecas, permitindo-lhe ter uma breve visão de suas nádegas nuas até encontrar a calça jeans, resmungar quando quase caiu e equilibrar-se contra a parede.

— Droga! — gritou, tentando dobrar a perna machucada.

— Não precisa se vestir.

— Não posso ficar andando nu por aí, posso?

Puxou o fecho e a encarou com um olhar implacável.

— Tenho uma coisa para você.

— O quê? — perguntou ela, cautelosa.

— Proteção.

— Que tipo de proteção?

— Coisa séria. Sobre sua família.

— Minha família. Ah, pare com isso...

Chase enfiou o cinto pelas presilhas da calça jeans e a fechou rapidamente. Parecia furioso com Cassidy, furioso consigo mesmo, furioso com a droga do mundo.

— Acho que você não ouviu a última notícia.

— Que é...?

Emitiu um som de desgosto e, como se possível, pareceu ruborizar enquanto forçava os pés nos tênis.

— Achei que, da forma como Felicity espalha boatos, ela teria telefonado para você no minuto em que ficou sabendo. Talvez ainda não tenha falado com Derrick. Seu irmão e eu tivemos uma discussão ontem. No escritório. Para encurtar, ele me ameaçou e a você também.

— Derrick? Ele não faria...

— Faria, Cassidy, e fez. Cometi o erro de chamá-lo em meu escritório ontem. Tinha a intenção de forçá-lo a confessar que estava envolvido no incêndio.

— Derrick? Mas estava com Felicity naquela noite...

— Talvez durante parte da noite. Mas estava na serraria, Cassidy. Eu o vi lá, cerca de meia hora antes do incêndio.

A mente dela disparou.

— Contou ao Wilson?

— Ainda não. Foi algo de que não me lembrei... não sei por quê, mas o médico disse que eu poderia ter problemas para me lembrar de algumas coisas. Talvez eu não tenha achado importante o bastante para lembrar.

— Sua memória me parece bem — rebateu ela, com certa suspeita.

— Também achei que sim. Até ontem. Ainda não posso falar com Wilson porque, até agora, é só a minha palavra contra a de Derrick, mesmo que eu consiga provar que ele anda desviando dinheiro da empresa.

Cassidy mal podia acreditar no que estava ouvindo.

— Você terá que chamar a polícia.

— Vou chamar — disse, sustentando-a com o olhar. — Quando chegar a hora.

— Mas...

— Não se preocupe, Cassidy. Saberei lidar com isso — prometeu.

— O que o Derrick disse? — Não podia acreditar que ele fosse capaz de incendiar a serraria, matar um homem ou... *Por que não? Ele sempre teve um traço de crueldade e achava que o mundo lhe devia uma vida boa, muito boa, e que Felicity faria qualquer coisa por ele. Até mesmo mentir para encobrir o fato de ser um assassino.* Cassidy tremeu só de pensar.

— Derrick encontrou justificativa para tudo. Deu jeito em tudo, até agora. E confundiu meu rosto com uma escarradeira.

Cassidy deixou escapar um som de protesto.

— E não houve nada que eu pudesse fazer.

— E agora está achando que ele poderia... o quê? Nos atacar aqui?

— Não sei. Mas não vou entregar os pontos sem brigar. Vamos lá, vou mostrar o que arrumei. — Atirou para ela um de seus moletons, e ela o vestiu. Então o seguiu até a caminhonete. Chase abriu a porta, e um pastor-alemão robusto saltou para o chão.

— Parado! — ordenou, e o cachorro parou. — Cassidy, este é Ruskin.

Ela riu ao ver o animal sentado e olhando para ela com olhos dourados e translúcidos.

— Vocês dois vão passar a se conhecer muito bem, e Ruskin irá garantir que ninguém se aproxime daqui sem pensar duas vezes.

CAPÍTULO 40

Dando uma olhada no relógio e praguejando contra o marido, Felicity abriu a porta do quarto da filha. Angela estava lá, dormindo como um bebê, a respiração profunda e regular. Mas a janela do quarto estava aberta, as persianas farfalhando com a brisa. Alguma coisa estava estranha, concluiu, e, embora se sentisse uma traidora, atravessou o quarto na ponta dos pés e levantou a coberta, encontrando sua primogênita completamente vestida, com jeans justos, camisa de mangas compridas e tênis.

— Sei que está acordada — disse, embora Angela não tenha respondido, fingindo-se adormecida. — E sei muito bem que está planejando sair de fininho para se encontrar com aquele tal de Cutler. — Acomodou-se na poltrona ao lado da janela. — Continue fingindo, pois eu vou ficar a noite inteira sentada aqui para ter certeza de que ficará em casa.

— Pelo amor de Deus, mãe...

— Você não fale assim comigo!

Angela sentou-se na cama e afastou os cabelos dos olhos.

— Então não chame o Jeremy de "aquele tal de Cutler", como se não fosse um cara legal ou algo parecido.

— Ele não é legal. Não para você. Você é uma Buchanan.

— Grande merda!

O *último grito* 495

— Escute aqui! Use esse palavreado mais uma vez e receberá um castigo tão severo que nunca mais verá a luz do dia, que dirá esse Cutler... Jeremy.

Sob a franja, Angie fuzilou a mãe com o olhar.

— Você não pode me impedir!

— Não? — Felicity não iria deixar uma menina de dezesseis anos desafiá-la. — Se precisar, vou colocar um detetive particular no seu pé, pedirei que tire fotos e, se esse rapaz tocar um dedo em você, irei diretamente à polícia e alegarei estupro com tanta veemência que a notícia ecoará até Nova York.

— Você não faria isso!

— Ah, faria, Angela. Faria qualquer coisa para proteger você e impedir que cometesse um erro.

— Jeremy não é um erro.

Felicity entendia a irracionalidade ingênua da filha. Não sentira o mesmo com relação a Derrick quando tinha a idade dela? A diferença era que Derrick era um Buchanan e um rapaz socialmente correto. Ela, pelo menos, fizera escolhas certas.

— E se eu decidir ir à polícia?

O coração de Felicity quase parou.

— E por que você faria isso?

O sorriso de sua filha foi malicioso, um brilho branco na sombra do quarto escuro.

— Porque sei sobre o papai — disse, com aquele jeito superior que despertava o inferno em Felicity.

— O que sabe sobre ele? — O medo correu-lhe pelas veias.

— Não vou dizer. — Angela balançou a cabeça. — Não vou trocar segredos, mãe. Simplesmente entenda. Se falar uma palavra contra o Jeremy, irei te devolver na mesma moeda.

— Sua...

— Nã, nã, nã, mamãe. Cuidado agora — escarneceu, gostando de ter Felicity na mão.

— Não sei do que está falando.

— Com certeza sabe, mãe. Pense um pouco. Agora, por que você não dá o fora? Finja que estou aqui, dormindo, tendo uma boa noite de descanso para ir à escola amanhã.

— Você não vai se encontrar com esse rapaz.

— Com certeza — disse Angie. — Faça o que quiser, mas, se não me deixar em paz agora, o papai é que vai levar o tombo. E dos grandes. Já pensou o que irá fazer com a sua preciosa reputação?

— Não me deixarei ser chantageada, Angela.

— Claro que deixará. Vem fazendo isso há anos.

Felicity pôs-se rapidamente de pé e atravessou o quarto. Segurou a filha pelos ombros e a esbofeteou. A cabeça de Angela tombou para trás, batendo na cabeceira da cama.

— Filha da puta! — gritou. — Sua filha da puta!

Outro tapa bem mirado. A mão de Felicity ficou doendo, e ela recuou, temerosa, quando a cabeça da filha bateu novamente com força contra a cabeceira. Angela explodiu em lágrimas. Felicity fingiu não ver o horror em seus olhos, nem perceber sua bravata de dezesseis anos se extinguir.

— Não me chantageie, Angela — disse, entre lábios que mal se moveram. — Você não faz ideia de com quem está lidando. Não vai ver esse rapaz de novo e ponto final. E agora, em setembro, irá para o Colégio Santa Tereza, em Portland. Ainda há algumas freiras dando aula por lá; talvez elas consigam te mostrar como se comportar. — Com as costas rígidas, deixou o quarto e saiu, sentindo-se como se fosse vomitar. Nunca havia batido na filha antes e odiava ter feito isso agora.

Havia crescido numa casa onde fora adorada pelo pai, mas ele nada via demais em lhe bater com as costas de uma escova. Isso se estendeu até ela se casar com Derrick. Pois o juiz queria que sua filha teimosa aprendesse a ter respeito, e que aprendesse rápido.

Mas esses tapas com a escova haviam surtido efeito contrário, e Felicity jurara que, a despeito do que as filhas fizessem, nada a forçaria a usar violência contra elas. Não com as filhas. Mas, às vezes, uma mulher tinha de assumir o comando. Às vezes, era preciso quebrar as regras. Como naquela noite. E se Angela, algum dia, tentasse sair de novo com aquele menino magrelo e espinhento, então Jeremy Cutler se veria metido numa briga que não poderia ter esperança de ganhar.

Felicity sabia muito bem até onde uma mulher seria capaz de ir por causa de um homem. Havia feito de tudo, fora humilhada, sentira um terror abjeto, dor, ciúmes e uma raiva tão profunda a ponto de doer. Mas sobrevivera. Poderia dar conta de um *nerd* de nada como Jeremy Cutler. Isso seria brincadeira de criança.

— Vai telefonar? — perguntou uma voz feminina suave quando Derrick saiu correndo para a caminhonete. Olhando por cima do ombro, viu-a de pé à porta de um motel barato, que dava vista para o rio Willamette. Descalça. Um corpete preto de seda, sua única vestimenta. Mal completara dezesseis anos, com cabelos pesados, olhos azuis e um sorriso que o fazia lembrar-se de Angie, sua irmã. Seu nome era Dawn.

— Pensarei no assunto.

— Vamos lá, Derrick, disse que iria ligar.

— Já te paguei, não paguei? — Pulou para a cabine da caminhonete, o ar lá dentro estava pesado.

— Não faço isso por dinheiro. — Ela projetou o beiço quando ele desceu o vidro do carro.

— Sei.

— Faço porque te amo.

Pelo amor de Deus! Qualquer insone naquele motel pulguento poderia ouvi-la. As janelas estavam abertas, e já passava de uma hora da manhã. Enfiou a chave na ignição e ligou o motor.

— Que bom! Tem como voltar, não tem?

— Não se preocupe com isso. Apenas me telefone. — Dawn jogou os cabelos de um jeito para lá de sexy. Um convite aberto. O corpete escorregou por seu ombro e mostrou um seio firme.

— Vou telefonar — prometeu, sabendo que Felicity o mataria se algum dia descobrisse que estava andando com uma garota que tinha a mesma idade de sua filha, uma menina que o fazia lembrar-se da irmã. Que poderia ir correndo à polícia e colocá-lo numa enrascada, numa enrascada das boas. Mas ela não faria isso. Gostava demais de joias, de roupas bonitas e de seu carrinho conversível, para jogar tudo fora.

A mãe também fazia parte do acordo e, vez ou outra, quando Dawn não estava disponível, Lorna vinha atendê-lo. Não foi ele que deu a ideia, mas também não a evitou. Não era tão jovem e atraente quanto a filha, mas era rápida com a língua e tinha um vocabulário sujo. Caso não se mostrasse muito interessado, Lorna tornava-se bem criativa, usando todo tipo de roupas: sutiãs com furinhos para os mamilos, calcinhas insinuantes e um espartilho decorado com tachinhas de metal. Excitava-o e lhe batia com um tipo de pluma e outro objeto de couro cru que lhe fazia cócegas, cortava, excitava e causava dor.

Ainda assim, o corpo de Lorna não era gracioso; estava ficando gorda, a cintura engrossando, e, embora seus seios fossem muito maiores do que os da filha — montanhas enormes decoradas com a tatuagem de um beija-flor —, ele preferia a pele firme de um traseiro jovem e coxas que pudessem envolver a cintura dele por horas a fio. Até mesmo os seios pequenos de Dawn ficavam excitantes desde que ela os esfregasse com as mãos e dançasse na sua frente, deixando os mamilos balançando perto de sua boca, apenas para afastá-los de repente. Ele podia brincar com violência com Dawn e adorava quando ela o chamava de "paizinho", implorando que lhe batesse até que gritasse, depois fazendo com que beijasse seus hematomas.

Uma noite, quando Dawn lhe dissera que preferia ficar em casa a ir a um motel, Derrick concordara. Embora o apartamento fosse modesto e ele achasse que ela preferia ir a um motel requintado, onde eles poderiam pedir serviço de quarto, ele aceitou, relutante. Os quartos

O Último Grito   499

cheiravam a cigarro e a algum tipo de gordura que não havia sido limpa no fogão, mas Dawn estava tão tesuda naquela noite, vestida com uma roupinha de menina, os cabelos presos em marias-chiquinhas, que ele não discutiu. Ela o levou para o quarto da mãe, e ele a jogou na cama. Em seguida, enquanto transava fervorosamente com a menina, Lorna entrou e ficou olhando. Bem no meio do ato, ela se debruçou por cima dele, segurando os seios, oferecendo aquelas almofadas com mamilos do tamanho de moedas de cinquenta centavos.

— Pode lamber, meu querido — dissera, e Derrick roçou a língua sobre eles, sentindo o gosto de algo diferente. — É coca, meu bem, e não estou falando de coisa vagabunda. Você vai adorar.

Ele chupou com vontade, levantando o corpo enquanto Dawn, nua, a não ser pelas fitas nas marias-chiquinhas e nos tornozelos, conduzia-o.

— Vamos, amor! — gritou, aumentando o volume, até chegar a um tom mais alto do que qualquer outro de que ele pudesse ter se lembrado. Derrick achou que suas costas iriam falhar ou que ficaria sufocado quando Lorna começou a enfiar mais o peito em sua boca. Com um grito, ele finalmente levantou, chupando mamilos enormes ao mesmo tempo que gozava num corpo jovem. Havia anos não ficava tão excitado. Repetira o ato depois, com mãe e filha — a coca lhe aguçando os sentidos. Com tanta boceta, tanta coca e tanto peito, seu cérebro encharcado de Bourbon mal pôde funcionar, e sua ereção falhou.

Depois disso, Lorna lhe oferecera mais coca. Durante anos ele evitara drogas, mas já estava muito excitado. Cheirou um pouco e, daquela noite em diante, passaram a ficar doidos juntos e, com frequência, faziam sexo a três. Sempre na cama *king* e com pilares de Lorna. Minha nossa, estava ficando excitado só de pensar no assunto, mesmo já afastado do Oregon e perto de Prosperity.

Esta noite fora diferente. Dawn resolvera deixar por conta dele; fizera tudo o que ele queria e um pouco mais. No entanto, ele sentiu certa inquietude ao lado dela, como se ela estivesse lhe escondendo um segredo.

Você é um doente, Buchanan. Um doente. As coisas que está fazendo são pura perversão. Ela é só uma criança.

Furioso consigo mesmo, ligou o rádio na esperança de ouvir algumas notícias ou uma música country que o levasse para longe das censuras silenciosas que ele se autoinfligia. Mas alguém, provavelmente Felicity, havia trocado a estação para uma de rock antigo.

Ficou com os ossos gelados assim que as palavras da canção foram saindo das caixas de som e sendo filtradas por sua mente; uma música sobre uma noite que ocorrera há muito tempo, uma canção de Elvis Presley, de que ele havia tentado se esquecer.

Love me tender, love true...

All my dreams fulfill

Tinha sete anos na época e havia acordado de um pesadelo, quando então chamara pela mãe e ela não respondera. Fungando e tentando esconder as lágrimas, foi até o quarto dela, no escuro, mas, quando bateu à porta, ela não atendeu.

— Mamãe, mamãe! — choramingara, tentando abrir a porta e a encontrando destrancada. A cama ainda estava arrumada, e, embora fosse tarde da noite, a mãe não estava no quarto, nem no banheiro, nem no closet. Foi ao quarto do pai, no final do corredor, quando a ouviu, sua música predileta de Elvis, e a seguiu pelo som. Não vinha da sala de estar, onde normalmente era tocada, mas do final de outro corredor, que levava à garagem. Um fio de extensão acompanhava todo o corredor, uma cobra marrom que não deveria estar ali.

For my darling I love you...

Inspirando fundo repetidas vezes, aproximou-se lentamente, o som penetrante e reconfortante da voz de Elvis o atraindo.

— Mamãe! — chamou, começando a ficar preocupado, caminhando com as costas pressionadas na parede, sabendo que aquela cobra era perigosa. A música cessou de repente, e a casa ficou em

O Último Grito   501

silêncio, a não ser pelo barulho do motor de um carro ligado incessantemente.

— Mamãe.

Elvis começou a tocar outra vez a mesma canção, e Derrick viu que havia um buraco na parte inferior da porta que dava para a garagem. Do tamanho suficiente para a extensão poder passar.

— Mamãe? Papai? — Estava com a boca seca, sentindo gosto de vômito. Empurrou com força a porta e ela se abriu, deixando uma fumaça azul entrar pela casa. Seu coração batia aceleradamente, e o cheiro era horroroso. Pela névoa do exaustor, viu a aparelhagem de som nova deles, em cima de uma mesinha com rodízios, as caixas de som na prateleira de baixo, como se a mãe tivesse desejado ter todo o sistema de som na garagem. Com o coração acelerado, foi ao carro e a viu ali dentro, a cabeça recostada no volante do carro novo e reluzente que ela havia ganhado de presente de aniversário, uma mangueira presa ao cano do exaustor e indo parar no lado de dentro do vidro entreaberto da porta do carona. Tentou abrir a porta do motorista, mas ela estava trancada. Gritando por ela, Derrick bateu ʼ vidro e começou a soluçar.

A música estava tão alta que ele mal conseguia gritar mais além dela, e, quando o fez, uma fumaça com gosto acre desceu por sua traqueia.

— Mamãe! — Por que ela estava dormindo dentro do carro? — Acorde, mamãe! Acorde, mamãe! — Ela não se moveu, e seus olhos começaram a se encher de água por causa da fumaça do exaustor, que saía do carro e se espalhava pela garagem, assim como por estar subitamente mais assustado do que jamais estivera em toda a vida. Alguma coisa estava errada. Terrivelmente errada. Batia com os punhos na janela quando uma das portas da garagem se abriu e ele ergueu os olhos, vendo o pai, meio inclinado, o cabelo sempre penteado em desalinho, o rosto abalado, olhando-o em descrédito.

— O que está acontecendo? Derrick, o que você está fazendo...? Lucretia?

O rosto de Rex afrouxou-se, horrorizado.

— Ai, pelo amor de Deus, não! — Rex correu ao carro, tentou abrir a porta, embaralhou-se com as chaves e, quando não encontrou nenhuma que servisse, pegou um martelo de uma prateleira na parede e começou a bater na janela do passageiro, quebrando o vidro, mandando estilhaços para dentro do carro, para o chão cimentado, pelos ares.

And I always will.

— Lucretia! Ai, meu amor, o que você fez? O que eu fiz? — Deu um jeito de quebrar uma quantidade suficiente de vidro para poder forçar a mão para dentro e levantar o trinco da porta. Abrindo-a, desligou o motor e puxou a mulher para fora do presente de aniversário que acabara se tornando seu carro funerário. — Não! Não! Não! — gritou ele, enquanto Elvis sussurrava ao fundo. Puxando-a para fora e deitando-a na grama próxima à garagem, debruçou-se sobre seu corpo, tentando forçar ar por seus lábios partidos, apertando seu peito.

— Chame a polícia!

Derrick ficou enraizado no lugar onde estava.

— Droga, Derrick. Chame a polícia!

— Eu... eu não sei — disse ele, o queixo tremendo, o medo fazendo-o tremer e chorar. — Papai, eu não...

— Fale com a telefonista, pelo amor de Deus! Diga a ela para chamar uma ambulância e mandá-la para a casa da família Buchanan, na Avenida Buchanan.

Derrick soluçava alto.

— Eu... eu... Papai, a mamãe vai morrer?

O rosto de Rex ficou inexpressivo de repente.

— Não se você chamar a ambulância agora! Vá!

De alguma forma, ele deu um jeito de correr para dentro da casa e subir numa cadeira, para alcançar o telefone na cozinha. Discou zero e sentiu a urina lhe descer pelas pernas.

O Último Grito   503

— Você tem que mandar uma ambulância e salvar a mamãe!
— gritou, soluçando tão alto que a mulher no outro lado da linha mal
podia ouvir o que ele estava dizendo. — Ela está morrendo! Está morrendo!

Até mesmo agora, décadas depois, a lembrança daquela noite lhe
trazia uma ansiedade como nenhuma outra. Todos lhe disseram, na
ocasião, que não fora culpa sua, que ele não poderia ser responsabilizado por não ter se lembrado do endereço da casa, pois, afinal de contas, ele era apenas um garotinho, mas Derrick nunca perdoou a si
mesmo. Nem seu pai lhe perdoara. Daquele dia em diante, sentira
Rex Buchanan diferente, e ele não foi mais o melhor, nem o mais inteligente. Toda a atenção paterna fora transferida para sua pequena
filhinha — a imagem cuspida e escarrada de sua mãe.

Derrick, sem entender, fizera qualquer coisa para chamar a atenção de Rex — coisas boas e más. As más pareciam funcionar melhor e
eram infinitamente mais divertidas. Muito embora ele tenha sido
criado para ser o herdeiro de Rex Buchanan, nunca mais fora amado
novamente... não da forma como o fora antes. Não com a adoração
tanto do pai quanto da mãe. Na noite em que Deus lhe tirou a mãe,
tirou-lhe igualmente o pai.

CAPÍTULO 41

*O*swald Sweeny confirmou o que Cassidy já sabia: Marshall Baldwin não tinha passado. Nem infância, nem adolescência, nem um primeiro amor, nem história, por mais medíocre que fosse. Nenhuma avó gentil respondeu a quaisquer indagações, nenhuma irmã esquecida telefonou em busca de mais informações, nenhuma professora de escola lembrou-se dele.

— É — respondeu Sweeny, a voz clara, embora ainda estivesse no Alasca —, parece que o nosso rapaz simplesmente apareceu por volta dos dezenove anos. Chequei os arquivos da Califórnia, e adivinha o que encontrei? Havia um Marshall Baldwin que nasceu em Glendale, em 1958, mas, quando chequei mais a fundo, vi que ele havia morrido seis meses depois de ter nascido. Síndrome da Morte Súbita Infantil. Eu mesmo conversei com a mãe dele; está morando em Freno agora.

Cassidy sentiu o estômago ficando apertado. Nada disso era novidade — ouvira praticamente a mesma coisa de Michael Foster, e isso significava que Bill Laszlo e suas fontes logo teriam a mesma informação.

— Não havia outros meninos com o mesmo nome?

— Alguns... mas eu chequei todos eles, e vivos ou mortos, não podem ser levados em consideração. Quanto ao menino de Glendale... essa é uma identidade que poderia ser facilmente assumida.

Ai, meu Deus!

— Não posso deixar de me perguntar se Baldwin não era Brig McKenzie — disse Sweeny, como se adivinhando os pensamentos de Cassidy.

— Pode ser — disse ela, com a boca seca.

— Não poderia ser mais parecido, considerando o acidente.

— Acidente? — repetiu ela.

— É. Baldwin teve um acidente esquisito num galpão. Alguma coisa saltou de uma das serras, um pedaço de madeira que saiu voando e o atingiu no lado esquerdo do rosto. Precisou fazer uma cirurgia. Enfim, isso não quer dizer que o cara não seja o McKenzie. Quer que eu investigue? — Ele parecia ansioso, como se, finalmente, tivesse descoberto alguma coisa em que poderia fincar as garras.

— Não, obrigada... — Cassidy mal podia se concentrar na conversa. — Você fez mais do que o esperado. Se puder me mandar a nota dos seus serviços... aqui para o escritório.

— Sem problemas.

Cassidy desligou o telefone, ergueu os olhos e viu Bill Laszlo recostado na divisória, os olhos fixos nela.

— Más notícias? — perguntou, um sorriso confiante estampado no rosto.

— Só você mesmo. — Selma deslizou a cadeira de rodinhas em torno da divisória. Bill teve de se mover com rapidez para não ser atropelado. Penteando os cachos macios e rebeldes com os dedos, disse: — Você sabe que, se não parar de importuná-la, ela vai mesmo acabar cedendo ao cigarro.

Laszlo a ignorou e pegou um peso de papel da mesa de Cassidy.

— Parece que você viu um fantasma.

— O que você quer, Bill? — perguntou Cassidy.

— Uma confirmação.

— De quê?

— De que Marshall Baldwin era mesmo Brig McKenzie.

— Não sei dizer.

— De que McKenzie provocou o primeiro incêndio — levantou um dedo — e o segundo. — Outro dedo foi levantado.

— Você está inventando notícias agora, não as publicando.

— Mais do que coincidência ele ter estado presente nos dois incêndios... o que você me diria?

— Eu não diria nada. Você não tem fatos, Bill. Apenas conjecturas, e a última notícia que ouvi é a que o *Times* não publica especulações.

— Isso não é algo sobre o qual você ainda não tenha pensado. Nem a polícia. Todo mundo achava que o desconhecido era Brig, então ele apareceu com essa identidade de um tal de Baldwin, mas acho que tudo isso é só uma cortina de fumaça. A pergunta de verdade é por que o seu marido está mentindo.

— Você não sabe se ele está...

— Apenas lhe diga que eu estou passando para falar com ele.

— Ele não vai conversar com você.

— Vai.

— Como? Táticas da Gestapo?

— Vá se catar! — murmurou Selma. — Vamos lá, Cassidy, hora de um pequeno intervalo para o câncer pulmonar. — Pulseiras tilintaram quando ela pendurou a bolsa no ombro.

A irritação de Bill se fez presente nos cantos apertados de sua boca.

— Não há como você me evitar, sabe bem disso. Da forma como vejo, você pode trabalhar comigo ou contra mim. Pode fazer uma reputação para si mesma ou simplesmente ser mais uma fonte no jornal.

— Vou deixar passar. As duas opções. — Cassidy desligou o computador e pegou a pasta e a bolsa. — Vou tirar os próximos dois dias de folga. — Não suportava ficar no escritório nem mais um minuto, não queria nem tentar evitar as perguntas maliciosas nos olhos de Bill, e sabia que seria inútil tentar se concentrar em qualquer história que não lhe dissesse nada.

Tudo o que podia pensar era que Brig estava morto e Chase havia mentido. Quantas vezes lhe perguntara sobre Brig? Com que frequência

O Último Grito   507

lhe havia sugerido que o desconhecido poderia ser o seu irmão? E ele mentira. Porque sabia. Tinha de saber.

Quando dirigiu para casa, seus pensamentos rodaram com a mesma rapidez que os pneus de seu jipe. Se Brig estava morando no Alasca com outro nome, com uma nova identidade, por que teria voltado a Prosperity? Quando voltara? Durante quanto tempo Chase sabia da verdade sobre o irmão que ele fingia estar morto? Será que haviam planejado a reunião com Brig? Será que Sunny sabia?

Sua cabeça latejava quando estacionou o jipe na garagem. Não se preocupou em se acalmar, não parou para contar até dez. Queria respostas e as queria naquele momento. Sem mais mentiras. Sem mais jogos.

— Chase! — gritou, entrando com ímpeto pela porta dos fundos, o estômago em nós, a raiva lhe correndo as veias. Ruskin, deitado debaixo da mesa da cozinha, pulou para cumprimentá-la. Cassidy acariciou-lhe a cabeça por um segundo e foi entrando em casa. — Chase?

Encontrou-o mancando na porta do quarto. Nu da cintura para cima, usava calças de moletom cinza, úmidas na altura da cintura, o peito despido e encharcado de suor. Tinha o rosto ruborizado, os cabelos molhados como se estivesse se exercitando, fazendo os exercícios dolorosos de fisioterapia para fortalecer os músculos. Desde sua briga com Derrick, ia até o limite todos os dias. Agora, preparava-se para o que viria, recostado na parede.

— Marshall Baldwin nunca existiu — despejou de imediato, exercendo pressão com seu olhar severo.

— Sobre o que está falando?

— Eu chequei, o departamento do condado também, Bill Laszlo e Oswald Sweeny também.

— Sweeny... o detetive que você contratou?

— Sweeny morava em Portland, mas se mudou para Anchorage. — Deu dois passos na direção do marido. — Antes de completar dezenove anos e trabalhar em algo parecido com manutenção de oleodutos, Marshall Baldwin não tinha vida. Nem no Alasca, nem na Califórnia. E sabe o que mais? O único Marshall Baldwin que poderia ter nascido na data correta e ter a mesma idade, na Califórnia, morreu quando bebê. Síndrome da Morte Súbita Infantil.

— Quem disse que Baldwin nasceu na Califórnia?

— Não minta para mim, Chase! — quase gritou. — Eu sei. — Bateu no peito do marido com a palma da mão, os dedos abertos. — Sei que o desconhecido ou que Marshall Baldwin, ou seja lá como queira chamá-lo, era Brig. É só uma questão de tempo até que isso seja provado.

— Pelo amor de Deus, Cassidy! Ouça o que está dizendo...

— Eu sei, droga! — De tão nervosa que estava, tremia a ponto de segurá-lo pelos braços, as unhas enterrando fundo em seus músculos. — Mereço saber a verdade!

Seu maxilar tencionou e relaxou, e seus olhos ficaram da cor do céu da meia-noite. Com a aparência de um homem condenado, Chase suspirou e fechou os olhos.

— Está bem. Quer tanto ouvir isso. Brig era Baldwin.

Seu mundo caiu. A verdade, durante tanto tempo escondida, esmagou-a com seu peso.

— Ai, meu Deus! — murmurou, os braços largando os dele, como se sob efeito de carga. Quase caiu ao tentar se afastar, ao tentar encarar a dor. Braços fortes a acolheram. — Você *sabia*. — Cassidy sentiu um nó na garganta, e uma onda de emoções a dominou. — Por que não me contou? Por que mentiu?

O abraço dele intensificou-se, e ela fez força, tentando desvencilhar-se.

— Por que, Chase? — gritou, lágrimas escorrendo de seus olhos. Prometera a si mesma que nunca mais derramaria nenhuma lágrima por Brig McKenzie, que o consideraria morto anos atrás, mas sempre existira uma pontinha de esperança dentro de seu coração.

— Ele queria assim.

— Não estou entendendo.

— Ele sabia que, se você achasse que estava vivo, talvez nunca desse jeito na sua vida, nunca se encontrasse.

— Sabia disso o tempo todo? — Sua voz saiu como um suspiro, os lábios se movendo contra o peito do marido quando ele a puxou para si.

— Há muito tempo.

— Antes de nós nos casarmos?

Ele hesitou. Sua respiração acelerou-se.

— Sabia.

— Ai, meu Deus!

— Ele me fez jurar que guardaria segredo.

— Chase... — Levantou a cabeça e sentiu os lábios dele contra os dela. Sentiu o sal das próprias lágrimas e o odor da transpiração de seu corpo. Sentiu-se invadida de calor e, apesar do sofrimento ou por causa dele, rendeu-se ao puro desejo físico que despertou fundo em seu íntimo.

Por instinto, passou os braços pelo pescoço dele e, quando a língua de Chase fez pressão urgente contra seus dentes, abriu-os voluntariamente. Pensamentos distantes passaram por sua mente, imagens traiçoeiras de que fazia amor com o homem errado, que se dar a ele seria compactuar com suas mentiras. No entanto, bloqueou a mente contra tudo, exceto contra a sensação de seus músculos rígidos em contato com seu corpo, contra o odor masculino que entrava por suas narinas, contra o gosto de sua pele. Tirando-a do chão, Chase fez força para levá-la para seu quarto, onde a deitou na cama.

Ainda a beijando, deitou-se ao seu lado, dedos ansiosos tirando os botões de suas casas apertadas.

— Cassidy — murmurou em contato com sua pele. Abrindo-lhe a camisa, beijou o centro de seu peito, os lábios úmidos e quentes, como se sentindo a batida de seu coração sobre a caixa torácica.

Ela mal podia respirar e, quando ouviu o ruído suave do zíper sendo aberto, fechou os olhos. Fazia tanto tempo. Acariciou-o por toda a parte, sentindo sua pele lisa, seus músculos rijos, seus quadris firmes.

Chase lhe abriu o sutiã e passou o rosto em seus seios, o hálito roçando em seus mamilos. Excitou-a com a língua, chupou-a, mordeu-a, e o desejo surgiu como um redemoinho quente e bem-vindo, que começou a girar em círculos que se alargavam e a envolviam.

— Eu tinha me esquecido de como você era bonita. — Beijou-a novamente e fechou as mãos sobre suas nádegas nuas, os dedos explorando o interior de suas coxas. Tremendo por antecipação, Cassidy contorceu-se sob o corpo dele, sentiu-o abrir-lhe as pernas com os joelhos, percebeu vagamente que ele mudava de posição, de forma que o peso caísse sobre a perna mais forte.

— Você me deseja, Cassidy? — perguntou.

— Desejo. — Mal podia falar.

— Por quanto tempo?

— Para sempre.

Uma sombra passou por seus olhos quando Cassidy o encarou.

— Se ao menos... — Fechando a boca, moveu-se de repente, penetrando-a. Entrando com força. Com voracidade. Como se, ao fazê-lo, pudesse expulsar o passado, o sofrimento, as mentiras. Como se a estivesse marcando de dentro para fora, e seu corpo estivesse respondendo da mesma forma, molhado e quente, como uma parceira disposta.

Enterrando os dedos em seus ombros, Cassidy agarrou-se a ele, quando o sangue correu quente em suas veias, quando as costas se arquearam e o envolveu com as pernas. O quarto pareceu sumir de cena, a casa não mais existia e, de repente, eles estavam sozinhos no universo. Um homem, uma mulher, um amor.

Chase. Brig. Amor. Imagens giraram em redemoinho atrás de seus olhos.

— Ai, meu Deus, não consigo parar! — gritou ele, quando seu corpo ficou rígido, e soltou um grito desesperado de tanto prazer.

O corpo de Cassidy convulsionou-se sob o de Chase, o mundo explodindo, as estrelas colidindo, o ar tão quente que ela não conseguia respirar.

Com a respiração ofegante, Chase caiu sobre ela, que deu boas-vindas ao seu peso, os braços em torno de seu dorso suado, os dedos apertando os músculos fortes de suas costas.

— Senti sua falta — sussurrou ela, lágrimas brotando em seus olhos.

— E eu senti a sua. Se ao menos soubesse quanto... — Ainda respirava com dificuldade, as palavras permeadas por um desespero que ela não conseguia entender.

— Apenas me abrace.

— Pelo tempo que eu puder, meu amor — sussurrou novamente contra as mechas umedecidas de seus cabelos. — Pelo tempo que for possível

Sunny teve um sobressalto. Foi como se a terra tivesse rachado. Seu coração idoso bateu forte, e ela levantou os olhos para o céu ameaçador. Nuvens bloqueavam o sol. O vento estava furioso e, embora a temperatura estivesse muito abafada, chegando à casa dos trinta graus todas as tardes, Sunny sentiu um arrepio frio como a morte. Ele lhe acometia os ossos todas as manhãs, depois se acomodava como um cãozinho que dá voltas antes de se deitar. Inquieto. Insatisfeito.

Estava cansada de ser prisioneira. Parecia que, independentemente de para onde fosse, havia guardas. O hospital era a pior das prisões, mas, depois dele, Rex insistira para que ela ficasse em suas terras. Havia uma casinha no sopé das colinas, onde ele a havia hospedado. Onde Willie ia visitá-la. Onde quase se sentia segura. Isso até ver a fraqueza de Rex e saber que ele acabaria sendo forçado a contar às autoridades onde ela se encontrava.

Foi embora então e começou a andar pela mata. Os filhos precisavam dela. Sabia disso. As imagens de fogo e água se elevaram de novo atrás de seus olhos. Perigo à vista. Do pior tipo. Olhou para a lua e para as estrelas, mas elas estavam escondidas, e a escuridão cobria a floresta.

Não estava com medo, tentou convencer-se. Era paciente. Aguardaria por um sinal.

Cassidy esticou-se na cama e a encontrou vazia. Chase já fora embora, mas não tinha importância. Haviam passado a noite compensando o tempo perdido, fazendo amor e dormindo apenas para fazer amor novamente. Sentia o corpo todo tremer e certa sensibilidade entre as pernas.

Vestiu uma das camisas do marido e a foi abotoando, enquanto ia descalça para a cozinha, onde já havia café pronto. Olhando pela janela dos fundos, viu-o de pé, na borda do lago, os olhos fixos na água. Aguardando por ela.

Sem desapontá-lo, Cassidy correu para o lado de fora, as laterais da camisa batendo em suas pernas nuas, o carinho doce da manhã fria correndo por sua pele. Chase olhou para o lado de onde ela vinha, mas não sorriu. Cassidy imaginou se os antigos obstáculos que eles haviam derrubado na noite passada haviam ressuscitado.

— O último a cair na água é mulher do padre — disse ela, quando ele se virou. Seu coração parou por um minuto. Ele se parecia tanto com Brig que ela não ousou respirar.

— Algo errado?

— Não... eu... — Estava sendo tola, claro. Emoções demais ao mesmo tempo. — Vamos lá. — Tirou os botões de suas casas, deixou a camisa cair na areia e correu para a água gelada. Antes que pudesse deixar sua mente traiçoeira vagar perigosamente, submergiu com um mergulho, nadando até o fundo, voltando à tona para liberar o oxigênio dos pulmões.

Chase não estava mais debaixo da água. Não estava...

Captou um movimento, e logo ele estava ao seu lado, balançando as pernas, os braços estendidos.

O Último Grito   513

— Isso é loucura — disse ele, com gotas-d'água acumuladas na barba por fazer, quando ele a pegou em seus braços.

— Ei, espera aí, vou afundar.

— De jeito nenhum. Eu te salvo. — Os lábios dele se encontraram com os dela. Braços e pernas a cercaram, e ela sentiu o corpo dele enrijecer apesar do frio, o sangue aquecer no lago frígido, a paixão crescer instantaneamente.

Fechou os olhos e espantou as dúvidas, deu àquele homem, seu marido, um novo começo.

Não muito tempo depois, quando estavam sentados na varanda dos fundos, com xícaras fumegantes de café na mão observando os poucos cavalos que ela criara nos campos atrás do lago, Cassidy percebeu seu engano. Raios de sol perfuravam as nuvens e davam brilho ao couro das éguas e dos cavalos castrados, enquanto espantavam as moscas com o rabo e comiam da grama ressequida.

Jamais comprara um cavalo jovem ou um cavalo reprodutor. Remmington fora o último.

Enrolada num roupão, estava sentada numa cadeira, os pés em cima da mesa. Ruskin estava deitado no assoalho ao seu lado. Chase estava esticado em uma espreguiçadeira, a perna machucada ligeiramente levantada, os jeans surrados baixos nos quadris. Vestia a camisa que ela havia colocado quando levantara da cama. Ainda estava molhada em alguns lugares, e ele não se preocupara em fechar os botões.

— Está esperando — finalmente falou, após um gole — que eu te fale sobre Brig.

— Acho que mereço saber.

Virou os olhos azuis para ela e, em seguida, desviou-os no horizonte.

— Acho que é justo. — Hesitando por alguns segundos, Chase esfregou a nuca antes de começar. — Brig fez contato comigo, quatro ou cinco anos depois que partiu. Me cercou em Seattle. Disse que estava morando em Anchorage, havia passado alguns anos trabalhando no oleoduto, depois foi trabalhar numa serraria e, finalmente, estava comprando uma. Queria que todos, você, a mamãe, a droga da cidade inteira, pensassem que estivesse desaparecido ou morto, qualquer coisa assim. Nunca mais voltaria.

— Isso foi antes ou depois de a gente se encontrar de novo?

— Antes, mas fiquei muito tempo sem notícias. Estávamos namorando na época e... ele me pediu para te dizer que estava morto.

— Pediu isso? — murmurou, tentando ignorar a antiga dor em seu coração.

— Achava que seria melhor assim.

Os pensamentos dela estavam fragmentados. Chase mentira desde o início. Para todos.

— Ele... ele não se incomodou por nós estarmos saindo?

Seus olhos se mostraram cruéis.

— Não.

— Não tentou te dissuadir de...

— Eu disse que ele não dava a mínima, Cassidy. Não dá para você aceitar?

Alguma coisa não estava encaixando. Podia sentir isso em seus ossos. Seus instintos de jornalista avisavam que ele estava alterando a verdade. Mais uma vez. Suas mãos tremeram um pouco, e o café derramou, queimando-lhe a mão.

— Ele me disse que não pôs fogo no moinho.

— Sei que não.

— Mas não sabe o que aconteceu.

— Você sabe? — perguntou, num sussurro, o coração batendo freneticamente. Quem era esse homem que sabia tanto e ficava tão quieto? Esse homem que era seu marido, com quem fizera amor? Quantos segredos ele guardara ao longo dos anos? Quantos pensamentos guardara para si?

— Brig tinha ido ao moinho para se entender com Jed Baker. Eles já haviam brigado lá em casa, mas ele estava certo de que o Jed tinha alguma coisa em mente. E sabia que ele tinha marcado um encontro com Angie. Ela lhe contara mais cedo. Então ele pegou a moto e foi ao galpão. Só que já era tarde demais. Quando chegou lá, ele já

O ÚLTIMO GRITO   515

estava em chamas. Viu Willie ali e correu para dentro, levando-o para um lugar seguro, para depois voltar e tentar salvar Jed. — De repente, os olhos de Chase pareceram mórbidos, sua voz pouco mais que um sussurro. — Mas não conseguiu... havia uma muralha de fogo entre eles.

— E Angie...?

O olhar de Chase passou para uma distância que ela não conseguia enxergar.

— Chegou tarde demais para ela também.

— Ai, meu Deus. — Cassidy sentiu um frio súbito, como se estivesse entrando num lago escuro e gelado. Lembrava-se do incêndio, das chamas que haviam chegado ao céu, do odor da fumaça, do medo aterrorizante e de cegar...

O olhar de Chase voltou-se para o dela.

— Ele disse que você o ajudou a fugir. Insistiu para que levasse seu cavalo.

Ela concordou com um gesto de cabeça.

— Disse também que deu a ele sua medalha de São Cristóvão. — Olhava-a com tanta intensidade que ela não conseguia desviar o olhar. — Acho que a manteve o tempo todo com ele. E a estava usando na noite em que retornou.

Os olhos de Cassidy encheram-se de lágrimas. Ela trincou os dentes para não chorar. A xícara caiu no chão da varanda e rolou até a borda de samambaias e azaleias.

— Ele nunca se esqueceu de você, Cassidy.

— E por que voltou somente agora?

Chase desviou o olhar.

— Chase...? O que ele disse?

Chase levantou-se da espreguiçadeira e sentou-se em cima da mesinha, na qual ela apoiava os pés descalços. Pôs as pernas dela em seu colo, agarrou-lhe os tornozelos, as mãos quentes e reconfortantes em contato com sua pele.

— Disse que estava na hora. Voltou porque queria descobrir quem provocou o incêndio; sentia-se acusado injustamente e, agora que tinha dinheiro e o que pensava ser um disfarce perfeito, queria começar a procurar por respostas. Pediu-me para ajudá-lo. Comprando madeira serrada e afins, isso seria só um pretexto.

— Mas as pessoas não iriam reconhecê-lo? Não usava mais barba, mas...

— Ninguém mais o viu durante um bom tempo, e ele estava diferente. Teve o nariz quebrado de novo, meteu-se num tipo de acidente enquanto estava trabalhando numa das serrarias. Seu rosto mudou bastante.

— Você o reconheceu?

Chase engoliu em seco, as pontas dos dedos acariciando os calcanhares de Cassidy, até que levantou e a puxou para si.

— Claro.

— Eu reconheceria?

Ficou olhando para ela por alguns segundos. Quando voltou a falar, tinha a voz baixa, tomada de uma emoção que ela não conseguia entender.

— Acho que não, Cassidy.

As nuvens trocaram de posição, bloqueando o sol.

— Eu gostaria de ter podido dizer adeus.

Chase intensificou o abraço, puxando-a para mais perto.

— Eu também.

Cassidy passou os braços pela cintura dele e a apertou.

— Eu... sinto muito por todo o sofrimento que te causei. Por causa do Brig...

— Shhh. Acabou. — Seu hálito agitou os cabelos dela.

Lágrimas escorreram por suas faces.

— Assim? — perguntou-se se isso um dia teria fim, ou se o fantasma de Brig McKenzie iria assombrá-los para sempre.

— Se deixarmos o assunto morrer...

— Como conseguiremos? Até descobrirmos quem pôs fogo na serraria, quem matou Angie, quem... — Tremeu e espalhou as mãos

O Último Grito   517

pelas costas de sua camisa, sentindo a força de seus músculos sob o tecido. — Quem era o pai do bebê?

— Acha que era ele? — perguntou Chase, sem se mover, o corpo rígido de repente.

— Não sei. Ai, meu Deus, não sei! — Abraçou-o desesperadamente, subindo as mãos para a pele macia de seus ombros. Chase beijou-a então, lábios sedentos, os olhos tomados de emoção.

— Cass, eu te amo — disse, piscando com força, como se essa admissão fosse deplorável, como se proferir essas três palavras fosse alterar o curso da vida deles.

Foi então que lhe ocorreu. Como um raio lançado do céu por deuses furiosos. Ai, meu Deus, não. Agora não!

— O quê? — sussurrou numa voz que, de tão baixa, soou quase inaudível. — Do que você me chamou?

— Cassidy...

— Não... não... — A varanda pareceu mover-se sob seus pés descalços. — Você vem me chamando de Cass desde o incêndio e nunca me chamou assim... ai, meu Deus... — Imagens giraram em sua mente. Chase saindo do chuveiro apenas com uma toalha em volta da cintura, com as calças de moletom, sem camisa, nu na cama na noite anterior, na água, nadando esta manhã. Ela começou a tremer.

— O quê...?

Moveu as mãos pelos ombros dele, os dedos perscrutadores, sem nada encontrar. *Nada!*

— Cassidy?

— Me deixa! — Afastou-se violentamente, olhando horrorizada para ele. As palmas das mãos estavam úmidas de tanto pavor, seu coração batendo descontroladamente.

— Tire! — ordenou.

— O quê?

— A camisa, tire! — quase gritou, com medo de se descontrolar.

— Por quê?

— Sabe por quê.

Seus olhos azuis se fixaram nos dela, ele passou os braços pelas mangas e segurou a camisa com a mão cerrada.

— Vire.

— Está maluca?

— Vire, droga! — disse, e assim ele o fez, levantando as mãos acima da cabeça, como se não tivesse nada a esconder, e lá estavam suas costas, lisas e perfeitas, com poucas cicatrizes do acidente recente, mas a antiga cicatriz, o buraco da bala em seu ombro, aquela que Brig infligira a Chase por acidente quando eles eram crianças, a cicatriz que ele traçara com o dedo dúzias de vezes antes, não estava lá.

— Como você pôde fazer isso? — perguntou, quando ele se virou devagar e a encarou. Seus olhos sustentaram os dela por um segundo que pareceu durar para sempre. Cassidy mal conseguia ficar de pé, e um ruído tão forte quanto o do mar urrou em seus ouvidos. Incrédula, viu o queixo dele se contrair, seus ombros esticarem e, de repente, a verdade ficou muito clara para ela, tão evidente que não podia acreditar como não havia percebido antes, como todos os que o encontraram não puderam perceber.

— Você não é o meu marido... não é o Chase... — Seus joelhos cederam, e ela se recostou na parede em busca de suporte. Sentiu os ossos pesarem e o escuro ameaçar os cantos de seus olhos.

— Cass...

— Não. Não me chame assim! — A histeria lhe subiu pela garganta, cegando-a para tudo, exceto para a dura verdade. Como podia ter sido tão cega? A intensidade do olhar dele, a ruga em seu queixo, a arrogância de seus lábios, a forma como as camisas ficavam esticadas sobre seus ombros. — Chase está morto, não está? — perguntou, as lágrimas enchendo seus olhos. — Meu marido. Ele está morto!

Ele se aproximou, e ela recuou, temendo seu toque, seu olhar, temendo-o.

— Não!

— Cass, ouça... por favor, apenas tente entender...

O último Grito   519

— Entender? *Entender?* Ouça o que está me pedindo, pelo amor de Deus!

Os dedos dele se fecharam, formando punhos cerrados.

— Eu não tive a intenção de...

— Para o diabo! Isso foi parte do seu plano! Meu Deus, como fui tola, tão tola! — Sua voz elevou-se uma oitava, e o ar ficou preso em seus pulmões. Não conseguia se mover, não conseguia pensar.

— Claro que teve a intenção. Sabia da verdade o tempo todo e a escondeu de mim... da sua mãe. De todos. — A voz falhou, e sentiu os lábios tremerem. — Não posso acreditar como fui tola, como fui cega.

Mais uma vez, ele se aproximou, e ela quase caiu ao se afastar.

— Nunca mais toque em mim — advertiu-o, a voz ameaçadora, as mãos sentindo a parede à medida que ia se aproximando da porta, a pele das palmas das mãos roçando na superfície áspera.

— Se você pudesse parar um minuto e ouvir.

— Não quero ouvir.

— Mas precisa!

Parou então, parou onde estava. Ele tinha razão, embora sentisse aversão em admitir. Não podia sair correndo; portanto, ali, na sombra da varanda, parou, levantando o queixo, amaldiçoando-o com seu olhar.

— Pelo amor de Deus, Brig McKenzie, o que você fez?

CAPÍTULO 42

Ele devia ter lhe contado logo no início. Droga, havia planejado fazê-lo. Nunca quisera enganá-la, não daquele jeito, mas não teve escolha. Estava encostado na parede. Agora ela o odiava Parada e ameaçadora na frente dele, com medo de dar um passo, ela não se moveu.

— Por que mentiu? — quis saber.

— Não menti. Vocês todos acharam que eu era o Chase.

— Seus documentos... a medalha... — Sua voz estava mais forte agora, tomada de emoções novas e conflitantes.

— Eu os troquei. Chase ficou preso, tentei soltá-lo, mas não consegui, e a ideia foi dele — admitiu Brig, o horror daquela noite o assombrando da mesma forma como vinha acontecendo desde o incêndio...

Bang!

Brig foi jogado para o outro lado do quarto extenso, quando uma explosão ecoou pelo galpão. Caiu no chão, a alguns centímetros de onde estavam ele e Chase.

Vigas quebraram e caíram, trazendo o teto junto com elas.

Colunas tremeram.

Chamas arderam na direção do céu.

Brig saiu correndo. Tinha de sair dali. Naquele momento.

O Último Grito   521

A fumaça subia pelo vão aberto no telhado.

— Chase! — gritou, a voz já grossa. — Onde você se meteu? — Franziu a testa, os olhos procurando no meio dos escombros, queimando por causa da fumaça acre. — Chase!

— Aqui! Vá embora! Agora! — Chase vinha em sua direção, arrastando uma perna.

Bam! A segunda explosão abriu um rasgo no galpão, e o telhado caiu em cima dele, vigas antigas de madeira, telhas de aço, vigas mestras, tudo desabando.

— Chase! Corra!

Mas era tarde demais.

Uma das vigas caiu sobre o corpo de seu irmão. Com um grito de dor, ele se curvou, a viga levando-o ao chão.

— Não! — Brig mergulhou na fumaça e na poeira, encontrando o irmão sangrando, semi-inconsciente, a parte inferior de seu corpo esmagada. — Vamos lá, vamos lá — disse ao irmão, enquanto ele gemia. — Vou tirar você daqui.

E tiraria mesmo. Apesar da muralha de chamas, do calor escaldante e da fumaça que lhe queimava os pulmões, fazendo-o tossir e engasgar, tiraria o irmão daquele inferno.

Tentou levantar a viga. Ficou de joelhos, forçando com o corpo a viga pesada para cima.

— Eu vou puxar, você se arrasta para fora! — disse, em voz de comando.

— Não consigo, cara. Não consigo me mover. — A voz de Chase demonstrava pânico.

— Claro que consegue! É a viga!

— Não, Brig, não consigo sentir o meu corpo. Ai, meu Deus!

Brig empurrou a viga com toda a força, os músculos tremendo, o suor escorrendo por seus olhos.

— Droga, Chase, mexa-se! — gritou, tentando tirar o irmão da pira funeral.

— Estou dizendo, não consigo!

— Saia agora! — Os músculos de Brig estavam tremendo, saltando, os dentes mal aguentando o esforço, queimando, a fumaça incendiando seus pulmões. — *Agora*, Chase, porra!

— Brig, pare. Pegue a minha pasta. Não consigo me mexer.

— Vou buscar ajuda.

O fogo urrou em volta deles, em chamas ardentes e desenfreadas.

— Será tarde demais. Porra, Brig, pegue a porra da pasta! — gritou Chase, a voz áspera quando se deitou no chão, o rosto ensanguentado, a espinha quebrada. — Deixe a sua comigo! — insistiu quando a fumaça subiu ao céu, e o fogo os cercou inteiramente.

— De jeito nenhum. Vou tirar você daqui! — O calor causava bolhas, o fogo devastava e, quando Brig usou de toda a sua força para mover a viga novamente, Chase gritou de dor.

— Saia! Agora! — Olhos azuis se elevaram desesperados por entre a fumaça. De um jeito ou de outro, ele conseguira puxar a carteira do bolso das calças. — Leve minha identidade, deixe a sua comigo — implorou, tossindo... — e se passe por mim. Pelo amor de Deus, salve-se!

— Não. Você vai ficar bem. — *Tem que ficar bem!*

— Pelo amor de Deus, Brig, acabou!

— Vou buscar ajuda.

— Troca a porra das carteiras! E fique com a minha aliança. Faça isso por Cassidy!

— Não, Chase, eu vou...

— Cale a boca e faça o que estou dizendo. Pela Cassidy e por mim! — Chase respirava com dificuldade, o sangue escorrendo pelo nariz e pela boca, os dentes à mostra por causa da dor. — Pelo menos uma vez na vida não seja tão egoísta!

Então fizera isso. Rapidamente, pegara a carteira da mão estendida de Chase e arrancara a aliança de seu dedo, antes de colocar sua própria carteira na mão do irmão e dobrar seus dedos sobre o couro gasto.

O Último Grito   523

— Isso. — A voz de Chase saiu debilitada. — Os olhos revirados quando Brig arrancou a corrente de seu pescoço e a enlaçou nos dedos de Chase.

— Aguente aí! Volto já. — Apavorado, Brig voltou correndo ao escritório. Chamas crepitavam e silvavam, devorando a serragem, pedaços de madeira, tábuas, tudo no caminho deles, lambendo a escuridão do céu. Com o coração acelerado, Brig tossiu quando nuvens nauseantes de fumaça negra subiram pelos ares e tomaram seus pulmões. — Por favor, meu Deus...

Aquilo não podia ser verdade! Não de novo! Escancarou a porta que dava para o escritório. A fumaça lhe queimava os pulmões. A porta escapou de sua mão assim que outra explosão balançou o galpão. Fagulhas subiram com força, como um gêiser de brasas enfurecidas. Sentiu os pés arrancados do chão. Caiu para trás. O céu estava uma mancha — negra e cor de laranja vibrante, repleto de chamas, e quente como o inferno! Tentou impedir a queda. O pulso bateu no chão, e a perna torceu para trás. A dor irradiou pelo braço e pela perna, e ele gritou. Um pedaço de metal que ia pelos ares bateu na parte traseira de sua cabeça.

— Chase! — gritou, assim que as luzes por trás de seus olhos quase o cegaram. A dor explodiu em sua têmpora, perto do olho esquerdo. Gritando, sentiu o negrume rodeá-lo. Pouco antes de perder a consciência, sentiu-se agradecido porque não perceberia a agonia das chamas que, certamente, iriam devorar-lhe corpo e alma.

Dias depois, acordou no hospital, e todos o estavam chamando pelo nome do irmão.

Agora, estava na hora de colocar tudo em pratos limpos. Exatamente como dissera a si mesmo que iria fazer quando saísse do hospital e estivesse de pé de novo.

— Quem fez isso? — quis saber ela. — Quem iniciou os incêndios? — Cassidy piscou brevemente, e Brig viu que ela mantinha sua postura por um fio tênue e que se desmanchava.

— Não sei — admitiu. — Mas vou descobrir. Prometi ao Chase.

— Mentira, Brig — acusou-o, pálida, trêmula, e olhando-o como se ele fosse a reencarnação de Satã. — Você estava lá, nas duas vezes!

— Eu não comecei nenhum dos dois incêndios. Juro por Deus.

Cassidy encarava-o como se quisesse desesperadamente acreditar nele.

— Quem iria querer matar o Chase?

A culpa se apossou dele como chumbo, pesando em seus ombros, apertando-o por dentro.

— Acho que muita gente. Ele sabia que Derrick estava desviando dinheiro, sabia sobre Rex e Sunny, sabia demais. Fizera sua parcela de inimigos ao longo dos anos, mas, no início, quando o primeiro incêndio foi provocado, ninguém o queria morto. — Enfiou as mãos no fundo dos bolsos. — Acho que estavam tentando me matar no incêndio do moinho que matou a Angie. Acho que quem quer que estivesse envolvido no primeiro incêndio me confundiu com Jed Baker. Esperavam que eu estivesse com Angie naquela noite. Fiz par com ela na festa da família Caldwell.

— Você acha que estavam tentando te matar — repetiu ela, como se uma luz estivesse se acendendo em sua mente.

— Talvez desta vez também.

— Então... desta vez? Mas quem? Ninguém sabia que você havia voltado...

— Uma pessoa sabia.

— Quem? — repetiu e pensou em todos os inimigos que Brig fizera durante os anos em que ficou em Prosperity.

— Willie sabia. Presenciou os dois incêndios. Ele me viu.

Cassidy ficou com os olhos foscos.

— Você não vai jogar a culpa neste pobre homem que não pode...

— Minha mãe sabia também. Acho que sentiu. Aquele dia no hospital, ela sabia quem eu era, tocou na minha mão e nem pestanejou; apenas disse que estava aguardando havia muito tempo por mim. Chamou-me pelo nome. — Brig aproximou-se lentamente de

O último Grito   525

Cassidy, eliminando a distância entre eles, morrendo um pouco quando ela se esquivou e o examinou com olhos assustados e enfurecidos.

— Sunny não colocou fogo no moinho, Brig, pelo amor de Deus, ouça só o que está dizendo!

— Claro que não. Mas, se Sunny e Willie sabiam, outras pessoas sabiam também.

— Ou talvez alguém estivesse tentando matar o Chase — sussurrou ela — e, quando esta pessoa ficar sabendo que não conseguiu, tentará de novo. — Ergueu o olhar, os olhos brilhando. — Irão te matar também.

— A não ser que nós possamos deter essa pessoa. — Brig tocou-lhe o rosto com o dedo, e ela fechou os olhos por um segundo. Sentiu-a tremer antes de ela recuar, tomada de repulsa.

— Não... não posso, Brig... Eu... pelo amor de Deus, *por favor*, não me toque. Nem sequer consigo acreditar que estamos tendo essa conversa. — Mas ela sabia. Uma parte sua sabia que ele não era o mesmo, que não era o seu marido. Embora tivesse negado isso conscientemente, sentira uma diferença, não apenas nele, mas em sua própria resposta. Por que outro motivo teria decidido contra o divórcio se estivera tão irredutível antes do incêndio, por que outro motivo pedira uma segunda chance, por que outro motivo se agarrara tão desesperadamente a ele quando ele tentara mantê-la distante, com tanta indiferença? Por causa de algum senso de lealdade retorcido? Por que o incêndio a fizera ver o quanto amava o marido? Por que sua fé a fizera evitar o divórcio? Ou por que um sexto sentido lhe dissera que ele era Brig?

Cansada de si mesma, dele, a culpa correndo pesada pelas veias, Cassidy passou por ele, indo na direção da sala de TV, para o lugar onde Chase guardava seu estoque de uísque, mas, ao pegar a garrafa, viu-se no espelho acima do bar, assim como o reflexo de Brig, quando do ele apareceu sob a moldura da porta.

— Quer um drinque? — perguntou.

— Quero, mas não acho que seja a hora certa.

— O... O que você vai fazer? — Suas mãos estavam trêmulas, e ela as mergulhou nos bolsos do roupão. Deus do Céu, como seria agora? Era casada com Chase, e ele estava morto; dormira com Brig, se entregara a ele, fechara os olhos para as mentiras ostensivas, da mesma forma como fizera no passado.

Estava furiosa por ele a ter enganado, furiosa consigo mesma por estar apaixonada por ele de novo e mais do que assustada. Havia um lunático solto por aí. Alguém que queria Chase ou Brig morto.

— O que vou fazer? — repetiu ele. — Vou descobrir quem fez isso. Espere aqui. — Saiu correndo pelo corredor, com seu passo irregular, e Cassidy caiu num canto do sofá. Sustentou o rosto com as mãos, na esperança de que o latejo em sua cabeça e a dor profunda em sua alma desaparecessem. Sempre fora apaixonada por Brig, mas agora isso lhe parecia imoral, uma fantasia de estudante que se transformava num trabalho do diabo.

Por mais que amasse Brig, nunca quis sacrificar Chase — sacrificar um irmão pelo outro. Sentiu ânsia de vômito e correu ao banheiro, trancando a porta e vomitando repetidas vezes até não lhe restar nada para pôr para fora a não ser a bile. Recostou-se na lajota fria do piso, tremendo ao limpar a boca com o dorso da mão, lágrimas escorrendo pelas faces. Será que algum dia chorara tanto na vida?

— Cass? — Ele bateu à porta com os nós dos dedos, e o coração dela bateu freneticamente. *Brig! Ah, Brig!* Apertando os olhos, tentou bloquear os sentimentos de traição, traição sua com relação ao marido. — Ei, você está bem, querida?

Meu bom Jesus, não permita que ele seja doce comigo. Não consigo aguentar nenhuma ternura agora.

— Cassidy? — A voz dele saiu mais forte agora. Como ela não percebera? Tremia por dentro, as mãos balançavam, não conseguia pensar direito... — Se você não me responder, vou quebrar a droga dessa porta e...

— Deixe-me em paz!

O último Grito   527

— Eu juro por Deus, Cass, ou você sai daí agora, ou eu arrombo a porta!

— Me deixe sozinha, Brig! — Mais uma vez vomitou no vaso, ainda o ouvindo jurar aos brados, as palavras indistintas, o sentido claro.

Pondo-se de pé, sentiu uma dor entre as pernas, lembrando-se de que haviam feito amor, lembrando-se da fúria e do calor com que se dera.

— Ai, meu Deus, Chase, sinto muito — sussurrou ela. Em seguida, curvou-se na pia e lavou a boca. Seu reflexo, de um pálido fantasmagórico com olhos dourados e condenadores, olhou silenciosamente para ela, acusando-a de crimes terríveis do coração. — Ah, vá embora — disse para a própria imagem e jogou água fria no rosto. Podia ficar se recriminando e se culpando pelo resto da vida, e isso não lhe faria nenhum bem. Não, a única forma pela qual poderia expiar seu mau julgamento involuntário, o pecado de não amar o marido tanto quanto deveria, seria encontrar seu assassino.

E se for Brig? E se for o homem que há semanas está se fazendo passar por seu marido? O homem que a deixou? Que a enganou? Que traíra a si mesmo, à mãe e ao irmão? O homem que fez amor com você e a virou do avesso? O que você realmente sente por ele? Nada! Nada!

Mas não estava com medo. A despeito do que acontecesse, nunca mais teria medo de Brig McKenzie. Apenas não tinha mais certeza se poderia confiar nele.

Ele estava na sala de TV, aguardando, com um drinque na mão. Cassidy olhou para o copo com o líquido âmbar, e ouviu Brig dizer:

— Achei que merecia. Já abandonei a outra muleta.

— Disse que queria me mostrar uma coisa.

— Enquanto você fazia sua investigação de Marshall Baldwin, incluindo todas as informações que conseguiu de Oswald Sweeny e suas conexões com o trabalho, também fiz algumas investigações. E, enquanto eu as fazia, joguei umas informações no caminho do

Sweeny de forma que ele pudesse contá-las a você. Ele não ficou sabendo, claro.

— Claro — respondeu ela, com ironia. Com que tipo de homem estava lidando?

— Liguei para algumas pessoas em Anchorage, em Fairbanks e em todos os outros lugares onde vivi como Baldwin. Só para as pessoas em quem confio. Pessoas que confiam em mim. Eles deram as informações que eu queria para Sweeny, Wilson e Laszlo.

— Você é mesmo um canalha.

O sorriso dele foi malicioso.

— Sem dúvida. Mas eu não poderia deixar que você, o detetive ou o Bill-boy Laszlo descobrissem muita coisa antes de eu estar pronto, podia?

— Foi por isso que não contou a ninguém que viu o Derrick na serraria. Porque, mais cedo ou mais tarde, alguém iria te reconhecer, e você ainda é suspeito da morte de Angie. — O coração dela batia fervorosamente em seus ouvidos, e a conversa parecia surreal. Após todos aqueles anos. Após a droga de todos aqueles anos.

Concordando, ele balançou o uísque.

— Enfim, enquanto você estava envolvida na sua perseguição, buscando informações sobre Baldwin, eu mesmo fiz algumas pesquisas por conta própria.

— Fez? — Cassidy sentou-se numa cadeira e ficou observando, ouvindo a cadência de sua voz, imaginando por que demorara tanto para descobrir a verdade. Havia uma energia que cercava Brig McKenzie e que não fazia parte de Chase. Sentou-se sobre os pés e aceitou o copo de uísque, sem discutir.

— Obviamente, quem quer que tenha provocado o primeiro incêndio, se for o mesmo culpado, e não uma reprodução deste, morava aqui na época e mora até hoje. E...

— E Angie estava grávida. — Por que deixara aquelas palavras explodirem, ela não sabia, mas eram importantes, pois a vinham incomodando havia anos. O coração de Cassidy pareceu parar quando

O último grito   529

olhou para Brig; e seus dedos se fecharam com tanta força em volta do copo que chegaram a doer.

— Ouvi dizer que sim. — Seus olhos azuis ficaram serenos. — Eu não era o pai, Cass.

— Como pode saber?

— Eu não...

— Como se eu pudesse acreditar em você! Você mentiu para mim. Repetidas vezes. Cada dia que ficou sem ligar, ou escrever, ou tentar me encontrar e contar que estava vivo e, bem, e... você mentiu, droga! Então por que eu deveria acreditar?

— Não era eu o pai — repetiu ele, a raiva se mostrando em seus olhos.

— Mas...

Deixando a bebida respingar no chão, atravessou o quarto em três passos lentos e longos. Segurou os ombros dela.

— Não fiz isso, Cass, e você pode acreditar no que quiser, mas nunca fiz amor com a sua irmã. Bem, cheguei perto algumas vezes, bem perto, mas não cheguei ao fim, e sabe por quê?

Ela não conseguia responder. Não conseguia se mover.

— Sabe? — insistiu ele.

O rosto dela estava lívido; o coração, um tambor de corda.

— Por sua causa, droga! A garota mais gostosa do condado, a número um, estava abanando seu belo rabo na minha cara, fazendo o diabo para me seduzir, e eu não podia pensar em outra coisa a não ser em sua bela irmã magricela e moleca!

— Não acredito...

— Ai, cacete! — Ele a puxou para si, a boca se encaixando perfeitamente na dela, seu gosto, seu cheiro, sua pele tão arduamente familiar. Cassidy sentiu o corpo afundar no dele, beijando-o com fervor, com voracidade, quando uma das mãos dele escorregou para baixo, para desatar o nó em sua cintura e abrir-lhe o roupão. Dedos fortes seguraram em concha a curva de sua cintura, tocando-lhe a pele já inflamada, deixando uma marca tão real quanto havia sido tantos anos antes. — Cass — sussurrou. — Minha doce, doce, Cass.

Ela suspirou alto, a voz fraca e a respiração ofegante, cheia de uma necessidade tão grande que chegava a assustá-la. Seus dedos se fecharam em torno do pescoço dele, e ali estava ela, beijando-o de novo, abrindo a boca para a dele, sentindo um tremor se intensificar no meio das pernas. Os dedos de Brig se entrelaçaram nos cabelos dela, e seus lábios estavam quentes, desejosos, ardentes. Sua língua lhe ocupou a boca, e ela gemeu profundamente, um gemido no fundo da garganta, antes que o horror pelo que estava fazendo se afundasse em seu cérebro enevoado de paixão.

— Ai, meu Deus! — Deu-lhe um tapa então, a palma aberta lhe acertando em cheio o rosto, fazendo-o piscar de dor no maxilar ainda não totalmente curado.

— Merda! — Brig respirou pela boca, ergueu o rosto e bateu com o pé para conter a dor.

— Chase... Brig... ai, meu Deus, eu não queria... — Cassidy saiu trôpega de perto dele.

Ele a encarou por um momento assustador, então deu as costas, foi à janela e, com os punhos cerrados de tanta raiva, jurou mais uma vez.

— Sem regras, tudo bem, Cass? Não vou te dizer o que fazer, e você, com certeza, não vai ficar me dando ordens por aí. Vou ligar quando sentir vontade, e você pode fazer o mesmo, mas não vamos dormir juntos, não vamos nos tocar e não vamos fingir que somos casados.

Brig flexionou e esticou os dedos, como se estivesse, fisicamente, tentando manter a paciência.

— Apenas fique mais uns dias comigo até eu esclarecer algumas coisas; depois colocaremos tudo isso a limpo, e eu irei embora.

Ir embora? De novo? Uma dor horrenda se espalhou por ela. Do fundo do estômago até as pontas dos dedos. De repente, sentiu-se morta por dentro e soube que não poderia encarar a ideia de não vê-lo vivo de novo.

— Não sei se quero que vá embora — disse ela e, quando ele a olhou de novo, seus traços pareciam duros e recompostos.

— Você não sabe o que quer. Enquanto era casada com Chase, me queria. Agora que ele se foi, você o quer de volta.

Um grito de protesto passou pelos lábios dela.

— Preciso apenas de uma semana, talvez mais...

— Para um crime que não foi solucionado em dezessete anos? Pode desvendá-lo em uma semana? Vamos lá...

Um canto de sua boca elevou-se.

— Estou trabalhando nisso há um bom tempo. Por que acha que voltei agora?

— Você sabe quem provocou os incêndios?

— Ainda não, mas acho que estou chegando perto. Deixei uma pessoa nervosa. — Suspirou e franziu os olhos. Fez uma pausa, como se estivesse analisando as próprias palavras.

E agora? Ela não conseguiria suportar mais um baque emocional.

— Há outro motivo pelo qual apareci lá na serraria, naquela noite — admitiu.

Preparando-se, ela perguntou.

— E qual foi?

— Voltei por sua causa.

— O quê?

Apoiando-se na perna saudável, analisou as reações dela.

— Chase me contou, e eu acreditei nele, que você queria dar fim ao casamento. Que estava muito inclinada a se divorciar. Ele sabia que estava tudo acabado e... iria deixar o caminho livre. Se eu ainda te quisesse e você também, ele iria desistir de você.

— Está esperando que eu acredite nisso? — Ela balançou a cabeça. Isso era demais.

— Bem, tinha um pequeno porém. Ele não iria embora sem mais nem menos, não depois de ter trabalhado tanto. Queria todo o resto. — Brig gesticulou expansivamente na direção das janelas. — As serrarias, a terra, a madeira, os escritórios.

— Não consigo acreditar que ele fez uma barganha comigo — disse ela, embora as palavras de Brig soassem como verdadeiras. Não soubera sempre que o marido tivera mais interesse na fortuna da família Buchanan do que nela?

— Não foi fácil para ele. Acho que não estava sendo particularmente nobre, mas sabia que nunca poderia te ter para ele, sabia que você não o amava, que nunca amaria, e isso o matava um pouco a cada dia; por isso, tornou-se indiferente, atirando-se ao trabalho. — Brig esfregou a nuca e evitou os olhos dela.

— Tem mais alguma coisa aí — arriscou Cassidy.

Ele suspirou.

— Brig...?

— Merda! — Apoiou-se no parapeito da janela e jogou a cabeça para trás. — A verdade é que você não foi a primeira escolha dele.

— O quê? — Címbalos pareceram lhe esmagar a cabeça.

— Essa é a ironia da história, Cass — disse ele, virando-se mais uma vez para encará-la. — Chase se casou com você porque você era a única Buchanan que havia sobrado. Muito tempo atrás, apaixonou-se por Angie também. Como todos na droga desta cidade.

Angie! Angie! Sempre Angie!

Será que ninguém conseguia se esquecer dessa piranha? Senti um tique-taque no canto do olho esquerdo e mal pude respirar quando ouvi a discussão entre Cassidy e o marido. Ouvi só uma parte da conversa, mas os dois estavam putos, as palavras indistintas. A raiva deles era evidente, e tinha alguma coisa a ver com Angie.

Dezessete anos! A puta estava debaixo da terra havia dezessete anos! Então por que as pessoas em Prosperity a tratavam como se fosse uma santa... uma porra de uma santa martirizada?!

Meu sangue fervia quando pensava nisso. Será que ela nunca iria morrer? Nunca?

Deixei lentamente meu lugar na janela e me meti no meio dos rododendros. Se Angie era uma santa, então sua irmã mais nova era

O Último Grito   533

a perfeita idiota. Primeiro Brig McKenzie e depois Chase se haviam aproveitado dela desde o primeiro dia.

Que tipo de otária era?

Ela era muito patética. Sempre fora. Nunca esteve à altura de sua irmã mais velha.

No entanto, poucas mulheres eram, lembrei-me, e odiei o rumo que tomaram meus pensamentos. Rapidamente me afastei da monstruosidade de casa que Chase McKenzie havia construído.

Graças a Deus, o irmão dele estava morto. Talvez mais ninguém tivesse percebido a verdade, mas eu sabia que aquele desconhecido que surgira com o nome de Marshall Baldwin era Brig. Quem mais seria? Vai ver era isso o que Chase e Cassidy estavam discutindo. Ouvi o nome de Brig algumas vezes e me esforcei para ouvir o lado da história de Chase, mas o ar-condicionado estava ligado, e não consegui unir as palavras.

Porém, eu já ouvira o suficiente.

Minha ruga de preocupação deu lugar a um sorriso quando me lembrei de que, finalmente, havia conseguido matar Brig.

Consegui entrar várias vezes no hospital; na quarta tentativa, fui ao quarto dele e fiz com que uma bolha de ar lhe chegasse ao coração. Rápido. Simples. Entrar e sair. Quando os monitores começaram a berrar, eu estava no banheiro, um andar abaixo, retirando as luvas, o jaleco do laboratório. Nenhuma câmera nem testemunhas jamais iriam me reconhecer.

Pelo menos, assim eu esperava.

Vi uma pessoa que reconheci quando fugia. Uma jornalista do *Times*, alguém que trabalhava com Cassidy, mas seus olhos passaram por mim como se eu não estivesse ali.

Pela maior parte de minha vida, fui invisível. Quando adolescente, fui um pé no saco, até aprender a usar minha habilidade de desaparecer no pano de fundo em meu próprio benefício. Sabia que podia ter as luzes dos refletores quando quisesse, mas era melhor tramar e planejar, não aparecer com muito brilho nem sedução, manter a boca fechada e, com cuidado e método, fazer as coisas andarem.

Eu não tinha muito tempo.

Se as coisas acontecessem da forma como eu planejara, tanto Cassidy quanto a droga daquele marido dela teriam de morrer. O mais rápido possível.

Saí lentamente da casa por um caminho próximo ao lago, passando pelo meio das árvores. Minha caminhonete estava estacionada em terreno de propriedade do estado, do outro lado de uma cerca de arame farpado.

Se soubesse disfarçar bem, ninguém jamais ficaria sabendo que eu estivera ali. Ninguém adivinharia que eu estava por trás de tudo.

CAPÍTULO 43

— Eu deveria pegar o seu distintivo! — Rex Buchanan ficou lívido quando entrou na cozinha e encontrou T. John Wilson tomando café com sua esposa. — O seu e o do resto do seu departamento. O que vocês têm feito além de tomar café, ficar de conversa fiada e resmungar "sem comentários" para a imprensa!? Quem ateou fogo na serraria? Quem tentou matar o meu genro? Onde está Sunny McKenzie? E quem era a porra daquele Marshall Baldwin?

T. John suspirou alto.

— Estamos trabalhando em todos esses assuntos. Vamos começar com a sra. McKenzie. Colocamos cães farejadores atrás dela, mas ela é lisa como uma enguia. Uma noite dessas, os cachorros ficaram alucinados, começaram a uivar e continuaram assim freneticamente. Achei que a tínhamos encontrado numa cabana não muito longe de Hayden Lake, sabe onde é, numa das propriedades do senhor ao pé da montanha.

— Sei qual é a cabana. Eu costumava ir para lá pescar quando era criança.

— Tem ido para lá recentemente? — perguntou T. John.

— Bem... — Rex olhou de relance, nervoso, para a esposa.

— Ah, Rex, não... — Dena foi pegar os cigarros.

— Ela precisava de um lugar para viver, ora. Se aparecesse de novo, Chase a trancaria mais uma vez, e ela é mãe do Willie...

— E sua amante! — disse Dena, bufando, não se importando mais com o que os outros pensavam. Já estava mesmo no centro de toda a fofoca da cidade.

T. John levantou-se.

— Bem, ela não está mais na cabana.

— Eu sei. É por isso que estou aqui. — Rex recostou-se na mesa e sentou-se com todo o peso numa das cadeiras da cozinha. Pela janela, olhou para fora, para a área da piscina. Durante anos tentara recuperar uma juventude breve, quando Lucretia ainda era viva e ele havia falhado como marido. Miseravelmente.

— Embora o senhor deva saber onde ela está.

Tirando o boné, Rex o segurou com os dedos gordos.

— Não — admitiu ele. — Ela foi embora.

— Ai, Rex. — Dena lutou uma luta perdida contra as lágrimas.

— Exatamente como Lucretia.

— O senhor sabe, ando pensando nisso. Sua primeira esposa, quero dizer. Eu não morava aqui na época.

— Ela me abandonou.

— Abandonou o senhor? Mas eu pensei que...

— Me abandonou pelo paraíso — esclareceu Rex, as rugas em seu rosto tornando-se fendas profundas de idade. — Não podia aguentar mais por causa da Sunny.

— Isso sempre me intrigou — admitiu T. John, enquanto, do outro lado da mesa, olhava para o homem que uma vez fora o mais poderoso no Condado de Clackamas. — Por que, se o senhor era tão apaixonado por sua primeira esposa, se envolveu com outra mulher?

— Porque Lucretia era uma piranha de coração frio que o mantinha fora do quarto.

— Dena! — Rex levantou-se, mas ela lhe lançou um olhar que poderia azedar leite.

— É verdade. Eu sei. Tive que mudar as fechaduras quando me mudei. Não sei o que aconteceu, Rex, nem como você conseguiu ser pai de duas crianças com ela, mas sei que ela te arruinou, te tratava

O Último Grito   537

como se fosse um leproso e, depois, quando você se voltou para outra mulher, ela gozou da glória derradeira, ao se sentar dentro da porra do carro dela, ligar o motor e ouvir Elvis!

— Não foi assim.

— E ela nem pensou nos filhos a ponto de se preocupar com eles. Derrick a encontrou, vocês já sabem, e a pequena Angie estava lá em cima, no berço. O que teria acontecido se tivesse ocorrido um incêndio, ou se Angie tivesse caído da caminha e descido as escadas? Você já parou para pensar como foi para Derrick encontrar a mãe morta atrás do volante da porra do presente de aniversário dela?

— Dena!

— Não é de admirar que ele seja perturbado. Qualquer um seria; Lucretia merecia morrer, Rex. Qualquer outra mulher decente teria cuidado dos filhos antes de ligar a droga do som do carro. Ela foi egoísta na vida e egoísta na morte, e você passou os últimos trinta e tantos anos sentindo culpa por isso!

O rosto de Rex estava inexpressivo. Não sentia nada por dentro; apenas uma dormência crescente.

— Lucretia era um anjo.

— Pelo amor de Deus, Rex, abra os olhos!

— Encontre Sunny — disse a T. John. Rex ignorou a esposa e seus desvarios da mesma forma como vinha fazendo havia mais de trinta anos. — Não posso perdê-la também.

T. John estendeu o braço para pegar seus óculos de aviador e os colocou no lugar.

— Onde está Willie Ventura?

— O nome dele é Buchanan agora.

— Bem, seja lá como se chama no momento, está desaparecido. Sabe alguma coisa sobre o assunto?

— Dena o expulsou daqui.

T. John olhou para a segunda sra. Buchanan.

Dena esfregou os braços como se sentisse um frio repentino; em seguida, encontrou o isqueiro e acendeu o cigarro. A chama tremeu.

— Ele me dava arrepios, está bem? Andando por aqui. Mexeu algumas vezes nas bebidas do Rex, um dos rifles está sumido da caixa, e eu o encontrei no quarto de Angie, olhando para a droga daquele retrato dela com a mãe. Sei que todos acham que ele é inofensivo, mas esse rapaz é mau. Muito mau. E não é tão tolo quanto parece.

— Cale a boca, Dena! Ele é meu filho. — Projetando o queixo, Rex fuzilou o detetive com os olhos. — Encontre-o também. Se tiver êxito, doarei dinheiro para a sua campanha, Wilson. Sei que está planejando concorrer ao cargo de xerife e que está na hora de Floyd Doss encarar uma competição decente. Se encontrar meu filho e Sunny, eu irei bancar sua campanha. Se isso é legal ou ilegal, não me importa. Só não posso perder a minha família de novo.

— Mas eles não são sua família! — gritou Dena.

Rex sorriu debilmente para a esposa.

— É aí que você se engana, Dena. Foi aí que você sempre se enganou.

Cassidy não sabia por quanto tempo mais conseguiria manter a farsa. Falara pouco com Brig desde que descobrira sua verdadeira identidade, poucos dias atrás. Haviam entrado num acordo com referência a um plano de ação, mas ela não sabia quanto tempo mais conseguiria fingir que nada havia acontecido, uma vez que toda a sua vida fora virada de ponta-cabeça. Quanto à sua vida pessoal com Brig, ela inexistia. Moravam na mesma casa, dedicavam-se à mesma causa de encontrar a verdade com relação aos dois incêndios, mas tinham pouco contato pessoal. Era mais seguro assim. Ele não aparecia mais durante seus nados matinais, embora tivesse insistido para que Ruskin a acompanhasse. Cassidy o evitava propositalmente sempre que ele estava em casa. Só que não conseguia mais levar a farsa adiante. Não quando sua vida estava uma complicação só.

A mãe andava aborrecida. Willie e Sunny estavam desaparecidos. Rex andava de péssimo humor. Felicity e Derrick andavam brigando, e ela estava se fingindo casada com o suposto cunhado morto, enquanto seu marido fora o que havia morrido, seu corpo já enviado para o Alasca.

— Senhor, dê-me força — disse, enquanto caminhava para a redação do jornal, indo diretamente para a mesa de Bill Laszlo.

— Tenho uma coisa para você — disse para sua cabeça baixa, enquanto ele batia furiosamente nas teclas do computador. Não ouvira Cassidy se aproximar e quase pulou da cadeira.

— O quê?

— Acho que devíamos conversar com Mike, primeiro. — Ela não esperou, simplesmente dirigiu-se ao escritório do editor.

Gillespie ficou estático. Por uma única vez, o *Times* iria colocar todos os outros jornais na retaguarda, incluindo o *Oregonian*. Passando os dedos pelos suspensórios, abriu um sorriso orgulhoso, como se tivesse sido o primeiro homem a dar à luz um bebê na face da Terra.

— Então Chase está disposto a dar uma declaração sobre Marshall Baldwin ser Brig McKenzie.

— Está.

— A cidade vai dar um suspiro de alívio, deixa eu te contar — disse Laszlo. — Pelo que posso perceber, ninguém gostava muito de Brig. Tinha problemas com a lei, com as mulheres, com tudo e com todos... o último bad boy da cidade.

Cassidy deu um sorriso fraco.

— Ele era meu cunhado — lembrou-lhe. — E eu não despejaria toda essa baboseira de bad boy em cima do Chase. Ele pode não gostar.

— É claro que não — disse Mike, lançando um olhar de advertência para Bill. — Não é só porque um rapaz tem uma reputação...

— Uma reputação lendária... — contrariou Bill. — Você deveria ouvir o reverendo Spears falando. Ele odeia esse cara... bem, não é muito fã do seu marido também.

— Nem de mim — disse Cassidy, com as costas arrepiadas.

— Chamou Brig de pagão.

— Bem, Brig deve tê-lo chamado de alguns outros nomes também — disse Mike. — Tudo bem, não vamos deixar o assunto esfriar. Chase está disposto a dar a declaração hoje?

— Exatamente, no escritório da companhia. Uma da tarde. A essa hora, já deverá ter acabado a conversa no departamento do condado.

— Nós deveríamos estar lá! Pegar uma declaração do xerife Dodds e do detetive Wilson! Pelo amor de Deus! Por que não nos avisou antes? — exclamou Bill, levantando-se rapidamente da cadeira.

Cassidy não se deixaria pressionar.

— No escritório. Uma hora. Você ferra com tudo no departamento do condado e não haverá exclusiva.

— Mas...

— Está bem — disse Mike, embora estivesse com o rosto vermelho e parecesse furioso o suficiente para cuspir farpas. — Este é o jogo da Cassidy, Bill. Vamos jogá-lo do jeito dela.

— Por Deus, Mike...

— Chega! — gritou o editor.

Bill chutou uma cesta de lixo em sinal de frustração, fazendo-a sair rolando contra a parede.

— E não teremos a presença de nenhuma outra agência de notícias? — Gillespie quis esclarecer.

— A não ser que você as chame — garantiu Cassidy.

— Você, com certeza, demorou a vir aqui — disse T. John, olhando com suspeita para Brig. Projetou o lábio inferior para a frente e analisou os contornos do rosto dele, como se estivesse em busca de uma mentira. — Tenho te importunado com relação à identidade rasgada do desconhecido Marshall Baldwin desde o primeiro dia.

— Eu sei. Eu o estava protegendo.

— Da lei?

— Ele ainda estava sob suspeita das mortes de Angie Buchanan e de Jed Baker, não estava?

O último grito 541

— É verdade. — T. John recostou-se na cadeira, unindo as mãos, parecendo não acreditar em nenhuma palavra da história que Brig lhe contava.

— Ele voltou para tentar esclarecer as coisas. Sim, queria fazer negócios comigo, mas...

— Isso era só fachada.

— É.

— Você devia ter vindo aqui bem antes.

— Foi um erro meu. — Brig recostou-se na cadeira também. Estava suando um pouco, porque sentia uma avidez antiga em T. John, não muito diferente da sua. O detetive iria aos extremos para conseguir o que queria.

— Isso poderia ser interpretado como omissão de prova.

— Poderia.

— E você sabia onde ele estava?

— Na verdade, não. Ele telefonava ocasionalmente, e eu achava que estava no Canadá ou no Alasca.

— Por quê? — T. John ainda observava cada reação sua.

— Por causa das observações frequentes sobre o clima.

— Mas você não perguntou nem checou as contas da companhia telefônica para ver de onde ele estava ligando.

— Não.

— Por que não?

— Eu não estava muito interessado em vê-lo de novo.

— E por quê?

— Porque ele era apaixonado por minha esposa.

T. John pareceu parar de respirar.

— Sua esposa, Cassidy?

— É.

— Mas eu achava que ele estava envolvido com a outra, com a irmã mais velha dela.

Brig encolheu um ombro, um gesto que vira Chase fazer com frequência. Sentia-se como se alguém estivesse enfiando o nariz em seu pescoço, cada vez que pensava em Chase. Além do mais, havia um lugar em sua alma que havia morrido junto com o irmão. Culpa, raiva e vingança queimavam em seu sangue, mas ele deu um jeito de não mostrar as emoções.

— Brig bordejava muito.

— E tinha uma reputação e tanto, isso eu te garanto. Conversei com algumas das mulheres que se envolveram com ele. Estão todas casadas agora, têm filhos, não querem falar muito, mas, do que eu pude inferir, ele era um tremendo galinha.

Brig sentiu um nó no estômago só de pensar. O nó parecia apertar agora.

— Ele era jovem.

— E galinha.

— Certo. E galinha.

— E sua esposa, ela também se apaixonou por ele?

O detetive estava apertando.

— Sim. — Falar de Cassidy o incomodava. Odiava envolvê-la naquela sujeira, mas não tinha escolha.

— Mas você se casou com ela.

— Ela achava que Brig estava morto.

— E você sabia o contrário.

— Sim.

— Ela alguma vez deixou de amá-lo?

Brig olhou o detetive bem dentro do olho.

— Sim — respondeu, tendo certeza do que dizia, embora soubesse que ele mesmo havia destruído aquele amor poucos dias antes.

Derrick desligou o telefone com os dedos trêmulos. Sua vida estava arruinada. Lorna acabara de telefonar — contara-lhe sobre os vídeos que havia feito de suas pequenas sessões com a filha, que, acabou mencionando, não tinha dezoito, dezesseis nem quinze anos; era simplesmente uma menina de catorze anos, que parecia mais velha do que era.

O Último Grito 543

O conteúdo de seu estômago ameaçou subir até a garganta. *Catorze anos! Pelo amor de Deus, ela era mais nova que sua própria filha! Você é um pervertido, Buchanan, exatamente como o seu pai.* Ao se sentar na cadeira, o deus do império Buchanan viu tudo desabando. Seria arruinado, envergonhado, exposto. Felicity se divorciaria dele, as filhas se recusariam a vê-lo, e o pai o deserdaria. Em nada importava que o pai tivesse saído com outras mulheres durante anos ou que tivesse se sentido atraído pela própria filha. Deus do Céu, isso era doença!

Mais uma vez, Derrick sentiu o estômago revirar quando se levantou da mesa. Quarenta e oito horas. Isso fora tudo o que ela lhe dera; caso contrário, cópias do vídeo feito em sua cama com dossel seriam distribuídas para as estações de notícias, para sua esposa e para a porra do departamento do condado.

Nem por um minuto ele duvidara de Lorna. Ela o marcara desde o início. Queria um milhão, mas não era gananciosa — assim lhe dissera —; receberia em parcelas. Cinquenta mil por mês, durante um ano e meio, sem juros. E só para começar; caso ele estivesse disposto a arriscar o máximo de humilhação e arruinar com a reputação e a família, Lorna tinha amigos, incluindo o pai de Dawn, que era um ex-criminoso com péssimo temperamento.

— Merda — resmungou, olhando pela janela, cansado de si mesmo e da lascívia que lhe queimava o sangue e sempre o metia em encrencas. O que poderia fazer? Estava encurralado num canto. E sua família... ai, meu Deus, o que aconteceria com suas filhas? Ele podia não ter dispensado a elas o tipo de atenção que Felicity esperara, mas as amava. Do seu jeito. Para a segurança delas, sempre mantivera distância. Depois de ter presenciado a tara do pai por Angie, não iria se colocar no caminho da tentação... de novo não.

— Derrick?

Sobressaltou-se visivelmente. A voz de Felicity o fez sair de seu delírio. Ela estava de pé, na frente da mesa, encarando-o, parecendo capaz de matá-lo. *Ai, meu Deus, ela sabe!* Derrick sentiu a boca ficando arenosa.

— Alguma coisa está acontecendo. — Felicity viu o tique nervoso no rosto de Derrick e preparou-se para o pior. — O que é?

— Nada, nada está acontecendo.

Não acreditava nele. Estava agindo de forma velada de novo, como fizera várias vezes ao longo dos anos. Suspeitava que ele tinha amantes e não era tão estúpida a ponto de achar que não ligava. Cada vez que ele lhe pisava, doía. Doía como o inferno. Dera tudo a ele, arriscara tudo por ele. *Tudo*. E, ainda assim, ele não a queria. Nunca quisera, na verdade, mas o mínimo que poderia fazer consistia em ser fiel. Isso parecia muito ultimamente.

Em geral, sentia-se confortável no escritório, ou em qualquer outro lugar que levasse o nome Buchanan, mas, naquela tarde, alguma coisa não estava bem. Olhou para o relógio e depois para o marido novamente. Ele estava transpirando e tentando parecer normal. Alguma coisa havia acontecido.

O problema envolvia Chase. Quando passara apressada pela porta aberta do escritório dele, vira-o pelo canto dos olhos, e ele lhe oferecera o esboço de um sorriso — seu primeiro sorriso desde o incêndio —, um tipo de sorriso frio que fez seu sangue correr gelado.

— Tem certeza de que não é nada que eu deva ficar sabendo? — Olhou para a recepção e para o pequeno corredor até a porta aberta de Chase.

— O que foi, Felicity? — Derrick não se preocupou em esconder a irritação. — Olha, estou ocupado. Se tem alguma coisa para conversar...

Felicity desviou os olhos da porta de Chase e encarou o marido. Derrick teve a ousadia de olhar para o relógio quando acionou o isqueiro na ponta do cigarro.

— Eu queria falar com você sobre a Angela.

— Aqui? Agora? No trabalho?

— Ela está se recusando a ir para o Santa Teresa. Quer ficar aqui por causa daquele rapaz com quem está saindo...

O *último Grito*   545

— Que rapaz?

— Jeremy Cutler. É um joão-ninguém, um moleque que... que diabos *ela* está fazendo aqui? — Felicity viu Cassidy entrar confiante no escritório de Chase junto com aquele outro jornalista, o cara alto que a derrotara algumas vezes no clube atlético, Bill Laszlo.

Derrick seguiu seu olhar.

— Cassidy é esposa de Chase. E também é uma Buchanan. Este lugar também é dela. Tanto quanto seu.

Ela se virou bruscamente, fuzilando o marido com um olhar que poderia cortar aço.

— Mas Bill Laszlo não é. Estou te dizendo, alguma coisa está acontecendo. Alguma coisa grande. Tem a ver com Chase e com Brig. E eu vou descobrir o que é. Talvez você também queira saber, uma vez que, provavelmente, tem algo a ver com o incêndio.

— E por que eu me importaria?

Felicity foi até a porta e a trancou; em seguida, recostou-se nos painéis frios.

— Nós dois sabemos que você não estava em casa na hora do incêndio, e acho que não queremos o detetive Wilson imaginando que você poderia muito bem ter ido à serraria.

— Eu não fui para lá. — Derrick colocou o isqueiro no bolso das calças.

— Então onde você estava, benzinho? Hein? — perguntou, cruzando os braços e tamborilando com os dedos em cima da outra mão. — E onde você estava quando colocaram fogo no moinho, na noite em que Angie morreu? Todo mundo acha que estava comigo. Isso quer dizer que já te dei cobertura duas vezes. — Levantando dois dedos, tentou manter a raiva sob controle, mas anos de mentira, noites de preocupação, dias rezando para que pudesse manter seu marido perdido sob controle, explodiram com ímpeto. A raiva lhe queimou as entranhas e, agora, mais esses problemas com Angela... — Nunca te perguntei onde estava naquela noite, dezessete anos atrás, simplesmente menti, feliz da vida por você, mesmo sabendo que estava apaixonado por sua irmã.

— Minha o quê?

— Não banque o inocente. Acha que eu não sei que era o pai do filho da Angie?

— Meu Jesus, Felicity, ouça o que está dizendo. Não sei do que está falando. — Derrick costumava ficar com cara de chocado. Deus do céu, ele era bom em mentir, bom em enganar. Quase tão bom quanto ela. Mas Felicity sabia muito bem que não podia confiar nele e que não havia tempo para fingimentos. Já havia fingido bastante durante toda a vida.

— Eu te vi com ela — disse-lhe, aproximando-se e prendendo-o com o olhar. — Eu sabia que você estava transando com a sua irmã... com a sua própria irmã!

O rosto dele ficou da cor de cera.

— Você está louca! Eu nunca...

— Guarde a encenação para alguém que acredite nela, Derrick! — sussurrou alto, com medo de que alguém pudesse ouvir a conversa. — Descobri que você era o pai da criança e por isso te dei cobertura na noite em que ela morreu.

— Jesus Cristo, você acha que eu fiz isso... que provoquei o incêndio e a matei... que eu a matei queimada? — Agora, tinha toda a atenção dele. Sua garganta doía, e sua cor havia voltado. Ai, meu Deus, Felicity achou que ele iria chorar de verdade. Bem, era duro.

— Sei que sim, meu querido. O que não sei é por que você provocou o incêndio na serraria, meses atrás. A não ser que estivesse com ciúmes de Chase por causa de Cassidy.

— Isso é nojento!

— Está tentando me dizer que não anda fazendo sexo com sua meia-irmã... nem se sentindo atraído por ela?

— De onde tirou tudo isso? — perguntou ele, os olhos não acreditando no que viam, mas então ela percebeu aquele lampejo de culpa. Ele sempre fora tão pervertido quanto o pai. Pensara que, uma vez que Angie havia morrido, ele iria mudar, mas não mudou.

— Recomponha-se — disse ela, embora, por dentro, estivesse para morrer. Jamais falara assim com ele antes; nunca se sentira tão ameaçada. — Vamos lidar com isso mais tarde, porque, neste momento, acho que deveríamos descobrir o que seu cunhado anda dizendo, de forma que seja possível ajustarmos a nossa história com a dele.

— Eu não...

— Apenas cale a boca! Não temos tempo para mais mentiras.

Derrick olhou furioso para ela por entre uma nuvem de fumaça.

— O Chase não sabe de nada.

— Espero que você tenha razão, Derrick. Tenho fé em Deus que você tenha razão, mas, considerando o seu histórico, acho que simplesmente irei descer e checar.

A escuridão cobria a floresta. Apenas a luz fraca do punhado de estrelas e uma lua prateada lançavam um brilho no fio de água que corria pela ravina do riacho Lost Dog. Sunny fechou os olhos e sentiu a noite fechar à sua volta. Uma brisa lhe agitou os cabelos, fazendo as árvores balançarem, os galhos dançarem e levantarem a poeira da margem rochosa. Uma coruja gritava sua canção solitária, e passadas macias moviam-se lentamente pela floresta. Criaturas da noite. Não humanos. Nem cachorros. Fora descuidada antes, deixara aquelas crianças a verem — e o departamento do condado trouxera os cães farejadores. Tão fáceis de enganar.

Suas visões estavam fortes, tornando-se cada vez mais poderosas, e ela sabia que tinha chegado a hora da verdade, por mais feia que ela pudesse ser. A vida de seus filhos dependia disso. Ela não tinha alternativa. Toda a farsa tinha de chegar ao fim. Sentiu um tremor no fundo da terra e o cheiro de uma tempestade com trovões se aproximando quando pôs gravetos e folhas secas num círculo de pedras. Em seguida, levou a mão às dobras volumosas de suas saias, encontrou a caixa de fósforos e a primeira página da edição do dia anterior do *Times*: INDUSTRIAL DO ALASCA MARSHALL BALDWIN É IDENTIFICADO COMO BRIG MCKENZIE. Fotos indistintas em preto e branco de Brig McKenzie rodeavam o artigo que descrevia o incêndio anos atrás, fazendo um paralelo com o incêndio mais recente que levara a vida de Brig.

Mas o artigo era falso.

Brig estava vivo.

Chase estava morto.

Ela sentiu uma dor de dentro para fora, a dor de perder o primogênito, como se uma faca tivesse sido enfiada em seu coração. Soltou um gemido prolongado que tomou carona no vento. Chase fora muito bom para ela por muitos anos.

Jurava na língua nativa da mãe que iria se vingar do assassino de seu filho. Ele não ficaria impune.

— Morte para ti e para aqueles que amas — sussurrou ela, como se pudesse falar com o assassino do filho. — Puxou um fósforo. Com um arranhar e o cheiro de fósforo, a chama ganhou vida, mudando de posição no ar, deixando o chão dourado quando deixou cair o palito.

Folhas extremamente secas produziram faíscas, e as chamas ganharam vida. Observando as chamas famintas, Sunny levou a mão ao bolso mais uma vez. Tirando sua faca de cabo feito de osso, levantou-a até o céu e, rapidamente, cortou a própria mão sobre o fogo, deixando gotas de sangue caírem no fogo, onde ferveram e evaporaram.

Chase não seria esquecido.

Fechou os olhos e trouxe a visão à mente.

Seus três filhos estavam de pé, num muro de chamas, a fumaça subindo pelo ar, seus corpos bronzeados e suados. Eles encaravam as chamas, os olhos levantados para o céu.

Chuva caía do céu escuro e, ainda que o fogo continuasse a subir, crescendo e se alimentando, lançando sua besta maldosa, consumindo tudo em seu caminho, ainda assim, seus filhos não se moviam.

Corram! Tentou gritar. *Vão embora!* Não tinha força na voz. *Salvem-se!*

Quando eles não saíram do lugar, ela se aproximou. *Leve-me, gritou silenciosamente para o fogo. Leve-me e deixe meus meninos.*

Sunny sentiu o calor. O fogo lhe tocando as pernas.

Os filhos se viraram para encará-la.

Ela engasgou.

O rosto de Budd estava azul, os cabelos molhados, e ele cambaleava, engasgando, à medida que a chuva o encharcava, levando-o forçosamente ao chão, onde flutuava como um peixe na terra.

Ela gritou.

Os traços de Chase estavam queimados, suas sobrancelhas haviam desaparecido, a pele queimada, os cabelos em chamas. Seu corpo se curvou, e ele caiu, o cheiro de pele queimada preenchendo suas narinas.

Brig, apoiado numa muleta, olhou para ela. Então a muleta mudou de forma, transformando-se numa mulher, Cassidy Buchanan, que estava ao lado do irmão de seu marido, apoiando-o com os ombros, como se fosse parte dele. Brig se inclinava com força contra ela.

— Você fez isso! — ele gritava para a mãe, sua voz ecoando no céu. Ele apontou um dedo acusatório para Sunny. — Você matou meu irmão!

Lágrimas escorreram de seus olhos. Caíram nas chamas aos seus pés.

Fogo e água.

Eu amava os meus filhos. Eu não os machucaria. Nem você, filho, tentou dizer, mas sua língua não se mexia, e, para seu horror, aparecendo na fumaça das chamas, estava o algoz de Chase, uma sombra escura na roda, uma pessoa que ela reconhecia, movendo-se silenciosa e determinadamente, sempre se aproximando de Brig.

Seu coração congelou.

O rosto do algoz era horroroso, lábios formando um sorriso cruel, olhos que brilhavam como uma cobra, traços que eram a personificação do diabo.

Não! Sunny tentou gritar assim que o terror rasgou sua alma, mas seus lábios estavam mudos, a língua incapaz de formar palavras, e ela tremeu com um medo tão frio que não percebeu que as chamas de sua pequena fogueira haviam chegado à bainha de seu vestido. Caiu no chão e rolou, as pernas queimadas, o coração pesado.

Havia pouco a ser feito.

Era considerada maluca. Lunática. Bruxa.

A polícia não acreditaria nela.

Rex desprezaria suas visões.

Até mesmo Brig duvidaria dela, caso lhe dissesse a verdade.

Parecia que todos os seus filhos estavam condenados.

CAPÍTULO 44

— Não posso viver uma mentira — Cassidy estava parada na frente de casa, a mala feita, as chaves de seu jipe entre dedos que pareciam não ter sensibilidade. A conferência com a imprensa havia sido um martírio, contar aos pais tinha sido pior ainda. Durante todo o tempo, ela sabia que estava mentindo com relação a Brig. E a Chase. Ao saber que Marshall Baldwin era mesmo Brig McKenzie e que Brig estava morto, Rex havia praguejado. Dena fizera comentários sobre o quanto estava feliz com as más notícias, e Cassidy sentiu-se a mulher mais hipócrita da face da Terra. Desde que falara com Bil Laszlo, dois dias antes, contara mais mentiras do que julgava possível à polícia, à família, aos conhecidos e amigos.

Precisava de algum tempo para pensar. Tempo para colocar a vida em ordem. Para sofrer por Chase e aceitar Brig como... Como o quê? Ele não poderia fingir para sempre que era seu marido. Algum dia, e em breve, eles teriam de colocar as coisas em pratos limpos, e então a verdade apareceria: ficara vivendo com seu cunhado, sendo sua amante, enquanto encobria o fato de seu marido estar morto.

A vida com Brig era muito complicada. O futuro parecia imprevisível... seus objetivos, confusos. Mentira para ela. Repetidas vezes. Ele a usara. Fingira ser seu marido. Fizera amor com ela.

Furiosa e magoada, Cassidy levou a mão à maçaneta.

— Então está mesmo indo embora. — A voz de Brig a fez parar de repente. Cassidy virou-se e o viu se aproximando, ainda visivelmente mancando, o maxilar tenso. Barbeado, tinha apenas linhas finas como cicatrizes. Brig tinha traços fortes e era bonito, tão forte e inacessível quanto as montanhas do Alasca, onde vivera seu inferno particular durante dezessete anos.

O telefone tocou, mas eles o ignoraram. Mais jornalistas, Cassidy riu da ironia. Quantas vezes não estivera do outro lado, os dedos cruzados, rezando para que sua fonte de informações atendesse o telefone para que, então, ela pudesse ter confirmações. Isso lhe parecia tão impessoal agora...

— Por quê? — perguntou ele, gesticulando para a mala na mão dela.

— Sinto-me como uma prisioneira aqui.

— Comigo?

— Com as mentiras.

— Não vai demorar muito — disse ele, os olhos tão claros quanto um dia de verão.

— Como pode saber?

O olhar dele desviou-se de seu rosto para o canto de sua boca.

— Eu sei.

— Brig... — Cassidy conteve-se. Esforçara-se para não se referir a ele como seu marido, raramente pelo nome de *Chase*... era muito fraudulento e desrespeitoso também... mas tinha medo de escorregar. Era tão óbvio para ela que ele fosse Brig, as diferenças entre ele e o irmão não eram tão físicas quanto mentais, mas, cedo ou tarde, alguém descobriria a verdade.

Seu maxilar ficou tenso. As mãos fechavam e abriam. Quando falou, sua voz saiu grossa, brusca, por causa da batalha interna que travava consigo mesmo.

— Quero que fique.

A casa parecia fechada e silenciosa. O calor do dia se acomodara, e seu olhar desviou-se para a pulsação no pescoço de Cassidy.

Não! Viver com ele debaixo do mesmo teto seria impossível. Tinha de ir embora. Enquanto ainda conseguisse.

O Último Grito   553

— Não contarei a ninguém, se é isso o que está te preocupando. Ninguém vai suspeitar de nada. Era mais do que público e notório que o meu casamento com Chase estava desabando. Vai simplesmente parecer natural que eu tenha ficado com você até estar curado e, então, que decidimos nos separar.

— Exceto pelo fato de que não somos casados, essa parte virá a público também.

— No final.

— Em breve.

Cassidy olhou nos olhos dele e desejou que suas vidas não fossem tão complicadas — tão envolvidas em mentiras. Uma parte dela ainda o amava, sempre o amara, provavelmente amaria até o dia em que morresse, e havia outra parte, uma parte puramente feminina, que respondia a ele como homem, no sentido mais primitivo. Essa parte não podia ser confiável. Permanecer com ele seria o mesmo que implorar por um desastre. Não tinha alternativa a não ser partir.

— Preciso ajeitar as coisas.

— Voltará? — Brig não se deu ao trabalho de esconder a esperança em sua voz.

O coração dela quase se partiu.

— Não sei. Espero que sim.

Abriu a porta com a intenção de ir para... para onde? Para a casa dos pais? Para algum motel barato em alguma cidade grande, onde pudesse repensar a vida e ficar olhando para o teto? A casa de algum velho amigo em Seattle? O apartamento de Selma na beira do rio? Uma das casas de propriedade do pai na Costa Oeste? Não sabia. Porque, pela segunda vez na vida, não se sentia cabendo em nenhum lugar. Nem em Prosperity. Nem com Brig. Tampouco sem ele.

Em algum lugar ao longe, um cachorro latiu alto, e, mais longe ainda, uma sirene ecoou.

— Tchau, Brig. — Abriu a porta com o ombro, mas ele a segurou pelo braço.

— Não! — Virando-a para que o encarasse, Brig a fez parar rapidamente. — Não vá, Cassidy. — Sentiu um nó na garganta. Emoções há muito tempo contidas tomaram conta de seus olhos. — Eu te perdi uma vez; não quero que isso aconteça de novo.

— Mas...

— Ai, meu Deus. Você ainda não entendeu? Eu amo você.

As palavras ricochetearam e reverberaram pela casa. *Amor.* Quanto tempo esperara para ouvi-lo dizer que se importava com ela? A vida inteira.

— Você nem sequer me conhece — sussurrou ela

Brig apertou os dedos. A mala caiu da mão de Cassidy e bateu no chão.

— Eu te amo como nunca amei uma mulher, como nunca poderia amar outra. Eu te amo como nenhum homem tem o direito de amar uma mulher.

— Ah, Brig, você não está querendo dizer...

A expressão de seus olhos era séria e sombria. Determinada.

— Estou, Cass, estou querendo dizer isso, sim. Sempre te amei e nunca deixarei de amar. — O orgulho fez com que inclinasse o queixo. — Ah, droga... — Puxando-a para perto de si, beijou-a com paixão, recusando-se a ser desprezado. Cercou-a com os braços, apertou-a, e qualquer impulso de protesto que ela tenha sentido cessou em sua língua. Lábios firmes e sensuais, tomados de propósito, moldaram-se sobre os dela. O corpo tenso dele pareceu-lhe tão correto, ângulos rijos e planos fizeram pressão ininterrupta sobre o dela ao encostá-la na parede. Cassidy sentiu os seios esmagados, o ar perdido em seus pulmões, e os dedos dele arrancaram a faixa que não deixavam seus cabelos caírem sobre o rosto.

As chaves tilintaram em contato com a madeira sólida, e ela o envolveu com os braços. O beijo dele se intensificou, e o animal sensual enterrado em sua parte mais feminina agitou-se e acordou, enviando ondas de calor, criando um redemoinho úmido e quente entre suas pernas.

O Último Grito   555

Sempre fora assim com eles. Ardente. Necessário. Obsceno.

Com um gemido, Brig levantou a cabeça e a olhou fundo nos olhos. Seu olhar enevoado fez a alma de Cassidy arder.

— Não me deixe — sussurrou com a voz rouca, acariciando-lhe o queixo com o polegar. — Cass, por favor, não me deixe nunca.

— Brig... — Cassidy não conseguia pensar quando ele a beijou novamente, repetidas vezes. Ela não conseguia ver, não conseguia respirar, não conseguia ouvir; tudo o que conseguia fazer era sentir. Meu bom Deus, era fraca quando o assunto era ele. Tão fraca...

Com um gemido, levantou novamente a cabeça.

— Droga, Cass — sussurrou —, não posso, não vou te perder de novo. Nunca mais. — Entrelaçou os dedos nos cabelos dela, puxando-lhe a cabeça para trás enquanto roçava os lábios em seu pescoço e mais embaixo. Ela tremeu de desejo quando ele a beijou entre os seios, na parte da frente de sua blusa, deixando uma marca umedecida. Cassidy aproximou-se mais, o corpo todo convidativo, a mente perdendo logo o controle.

— Fique comigo para sempre.

Ele a levantou do chão.

Condenando-se por sua fraqueza, Cassidy agarrou-se a ele, beijando-o, tocando-o, explorando e sabendo que, dessa vez, estava fazendo amor com Brig.

Com dedos trêmulos, ele a despiu rapidamente, deitou-a na cama que ela havia dividido com Chase e tomou-a para si. Beijou-lhe os seios, o umbigo, as coxas, e ela se contorceu querendo mais, gritando seu nome, querendo mais... muito mais. Todas as dúvidas desapareceram quando os dedos dele fizeram mágica sobre sua pele, e ela lhe deu boas-vindas... em sua cama, em seu coração. Isso está certo, gritou seu corpo. Cedendo à sensação do toque de Brig, soube que aquela noite seria deles, mas, tão logo aquele ato de fazer amor se consumasse, sairia pela porta, encerrando tudo com aquele homem que fingia ser seu marido.

* * *

— Vou chegar tarde — disse Derrick. Felicity e as meninas estavam na sala de TV, assistindo a um programa que, ao que parecia, não lhes interessava nem um pouco. Felicity analisava o jornal em seu colo com tanta atenção que uma ruga profunda marcava o espaço entre as sobrancelhas perfeitamente esculpidas. Linnie estava ao telefone, batendo papo com as amigas, como sempre, e Angela, com botas pretas de solado grosso de borracha enfiadas nas pernas compridas, estava encolhida num canto do sofá, com uma cara emburrada que ele já vira inúmeras vezes. Olhava alternadamente para uma reprise de *Roseanne* e para a mãe, para quem lançava olhares de ódio. Produzia vibrações que diziam preferir estar em qualquer outro lugar a ficar trancafiada em casa. Ela e Felicity não estavam se entendendo ultimamente, mas ninguém estava. Felicity andava num humor filho da puta desde a entrevista que Bill Laszlo fizera com Chase.

— Aonde você vai? — perguntou Angela, elevando uma sobrancelha escura que o fez lembrar a origem de seu nome.

— Me encontrar com um cliente. — Enfiou um paletó, e Felicity não se deu ao trabalho de levantar os olhos; apenas mordia o lábio, pensativa.

Angela inclinou-se para a frente, repentinamente interessada.

— Quantos anos tem esse cliente?

Que tipo de pergunta era essa?

— Sei lá — respondeu Derrick, apalpando o bolso, para se certificar de que levava o maço de cigarros.

— Qual o sexo?

— Como é? — retrucou Derrick, percebendo o brilho malicioso nos olhos da filha. Muito parecido com os de Angie.

— Seu cliente é homem ou mulher?

— Da última vez que ouvi falar nele, Oscar Leonetti, definitivamente, era homem. Não acredito que tenha feito alguma cirurgia para trocar de sexo.

— E onde será o encontro? — perguntou, inocentemente.

Felicity levantou os olhos do jornal que estava lendo e encarou o marido.

Derrick sentiu vontade de se contorcer sob o olhar calculado da filha.

— Em Portland. No Heritage Club.

— Posso te encontrar lá? — perguntou Felicity, e Derrick concordou. Os membros e os empregados do Heritage Club sempre lhe davam cobertura, como sempre faziam com todos. Se alguém da família tivesse a petulância de ligar para lá, a equipe ligaria para seu celular, e ele voltaria para a esposa dentro de quinze minutos. Ela jamais suspeitaria de nada.

— Lorna trabalha no Heritage Club? — perguntou Angela.

Felicity ficou com o rosto repentinamente pálido.

O coração de Derrick acelerou. *Não entre em pânico.*

— Não sei. Talvez seja a garçonete ou a recepcionista. Essas pessoas entram e saem. — Como é que Angela sabia sobre L rna? Coincidência? Achava que não... não, se pudesse acreditar no que via nos olhos impetuosos da filha.

— Bem, talvez seja melhor procurar por ela, porque ela ligou para cá hoje de manhã. Disse que tinha uma caixa para te entregar.

— Uma entrega? — perguntou Derrick, pensando rapidamente. Lorna estava ficando desesperada e ousada. Ligar para a casa dele era perigoso e estúpido também.

— Equipamento fotográfico, acho que foi isso que ela disse. — Angela sorriu para o pai e afastou os cabelos dos olhos. Sabia o que estava fazendo, o que o deixava para morrer. De alguma forma, a filha o havia desmascarado.

— Não posso acreditar. — Felicity fechou os olhos por um segundo e balançou a cabeça.

Derrick estava em pânico. Sabia disso também.

— Não posso acreditar que mais alguém descobriu. — O rosto de Felicity parecia preocupado, traços brandos de raiva permeando seus lábios.

— O quê? — perguntou Angela, o prazer estampado em seus belos traços jovens. — Descobriu o quê?

— Nada. — Mas Felicity, com o jornal na mão, já estava de pé e se dirigia para o escritório. — Acho que você deveria dar uma olhada nisso — disse pelo canto da boca, e Derrick não teve alternativa a não ser acompanhá-la. Esse era o problema do seu casamento. Felicity insistia em administrar o espetáculo e vivia levando-o aos lugares, importunando-o e lhe dizendo o que fazer. Chamando-o de covarde. Forçando-o a ir a festas chatas. Convidando amigos de seu pai e amigos seus para jantar e incitando conversas sobre temas políticos, o que ele detestava. Parecia que tinha uma argola enfiada no nariz, emendada por uma corrente que Felicity puxava a seu bel-prazer. Ele pensou em Lorna com seus seios grandes e macios. Neste exato momento, eles eram desestimulantes, e ele percebeu que ela o vinha preparando havia meses, oferecendo a filha como isca, tramando sua sedução e a filmando. E ele caíra direitinho.

Felicity fechou a porta do escritório, e Derrick ficou esperando, sabendo que a bomba estava prestes a cair. Talvez fosse melhor assim. Estava na hora de parar de se esconder e mentir.

— Chase não é Chase — sussurrou ela, os olhos brilhando.

— *O quê?* — Agora, sobre o que ela estava falando? Mais uma vez, o coração dele ameaçara parar. Coçou nervosamente o polegar com o dedo indicador.

— Eu sabia que alguma coisa estava errada — disse, quase para si mesma, como se estivesse tramando de novo. Seus olhos se cerraram ligeiramente. — Eu logo percebi durante a droga daquela entrevista. Cassidy parecia estar vendo um fantasma, e Chase... bem, ele não era ele mesmo. Chase está morto. Só pode estar.

— Ei... espere um minuto — disse Derrick, não conseguindo acompanhar o raciocínio, mas aliviado por, até agora, ela não estar sabendo de seu segredinho sórdido. - - Você está andando em círculos. O que quer dizer com Chase não é Chase?

O último Grito   559

— Não consigo acreditar que seja tão cego. Todos são tão cegos! — Esfregando o jornal no nariz dele, disse: — Veja com os seus próprios olhos. Marshall Baldwin pode ter sido sósia de Brig McKenzie, mas agora ele tem outro. Esse babaca está tomando o lugar do irmão.

Derrick estava começando a entender.

— Acha mesmo que Chase é Brig? — Deus do céu, ela tinha mesmo perdido o juízo!

— Isso! Isso! — Balançou o jornal no nariz dele. — Eu sabia! — Um sorriso presunçoso passou por seus lábios. — Dane-se, mas é bom ter razão.

Derrick arrancou o jornal de sua mão estendida e ficou olhando incrédulo para as fotos. Claro que havia uma semelhança, mas parecia que ela estava dando um salto alto demais.

— Como assim sabia? Eles eram tão parecidos.

— Mas não eram gêmeos, pelo amor de Deus! Claro que eles eram parecidos, o jeito de falar, a própria voz era parecida, mas a *postura* deles era diferente. A forma como andavam ou como olhavam para as pessoas e todo o resto. No início, achei que era por causa do incêndio... que Chase estava falando diferente por causa de todas as cirurgias no rosto ou vendo as coisas sob uma nova perspectiva, porque havia passado por uma experiência de quase morte e que de fato o havia abalado, mas isso não dava conta da mudança de atitude. Aquela atitude arrogante filha da puta que venho percebendo ultimamente. E a Cassidy. Ela mudou da água para o vinho. Lembra que, bem antes do incêndio, ela ia embora, ia se divorciar do Chase e não voltar nunca mais? Lembra como Chase nem sequer a cumprimentava nos últimos anos? No início, achei que sua querida irmãzinha havia mudado de opinião ou se sentido na obrigação de ficar porque o marido quase morrera... ou também é possível que estivesse apenas tentando salvar a cara dela, para que a cidade não pensasse que ela era uma mulher fria que se divorciaria de um aleijado. Isso explica por que ela foi ficando. Mas tem mais ainda. Ela não está insistindo no divórcio porque está com o Brig, e eu já te falei que ela tinha uma queda por ele. Estou surpresa por não ter percebido logo de cara — acrescentou, irritada, obviamente furiosa consigo mesma.

Derrick ficou olhando para as fotos no jornal. No fundo, sentia que sim... sentia aquela pontinha de pavor de que Felicity estivesse certa.

— Eu só queria ter percebido isso antes — resmungou —, mas não consegui entender de verdade o que estava acontecendo até vê-lo conversando com Laszlo. Ele estava muito frio. Muito tranquilo. Nem se incomodou com a gravata. Esse não é o Chase — não o Chase de terno risca de giz e camisa abotoada até o pescoço. Eu sabia, droga! — Parecia feliz consigo mesma por causa de sua astúcia, e Derrick tinha de reconhecer, ela sempre fora esperta e perceptiva. Não dera um jeito de fisgá-lo? — Por que acha que ᴌaıdwin é sempre fotografado com barba, hein? Era a porra de um disfarce... só por precaução!

— Não tenho certeza... — mentiu Derrick, sentindo-se enjoado. Se o que Felicity estivesse dizendo fosse verdade, o inferno estava prestes a vir abaixo.

— Veja, pelo amor de Deus! — exclamou ela, arrancando o jornal das mãos dele e colocando-o em cima da mesa. Apontou com a unha brilhante para a foto de Baldwin. — É o Brig, cacete! E Cassidy o está protegendo. Exatamente como antes.

— Ela não...

— Ah, Derrick, cresça. É claro que protegeu. Ela foi a última pessoa que o viu naquela época, não foi?

– Sim, mas...

— E ele fugiu no cavalo dela, no seu precioso Winchester.

— Remmington — Derrick corrigiu-a automaticamente.

— O que for. Não ımporta. Ele voltou. E está com a sua irmã. E não está aqui à toa. Aquele vagabundo está aqui e não é sem motivo.

— Ela ainda devia estar furiosa, mas sorriu, como se escondesse um segredo.

O Último Grito   561

Pela primeira vez em anos, Derrick concordava com a filha da puta da esposa. Odiava Chase McKenzie, era verdade, mas Chase era esperto o bastante para conhecer o seu lugar. Sempre arranhando, subindo e perseguindo a porra do sonho americano, mas, no fundo, Chase sabia, percebia que havia a questão inevitável do berço. Poderia cursar as escolas mais caras, formar-se em direito, casar-se com a filha de um homem rico e mentir para subir na escala social, mas havia degraus intransponíveis para ele em virtude de seu passado pobre, que incluía ser filho de uma rameira mestiça que lia a mente e de um panaca de pai. Mas Brig. Ele era diferente. Os músculos da nuca de Derrick ficaram tensos. Brig não conhecia as regras. Não dava a mínima para os privilégios que vinham do berço.

— Sabe o que isso significa? — perguntou Felicity, os olhos cintilando.

— Não... eu...

— Ele voltou por uma única razão, Derrick. Para limpar o nome dele.

— Mas ele não tem como. Ele matou Angie. — Sua confiança estremeceu, embora dissesse isso com tanta frequência que quase chegava a acreditar. Quase. O antigo ciúme lhe queimava o corpo. Quando pensava em Angie e Brig, uma fúria lhe consumia a mente. Mas Felicity sabia de alguma coisa. — Não matou?

— Então tudo o que temos de fazer é entregá-lo à polícia — disse ela, embora o marido pudesse depreender, pela forma como ela estreitava os olhos, que estava olhando para o problema sob vários ângulos. Derrick admirava Felicity por sua perspicácia. Ela era visionária, sempre pensando grande e no futuro dele... futuro deles. — Ele é um fugitivo, afinal de contas.

— Se matou Angie...

— Não apenas a matou, Derrick, mas o bebê dela também. — O sorriso abandonou seu rosto, e ela apertou os lábios.

— Você não sabe...

— Que o bebê podia ser seu? Não me julgue tola. Ou o bebê era de McKenzie, ou do seu pai, do Jed Baker, ou seu. — Felicity franziu a testa, pois não tinha a resposta certa. — A minha opinião, por eu te conhecer tão bem, meu amor, é que o filho era seu.

— Você está maluca? Que diabo está falando? Que Angie dormiu com Brig...

— Sim! Ela estava vadiando. Com um propósito. Não consegui perceber no início, mas no final entendi.

— Entendeu o quê? — perguntou ele, sem querer muito ouvir a resposta dela.

— Ela precisava de um bode expiatório. Alguém em quem pudesse colocar a culpa. E não alguém decente e, com certeza, não o irmão ou o pai... — O rosto dela se contorceu por causa de uma fúria antiga e dolorosa. — Estava grávida e não podia deixar ninguém saber; então, tinha que seduzir alguém sem valores morais, alguém cuja reputação já estivesse tão denegrida que ninguém iria acreditar se ela alegasse estupro.

Derrick ficou olhando para ela, chocado.

— Acha que ela estava armando contra ele.

— Ah, sentia-se atraída por Brig, quem não se sentia? Ele era um filho da mãe atraente, o cara mais sexy da cidade. Atraía todas as mulheres.

— Incluindo você? — perguntou, sem querer ouvir a resposta. Durante anos, odiara Brig e achava que ele tinha sumido de sua vida para sempre. Mas ele sempre estivera por perto, importunando sua consciência, e, quando Cassidy se casou com seu irmão, Derrick via seu velho inimigo de novo. Mas Chase conhecia o seu lugar e... Merda... Felicity tinha razão. Não fazia pouco tempo que Chase saltara de sua mesa e tentara agredi-lo quando foi provocado? Derrick achou estranho na época. Chase não era conhecido por seu temperamento, pelo menos não nos últimos anos. Sempre levara as coisas com alguma civilidade, por meio de palavras, nos tribunais; sua raiva era conhecida por causar danos maiores do que simplesmente danos físicos. Mas Brig, ele sempre fora estourado, sem medo de saltar de cabeça desde que seus punhos estivessem voando. Derrick ficou gelado por dentro. Que porra Brig McKenzie estava fazendo de volta em Prosperity? Felicity estava falando de novo... o que estava dizendo?

— Atraída por Brig? Eu? Só de uma forma puramente selvagem, e isso nunca bastou para mim. Lembre-se, querido, eu tinha você. Não me envolvi com Brig McKenzie nem com Jed Baker, nem com Bobby Alonzo, nem com qualquer um dos outros rapazes que teriam ficado felizes em transar comigo. Porque eu era fiel. Sempre fui, sempre serei. Filha de um dos juízes mais respeitados do estado! — Seu rosto mostrava as marcas da idade e certo desespero. — Diferentemente de você, eu não preciso vadiar como um animal no cio. Você nunca foi fiel a mim.

Ele não discutiu; não havia motivo.

— Enfim — continuou ela, lutando contra as lágrimas —, por alguma razão, Angie estava inclinada a ir para a cama com Brig. Nunca pude entender por que ela estava tão ansiosa. Qualquer rapaz na cidade teria ficado feliz de transar...

— Pare! — Derrick a segurou bruscamente e a jogou na parede, a cabeça dela batendo no gesso. — Não fale assim dela!

— E você não me bata!

— Você está denegrindo a imagem da Angie e...

— Pelo amor de Deus, Derrick, você não consegue encarar a verdade? — Estava com a respiração trêmula e fungou alto. — Estou te explicando que Angie precisava de um homem para ser o pai do filho dela. — O rosto de Felicity estava vermelho, os olhos cintilantes. — A não ser que fosse mesmo do Brig.

Derrick fechou os olhos. Quase desmaiou, mas negou com a cabeça.

— Não.

— Do seu pai?

— Eu... eu acho que não. Por mais que a desejasse, acho que Rex nunca... não acredito que tenha chegado a tocar nela. Nunca. Mesmo que a desejasse. Ele, eh, ele... encontrou outra mulher. — Baixou o braço, e Felicity recostou-se na parede.

— Mas você não, hein, amor? Diga-me a verdade. Angie estava grávida de você, não estava? — perguntou com um fio de voz, uma voz que esperava que ele negasse a verdade, mesmo tendo certeza de que não o faria.

Ele piscou com força.

— Talvez. — Sua voz saiu gutural. Ela estava apavorada. Muito apavorada. O bebê... talvez não saísse perfeito, e ela não queria pensar em aborto e...

O queixo de Felicity tremeu, e o escárnio tomou conta de seus lábios.

— Eu sabia! — Lágrimas escorreram dos cantos de seus olhos. — Seu imundo! — sussurrou. — Seu filho da puta imundo! Você estava me traindo, me enganando, para dar em cima da sua irmã! — Afastou-se dele como se ele, de repente, tivesse ficado mau. — O mínimo que você poderia ter feito era negar. Pôr a culpa no seu pai! No Brig! Em qualquer outra pessoa!

— Eu fiz isso. Por dezessete anos — disse e então soube o que tinha de fazer. Virou as costas, ouviu-a gritar, mas a ignorou. Com determinação renovada, voltou por onde havia entrado — tomando o mesmo caminho que tomara dezessete anos atrás. Na verdade, estava numa casa diferente, mas o armário das armas ficava perto da porta dos fundos e ele apenas parou para olhar as caixas antes de destrancar o armário e tirar dele seu rifle favorito, aquele que havia derrubado tantos coelhos, alces e corças.

— Não! — Seguindo-o, Felicity viu o Winchester e balançou a cabeça. — Você não pode...

— Não tenho escolha.

— Não faça isso, Derrick, já cuidei de tudo... já tomei conta disso... — Atirou-se para cima dele, que se livrou facilmente dela. Era esperta mas pequena, e Derrick gostava disso, de que ela pudesse ser

O último Grito   565

posta de lado. Felicity bateu na parede, mas logo se colocou de pé.

— Você não sabe o que está fazendo.

Ele levou o case para seus aposentos e bateu na caixa do rifle produzindo um clique alto.

— Derrick, por favor, não faça nada precipitadamente. — Estava entrando em pânico agora, e ele gostava daquele olhar aflito que tomava conta de seus olhos verdes sempre que ficava assustada, pois, naqueles momentos, ele tinha poder absoluto sobre ela, sobre qualquer um que se encolhesse na sua frente.

— Há anos estou por aqui com esse idiota.

— Mas você não pode... pense nas meninas. — Felicity tentou segurar a arma, mas ele a afastou bruscamente e ouviu um grito quando uma de suas unhas acrílicas se quebrou.

— Mamãe? — Linnie apareceu repentinamente no corredor. Derrick congelou. — O que... Pai, não...

— Querida, está tudo bem — disse Felicity quando Derrick viu a filha mais velha, a imagem cuspida e escarrada de sua falecida irmã, surgindo pelo canto da parede.

— Ai, meu Deus, o que está acontecendo? — Angela olhou para o rifle e sentiu um nó na garganta.

— Nada... o papai só está um pouco aborrecido — disse Felicity, fungando e afofando os cabelos. — Vamos lá, Derrick, você está assustando as meninas, guarde a arma e...

— Quer dizer que ele bateu em você? De novo. — O rosto de Angela demonstrou seu desprezo. — Você é nojento — disse para o pai, fazendo eco às mesmas palavras que ele dissera a si mesmo após a primeira vez em que estivera com a irmã, no riacho, tão intencionado a sentir o calor dela em seu corpo que não havia percebido a presença do outro lado dos carvalhos. Cassidy? Willie? Na época não se sentira assustado, tudo o que quisera fora perder-se na umidade sedutora de Angie. Seus seios grandes, sua cintura fina, o caimento triangular de seus cabelos negros e cacheados no apogeu de pernas maravilhosamente formadas e olhos tão azuis e redondos que, quando ele a possuiu, eles se arregalaram de êxtase e horror pela paixão proibida do ato. Ele tirara sua virgindade bruscamente e ela se entregara, ah, com tanta doçura... Até mesmo agora, ao pensar nisso, quando os dois haviam ultrapassado juntos o limite, ele ficava excitado.

Dissera a si mesmo que aquilo só aconteceria uma vez, que fora a vodca que ele roubara do armário de bebidas do pai que o fizera ficar confuso, porque havia visto a mãe assim que morrera e Angie se parecia muito com ela, e, para completar, era muito atraente. Mas ele não conseguira ficar longe, e ela queria também... droga, havia praticamente implorado por isso, agarrando-o, beijando-o com olhos lacrimejantes, amando-o como nenhuma outra mulher havia amado...

Derrick fungou e percebeu que estava chorando, lágrimas sentidas de vergonha lhe comicharam nos olhos. Angie o fizera de tolo no final, flertando com todos os rapazes, tentado fazer o diabo para seduzir Brig McKenzie... ah, jogara isso tantas vezes na sua cara. Cansara-se de Derrick e estava à procura de sangue novo, e ainda havia aquele problema do bebê... assim que ela pudesse escolher alguém para ser o pai, iria se afastar dele. Abandoná-lo. Quando ele a amava de todo o coração. Não podia deixá-la ir embora... não podia. Ela era dele.

— Não! — implorou Felicity, trazendo-o forçosamente de volta para o aqui e agora. Seu rosto já estava começando a ficar roxo onde ele a esbofeteara. — Derrick, já está tudo resolvido. — Ela ergueu a mão e relanceou para as filhas. — Simplesmente não vá.

Ele não ouviu nenhuma outra palavra, apenas dobrou o punho sobre o cabo de seu Winchester. Saiu a passos pesados da casa, a mente em Brig e em como Angie, de repente, fixara-se no cara do lado errado dos trilhos do trem, como ela havia flertado com ele, agido com arrogância, esperando seduzir o filho da puta. Querendo encontrar uma forma de escapar de seu irmão possessivo.

Jogando o rifle no banco, entrou na caminhonete.

Felicity saiu correndo de casa, gritando com ele, apoiando os dedos na porta do carro.

O Último Grito   567

— Não faça isso, Derrick, por favor! Você não precisa fazer nada. Ele não vai te incomodar mais; ninguém irá...

Derrick girou a chave na ignição, engatou a marcha a ré e pisou no acelerador. Ela foi jogada da caminhonete, caindo no asfalto.

— Derrick! — gritou.

As marchas estalaram de novo, os pneus cantaram assim que engatou a primeira marcha e passou por ela, roncando o motor, tão perto dela que ela pulou para trás. Seu rosto estava tão branco quanto a lua no céu, os olhos assustados. Mas ele não deu a mínima. Não agora. Não quando McKenzie estava finalmente à vista. Franzindo o rosto, com a intenção de provocar danos sérios e permanentes, pegou o maço e retirou um cigarro. Acendeu o isqueiro e ligou o rádio.

— "E agora... continuando nosso tributo a Elvis, um de seus sucessos mais populares..." — disse o locutor, antes que as primeiras notas de "Love me Tender" saíssem das caixas de som. Aquilo estava se encaixando de alguma forma, pensou Derrick, quando o isqueiro clicou e ele deu uma tragada longa, de queimar os pulmões, em seu Marlboro. Quando Elvis cantou com voz macia a mesma canção que estava tocando quando sua mãe dera o último suspiro, o cano do rifle brilhou no reflexo verde das luzes do painel.

Derrick fumou e pensou na noite que tinha pela frente. Iria ensinar àquele babaca uma ou duas coisas, e iria agir da mesma forma com Lora. Talvez, se tivesse sorte, poderia sair correndo atrás de seu meio-irmão, o retardado, e o espancaria de novo também.

Derrick deu uma risada gutural, enquanto lágrimas lhe preenchiam os olhos. Estava na hora de todos aprenderem que ninguém, *ninguém*, fodia com Derrick Buchanan.

Eu precisava agir rápido. As coisas estavam saindo de controle, e isso não poderia acontecer, não depois de tudo pelo qual eu havia trabalhado, tudo que eu havia planejado.

Dirigi até a antiga garagem e, depois de colocar as luvas cirúrgicas, pus a lanterna na boca e usei minha chave para abrir a fechadura enferrujada. Havia também um cadeado com segredo, preso em fechaduras velhas. Digitei os números que ninguém sabia que eu tinha, e a antiga porta se abriu. O cheiro de poeira, de borracha velha e de gasolina preencheu minhas narinas quando passei correndo pelo carro — uma vez considerado um clássico — , o Thunderbird de Lucretia, o que Rex nunca tivera coragem de vender e havia enfiado naquela garagem antiga e fora de uso, uma garagem de cem anos, fora da visão de Dena e, aparentemente, de seu conhecimento também. Olhei para a máquina uma vez reluzente na qual Lucretia havia morrido e senti a bile subindo pela garganta. Lucretia, só mais uma piranha bela e servil.

O carro estava coberto por uma camada espessa de poeira e, até onde eu sabia, ninguém lhe dispensara atenção alguma desde que a polícia o liberara. O velocímetro era o mesmo de quando Lucretia havia morrido, e imaginei se a antiga fita de Elvis ainda estaria no lugar. *Love me Tender* uma ova!

Passei pelo velho T-Bird e o ignorei. Eu não tinha tempo para lembranças tristes e ridículas, não quando tudo estava desabando. Não, não, desabando não, pensei, em desespero. Tudo ficaria bem. Eu faria tudo certo. Não fazia sempre?

Nos fundos da garagem, sob o que uma vez fora uma bancada de trabalho, abaixei-me e abri um armário. Ouvi o arranhar de garras pequenas. Olhos pequeninos e brilhantes foram capturados pelo foco da lanterna e, em seguida, um ratinho magrelo saiu correndo do armário e atravessou o chão para se esconder debaixo do carro.

— Merda! — praguejei, quase deixando a lanterna cair; então mordi a língua e contei até dez para acalmar meus nervos agitados.

O rato era um bom sinal. Obviamente, não estava acostumado a ser incomodado. Ninguém estivera aqui desde a última vez que eu visitara o lugar. Eu estava em segurança. Respirei fundo e voltei ao trabalho.

Usando o feixe estreito de luz como iluminação, passei os olhos pelas ferramentas há muito tempo esquecidas dentro do armário.

O Último Grito 569

Tudo estava do jeito que eu havia deixado. Enfiado atrás de uma caixa de chaves inglesas antigas, embrulhado em jornais velhos, encontrei o equipamento que eu havia montado menos de uma semana atrás, uma pequena bomba com um detonador, um timer e um pavio curto.

Exatamente como o meu, pensei. Eu estava consciente o bastante para saber que poderia agir com rapidez e habilidade, como o detonador, pronto para disparar em um segundo; eu era tão paciente quanto o timer, esperaria que tudo ficasse pronto, e eu tinha também o pavio curto; meu temperamento lendário. Mas conseguia controlá-lo.

Da mesma forma como podia controlar tudo.

Da mesma forma que iria tomar conta das coisas naquela noite.

Acomodei a bomba desmontada dentro de minha bolsa de ginástica; em seguida, saí da garagem. Usando uma vassoura, varri meu caminho, apenas por precaução, caso minhas botas tivessem deixado marcas na poeira e terra no chão.

Desligando a lanterna e colocando-a dentro da bolsa, saí furtivamente, esperei um minuto para ter certeza de que ninguém estava por perto e olhei para o alto da elevação, por cima dos pinheiros altos da residência dos Buchanan, quase uns oitocentos metros dali. Poucas luzes ainda estavam acesas no castelo de Rex: as lâmpadas de segurança.

Com cuidado, escondi minha bolsa debaixo do assento da caminhonete e fui para trás do volante. Minhas mãos suavam dentro das luvas, meus cabelos estavam umedecidos, a adrenalina esquentava meu sangue.

Tudo pelo qual eu havia trabalhado acabaria assim.

Imaginei a explosão que se seguiria. As chamas mortais. As chamas intensas e infernais. E os gritos. Os últimos gritos que viriam junto com uma morte dolorosa.

Minha pele coçou, e eu olhei pelo espelho retrovisor para ver o brilho de excitação em meu reflexo. Finalmente, pensei, fazendo surgirem imagens de pele queimada, tostada, de rostos enrugados em agonia, segredos morrendo com aqueles que eram queimados.

Lambi os lábios em antecipação e passei a marcha na caminhonete.

Eu mal podia esperar.

CAPÍTULO 45

A mulher estava um lixo. Folhas e sujeira coladas nos cabelos, na saia, dando a impressão de que passara uma semana andando a esmo pela mata.

— Então, deixa eu ver se entendi direito — disse T. John, com Sunny sentada à sua frente, segurando um chá de ervas e esperando pela refeição que o detetive havia pedido para ela. — A senhora acendeu a fogueira para fazer contato comigo. E foi por isso que acendeu as outras fogueiras que encontramos na mata.

— Foi. — Ela tomou um gole da xícara, como se fosse desmaiar. Recusara atendimento médico apesar das queimaduras nas pernas.

— Da próxima vez, a senhora use o telefone. A AT&T é bem mais segura do que um incêndio florestal.

Não iria escutar sermões, ele podia ver isso em seus olhos. Sunny falava de forma confusa de novo, metade do que dizia num tipo de língua nativa americana, o resto em inglês. O que ele podia perceber era que ela estava com medo.

— Ele será ferido, talvez até mesmo morto — disse ela, a voz trêmula, os olhos escuros marcados pela dor.

— Quem? O seu filho?

— Os dois! Buddy e Brig.

— Agora, espere um minuto. Achei que a senhora tinha entendido que Brig está morto — disse, sabendo que teria que chamar os médicos do hospital de onde saíra e interná-la de novo. Ela estava completamente fora da realidade e, embora não parecesse estar sentindo dor, suas pernas estavam em petição de miséria. Largou a xícara, o chá quente espirrou em seu colo, mas ela não pareceu notar, apenas fechou os olhos e balançou para frente e para trás, numa espécie de transe. O que deixou T. John nervoso. Levou a mão aos cigarros. Havia visto muitos charlatões em sua época. Charlatões que levavam as pessoas na conversa para lhes extorquir dinheiro, dizendo que eram paranormais, mas apenas poucos eram videntes, e esses eram assustadores... muito assustadores. Ele não gostava do fato de alguém ver a droga do seu futuro. Sunny podia muito bem ser uma dessas pessoas. Ou então era maluca... comprovadamente maluca.

O cântico estridente era mais do que ele podia aguentar. Acendeu o cigarro e sentiu a fumaça espiralar confortavelmente em seus pulmões.

Uma batida à porta anunciou a chegada da comida da lanchonete ali ao lado, sanduíche de presunto e batatas fritas, mas Sunny parecia não notar, simplesmente continuava a cantar. Os nomes Brig e Buddy apareciam várias vezes. Repetidas vezes. Mas nunca o de Chase. Nem uma vez o de Chase.

— O que é isso? — perguntou Gonzales, olhando fixamente para ela.

— Ela está fora de si. Acha que os filhos estão em apuros, mas, veja só, não está preocupada com Chase. Só com Buddy e Brig.

— Achei que Brig fosse Baldwin.

— Era. — T. John pegou metade do sanduíche e deu uma mordida. Mal sentiu o gosto do presunto, da mostarda ou das cebolas porque sua mente dava mil voltas, como rodas dentadas correndo cada vez mais rápido. Pela primeira vez, entendeu.

— Cacete! — Sentiu um arrepio, como se um dedo gelado escorregasse por sua espinha. — Não está achando que demos a certidão de óbito ao McKenzie errado, está?

— O quê? Está maluco? — perguntou Gonzales, até que se virou para a velha.

O último Grito 573

T. John pôs-se de pé.

— Peça a Doris para entrar e ficar com ela, pois nós vamos ter uma conversa com McKenzie.

O cântico cessou.

— Estou indo com vocês. — Na mesma hora, Sunny ficou tão lúcida quanto ele. Droga, será que a porra daquele cântico paranormal sem sentido significava algum tipo de ação?

— De jeito nenhum.

— É sobre os meus filhos que estamos falando, Detetive. *Meus* filhos. A vida deles está em perigo, e eu irei com o senhor. Agora, não vamos perder mais tempo. — Pegou a malfadada bengala e enfiou um sanduíche inteiro dentro do bolso antes de se dirigir à porta. No corredor, parou de repente: — Ai, meu Deus... tarde demais. — Ficou com o olhar parado à frente, e o rosto torcido de pavor. — Ai não, não, não! Brig! Brig! — Começou a gritar desesperadamente, e T. John chamou ajuda.

— Levem-na para o hospital, agora! — gritou, assim que a oficial Doris Rawlings correu à sua mesa.

— Não! Ai, meu Deus! Estão colocando fogo. Queimando! — Estava soluçando e gritando histericamente. T. John sentiu-se como se o diabo em pessoa tivesse entrado na sala.

— Cuidem dela! — gritou para Doris, apontando para Sunny.

— Estamos indo à casa de Chase McKenzie. Talvez precisemos de reforços. Ligarei se for o caso.

— Certo. — Doris aproximou-se de Sunny, que estava chorando, arranhando as paredes e o próprio corpo como se estivesse sentindo dor.

— Morte... ele vai morrer. Meu bebê vai morrer!

T. John deixou-a e saiu correndo pelo corredor. As botas produziam um ruído alto, e ele já estava ofegante, seu interior calejado ficando mole como água. Deus do céu, ela era assustadora com todo aquele cântico sem sentido, vestido queimado, cabelos grisalhos e olhos tão assustados como se tivesse visto o diabo em pessoa: T. John

Wilson estava tão aterrorizado como nunca estivera na vida! Abrindo a porta, saiu correndo para a viatura com Gonzales em seu encalço. Ligou o tom mais alto da sirene.

— Merda, cara, o alarme de incêndio! — alertou Gonzales, e T. John ouviu então o estrondo alto das sirenes e, ao olhar para o leste, na direção das montanhas, viu o brilho das chamas alaranjadas acender a escuridão.

— Entre! — gritou e ligou o motor, engatando bruscamente a marcha a ré antes de Gonzales chegar até mesmo a fechar a porta. Com uma sensação de pavor, saiu da vaga, a sirene da viatura berrando, as luzes piscando.

Sem dúvida, Sunny estava certa. Ele já estava atrasado demais.

Movendo-me lentamente no meio dos arbustos, contando apenas com a luz da lua como auxílio, acionei o timer do detonador e voltei para o lago. A casa de Chase Buchanan estava prestes a virar cinzas. Olhei para os jardins tão perfeitamente paginados, e aquele lago artificial ridículo que ele havia cavado brilhou sob a luz da lua.

Debaixo de um pinheiro, fiquei olhando para todo aquele complexo... a casa, a cocheira, a fazenda, a garagem, os acres bem-cuidados de terra, assim como o lago; como se ele merecesse tudo isso, como se, ao se casar com Cassidy Buchanan, pudesse se tornar herdeiro por direito, um aspirante ao trono.

Bem, ele merecia, não? Assim como Angie merecera. Sorri quando pensei no incêndio e no terror de Angie e de Jed. Aquele babaca merecia o destino dele. Como Chase McKenzie... e agora Brig e Cassidy. Eu até já dera um jeito naquele cachorro estúpido.

Dentro de poucos minutos... só que, para mim, não bastava me mandar de carro assim que a explosão cumprisse seu destino, pobre pequena propriedade! Eu queria ver. Assistir.

Por que não começar agora?

A grama estava seca por causa do verão...

O *Último Grito* 575

Sorrindo, peguei o isqueiro e, assim que o vento acelerou, eu o cliquei. Uma pequena chama se acendeu, e eu me abaixei, tocando as folhinhas pálidas de grama perto do lago, vendo que as chamas, bloqueadas pelo lago, iriam pegar aos poucos, estalar e crescer na direção da casa.

Impulsionadas por uma brisa que vinha do oeste, elas se espalharam ferozes pelo chão, tomando o rumo da casa.

De Brig.

De Cassidy.

O coração de Cassidy estava pesado. Deixara Brig na cama. Dormindo. Com apenas um bilhete rápido como explicação. Beijara sua têmpora; em seguida, tentara se despedir de Ruskin, mas o cachorro havia saído. Estranho... ele sempre ficava por ali, deitado na varanda perto da porta da frente. Isso a incomodou um pouco, mas ela ainda não conhecia seus hábitos noturnos.

Dirigiu por instinto, sem saber ao certo aonde estava indo, apenas que tinha de ir embora.

A aliança em seu dedo parecia reluzir no escuro.

— Ah, Chase — murmurou, sentindo cada pedacinho da traição. Importara-se com ele, sim, e lhe fora fiel, mas nunca o amara, não da forma como amara Brig. — Tola. — Apertou os dedos sobre o volante e virou na direção da cidade. Rumo a Prosperity.

Por que está indo embora? Brig é o homem que você sempre quis e agora ele é seu. Ele te ama. Disse que te ama. Por que está indo embora?

— Porque preciso ir. Sou esposa de Chase.

Não mais. Chase está morto. Você não o matou. Brig não o matou. Simplesmente aconteceu. Você ama Brig! Por que diabo está indo embora?

— Preciso ir. — Olhou para o espelho retrovisor, viu os próprios olhos e aliviou o pé no acelerador.

Está indo embora porque está apavorada, Cassidy Buchanan. Apavorada por amar tanto, apavorada por admitir que Brig sempre foi dono de seu coração, apavorada pelo futuro com o qual você nunca ousou sonhar. Encare, Cass, você é uma covarde!

— Ai, meu Deus! — Pisou no freio, e o jipe rateou, fazendo os pneus derraparem e cantarem para os lados na pista central. O carro parou com um tremor, e ela olhou mais uma vez para o retrovisor, olhando para os próprios olhos. *Você nunca fugiu de uma briga em toda a sua vida, Cassidy McKenzie, e não vai começar a fazer isso agora.*

Amava Brig. Ele a amava. Nada poderia se meter entre eles. Qualquer que tivesse sido o destino que os separara, independentemente da forma como se sentissem com relação à morte de Chase, conseguiriam lidar com isso. Resolver o passado. Encarar o futuro. Juntos! A alegria tomou conta de seu coração e apoderou-se dele. Iria voltar antes que ele abrisse os olhos e, quando o fizesse, quando o amanhecer brilhasse em seus rostos, ela lhe diria o quanto o amava. E então lhe mostraria.

Virando o volante, apertou o pé no acelerador. Com uma guinada, retornou com o jipe para casa e foi quando percebeu o brilho alaranjado no horizonte, aquele dourado apavorante que não era possível existir naquela hora da noite.

Seu coração congelou, e sua respiração cessou por um segundo.

— Não! Não pode ser! Pelo amor de Deus, não!

Sabia, no fundo de seu coração, que alguma coisa estava terrivelmente errada, mas não podia acreditar que outro incêndio destruía, devastava sua casa... Ah, pelo amor de Deus, Brig não!

— Saia da cama, seu babaca. — O estalo de um rifle sendo armado preencheu a frieza da sala.

Cassidy? Onde estava Cassidy?

Brig levantou a cabeça, e o medo tomou conta de suas entranhas como um punho fechado. Estava olhando para o cano de um rifle poderoso, e Derrick Buchanan estava na outra ponta, o dedo engatado no gatilho.

— Eu já devia ter feito isso há muito tempo.

O último Grito   577

— O que você está dizendo? — Todos os sentidos de Brig voltaram à ativa. O quarto estava quente, mas um medo frio desceu por sua espinha, e tudo o que ele pôde ver foi o rifle apontado para sua cabeça. Mas Cassidy não estava com ele. Graças a Deus. A não ser... a não ser que Derrick já a tivesse encontrado.

— Vista as calças, McKenzie — cuspiu Derrick, o rosto retorcido com um ódio tão intenso que Brig se encolheu. Tinha a boca seca, mal podia respirar, e o quarto, apesar de escuro por causa das cortinas puxadas, pareceu mais claro do que estava. Mais quente. Rescindindo a medo. Onde estava o cachorro? Devagar, de modo a não importunar o irmão de Cassidy, Brig colocou a calça jeans, apoiando-se nas pontas dos pés, pronto para se mover, caso necessário.

— Onde está Cassidy? — quis saber.

Derrick ergueu um ombro.

— Nunca conseguiu saber onde estão suas mulheres, não é?

— Ela estava aqui. — Tinha de estar segura. Tinha. O medo ardente cresceu.

— Bem, não está mais. O jipe dela não está aqui. Que merda, rapazinho, você não tem ninguém para pedir ajuda!

Sentiu-se inundado de alívio. Se Cassidy estava segura, então não se importava. Nada mais importava, e não achava que Derrick estivesse mentindo, não agora. Estava focado demais em seu ódio e adoraria fazê-lo pensar que já lhe fizera mal.

— E, quanto àquele cachorro seu, ele deve ter encontrado um pouco de veneno de rato ou se mandado com Cassidy, porque não está por aqui. Sorte a minha. Detesto vira-latas. Principalmente os muito misturados.

Os olhos dele ficaram escuros, e Brig sentiu os músculos rijos. Sentiu vontade de agarrar a arma, apontar o cano para o pescoço de Derrick e estrangular o filho da puta, mas não era hora. Antes disso, Derrick atiraria; portanto, conteve-se, pensando, tentando ganhar tempo.

Inclinando a cabeça na direção da porta, Derrick, suando, disse rispidamente:

— Como se sente trepando com minhas duas irmãs? — Seus olhos eram duas fendas estreitas, e uma fúria mortal irradiava deles.

— O quê?

Derrick balançou a arma na direção da porta, e Brig entendeu a mensagem. Entendeu que deveria acompanhar Derrick para fora do quarto. Com o coração acelerado, adrenalina saltando das veias, foi para o corredor.

— Por que não me diz quem é mais gostosa... Angie ou Cassidy? Sempre me perguntei. Nunca tirei uma casquinha da Cassidy.

— Cala a boca!

— Você não está em condições de dar ordens, McKenzie. — A ponta do rifle, o aço frio em contato com sua pele quente, fez pressão em seu tronco nu, lembrando-o de quem estava no comando.

A mente de Brig estava rodopiando. Não havia sinal de Cassidy, a não ser pelo bilhete que ela havia deixado em cima da mesa de cabeceira. Bilhete que Derrick não vira. Então, talvez Derrick estivesse dizendo a verdade, e ela estivesse segura. Rogando a Deus, em quem ele não acreditava havia anos, Brig esperava que ela tivesse decidido ir embora e estivesse longe dali.

— Mexa-se!

Com as mãos acima da cabeça, Brig caminhou descalço pelo corredor. O chão, normalmente frio, estava quente. Ouviu cavalos relinchando como se estivessem com medo. Alguma coisa estava errada, fora do normal. Algo além do rifle de Derrick...

— O que é isso?

— Sei quem você é, Brig. Bem, para falar a verdade, foi Felicity que descobriu.

Brig ficou gelado até os ossos, embora ainda suasse, e viu as primeiras sombras alaranjadas além das cortinas puxadas.

— Ela acha que devíamos esperar pela polícia, deixar que te prendam pelo assassinato de Angie e Jed, mas não acho que seja uma boa ideia.

— Por que você provocou o incêndio que matou Angie? *Fogo!* Era isso. Minha nossa, outro incêndio! Derrick havia começado outro incêndio... do lado de fora da casa. Então o que estava fazendo lá dentro?

— Porra, não, cara. Eu não a matei. Acredite ou não, McKenzie, você será minha primeira vítima, e eu vou te contar uma coisa: estou ansioso por isso. — O cano da arma bateu em suas costas nuas, e Brig cambaleou levemente antes de recuperar o equilíbrio. — Eu jamais faria algo para prejudicar a Angie. Mesmo que estivesse trepando com todos os caras da cidade.

— Incluindo você?

— Ela era minha, porra! — A voz de Derrick saiu violenta. — Minha. Perdemos nossa mãe, fomos afastados do nosso pai quando ele se casou com a piranha da Dena. Angie e eu. Nós éramos um casal.

A fumaça entrou pela janela aberta, mas Derrick pareceu não perceber. Brig tossiu.

— E quanto a você e Felicity?

Mais uma vez, a arma fez pressão em suas costas. Brig suava agora. Fazia muito calor. O calor entrava pelas janelas, e, quando eles chegaram aos fundos da casa, Brig viu o fogo... com toda a sua fúria destruidora e satânica. Chamas furiosas açoitavam junto com o vento, correndo pela grama perto do lago, queimando o tronco de uma antiga nogueira, avançando com regularidade pela casa e pela cocheira.

— Que porra é essa que você está tentando fazer, Buchanan? — perguntou, tentando soar calmo, quando, por dentro, estava tremendo. — Chame o corpo de bombeiros.

— O quê? — Derrick finalmente viu as chamas, sentiu o cheiro de fumaça. Ouviu o relinchar alto de cavalos apavorados, de cascos batendo, e o barulho distante de uma sirene, finalmente, invadindo a casa.

— Puta merda! O que está acontecendo? — perguntou, como se hipnotizado pelas chamas. — Não vi...

Brig, sentindo o cano do rifle mover-se levemente, afrouxando o contato do metal frio com suas costas molhadas de suor, jogou-se para o lado. Arrastou-se pelo chão, movendo-se no escuro, correndo o mais rápido que seus pés permitiam.

— Ei! Pare! — gritou Derrick, tropeçando de leve. — Seu filho da puta, eu vou te matar...

Agachado, Brig correu por uma curta distância pela casa, na direção da porta da frente, mas foi lento. Sua perna machucada era um peso morto, e a dor irradiou pela coxa.

Alcançou a fechadura e a puxou, mas Derrick o alcançou. Puxou-o para dentro. Brig estava pronto. Fechou o punho e socou Derrick no rosto, acertando-lhe em cheio no nariz. Espirrou sangue.

— Seu filho da puta... — Derrick levou a mão à massa ensanguentada que ficou seu nariz.

Brig atingiu-o novamente. Um soco de esquerda que lhe triturou os ossos e jogou a cabeça de Derrick para trás. Sangue espirrou nas paredes e espalhou-se pelo peito de Brig.

O rifle caiu no chão fazendo barulho. Uma janela nos fundos da casa explodiu com o calor. O vidro estilhaçou e voou pelos ares, e, por toda a casa, chamas trepidavam.

Brig arremessou-se pela porta da frente e se pôs a correr, os pés descalços batendo no asfalto que já estava quente.

— Você não vai conseguir fugir desta vez, seu filho da puta! — Derrick parecia histérico.

Brig desaparecia no escuro. O rifle disparou. Seu corpo balançou. A dor queimou na lateral de seu tronco. Ele caiu com força contra o cimento, arranhando a pele, sangue saindo de seu abdômen. O ar estava quente, difícil de respirar, e seu corpo queimava.

— Hahaha! Eu peguei você, seu babaca!

Atordoado, lutando para se manter consciente, Brig começou a engatinhar, indo para a frente, para longe do inferno e de Derrick.

— Ajudar Brig. — A voz de Willie soou bem perto. De repente, ele foi posto de pé e puxado para a mata, no outro lado da propriedade. Apenas quarenta metros, mas que pareceram mil.

O Último Grito   581

Havia chama e fumaça por toda a parte. Um calor tão intenso que ondeava, queimava o ar que saía de seus pulmões.

— Corre, Brig. Você corre. — Willie foi insistente, empurrando-o para a frente, mãos grandes empurrando-o para longe de seu atacante, para longe do fogo, na direção das árvores que ainda não haviam sido devoradas pelas chamas.

— Derrick é mau e vai queimar. Vai queimar.

— Dois pelo preço de um — gritou Derrick.

Com agilidade, Willie lançou-se ao chão, levando Brig com ele. A dor queimou na perna de Brig; o Winchester disparou de novo, e uma bala passou zunindo acima da cabeça deles.

— Vem! Corre! — Willie, com os olhos arregalados de medo, estava desesperado, puxando Brig consigo. A mata estava mais perto agora, apenas uns trinta metros. Eles conseguiriam. Brig tentou mover o pé. O estampido de um rifle perfurou a noite. Com um berro, Willie caiu. Seu corpo estatelado no cimento, uma fenda aberta na cabeça.

— Não! — gritou Brig.

O ar silvava pelos pulmões de Willie.

— Nãããão! — gritou Brig, virando-se e vendo Derrick de pé, na varanda da frente, a casa, um cenário de vivas chamas. — Está tudo bem — disse ao homem agonizante. — Está tudo bem, é só ficar aqui. — Mas sangue saiu da boca, do nariz e da ferida em seu peito. Brig tentou ajudá-lo, estancar o fluxo, mas havia sangue demais por toda a parte. — Willie, aguente aí!

Os olhos de Willie estavam arregalados. Ergueu-os quando Brig o levantou.

— Brig — sussurrou, sangue e cuspe saindo de sua boca.

— Não fale...

— Irmão. Bom.

— Sim, bom, Willie.

— Ela queimou.

Cassidy? Ai, meu Deus, não!

— Willie...

— Felicity... ela queimou Angie. Ela queimou Chase. Ela queimou você...

— Não, Willie, você não sabe o que está dizendo — sussurrou Brig. — Não diga nada, está bem? Agora, segure as pontas aí. Já vai chegar ajuda... ai, merda, não!

Uma respiração trêmula saiu dos pulmões de Willie, e seus olhos ficaram vitrificados.

Eu não conseguia ir embora dali. Deus do céu, era lindo, as chamas trepidavam pela casa, as janelas quebravam... e então vi Derrick com seu rifle. Meu Deus, não! Não depois de tudo o que eu havia passado. Ele ia estragar tudo. De novo. Estava lá com Brig e Willie e... e... não, isso não estava correto. Não depois de todos os meus planos. De todo o tempo que eu havia gasto para que ele herdasse tudo, para que ele, eu e as meninas fôssemos os herdeiros por direito de todos os bens da família Buchanan. A raiva tomou conta de mim, e eu me precipitei às chamas que trepidavam selvagemente, chamas ardentes lambendo o céu.

— Não! — gritei. — Vá embora... Derrick, não faça isso!

Um rifle disparou, e tudo pelo qual eu havia trabalhado, todos os planos que eu havia feito, tudo se acabou naquele instante tenebroso.

— Não, não, não, seu perfeito idiota. Não!

Mas era tarde demais. Willie Ventura estava cuspindo sangue, e Brig McKenzie parecia prestes a matar Derrick com as próprias mãos, e Derrick, o babaca, estava debaixo de um telhado em chamas prestes a cair.

— Ai, meu Deus — sussurrei. Isso não podia estar acontecendo. Não com Derrick. — Corra! — gritei, mas ele continuou ali, como se estivesse enraizado à varanda. Se eu não fizesse alguma coisa, e rápido, ele também teria uma morte terrível!

— Não! — gritou Brig, levantando a cabeça do meio-irmão, negando o inevitável. — Não! — Olhou com raiva para o céu, para o inferno furioso que devorava a propriedade de Chase, e sua raiva ficou negra e mortal. Fúria e vingança firmaram um pacto impiedoso em sua mente. — Eu vou pegá-lo — jurou para Willie. — Nem que seja a última coisa que eu venha a fazer, Willie, eu vou pegá-lo e lhe mostrar o que é bom...

Tossindo, sangue espirrando do corpo, Brig esforçou-se para ficar de pé. Derrick não se movera da varanda, parecendo alheio às chamas que devoravam o telhado sobre sua cabeça, à terrível fumaça que o cercava, aos estilhaços dos vidros. A grama seca e inflamável pegava fogo, que se espalhava rapidamente, destruindo tudo em seu caminho tenebroso, aproximando-se das cocheiras e dos barracões. Em algum lugar ali por perto, as sirenes ecoavam, e, no fundo, buzinas tocavam alto.

O corpo de bombeiros.

Mas era tarde demais. Tarde demais mesmo.

De forma planejada, e no seu próprio ritmo, Derrick saiu da varanda, o rifle apontado diretamente para o peito de Brig.

— Acho que já passou da hora de você ir direto para o inferno, McKenzie! — gritou Derrick, tossindo, de forma destemida e com orgulho besta. — Tudo o que quero que saiba é que me sinto orgulhoso por ser eu a te mandar para lá.

— Seu assassino idiota, vou te levar comigo! — disse Brig, com ódio. Aproximou-se rapidamente. Os cavalos relincharam. Pneus cantaram. Buzinas soaram, e homens começaram a correr.

— Ei... você!

— Pare!

— Que porra é essa que está acontecendo aqui? Ai, Santo Deus, ele está armado.

Derrick apertou o gatilho.

Uma explosão bramiu em seus ouvidos. Brig deu um passo à frente antes de o tiro atingi-lo, derrubando-o, fazendo com que o fogo rumasse para o céu e caísse como chuva. Tábuas e vidros, metais e nacos de concreto voaram da casa.

Brig sabia que iria morrer. O sangue fluía grosso e quente de seu quadril, e ele não conseguia respirar. A fumaça preenchia seus pulmões e subia, bloqueando a lua. A escuridão ameaçava dominá-lo. Levou a mão ao pescoço, os dedos buscando a corrente e a medalha que durante tantos anos usara, e nada encontrando.

— Cassidy — murmurou com a voz rouca. — Ai, meu Deus, Cassidy, sinto muito! — Fechou os olhos, e seu belo rosto surgiu à vista. — Eu te amo. Sempre te amei...

Quando estacionou o jipe perto de um carro de bombeiro enorme, Cassidy pisou nos freios e olhou apavorada para o fogo, para a casa, para Brig. E para Derrick na varanda, com uma arma... Ai, meu Deus.

— Pare! — gritou ela, escancarando a porta assim que uma explosão a derrubou. — Brig! — Ele saiu pelos ares e caiu perto da base de uma antiga macieira. Flácido como um trapo, bateu no chão.

— Não! — gritou ela. — Brig, não!

— Ei, moça, para trás!

Ignorando um dos bombeiros, ela correu para Brig, ouviu as últimas palavras que saíam de seus pulmões acima dos gritos das sirenes.

— Brig! Brig! Eu te amo! — gritou, caindo de joelhos sob a árvore e acomodando a cabeça dele em seu colo. Beijou-o, sentindo gosto de seu sangue e suor, tentando enviar vida para ele. — Eu te amo. Sempre te amei. Você não pode morrer, droga, não pode!

Sua voz foi abafada pelas sirenes e motores de uma viatura que parou apenas poucos centímetros de onde estava ajoelhada, segurando Brig, rezando para que estivesse vivo, sabendo que o amaria por toda a vida. Lágrimas escorriam de seus olhos, desespero agarrava-se à sua alma. — Eu te amo... ai, meu Deus, sempre te amei.

Homens a cercaram. Bombeiros, paramédicos, policiais masculinos e femininos. Até mesmo Felicity, que aparecera e agora gritava furiosa com Derrick.

O Último Grito   585

— Eu não queria fazer isso! — gritou, procurando pelo marido quando um bombeiro a imobilizou. — Eu não queria matá-lo. Não Derrick. Só Brig. Ele precisa morrer. Como Angie. Ai, meu Deus, por favor, alguém salve Derrick!

— Quieta aí! Alguém chame um policial aqui. O marido dela...

— Não parece bem. Talvez tenha morrido.

— Não! Ele não pode morrer! Não pode! Só Brig. Ai, meu Deus, o que eu fiz? — Felicity gritava. — O que eu fiz?

Cassidy encarou aquele monstro de mulher.

— Espero que você receba tudo o que merece. E, acredite em mim, se a justiça não cuidar de você, eu mesma cuidarei!

— Basta! — um policial interveio. — É melhor ler para esta mulher seus direitos.

— Salve-o... salve Derrick. Ele está... ai, Deus!

O chefe dos bombeiros não lhe deu atenção.

— Prepare o caminhão número dois e pulverize água na cocheira, o três pode começar na casa... o que é isso? De onde surgiu esse cachorro?

— Encontrei-o trancado na cocheira... parece que foi dopado...

— A senhora tem o direito de permanecer calada.

As palavras soaram tolas e confusas, outros sons... cavalos e cachorros latindo... todos mudos em contraste com o roncar abafado do fogo e o medo que tomava conta de seu coração, enquanto segurava Brig contra o corpo. Brig, o único homem que amara. O homem que deixara...

Cassidy não se moveu, não conseguia. Simplesmente o apertava contra o corpo.

— Ei... — A mão do detetive T. John Wilson pesou em seu ombro. — Vamos dar uma olhada nele.

Levantando a cabeça, ela olhou para o homem que considerara seu inimigo por tanto tempo e piscou entre lágrimas.

— Salve-o — implorou. — Por favor, você tem que salvá-lo...

— Os rapazes na ambulância, eles farão o melhor que puderem.

— Eu o amo.

— Sei que ama, querida.

— Ele é ...

— Sei disso também. Vamos agora. Temos que trabalhar rapidamente. Leve-o a um médico. — Cassidy se levantou, embora não pudesse sentir as pernas, ou qualquer outra coisa, e observou quando ele foi colocado numa maca e levado para a ambulância.

— Ela está em choque — disse alguém. — É melhor levá-la ao hospital. — Mas ela rejeitou o braço amigo em seus ombros e ignorou a catinga de cigarro e os gritos, pisando em cima de mangueiras e em torno dos homens enquanto eles bombeavam galões de água na casa que Chase construíra para ela. Em vez disso, ela insistiu em ficar com Brig, sabendo que talvez nunca mais o visse com vida de novo. A ambulância, com a sirene tocando, arrancou. Cassidy segurou as mãos dele, entrelaçando os dedos. Não conseguia conter as lágrimas, apenas olhava para ele, desejando que pudesse imaginar as últimas vinte e quatro horas. — Por favor, Brig. Acorde e me ame. — Mas ele estava imóvel, o sangue encharcando a bandagem que haviam enrolado em seu quadril, terra e suor cobrindo seu rosto, que, mais uma vez, estava arranhado por causa do asfalto onde caíra.

Lágrimas rolavam da face de Cassidy, e a ambulância soava pela noite. Será que não poderiam ir mais rápido? Brig estava tão pálido que parecia à beira da morte.

— Eu amo você. Não ouse me deixar, Brig McKenzie — acrescentou, com a voz falhando. — Juro por Deus que, se me deixar, nunca irei perdoar você!

Ele se moveu. Minimamente, mas se moveu. Os olhos piscaram por um minuto e ele olhou para ela... diretamente em seu rosto.

— Nem em sonho, Cassidy — sussurrou ele, a língua presa.

— Brig! — O coração dela saltou.

Lágrimas ansiosas correram de seus olhos mais uma vez, e ela se inclinou para beijar sua face arranhada.

— Nunca me deixe.

O *Último Grito*   587

— Nunca — jurou ele. — A partir de agora, somos você e eu, garota.

— Promete?

Sustentou o olhar dela com o seu antes das pálpebras se fecharem de novo.

— Prometo.

Derrick... ai, meu Deus, Derrick não! Senti as lágrimas escorrendo pela face, e meu coração apertou-se em dor. Isso estava errado, tão errado! Eu estava soluçando, alheia aos homens gritando, às mangueiras jorrando água, ao odor de madeira queimada. Só podia pensar em Derrick.

— Não, não, não! — reclamei aos céus e caí de joelhos.

Alguém, alguém que não sei quem, me colocou de pé. Com brutalidade. Pisquei e olhei no rosto de um homem de olhos escuros com nariz pronunciado.

— Felicity Buchanan, a senhora está presa.

— O quê? — Tonta, as palavras não fizeram sentido.

— Pelo assassinato de Angie Buchanan, de seu filho no ventre, Jed Baker e Chase McKenzie.

— O quê? — gritei por fim, tentando me soltar. — Você perdeu o juízo? — O idiota do oficial puxou meus braços para trás e fechou as algemas. — Você sabe quem eu sou? Quem é o meu pai? — Forcei uma certa rigidez em minha espinha assim que senti meu mundo ruir, o mundo para o qual eu havia nascido, o mundo que eu só tentara melhorar.

— Sim. — Ficou olhando para mim. — Sou o detetive Steven Gonzales, do departamento do condado.

Olhei-o de alto a baixo.

— Você não tem provas.

— O que está fazendo aqui?

Pense, Felicity, eu disse a mim mesma, tentando recobrar um pouco de postura.

— Eu... eu segui o meu marido. Vi-o pegando a arma e o segui até aqui. — *Sim, essa seria a história que eu iria usar.*

— Acontece que acabei ouvindo sua confissão — disse ele, um sorriso cruzando seu maxilar de aço. — E encontrei sua caminhonete. Havia algumas coisas interessantes lá dentro. Disfarces e equipamentos elétricos. Estou mandando confiscá-los.

— Por quê? Não! — Pensei em tudo o que havia dentro da caminhonete e me senti enjoada. — Ela está registrada em nome de meu marido!

— Mas a senhora a estava dirigindo. Ele veio em outro veículo.

— Não... o senhor entendeu tudo errado. Eu... eu dirijo uma Mercedes.

— Que não está aqui.

— Mas... — Comigo de pé, tremendo de ódio, ele tirou lentamente a carteira e começou a ler o que continha um cartão.

— A senhora tem o direito de permanecer calada...

— Está falando sério? — Gritei, meu rosto ruborizando. Por que eu não fora embora? Por que fui ficar tão fascinada com o fogo que eu havia provocado... por causa de Derrick. Tudo que eu havia feito por ele e agora... agora, ele estava morto... ai, meu Deus... Acho que deixei escapar um grito demorado e tétrico de dor. Por um segundo breve e doloroso, pensei nas minhas filhas... minhas filhas preciosas. Apertei meus olhos e evitei a imagem de minhas filhas, de meu marido. — Veja, o senhor está cometendo um grande erro aqui — disse eu, lutando contra um fluxo crescente de pânico que subiu por minha espinha. — Meu pai é o juiz Caldwell, acredito que o senhor já tenha ouvido falar dele. Ele o despojará de seu emprego, de sua credencial e de sua arma. O senhor será transferido para Prosperity...

O detetive estúpido simplesmente continuou lendo e, quando terminou, olhou para mim com olhos escuros que resplandeceram com vitória.

O medo apertou meu coração, e então vi outro homem correndo. Aquele, eu reconheci. Detetive T. John Wilson.

O Último Grito   589

— Você a pegou — disse a Gonzales.

— Parada aqui, observando tudo. Gritando que não tinha intenção de matar o marido. Já havia pegado a caminhonete dela estacionada em terra federal. — Ele assentiu na direção em que eu havia escondido a caminhonete. Uma sensação terrível me dominou, e eu achei que iria vomitar.

— Nós a pegamos — disse Gonzales e sorriu.

— O quê? Não — disse eu, o pânico tomando conta de mim. O que eu havia falado? Era preciso voltar atrás para ajeitar as coisas.

— Eu não sabia o que estava dizendo. Tinha acabado de ver meu marido morrer e... e... estava contando para o policial aqui...

— Ele é um detetive — disse T. John.

— Sim, bem, ele está cometendo um erro imenso e que pode pôr fim à carreira dele. — Eu estava lutando contra as lágrimas, tentando manter a minha atenção na conversa enquanto o sofrimento me rasgava aos pedaços. Como Derrick podia ter sido tão estúpido? Como podia ter morrido?

— Gonzales não comete erros — disse T. John, e seus olhos estavam ainda mais frios do que os de seu parceiro. — Demoramos muito para pegar a senhora, sra. Buchanan, mas agora a pegamos em flagrante. A senhora pode nos contar tudo sobre como planejou o assassinato de sua melhor amiga, Angie Buchanan, e do bebê dela.

Fiz uma careta ao pensar naquele pequeno bebê que não nasceu, filho bastardo de Derrick.

— E de Jed Baker, Chase McKenzie, só para começar. Nós já estávamos juntando os fatos, mas sua confissão, minutos antes, ajudou bastante.

— Minha confissão? Não... Eu estava fora de controle de tanto sofrimento. Eu... eu não sei o que estava dizendo...

— Diga isso ao juiz — aconselhou-me T. John, e, por um segundo, achei que era apenas uma tentativa simplória sua de fazer humor, mas seu rosto estava duro como granito.

— Não pode fazer isso! — gritei quando me levaram para a viatura policial e T. John abriu a porta.

— É o que estamos fazendo.

— Não, vocês não podem. — Vi o futuro então, não a vida bela e reluzente que eu havia planejado com Derrick, mas, anos à frente, vivendo numa pequena cela, sozinha, ou com dúzias de mulheres que eram criminosas... ai, não... não... — Vocês não podem — disse eu, minha voz mostrando meu medo.

Por fim, T. John sorriu.

— Não? — escarneceu ele, quando Gonzales protegeu minha cabeça e me empurrou para dentro do carro. — Espere para ver.

EPÍLOGO

Franzindo os olhos contra o sol poente, Brig bateu um prego no lugar e ouviu um carro se aproximando, mas o motor não era do conhecido jipe de Cassidy. Ele aguardou, e a viatura do departamento do condado foi parando na velha pista que sua mãe usara durante anos. Colocando o martelo em seu cinto de ferramentas, estalou as costas e caminhou preocupado para o que, no fim, seria a porta de sua nova casa. Era apenas um vão aberto agora, uma abertura mais larga, entre paredes emolduradas com ripas recém-colocadas de cinco por dez centímetros.

T. John saiu do carro, e Brig retesou-se. Não fora capaz de se livrar da desconfiança que tinha pelas autoridades. Após uma vida inteira de fuga, seus instintos ainda ficavam em alerta a cada vez que via o uniforme. T. John subiu a tábua que servia de ponte para o vão em torno da fundação da nova casa... sua casa para Cassidy.

— Achei que você gostaria de dar uma olhada em algumas coisas. — T. John sorriu ao observar as paredes novas da moradia permanente no lugar onde antes ficara o trailer de Sunny McKenzie. Entregou a Brig um envelope e uma caixa preta de fita cassete. Pó de serra e poeira sujavam o chão de compensado, e o telhado estava quase todo pronto, enquanto as vigas cheiravam a madeira fresca recém-cortada.

— Por que, o que são?

— Talvez você as queira devolver aos seus donos de direito.

Dentro do envelope, havia dois cheques, cada qual de cem mil dólares nominais a T. John Wilson. Um de Rex Buchanan. Outro do juiz.

— Propina?

T. John levantou o ombro.

— Poderia ser compreendido como tal.

Cassidy apareceu de carro nesse instante e desceu do jipe. Brig não conseguia evitar, mas sorria cada vez que a via. Ela era magra e bronzeada, sem evidência ainda da criança que carregava no ventre. Filho deles. Seu sorriso se alargou quando ela se uniu a eles e colocou uma bolsa de papel e um pequeno cooler no que algum dia seria o hall de entrada da casa deles.

Brig abanou os cheques para ela ver.

— Me recomendaram usá-los para minha próxima eleição ou minha aposentadoria. Para o que eu quisesse. Mas o condado vai cuidar de um, e não estou muito preocupado com o outro. Como solucionei os dois incêndios e assassinatos, parece que me tornei o herói local. Imagine só isso. — T. John sorriu quando Cassidy relanceou para os cheques e lhe entregou uma cerveja.

— Estou em serviço.

— Hora do almoço. E você também pode muito bem celebrar, herói.

— Justo.

— O que é isso? — perguntou Brig, passando o dedo na capa plástica.

— Pornografia. Tendo Derrick como a estrela.

— Ótimo — suspirou Cassidy. — O que irão fazer com isso?

— Entregar ao juiz. Ele quer. Como Felicity ainda está cumprindo pena e Derrick não está mais por aí, ele gostaria de destruir todas as cópias. Já prendemos a mulher dona das fitas, por intenção de chantagem, mas o juiz está com medo de que possa haver mais cópias por aí e não acha que seria bom as netas verem isso.

O último Grito   593

— Elas estão indo muito bem — disse Cassidy. — Angela passa todo o tempo que pode com o namorado, e Linnie... bem, Linnie lê muito. Eu disse a ela que poderia vir morar conosco, mas ela se parece bem com os Caldwell. — Suspirando, disse: — Continua falando sobre o dia de Felicity voltar para casa.

— Acho que não. Ela conseguiu um advogado fera, mas isso vai demorar muito, talvez nunca — disse T. John, e Cassidy entendeu. As provas contra Felicity eram esmagadoras. Aprendera sobre equipamentos incendiários em livros na biblioteca e, anos atrás, com medo de perder Derrick para sua irmã, decidira matar Angie e Brig, enquanto eles estavam juntos, para provar a Derrick que sua irmã era infiel, mas acabou matando Jed em vez disso.

Cassidy odiava pensar no assunto, mas, depois de Angie ter percebido que Brig não cederia às suas tentativas de sedução, ela precisava de outro homem para nomear como pai do bebê. Jed foi a escolha e acabou no lugar errado, na hora errada. Anos depois, assim presumiu a promotoria, Felicity não apenas tentou eliminar Chase, mas também os arquivos da empresa, na esperança de esconder o fato de que Derrick estava desviando dinheiro. Não sabia de Brig até então; não percebera que Chase iria se encontrar com alguém. Então, quisera matar os dois McKenzie e quase conseguira. Precisava de um terceiro incêndio para terminar o trabalho, na esperança de matar Chase, mas então, ao perceber que ele era Brig, ficou feliz por poder se livrar dele também. Se os dois irmãos McKenzie morressem, junto com eles morreriam todos os segredos sórdidos de Derrick.

— Receio que Felicity nunca sairá de lá, o que está bom para mim — disse T. John. — E ela não é a única. Pegamos Lorna e seu ex-marido em acusações de drogas; por isso, acho que eles estão dispostos a entregar as cópias do vídeo e assumir a culpa em troca de uma pena menor. O juiz não terá com que se preocupar. Então poderá educar as netas como quiser.

Brig abriu a cerveja e deu um gole. Líquido frio em contraste com o início abafado de outubro. Algumas folhas já haviam caído, e ele se preocupava um pouco em construir a casa no inverno, mas o telhado seria colocado em breve, e ele, na verdade, não daria a mínima se chovesse e se o vento derrubasse todo o lugar.

Pensava em Felicity. Embora nunca tivesse confiado nela, não a considerara suspeita, não mesmo. Decerto, por ser tão evidentemente submissa a Derrick, Brig se deixara enganar; não esperara que ela chegasse a tal ponto para proteger o que era seu. Como uma mulher que vivia apanhando do marido podia cometer assassinato para salvar sua relação com ele? Loucura, é o que era. Loucura.

— Como está a sua mãe? — T. John perguntou a Brig, assim que Cassidy tirou a tampa de uma garrafa de chá gelado.

— Ela irá morar aqui.

— Com vocês? — As sobrancelhas de T. John levantaram-se por cima da armação de seus óculos de aviador.

— Na casa de hóspedes. Estamos construindo uma também... olhe lá... — Ele apontou para uma ponte e uma escavação do outro lado do riacho.

T. John deu um longo gole da lata.

— Tem certeza de que não deve voltar para o hospital?

— Ela ficará bem aqui — interrompeu Brig. — Perder Chase foi duro demais, mas a mamãe acredita nessas coisas espirituais, parece achar que se encontrará com ele em uma ou outra vida pós-morte. Além do mais, tem Buddy para tomar conta.

— Ele teve sorte. Todos nós tivemos — disse Cassidy, sorrindo para Brig.

— Graças a Deus. — Ele coçou o queixo. — Mamãe também quer ficar perto de Rex, já que Dena finalmente o abandonou.

Cassidy passou os dedos pelos cabelos.

— Minha mãe estava convencida de que ele estava envolvido com Angie.

— Meu Jesus... — sussurrou T. John.

— Muita gente pensava assim — concordou Brig.

O Último Grito   595

— Ele jura que nunca tocou nela, e Sunny acredita nele — disse Cassidy, olhando para as montanhas ao longe. Suas emoções ainda estavam abaladas. Era estranho pensar nos pais divorciados, mesmo sabendo que o casamento deles nunca foi sólido. Esperava apenas que eles pudessem ser mais felizes agora que o fantasma de Angie descansava em paz. — Acho que o papai nunca tocou na Angie, não de forma inapropriada, pelo menos não me lembro. Ele a amava, sim, mas seu amor verdadeiro era Lucretia. Ele só misturou Angie com ela... mas não de forma saudável... — Ela nem conseguia dizer a palavra. Incesto. Tão feia. Decerto, se isso tivesse acontecido, ela teria ficado sabendo. Mas também não adivinhara o que acontecera entre Angie e Derrick... embora Rex sim. A confirmação do caso entre eles quase o destruíra. Graças a Deus, ele tinha Sunny para cuidar dele. Ao pensar no meio-irmão e em Angie juntos, Cassidy sentiu o estômago revirado e tomou um gole rápido de chá. Agora que estava grávida, o estômago andava sempre propenso a se livrar de seu conteúdo. Percebeu que os dois homens ainda estavam olhando para ela, esperando que falasse mais. — O papai era como todos os outros homens da cidade... meio apaixonado pela Angie.

— Nem todos os homens — lembrou-lhe Brig, seu sorriso beirando a malícia.

— Está bem, nem *todos* os homens, mas a maioria. Enfim, a mamãe está muito mais feliz em Palm Springs... longe do escândalo e de toda a fofoca. Ninguém por lá sabe ao certo o que aconteceu.

Brig piscou para Cassidy.

— Acho que ela ficou com medo de que a mamãe pudesse lhe rogar uma praga.

— Ai, não — Cassidy fez uma careta, mas sorriu.

O sorriso do detetive espalhou-se para cobrir a metade inferior de seu rosto.

— Não posso culpar Dena. Sunny é diferente e... bem... esse dom que tem...

— Poderia vir a servir para o próximo xerife, se ele aprendesse a trabalhar com ela em vez de contra ela — disse Brig.

— Humpf — T. John tomou o resto da cerveja e amassou a lata com a mão. — Vou pensar no assunto.

— Faça isso.

— Cuidem-se. — Com um aceno, foi embora, e Brig ficou olhando para a fita de vídeo e para os cheques. Quando a viatura saiu do caminho de carros, ele piscou para a esposa, orgulhoso de que ela finalmente levava seu nome: Sra. Brig McKenzie.

Cassidy tocou a barriga; eles já haviam decidido o nome, caso o bebê fosse menino. Chase William McKenzie — às vezes conhecido como Buddy. Se tivessem uma menina, provavelmente ainda seria chamada pelo apelido de Buddy. Era o mínimo que podiam fazer, já que Buddy havia salvado a vida de Brig.

Tanto sofrimento, mas agora tanta felicidade.

Cassidy ficou olhando para o olhar perturbado do marido e não conseguiu deixar o sofrimento derrubá-la. Sentiu os cantos da boca se elevarem.

— Sabe? Tive uma grande ideia — disse Brig, puxando-a gentilmente para si.

— Humm? — Cassidy olhou para ele com aqueles olhos dourados que tantas vezes lhe tocaram a alma. — Algo perigoso?

— Claro.

— Que envolve tirar a roupa?

— Com certeza. — Ele a puxou pela mão e a levou para o riacho Lost Dog, onde Buddy quase se afogara tantos anos atrás. Agora, no fim do outono, o riacho era quase um fio de água. Brig empurrou algumas folhas secas e gravetos para a margem lamacenta e ajoelhou-se. Com um olhar malicioso, colocou o cheque e as fitas em sua pira artesanal, adicionando algumas gotas de fluido de isqueiro.

— O que está fazendo?

— Me livrando do lixo. — Clicou o isqueiro, e uma chama acendeu rumo ao céu; então observou quando o fluido pegou fogo.

O Último Grito   597

Pequenas chamas trepidaram e silvaram, devorando os cheques. Papel e madeira subiram em forma de fumaça, e a fita derreteu com o calor. O cheiro era horroroso, mas o fogo logo se apagou quando ele jogou terra sobre as cinzas.

Estava tudo acabado. Seu coração doía por Chase, pelos anos perdidos no Alasca, mas agora estava em casa. Com Cassidy. Onde era o seu lugar. Para sempre. Um peso terrível fora tirado de seus ombros...

Ficando de pé, passou os braços de forma possessiva sobre a cintura dela.

— Agora, minha esposa — disse ele, saboreando a palavra quando o fogo se transformou em cinzas —, o que acha de estrearmos nosso quarto?

— Mal é um quarto. — Ela se virou para olhar para a estrutura e para o vão onde as portas envidraçadas iriam abrir para uma varanda com vista para o riacho.

— Você se importa?

Com um riso gutural, perguntou:

— O que você acha?

Brig ficou olhando para ela com tanta intensidade que um rubor lhe subiu pelo pescoço. Então, ele a pegou nos braços e a carregou para a casa deles... a casa em que iriam constituir família e viver com orgulho, cabeças erguidas acima dos terríveis boatos de seu passado. O amor deles os sustentara; suas vidas seriam abençoadas. Ele não viveria de outra forma. Finalmente, a vida deles estaria completa.

Brig roçou os lábios nos dela, e o desejo ganhou vida.

— O que estou achando, minha senhora — sussurrou ele em seu ouvido ao puxá-la para o chão —, é que sou o homem mais sortudo do mundo.

— Humm. Isso faz de mim a mulher mais sortuda do mundo?

Ele sorriu com malícia.

— Perfeito.

Impresso no Brasil pelo
Sistema Cameron da Divisão Gráfica da
DISTRIBUIDORA RECORD DE SERVIÇOS DE IMPRENSA S.A.
Rua Argentina 171 – Rio de Janeiro, RJ – 20921-380 – Tel.: 2585-2000